〔法国〕马丁·杜·加尔 ◎ 著
胡菊丽　邢洁 ◎ 译

蒂博一家

（四）

57

在离开外交部前,昂图瓦纳已经很疲惫了,内心激动而且十分慌乱,虽然一天有着满满的工作,但他最终还是下定决心回去休息一下,然后再出诊。他在心里不断地琢磨着,却始终无法相信:"可能一个月后……就会动员……谁知道呢……"

在拱顶下,他看见从前厅里走出了一个年轻人,那人一看到他就止住了脚步。

这是西蒙·德·巴坦库。

"是她丈夫。"昂图瓦纳警觉地想到。

他没有立马辨认出西蒙,尽管在以前见过几次——就在去年的时候,在安娜女儿要上石膏的时候。

西蒙表示抱歉:"我原以为今天是您的门诊时间,大夫……不管怎样我都想明天去赴约,但是,我又很想在今天晚上就前往贝尔克……假如这没有特别打扰到你……"

"他想做什么?"昂图瓦纳不假思索地想。他想堂堂正正地跟他比试一下,没有想要回避。

"就十分钟而已……"他语气不好地说,"请谅解,我要出诊一整天……跟我一起上楼去吧。"

和这个人并肩挤在密闭狭小的电梯里,呼吸和呼吸交并在一起,昂图瓦纳对他的敌意越发明显,因为恶心的怪异形象变得更加剧烈,他挺直身体,心里一直反复说着:"安娜的丈夫……安娜的丈夫……"

"您觉得战争会避免吗?"巴坦库突然问。他的嘴角会浮现出含混的和温和的微笑。

"我开始觉得会避免。"昂图瓦纳简略地说。

年轻人的脸已经变了样:"不会的,不会走到这一步的。"

昂图瓦纳一言不发地玩着钥匙。他把门推开说道:"里面请。"

"我想来问你下,我的小于盖特的情况怎么样了……"西蒙说。

他楚楚可怜地说出这个小孩的名字,她不是他的女儿,他却开始像对待自己的女儿那样对待她,好像要把全部的心思都放在治愈她上。他对这个有病的女孩无微不至地照顾着。他觉得,她得长期忍受着固定在石膏里的生活,而且也不能乱动,所以他对她尤为关怀。她每天待在户外九到十个小时。为了把"棺材"拖着走过贝尔克的大街小巷,直至沙丘,他给她买了一头白毛小驴。黄昏时,他给她念书,教她一点法文、历史和地理。

昂图瓦纳一边带巴坦库到诊室,一边则静静地听着;但同时他也尽力用自己的职业注意力,竭力地从这番谈话中搜集着能了解这个孩子病情的信息。他把安娜完全抛在了脑后。只是在看到巴坦库坐到安娜经常坐的那个圈椅上时,他才怪异地想着:"现在坐在这里的这个人,和我说话,对我微笑,向我诉说着他心里一直难以忘记的事,可是他却并不知道,我骗了他,偷了他……"

他刚开始只是觉得身上隐隐有点不快,就像是那种不想去做的、甚至是让人不舒服的接触导致的不适。西蒙蓦地默不作声,显得有点不好意思,一丝疑团浮现在昂图瓦纳的脑中:"他知道吗?"

"但是,我这一趟来并不是向您说我看护病人的生活的。"巴坦库说。

昂图瓦纳的眼神似乎在情不自禁地探问,想要那一位快点说下去:

"这是由于当前我正在思考各种难以解决的问题……写信会有不必要的误会,所以我宁愿来看看你,弄个究竟。"

"毕竟,他不知道原因是什么。"昂图瓦纳转瞬即想到。沉默了一会儿,他在荒诞可笑的滑稽中难以自拔。

"是这样,"西蒙最后说,"我不确定贝克尔是不是完全适合于盖特。"他转为分析气候情况。

依他看,复活节以后,她病情的好转明显减慢了。贝尔克的医生自然很关心维护本地信誉,但是几乎认为,近海不利于孩子,可能是纬度的关系?碰巧玛丽小姐是盖特的家庭女教师,她通过英国方面的关系,从一个东比利牛斯山地区的年轻医生那里得到了和一般人完全不同的指点,这个医生在这方面的研究尤其成功,获得让人惊异的成果……

昂图瓦纳静静的,动也没有动,在仔细看着这皮肤细腻的脸,有着山羊头、鹰鼻的侧面,这金发白肤,就算是在沙滩上的烈日下也晒不黑。昂图瓦纳像是在倾听,谨慎地想着巴坦库的提议是否正确。实际上,他像是在听又没有在听。他在思考安娜难得有说一回真心话的时候,她对丈夫的一番评论:没能力,忘恩负义,自私,虚荣,狡猾凶恶。到现在,他始终从来都没有怀疑地接受这幅肖像,因为当他谈到西蒙时总是很冷漠也很轻蔑,这已经像是一个很让人相信的真实保证,但当他看到真正的人时,脑中也会出现一团成千上万的想法。

巴坦库问:"我可不可以把于盖特转到丰-罗默[①]?"

昂图瓦纳喃喃地说:"或许这个想法不错……对的……"

----
① 东比利牛斯山的疗养地。

"当然,我可以忍受遥远和孤独,如果我安顿在她身边对孩子有好处的话。关于我的妻子……"一说到安娜,他脸上浮现出痛苦的表情,马上又掩饰起来,"她很少来贝尔克看我们,"他如实地说,努力想要维持宽容的微笑,"巴黎离这里一点也不远,您清楚……朋友们总是会邀请她,她处在这种上流社会自己也毫无办法……假设她就在我们身边,也住在丰-罗默,或许用不了多久她就会忘记巴黎吧。"

他的目光中闪过对旧情复燃的向往,但是很明显,他相信并不会这样。人人都知道,他爱着这个女人爱得很痛苦,像刚开始爱上她那样爱着她。

"这一切也许会改变……"他貌似神秘地轻声说。

昂图瓦纳看明白了,安娜对西蒙的评论只是在表面上的证实。他的想法渐渐明朗了起来,面前这个坐在圈椅上的人,与安娜描述的面貌截然不同。假情假意、自私自利、恶毒凶狠,这样的指责只能维持五分钟,比不上自己的直觉,那是本人和他的直接接触,在很多具有观察和辨别的人身上所唤出来的。相反:巴坦库的正直、自然的谦逊和善良,在他的每一句话中,和他那笨拙的举止中流露了出来。昂图瓦纳想道:"不错,他是一个软弱的人,一个谨慎的人,也不必说,也是一个让人苦恼的人;可能是个白痴……而肯定不是忘恩负义的魔鬼!"

西蒙面不改色仍然自言自语地说着。他善良的目光里面满满地都是信任和感激,他解释说,如果没有得到昂图瓦纳的意见,肯定不会做出这么重要的决定。他十分信任昂图瓦纳,也知道昂图瓦纳的能力和他的可靠度。他甚至想要昂图瓦纳乘上火车去贝克尔看看生病的姑娘后再回来，亲自查出原因，诊断出结果。只是在现在这种情况下，很明显……

昂图瓦纳现在集中注意听他说话。他刚刚已经做出决定，要和安娜断绝关系。

这真的是在几分钟之内做出的决定吗？还是一直以来，在他的潜意识里就已经做出了这个坚决的决定？甚至他能把这种顺其自然的顺从立即变成强烈、紧迫、无法抗拒的需要当作决定吗？…如果他有分析的时间，难免的，他想得到，这几天来，他一直没有接安娜的电话，防止她通过莱翁不断地提出约会，在心里已经藏了一个秘密，一种在内心下意识做出的决裂的愿望。在这件事情上，他甚至应该承认，虽然政治起不了任何作用，但是这种冷漠与欧洲难以摆脱的惨剧是有关的：似乎同这个女人有往来，在目前这个混乱嘈杂的局势下，已经不适合某些新情况了。

不管怎样，几乎在不知不觉中，西蒙来到他诊室促使他刚刚仓促做出决裂的决定。他这里用伪装的正直面孔和这个被他骗了的男子面对面坐着，接受着敬意和信任，看到这个人就像对最信任的朋友说话那样和自己说着话，丝毫没有察觉自己给他造成的命运转变，他感到很羞愧，他惭愧地想："这样不好……不可以这样……不应该是这样的生活……首先是我把它当作娱乐和消遣，而在背后，却是要轻易地牺牲别人的幸福和命运。正是因为有像我这样的人和像我一样的行为，人间才会充满精神痛苦、不义和谎言……"

让人感到奇怪的是，他用不可挽回的口吻向自己宣布着："安娜和我，就在此结束了。"从这之后，他感到所有的东西都被奇迹般隐藏在了黑暗中。是的，这实在是像什么事都没有发生过一样。他泰然自若地看着巴坦库,用微笑给以他鼓舞和建议。西蒙像小学生一样怯怯地站起身吞吞吐吐地说:"不好意思,我已经超过了十分钟。"此时,昂图瓦纳微笑,并友好地在他的肩上拍了拍,一面和他说话,一面把他送到楼梯口。昂图瓦纳应允将会于下星期去贝尔克。(他一时间把一切都忘了,包括战争。但是蓦地他又想起来了,脑子里浮现出这个想法:要打乱一切通行价值的灾难的威胁已经逼在眼前了。毫无疑问这有助于他平静地接受这次一样的谈话。他想着:下一个月,可能我俩就都死了,跟这个比起来,其他的一切没有丝毫分量。)

西蒙重新镇静了下来,说道:"您搭八点十分的那班火车,到朗格大概是十一点,然后在贝尔克吃午饭。"

昂图瓦纳说:"除非有意外……"

年轻人的脸刹那间变得很苍白,不禁颤抖起来,他把嘴用手捂住。他的目光被揪心的不安扩展了开来。昂图瓦纳很清楚地察觉到了,在此时刻,老于格诺教徒、上校巴坦库伯爵的儿子,在战士的职责面前不停地颤抖。

"假如我应征入伍,于盖特将会成为什么样子?"西蒙没有抬头看昂图瓦纳,说道,"她剩下的只有小姐……"在这一时刻,他们两个几乎在同一时间以同样的方式想到安娜。

巴坦库默不作声地走到门口。在楼梯的平台口,他忽然转过身:"您在哪天应征入伍?"

"我是第一天入的,在孔皮埃涅,第五十四团……步兵营助理参谋,那么您呢?"

"我是第三天入的……中士……在凡尔登,第四轻骑兵团。"

他俩握手表示了友好。彼此表示了亲切问候后,昂图瓦纳把门轻轻地关上。他就那样站着，茫然地盯着地毯，动也不动。脑中出现了一个咄咄逼人的幻觉：西蒙·德·巴坦库化装成轻骑兵"中士"，在阿尔萨斯的平原上，策马在炮火的轰击下奔驰在队伍的前头……不间断的电话铃声逼得他挺起了身子。

"或许是她。"他心里想，伴着苦笑。他想一下子扑向电话机，马上结束。

在过道那头，莱翁已经把话筒摘下：

"好，好，好的……八月七日，星期五么？非常好，是让泰教授……三点钟……好的，先生，一言为定，我马上写上……"

昂图瓦纳一边下着楼梯，一边翻阅着记事簿。这时候，在二楼楼梯平台上，传来了一个熟悉的声音，他抬起了头，把门推开，走进了放卷宗的房间。

斯蒂德莱尔和罗瓦都没有穿白大褂，就坐着在那里议论，在周围的桌子上和椅子上散放着当天的报纸。

"孩子们，就以这样的方式工作？"

斯蒂德莱尔皱着眉阴沉着脸，耸了耸肩。

罗瓦站了起来，嘴角上挂着微笑，用探问的神情盯着昂图瓦纳："老师，您看到过吕梅尔吗？"

"看到过。《巴黎午报》上的消息不是真的，政府已经说了事实。但是，事情变得越来越乱了……"过了一会儿，他又简略地补充了一句，"就好像在深渊的边上转圈……"

斯蒂德莱尔咕噜说："德国在准备战争！……"

"还好我们也在准备战争。"罗瓦说。

一段时间没有人说话。

"最后的和平机会把握在工人阶级的手里,"斯蒂德莱尔深叹了一口气说道,"但当它察觉到的时候,已经太迟了……人民对待战争有种害怕的宿命论,能够这样解释:从小学时开始,孩子们就被错误的思想束缚着——因为老师在授课上讲解古代战争、光荣、旗帜、祖国等的方式,也因为大家一直以来都对军队的行进队列和军事检阅保持着敬重的态度,还因为义务兵役制……我们今天得为我们不聪明的行为付出巨大的代价!"

罗瓦露出俏皮的神情听着。

昂图瓦纳已经把他的记事簿拿了起来,认真地翻着看。

"回见,"他忽然说了一句,然后戴上了帽子又说道,"我去出诊了,病都看不过来……我们今晚见!"

然后就只留下两个年轻人。罗瓦走到哈里发的面前:

"既然上前线是迟早的事,那我们最少应该承认,这样一个开始并不太坏!"

"啊,小家伙儿!别说了。"

"不……请考虑下,不要怀有偏见!最终说来,我们还是处在一个相当好的环境中。战争首先发生在俄国和德国之间,法国得到很大的益处,这能给我们援助俄国人得到保证,这让我们起到了支持的作用,这总是最有好处的……再者,我们还有时间,我希望可以从容地进行动员,而不是在中途的时候突然遭遇袭击,我们参谋部所害怕的[①]这一切也会增加我们的机会……"

斯蒂德莱尔默不作声地看着他。

罗瓦说:"您好!假如您凭事实说话,您会完全同意我的说法,

[①]1866年后,德国持续使用突然袭击战术。

为了最终解决掉这个旧争端，重获民族荣誉，这个时机选得很好！"

"民族荣誉！"斯蒂德莱尔愤怒地嘀咕道。

茹斯兰在门打开后，走了进来。他不耐烦地说：

"你们仍旧在讨论？"

（他还是身着白大褂。也没有像别人那样乱想一通，因为他清楚，二十一天后，他肯定会离开这里，去看接种结果，他刚刚耗费了一上午搞的接种；他只管工作，就像什么事也没有发生一样，并把这当作是自己的职责。——他的灰眼睛有着一种郁闷不乐的笑意，朝着昂图瓦纳说道："这阻碍了思考。"）

"愚蠢的老一套遍布了每处！"斯莱德尔无奈地抖抖肩，朝他喊道，"这儿是法国荣誉！而那边，是奥地利的自尊心！而在俄国，又得维护斯拉夫人在巴尔干的威信……似乎是在保卫各国人民免受战争，保证和平，而不是那重上一百倍的'荣誉'，虽然要发动一次大屠杀是做得太离谱了。"

自一八六六年以来，德国军队始终采用突然袭击的战术。

当他看到民族主义者从始至终只为求得高贵、无私的英雄品德的独占权时，就十分气愤；他从不参加任何党派，然而他也知道，革命活动家在各国首都斗争激烈，反对战争势力，比起其他人他们的精神更高尚，更加敢于牺牲，更有为不容易实现的理想而超越自己的本身的坚定毅力，甚至有成为英雄的诚心和巨大力量。

他不仅没看茹斯兰，也没有看罗瓦；他的目光就像有预知一般发出了聚精会神的光辉。

"民族荣誉！"他再次咕噜着说，"把豪言壮语说出，不让意识苏醒！……一定要掩饰住荒诞，不会让理智爆发！祖国！文明！……

在这些诱人的背后又藏着什么呢？工业利益，市场竞争，政客和生意人的诡计，各国领导阶级有着永不满足的贪婪！肆无忌惮！难道保卫文明，要采取最卑鄙的野蛮行动？把最低劣的本能发泄出来？……保卫权利和正义的事业？采用匿名的不光彩的暗杀手段？把手伸向可怜的人，但是他们一点也不想我们受到伤害，难道是有人煽风点火鼓动他们向我们进攻？太荒谬！太荒谬！"

"棒极了，哈里发！"罗瓦蔑视地说。

"好了，好了。"茹斯兰用手按住他的肩，温柔地说。

他对年纪最轻的罗瓦，有和昂图瓦纳对他同样的感情。他很喜欢罗瓦，没有原因。实际上是因为罗瓦坚毅的勇敢，还有单纯豪爽。在这个不耐烦的，淳朴的做好牺牲准备的斗士身上，他看到了一种美，他身为一个实验家，是一个在绝对中思辨的人，不能毫不动摇。他尊重罗瓦身上有着这样纯洁的理想，这种被战争洗礼了的幼稚信念——它们毫无疑问要用血来补偿……

"荣誉……"他喃喃说，"我觉得，把道德标准掺和到那些对它本身一点意义都没有的地方，使各国的经济斗争分裂那是大错特错，……这会使一切被毒化，被扭曲。这会让所有现实的和解行动毫无作用。这会转变成是情感的、意识形态上的冲突，转为宗教冲突，这只会在商业公司之间成为竞争，而不会是别的！"

"一九一一年，卡约已经弄清楚了这一点，"哈里发很愤怒地指出道。"如果他不在……"

罗瓦恼羞成怒地把他的话给打断了：

"您肯定想看到您的卡约出现在外交部，而不是看到他在重罪法庭上待着……？"

"很明显,小家伙儿,假如他在台上,请相信我们绝不会走到今天这一步……没有他,世界大战这样越来越近的幸运事件看起来也会让您的朋友和您什么都不用担心。这就只会为了各国人民的幸福生活,提前三年到来……他没有把民族荣誉提到更多:他一谈到交易,就奋不顾身地抓住实际方面,抓住争夺利益的方面!因此他尽力避免发生最不好的情况!"

茹斯兰看到罗瓦的邪恶目光从眼里一闪而过,他急忙插话:

"我也觉得,在这方面,只要有恒心,什么对立的事情都能通过外交协调和互相让步得到解决。利益和情感比起来,更加容易调和!……我亦深信,像卡约这样的人……如果爆发战争,在这复杂的冲突原因中历史家会清楚地知道克莱奥帕特拉的鼻子会造成什么样的命运①,对《费加罗报》主编的致命枪击,他们大概也会重视的……"

罗瓦有信心地哈哈大笑:

"我宁可不给您答案,"他笑着说,"等到将来再说!"

58

刚才雅克跟贞妮讲:"我们也和他们一块去吧。"

他们一行十几人前往"新月咖啡馆"集会,然后准备一同到蒙卢日听马克斯·巴斯蒂安的演讲。

(今天夜里在巴黎的格雷奈尔、维耶特、沃吉拉巴蒂尧尔等地区,社会各个党小组举行小型的会议,瓦扬在拉贝尔维洛瓦兹已经说过

---

① 这里是指帕斯卡尔《思想录》中一段名言:"假如她的鼻子再短些,全世界的面貌将会改变。"

了,他希望发言。人们预见到可能有打斗。大学生们组织了一个打算闹事的集会,就在拉丁区的布利埃。)

他们坐着公交车到了达莎特莱,之后去奥尔良门的时候换乘有轨电车,最后又换了另一班有轨电车去了教堂大广场,他们将会在那个地方下车,从熙熙攘攘的街道中间穿过去,徒步走到已经作为会场使用的剧院。

夜晚的空气显得很燥热,一股臭烘烘的味道散发在近郊的空气里。当地的人们吃过饭后都在户外漫无目的地闲逛,显得有些忐忑不安。街道上回响着报贩们兜售报纸的叫喊声,他们正在郊区售卖晚报。

贞妮蹒跚地走在这些老街的石块路上,她已经筋疲力尽了。脸上绉纱料子的面纱在燥热的温度中蒸发出一股染料的味道,熏得她头脑发痛。她一身丧服,这个地方的人们大多都穿着工装,她穿梭在他们中间觉得十分别扭,下意识地将自己的手套脱了下来。

雅克紧靠着她走着,发现她有些费力地跟着自己。他有些犹豫是不是应该扶她一下。在伙伴们面前,他像对待同志那样对她。他不停地向她投去鼓励的眼神,一边跟斯特法尼讨论着《人道报》刚得到的消息,斯特法尼的乐观来自工人们的骚乱,他觉得,暴乱的情绪正在高涨。

民众反抗的意识一日比一日强烈,连同社会党、社会党议会小组以及总工会、塞纳省联合会还有自由思想国际联合会执行局这些所有机构的申明在内。

"四处奔走,各处在进行镇压。"他肯定地说,黑亮的眼睛里闪烁着希望之光。

1498

爱尔兰社会党的一个党员,才从威斯特伐利亚①回到这里,去了"新月咖啡馆"用晚餐,跟他说,今天夜里在德国被称之为冶金行业的中心,埃森,克房伯军工厂的位置,一场轰轰烈烈的和平示威将会爆发。那个爱尔兰人还觉得,暗地里的集会中,很多工人是赞成罢工以抵制帝国政府一心征战的企图。

在下午的时候,人们呈现出极度恐慌,从德国传来的令人忐忑的消息在编辑室到处传播,传闻说,德皇的语气似乎是在下最后的通牒,对萨佐诺夫提出要求,对俄国的总动员做出解释,得到的答案是,这一次的动员仅仅是部分的,但是没办法停止了。一旦准备动员的命令下来,两个小时内,大家都会信以为真,认为不利的形势马上就会出现了,德国大使馆才终于出面进行辟谣,言辞十分确切,否定了德国开始动员的传闻。

据了解,这是《路标报》在德国放出来的传闻:《巴黎午报》的附录在国界的那一头做出了反对的辩解。时好时坏的态势让舆论处于一个可怕的癫狂状态,若莱斯非常担心这样的狂热会导致不好的后果。他不停地强调,每一个组织以及每一个家庭的责任,就是抵制这种不清不楚的恐慌,这将会让人们的心理落入合情合理的自我保护的混乱之中,使得那些反对和平的人们乘虚而入。

"他归来之后,你们见过面吗?"雅克问道。

"见过面,就刚才,我还和他一起谈了两个小时的工作事宜。"

老板刚从比利时回来,居然在去找社会党议会小组汇报他自布鲁塞尔会晤的情况之前,就把他的合作伙伴们召到一起,和他们一起开始准备国际代表人会的事情,该会将于八月九日在巴黎举行,

---
①德国城市。

还有十天的准备时间让法国社会党来确保这一次欧洲社会党盛大的集会圆满举行，分秒必争。

他在《人道报》社的露面让大家热情高涨，回去的时候，因为德国那些社会党员不可动摇的立场，他表现得十分理解，坚信德国社会党人对他的承诺，整个人注入了新的力量，他斗争的激情被激发出来了。政府关于瓦格拉姆大厅事件表现出的态度激怒了他，立刻下决心要与当局开展战争，在八月二日，也就是下个星期天，举行一个声势浩大的抗议行动，给和平的保卫者们一个漂亮的反击之机。

"打起精神来，"雅克摇了一下贞妮的臂膀说，"就是这儿了。"

她望见一排警察在那个门廊下面守卫着，有几个在叫卖着《工会战斗报》和《极端自由主义者报》的青年人。他们进入了一个没有出口的胡同，那里聚集了一堆人，三个一群五个一伙，正在一起畅所欲言，迟迟没有进入剧院内。会议已经开始了，大厅里满满当当都是人。

"你也是冲着巴斯蒂安的演讲来的吧？"一个活动分子走过来向雅克问道。"我估计他可能是被总工会的什么事情绊住脚了，不会来了。"雅克十分失望，差一点就转身走了。但是贞妮这个状态让他不能掉头就走，他暂时离开伙伴们，将女孩带到前面，望见那里还有两个没人的座位。

支部书记的名字叫作勒福尔，他坐在台子上面的一张庭园餐桌上，是这个会议的主持人。

蒙卢日的市参政作为发言人站在一盏脚灯的前面，他反复地强调了几遍："战争是对历史大潮的一种逆反。"台子下面人声嗡嗡，似乎没有认真在听。

"请安静一下！"主席不断地拿手拍打着桌子用尖锐的声音喊道。

"你认真打量一下这些脸孔，"雅克压低了声音对贞妮说道，"从他们的脸就可以分出来好几种不同的革命人，有的人的革命特征写在下颚上，有的表现在眼神里。"

"那这个人呢？"贞妮思考着，她没有去观察旁边坐的人，却盯着雅克，他的下巴线条有力而坚毅地向外突出，他的眼神灵动又带着冷峻和漠然又有些闪烁的神色。

"你要去讲话吗？"贞妮有些怯怯地问他。一路上她一直在心里琢磨着这件事情，她希望他能够去发言，以便能够进一步地看见他的优点，她内心的某些羞怯的情绪也让她有几分畏惧他。

"我不想去讲话。"他回答她，一边揽住了女孩的臂弯，"我在这样的公众场合发言不合适，已经发生了好几次这样的事情了，有些词句会成为我的障碍，无法很好地表露我内心，曲解我的话语里面一些微妙的表达，暴露了我内心真正的想法。"她就是乐意听他像这样在她面前分析解剖他的内心。但是，一般来讲，她认为他的自我剖析她早就已经了解了。他讲话的时候，他手上的温热触感透过衣服料子从她的手肘上传过来，让她心里小鹿乱撞，一味地思考着这个事情，感受着渗入她肌肤里面的热度。

"您明白的。"他接着说下去，"我总是感觉这是在欺骗，我所肯定的东西已经超出了我自己所信任的那个限度……这真是无法忍受的体会……"

丝毫不差，但是他在演讲的时候，也同时会感到那种令人迷醉的沉醉感，这确实是事实。并且他基本上总是可以将那种听众与自身之间的沟通和融合建立起来。

讲台上，一个脸红脖子粗的大个头活动分子换下了那个市参政员，他低沉的声音从一开口就吸引了群众的注意，他抛出一大堆不容许被怀疑的警句给在场的人，但是大家有些不能理解他的思路："政权现在掌握在人民剥削者的手里面！……别以为普选能带来好处！……工人沦落为工业封建制度的奴隶！……资本主义那些军火贩子们的计划是埋藏在欧洲大地下即将迸发的火药桶！……人民啊，你难道情愿为他们卖命，去确保雷克左军火机构那些巨头得到利润吗？……"

他说话说得气喘吁吁，好像是用棒槌一棒一棒打出来似的断断续续，每一句话音落都会迎来十分热烈的鼓掌。他已经对这些掌声习惯了，每说完了一句话，就要刻意地停下来等着掌声，嘴巴保持着张开的形状，似乎突然有只虫子撞进了他的喉咙一样。

雅克俯身对贞妮说："真是蠢极了，不应该跟群众宣传这些言论的……必须要去劝服这些人，他们人多势众，拥有强大的力量！他们模糊地意识到这一点，但是并没切身感受到，要让他们经过直接而极关键的经历，明白这件事情，关键在于无产阶级这一次将要胜利！无产阶级已经由事实看清了只有通过自己的力量才能给那些侵略的计划造成不能跨越的阻碍，才能使各个国家的政府退让，到了那时候，它才能真正明白自己所具有的能量，明白他们是不可战胜的！要到那时候啊……"

听众已经对这个人毫无逻辑和连贯性的喊话感到厌烦，在剧院的一个角落开始了私自的热烈探讨，慢慢转化成争执。

"给我安静下来！"那个书记勒福尔高声叫喊，"这是中央委员会给我们的指示……我们党内的规定……公民们请保持安静！"秩序变得十分混乱很可能会招来警察,他显然开始担心了,他唯一想要的就是这个会议能不动声色地结束。

晚会上的第三个要发言的人,也是最后一位了,走到那盏灯前面,听众暂时安静下来,这是卡拉纳尔中学里的一个历史老师,叫作莱维马斯,他因其社会主义著作与大学之间的争论而著名。他讲的是一八七〇年以来法国和德国的关系。他引证了许多例子和事实来阐述他的观点,时间已经过去了快半个小时他还在讲着发生在萨拉热窝的谋杀案。他用喉咙发音使得脸上的夹鼻镜框在尖尖的鼻梁上不断颤动,他讲到"微小却英勇的塞尔维亚"之后他就开始将话题引到了两大联盟的对比,以及奥德条约和法俄条约的比较。听众又开始不耐烦,又开始吵吵闹闹了。

"行了!别讲那些空话了!"

"行动的纲领呢?"

"我们要如何阻止战争?该怎么行动?"

"请安静!"勒福尔不断地强调,情绪越发不安。

"真是烦人!"雅克伏在贞妮耳边轻声埋怨,"这里的人们赶到这儿,只是想要听一个简洁明了具有可行性的口号,他们的演讲却只会让这些人在回家以后满脑子都是外交上的事情,这些太复杂,不是他们所能理解的,只能坐以待毙了!"

人们开始大声地喊叫起来,

"现在到底是个什么局势?我们将走向何处?"

"我们要了解事实真相!"

"对!真相!"

将大话变为自己的语言!但是,必须大声说出来,必须公之于众,没有一个法国人会拒绝保卫自己的领土，反对外国新的入侵！

"公民们，你们想知道真相？"莱维马斯迎向了这听众狂乱的暴风雨，"法国是坚持和平的国家，这便是真相，两个星期以来，在一切帝国主义国家的慌乱面前，它漂亮地证明了自己的立场！别人可以指责我们政府实行的内政，但它的任务是绝对不轻松的！避免它的任务变得过于复杂就是社会党应尽的职责！可是，我们不允许把资产阶级容纳到我们的纲领中，那些民族主义夸夸其谈的话将变成我们自己的语言！但是，必须大声宣告，必须让世界知道，所有的法国人民都会保卫自己国家的领土，拒绝外国进行新的侵略！"

雅克感到十分恼怒，又对贞妮说道："您刚刚听见了吗？还有什么能比煽动人民准备战争更轻松？只需要让人们认为，德国即将发动袭击，就可以让人民任他们随意安排！"

贞妮用蓝色的眼睛望着他："您去讲话吧！"他一言不发地看着那个演讲者，感觉到了自己四周的不满情绪开始滋长。特别是他从人们的犹豫不决中感受到一种潜伏着的、十分强烈的、可以促进革命的激情，要是错过这个绝佳机会，就跟犯罪没两样。

"行！"他说道。突然他用力高举起了自己的手，表示要讲话，主席细细地观察了一下他，然后坚决地转过了眼睛。雅克将自己的名字写在纸上面，但是并无人将字条递给勒福尔。

莱维马斯在越来越大声的喧闹中将他的演讲结束了："所以说，公民们啊！局势十分地微妙！但还不至于让我们失去希望，只要政府能够赢得群众的支持，就可以有威信地维护已经被威胁了的和平！请读一下我们了不起的若莱斯写的文章吧，那些在国界线的那一头企图挑衅的无耻的家伙，应该知道，我们有外交家和政治家们在背后支持，坚持社会主义的伟大的法国必定会众志成城，用和平的方式维护我们的权利！"

他扶了一下自己的眼镜，和主席交换了一下眼色，回头就想离开，溜到后面去，只有少数几个和他有交情的人鼓了掌，夹杂着模糊不清的抗议和一些怯生生的口哨声，勒福尔起身舞动着自己的手臂，想要使现场安静下来。人们以为他是要说什么，就安静了下来。他连忙大声地喊道："公民们，今天的会议到此结束！""不行！"雅克冲着台上大吼。但是参加会议的人们已经离开舞台，向着通往那条胡同的三个门口涌了出去。座位弹起来的啪啪声，议论声夹杂着叫喊声，闹闹嚷嚷，没办法压下来。雅克无法控制他自己。不管付出什么代价也不可以让这些怀着美好的愿望，追寻一个准确引导的人们带着惶恐不安离开这个大厅，却完全不了解国际工人协会需要他们一起行动！他冲开一条道来，挤到了乐池旁边，舞台和大厅将这一个暗洞分割开来，挤不过去，他急得几乎口吐白沫："我要求上台讲话！"

他顺着乐池冲到了楼下的一个包间旁边，纵身一跃进入了包间，冲到走道上，发现了可以去向后台的一扇门，被人们推推搡搡地冲上了舞台，那上面一个人都没有了，他依然大声地喊着："我要求讲话！"雅克的声音被嘈杂的人声淹没了，一个烟尘滚滚的深坑出现在他的眼前，只剩下三分之一的人在这里了，他扑向台上的桌子，捏起拳头拼命地捶着桌面，跟打鼓一样。

"同志们！请听我说！"那些还没离开剧院的人们，还有五十几个，转身看向了舞台，发出声音："你们听，安静点，快听听看……"雅克继续捶打着桌子，似乎在敲着一口警钟一样。他的头发乱蓬蓬地搭在他惨白的脸上,眼神从大厅这一头扫视到那一头。他扯着嗓子嘶喊:"打仗啊!打仗!"

周围的嘈杂声瞬间安静了不少。"战争!现在它已经逼近我们了!像一团乌云般马上就要笼罩我们了!不出一天,战争就有可能会爆发在欧洲大地上!……你们不是要知道真相吗?真相就是,再过三十天的时间,今天夜里在这里的所有人,都可能会死于战争!……"他气愤地拨了一下搭在自己眼前的头发,"你们也不愿意爆发战争吧?可是他们把他们想要的战争强迫你们去参加!你们会成为无辜的受害人!但是同时你们也是一群犯罪的人,因为你们是可以阻止这一场战争的……你们看见我了吗?你们想到该怎么做了吗?今天夜里你们是因为这件事情而来到这个地方的……那好,我来给你们答案,有一些事情必须要做!还有补救的机会!只有这一个机会了!那就是团结起来共同抵抗!斗争!"

他情绪平静了一些,努力地控制住了自己,紧接着将自己的音量提升,一字一句,好让人听得明白,停了一会儿,他继续说:"有人告诉你们:战争是由资本主义、财富势力、军火商和民族主义竞争造成的,这确实不错,但是请好好想想,战争到底是什么东西?这难道仅仅用利益上的矛盾就可以解释吗?不是!战争代表着流血和牺牲!战争就是煽动各个国家的人民互相残杀!所有有权有势的部长,所有托拉斯的巨头,所有世界上的军火贩子,所有的银行资本家,都没有力量发动战争,要是各国的民众拒绝征战,拒绝打仗的话,那些炮弹和机枪不会自动发射,有了战士才能发动战争,资本主义就是靠着这些战士来为他们获取暴利的事业牺牲,我们就将会是这些战士!如果我们自己不赞成,我们拒绝顺从,不管什么合法的政权，不管什么动员命令也无济于事！我们掌握着我们自己的命运！我们才是我们生命的主宰者，因为我们人多势众，我们拥有巨大的力量！"

突然之间，所有的东西都开始摇摇晃晃起来，一阵突然的晕眩击中了他……突然间，责任感向他扑面而来，他上台演讲是对的吗？他拥有的到底是不是真理呢？……霎时他开始犹豫，没有办法自卫，同绝望做斗争。这时候剧院的深处开始骚动起来，留在这里还没离开的人没有再离开，他们缓缓靠近了舞台，就好像是被磁铁吸引过来的铁屑一样。一瞬间，雅克心里的忐忑消失了，消失得无影无踪。他心里想的，他想要对这些静静地朝他传递询问的人讲的话，又开始变得清晰和无可置疑了。

他向前走了一步，在脚灯旁边探探身子向前大喊："不要信任报纸上的东西，都是假的！"

"太好了！"一个声音响起来。

"报纸也被沙文主义利用了！各国的政府为了掩饰他们自己的贪得无厌，让报纸撒谎来让本国的民众相信，彼此互相残杀是为了保卫神圣的国家主权，为了光辉的事业，为了争取权利和自由、争取正义和文明的胜利而流血牺牲！……好像是为了正义而战一样！好像让成百上千的无辜民众去战场上送命是正确且合理的！"

"说得好！说得好！"

大厅下面的那三个通向胡同的门口堆满了十分好奇的人，他们无意识地被外面的人推进来，最终走进来坐到了椅子上。

"你们能够继续忍受，让一小部分罪恶的人制造麻烦，又被这些麻烦驱使着，将成千上万的热爱和平的欧洲人送到战场上去吗？……

群众永远也不会愿意战争的！这不过是各个国家领导阶级的意愿！那些剥削人民的人就是各国民众的敌人！各个国家的民众之间并没有仇恨！不会有哪一个德国的劳动人民希望离开自己的老婆孩子，扛起枪支去埋伏哪一个法国的劳动人民！"

在场的人所发出的赞同声传遍了全场，贞妮转身，现在已经有三百多人聚集在大厅里，或许还要更多，他们都扬起脸认真听着。雅克低头看着这些安静无声、攒动的人们，他们像是一窝窝的虫子一般在自己的座位上发出窸窸窣窣的声音，他无法辨清这些面庞，这些面庞都在呼喊，要给他让人心惊的、配不上的敬重。同时，他心里的希望和信心变得比之前强烈了数十倍。这时候他才想到贞妮在听他讲话，他深呼吸一下，重新无比激动地说："我们就在这里无动于衷傻傻地让那些人将我们送上战场成为牺牲品？我们还可以信任各个国家政府的和平的反对言论吗？是什么人将欧洲陷入这不能自已的骚乱中，任其在里面无助挣扎？正是这些统治者，这些政客，这些君主和首领。他们私下合谋着将我们推向灾难，我们居然还没有理智地希望这些人进行外交和谈来成功地拯救他们狡诈地毁灭了的和平吗？不！今天，各个国家的政府再也没办法维护和平了，今天，和平是属于各个国家的人民的！是属于我们的！"掌声再次将他的讲话打断了，他擦了擦额头的汗，喘了一会儿气，好像是一个气喘吁吁的长跑运动员一样，他感觉到了自己的能力，他感觉到了自己的每句话直击这些人的脑海，就像是火箭一般精准地射中了火药仓库，这就是有着迷人思想的武装库，就等着被撞击之后发生爆炸。他做了一个有些没耐心的手势，让人们安静下来：

"你们会想：该怎么做，不要让我们仍由他们安排！……"

"太好了！"

"我们如果单独行动的话是什么事情也办不成的，但是如果团结起来，紧密联合在一起，我们便可以无坚不摧！要清楚地了解这一点：国家的稳定和社会生活依靠着生存的平衡是由劳动者决定的，民众掌握着无所不能的武器！……无法被战胜的武器，那就是进行罢工！整体的罢工！"

从大厅的深处传来一个强硬的声音："被德国佬趁机利用了然后向我们发起攻击吗？"

雅克被惊了一下，四处扫视寻找着喊话的人："恰恰相反！德国的劳动者们会和我们一起行动的！我明白的！我是才从柏林到这里，我已经在栽着菩提树的街道上目睹了游行！我听到过德皇的窗子下面响起和平的呼唤！德国的工人们和你们没有差别，已经做好了进行总体罢工的打算！德国的工人们之所以有所顾忌，是因为害怕俄国，是谁的错？是我们的领导阶层的错，是我们荒谬的和沙皇制度之间的联合，站在德国的立场，这样的联合是让俄国入侵的危险增加了，但是想一想，什么样的人才能最好地确保德国人民的安全，这就意味着，不让俄国踏上战争这条路吗？就是你们，就是我们这些法国人民，用抵制战争的方法！我们法国的人民下决心罢工，可以一举两得，我们可以让沙皇的战事意愿陷入瘫痪的境地，而且可以让所有破坏德法工人阶级友好团结的阻碍都清除！同一时间爆发总罢工，抵制我们两个国家的政府，就可以让友好团结变成现实。"

大厅里一阵骚动，似乎是要鼓掌，雅克先发制人："由于罢工是唯一一个可以拯救我们所有人的行动了，思考一下吧！我们的领导们在同一个日子，同一个时间在各个地方仅凭简简单单一个命令，全社会的生活就会立刻被封锁而被迫停止！一旦罢工的命令被下达，全部的商店、全部的工厂还有全部的行政单位和人马上就会消失光！大马路上，罢工的工人们组成的纠察队伍会停止向城市供应物资！面包、牛奶和肉类都由罢工的委员会来分配！停水，停电，停煤气，不会有公交，不会有火车也不会有出租车！不会有信件和报纸，也不会有电话还有电报！全国的社会机器突然间停止了运转，焦虑不堪的人群在街上晃荡。

"不会有动乱，也不会有斗殴，只剩下死寂和恐慌！政府可以实施反措施吗？发动公安和上千个志愿士兵，如何可以抵挡这样的攻击呢？如何可以短时间内准备好应付的物资呢？要如何给居民们分配食物呢？连宪兵和团队的供应都满足不了，就算是那些赞同沙文主义的人们也感到万分惶恐，向政府施压，政府除了举手投降还能有什么办法呢？多少个日子，不，我不愿意讲要多少天，我只说政府能抵抗这样的封锁，抵抗全社会的生活彻底终止几个小时？在民众意志这种抗议面前，什么政治家还有胆思考打仗的可能？哪一个政府有胆犯险，下发枪弹炮火，激起民众对它的反抗？"

雷鸣般的掌声将他的每句话打断，他将自己所有的注意力集中起来，止住了喧闹。贞妮注意到他脸色通红，下巴直抖，脖子上的肌肉都因为用力而青筋暴起。

"眼下的情况是严峻的，但是所有依然由我们决定，我们拥有十分强有力的武器，所以我相信，我们还无须用到它，仅仅是罢工产生的威胁，要是政府确定，劳动阶层确定一心要举行罢工——就足够马上把将大家往悬崖深渊中拖的政策走向改变！……我的伙伴们，我们有什么责任？很简洁明了，我们唯一的目标就是和平！跨越所有的党派纷争，让团结成为现实，齐心协力，发动抵抗！齐心协力，进行抵抗！让我们在国际工人协会的领导人周围团结起来！让我们对他们提出的要求竭尽全力，发动罢工，无产阶级的力量蓄势待发，我们国家以及欧洲的未来就由此决定！"贞妮注视着雅克，见到他眨着眼睛，犹豫不决，高举着手臂挥舞。脸上的一缕微笑难以维持，让他的嘴角抽搐。他十分陶醉地转身消失于两面撑着架子的背景布中间。

人群欢呼着，

"太好了！……说得对极了！……我们要反抗战争！……举行罢工！……为了伟大的和平！……"

呼喊一直保持好一阵子，听众站在台下拍手呼唤，想要喊回发言的人，因为发言人走了，他们闹闹嚷嚷地挤到了出口。发言人瘫软在一半昏暗一半明亮的后台，他在大堆的破旧背景布之后的箱子上面坐着，大汗淋漓，兴奋异常，筋疲力尽地瘫着不动了，头发乱蓬蓬地，将手肘搁在膝盖上，用拳头将眼睛捂起来，在这个逃难一样的境况中，他没有其他的愿望，只希望躲开人们尽可能长的时间，一个人待上一阵子。

斯特法尼给贞妮带路，找了好一会儿才终于在这个地方找到了雅克。他仰起脑袋，瞬间恢复了平静，对着站在自己面前的女孩露出笑容，她默默无语地凝望着他。

"我们该走啦。"斯特法尼站在他们后面嘀咕着。

雅克从地上爬起来。大厅里面空无一人，被夜色给吞没了，有人已经从外面将门锁了，在舞台的一角，有一盏守夜的灯发着光，将他们带到走道上，这一条走道是通往舞台之后的一个内部人员出入的通道。他们顺着一个储藏煤炭的地窖走着,到了一个放满了木料还有架子的小庭院,小庭院对着一条窄巷,看起来那窄巷一个人也没有。但是他们刚刚进入那条窄巷,就有两个人从黑暗里面向他们走来。

"警察!"他们中的一个人开口,动作快得像变魔术一样,将一个从口袋里掏出的文件夹子放到斯特法尼鼻子的下面,"请将你们的证件拿出来让我检查一下。"斯特法尼把他的记者证给了那个便衣警察。

"新闻采访员。"

警察随便看了看他的证件,他对发言的人更感兴趣。还好,雅克和贞妮赶了一天的路去了穆尔朗那儿拿回了自己的皮夹子。可是,他大意了,将日内瓦大学的学生证留在了自己的裤袋里,这个证件帮助他跨越了德国的边界线。他想着:"万一他们要搜查我……"

负责检查的那个警察并没有做到这个地步,他只是在路灯的照射下查看了雅克给他的护照,以职业的眼神检视着证件上的照片是否与本人相符。然后又将铅笔舔舐了好几次,在自己的小册子上记了几笔。

"您家住哪里?"

"日内瓦。"

"您在巴黎居住何处?"

雅克有些游移不定,他在穆尔朗那里得到消息,在这回出远门前,给他的在向日街住的那间很安全的房子已经给别人住了,他还并没有寻到新的地方住,今天晚上他想去图奈尔码头的转角处,贝纳丹路附带着家具租出的房间住,他告诉他们这个地址,警察写在了本子上。

随后警察们开始检查贞妮,她在雅克旁边,只带了一张身份证,刚巧她的手提包里面还有一个信封是达尼埃尔的。警察并没有一点点为难的意思,甚至都没有将女孩的名字记到本子上面。

"多谢。"他十分谦恭地说。

他碰了一下帽子的边儿,就走出去了,他的同志跟在他后面,斯特法尼有些鄙夷地说道:"社会在自卫了。"雅克此刻笑了起来:"看,我被注意到了。"贞妮已经握住他的手一把拽紧了,她大惊失色:"他们会为难您?"她的声音十分无力。"不能怎么样。"斯特法尼大笑起来:"您觉得那些人还能把我们如何?我们出示的证件全部是合法的。""唯一一点让我苦恼的是,"雅克直白地说,"我告诉他们我住在李贝特酒店。"

"明天就去结账,换个地方住。"

夜晚又闷又热,巷子里发出难闻的气味,贞妮紧紧贴着雅克,她已经无法控制激动,她跟跟跄跄地走在不平整的石头路面上,扭伤了脚,要不是挽着雅克的胳膊,她就摔跤了。她停了下来,靠在车棚墙壁上面,脚感到持续的刺痛。"哦,雅克。"她嘟哝着,"我真的全无力气了。"

"靠在我身上。"

因为她累了,他觉得她更亲近了。

小巷子的尽头是条街道,熙熙攘攘的人群从那个地方四散而去。"你们就在这里坐一会儿吧。"斯特法尼吩咐道,"我嘛,我要先走了,不可以错过了最后一班车,有一个出租车站就在市政厅前面,我过去给你们打一辆车。"

过了三分钟，一辆出租车停靠在人行道的边上，贞妮对于自己如此筋疲力尽感到有些尴尬。

"真是没用，我本来能够自己步行去电车站的。"她因为自己变成了雅克的累赘而责怪自己，她一直以不引起人们注意而觉得骄傲。

她刚上车，就将面纱和帽子拿掉了，希望能更加亲密地和他依偎在一起。她的脸庞感觉到他暖乎乎的男人的胸膛在上下起伏着。她并没有仰头，只是用自己的手扬起来去寻找雅克的脸，他是笑着的，她摸到他的嘴角，察觉到他在笑。好像这个动作只是为了确认雅克是不是真的在她身边，她收回自己的手，再次躲进雅克的怀里面。汽车减速了。"到了吗？"她心里十分不舍。

她弄错了。他们并没有到，她看见了奥尔良门，就要接近市税征收的地方了，她轻轻地问："你晚上住在哪里？"

"住在李贝特酒店里，怎么想起问这个？"她想要说些什么可是最终没有说，他向她俯下身子，她闭上了双眼。雅克的唇瓣久久地在她垂下的眼睫上缠绵，她的耳边响着他含糊不清的呢喃："我的小宝贝。我的小甜心。宝贝。宝贝。"她感觉到他发烫的嘴唇顺着自己脸庞滑落下来，掠过她的鼻翼，落在她嘴唇上，她本能地颤抖了一下。他不敢再继续，抬起头将她紧紧抱在怀里，热烈地拥抱着。这一次，她主动将自己的嘴唇送向了他，可是他没有看见，他直起身，将她放开，并为她打开了车门。他才察觉到车停下了。雅克跟司机结账的时候，她还迷迷糊糊像是做梦一般浑浑噩噩地走了几步，走到门铃旁边，一个疯狂的念头从她的脑际掠过，但是也许她的妈妈已经回家了……一想到丰塔南夫人，让她止不住地一阵颤抖，觉得心慌极了，她抖着双手按响了门铃。

雅克走到她的身边，门只开了一条缝，露出屋内的灯光来。

"明天见面吗？"他急急地问她。

她点头表示同意，她不知道说什么，他已经将她的双手握住，放在自己的手心。

"上午我来不了。"他支支吾吾地说道，"明天下午两点钟我来见你，好不好？"

她再次向他点头，然后将自己的手拿回来，推门进去了。

他看着她步履僵直，从那灯光照耀的地方走过去，没有回头，被黑暗吞没了，然后他关上了门。

59

雅克在李贝特旅馆里面睡得很不安稳，只睡了一会儿。

他翻来覆去地在床上辗转，无数次想着那窗户上透进来的白色微光是不是黎明初亮的天光，两个小时里面，他蜷着身子睡着了，醒来的时候全身乏力，心里十分烦躁。

外面终于天亮了。

他整理好仪容，将自己不多的东西放进包里，将那些证件捆成一扎，然后拖了一把椅子，托着腮帮子靠在窗口发了许久的呆。贞妮的影子不断在他眼前晃来晃去，他爱极了她安安静静地待在自己的怀里，和他面颊厮磨双肩相偎，就像昨天晚上在出租车里面那样。他一和她分别，便有千言万语想告诉她。他看着清洁工和送奶工在码头上和街上出现了，早晨逐渐在忙碌中苏醒过来，阳沟边上排了一溜的垃圾箱。

在旅馆对面的街角处有一栋房子，百叶窗拉得严严实实，只有卖瓷器的商人住的二楼除外，从那窗子可以看见那间房子里放满了小东西，包扎在麦秸秆里零散的餐具，大花瓶，糖果盒子，火辣女人的小雕塑和伟人的胸像。在窗子下面有一个犹太的屠夫，他大红的护窗板上面，有一块刻着希伯来文字的金色招牌，雅克注视良久。

刚过七点，雅克便去旅馆柜台结了账，走出旅馆买了几份报纸在大堤的一个长椅上开始阅读。

空气十分清凉，遥远的地方，乳白色的晨雾在巴黎圣母院周围浮动着。

雅克怀着一种既邪恶又渴求的贪婪，一遍遍阅读那些新闻和评论，所有的报纸千篇一律，就好像是用很多面镜子折射出来的一样。这一次各大报纸都发出了警告，《自由人报》上面有克列孟梭写的一篇题为《悬崖边上》的文章，《目前局势岌岌可危》是《晨报》的头版头条。

大多数的共和派发行的报纸都跟右翼人士同流合污，对法国的社会党"在目前的情况之下"发出谴责，居然接受了在巴黎建立起一个守卫和平的国际性的代表会议。

雅克尚还没有决定是不是离开这个长椅，去开始新的一天。七月三十一日，周五，不管怎么样，看报让他渐渐变得清醒起来，再次融入了现实生活。他挣扎了一会儿，将自己想要一大早就到天文台林荫大道去的想法压下去。他明白了这样的想法多半是由于自己生活的坚韧性还不够，而不是因为柔情。他觉得羞愧。战争势在必行，这一局输赢未定，还有机会挽回，在巴黎各个地方，人们都已经为了战斗站起来了，再说了，他不是已经跟贞妮说好了要两点钟才会去见她吗？

去《人道报》社现在还太早了，这时候可以去《旗帜报》社。他不知道该将自己的包寄存在什么地方，也许可以交给穆尔朗保管，一想到要去探访那个老印刷工，他立马起身，他要从码头步行到巴士底广场去。走一走会让他的情绪平静一些。《旗帜报》社大门关得紧紧的。雅克心想，那我只好等等再来了。为了打发时间，他决定步行到维达尔那里去，他是一个圣安东尼郊区卖书的商人。他的书店后方拿来给一群知识青年作为开会的场所，他们坚持无政府主义，并且出版了一版报纸叫作《红色冲力》，雅克曾在上面发表了一些和瑞士与德国的书籍有关的书评。他只看见维达尔独自坐在窗子旁边，捆扎着堆在桌上的小书册，他打着赤膊。

"怎么还没有人？"雅克问他。

"你自己不会看吗？"维达尔有些恼怒的回答让雅克有些惊讶。

"怎么了？是不是时间还早啊？"

维达尔无奈地耸肩回答："昨天也是这样，没几个人来，很明显，他们都怕暴露行踪。你有没有看过这一本？"他补充了一句，指着一本书问，桌子上放了好几本。

"我读过。"那还是一本叫作《反抗精神》的书，作者是克鲁泡特金。

"相当好。"维达尔赞道。

"检查过了吗？"雅克问他。

"似乎并没有，至少目前为止还没有人搜查。但是我们要时刻警惕，他们迟早会来的。快坐吧。"

"我先不打扰你做事了，我过些时候再过来。"出了门，一位警察十分礼貌地在他过马路的时候拦住了他："请出示您的证件。"

二十米之外的人行道上面还停留着三个人，看起来似乎是一群便衣的样子，正在四处张望，警察默默地看了他的护照，向他敬礼并把证件还给他。

雅克拿了一根烟出来点上，走到一边，但他十分别扭："才半天，就被检查了两次。"他心里思忖，"简直搞得像全城戒严。"他朝勒德吕-罗兰林荫大道走去，想看看自己是不是被盯上了。"他们什么时候给过我这么大的光荣了。"既然已经走特拉韦西埃尔路上面的一家叫作"现代酒吧"的咖啡厅，他不妨进去坐坐。这是一个十分积极的党支部的中心，算账的蓬菲斯是佩里内儿时的玩伴。

"你说蓬菲斯吗？他已经有两天没见到人了，"老板说道，"但是，今天一大早我还连个人影都没看见呢。"这时候，一个斜着背着一把锯子的三十来岁的男人推着单车进了酒馆。

"你好，请问艾尔内斯特·蓬菲斯在不在？"

"他不在。""大家都不在？""这里一个人也没。""什么？难道没什么新消息？""没有。"

"还一直在等着中央委员会下达命令？""对。"

那个家伙默默地用怀疑的眼睛四处扫视，他的嘴唇像是鱼呼吸一样蠕动着，好吐掉黏在他嘴上的烟蒂。"真是烦人。"他最后说道，"迟早都是要告知大家的嘛，我就要应征到7-4军团里面了，第一天就要去了，要是真的发动了，我真不知如何是好，你觉得呢？欧内斯特，我是不是必须去？"

"不！"雅克大吼一声。

"我不知道怎么告诉你。"欧内斯特十分沮丧地说道，"这应该由你自己做主，小兄弟。"

"同意去上战场就是和那些发动战争的人沆瀣一气！"雅克说道。

"这自然是我自己做主的事情。"那人赞同道，对那个咖啡馆的掌柜说着，对雅克的话充耳不闻。他的声音听起来很是动听，虽然他已经很明显地显示出了忐忑。他不满地看了一眼雅克，似乎在想："我可没有问你的意见，我仅仅想要知道党中央的指示。"

还没到达《旗帜报》社的时候，雅克深深思考了一会儿，在街道上面彷徨着，现在，这个地区渐渐开始热闹起来，顺着阳沟，摆了一长排的小板车，上面堆满了蔬菜还有果实，商贩们推着四处叫卖，工人还有家庭妇女们为了避开阳光，都在有阴凉的一条人行道上面推来搡去，窄窄的几条街成了一个露天的小市场。

他察觉到，卖棉毛织品的商店里面几乎都是摆着男人用的东西，而且完全与季节不符，毛线马甲，宽大的棉布衬衫，法兰绒的裤带，毛线的袜子。一些店将临时想出来的招牌写在硬纸板或者是布条上面来吸引顾客。一些比较保守的人写着"猎户鞋"或者"登山鞋"，那些胆子大的则直接写着"行军鞋"，许多的男人驻足观看，似乎很在意的样子，虽然他们没有买下来，妇女们拎着用来装货物的网线袋子，以便买了东西好装在里面，时而去抚摸一下料子，掂量一下有钉子的靴子，虽然并没有购买，但是都十分关注，这就已经可以证明这些货物是顺应市场需要而出现的。购买中零钱变得越来越稀少了，对人们的交易产生了不小的障碍，于是有些小贩就成了换零钱的商人，将一个盒子挂在自己胸前，来来往往地走，他们是做投机倒把的生意，别人拿一百法郎只可以换到九十五法郎的零钱。警察似乎看不见一样。昨天，有大量的五法郎还有二十法郎的小面值钞票从法兰西银行被投放出来，人们把它们当作稀罕什物一样争相传看。

"他们早有准备。"有人如此解说道，神态带着蔑视和讽刺，可是又隐隐约约透出欣赏的味道。雅克坐在巴士底广场一家咖啡厅里，从昨天他就没吃什么东西了，饥肠辘辘的。里昂火车站，地铁站和电车里面涌出来大群的郊区民众，他们在阳光明媚的广场上面逗留一段时间，拿着几份报纸，一脸忐忑不安和担心疑惑的表情，东张西望地似乎想在进入办公室之前再确认一下，巴黎是不是被这一夕之间的威胁而改变。

行色匆匆，忐忑不安的人们在咖啡店里来来往往，高声谈论着，有一个人说，他让他老婆去区政府大厅核实一下他的备役手册上面的准确信息，他得意扬扬地说，如果要满足那些上前咨询的民众，兵役办公室的咨询处必须得增加三倍的人手。

一个的士司机笑眯眯地掏出了一张配着图片的宣传物，有两张照片被登在同一页上面，一张是德皇返回柏林的画面，一张是普安卡雷到达巴黎的画面：并排的排版十分对称而且含义颇深，能看见两个国家首领站在小洋车的车门前，都比着十分威风的手势来回应本国人民信任的欢呼声。一对中年的夫妻走到柜台前面，女人十分胆怯的神情，打量着店里的人们，希望会有和善的眼光投向自己。他们立刻攀谈起来。

男人说道："我们从枫丹白露来的，那里形势十分不妙。"他突然噤声。

女的比较聒噪，解释道："昨天夜里，我们隔壁住着一个第七龙骑兵团的将领，有人来通报他叫他即刻打点行装，大半夜地我们被车马喧闹吵醒，骑兵队看来已经得到了行动的指示。"

"到哪里去?"管账的女人问道。

"谁知道呢?大家走到阳台上,满城的人都在东张西望,没有谁叫喊也没有谁说话,他们像做贼一样溜了,没有奏乐,没有穿制服,然后就是军队里面的列车,还有汽车和装备,队伍太长了一直到早上才走完。"

"政府区里面贴了一张命令,征募车马,骡子还有草料!"

"这兆头可不对劲啊!"收账的女人十分感兴趣,用满足的音调说着。

"已经在征召预备用的保卫军了。"一个人说道。

"征召那些老头子?亏他们想得出来!"

"太妙了!"伙计停下手里的事情说道,"好像是要在事情发生之前征召人去守卫桥梁和交通要道以及一切危险的地方,我知道这个,我有个兄弟已经四十好几了,家住在沙隆,被征召到火车站去了,他们让他戴了一顶破烂的军帽,将子弹袋子挂在外套上,拿着步枪。哈,让你去天桥上面站岗去!你明白的,这可不是说着玩的,要过桥就必须拿出你的证件来。不然的话就会冲你开枪!这么一看应该是有奸细已经混进来了。"

"动员令发下来的第二天我就要出发了。"一个穿着一身粗麻白衣服的粉刷匠自顾自地说道。他讲这话的时候只是将自己手里的杯子拿着把玩,并没有看别的人。

"我也一样。"旁边另外一个人说。

"我就在第三天出发!"一个看起来很面善的胖子水管工大喊道。"不就是去安古莱姆嘛,你们思考一下,要抢在德国佬到达沙朗特之前!"他装得很像个英雄好汉一样耸耸肩,整理了一下自己的工具包,那个包就在他腰间晃来晃去,他哈哈笑着走到门口,说着:"我可不在乎这些,等着看吧,不做这件事,也是瞎忙活。"

"事情该做就得做。"管账的女人十分严肃地总结道。

雅克用力攥紧了拳头,他一言不发,有些抽搐,他愣愣地望着眼前这些人的面庞,想要找到一个激烈反应和抵抗的神情,但是没有用,这些人似乎因为这突如其来的打击已经六神无主,变得一脸茫然,他们胡言乱语也许是因为他们害怕,但是已经心甘情愿接受了,或者差不多已经接受了。他起身拎起了自己的包,急急忙忙地走了,他比以往任何的时候都要更着急去拜访穆尔朗,这个老印刷工将两只手放在黑色的工作服口袋里面,来来回回地在夹层楼上的三个隔间里面走着,全部的门都大大开着,仅仅是他独自一人,他一边踱步,一边大喊请进来!等到进来的人关门以后才转身。

"原来是你啊,小家伙儿!"

"您好啊,我可以把这个东西寄放在你这里吗?"雅克将提包放在地上,"就几件衣服,没有任何的记号和证件,甚至名字都没留下。"穆尔朗微微点一下头,他眼里的神情依然很愤怒和严肃。

"你怎么还不走?"他冷冷地问道。雅克十分不解地望着他。

"你不赶紧走留在这里干吗?你难道看不出来这里马上就要爆发战争了,笨蛋!"

"您居然会说出这样的话,穆尔朗?"

"对,这就是我说的。"他的声音低沉又洪亮。

他将自己胡子上面的面包碎屑擦掉,将两只手放在口袋里面,重新走来走去。

雅克从来没看见过他如此消沉的样子,眼神黯淡无比,得等他心情稍微好一点，雅克没等着他邀请，拖了一把椅子来。穆尔朗像是一只关在笼子里面的困兽，走到雅克面前停了下来。

"现在你还能依靠谁呢？"他大吼道，"难道还对那些劳动工人寄希望？期待他们来发动一场罢工？"

"对！"雅克语气非常坚定。

这个信基督教的老人无奈地动了一下肩膀："全体罢工？我呸！如今谁还敢说这两个字？谁还敢考虑这件事？"

"我敢！"

"就凭你？你不可能没注意到，就算是在天主也情不自禁想要救赎的可怜人里面，也还是充满了数不清的闹事鬼和胡闹的家伙，天生安静不下来的，你难道没发现他们早就已经跃跃欲试了吗？只要有一个人能让那些家伙相信某个德国人已经侵入国家的领土，他们就会立马冲上去抢他们的枪支。任何一个人都能够拿出来独立地剖析，一般来说这是个善良的人，嘴巴上总是说着他不希望对任何人造成伤害，他心里也是这么坚信的，但是总还有暴戾、杀戮和毁灭的本能在他们身上蛰伏着，他并不会将这种本能当成骄傲，而且将这些隐藏起来，但是不管怎么样掩饰他心里总是蠢蠢欲动，他总会找机会让自己感到满足，一旦有人给他们机会的话……这是人的天生劣根性，无法改变的！要是不指望人，你想要靠谁？靠那些领导阶级？靠那些我们亲手选出来被拥护的人，那些社会党的参议员？你难道看不见他们都做了些什么吗？他们一直为普安卡雷投票支持他！他们只差一点点就会在发动战争的协议上签字了！"

他挪动一下脚跟又在房间里面转了一大圈。

"不，在这个地儿还有若莱斯那样的人，在别的地方还有王德维尔德还有哈斯那样的人们。""什么？你还对那些重要的领导抱希望？"穆尔朗径直朝他走过来，继续说，"你在布鲁塞尔就已经见识过他们了，你难道认为这些家伙真是什么英雄好汉，是真的发誓用革命行动来守护和平吗，他们怎么就不曾给欧洲的社会党发布一个一致的口号呢？不！他们将各国政府骂得狗血淋头，然后让听众为他们欢呼！再后来呢？后来他们就直接去了邮局，去发给沙皇、德皇、美国总统和普安卡雷的电报！他们甚至还发电报去恳求教皇！哀求他用下地狱来胁迫弗朗索瓦·约瑟夫！你说的那个若莱斯，你以为他做了什么，他只是像个没用的人拖着维维亚尼的衣袖，恳求他那位'可敬的部长'发出几声吼声去恫吓俄国！不！工人阶级被自己的领导骗得团团转，这些领导人没有坚定地去抵制活动以反对征战的威胁，反而让民主主义者得到了相当的自由去行动，他们将革命的机会放弃了，将无产阶级放到了取胜的资本主义手里面！"

他迈了两步路，又突然猛回头："谁也不能让我丢弃这样的念头，你的那个若莱斯只不过是用夸夸其谈来装模作样！事实上他和我一样都明白，开弓没有回头箭了！一切已成定局了！明天俄国与德国就要开打了！普安卡雷面对战争一句话也不会说！……他之所以同意了是因为他还企图遵守他曾经在彼得堡那些罪恶的承诺，之后，"他停了下来，走到门边开了一点门缝，一只灰色的母猫带着几只小猫进来了。"过来，我的小猫们……另外，是因为他迫不及待地想要成为一个让阿尔萨斯、洛林回到法国的那个家伙！"

他走到书架前面，那书架上摆满了书籍还有册子，书架坐落在两个窗户的中间，他拿起一本书爱不释手地轻拍了几下，就像一个马夫爱抚地拍拍自己爱马的脖颈一样。

"喏，小家伙儿，"他的声音变得更加温柔，并将手里的书放回去，"我不想夸耀自己，但是我的眼光一般都是很准的，就在他们举行了巴塞尔代表大会以后，我就写下了这样一本书，为了证明给他们看，他们所谓的国际工人协会事实上是个立场不明的存在，若莱斯将我大骂了一顿，如今呢？一切不出我所料，事实就是如此，想要将社会主义和国家主义协调起来，也就是属于我们的真正意义上的国际主义和那些在各个国家依然掌握着权利的民族主义的势力，那简直是妄想。想要打仗——想打胜仗——却不去突破法律的限定，仅仅满足于对各个国家的政府'施压'，仅仅只是在议会上纸上谈兵地攻击，根本就没有一点用处！"

"你让我怎么跟你说清楚呢？……我们绝大部分的革命领导人，他们根本不可能下决心突破国家体制的规定去行动！你知道这其中的逻辑吗？这一个国家，他们全然不知，也不愿意将它打倒，想建立一个社会主义共和国来取而代之，现在，只要国界线上侵入了普鲁士枪骑兵，他们别无选择，只能用自己的刺刀来保卫国家！他们小心翼翼地准备着！就应该会想到有这种情况的！"他十分激动地说着，一边转身走进了房间最内部，"这将会是彻底的背叛，我跟你讲，居斯塔夫·埃尔韦一样的叛变！全部的领导人，挨个儿地全部叛变！你阅读过报纸了吗？祖国已经陷入危难！所有人都站起来了！刀枪已经挥动起来，轰轰隆隆！乒乓！是大战争之前的准备！……一个星期以后，或许在法国甚至欧洲都找不到几个真正的社会党人了，只有沙文主义分子们到处都是！"

他迅速地走到雅克身边，将有力的大手放在他肩膀上："正因如此我才告诉你，捣蛋鬼，你就大胆地相信我穆尔朗吧，你赶紧离开，不要再拖了，赶紧回到瑞士去。在那里，你这样的人也许还能找到一份职业，在这里是不可能了，已经完全没可能了！"雅克十分沮丧地从穆尔朗那里走出来，怎么都无法排除心里的沮丧，要去哪里找人安慰一下呢？

他迅速地赶往了《人道报》社，斯特法尼还有加洛正在那里和老大商量，他在走廊上撞见了卡蒂厄，他跑过来对雅克大声地说，刚刚有两个人，都是在政府的内部机关做事的，马尔韦以及阿贝尔·费里①，接待了若莱斯，返回的时候若莱斯表示，完全不必失望。

雅克刚和他告别就遇见了帕热斯，他是加洛的一个年轻的合作伙伴，他十分消极，俄国在加紧速度备战，到处都可以为这种假设做证明，据说昨天沙皇已经暗地里签下了具有决定作用的赦令，也就是总动员令。

雅克在"新月咖啡馆"只坐了一小会儿，除了于丽大婶，他没有看见任何认识的人。于丽大婶坐在大厅的一角，似乎在召开着一个不大的妇女会议。她在一个绷着仿皮漆布的长椅上，对于她的短腿来说，那软皮凳子看起来似乎太高了。这个富有激情的老婆婆头上没有帽子，她灰色的头发裸露在外面，她正被一群女活动分子围在中间，她挥舞着手脚，高声谈论着，她将这些妇女召集起来是想要让她们明白一些理论。雅克装作没看见，偷偷走开了。

有几个人坐在小径路上的一家"进步咖啡馆"烟雾缭绕的阁楼上，讨论着当天发生的事情，这些人分别是拉布、贝尔特还有茹默兰，外加一个从南锡刚到这里的人，默尔特，莫泽尔省工会里面的一个

---

①马尔维（1875—1949），在维维亚尼内阁中担任内政部长；费里，1949年任外交部副部长。

书记，他早上才将东部的新闻带到巴黎。还有个和他一同来的人，是一个德国的社会党的党员，向他保证说，昨天晚上柏林已经有一个军事商议会被召开了，德国的人们也已经察觉到今天将会出现"重要的决定"。德军已经把莫塞尔河上面的大桥都占据了，灾难已经来了。昨天有一些德国的轻骑兵在吕内维尔附近十分挑衅地过了国界线，奔跑在法国的领土长达好几百米。

"你说在吕内维尔？"雅克问他的时候忽然记起了达尼埃尔，记起了贞妮。

他不是很专心地听他们讲着，那个南锡人说道，已经好几个晚上，有数不清的空火车从东部那些铁轨上开过去了，回到了各个火车站，等着驶往巴黎的郊区随时等待命令。雅克一言不发，开始紧张了。他看到欧洲已经开始向毁灭的深渊滑下去了，活生生的似乎是真实发生的场景一样。这要什么样的奇迹才能够力挽狂澜，让所有的舆论为之震惊，激发起各个国家的民众爆发一场突如其来的大规模的反抗呢？

突然之间，他想再次回到兄长那里去了。雅克已经快一周没有和哥哥见面了。此时正是午饭时间，他可以在他的家里去见昂图瓦纳。"再说了，去看看他好让我消磨等着去找贞妮之前的时间。"

60

"雅克先生知道要开战的消息了吗？"莱翁向他发问，这是在嘲笑他吗？他说话的时候疑问的语调跟他那凸出的眼球里面散发的眼神一般，痴痴呆呆的，但是在他噘着的嘴巴上又能看出一丝狡黠的意味。没等雅克回答他,他又说道:"我在第四天就要上前线了。但是我总是后勤兵。"有电梯关门的声音从楼梯上方传来。"先生到家了。"莱翁边说边去开门,昂图瓦纳扶着一个小老头儿的肩膀走进来,那个老头儿双鬓花白,一身羊驼毛料子的西服。雅克已经认出这就是他爸爸曾经的秘书。沙斯勒见到雅克大吃一惊,他一看到非常熟悉的面庞,就拿手捂住了自己的嘴巴,好像是要控制住自己不要尖叫一样:"啊呀,是您来了!"

昂图瓦纳似乎在想什么,和弟弟握了一下手,并没有因为他的出现感到惊讶。"沙斯勒先生刚才在人行道上来回走着等我,我请他上来和我们一起用午餐。""就这一次,不会经常来的。"沙斯勒十分谦卑地支吾着说。昂图瓦纳对用人说道:"可以开始用餐了。"他们三个都进到诊疗室里面去了,斯蒂德莱尔、茹斯兰还有罗瓦已经在那里等着了,满桌子都摊着报纸。"我来迟了,从医院出来之后我又去了一下奥尔赛码头。"昂图瓦纳向他们解释道,一时沉默,大伙都面色阴沉地望着他。

"事情如何?"斯蒂德莱尔忍不住问。

"十分不乐观,非常糟糕。"昂图瓦纳说得很简单,他十分丧气地摇头,撇了撇嘴巴,然后又扬了扬声音说:"请到餐桌上来吧。""就像吕梅尔讲的那样。"昂图瓦纳突然开口说道,他的眼睛依然盯着面前的盘子,"此时,我们有着足够的理由去指望英国国会能与我们一道行动。不管怎么说,至少它是不会阻止我们的。"

"那这么说,它为何不尽快地声明呢?那样还能挽救一下局势!"斯蒂德莱尔问道。

雅克不禁插嘴道:"什么原因?就是因为还无法完全确定英国希

望力挽狂澜。不必说了，英国是那个唯一可以渔翁得利的国家。"

"你的想法是错的，"昂图瓦纳激动起来，"在我看来，那些伦敦的上层阶级没有一个希望发生战乱。"沙斯勒在昂图瓦纳后面的一张椅子上面坐着，只是默默地听着。不管他坐在哪里都好像是坐在一个折叠的椅子上，他不停地摇头晃脑扫视着讲话的人们，他已经忘记要吃饭，这一场世界性的动乱已经不是他的理解力和忍受力能够承受得了的。从前段时间看来，看报纸和听别人谈论，更加加深了这个可怜的人的恐惧，今天他之所以到这个地方来是想宽宽心。昂图瓦纳慷慨激昂，声音激动得有些异样：

"英国的内阁现在是由真诚且热爱和平的人领导的，在我看来，这应该是欧洲最好的一个政府团体了。格雷十分慎重小心，已经做了八年的外交官了，阿斯吉斯和丘吉尔也是出名的沉稳老练正义，霍尔丹非常积极活跃，对欧洲的一切事物了如指掌，还有劳埃德·乔治①，没人不知道他的和平主张，他一直都对扩军和备战表示反对。"

"都是人中龙凤。"沙斯勒在一旁佐证，好像他早就确定了意见似的。

雅克采取了守势，看着自己的哥哥，默不作声地用餐。"英国人被这些人领导着，是不会做出冒险的事情的。"昂图瓦纳总结道。

斯蒂德莱尔又插嘴说："如果这样，那为何格雷在这十几天里，想尽办法玩弄外交手段来粉饰太平呢？现在警告是让中欧帝国让步的唯一的可行的方法了，一旦打起仗来，英国就会抵抗的。""确实，格雷前一天在和德国的代表会面的时候采取的就是这个办法。"

---

①劳埃德·乔治（1863—1945），英国自由党领袖，一次大战期间任军备大臣，后任首相。

"那结果如何？"

"没什么结果。还没有结果。但是，奥塞尔码头的人们很担忧如此的声明是不是已经晚了，不会有什么用处的。"

"那当然了。"斯蒂德莱尔嘀嘀咕咕，"干吗还指望这些呢？"

"放心，这并非偶然，"雅克隐含着嘲讽道，"在欧洲那些掌握权力的奸诈狡猾的政客中间，格雷似乎是最……""吕梅尔根本不是这样解释的，他在伦敦做了三年的随军人员，对格雷是十分熟悉的，他说得很有道理，说实在的，他分析得非常在理。"昂图瓦尔不高兴地打断了雅克。

"就是这个地方吸引人。"沙斯勒低低地说，似乎在自言自语。

昂图瓦纳不说话了，他并不想争论任何东西，就连他在奥尔赛码头听回来的消息也不想再说了。他非常累了。昨天夜里他和斯蒂德莱尔把医疗的记录册整理了一遍，他坚持把它们整理一遍，为了防止万一。哈里发离开以后，他就上楼把信笺烧掉，将自己的个人证件等选出来整理好。快黎明时分他睡了两个小时，醒来以后精神十分不好，忐忑不安地看报纸，一整个上午和别人谈话，所有人的消极情绪和恐惧不安都让他更加地焦躁。上午有很多的病人来看病，他从医院离开已经筋疲力尽了。最后，和吕梅尔之间让人懊恼的交谈……

这次，他的精神已经遭到了很大的打击，这些烦忧让他依靠的生活基础被动摇了，那个基础便是科学以及理智。他忽然发现了精神的无可奈何，要去面对如此多的摆脱了束缚的本能，他认为他勤劳生活一直依靠的美德：克制、理性、智能、阅历和正义之心，都毫无用处了。他真想一个人好好地想一想，和消沉的意志搏斗，振

作精神,坚强地去面对无法逃避的现实。大家看着他,似乎在等着他出声。他皱起眉头,打起精神,继续说道:

"格雷这个人是一个地道的英国人,谨慎,多疑,有些保守,不很大方,但是他的思想和行动都是很值得赞赏的。和你认为的完全背离。"他对雅克说道。"我只是从他采取的政策来推断这个人的。"雅克回答。

"吕梅尔将这个政策分析得非常精彩,不过十分深奥,我当然不可能全部都记得……"他长叹一声,摸了一下额头,"第一,格雷不能毫无拘束地和法国结成坚固的联盟,内阁中还有一些人是偏向德国的,比如霍尔丹。对于英国的民众,一直到这些天,他们对于爱尔兰的纠纷更加关心,胜过了关心萨拉热窝暗杀的后果,如果以保护塞尔维亚为理由而跑到大陆去战争……英国民众是绝对不会答应的。所以说,就算格雷想要早一点把英国置入冲突之中,他的那些同志、议会还有全国都不会愿意和他一起去冒这个险的。"

他给自己倒了一杯酒一口气喝干了,在平常吃午饭的时候他很少会这样。

"还不仅仅是这样,"他继续说,"和以前一样的,还存在着心理因素的问题,看起来,从一开始,格雷就已经十分清楚地意识到,和平与战争的关键掌握在英国手中,他同时也很清楚,他们手里握着的是一把双刃剑,你们想象一下,要是英国政府早在一周之前就公然地承诺给法俄两国军事上的支持……"

"……那样的话我们就会马上听到柏林改变他们的腔调。"斯蒂德莱尔插嘴道:"德国就会开始节节败退,逼迫奥地利将它的爪牙收回去,所有的事情都可以在首脑们的斡旋之中被很好地解决掉!"

"这也不是不可能,但并不是万无一失的,格雷也完全是有理由担心事情背道而驰的:要是俄国真的知道自己不仅可以依赖法国提供的兵力和财力,还可以依赖英国的军队和财物,有了这样的靠山,俄国反而会无法克制想要孤注一掷的冒险诱惑……这样看来,"昂图瓦纳看了看雅克,说道,"格雷采取了完全不一样的态度,这就不难理解,正是因为他内心真正希望维护和平的愿望让他采取了这种平衡政策。他对法国表示:'注意!应该对俄国适当干涉,俄国冒这样的险,要是把你们卷进了冲突中,我们是不会出面帮助的。'同时他对德国表示:'小心点!我们并不支持你们这种不退让的做法,不要忘记,我们的舰队正在北海上面,我们从未向谁保证过我们会采取中立态度。'"

斯蒂德莱尔动了动肩膀:"不管那个格雷有多么地精明,也许他只是个天真的老小孩罢了,因为俄国从它的情报网必定可以了解到伦敦对柏林发出了胁迫信息,这当然就会让俄国期待得到英国的援助,在这个时候,德国也会让反间谍机构来向柏林报道英国说给法俄两国的那些让人丧气的话……所以说,德国根本没有理由去认真考虑英国的胁迫……说到底,用这样维持平衡的方式仅仅是让战争更加有可乘之机!"

这和吕梅尔得出的结论差不多,只是昂图瓦纳没能表达出来而已,一是因为他觉得不需要考虑什么,这只是一些不算秘密的小消息,可以告诉他的同僚;二是因为他仔细地将随意的聊天和与外交官在谈话中告知给他的那些个人的看法和真心话分辨开来,雅克在这里让他显得比平常更加地小心,因此,他不想告诉他们,领导人物在探索，想知道是不是能够采取类似于给英王乔治①发一封私人的函件这种方式来直截了当而急迫地呼唤大不列颠的援助，想知道是不是时机已到了。

同时，他非常谨慎，避免提到某些确切的事件：吕梅尔告诉他，这一件事情让格雷在昨天和德国的代表会面时决定了将英国的武器放到了天平上面。就在前天，二十九日那天，德国人干了一件十分愚蠢的事情，他们大概是跟伦敦说："请向我们承诺，英国会保持中立。我们战胜以后，一定保证不破坏法国的领土完整，我们只要得到他们的殖民地。"这话说得太傲慢了，再加上他们还拒绝承诺一旦交战，也不破坏比利时的中立，这些言辞，吕梅尔说，也许会让英国的外交机构和全部的内阁成员愤慨，从而改变态度转而亲援法国，让英国政府更加直接地倾向法俄两国。

雅克仔细地听着哥哥的叙述，没有争辩什么，但是他并没有表示退让的意思。说："从吕梅尔的话里面我认为他疏忽了这件事情的关键点。"

"什么关键？"

"那就是，英国在十年前确实是当之无愧的海上霸王，但是若是他们不想尽办法去阻止德国海上舰队的发展的话，要不了多时，英国就会沦为海上第二流的国家，这是事实，没有人不知道，以我的看法，这些比格雷的思想情况和心态犹豫更能说明问题。"

"说得对，"斯蒂德莱尔补充道，"巴格达铁路事件②在英国的政

①指英王乔治五世（1865—1936），1910至1936年在位。
②一战前夕，德国修建巴格达铁路。但是英国对此工程的财政开支制造阻碍，要用拥有正在组建的石油公司的百分之五十的股票作为交换条件。后因战争爆发，协议未签。

策中有什么影响呢？连接着君士坦丁堡以及波斯湾的铁路处于德国的控制之中，换句话说，直接通向印度洋，这是在拿事关生死的竞争来胁迫苏伊士运河！"

"这又能说明什么？"一个叫罗瓦的年轻人漫不经心地说。

"说明什么？"沙斯勒好像是他的回声一样又重复了一遍。

"可以说明英国有一个希望打仗的急切理由，来削弱德国的实力，依我看来，这就能说明所有的问题。""英国很早就跟拿破仑一世针锋相对过了①，"沙斯勒巧妙地指出来，又开心地笑着说，"对，在打仗这方面，德国人永远也不会具备拿破仑一世那样的雄才大略！"

稍微停了一下，他眼里闪过一丝嘲讽的神色。"就算是这样，您觉得英国的领导们现在的和平声明是不可信任的了？"茹斯兰问雅克。

"不能，德皇曾经已经声明他们的未来建筑在海上，这就是向英国发出了挑战书。在我看来，英国正在接受这个挑战。英国满心期待可以打败这唯一一个在欧洲妨碍了它的国家。我觉得格雷十分清楚德国的想法，一边进行斡旋，实际上一点也没有指望这些行动会产生什么实际效果。我觉得他是故意在不停地制造错觉给人们，事实上，英国政府最终还是将可以让这一次正中下怀的战争推向不可避免的境地看成是自己发展的机会，它需要这一场战役，但是他们不敢自己主动发起。"

他看着昂图瓦纳，他正在削水果，似乎对他们的话题没有兴趣，斯蒂德莱尔对马尼埃尔·罗瓦说："一九一一年的时候，英国就已经在摩洛哥事件上煽风点火地恶化法德之间的关系，要是没有卡约……"

---

①1911年法德争夺摩洛哥的斗争引起国际冲突，英国抗议法国企图让德国分占一部分摩洛哥。

雅克看着罗瓦,他坐在桌子的最那头,他在听到卡约这个名字的时候忽然抬起了头,可以看见他明晃晃的牙齿。这时候,似乎在冥思苦想的茹斯兰说话了,他很小心地用叉子和餐刀给自己面前盘子里新鲜的水果去皮,这时候他停下了动作,十分温柔地环视周围:"你们知不知道我是如何想象着以后的史学家会怎么来描述我们现在的历史吗?他们会写道:'一九一四年六月的夏天,欧洲中部忽然发生了大火灾,火源来自奥地利,柴堆早就在维也纳精心准备好了……'"

"但是……"斯蒂德莱尔插嘴道,"火源是塞尔维亚的!是彼得堡直接吹出来的强有力而且不正常的东北风让火越烧越旺!"茹斯兰说:"紧跟着,俄国人就开始往火上浇油!"

"……而且法国人也出人意料地同意了。"雅克说道,"他们商量好了一起将准备已久的柴火放进火堆上面去。"

"那德国呢?"茹斯兰问道,并没有人答话,他接着说:"这时候,德国袖手旁观看着火越烧越大,看着熊熊的火焰……他们这样是不是两面派?"

"对!"斯蒂德莱尔大喊。

"不,这可能是因为他们太傻了。不仅仅蠢,还倨傲无比!他们疯狂地放大话,说他们可以及时把火情控制住,用损失掉一些房屋的法子来扑灭火焰!"

"……而且他们还从中获益。"罗瓦说道。

"这是不该发生的事情。"沙斯勒先生十分悲伤,轻声说道。

"得救的应该是英国……"茹斯兰说。

"至于英国,在我看来,太明显不过了,英国从最初就已经准备好了大量的水资源,灭火绰绰有余,火情严重的时候,他们明明看见火势蔓延,但只是在那里叫喊:'快救火啊!'但是自己却小心地保护着自己的水闸。尽管做出一副守卫和平的样子来,这样的做法仍然会让后世子孙们批判它是纵火者的同伙而审判它!……"

昂图瓦纳只是低着头吃东西,似乎并没有在听他们说话,哈里发眼睛湿润,对着雅克大喊道:"关于一点,我不能同意你的见解,就是关于德国采取的立场!"他似乎不能自已心中的狂乱,声音变得十分激动:"我觉得德国就是蓄意要打仗!"

"那是自然。"罗瓦不假思索地说,"德国也在做着相当查理五世和拿破仑的美梦①!公国之战②,萨都瓦战役③还有一八七〇年战争,全都是想要征服欧洲而必须经过的阶段!每一个阶段,它的军事实力就会得到大幅度增长,以求可以更快达到它泛日耳曼主义的企图!"

斯蒂德莱尔耷拉着脑袋听完这些话,他弯下腰对雅克说:"对,我也觉得德国就是早有无耻的预谋!它从一开始就在幕后操纵着奥地利的行动!"

雅克正要说话,但是被斯蒂德莱尔抢了话头儿,哈里发似乎非常激动,他几乎是在叫喊着说:"这简直太明显了!一个衰落的奥地利要是没有一个强大的后台怎么敢用那种下最后通牒的语气!怎么敢拒绝所有联合大国,拒绝延缓塞尔维亚答复的期限呢?怎么会不留一点商量的余地,直接拒绝了塞尔维亚如此妥协的回复呢?你们瞧瞧,如果不用德国暗地里就是想挑起战争来解释的话,又如何解

---

①查理五世(1500—1588),西班牙国王和德国皇帝,梦想征服欧洲,拿破仑曾想恢复罗马帝国的版图。
②指1864年普鲁士和奥地利对丹麦的战争。
③萨多瓦是波希米亚地区的村子,因1866年7月3日普鲁士人在此战胜奥地利人而闻名。

释它完全不管英国的建议是否诚恳就通通拒绝,不管怎么说,在外交上总是能够接受的,又怎么解释德国拒绝沙皇提议的让海牙国家法庭来解决的建议?"

"这所有的都是能够解释清楚的,"雅克说得很爽快,"德国不可能不知道俄国有着泛斯拉夫主义的爱好战争的企图,它一直坚持,列强们去干预奥地利与塞尔维亚之间的事情甚至比不介入更加危险。"昂图瓦纳非常激烈地反驳雅克。

"奥尔赛码头的人从来不相信德国所谓的和平承诺,他们早就相信……"雅克念道,"……相信中欧帝国早就决定要将所有的可能对延缓冲突造成阻碍的东西全部清除。"为了停下这一场让他情绪起伏的内部成员讨论,他放下餐巾起身了,大家都照着他的样子做了。

"我们不要不考虑德国,多次试图和解,但是法俄两国的政府完全不愿意思考这件事。"他们缓缓走出餐厅的时候,雅克告诉斯蒂德莱尔。

"那些都是虚假的!算了,不论如何,他们总是要考虑一下欧洲的舆论的。"茹斯兰公正地说,"德国的论点是——必须对塞尔维亚进行惩罚性的讨伐,但是严格限制在局部冲突——一定不会将整个欧洲大陆牵扯进去,更不要对我们发起战争。"

"还不止这些,"雅克补充道,"要是德国想要借战争的力量来灭掉英国,那干吗要等这么长的时间?这十五年中间有很多战争的机会,甚至比今天的机会更为有利,为什么它都放过了?怎么就没有利用一八九八年法索达在法国和英国之间的危机[①]?还有一九〇五年

---

① 法索达是苏丹的一个小村镇,英法为争夺苏丹在此对峙,后法军被迫撤出。

爆发的俄日战争？为什么不利用一九七〇年那场波斯尼亚危机①？也放过了一九一一年摩洛哥危险②？"

"我觉得这些事情没什么大不了的，"哈里发十分坚持地嘟囔道。他反复地说："我觉得没什么大不了的！"将手放进自己的裤兜里面。沙斯勒先生在门口拿着一大块面包在吃，他躲开身子，让他们一个一个地从他身边走过去，昂图瓦纳走在最后一个，沙斯勒将自己的面包拿在手里面晃了晃，眨巴了几下眼睛说道："先父有这个习惯，饭后必须要吃一块面包做点心，我也跟他一样，昂图瓦纳先生，这对我来说真是美味。"他的笑容似乎在用最大的宽容来谅解自己的缺点，其中有一些得意扬扬的感觉，因为他的嗜好并不多。沙斯勒是个很直率的人，不会做出谦虚之态。

雅克和茹斯兰一起走到诊疗室里面，大家都聚在那个地方用茶，斯蒂德莱尔插到他们两个人之间，握着他们的手臂，弯下腰用一种担忧和亲昵的语气说道："我觉得没什么大不了的，人们可以没完没了地吵下去，任何事情总是有理由的，我觉得真的。没什么大不了，毕竟我们都认为德国是罪恶的，而我们成了他们的替罪羊，我一打开报纸首先浏览的，我也不必隐瞒了，就是去找德国心口不一的证据！""这是因为什么？"茹斯兰在门口站住了脚问他。

哈里发低垂着眼皮："为了能无条件接受我们所遭受的一切！……是因为，一旦开始不相信德国是作恶的，那就要艰难地去践行他们口里的'我们的义务'，那简直是强人所难！"

---

①奥匈帝国吞并波斯尼亚而引起的国际冲突，俄国最后不得不承认既成事实。
②1911年摩洛哥首都爆发起义，法军乘机占领，与德国抵达摩洛哥的阿加海港的炮艇发生冲突，法国在英国的支持下，达到占领目的。

雅克无奈地笑了:"所谓的'爱国的'义务!"

"对啊。"斯蒂德莱尔说道。

"当您眼睁睁看着那些人打着义务的旗号让我们去做那些他们计划好的事情的时候,你还把这些义务看得那么重要吗?"哈里发摇着肩膀,好像一条在网里挣扎的鱼儿一样。

"哎,"他用愤怒又恳求的语气喊着,"不要再纠缠我了!……我们都清楚,要是不幸的话,明天法国就动员了,不管我们心里想什么我们都逃不掉了。"

雅克大喊着:"我可以逃过去!"他见到自己的哥哥就在房间的中间站着,昂图瓦纳转身看着他,他不由得全身瘫软了,他在哥哥的眼里看到了十分奇怪的哀求之色,于是他不再说话了。昂图瓦纳一走进房间,他就十分惊讶地发现了他的忐忑、慌乱,他整个内脏都在翻滚不已,就好像是在父亲弥留的那晚守在他床前时一样,那时候他第一次看到向来不屈不挠的哥哥忽然痛哭起来。

昂图瓦纳转身说:"马尼埃尔,给我倒杯咖啡行不行,小鬼?"

哈里发越发地激动起来,继续说着:"再说了,我想的是谁又能够说得万无一失呢?欧洲发生一场战争肯定会促进社会主义的形成,这是在和平时代用二十年时间宣传也达不到的效果!"茹斯兰接着说:"这件事情嘛,我倒真的没有考虑到,有一些你们中间的理论家宣传这种论调,必须要发生战争才能进行革命,但是我一向觉得,这就是菲力普老头说的那种'精神观点',他说得很对,一个被武装了的现代国家,一群被动员了的民众将会呈现什么状态,真的无法想象。在我们民主制度放任之下起义尚且没能成功,如果将来有那么一天,全部的革命人士都会被军队控制,被掌握着每个人的生杀大权的军事专政制度控制,反而还期待起义忽然胜利,简直就是异想天开!"

斯蒂德莱尔没有听他在讲什么,他看着雅克,用沉郁的声音说:"什么叫打仗?可能一打就是好几个月……如果欧洲的无产阶级在经过了这些劫难以后变得更强大,更有经验,更加团结一致呢?要是战争以后帝国主义真的结束了,军事竞争真的消失了呢?如果各个国家的群众可以最终建立起来稳固的和平,就是国际主义意义上的和平?"

雅克坚定地摇头说:"不!这一切根本靠不住的美好的前程,如果一定要用打仗的方式来得到的话,我宁愿不要……别的什么都可以,也不希望理智和正义被暴力和鲜血给束缚了!宁愿得到别的东西,也不要这样可怕又荒诞的战争!"

罗瓦一直静静地听着,这时候他说话了:"别的什么都可以?哪怕是被敌人侵略,分割我们的领土?……那如果这样,为了安宁,立刻就把默兹诺尔、帕·德·加来和阿尔登乖乖送给那些德国佬吧,为何不给呢?再加上一个极好的出海港口!"

雅克不动声色地耸了一下肩膀。"不用说了,这样会让有些北部的工业家感到为难的,我们切实地考虑一下,在绝大多数的工人和矿工眼里,这些能改变他们艰难贫穷的生活现状吗?如果问他们的意见,他们大多数的人是愿意维持目前的状况,还是不愿意上战场光荣牺牲呢?……"他十分严肃而坚毅地说,"我明白,你将战争视作各个国家民众日常生活的一种正常的变化,……这太恐怖了!……这样没有人道主义的变化,应该彻底被制止!必须让这样流血的动乱远离人们,让人们可以自由地向着创造更好的社会而行动和发展!战争一点也不可以解决!一点也不能!它只会让劳动者的境地越来越悲惨!他们在战争时是战场上的炮灰,在战争结束后,还面临着成为任人剥削的奴隶,劳动人民的命运就是这样的!"他放低了声音,"这十分容易,我找不到任何,的确再也找不到还有什么东西对人民来说,能比战争更可怕的了!"

"说得太轻松了!"罗瓦语气冰冷,"简直是轻率!要是您答应的话,就好像战争胜利不会给人民带来任何好处一样。"

"没有好处!而且是一直得不到!"昂图瓦纳的声音清楚又坚定无比地传过来。

"这种说法根本就没有依据!"雅克心里一惊,回头去看,昂图瓦纳耷拉着眼皮坐在书桌前面,似乎在认真地拆着一封信,事实上他把大家说的每个字都听在耳里,他并没有离开他坐的那个地方,也没有看雅克一眼,又继续说,"这个说法是没办法站稳脚跟的,从贞德开始,整个历史……"

"哈,"茹斯兰插嘴揶揄道:"谁又能知道呢?也许贞德不存在、英法两国会融合为一个国家……这一定是对查理七世①的严重侮辱,我赞成。可是,也许对于两国来说利益很大,因而可以避免遭受很多的苦难……"

昂图瓦纳耸了一下肩膀:"你认真点茹斯兰,难道你会否认德国没有从萨多瓦和色当②得到任何东西吗?"

"德国!"雅克迅速地反驳道,"德意志民族是一个整体的概念,但是德国的人民,普普通通的老百姓他们能收获什么?"

罗瓦将自己的身子挺起来:"要是一九一五年那个复活节,或者

---

①查理七世(1403—1461),法国国王,在贞德(1412—1431)鼓动人民抵抗侵略,恢复大片国土的局势下,于1429年在兰斯加冕。
②1870年德军在色当大败法军,拿破仑及十万大军投降。

是比那个更早的时候，作为获胜国家的法国将阿尔萨斯、洛林再次夺了回去，把他们的领土扩展到莱茵河天然的边界，将萨尔州的矿产占为己有，将德国的非洲领地变成殖民地，要是按武装的力量来看的话，法国成了这个大路上最有力量的国家，那怎么能说法国白白牺牲了士兵什么也没得到呢？"他傻傻地笑着，然后，他确定这场辩论已经结束了，他拿了一张椅子反坐在上面，开始从口袋里摸出香烟来。

"这所有的事情可不是这么简单的……不可能如此简单……"茹斯兰对雅克小声地说着。

"哎，"雅克对他，放低了声音，"我不可以接受暴力，以暴制暴的暴力我也不能容忍！我不会让我的思想有任何的罅隙可以让那些暴力的念头渗进去！……不论是他们说的正义之战还是掠夺之战我都拒绝！……我不接受来自任何地方因为任何理由爆发的任何的战争！"感情过于激动导致他呼吸困难，他停了下来。"就算是内战我也不同意！"他心里想着，他记起来和米特尔之间的热烈争论，那是个什么事情都敢做的革命人士。（他告诉那些人：我为了博爱的理想而奉献自己的一生，我不愿意凭借杀戮和仇恨去使我的这种理想实现……）

61

"事情不会那么容易的……"茹斯兰反复地念叨，目光呆滞地看着四周。

他停了一会儿，似乎在回想刚才一闪而过的念头，他换了个语气：

"我们是医生,至少我们入伍征战不是去成为血腥士兵,我们不是去杀人而是去救人的……"

"对,对……"斯蒂德莱尔立马接过去,他眼睛湿漉漉的,带着感激的神色看着茹斯兰。

"要是我们并不是大夫呢?"罗瓦咄咄逼人一脸好奇的样子追问他们。(大家都知道,他从来不会将他的文凭拿出来给军事当权部门看,他曾经服兵役的时候,只在诊所实习了很短的时间,就被编为了士兵,现在他是一名步兵团里面的预备役少尉。)

"我说小马尼埃尔,你是不是就是不愿意给我们倒杯咖啡来?"昂图瓦纳大声地喊道,似乎在找什么借口来岔掉这场辩论,让这些不断争执的人分散开来。

"马上就来,马上!"那个青年说。他敏捷地起身,一抬脚就从椅背上跨了过去。

"伊萨克!"昂图瓦纳又喊道。斯蒂德莱尔走过去,昂图瓦纳将一个信封递到他手里。"你看,费城大学已经给我们回信了……"然后他又惯性地说了一句,"归档!"斯蒂德莱尔没有接那封信,一脸惊讶地看着他。昂图瓦纳微笑了一下,就将信封丢进了废纸篓。

只剩下茹斯兰跟雅克在这宽敞的大屋子的一角站着。

"无论是否是医生,"雅克说的时候没有看他哥哥所在的方向,但是声音很大,并不只是说给身边的人听,"只要是应征进入军队的人,都是接受民族主义政策也就是支持战争的人。我觉得,对于每个人其实问题大同小异,难不成只要政府命令你去杀戮,你就愿意去杀戮吗?……就算我曾经并没有像……今天这般,"他弯腰靠近茹斯兰说,"就算我以前是个顺从的人民,对自己国家的机构觉得满意,我也不会赞同打着国家利益的旗号逼迫我去做背叛我的精神原则的事情。一个国家要是盗取了权利去逼迫被统治者违背自己的良心,就别想人民会配合他们。一个社会要是不将人的道德原则放在首位,就只能得到人们的反抗和鄙视!"

茹斯兰赞同地说道:"我以前是个激进的德雷福斯派……"他这么说道。

昂图瓦纳似乎总是在桌子前面忙着什么,这时候突然转身。"这问题讲得并不怎么好。"他的语气十分肯定坚决,一边说话一边起身瞪着雅克,自顾自走到了房间的中心位置,"作为我们国家这样民主的政府,就算它的政策也许被少部分的反对派否定了——但是它仍然掌权,这就是因为它代表的是大多数人的意愿,并且是符合法律规定的。所以说得到了动员令并积极响应号召的人,是出于考虑大众的利益——而不是他对政府政策的一己之见!"

"你说到的大部分人的意愿,但是,就算并不代表所有的公民,至少如今大部分的人不希望打仗!"

雅克又开始说话:"以什么身份?"他躲开他哥哥话里面的锋芒,十分笨拙地看着茹斯兰问着:"这大部分的人是用什么样身份,坚持放弃了合情合理的,经历了仔细推敲思考的原则而把公民的服从放到了最崇高的信念前面?"

"凭借着何种名义?"罗瓦突然挺起身子像是被人打了一巴掌一样大喊道。

"凭借着何种名义?"沙斯勒紧接着的声音就像是罗瓦的回音。

"凭借的就是社会契约这一名义。"昂图瓦纳说得非常坚决果断。

罗瓦看着雅克,然后再看看斯蒂德莱尔,似乎暗示他们反对自己一样,然后他一耸双肩,转身疾步走到了窗子边上的一把扶手椅子里,一屁股坐下去背对着他们。

昂图瓦纳低垂着眼睛,有些莫名其妙地将勺子在杯子里搅来搅去,好像在沉思什么。

短暂的沉默过后,茹斯兰打破了寂静的空气:"我对你的意思太清楚不过了,所长,其实归根结底我和你的想法是一致的。现在的社会论不管到底有没有缺陷,但是对我们这一代已经长大成人的人是个事实,这是由前几辈的人们建造起来留下来给我们的一个现成又比较坚固的舞台——现在是我们在这上面去寻找平衡的时候了。我非常明确地感觉到了这一点。"

"非常不错。"昂图瓦纳说了一句,又继续摆弄着他的勺子,头也不抬。

"我们人类这样一种脆弱又无能为力的生物,说到底,我们所有的力量——很大程度上的力量,要充分地被利用的可能性在于——将我们集合起来,为我们安排井井有条的活动的社会组织,在现在的社会情况之下,对我们来讲这样的组织并不是虚构的:它是存在的,存在于这个空间的实体,它就叫作法国……"

他说得很慢,声音忧伤又坚决,似乎他已经早就准备好这番话了,特意在这样的时机说了出来。"我们作为这个民族共同体里面的组成部分,所以说,我们和它应该是从属的关系,就是这一个民族共同体,是它让我们成为现在这般的人,可以说是安定无忧的生活,在它所提供的范围构建了我们文明的社会生活,我们和这个共同体之间已经有了早在几千年前就得到公认的联系,是一种契约,让我们所有人承担义务的契约!这是我们所无法选择的钢铁一般的现实!……

我认为，只要人还在社会中生活，就不可能随着自己的意愿脱离对这一个保护了他们、使他们受益的社会所应该担负的责任。"

"并不是全体的人！"斯蒂德莱尔插嘴道。

昂图瓦纳看了他一眼。"就是全部的人！也许对每个人来说程度不一，但是就是全部的人！你和我是一样的！无产阶级与资产阶级没有差别，餐厅的服务员和领班也没有什么不同！因为我们从出生起就是这个社会共同体的一员，我们每个人都占有属于我们自己的一个位置，每个人每天都从那个位置上获得利益，所以我们要遵守社会的契约来补偿。但是，这个契约最重要的一条便是我们要遵从共同体所制定的法律，就算我们在进行个人的自主思考的时候也要遵从这些法律，就算这些法律并不一定全部正确，但如果抛弃了这些责任，就好像是在机关的武器库上面开了一个裂缝，是破坏社会结构的行为。正是这些机构让法国这一民族共同体得以成为一个均衡而且有活力的机构。"

"对。"雅克轻声说道。

"更何况，"昂图瓦纳继续用激动的声调说，"这就会导致行动上的盲目，因为干的事情违反了每个人真实的利益。就是由于这样无政府主义的暴乱导致人心惶惶，在每个人的立场来看，会导致非常糟糕的结果，远远超过了一个人对于法律，哪怕是并不符合情理的法律的遵从。"

"这样要视情况而定！"斯蒂德莱尔连忙接话。

昂图瓦纳看了哈里发几眼，这次他向他的方向走近了一小步："我们是这个国家的公民，难不成不是必须不停地遵从从我们个人角度来看并不看好的法律吗？但是，共同体给了我们与其斗争的机会，法国还容得下思想上与言论上的自由！甚至我们还拥有选举这样一个合法的反抗武器！"

"我们就来说说这件事。"斯蒂德莱尔立马驳斥他说,"法国的普选不过是漂亮的骗局罢了！我们有四千万法国人民,但是选民只占了一千两百万都不到！只要一半的人,六百万零一票被超过的话,就构成了他们不知羞耻所谓的大部分人！我们是服从于六百万人意愿的三千四百万笨蛋,——你知道这六百万人的票是怎么投出去的吗？只是在酒吧里面听来的流言蜚语影响下胡乱地投票！不是的,法国没有任何一个人拥有真实的政治权利,他们有方法去改变这个政体吗？有方法不去同意甚至有机会讨论那些迫使他遵从的新法律吗？凭借他的名义组织起来的联盟甚至都不过问一下他们的意见,就将他们卷入将会牺牲他们性命的争端里去,这就是你说的法国的民族主权？"

"不好意思。"昂图瓦纳严肃地回敬道,"我并不认为我有你所描述的那样毫无权利,确实,对于社会中发生的每个事件并不会事先征询我的意见,但是,要是共同体实施了一项让我不满意的政策,我便能够自由地参与投票,支持那些在议会里面反对那一项政策的官员！……这时候,只要我投出的一票还不能将那些到现在还算是代表着大部分人意愿的家伙赶出政治中心,让那些准备依照我希望的改变国家政策的人来取代他们,那我的义务就这么轻松,而且无可争议,我被社会契约制约着,我理应服从和让步。"

"Dura lex, c'est lex (法律没有情感可言,但那终究是法律)[①]。"沙斯勒在这一片静默中,小声嘀咕着。

[①]这句拉丁文夹杂着一个法文字。

哈里发在房间里走来走去,他嘀咕着:"需要弄明白的是,在现在的境况下,反对动员而引起的革命动乱,所带来的祸患是不是远不及……"

"……最短暂的战争那样糟糕!"雅克补充了他的话。

在房间的另一头罗瓦动了一下,椅子发出了吱嘎一声,但他并没出声。

"对我来讲,所长,"茹斯兰十分温和地说道,"我的想法是跟您一致的,我会遵从的。虽然话已至此,但是我还是知道,在这样的特殊时期,在这样胁迫着我们的大危机面前,对别人来说,这样的顺从是一种让人无可忍受的……很没有人道精神的……义务。"

"正相反,"昂图瓦纳马上反驳,"个人越能看清楚局势的严重程度,就越能感到自己责任的重大!"他暂停了一下,把咖啡放回了托盘里,一口都没喝,他表情僵硬,声音发抖。

"近来我一直在琢磨这件事情。"他忽然坦白道,声音十分克制,使得雅克不由自主地将目光投向了他,他用两只手指按在眼皮上面,然后扬起头,对雅克投去了奇怪而热情的一个眼神,然后他一字一句地说,

"要是今天晚上由大部分人选出来的政府颁布了动员命令——即使我对这个政府并不赞成,那也并不因为我对战争有各种的看法,也不因为我是少部分持反对意见中的一员,我就有权利去毁掉契约,不去承担和每个人都相同的责任——就是对每个人都没有差别的责任!"

雅克并没有插嘴,听完了这几句特意说给他听的话,他认为,昂图瓦纳这些观点并没有怎么惹自己生气,而且他能够从他不容置

疑的定论中听出一些合情合理的、真诚无比的声调，情不自禁地感动了。尽管自己的哥哥与自己的态度南辕北辙，他还是无法不认为，在这件事情上，昂图瓦纳的态度前后一致，忠实于他自己的原则。

突然，像是有谁刚激烈地反驳了他一样，昂图瓦纳抱起双手大喊："滚他的，要是可以只在打仗之前做个公民，一如既往的，那真是太轻松了！……"

接下来便是一阵令人窒息的沉默。茹斯兰十分敏感地察觉到了微妙的变化，他觉得争论好像差不多已经结束了，是时候换个话题了。大家已经达成共识，他于是热情地总结道："归根结底，所长的看法是正确的。社会生活就是一场冒险的游戏，必须得在接受规则和退出游戏之间做出选择……"

"我早就做出选择了。"雅克在他身边小声说。茹斯兰微微地转头，不由自主认真而激动地注视着雅克，似乎眼光已经透过雅克这一个实际存在体，看见了令人动容的命运。

莱翁没有长胡子的光滑脸庞从门缝里面探进来："有人给先生来电话了。"

昂图瓦纳转身眨一下眼睛，似乎被从梦中惊醒一般望着那个用人。

"又是她。"他最后这样想道。"好的，我立刻过来。"他等了一会儿，低垂着眼帘，脸上写满了忧虑，慢条斯理地离开了屋子。

"她这次又要说些什么？"他一边想着一边走进了办公室。

"你不在乎我了！……你不像以前那样呵护我了！……"她们总有一天会向你发出这样的质问——所有的女人会这个德行！……其实我们不再在乎的并不是女人们，而是我们本身，是在她们面前所展示出来的那个自我！在她们看来，被告知我们已经"不再互相爱慕"的时候，她们都会非常惊讶，她们该说的不是："你已经不再在乎我了！"而是："你已经不再在乎我们相爱时的那个你自己了！……"

他走到电话那里，毫不犹豫地拿起听筒。"托尼，是不是你？"

他被吓到了，有些反感的感觉，面对着这已经熟悉得不能再熟悉的、十分悠扬动听、郑重而刻意温柔的语调——他无法决定是不是要答复。心里泛着冷清的怒意……这几天以来他觉得自己已经逃离了她和她的引诱，不只是逃离，而是彻底清除……是的，就好像将某种污渍洗掉了一般……他记起西蒙来，不，已经完了，全完了，联系的绳子已经断裂，为何还要去再次接起来？

他缓缓地将听筒搁在桌子正中，向后退了一步，话筒里面传出一种类似喘息和呜咽的杂音……真是难以忍受！滚他的，不管怎么说都不能再重新有联系了。

他不再回诊疗室了，将门锁好以后坐在沙发上开始抽烟，最后他瞄了一眼桌子——话筒里面的声音已经没有了，侧放在那里发着光芒，就好像是一条死虫子——他沉重地躺到了垫子上。

沙斯勒和斯蒂德莱尔在诊疗室的壁炉前面靠在一起说话，沙斯勒很开心此时终于有了他说话的份儿，并且还有别人在听他讲话，他就用他的不得体又难以理解的废话努力地向别人解释他的买卖。

"新鲜花样，奇妙的想法，精巧的发明……都是些新的事物，这就是我们的格言，怎么样？我以后再将 AC 寄给您，也就是研究者组织发的通报给您看看……我们已经做了一些间接的安排伴随这场战役，必要的时候人们就会调整方向，国家防卫任何的人都有专属的区域，什么？"（他不停地这么问来问去，神情忐忑不安，似乎没有听清楚重要的问题。)他随后继续说道:"发明家已经送了一些十分震惊的东西给我们,我不愿意泄密……例如,我可以说几个:将沼池里面的水和雨水过滤的手提式的过滤机器,战场上可是很珍贵的……伤害士兵身体的所有的毒气……"他得意地笑了一下:"还有更让人惊讶的,有一种自动的瞄准器,上面安装了发射机的,可以帮助眼神不好的士兵,甚至炮兵也能够用……"

罗瓦在那儿站着听他断断续续地说了一会儿,起身问他:"自动是什么意思?"

"就是自动的,这就是神奇的地方。"沙斯勒扬扬得意地回答。

"然后呢?怎么能瞄准?"

沙斯勒比了一个不容怀疑的手势:"完全自动!"

雅克跟茹斯兰一直站在那里,在靠近书柜的一个角落里面小声嘀咕。"最让人心烦的是,"雅克说着,额头上皱起了气愤的纹路,"一想到迟早有天,也许已经马上就要来临了,人们总是不能理解,服兵役,各个国家举起战争的旗帜,这样的事情居然成了不容置辩的崇高的职责!直到那一天人们会觉得简直无法相信社会居然具有因为一个人拒绝战争就举枪杀死这个人的权利!……就好像我们不可以想象,曾经的欧洲,有上千个上万个由于宗教的信念而被审判,忍受残忍的刑罚……"

"听我说!"罗瓦大叫着。

他已经将一张当日的报纸从桌子上面拿起来,表情木然地看了一遍,用清楚又搞笑的声音朗读:"青年夫妻,带着小孩,希望租一套有花园的幽静别墅,租期是三个月,位置在可以钓鱼的河边,最好是在诺曼底或者布尔哥里。请函告本报社办公室三四一八信箱。"

他爽朗地哈哈大笑起来。今天也只有他一个人笑得出来。

"像个放长假的中学生一样快乐。"雅克小声地说着。

"应该说像个真英雄一样欢乐!"茹斯兰修正他的说法,"要是没有幸福,就只剩下鲁莽而不是英雄主义了……"沙斯勒将自己的怀表掏出来,在他看时间之前,他像一个医生在诊断病人一样专注地看着,侧着耳朵细细地听。"小笨蛋,"然后他扬起眉毛,眼神从镜片上面穿透过,宣布道,"现在是一点三十七分了!"

雅克浑身一抖:"我快要晚了,我就不再等哥哥了,我先离开了。"他一边说一边握了一下茹斯兰的手。昂图瓦纳在沙发上面睡着,听到雅克说的话从客厅传过来,莱翁将他送到了楼梯口。他急忙推开了门:"雅克……我跟你说……"雅克十分惊讶地走过去。"你要走了吗?""对。"

"你过来一下。"昂图瓦纳的声音听起来有些疑惑不安,他握着雅克的手,雅克之所以到这里来本是想和昂图瓦纳单独聊一聊,他原本是想跟哥哥说自己的财产安排问题,不愿意瞒着他什么事情,他心里居然还想:"也许我还会告诉他关于贞妮的事情……"虽然时间已经很紧迫了,他仍然愿意和哥哥亲密地聊聊天,便进入了他的小办公室内。

昂图瓦纳将门关上,站着问雅克:"你听着,我们认真地谈一谈,我的弟弟,是到底准备怎么干?"雅克装着很讶异的样子没有对他的问题做出解释。

"你已经免服兵役了,但是只要总动员,所有不用服兵役的都需要重新审查,他们要让每一个人都上战场……你到底准备干什么?"

雅克无法再逃避他的问题了,就说道:"我什么都不知道,现在我已经合法地逃离了他们的魔爪,他们拿我没有办法。"看着哥哥坚定的眼神,他又冰冷地说道:"我可以告诉你的是,我就算将自己的手砍了也不会去打仗的。"

昂图瓦纳转移目光:"这态度简直是……"

"最没用的?"

"不,我可没有这种想法。"昂图瓦纳十分温和地说,"不过,可能只有最自私的人才会这样……"

雅克什么也不说,他接着说:"你不这么看吗?在现在这样的时候,不愿意当兵,就是把自己的利益看得比集体的利益还要重要!"

"放在利益的前面!"雅克反驳,"集体的!人民的利益!很清楚应该是和平而不是打仗!"昂图瓦纳做了一个意义不明的手势,似乎是想要让他们之间的谈话不要涉及所有与理论有关的争执。但是雅克还是倔强地说:"集体的利益,我不去当兵就是为了集体的利益!我觉得——我毫不怀疑地觉得——现在,让我选择不去当兵,就是最重要的利益!"

昂图瓦纳控制住自己烦躁的动作:"你好好地想一想嘛……你不去当兵又能够得到什么实在的好处呢?没有丝毫的好处!……全国总动员,百分九十的人会接受去当兵的命令,还有任何别的事情比孤军奋战更没有意义更不可能成功吗?"他刻意让自己的语调变得克制、和蔼,雅克禁不住有些动容,他安静地望着哥哥,居然还露出了一抹友善的笑容。

"为什么要一直谈论这个问题呢,我的哥哥,你对我的想法太清楚不过了,我绝对不赞同政府可以逼我去参加一个我认为是罪恶的、背叛真理、背叛正义,破坏人类团结的战争……在我心里,不是敢于拿枪上战场就是英雄！我宁愿被拖出去一枪毙了，也不愿意成为他们罪恶的同伙！虚无的牺牲？谁知道是不是？就是因为人们荒谬的服从，让从前和如今的战争变成现实，孤立无援的牺牲？得了吧，敢于拒绝的人只是一小部分，我又能怎么办呢？可能仅仅由于……"他稍稍犹豫，"由于部分的人……精神的信念还不够强大……"

昂图瓦纳耐心地听着他说话，很奇怪地呆站着，他不动声色地抖了一下眉毛，他看着雅克，好像是一个熟睡的人一般轻微地呼吸着。"我并非不承认，超凡的精神信念是必不可少的，那样才可以一个人或者少部分的人去对动员命令发出反抗，"他的声音终于变得很轻柔，"这是一种没有效果的力量。拿鸡蛋去碰石头的愚蠢力量！……那些为了坚持信念而拒绝上战场从而被枪毙的人，我对他们寄予满腔的同情和哀悼……但他们在我眼里不过是白白牺牲的空想家……我并不认为他们是正确的。"

雅克只是微微将双手摊开来，跟他哥哥说"我能怎么办"的时候一样的神态。

过了一小会儿，昂图瓦纳只是静静看着他，还抱着一丝希望又劝说道："事实已经摆在面前，让我们感到烦忧，明天事情会变得更糟糕，而且没有任何人能够控制——可能会逼迫政府不得不征用我们。你难道真的以为这还是检验我们的祖国强加给我们的责任是不是符合我们个人意见的时候吗？不是的，当权者决定一切，当权者发号施令……就好像是我在治疗的时候，我只要命令做抢救，由我来判断时机是不是成熟，我不能容许别人的争辩……"

他有些迟缓地扬起手擦了一下脑门儿，又把手放在眼睛上按了按，然后铿锵有力地说："你想一想，我的弟弟，问题的关键不在于你同不同意打仗，难道你以为我想打仗？问题是我们现在只能学着容忍它，我们对战争感到厌恶是出于本性，但是把这样的反感藏在心里面，责任心可以控制它不要表现出来……现在正是危险的时刻，在需要我们出力的时候我们却推三阻四，这就相当于背叛了我们的国家，对，这会是彻底的背叛……这是抛弃团结的信念，这是罪恶的对待别人……我并不愿意剥夺我们本身对于政府下决定所具有的建议权，但是要首先渡过难关，以后再去研究那些权力。"

雅克又笑起来："可是我，你看我，我觉得，我们可以根本不搭理那些国家之间以战争来当借口的民族，我认为国家没有权利随便找个理由要求自己的人民背叛自己的原则……我控制着自己不要老是用这些冠冕堂皇的话，但是事实就是如此：我的良知比你这种机会主义的论断更有力，我的良心还要比你们的法律更加有理有据！控制暴力和掌握世界命运仅仅只有一个办法，就是反对所有的暴力！我觉得，拒绝流血牺牲才是真正的精神上的升华，才值得被尊重。要是你们的法律和法官们对它不屑一顾，那就让他们滚吧，他们总有一天会明白的……"

"很好，很好……"昂图瓦纳很是心烦话题又回到了一般观念。他环抱双手，"就算从现实出发又如何？"他走到雅克面前，忽然，他做了一个他们之间很少有的动作，他用手热情地扶着雅克的双肩，"你告诉我，弟弟……明天就要下命令了，你准备怎么干？"雅克缓慢而坚定地挣开了他的手："我会一直抵抗战争，用一切办法将反对战争进行到底！……如果真的有必要的话……我会采取革命暴乱的做法……"他不由得控制了一下自己的音量。他停了一会儿压抑地说："话虽这么说……其实我也不清楚到底怎么办，但是我可以肯定的就是我绝对不会去应征的,绝不!"他用尽全力挤出最后一个微笑,做了一个告别的手势,向门外走去,他的哥哥也不愿再挽留。

62

雅克赶到贞妮的家,看见她打扮整齐了,一脸倦容,看起来非常担心的样子正要出门去。她没有打探到妈妈的消息,也没有收到达尼埃尔的消息。她禁不住胡思乱想。报纸上的报道让她惊慌失措。而且雅克迟迟没有来,她总是记起他们当日遇见的那些蒙卢日的便衣警察,她担心他有什么不测。一见到雅克她便扑到他怀里无法言语了。他说:"我尝试着了解了一下奥地利那些外国人的境况……我们骗自己也没有用,那边已经戒严了,可能德国人还可以回到自己的国家,意大利人可能也有机会,即便意大利和奥地利关系也不好。可是法国和英国人还有俄国人根本就不可以!要是您的妈妈没有在前几天从维也纳出发——那她应该已经到家了,大概是没来得及——她或许真的被困住了……"

"不让她走?难道把她关在牢里面?"

"不会的,只是不让她上火车就是了……可能得等上一两个星期,等到事情得到一定的解决,国际上出来一点什么计划……"贞妮不说话了。雅克在这里就让她能够从胡思乱想的痛苦中解脱出来了。她紧紧靠在他身上,放任自己沉迷在他深深的长吻中。从昨天夜里回到家里,她就一直期待着这样的一吻。等到这个吻终于结束,她小声地说:"我再也不愿意独自一人了,雅克……你带我走吧……我再也不要离开你了！"他们步行走向了卢森堡公园的方向。

"我们现在准备乘电车，就在梅第西斯街头。"他说道。

现在本应是散步的时候，偌大的公园里面却见不到人影。一阵一阵的微风将树叶吹得沙沙轻响，花坛里面的万寿菊散发着浓郁的香味。花坛边的长椅上有一对情侣相互依偎，他们的表情模糊不清，两个人互相紧紧依偎着，似乎想要将空虚用热烈的爱情来填满。

在栅栏的另外一头，他们到了市中心，整个城市因为战争的威胁，变得十分躁动，嘈杂的噪声好像是吓人的回音一般。新闻已经在这一个夏日芬芳的午后传遍了整个欧洲，两天以来，正在放假的巴黎，人突然变多了。报贩高声叫喊着号外从十字路口穿过去，一辆两匹马拉着的，挤满了父母亲小孩以及女佣的马车从正在等着电车的雅克和贞妮面前飞奔而过。行李重重叠叠地堆在马车上面，可以看出来里面有一辆小孩的推车以及捞鱼网和雨伞。

"这些固执的人是在向命运宣战。"雅克轻轻地说。

车辆在苏弗洛路、梅第西斯路和圣米歇尔大道上川流不息，但是这并不是处于忙碌工作日中的巴黎，也不是周末明媚阳光下闲散的巴黎，这是一个被骚扰了的蚂蚁群。路上的人都是急匆匆的，好像非常忙碌的样子，但是他们心不在焉，犹豫着该往哪个方向走。说明他们大多数都无处可去，不能一个人待着——孤单地面对这个世界，——他们从家里走出来，搁下工作，只是想要逃避烦恼，将灵魂上沉重的负担交付给街上川流不息同样忐忑的同胞们。

整个下午贞妮如影随形地跟着雅克。自拉丁区一直到巴蒂尼奥尔，自格拉希埃尔去巴士底，自贝尔西码头去"水堡"，到处都充斥着同样的新闻，如出一辙的评论，相似的愤怒，到处都是无精打采，一样的准备坐以待毙。每次只有他们两个人的时候,贞妮就非常自然地谈论关于她自己的事情,或者是讨论天气:"我真不该蒙着面纱出门的……我们过马路那边去吧,去瞧瞧那家卖花的店。好像不是那么很热了,你感觉到没有?好像呼吸都顺畅些了。"这些纯真的话语将花店里面的花架和酷热的天气以及欧洲目前的状况联系在一起,让雅克有点疑虑。他有些冷漠又严肃地看了少女一眼,他眼睛里面迸发出的阴沉孤寂的火花让她胆战心惊。有时候他又温情脉脉地回头,心里想着:"我将她卷入这些事情里面来到底错没错?"

走到总工会的门廊,他注意到一个偶遇的同志用疑惑而严肃的眼神看着贞妮,他忽然觉得贞妮现在的形象,站在这灰尘扑扑的楼梯间,穿着一身紧身衣裙,戴着薄纱面罩混在这些工人之中,难以描述她的举止和容貌,社会阶层不同的生活环境在她身上打下了记号。他觉得有些不好意思,于是赶紧把她拉了出去。刚刚敲响七点钟的钟声,他们走过一条又一条的大街,走到了交易所这个街区。贞妮觉得很累,雅克身上迸发的活力,让她由衷佩服,同时也让她丧失了自己的力量。她回忆着,从前在拉菲特别墅区的时候,雅克用他的嗓音,用他专注的眼神,他思想的忽然飞跃,总是强迫人处于一种持续紧张的状态,她曾感受过这种疲惫无力和无法承受的感觉。他们快到《人道报》社的时候,卡蒂厄迎面跑来擦肩而过。

他大喊着:"这下完了,德国宣布动员了!俄国的愿望达到了!"雅克惊了一下,但是卡蒂厄已经跑远了。"我要去看看发生了什么事情,你在这里等等我。"(他不知道该不该将贞妮带进去。)她过了街道,在人行道上走来走去。从雅克进去的那扇门,人们川流不息,好像是密密匝匝的蜜蜂。过了三十分钟,他脸色大变地走了出来。

"是官方从德国传出的消息,我看到格鲁西埃①还有瓦扬、勒诺德尔②、桑巴,他们都聚在楼上等待着具体消息。卡蒂厄马尔克·勒伏瓦在奥德赛码头和报社之间来回奔波。面临着俄国加紧战备,德国宣布动员。是真的已经宣战了吗?若莱斯觉得是假的,德文是Kriegsgefahrzustand! 似乎他们的宪法早就知道这样的境况一样。若莱斯捧着一本字典,像是翻译文学著作一样:'战争处于危险情况……战争的威胁情况……'老大真行,他还处于信心满满的状态坚持不绝望!他的信心是从布鲁塞尔和哈斯还有德国的社会党人进行谈话以后而得到的,他重复强调:'只要我们身边还有他们这些人,一切都还有希望!'"

他挽着贞妮的手,拉着她快步走开,并不知道去哪里。他们在楼群里面转了好几个圈。"法国到底怎么办?"贞妮问道。"四点的时候举行了紧急内阁会议,公报上面说会议讨论了必需的应战措施,以求保护我们的边界,哈瓦斯报社强调今天晚上我们的掩护军队已进驻前方战场,也有人说,为了不给敌人挑衅的借口,武装部将会采取在边界边沿空出无人区,大概几公里宽。目前德国的代表正在和维维尼亚谈判……加洛对德国的政事非常熟悉,他非常消极。他说我们不能对这样的消息抱希望,Kriegsgefahrzustand是一种在正式宣战之前迷惑敌人的方式……不管怎么说,在现在的境况下,德国已经采取了戒严,这就等于说,新闻传播的自由已经受到限制,现在那边已经没有进行反对战争示威的可能了……对于我,这真是最糟糕的情况了:只有人民起义才可能挽救现在的局面了……斯特

---

①格鲁西埃,生于1863年,卒年不详,法国社会党人,多次担任议员、副议长。
②勒诺德尔(1871—1935),法国社会党改良派,若莱斯的合作者。

法尼和格鲁西埃,他们都是担任了数次议员,还有副议员勒诺德尔,他是法国社会改良派的人,是若莱斯一起做事的伙伴,他们和若莱斯同样坚持乐观,他们说,德皇这只是一种预备的行动并非正式宣战,这说明他还在努力守护和平,这是说得过去的。如此一来,可以给德国让彼得堡的政府一个采取和解措施,最后甚至撤回动员令的最后的机会。从昨天开始,德皇跟沙皇似乎就在不停地交换私人电报……我从斯特法尼走的时候,布鲁塞尔打了一个电话叫走了若莱斯,他们看起来都想要得到有用的消息……我没在那儿等,来看看您如何了……"

"您不用顾虑我。"贞妮语气焦急,"您快上去吧,我就在这里等着您。"

"这里?就在大街上?不行!……至少去'进步咖啡馆'坐着等我。"他们很快地走向了小路。

"你好啊!"一个沉郁响亮的声音喊道。贞妮回头一看,是一个穿着印刷工黑色工作服,头发乱蓬蓬的老教徒一样的人,叫作穆尔朗。

雅克立即说:"德国宣布总动员了!"

"呸!我早就知道……这是我早就想到的!……"他啐了一口口水。

"无能为力了,再也没有任何法子了!以后也没有法子了!……全部都要毁掉!我们的所有文明都应该全部毁灭再建起新的洁净的文明!"

沉默一会儿,穆尔朗说:"你们是去'进步咖啡馆'吗?我也要去那里。"

他们走了一会儿,都没有出声。"今天早上你想没想过我告诉你的话？你还不逃？"穆尔朗又问他。

"我现在还不愿意走。""那随你的意思吧……"他有些迟疑,"我,我是总部过来的……"他用探寻的眼神望了贞妮一眼,用执着的目光看着雅克,"我有些话要告诉你。"

"您请讲。"雅克边说边挽起贞妮的手来,说得更加清楚了:"就像老朋友之间一样,您尽管说。""好的,"穆尔朗边说边将两只结满了老茧的手放在雅克的肩膀上,放低了声音说,"非常糟糕的内部消息,战争部长已经签好了命令,要B字名单上面的嫌疑分子全部抓获。"

"什么!"雅克惊讶。老头子肯定地点头从牙缝里挤出几个字:"请你务必提醒那些相关人士!"他看到贞妮惊恐地望着自己,于是微笑着对她说:"冷静点……可爱的姑娘,这并非是说今天就要把我们拉去站在墙壁前枪毙……但是命令不管怎么样都已经发出去了,他们乐意将我们拘捕,等到要无所顾忌地去打一场大仗的那一天,只需要叫他们的特别部队按照命令行动就行了……郊区已经有警察开始在执行命令了,据说《红旗报》社还有《斗争报》社都已经被搜查过了,今天早上伊萨克维奇差点就在大肆搜索普托的时候被逮到了。富泽已经被关起来了,有人告发他写了《血腥的手》,你知道,那是一篇对武装部提出抗议的传单……事情已经没那么简单了,形势愈发严峻了,你们等着看吧,我的小家伙儿们。"

他们进了咖啡馆里面,雅克将贞妮安排在楼下大堂里面,那里没什么人。

"和我们一起用点餐吧。"雅克对穆尔朗建议道。

穆尔朗用手指了一下楼上。"不用了,我要去一下上面了,听听消息……从一大早楼上就充斥着各种愚蠢的言论!……告辞!"他

1561

将雅克的手握了一下,又轻声地说了最后的一遍:"听我的吧,赶紧离开这是非之地!小鬼头!"

走的时候他冲着两个青年人友善地出乎意料地一笑,然后走远了,他们听见他沉重的脚步声震得旋转的小楼梯直发颤。

"今晚你去哪里住?"贞妮忐忑地问道,"不会还要去昨晚住的那个地方吧,他们已经知道那个地址了。""噢,"雅克漫不经心地回答,"我都还不敢确定我有那个荣幸能上得了他们的黑名单呢……"见到贞妮十分忐忑的样子,他又补了一句:"但是请不要担心,我不会再去李贝特那里了,今天早晨我已经将我的行李都寄放在穆尔朗家里,那些会对我造成伤害的证件都在那里面,都放在您家里的那个小包裹里面。"

"那就行了。"贞妮看着他说道,"在我家里应该不会有问题的。"

雅克站在那里点了一杯茶水,但是等不及茶水送上来了。"你就在这里待着等我可以吗?我去一下《人道报》社看看……您千万别乱跑,就待在这里不要动。"

"你还会不会回来?"她控制着自己的声音。她突然觉得很害怕,眼睛盯着脚尖,不愿意让雅克看见自己的惊慌。她感到雅克将自己的手握住了,这不出声的怪责让她的脸唰地红了。"我是……我是跟您开玩笑呢,好了,您快走吧,不用担心我……"

只剩下她一个人坐在这里,刚刚端上了茶水,散发着一股洋甘菊的清香,她端起来啜了一口,有着淡淡的苦味。然后她将杯子推到一边,两只手肘放在冰凉的桌面上。街上嘈杂的喧闹声透过敞开的窗户传进来,刺眼的阳光也泻了进来,将耀眼的光芒反射在屋内的镜子上,玻璃制的货柜上,铜雕的扶栏上,柜台上面的桃花芯木上也铺着斑驳的碎光。在满室的阳光中，隐约听见哗啦啦的流水声，是老板在柜台后把一些玻璃瓶子拿出来清洗着。桌子上面零零散散放着几份报纸，贞妮四处张望，脑袋一片空白。时间慢慢地溜走，她疲惫不堪的脑海里浮现着种种幼稚的念头，黑暗的忧虑还有无法招架的恐慌害怕，像是幽灵一般缠着她。

她用尽全力去关注一只灰色的猫咪，那只灰猫蜷缩在她身边的一把软垫子长椅上面。这只猫是不是睡熟了？它的双眼闭得紧紧的，耳朵不断在颤动，看起来像是非常困的样子。它难道也感觉到了整个空间里缭绕的不安气氛？它收缩的爪子看起来软软的很放松，似乎是装出来的。是不是入梦了？还是仅仅是假装？想要欺骗什么人？或者仅仅是欺骗它自己？……夜色渐渐加浓，时不时有一些人，其中还有工人走进来，和老板默契地对视一眼，就从大厅走过去上了阁楼。他们一打开阁楼上面的门，就飘出一阵喧闹，争论的声音混杂着外面的叫声。

"我回来了！"

贞妮被吓了一跳，她没有注意到雅克进来了。雅克满脸是汗地坐在他身边，猛地一仰头，把脸上的头发甩到后面去，抹了一把汗。"有好消息了！在这一团乌七八糟的情况下总算有个好点的消息了！"他轻声告诉她，"是德国的社会民主党从布鲁塞尔打电话传来的一个消息。他们并没有放弃抵抗，若莱斯说得没错，这些人都是我们的好同志，他们不会放弃的！他们那里和我们这里一样被慌乱恐惧笼罩着，他们更加坚定了要保持联系，好保证我们行动上的一致。但是，因为德国采取了戒严措施，他们与我们要联系上十分地困难，他们借助比利时，派了一名代表到我们这里，叫作赫尔曼·密勒①，大概明天他就要到这里了，很明显有着极大的权力。他这次应该是来和法国的社会党订立协议，马上采取大型的反抗活动，来抵抗战争。你知道吗？在《人道报》社，大家都已经把自己的希望全部寄予这个出乎意料的消息还有明天缪勒和若莱斯的上层都晤上了——他们是两国无产阶级的代表！……不用说，他们一定会做出举足轻重的决议！听斯特法尼说，关键在于要彻底地在两个国家组织起一次规模巨大的工人阶级的暴动，曾经有恰当的时机出现过！这一定不会太迟的。还可能借着总体的罢工来获取胜利！"

他语速极快，几乎听不清他在讲什么，激情四射的样子极富感染力。

"我们老大决定明天刊登一篇非常有杀伤力的文章……可以跟左拉写的《我控诉》②一较高下！……"

看到贞妮一脸茫然的表情，他才发现这一个比喻她并没有听明白。另外这也并不是他的原创，这是加洛的秘书帕热斯的妙语——在贞妮的脑子里面无法形成任何具体的印象，过了半天他才无奈地察觉到他们之间的代沟。

"你刚才同若莱斯交谈过了吗？"她一脸无邪地问。

"没有，我今天没和他讲话。若莱斯即将离开报社的时候我和帕热斯还在楼梯上，像以前一样，他被一大群伙伴围起来了，我听到他跟他们讲：'我会将这所有的东西写到明天的报道里面，你们一定

---

① 赫尔曼·密勒（1876—1931），德国社会人，中央委员，国会议员，一战时持沙文主义立场。
② 1898年左拉在《黎明报》发表致共和国总统的公开控诉，以"我控诉"开头，揭露当局诬告雷福斯的黑幕。

会见到的！我要将每一个负有责任的人揪出来，这次，我会把我所明白的所有东西都讲出来！'说实在的，我觉得他一定在笑着，这个怪人！对，他肯定在笑。他有一种特别的笑容……看起来像一个好心的巨人一样……让人觉得心情鼓舞。然后他讲道：'我们还是先吃点东西再说吧。到附近的餐馆去，额，就去阿尔贝家吧……'"

贞妮专心地听着，一言不发，眼神认真。

"你愿意接近一点看看他吗？"他又问她，"我们也去'新月咖啡馆'吃晚饭吧。我来告诉你哪一个是他……我有些饿了，我们也是有用晚餐的资格的！"

63

时间已经超过了九点半，大多数的熟客都已经从餐厅里面出去了，雅克和贞妮的位置靠右，是个客人稀少的角落。若莱斯跟他的友人们一起，在一个靠左的位置，和蒙马特尔街道平行。用几张餐桌合在一起成为长桌。"你看到了吗？那个坐在沙发正中间，背对着窗子的就是他，你看他正转身跟老板阿尔贝讲话。"

"他看起来一点也不担心，"贞妮轻轻地说，那吃惊的语气使得雅克很开心。他握着她的手，小心地握紧。"别的人也都是，您全部都知道吗？"

"都知道，坐在若莱斯右边的那个叫作菲力普·郎德利厄，那个靠左的肥头大耳的叫作勒诺德尔。和勒诺德尔面对面的就是杜布勒伊。靠近他身边的叫作让·龙格。"

"那个女人是谁？"

"我认为那就是普瓦松夫人,就是和郎德利厄面对面的那个人的夫人。她身边坐的就是阿梅苔·杜诺瓦。坐在她对面的就是勒努兄弟两人,刚刚到场的那一个桌子旁边站着的就是《红帽子报》的写稿者米盖尔·阿尔莫雷达……我不记得他了……"

"乓!"响起一声枪响和玻璃碎裂的声音,突然将他的话打断了,立刻又响起了第二声开枪的声音。最里面的那面墙上的镜子已经被完全炸碎掉了,最开始人们都被吓呆了,接着就是乱哄哄的闹嚷声。整个餐厅大堂的人们乱成一团都去看那面碎裂的镜子:"有人开枪打碎了镜子!""是谁打的?""在哪里打的?""是从大街上开的枪!"两个男服务员冲出了店门,奔到了街上,街上响起了叫喊声,雅克本能地站起来将贞妮圈在手臂里面保护起来,他四处搜寻着若莱斯,他看到若莱斯周围的人突然全部站起来了,只有他自己看起来很安静,坐在那个地方,雅克看到他缓缓地弯腰了,好像在地上找什么一样,然后雅克就再也找不到他的影子了。

这时候店里的女主人阿尔贝夫人从雅克的桌子前跑了过去喊着:"若莱斯先生中弹了!""你就在这儿别动。"雅克拍了拍贞妮的双肩温柔地说,强迫地将她按到椅子上坐着。他冲若莱斯的那张桌子跑去,那里有人声嘶力竭地叫着:"赶紧去找医生啊!""快报警!"周围的人都在指手画脚地阻止人们接近若莱斯和他的伙伴,雅克用手为自己开路绕了一大圈终于钻到了若莱斯所在的地方。只看见有个人好像躺在漆皮的沙发上,被弯着腰的勒诺德尔遮住了,勒诺德尔起身的时候,扔了一方被鲜血浸透的餐巾在桌子上,然后雅克看到了若莱斯的面庞,头部和胡子还有没有闭上的嘴巴,他可能已经晕过去了,脸色煞白,闭着双眼。

有一个来用晚餐的医生——挤开了人群,他迅速地将若莱斯的领带扯下来,将他的衣服脱下,在他垂下去的手上把脉,有几个声音盖住了喧哗:"安静点!……不要说话!……"大家都看着这一个陌生人,他握着若莱斯的手一句话也没说,他俯身俯得非常低,目光炯炯地仰视着天花板上的檐口,眨着眼睛。他一动也没动,也不看谁,只是缓缓地摇了几下头。

好奇的路人从街上一涌而来。阿尔贝先生急忙大喊:"关上门!窗子也关上!窗帘放下来!"

人们将雅克挤到了大厅的中间,若莱斯的友人小心翼翼地把他的身体抬起来,让他平躺在一张刚刚合起来的桌子上面,雅克用尽全力去看他,伤者周围的人变得越来越多了,他只能看到两只沾满泥土的鞋底搁在白色的石英桌面上。

"快给医生让路!"安德烈·勒努终于找来了一个大夫,两个人挤进来,人群像是有弹性一样又迅速地合拢了,人们不停地小声讨论着:"大夫……大夫……"一分钟过去了,时间显得特别漫长,周围一片忐忑不安的沉默,然后这些低头往下看的脖子全部抖了一下,雅克看见他们中间戴帽子的人都将帽子取下来了。三个字在人群中蔓延传播:"他走了……他走了……"

雅克顿时满眼热泪,转身用眼神搜寻贞妮的身影,她一直站在那里注视着雅克,时刻准备着他示意自己就过去,她快步挤到了雅克身边,拉着他的手一句话也没说。一行警察冲进了饭馆,将大厅的人疏散,雅克和贞妮依偎着被人流往外挤,一直推推搡搡到了大门前。当他们正要从门口过去,有一个和警察交涉的人进了咖啡馆,雅克认得这一个社会党员,是若莱斯的伙伴昂立·法布尔。他脸色惨白，支支吾吾地说："他在哪里？你们将他送去医院了吗？"

没一个人敢吱声。有人胆怯地向屋内指了一下，然后法布尔转身，看到空空的大厅中间，大理石桌面上有一堆黑色的衣物，被强光照射着，平放在桌面上，就像是太平间的一具尸体。

政府下了一个临时封锁令，强行将聚集在咖啡馆前面的人疏散了，人们都堵在了交叉路口。

雅克看见和警察争吵的儒默兰还有拉布，贞妮挽着他的手，他拉着贞妮终于挤到了他们附近，他们刚从报社赶过来，还不知情。雅克从他们那里知道了凶手是如何在街道上通过敞开的窗户射击，经过短时间的追捕，跑了好一段路程才捉到。"凶手是谁？在什么地方？"

"现在关押在马伊路警察支局。""走吧。"雅克一把拖走了贞妮。

警察局支局前面已经聚集了很多人，雅克即使拿出记者证也没办法挤进去，他们正要放弃的时候看见卡蒂厄从里面走出来，脑袋上没有帽子跑了过去，雅克在他跑到面前的时候一把将他拉住，卡蒂厄转身，好像没有认出雅克是谁。（刚才他们在《人道报》社还一起交谈呢。）他眼神呆滞地看了雅克一会儿，终于木讷地说："你是蒂博？……这是首次流血案件……这是头一个受害的人，下一个，会是谁呢？"

"凶手到底是谁？"雅克问他。

"一个不知名的人，叫作维兰，我看到了那个青年，不过二十五六岁的样子。"

"他为什么要害若莱斯？是因为什么？"

"还不是又一个沙文主义分子！这些神经病……"他将雅克的手

拿开,跑开了。

"我们再回到原地去!"雅克说道。贞妮沉默又僵硬地牢牢抓着雅克的手,尽力跟上他的脚步。

雅克弯下腰:"你很累了吧?我将你安排到一个安全的地方休息一下好吗?我会过去找你的……"贞妮已经因为刺激和奔波感到疲倦不堪,但是在这时候,怎么能和雅克分开呢?……她不作声,只是更紧地靠着他,他也没有再坚持,靠着他的这个温热的小人儿可以帮助他面对眼前的绝望,他也不愿意现在孤单一人。

沉闷的晚上,柏油马路上散发着难闻的味道,蒙马特尔附近地区的马路上面都聚集着大量的人群,他们阻塞了正常交通,就连窗子上都是人,陌生人们互相攀谈:"若莱斯刚才被害了!"一帮警察几乎将"新月咖啡馆"前面的人群全部赶走,用尽全力将街道上面汹涌的人流挡在封锁区外面,消息已经如同长了翅膀一般四处传播了。

雅克和贞妮走到交叉路口,看见圣马可路上出现了骑着马的保安警官,他们首先将自胜利路的进口处直到交易所门前的人们都疏散,然后就分散在广场中间,骑着马绕了几圈,把充满好奇的人们逼退到住宅区前去。情况纷乱——一些胆子小的人溜到了一旁的小街道上——雅克和贞妮挤到了最前面,他们紧紧盯着夜色中的咖啡馆大门。咖啡馆已经将铁窗栏杆关上了,有警察把守在咖啡馆门前,只有警察进出的时候才能勉强看到稍微打开的门缝里透出里面灯火通明的大厅。

有两辆的士和几辆带着标志的小轿车冲过了封锁线,指挥着巡逻的警察向那些车上面下来的人敬礼,他们急匆匆地进了咖啡厅,门立即就关上了。一些熟悉情况的人们轻声地说那些人的名字:"那是警察局的局长……那个是保尔医生……塞纳省的省长……最后那个是共和国的检察长……"后来又来了一辆急救车穿过胜利路，铃声尖锐划破空气，拉车的小马小步地奔跑着。人群稍稍安静。警察指示急救车停在了"新月咖啡馆"的进门处。几个男护工从车里面跳出来，进了咖啡馆，救护车后面的门没有关上，过了大概十分钟。

人们激动地在原地急得直跺脚："他们到底在咖啡馆做什么？""进行细致的调查！"

雅克突然发现贞妮抓着他的手紧了一下，"新月咖啡馆"的两扇大门都开了，人们都没有出声，阿尔贝先生来到了人行道上面，咖啡馆里面灯光明亮，把里面照得像个教堂一样，里面挤满了穿着黑色制服的警察。只见他们分成两排，给担架让开了一条道，担架上面盖着白布。四个人脱了帽子，抬着那个担架。雅克已经认出来那些熟悉的人，勒诺德尔、孔佩尔·莫雷尔、龙格、泰傲·布勒丹，在场的人们顿时都脱下了帽子志哀。附近楼房的窗子里突然传出一个怯怯的声音："让凶手偿命！"划破了夜空下寂静的空气。

空气安静得能清楚听见护工们走路的声音，白色的担架慢慢地从门口出来，走过了人行道，摇摇晃晃地进入了急救车，再也看不见了。马儿开始前行，一路警察骑着自行车在一旁护送着，马车响着叮叮当当的声音驶向了交易所的方向。突然，一阵闹嚷盖住了几乎微不可闻的铃声，四面八方响起来，这是成百上千悲伤压抑的胸腔中爆发出的声音："若莱斯永垂不朽！……若莱斯永垂不朽！……"

"现在我们得设法去《人道报》社。"雅克说道，但是他们周围的人们似乎是长在了原地，一动不动，每个人都紧紧盯着警察警戒着的咖啡馆，那神秘黑暗的大门。"若莱斯就这么走了……"雅克嘟囔着。

过了几分钟他又重复道:"若莱斯离开我们了……我真的无法相信这是事实。他走了以后的后果我简直……简直不堪设想。"

密集的人群稍微少了一些,可以勉强动一下了。"快来。"怎么去克罗瓦桑街呢?完全不可能将这些堵塞了交叉路的人拨开,也没办法从蒙马特尔路过去走到大街上面。

"我们绕过他们,我们从费陀路和维维也纳那边走。"他们刚刚从人堆里面挤出来,就被从蒙马特尔路上蜂拥过来的人群挤得连连后退。人潮卷着他们,将他们卷进了示威的队伍去游行:这是一群爱国的青年人,举着大旗,唱着《马赛曲》,席卷了整个街道,将一切踏平。

"毁掉德国!……毁掉德皇!……杀到柏林去!……"贞妮被挤得双脚离地失去了平衡,她感觉自己好像要被人流从雅克身边冲走了,被他们踩在脚底下。她惊恐地尖叫起来,雅克立刻用手紧紧搂住了她的腰,用力将她搂紧在怀里,他们终于连抱带拉地挤到了一扇关着的门面前。熙熙攘攘的人群扬起了一股一股的尘土,让她眼前模糊不清,尖锐的叫声和高昂的歌声充斥着她的耳膜,眼前狂乱的面孔和尖叫的声音摩擦着她的面庞,让她害怕,她看见就在离她不远的地方有个铜制的门拉手,她用尽了全身的力气伸手紧紧抓住了那个救星一样的拉手,太及时了,她真的已经完全耗尽力气了。她闭着双眼,但是拉着门把手的手并没有松开,手指因为用力已经开始痉挛。她听见雅克上气不接下气的声音在她耳边说着:"抓住了……不要害怕,我在这里呢,我会拉着你的……"

又过了好几分钟,她终于感觉到人群已经远去了,她睁开双眼看见了雅克的微笑。人群还在陆续经过,但是没有刚开始那么猛了,像是断断续续的浪潮,也没有再大声喊叫了,看热闹的人们远比游行的队伍壮大。她还是全身颤抖,呼吸困难。

"振作点,"雅克轻轻地说,"您看,人都过去了……"她用手摸了一下自己的帽子,整理时才发现自己的面纱被扯破了,她迷迷糊糊地想:"这可怎么跟妈妈交代呢?"

"我们必须想办法从这里出去。"雅克说道,"你还能走吗?走得动吗?"

最好的办法就是跟着这些人潮往外面走了,从旁边的岔路出去,他已经不打算再去《人道报》社了,心里不免有点心烦,但是今天晚上他心里过意不去,他身边的这女孩对他来说是无比珍贵又脆弱。他看得出,贞妮的体力和精神都已经到了极限,他已经不再想别的事情,只一心想着怎么把贞妮送回家。她倚着他,任由他戴着往前面走。她不再逞强了,也不再说"你不用顾虑我……"了,恰恰相反,她几乎整个人挂在雅克的身上,无法控制地表现出了她已经筋疲力尽了。

他们小步小步地走着到了交易所,一路上都没有出租车,马路上和人行道上面都是密密麻麻的人,好像是所有的巴黎人民都站在外面,电影院中断了电影,银幕上开始播报今天的暗杀事件,放完以后每一家都感觉到十分忐忑。从他们身边经过的行人都在高声谈论着这件事,雅克只听到其中零碎的片段:"部队已经在今天晚上占领了北站还有东站……""还在等着什么?怎么还没有宣战呢?""在我们现在的境况下,除非是有奇迹发生才可能。""我啊,我已经发了电报到沙洛特,叫我老婆明日就带着小家伙儿们回来……""我跟她说:'夫人!要是你也有一个儿子,现在正是二十二岁,可能你就不会讲这样的话了！'"

报贩在人群里窜来窜去："若莱斯遭遇暗杀！"交易所附近的广场站没有任何车子经过，雅克扶着贞妮在栅栏柱子上面坐下，他靠在她身边站着，垂着脑袋。他又喃喃自语："若莱斯真的走了……"他想着："明天该让谁去迎接德国的特派员呢？现在谁能再守护我们？若莱斯是最后一个不放弃希望的人了，是唯一的一个政府怎么都堵不上他的嘴的人……可能是仅有的一个可以制止战争动员的人了……"慌张的人们在灯火明亮的邮局里面进进出出，街道被里面的灯光照得十分明亮，丰塔南自杀的时候，他和贞妮重逢的那一天，他就是在这里发电报给达尼埃尔的……才过去了仅仅不到两个星期！……

报亭的正门上，各大报纸的头条上刊登着触目惊心的大号标题："整个欧洲已经面临战争……情况糟糕并不断恶化……各部部长与爱丽舍宫谈判准备时刻回应德国的挑衅行为……"

一个醉醺醺的人蹒跚地走过去，一边口齿不清地喊着："反对战争！"雅克惊觉这是他今晚听到的第一声反抗战争的声音。以此来下定论太天真了，但是，这个事实让人惊讶：因为不管是在若莱斯的遗体面前还是在街道上高喊着"打倒德国"的沙文主义者面前，没有一个人敢喊出这样叛逆的声音，但是在前天，大街自发地四处响着反战的声音。一辆空车从广场的那一头开了过来，有几个人开始招呼，雅克跑到那边，一脚踩上了踏板，把出租车引到了贞妮那里。

他们两个钻到车里面，相互紧紧挨在一起，一句话也没说。两个人都沉浸在同样的忐忑和焦虑中。好像是从一场灾难中逃出来一般还没反应过来，但是这样的一辆车，将外面充满了敌意的环境隔在他们之外。雅克把贞妮搂在怀里,用力地抱着她。他顾不得疲倦,感到了一种奇妙的激动,一种从来没有过的生活的快乐。

"雅克,"贞妮俯在他耳边说,"您今晚住哪里?"她语速很快,好像是已经把这句话背熟了一样,"去我家里吧,对你来说很安全的,您可以睡达尼埃尔的床。"他没有立刻回应,他轻轻抚摸着女孩的手指。这只手此刻不像平日里那般顺从和柔软,而是火热、敏感而充满了活力,似乎也在回应着他的爱抚。

"我非常乐意。"他回答得简洁。

过了一会儿,到了楼梯下面,——他跟着贞妮,察觉到自己不自觉地让脚步轻声一些。沿着门房的小屋走向玻璃窗的时候,他才真正察觉到自己此刻的处境,同时也感受到了贞妮对他是多么地信任和深爱。她只身一人住在巴黎,在丰塔南太太和达尼埃尔不知情的情况下,就让他住在自己家里。他想贞妮应该是能够感觉到自己因为这件事情的尴尬的,所以她会感觉到忐忑。他的想法是错的:她是仔细地考虑过后才做出这样的决定的,她认为这是合适的,因此她没有感觉到忐忑。自从那一次他们遇到了便衣,她就为雅克担心,想让他躲在天文台林荫大道避避风头的想法一直在她脑子里盘旋——一个星期之前她还觉得自己不应该有这样的念头。但是如今这个计划已经占领了她的脑袋——她也不知道自己是不是太草率,她只是对雅克这么坦率就接受了她的提议而感到十分感激。

刚进房间,贞妮就麻利地取下帽子,脱了上衣忙碌起来,似乎她一点也不累一样。她想要烧茶水,将他哥哥的房间整理干净并且将他的沙发铺好床单做成床的样子。雅克让她不要忙了,他握着她的手,最后强行要求她不要再整理了。"您什么都别忙,我才会开心。"他笑着讲,"都已经快凌晨两点了,我六点多就走了,我就穿着衣服在这里躺一下就行了,我应该也是无法入睡的。"

"那,起码,起码让我给您拿一条毯子来……"她央求道。雅克帮着她铺好了毯子,又将床头的电灯打开。"现在你该为你自己安排一下了;就当作我没在这里,好好地休息,休息,知道吗?"她羞怯地垂下头。"明天早上我离开的时候安安静静的,免得把你吵醒了,你多睡一会儿,要好好休息一下……谁知道明天我们将要面对的是什么?……明天吃了中餐我再来找你。"她又点了几下头。

"晚安。"他说道。他在这个房间里所有的记忆还清晰地在眼前浮现,他怀着纯洁的心情将贞妮拥入怀里。他们的胸紧紧地贴在一起,他将她抱得更紧,贞妮有点慌乱了,他们的腿互相触碰,两个人都变得慌乱了,但是雅克清楚地感觉到了。"用力抱我。"她呢喃着,"再用力一点。"她用手攀着雅克脖颈,突然升腾起来的热情让她沉醉地拥吻他,在她这样天真的放纵里,她似乎比雅克还要主动,是她将雅克推得后退了一步,推到了床边上,他们一起倒在床上,依然还是拥抱着。"抱我紧一些……"她一遍又一遍地说,"用力一些……再抱紧一些……"为了掩饰自己的慌乱,她伸手关掉了床头的灯。雅克用尽全力控制自己的情感,但是现在他知道,贞妮今晚不会回到她自己的房间去了,他们今晚会一直在一起……"我们竟也……"一瞬间他脑子里冒出这样的想法:"我们是和别的人一样了……"他的欲念里夹杂着一丝阴暗的幽怨还有某一种失望和害怕,他情不自禁地感到晕眩,呼吸急促,寂静的黑暗里他将贞妮紧紧搂住。

突然的一阵抽搐擒住了他,让他呼吸困难,停了下来,然后他终于放松下来,回到了正常的呼吸……他觉得解脱了,同时也有些愧疚，那些忧伤和孤单的痛苦又开始将他控制了。贞妮还陷在柔情之中，迷迷糊糊地依偎在他怀里，她什么都不想思考，只希望这美妙的时刻永远都不会结束。她把脸庞贴在他胸前，听着和自己如此贴近的心跳声，觉得好像是神迹一般。乳白的光亮从敞开的窗户里泻下来，那是月光吗？——还是已经天亮了？——房间里弥漫着一道若隐若现的雾气，将墙壁、家具和所有冰冷坚硬的东西变得似乎透明一样。睡眠……他们一起度过了那梦一般的时刻过后，互相拥抱着酣睡，像是得到了甜蜜的补偿。

雅克首先堕入了梦境，他最后一次吻她的时候，她听见他说了几个含糊不清的词语，然后她感觉到雅克靠在她身上睡去了，心里难以抑制地激动着，她为了能更久地感受这样的幸福，努力地和疲倦斗争了一会儿，她靠着他，有一种十分美好的感觉，她将自己交付给了雅克，而不是梦境。

64

雅克比她先醒来，好一会儿，当他回到真实生活中，他幸福地在晨曦明媚的光线里仔细看着她柔和的脸庞，激情和疲倦并没有清除那脸上的青春气息。变得柔软的嘴唇似乎时刻都会微笑，她光滑柔嫩的皮肤泛着玫瑰一样的粉红色，睫毛在上面投下一小块仿佛水彩描上去的透明阴影，他控制着自己没有去亲吻那花瓣一样的嘴唇。他轻轻移动到了沙发边上，站起来，没有惊动她。

他看到镜子里的自己衣服皱巴巴的，蓬头垢面，脸色极差。一想到女孩醒来会看到这样的自己，他急忙走到了门口，走之前他从壁炉上面放置的花瓶里面选了几朵小花，作为一个告别的记号，放在他刚走开的位置，然后轻手轻脚地出了房间。

时间已经过了七点，周六，八月一日，这是新的一个月，夏日假期的一个月，它会给人们带来什么呢？是战争还是革命？……或者是和平？

白天预兆看起来不错。

他记起来有一个澡堂在蒙帕纳斯大街上，在丁香花圃的附近。在进入澡堂之前，他买了几张报纸。其中好几张，比如说《晨报》《日报》，都只出了一张。难道说已经开始了战争期间的资源节省？报纸上登满了特意为那些"危急时刻"应征入伍的人参考的一些具体的细节指示。《人道报》依然照常出版了。印了大大的黑色边框，详细地报道了暗杀事件。在看到普安卡雷先生写给若莱斯遗孀的一封十分动人的吊唁信时雅克非常吃惊："……在这个民族团结最为重要的时期，我在此向您表示……"但是雅克明白若莱斯夫人正在远行，若莱斯的友人们不打算在若莱斯夫人回来之前举行葬礼。这封信是普安卡雷亲自给新闻界的紧急件。到底是什么居心？

维维尼亚凭借内阁的名义签署了一份让人兴奋的声明，其中特别提到若莱斯"在这艰难时期""以他的威信对政府的爱国行动给予了支持"，最后几句带着十分小心的警告语气："在祖国处在危急时刻时，政府希望工人阶级和全体国民坚持爱国精神，保持社会安定，不要用动乱将首都卷入混乱，从而导致民众更加恐惧慌乱。"政府已经开始担心发生动乱了吗？一个社会新闻栏目的编辑报道说，在内阁会议上，马尔韦先生，内政部的部长，一得知暗杀事件就马上离开了爱丽舍宫，返回内政部和警察局长取得沟通。全部的报纸都还是同样的内容，昭示着某一个命令：强调团结的重要性，利用若莱斯的暗杀事件，一个接一个忙不迭地赞颂"这位令人崇敬的共和主义党员"在离开世界之前"为他忠诚的党做出了榜样"，"政府及时采取措施，以防止最糟糕的假如变为真实"。读到这些报道，大家还以为，刚刚离去的那个人，一直是支持着为他们的民族主义呼吁一样。真是卑鄙无耻的手段！对手已经死于非命，最精明的手段莫过于将他的尸体抢来，将他变成了效忠政府的标志，用来当作一种工具，——反过来对付群龙无首的社会主义党派。雅克伤心地想着："他们难不成还要投票表决为他举行一次国葬吗？"他把手里被澡堂水蒸气湿润的报纸揉成一团丢到了水中。

"要面对现实。"他告诫自己。"爱国者"的力量急速地壮大，现在看来，反抗已经没有可能了。新闻工作者、教师、作者、学术研究者以及科学家们都已经抢着丢掉了独立的批评权利。宣传着组织起新的十字军来，煽动对仇人的恨意，主张不抵抗地顺从，为荒唐的牺牲做准备。就连在左派的报纸上，群众领袖中的精英——昨天还用他们极高的威信去反抗，欧洲的各个国家恐怖的冲突仅仅是在世界范围内的一种扩大化的阶级斗争。追逐利润、竞争以及保卫财产的本能的最后结局。——今天都似乎准备用他们的影响力去效忠政府了。有的还有点尴尬地解释几句，表示很惋惜："哎，我们的理想是太不切实际了……"

但是他们每一个都投降了，每一个都觉得保卫民族的论调是合情合理的，已经煽动工人阶级的读者在思想上面无须疑心，要和流血牺牲的事业合作。他们集体的动摇让爱国主义这个谎话忽然能够随心所欲地扩大影响力了。而且肯定在群众还在游移不定的时候，让一切反抗的想法都灰飞烟灭,但是雅克觉得,只有这些想法才是挽救和平唯一的可能了。

"啊!"无可奈何的感觉让他觉得撕心裂肺,想着,"这还真是一个狠招……只有民众处于狂热的状态下才有发动战争的机会,首先就是精神上的煽动,然后,动员就是轻而易举的事情了!"他又想起那一次的群众大会来。是若莱斯也好,王德维尔德也好,或者是别的什么人,群众不是满怀着信心在倾听他们的话语吗?——那一夜有一个人在宣讲的时候将革命者单独个人的行动比作是一车沙砾,住在海边的人,子子孙孙将沙砾往海边运去。"汹涌的波涛冲散了沙砾,但是每一车的沙砾中都有那么几块大石头,不管多大的浪涛也无法卷走!堤坝就这样渐渐地建筑起来了。总会有一天,重重叠叠的石头将会变成一道坚不可摧的堤坝,任何惊涛骇浪也没有办法摧毁它!那时候就会出现新的大陆来,我们的子子孙孙将会在这块土地上面胜利地向前走!……"这绝妙的比喻在那一天让示威的人们都激动了!"然而,"雅克心想,"面对着现在的惊涛骇浪,那时候小小的努力又有什么用呢?"

他立刻为自己的脆弱感到十分羞赧:"不要跟那些人一样,不要因为失望而抛下武器自暴自弃。只有到了最崇高的人们也放弃抗争,在事情无可改变的童话面前屈服,除非那样,所有的事情才真的无法挽救!事在人为,人定胜天,我们必须尽一切努力也不能放弃希望!我们要将斗争进行到底,反抗这些迷惑人心的设想,反对恐怖主义的谣言!还没到结束的时刻!"他感到了令人恐惧的孤单。因为他的忠实和真诚而孤单,但似乎这样悲怆的孤独感也给了他安全感,不管他如何悲伤,他也知道自己坚持的是真理,他将永不背弃真理!

他没有去贞妮那里,而是去了《人道报》社。整座房子在今天早晨像是没有生命了一样。

但是已经有很多活动者在楼梯上和走道上来来去去,他们十分激动的面庞上有着悲伤和丧气重叠的影子,凶手的名字已经到处流传:"拉乌尔·维兰"……没人听说过这个人。这是一个疯子吗?还是一个沙文主义的代表?他哪里来的枪?在警察局里面他并不能将自己的行为解释明白。在他衣服口袋里面有一张字条,上面写着一句十分诡异的句子:"祖国面临危难,必须让杀人者得到惩罚。"跟这家报社的全部编辑一样,斯特法尼也一夜未眠,他面如土色,黑色的眯缝眼因为哭泣不免变得红肿。社会党的活动分子聚集在办公室内,讨论进行得很激烈,有的人说,德国的代表舍恩先生会在奥尔赛码头去试着进行一场不可思议的行动来使法国坚持中立,不对俄国提供军事上的帮助。德国没有打算和法国发生战争,要是法国政府承诺保持中立。

有的人,就好像布罗和拉布,但是人很少,觉得在最后的时刻这样威胁一下还是有点作用的,让法国不至于面对冲突。但是绝大多数人用意想不到的方法去守护法俄同盟。年轻人儒默兰的口气让雅克记起了马尼埃尔·罗瓦的激怒情绪,他气喘吁吁地说:"这是有史以来法国第一次出乎意料地拒绝签署条约!"

布罗忽然站起来说:"抱歉,我们还是不要随便妄言了……仔细去看看事态的发展,比较一下各个国家宣布动员令的时候!我姑且不说这一点:我们应该了解,即便法国用尽了全力,俄国很早就已经私下积极并且坚持持续准备军事活动。现在我们只能说说正式的法律。沙皇的赦令早就签署了，就是在前天的下午——虽然德国说过恐怖的威胁，事先就清楚地表示'举国动员就表示要打仗'，就是前天，星期四。"

"就在稍后几个钟头，德国公开了 Kriegsgefahrzustand，虽然这不等于是总动员。以上即为情况发展的精准时间安排，这已经是人尽皆知的事情了。"他在口袋里摸了一张报纸出来，继续说，"从《晨报》这一政府的机关报上的供认来看，俄国也是在奥地利之前发起总动员的！这样的话……"他仔细斟酌着自己的言辞，然后说道，"我和其他的人一样心系着法国的荣誉，但我觉得，确认了这一系列的事实，就足够让法国如今有权利去拒绝向俄国提供帮助，并且不违反它所承诺的责任！更进一步地说，我觉得坚持不与侵略国家结成盟友是我们政府所有的仅存一次的机会了，用明确的、无可置疑的方式来表明，它从不支持战争！"

安静了一段时间，好像是又重新燃起了斗志。儒默兰自己也无话可说，但是他又不愿意承认自己不对，于是他话锋一转："法国所签署的责任，但是……人们知道是些什么样的责任吗？有谁能清楚地了解，这两年来，普安卡雷被伊斯沃尔斯基煽动着凭借法国的权利做了些什么事情？"

"部长关于此事怎么说？"雅克问道。"索恩的提议当然是被外交部的人认为是一个圈套了吧？这是法国在外交圈爱唱的老调子了！"

"就算不看成是圈套，起码也会认为是一种改变形式的挑衅，某种形式上的最后警告。"

"这样做的目的何在呢？""就是想要逼迫法国立刻表明态度，世人皆知，德国参谋部的战争计划是首先在法国的边界处得到决定性的一次胜利,以便腾出余力来照顾东部前线战场。关键在于,德国能够以最快的时间攻打法国。所以说,德国打的算盘就是逼迫法国在日耳曼,俄国的前沿阵地发生战争之前就开始打仗!"斯特法尼已经显得很烦躁,他打断了争辩,声音发抖:"我的上帝,你们说的这些似乎是战争已经打响了甚至是马上就要打仗了一般!事实上现在是法国和德国社会党人联盟关系空前紧密的时候!缪勒晚上就要来到我们中间了,这样我们就能够对立刻采取关键性的一致行动抱希望了!"

大家都一片沉默,有一瞬间,似乎若莱斯的影像缭绕在这个房间里面,斯特法尼刚刚说的话就像老大曾经的语气一般。其实在当前形势下,德国的社会民主党已经做出了派遣正式代表来到巴黎的行动,不管政府的反对,要结成两国民众之间的和平协定,这难道还不是前所未有的吗?而且对此抱希望不是说得过去的吗?

"这些德国人的确了不起!"儒默兰喊道。他刚才的观点还非常消极,此刻却又毫无痕迹地转换成了青年人的满怀信心,这是一种普遍的混乱心态的表现。

勒诺尔德走进来转移了大家的视线。

他面色憔悴,脸庞浮肿,眼神呆滞。他为他的朋友守了一夜的灵堂,他刚出席了塞纳省社会党执行局在上午举行的紧急会议,会场就定在《人道报》社,会议讨论了领导去世之后党内的情况。他以前想和斯特法尼商量一下工会联盟[①]不久前提出来的号召,他觉得,在里昂、图卢兹、南特、马赛、波尔多、里尔到处都有新的游行在举行。"不!不!"他用力地握着拳头反复说,"还不是绝望的时候!"

[①] 不同职业的各省联盟,组成总工会的一个分支。

大家都离开了,就剩下斯特法尼和勒诺尔德,雅克想先去和加洛见一面,加洛没有待在办公室,雅克就开溜了。他要在见贞妮之前去《极端自由主义者报》社打听一些关于无政府主义者的消息。他在当库尔广场遇见了库舒瓦兄弟俩,他们两个是住在《极端自由主义者报》社的粉刷匠,他们劝雅克不要再前进了。

"我们刚刚从报社过来,那里没有一个人,大家都避风头去了。警察在那里走来走去地监视,何苦过去引起他们的注意呢?"雅克和他们一起走了一段路程,他们毫无目的地前进着,他们两个今天之所以连工地都没去就是"因为这所有的事"。"你觉得他们的战争如何?"哥哥问雅克。他身材粗壮,粗野的脸上布满雀斑,顶着一头红发,但是今天他湛蓝的双眼里面泛着不同平常的温柔光芒。

"他一个瑞士人在意这些干吗?"弟弟打断了他的话。(虽然他们不是双胞胎,但是长相非常相似,根本就是一个模子里倒出来的。)

雅克觉得没必要解释什么。他只是阴郁地回答:"没有,我并不是不在意。"

弟弟善意地指出:"当然是了,可是你终究跟我们不同,你没有被卷进来。"哥哥似乎有点醉意,大概是喝酒庆贺了一下来之不易的空闲时间,话多得很。

"哎,我们的想法很简单,人的生命只有一次,当然是极其重视的……我并不是否定那些在必要时刻为了信仰而牺牲生命的人。但是,为了那些沙文主义分子的论调去送命,得了吧,谁爱去谁去吧!我们有一个可以让我们安安心心干活儿的祖国,是不是,儒勒?"

弟弟懒得回答,吹了一声口哨。"那如果,"雅克问道,"要是哪天动员了……你们怎么打算?"(他记起自己的境况来,记起哥哥曾经也问过他这个问题,他当时是诚恳地回答了他的。他其实什么都不知道,他只是在妄图挣扎,在什么地方?和什么人?如何反抗?他不愿再想下去了,这已经是在对和平的概率表示不信任了。)

弟弟瞄了一眼哥哥,似乎担心他哥哥会说些什么不该说的话,急忙回答:"我们在第九天的时候就要入伍了,还可以再考虑一下。"但是哥哥并没有察觉弟弟的眼色,靠近雅克低低地说:"你听说过萨雅瓦吗?没听过?他是个麻子脸……萨雅瓦是个波尔布人,你想啊!他对西班牙的街道熟悉得不得了,就像我们对梅利缪什的街道一样熟悉……"他很真诚地眨一下眼。"就算打起仗来,西班牙也会选择中立的……在那里,说白了,很容易就能找个活儿干,能活下去,你说是不是,儒勒?"

弟弟偷瞄着雅克,他蓝色的眼里闪着金属的冷光,他嘟囔说:"你要保密!"

"不用担心。"雅克和他们握手道别。他看着他们离开的背影,摇摇头叹了口气。"不行,不可以如此……我不可以像这样往中立国家逃,这的确能保全我自己,如果仅仅为了能安安心心地干活儿和得到一口饭吃,可是别人正在……不行!……"他迈出去几步,又停下来,"可是我又能如何呢?"

65

安娜十分坚定地走向了电话亭,她刚要将话筒拿下来突然想道:"我真是笨死了,现在是十一点二十分,他应该在医院……要是我去他下班的路上堵他呢?他躲不掉我的。"

她又记起她给司机请了一上午的假,为了节省每一分钟的时间——特别是为了不让自己焦急等待,她一收拾齐整就出去叫了一辆出租车。

"赛佛尔路,到了我会让你停下来的。"

医院的门卫还不曾见到蒂博医生出来过。安娜扫了一眼人行道旁边停的车子,里面没有昂图瓦纳的那一辆。也许他是安置在院子里。再说了,他习惯自己开车上班。她上了一辆的士。胸部紧贴着玻璃窗,仔细观察着从门里面进进出出的人。还有五分钟就是十二点……十二点……大钟响了十二下。几乎在同一时间,附近的教堂里面的钟声也响起来了,医院里的职员和护士像水一般从门内涌到人行道上。忽然,她满头是汗。她才想起来,医院还有一个侧门。她急忙下了车,跟门卫交代说蒂博医生出来的话帮忙叫住他,然后自己走到侧门去了。狭窄的人行道上面挤满了急匆匆的人们,马路上汽车塞成一条长龙,街道上的人密密匝匝,十分混乱和喧闹。她感到一阵头晕,太阳穴也发出轰轰的声响,她闭上眼冷静地想还不如死了算了。但是她立刻又精神起来,像是梦游一般地前进着,到了侧门,走进门房。

蒂博医生吗?对,他刚刚下班走了。她一句话也不说,也不答谢,疯了一样跑了出去。如何是好?难道要再致电去大学路吗?(昨天白天她已经打了好多次了。今天清晨打过去,昂图瓦纳已经出门上班了。反正莱翁是这么跟她说的。"怎么上班这么早?"她心里琢磨。是真的吗?怎么会在七点十五分就去上班了?……)她又回到门房:"我能不能打个电话?很要紧的事。"

电话接不通,她只好等着。等到终于打通了:"我们先生不在家……先生交代了,他不回家吃午餐……"莱翁用一种冷冰冰的语气说。安娜现在恨死他了。她再也无法忍受这样礼貌的尾音拉长的嗓音了,他总是将她和昂图瓦纳隔开,不让她在电话里企图得到直接的、有生命的、亲密无比的接触。她什么也没说就挂了电话,走到人行道上去。"算了,我要亲自去一下! ……我要看看他们是不是撒谎!"她要先找到出租车。她急匆匆地在人群中穿行,疯了一样,她向这折磨她的激情妥协了,她无力抵抗。

"大学路四号乙!"她隔着很远就看到了新装修的门墙、门帘和大门,心里的恐慌让她浑身发软。她想着昂图瓦纳用餐时被打扰的样子,从客厅的最深处拿着他的餐巾傲慢冷漠地走出来的样子。她该说些什么呢?"我爱你,托尼?"她突然对他感到恐惧,怕他皱眉的样子,他凌厉的下巴和恼怒的眼神,似乎就出现在她眼前一般。要不给他写封信吧?"在那里那个拐弯的地方停一下,就是那边的邮局。"她买了一个加急件的信封,在信纸上写道:"我必须要和你见一面,托尼,几分钟就够了。任何时间任何地点都行。请给我打电话,我等你。我必须见你一面,我亲爱的托尼。"

这句话在她心里不停地盘旋:"我必须和他见面。"她有把握,要是可以再见一面,即使只有几分钟她也可以找到机会将他拖住,让他回到自己身边。

她将急件丢在邮筒里面,满脸羞愧地匆匆走了。快件送到大学路的时候,昂图瓦纳正在吃饭。"小伙子,我信任你。"他跟罗瓦讲,罗瓦满脸通红,刚刚说完了昨天夜里他参加的护国主义者们的示威。"我找不出理由不信任你!这时候我们已经瞧见了爱国的热情疯狂地爆发了……但是,你知道这些为了表明自己赞成打仗满街跑的小伙子让我想起什么吗？……"莱翁给了他一个蓝色的信封，他认出那是谁写的，眼里突然划过一丝黯然。"……他们让我记起来一种宣传手段，我很小的时候常常在巴黎街头的墙面上见到……"

他一边讲话一边撕开信封，并没有将视线投上去。最后他扫了一眼信纸，立刻撕得粉碎，继续说："上面画了一群鸭……它们欢呼雀跃，对一个手持尖刀的厨子……还附上了文字说明：万岁的斯特拉斯堡肉卷！……"他将撕碎的蓝色碎纸张放进盘子，不说话了。他没有对他和安娜的关系做任何的解答。但是昂图瓦纳和西蒙聊过之后，他固执地拒绝一切的看望、邀约和电话。之前他没有想过这种暧昧不明的情况，这不是他一贯的行事风格。

他因为这个难过，因为他喜欢干脆利落。他准备跟安娜进行一次最后的谈话，他甚至用了好几天的时间去仔细思考这件事情——每次莱翁都耷拉着眼皮对他说那句总会出现的话："有人打电话找您。"时间流逝，让人疲惫不已。他极少能避开自己的上班活动，在这样的时刻，他就会因为阅读过多的报纸而焦虑不安，或者是用不正常的迎合态度去听那些遇见的人和他唠叨个没完没了。他们就跟自己一样，除了战争什么都不谈。有时他觉得很奇怪为什么对于这一个没有什么过错的姑娘，这一个星期之前还对他很重要的姑娘有了敌对的冷漠。

他以为自己是个特例，他相信他自己只是向一个普遍发生的事情妥协了，震撼欧洲的巨变也让私人生活发生了巨变。任何地方，人与人之间别扭的关系自动断裂了，从世界上空刮过的这阵带着预示性的风将枝头上被虫子咬坏的果子吹下来。

66

接近中午的时候雅克回到了天文台林荫大道。贞妮没想到他这么早就回来了,她尴尬地坦白自己睡到九点才醒来。她一直在认真地看报,找一些零碎的和奥地利相关的信息,一说到妈妈被困在维也纳,音信渺茫,她就开始浑身颤抖,她起身在房间里迈了几步,用手遮住了脸颊。他不知道该如何不用谎话来安慰才能让她不这么心焦。对于他,事情因为这临时巨大的变故而变得更加严峻,除开那些他为了维护岌岌可危的和平而反抗的一个个理由之外,在这一刻,他又天真地希望可以让少女不要如此焦虑。

"您别走了,不要这样,这么让人可怜地走来走去……我没办法忍受……宝贝……事情还不至于绝望!……"她也希望自己可以信任他的话。他努力对她笑着,他十分热情地说起密勒的任务以及斯特法尼所怀有的希望。他自己都被自己这番无比真诚的话感动了,他居然脱口而出:"威胁已经如此地明了,这样大范围的存在,可能不是件坏事!所有这些都会挑起公众舆论的很大的震动。"

"对。"她眼神呆滞地说。

她有些神情恍惚又起身,将窗帘拉下来,她的动作中满含激情,将绳子缠绕在手指上,他走近她,揽住她的肩膀,让她靠近自己怀里:"好了,不要担心,你看着我……我觉得和你在一起真快乐!我是来这里放松一下得到力量,我希望你……贞妮,我希望你不觉得绝望。"她脸色一下就变了,露出坚强的微笑。"太好了!现在您去穿戴一下,我们出去吃饭。"

"你愿意留在这里我们一起吃饭吗?"她建议道。那种快乐的神气让他惊讶，那是一种发自内心的快乐。"一定会很美味的！我有鸡蛋，还有一些水果和茶叶……"

他答应了。她开开心心地去打燃了煤气灶，雅克一直尾随她到厨房里，他有那么一时间扔掉了他个人倔强的念头，看着她铺好桌布，将餐具对称地放上去，在盘子里装饰上贝壳一样形状的奶油球，显示出有条不紊的家庭主妇在主持家庭日常礼仪的那种一丝不苟，她细微的动作是那么灵活又随意！爱情让她身上的刻板消失了，使她身上那种女人的媚意散发出来，她一直以来强烈地克制着自己把这样的妩媚禁锢起来。"我们第一次一起吃家常饭。"她将盛着鸡蛋的碟子放到桌子上，语气近乎严肃。他们像是多年老友那样面对面坐着，她很开心，他努力试图表现出很开心，但是额头上仍是布满了阴云，她悄悄看着他，被他察觉，笑着说："在这里真的很开心！"

"对啊，现在是我们最需要彼此的时候！"她十分自信地回答。

他低下眼皮，他忽然想到了让他恐惧的未来。午餐持续着，但却不能真正将沉默赶走。雅克时不时用柔情的眼神久久地看着女孩，他不知用什么语言来表达自己的内心感受，只是将手伸出去，停留在贞妮的手臂上。她看他不言不语十分不舒服，这几天以来，她身上发生的改变：她第一次抛下了自己的个性和长时间反省自己的习惯，很想与人说说她自己。她一个人单独过日子的时候，就是在不停地跟雅克交谈，她仔细地向他分析她自己，对他坦白自己的性格缺陷以及能力上的不足和缺点。因为她总是害怕，他对她抱着幻想，一旦真的了解了她，他会感到非常失望。

等他们把盘子里的水果都吃完了，贞妮叫他把餐巾折起来，将达尼埃尔用来束餐巾的餐巾环给他，然后她就像是挽着自己的哥哥一样，将他带回了房间。客厅的门虚掩着，经过的时候雅克看见了在阳光下闪闪发亮的钢琴。他停下来，心里突然涌出的任性让他妥协："贞妮，再为我弹首歌吧……你记得的……那一首你曾经……弹过的歌曲。""您说什么？"

她其实很明白雅克的意思，那个夏天在拉菲特别墅区的记忆让她不寒而栗。

"噢，雅克……今天就算了吧……""就今天。"

她打开门走到了钢琴边上坐下，自然地开始弹奏肖邦《第三练习曲》，这首曲子勾起了她此生最绝望的那一夜的记忆。他站在那里，双手环抱站在她身后投下的阴影里面，闭上双眼来掩饰自己眼中的泪光，怕她看见自己汹涌的情绪，心里柔肠百转，听着这对幸福无比怀念的音符在安静的空气中颤动。她把最后几个音符弹奏完，就直接站起来，退了几步倒进雅克怀里。

"抱歉。"他贴在她耳边低声说，沉郁的让人伤心的声音让她觉得不像是他。

"为什么说对不起？"她表情凄惶。

"我们本可以很快乐的，早就该很快乐了……"

她颤抖起来，捂住了他的嘴。打开窗，她轻轻地将他带到阳台上，林荫大道的树冠在他们脚下织成一块绿色的毯子，孩子的叫喊像是麻雀的叽喳声一样不时从中透出来。远处的卢森堡公园的树林已经显示出夏末暗沉的铜绿色，快要接近秋天的红锈色了。雅克随意地望着面前灿烂的景色，他在想："密勒应该从布鲁塞尔走了。"他放不下这件事。

贞妮站在他身旁，似乎在想着什么："我对这里的每一棵树都很熟悉……这里的每一条凳子,每一座雕像……我在这个公园里度过了我全部的童年……"顿了顿她继续说,"我很念旧……你念旧吗?""不。"他言简意赅。

她突然转头忧伤地看了他一眼,不是很同意地说:"达尼埃尔也是,不爱怀念过去。"

"在我看来,过去了就是过去了,昨天都已匿入黑洞,我只朝着未来看。"这些话让贞妮的心里很受打击,不管是现在或者是未来,对她根本不算什么,她几乎是靠着回忆支撑着精神生活。

"不会的,你这么说只是想让你自己显得与众不同。"

"显得与众不同?""不是,我想说的并不是为了刻意显示,"她红着脸说,"您难道有时候不会觉得……需要为难一些人吗?当然并不是故意使得别人难堪而取乐……也许是为了更彻底地逃避那些人……对吗?"

"这话怎么说?逃避?"他思考着,坦白,"也许是那样……我无法忍受觉得别人对我的看法一成不变,这是千真万确的。好像是他们希望牵制我,将我的思想禁锢起来。对,可能我有时候故意让他们的方向发生偏向,那仅仅是让我从这种约束里面离开……"他发现,贞妮刚才逼着他进行了内省,这件事他一个人的时候是不可能做的,他很感谢她。他怪罪自己对念旧情结表示了愚蠢的轻视,伤到了她的心。他更用力地抱住她。"刚才我让你生气了……真是傻瓜……这样的事经常会让人冲动……"他笑起来,"再说了,为了让我的错误不那么严重,我们得说……贞妮真是个敏感的小丫头!"

"对,我真的非常敏感!"她想了想,"我的确很容易神经过敏,但是我脾气并不好。"

他对她笑一下。"不,……我很清楚我自己!每逢我要表现得让人们信任我时,其实是经过了仔细的思考,像是去完成一件任务一般的行动,……我根本没有那种自然而然、发自内心的、毫不刻意的真正的好脾气,……就像我母亲那样……"她差点脱口而出:"就像您那样说我好脾气。"但她闭上了嘴。

他惊讶地看她一眼,她似乎突然将自己身上某些东西封闭起来了,他感觉她在大方坦白自身的时候显得十分神秘。这时候她的表情凝固不动,眼神严肃,雅克觉得摸不透她,觉得这似乎是一个和他没办法交流的人,谜一般的人,这些神秘的感觉让他的男性自尊受到了伤害。

他严肃地低语:"贞妮,你就像一座充满阳光,让人无限向往的岛屿……然而却是,可望而不可即!……"她颤抖起来:"您为什么说这样的话?您说错了!"他们之间刮过一阵冷风,让她觉得全身冰凉,他们短暂地沉默了,靠得很近,靠在阳台护栏上,陷入了不可言说的思考和焦虑中,远处参议院响起了间隔的敲钟声,他看了一下表,起身说:"两点了。"他又开始懊恼,"密勒一定在路上了。"他们进房间去,他并没向她提出邀请,她也没有要求要去——但是一切却是自然而然的,她跑到自己房间去,一边说着:"等我几分钟,……马上就好。"雅克听着一点也不觉得奇怪。

雅克准备带着贞妮去《人道报》社,在那个地方,他最在乎的是问问拉布关于德国的代表团抵达准备得如何,他们在走廊遇见了,密勒坐的是五点左右到巴黎的比利时火车,六点的时候社会党议员小组在波旁宫的一个会议厅里面会晤,迎接代表团。鉴于会议重要,估计会一直持续到深夜。"我们大伙将去北站迎接。"一个老活动分子说。

"我们一同去。"雅克告诉贞妮。

北站！一瞬间，她记起和雅克第一次见面的所有的情节，他在地铁的过道上追她，还有圣万桑·德·保罗街心公园那条长凳，她抬头看他，天真地希望雅克也在想着这些。但是他已经开始问拉布关于商务社会党执行局所召开的会议上有哪些决定被投票议定了。

"什么都没决定下来。"老头嘟囔着，"执行局的成员直到散会都没有做出什么决议。党内已经没有带头人了！"

报社的办公室里人们个个义愤激昂，帕热斯和卡蒂厄以及其他几个人在加洛的办公室里面讨论。据说，就从德国宣布了备战以后，法国参谋部纠缠政府要求马上动员，据说这只是迟早的事了，帕热斯甚至信了若佛尔将军[①]的一个待在秘书部的军队文员的话，觉得普安卡雷已经在中午就签订了法令。可是卡蒂厄刚刚从奥尔赛码头回来，肯定消息并不对。

"我将会知道什么时候签订法令。"他十分确定。

他说今天外交部最惹人注意的是英国政府表现出的立场，比如卡约这样的政治家居然想要让法国社会党的首脑到基尔·哈迪去进行协商，让英国社会党不要采取中立场。另外，普安卡雷主动给乔治五世寄了私人信件催促英国尽快表示支持法国。英国出面干预是法国最后一个机会来挽救和平了。

"什么时候发的这封信？"雅克问道。"就昨天。"

"就是啊！普安卡雷明白，俄国正式宣战，没办法不战争了！"没有人反对他的意见。上午就有官方的电讯宣布英法两国的参谋部

[①] 若弗尔（1852—1931），一次大战时任法军大元帅，1916年军败被解职。

持续在联系,"一起商议一个行动的计划"。是一个军事上的行动吗?从一些半正式的渠道打听到,英国下了命令让舰队密切关注每一个海峡,商船不允许通行,英国的炮兵们将那些港口堡垒侵占了,全部的灯塔都被下令不许亮起。

马克·勒夫瓦走了进来,他转达了一下与维维尼亚和舍恩先生一次新的会晤的状况,总理说:"德国在宣战,我们明白……"因为大使不说话,维维尼亚又说:"德国所采取的态度逼迫我们用同样的态度。但是,为了在群众眼中始终表明我们守卫和平的坚强意志,若佛尔将军将会命令我国全部的军队,至少退后到与边境相隔十公里处。在如此的条件下,万一出了事,那就是你们故意挑衅!"帕热斯经常去陆战部,马上站出来解释。听他说,法国采取主动没有任何的用处,无法对参谋部已经做出战事计划起到阻碍作用。

只不过是表面上做出一种为了和平而牺牲的姿态。听他说,梅西米①的人对此事毫不避讳,这暂时的回避不过是一种外交手段,以求对欧洲的舆论造成打击,尤其是打击英国的舆论。

"我倒愿意信任。"雅克说,"他们最终目的是想要争取英国,但是在我看来,他们其实就是针对我们!针对和平守护者!这是一种获取我们同情的突袭,开脱他们罪责的手段!一种表面好听的借口,好让我们无所顾忌地跟军政当局联合起来,他的首要行动并不是很有侵略性,我都能想到明天他们会在报纸上写些什么!"

加洛在喧闹声中自顾自整理着文件,这时候突然从一大堆文件后面露出了他蓬头垢面的脸。"证据就在于政府在采取这种方式之前就已经急不可待地从官方途径将它特别强调以后告知了我们党内的

---

①梅西米(1869—1935),1914年任战争部长,8月底辞职。

领导人。"愤怒的声音和他的样子十分相配,加上他细长的肢体和一副猥琐的小职员模样,就算他说的是对的,也感觉不那么正确。但是今天,雅克发现,他眼里的愤怒没有掩盖住他眼里深切的悲伤,即使长得很丑,看起来也很感人。有一群青年活动分子冲进办公室来,刚才有消息说沙文主义者的联盟队伍已经去了协和广场,在斯特拉斯堡的雕像前面示威。

"我们要去看看吗?"帕热斯问道。

大家已经纷纷起身。(其实,他们并不是要急着去挑起什么报复一样的殴打,而是想要利用这个机会表示总算采取了"什么行动"。)贞妮感觉到,雅克虽然很想跟着去,却因为自己的原因犹豫了。

"我们也走吧。"贞妮坚定地说。

67

太阳看起来灰蒙蒙的,但是温度依然很高,只从头顶晒下来。让巴黎市中心的空气质量特别差。居民愈发忐忑,像一群苍蝇般,这种暴风雨之前的闷热刺激着每个人,让他们不敢贸然离开街道。人群激动地聚集在信贷部门、警察局还有区政府的门前,警察竭力在不伤人的情况下把他们驱散,报贩吆喝叫卖的声音在人群的嘈杂声中分外尖锐,让人觉得头昏脑涨。金字塔广场上,贞德纪念碑下面像一个大型墓碑一般堆满了鲜花,行人在里伏利路的走廊下面穿梭不息,大部分的商店都关门了,马路上汽车就像是冬季最热闹那几天一样多,但是相反杜伊勒里宫的花园里面空无一人,连几个守卫的警察都看不见,只看见树荫下面一群群马匹的臀部和头盔在发光。

游行的消息可能不准确，协和广场一如常态。交通也很正常，只有一些警察负责疏散，守在斯特拉斯堡的雕像附近防止意外情况，雕像的底座被三色的花环盖住了。这让从《人道报》社赶来的人很是失望，自行解散了。雅克和贞妮走到了王家路的人群里面。

"四点半了。"雅克说，"我们该去接密勒了，你累吗？我们能一直走到北站去。"他们穿过马路，走到了柯马丹路，到了圣拉撒路街上，他们走到圣路易·唐丹教堂的时候，突然空中响起一阵巨大尖锐的喧闹声，教堂的大钟用同样的节奏和音调敲起了清晰、震撼、严肃的钟声。

原地的人们都惊惧地你看我我看你，然后他们突然四散跑起来。

"怎么了？发生了什么？"贞妮痴痴地问，雅克已经将她搂在身边。

"完了。"他们身边的一个人自言自语着。远处陆续有其他教堂的钟声响起来，不出几分钟，巴黎整个变成了一口倒扣的大钟一般，到处都回响着持续不断的、听起来极为不祥的钟声，像是敲丧钟一般。

贞妮没反应过来，还在反复地问："到底发生什么了？大家为什么要跑？"雅克什么也不说将她拉到马路上，成百的人不管车辆到处乱跑，转眼人越来越多地出现在了邮局门前。

橱窗里面刚才贴进去了一张白色告示，雅克和贞妮距离很远看不清楚，只听见人们喃喃自语："完了……完了……"前几排看见了告示内容的人都目瞪口呆地待了一会儿，又仔细去看，然后他们失魂落魄地转身，目光阴暗，满头大汗。有的不发一言，不看身边的人，挤开人群低低地垂着头很快地走了。有的人却不一样，眼神涣散，摇头晃脑一副很遗憾的样子离开，一面四处搜寻着同情的眼神，嘀嘀咕咕低声说着什么，但是找不到知心的人。

最后，两个青年终于走近看清了那一张长方形的纸片，用暗红色的封漆粘在上面，用一种普通的，仔细书写的女人常用的字迹写了三行文字，还有用尺子在下面画出来的规规矩矩的直线：

"总动员，首次动员日期，八月二日。星期天。"

贞妮将雅克的手紧紧贴在自己的胸口，他完全不动，他脑子里也和别人一样想着："完了。"在他脑子里面，思路无比混乱一个接一个，不管怎么说，他的惊讶比难过要多。那一下一下敲击着他脑袋的警钟，可能使他感觉到某种情绪上的放松，这种生理的轻松是这暴雨欲来的最后时刻，等一会儿，第一滴雨水也一定会带给他这种感觉，这样平静的假象只持续了一小会儿，就像是一个受到重创的人，起初没有感觉，但是伤口忽然开裂，淌血的时候才感觉到撕心裂肺。贞妮听见他紧咬的嘴唇从牙缝里透出一声嘶哑的哀叹。

"雅克……"他不愿说什么，他仍由贞妮将他拖出人群。人行道上面堆满了小店里面的桌椅，他们沉默地坐下，从不断变化、集拢的人头上面，他们看得见那个玻璃窗上白色的小告示，目光无法移动。几周以来他一直相信正义与真理还有爱会取得胜利，他并不像教徒那样期待神迹，而是像一个物理研究者，想得到一个成功的实验结论——但是一切都毁灭了，……耻辱啊！一种冷冰冰的鄙视所有的义愤勒紧了他的喉咙，他第一次觉得这么耻辱。并不完全是愤怒和灰心，反而是困惑和耻辱更多，他为人民意志的软弱而耻辱，为人们不可救药的庸俗和冷静的无能为力而耻辱……"可是我呢？"他在心里思考，"现在如何是好？"在意识清醒的瞬间，他寻找着内心最深处的孤独。他找寻着一个答案，一个口号，一个方向，但是都是白费力气。面对自己信心的丧失，他无力抵挡恐惧。

贞妮不去打破他的沉默,她带着惊恐又好奇的眼神看着周围,她不知道总动员到底意味着什么,战争到底意味着什么,立刻想到了妈妈,想到了达尼埃尔,尤其是雅克。因为想象力的贫乏,这些自己亲近的人到底会发生怎么样的危险她并不明白。像是雅克焦虑的回声一般,她轻声问:"你打算怎么做?"

声音听起来平静坚强。他马上想道:"在此时此刻,她是多么好啊……"他不知怎么回答她,他没有勇气,移开目光摸了一下额头,起身说:"我们还是赶去北站吧。"

安娜一个下午都缩在电话旁边的沙发上,痴痴地等着昂图瓦纳的消息。好多次她都差一点拨了号码。她已经神经衰弱了,但是仍坚持等待,不主动打过去。一叠翻开的报纸堆在脚边,她已经看过了。但是,那些什么奥地利、德国、俄国和她有什么关系呢……她像是一个狂躁病人一样,只想到自己,不停地想象着她和昂图瓦纳在瓦格拉姆林荫大道他们两个在房间约会的场景,不断地将新的细节加进去,又不断修补删改,越来越让人伤心,一时间让她的怨恨减轻了一些。然后,她又忽然忘记了要生气,在哀求他的宽恕,抱着他,将他拉到床边去……

突然,她听见楼下传来噼里啪啦的脚步声还有巨大的关门声,她下意识地看了看钟表,四点四十分。门一阵风似的开了,女佣进来说道:"夫人,约瑟夫说已经总动员了!就贴在邮局那里!要打仗了!""什么?"安娜心里一凉,她心里反复想着,打仗……不是很清楚,但是她脑袋里面的第一个念头是为西蒙的回来恼怒,又想着他要是去打仗就好了,这个蠢货。但是立刻又想道:"我的天!要是打仗的话,托尼不就要走了吗?……他们要牺牲我的托尼!……"

她跳起来。

"帽子,手套,快点,快给我喊一辆车来!"

在壁炉上的镜子里她看到了自己苍老的样子,鼻孔紧缩:"不行……我今天太难看了……"她十分绝望,女佣回来的时候她又坐到了沙发里,上身前倾着伏到膝盖上……双手紧紧地抱着自己。她没有直起身,轻柔地问:"不行,朱斯汀……谢谢你了……我不要车子了……去给我放点热水洗澡好吗?要很烫的水……把我的床铺好,我想休息一下……"要是他打电话来的话,只要伸手就可以接到……只有在这刚换过的被子里面,她会舒服一点,当然,并不是立刻就舒服了。必须等过上半个小时,等自己的心跳平静下来,血液不再急涌奔流,思维变得迟缓,这是需要非常人的努力才做得到的。她闭上眼睛躺着,纹丝不动,眼睛也不眨一下,就这么等待着……托尼……打仗……托尼……啊!只要能见他一面……再一次让他回心转意……

她又一下子蹦起来,用手捂着脸颊,光着脚跌跌撞撞去冲到小客厅里,她甚至都懒得去拉张椅子,就直接跪在地毯上面,在书桌上抓来一张纸,拿着铅笔写道:"我太难过了,托尼,我真的无法再忍受了,我受不了了,我受不了了。可能你已经要动身了?什么时候走?我对你的情况几乎一无所知,我到底做错了什么?为什么?我必须要见你一面,托尼。就今天晚上,在我们的家里面,我等着你,现在是五点钟,我这就去那里等待着你,等一整夜。你无论何时来都可以,但是一定要来,我必须要见你,答应我吧,托尼,你一定要来,拜托你了。"她按了一下铃:"跟约瑟夫说,即刻将这个送过去……一直送到楼上。"

她记起来,西蒙也许坐的是上午的车,不知道什么时候就会到达……于是她急急忙忙穿上衣服,出门了。为了让自己镇定下来,她逼自己走路过去,尽管很没耐心,还是步行去了瓦格拉姆林荫大道。这一次她不知道为何有一种他会来的强烈预感。她从死胡同那边的小门走进"他们的家",当她开门的时候,她觉得他就在屋里一般,她很有把握,所以露出了迷人的笑来,她悄悄地踮着脚从一个个房门大开的房间跑过去,轻声喊:"托尼……托尼……"房间里没有一个人,她想他一定是听见了自己的声音故意躲藏起来,她跑进浴室,又去了厨房,她累了,回到卧室坐在了床上。昂图瓦纳没在这里,但是他一定会来的,就快来了……

她,开始缓缓地脱掉衣物,先脱掉了鞋子,后来便是脱袜子,像是在剥一个水果一般,动作柔缓地将果肉露出来。她似乎听见了脚步声,她回头去看,不是的,他没来。她的眼神在房里面游移,又盯着床上。她喜欢比他先醒来,注视她的爱人,放松地看着他光滑的额头,熟睡中没有坚定线条的嘴唇——和她那柔软、半开半合的孩子一般的嘴唇完全不一样!只有这样的时候,她会觉得他是属于自己的。"我亲爱的托尼……他马上就要来了。"她坚信是这样的,他今天夜里就会来的。她是对的。

68

北站被军队把守起来了,院子里,大厅里到处是红色的军裤还有枪架以及简短的命令和枪托的响声。但是,还是允许老百姓出入。雅克和贞妮很轻松就到了月台,这里有六十几个活动人员来这里接车。

"太糟糕了!"他们反复地说道。他们都紧握拳头气愤地摇头,用气愤的眼神打量着彼此。在这种不费力就能控制住的强烈情感下面,已经显示出了丧气和退让。似乎每个人都在想:"已经无法避免了。"

"要是老大在,他会怎么做?"老拉布不作声地和雅克握手之后问他。

"希望全部都在于和密勒的会面中了。"雅克小声回答。口吻很坚定,他坚守他的信念,好像是遵守一个誓言一般。社会党议员的代表人向前走到人群的最前面,变得很显眼。贞妮和拉布都跟在雅克身后,混在人群里,不跟其他人谈话,他看着远方,似乎在冥想:"这个人在德国最悲惨的一刻来到了这里,可能担负着极其重大的责任。这个人前天从柏林离开,从比利时经过的时候还什么也不知道……他渐渐地,一点一点地大致了解了俄国宣战——奥地利宣战——德国发布危险备战状态的消息——还有今天上午若莱斯被暗杀的消息,等他一下车他就会获知,法国已经动员……今天夜里他肯定还是会知道,他自己的祖国也同样地宣布了动员……真是太悲剧了……"

等到火车终于从白色的蒸汽中显现出来,前方又开始喷白雾的时候,月台上一阵骚动,人们全部涌了上去。但是车站管理员监视着,乱了一阵子,又临时组建起一个路障,只有议员代表才可以经过,走近列车。雅克看见他们围在了某节车厢前面,出口处站着两个乘客,他一下子就认出那是赫尔曼·密勒,但是旁边一个健壮的青年他并不认识,脸庞线条坚毅,看起来十分正直和有毅力的表情。

"陪同密勒的是谁?"雅克问拉布。

"昂利·德·芒,是个比利时人,一个十分纯洁的同志,一个乐于思考和探索的人……你周三应该在布鲁塞尔见过他吧?……他的德语说得跟法语一样流利,大概是作为翻译来的。"贞妮碰一下雅克的手:"看……现在允许通行了。"

他们连忙走上前去,想追上官方的代表团,但是涌出的乘客堵住了去路。等到他们从狭窄的走廊穿过去的时候,要将德国代表带去波旁宫举行密会的代表团已经消失了。在候车大厅里面,人们围在一张刚刚张贴的布告前面,贞妮和雅克挤过去看,布告的大字标题是"有关国外人士的条例"。

他们背后有个人用揶揄的声音说:"这帮家伙还真是及时啊!真该相信他们早就提前印刷好了的。"贞妮转身,看见说话者年纪不大:一个工人,身着蓝色工作装,叼着一根烟,有一双崭新的大皮鞋搁在肩上拿着。

"你不也是吗?"他身边的人指着他的皮鞋,"你也很及时啊。"

"这是为了踢威廉的屁股的!"工人甩下一句话走了,大家哄堂大笑起来。

雅克还站在原地,他一直盯着布告,他抽筋的手指紧紧抓着贞妮的手臂,他用另一只手指给贞妮看,一段粗体字:

"外国人不管什么国籍,可以在公布动员令的第一天内从已经开始防备的巴黎离开,出发前要将身份证给各局检验。"

种种念头涌入雅克的脑海。"外国人……"他的假证件还留在贞妮家里的包裹里面,是去柏林执行任务用的假身份证明,就算法国人雅克·蒂博出示他的免服兵役证件,也不会那么容易就去瑞士,但是谁可以阻止在日内瓦大学上学的学生埃贝尔奈在规定的时间回国呢?在动员宣布的第一天,也就是星期天……就是……明天……

"明天之前我必须出发。"他忽然想道:"那她可怎么办?"他一直将姑娘搂在自己的臂弯里,将她从人群中推出去。"听我说,我必须要去一趟我哥哥那里。"他言简意赅地说,贞妮仔细读了那一段话,外国人什么的。为什么雅克忽然变得这么焦躁,为什么要拉她出来呢?他突然去昂图瓦纳那里做什么?他不知如何解释,在柯马丹路听见警钟的时候他第一时间想起的也是哥哥,现在他因为这张布告而惊慌失措,想再见哥哥一面的这种怪异的感觉将他紧紧抓住。

贞妮也不敢问什么,东站和北站这一带她都很少会来,这里总是让她回忆起达尼埃尔离开的那天夜里,她在雅克眼前逃开的场景,这十分鲜明生动的回忆让她觉得很压抑。一个小时之内,巴黎城完全改头换面,如果说街上行人并没有增加,至少还是刚才那么多,但是却没有谁是在散步,每个人都急急忙忙,考虑着自己的事情,好像路上每个人都察觉到自己还有很多亟待解决的困难,有事情有待安排,有些事需要放弃,有一些亲人朋友需要去看望,跟有些人要赶紧和好,跟有些人要立马断绝关系。他们都盯着地面,紧闭着嘴,满脸忧色,在马路上横冲直撞,只是为了走快一些,马路上没什么车了。

出租车已经变得很少,司机几乎都将车子放在车库,求得一点休息时间。公共交通工具也不运行了,它们将从入夜开始就被征集到军队去。贞妮费力地跟着雅克,努力不让他看出端倪,他面色紧张,下颚前倾,像别的人一样行色匆匆,似乎是谁在赶着他一般。她不知道他在想什么,觉得他的内心在激烈斗争。其实看到布告,那些零散的想法在他心里固结成型了,得到了升华。梅奈斯特雷尔的影子出现在他面前,他又记起了布鲁塞尔那个房子,飞行员身穿蓝色睡衣惊惶地站在那里……炉子里面都是纸灰……周四以后就没有再得到过他的消息。他想了很多次："他在那里做些什么？"他一定在进行着革命活动……外国人能够从巴黎脱身……在日内瓦的飞行员身边，他可以再次寻找到一个充满活力的环境，保持纯洁和独立！他记起了里沙德莱、米特尔格、那些在武装的欧洲中心和外界隔绝的保持自身完整的人们，到瑞士去？这是一个十分有诱惑力的选择，但是他犹豫不决，是因为贞妮？是这样的……但是贞妮并非他犹豫的根本原因。难道是他对于当逃兵这件事有担忧？根本没有，他的第一个义务就是对入伍当兵这件事表示反抗，决不去保卫他一直不停在谴责和抗争的所有东西……是因为他不能接受自己想要逃避的想法，他是躲了，但是别的人怎么办？不，只有当他的拒绝变成一种危险的个人行为，和那些被迫动员入伍的同志们遭受同样的危险，这样才能使他的内心安宁，那怎么办？……不去中立国逃避的话，难道留在这里？在一个已经宣布备战的国家里反抗打仗？反抗部队？在这已经戒严的地方，宣传任何关于和平主义的东西都会被残酷镇压，他将会成为被监视的怀疑分子……也许还会遭到预防性的拘留之类，这真是荒唐……那怎么办？逃回到瑞士去？回去做什么？

"这没什么意思。"他有些极端地说。因为贞妮吃惊地看着他。"生命、思想、信念，都是没有什么意思的。要是生命、思想和信念不能变成行动，都是毫无意义的！"

"行动？"贞妮以为是自己听错了，但是即使听清了，她又如何能明白他想表达什么呢？

"您看，"他用刚才那样的语气孤傲地说，"我觉得，这次战争会将国际主义理想封埋多时，很久很久……也许要经历几代人的时间……那样的话，如果为了挽救这样的理想，避免暂时的毁灭，需要去完成某个行动，我一定会去完成，哪怕是毫无希望的行动！但那是什么样的行动呢？"他轻声说道。

贞妮一下子停住了脚："雅克！您想离开？"

他看着她，她换了种准确的说法："你要去日内瓦？"

他做了一个似乎默认的动作，两种矛盾的感情——快乐和忐忑——将她的心撕开："要是他肯回去瑞士，他就没有危险了！……但是，没有了他我该怎么办？""如果我决定离开，"他解释道，"对，就是回到日内瓦去。第一，因为那个地方还有一丝采取行动的可能……第二，我有两个假的身份证，我很轻松就可以回到瑞士。你刚刚已经看过消息了……"

她很激动地插话："快走！明天就走！"她声音里面的坚定让雅克吃惊。

"明天吗？"她不由得冒出一丝期待，因为他的语气听起来似乎在说："不，可能要过段时间再走，明天不走。"他又开始前行，她挽着他，身子发软。

"我明天就动身。"他终于低低地说，"要是你答应跟我一起离开的话。"

这幸福让她感到震颤！她全部的害怕都一下子消失了，他就要离开，就快没有危险了！他要带她一起走！他们不会分隔两地！雅克以为她是在犹豫不决，"您不能自作主张是吗？"他说道，"既然您的妈妈在维也纳被滞留了……"

她紧紧地靠在他怀里表示同意他的建议，她心跳得连太阳穴都发出嗡嗡的响声来，让她有些迷迷糊糊。她全身心地交付于他了，

1605

他们将永远在一起,她会保护着他,她要将危险与他隔开……

此刻,他们讨论离开像是已经计划了很久一般,雅克不记得去往瑞士的夜车的准确时间,但是他可以去昂图瓦纳那里拿到精确的车程时刻表。同时不担心,因为贞妮没有护照也是被允许出去旅行的。手续对妇女们相对宽松一些。那车票钱呢?他们将随身的钱凑起来,基本的花费足够了。到了日内瓦,雅克就会有别的办法了。但是,所有的还要由和德国代表之间的会议结果来决定。谁知道会怎样呢?要是忽然决定将要发起反抗起义呢?……

他们没怎么看路,走到了杜伊勒里宫附近的小花园,贞妮满头大汗,突然觉得十分疲累。她有些怯怯地将远处一处花丛里一把长椅指给雅克看,他们走过去坐下,就他们两个人,从中午开始全城都在雷雨的笼罩下,似乎将花坛上的花香给压低到地面上了。

贞妮心里想着:"我可以去瑞士给妈妈写信联系。她可以来和我们会合,中立国嘛。……"她已经开始想象在瑞士和母亲与雅克在一起的生活,母亲也找到了,雅克也没有了危险。

雅克焦虑不安,他在心里反复想着:"离开,对……可是为什么要离开?"虽然他徒劳地将一切希望都寄托在梅奈斯特雷尔身上,劝说自己,日内瓦是唯一一个还没有被影响的革命发源地了,他想起了他们曾经的"瞎扯",而且没有办法将那里留给他的革命任务是不是有用的怀疑清除掉。

他起身,他不可以原地不动。"我们走吧,我带你去大学路休息一下。"

她惊了一下,他对她笑着说:"是啊,来吧!"

"我?跟您到您的哥哥家里去?"

"现在对我们来说，这又有什么要紧呢？让他知道更好。"他似乎很自信，十分坚决。她没有坚持己见，温顺地和他一起去了。

69

前面的大厅里放着一个崭新的军官用的箱子，上面还挂着商店的标签牌。

"先生在家里。"莱翁一边说一边给两个青年开了诊疗室的门，贞妮没有犹豫就走进去了。

房里非常安静，雅克看见哥哥在自己的书桌前站着，他原本以为是哥哥一人在这里，但是在看到斯蒂德莱尔和罗瓦从里面的沙发靠背后探出头来的时候觉得十分失望。他们距离很远。罗瓦在窗子旁边，斯蒂德莱尔在书柜那一边。昂图瓦纳在整理着一些文件，废纸篓里已经装满了，周围的地毯上散落着碎纸片。昂图瓦纳走向贞妮，像是慈爱的父亲一般同她握手。他并没有很吃惊，在这样的时候已经没有什么能让人更吃惊了。他想起来丰塔南夫人在葬礼之后寄给他的信件，谢谢他去诊疗室拜访，并告知她将要出发去远行了。

他迷迷糊糊地想，贞妮一个人在巴黎，是来向他讨点意见的，也许她和雅克是在楼梯上遇见的。两兄弟眼神对视，血肉亲情让他们同时弯起嘴对彼此露出了和善的笑容，因为心里各自怀着不同的心事，那笑容也因此显得有些沉重。尽管他们两个人有很多不同，但是他们从来没有觉得如此亲密，就算是曾经在父亲的灵柩前面，他们也没有如此强烈地感到他们被一种血缘情感紧密地联系在一起。他们相对无言地握手。昂图瓦纳请女孩坐下，开始问到她妈妈远行的事情，这时候门开了，泰里维埃大夫被茹斯兰带进来了。他直直地走向了昂图瓦纳。

"完了……人们没有办法了……"

昂瓦纳并没有立刻回答，他的眼神严肃，甚至很镇静。"对啊，我们无可奈何。"他终于回答道。然后笑起来，因为他就是如此想的，这种念头对于他来说是一种力量。（小马尼埃尔·罗瓦来通知他已经下了总动员令的时候，昂图瓦纳正待在茹斯兰的实验室内，他什么也没说，只是麻木地点燃了一根烟。三天了，他觉得自己被严重地束缚了，流于被动，被世界性的变故牵着鼻子走，和自己的国家与阶级绑在一起，就好像是被卸掉的一车碎沙石中一粒小小的沙子一般无可奈何。他经过精心策划的未来，和所有有关生活的安排全都崩溃了。在他看来，一切都是无法确定的，无法确定，也仍是行动。）

这样的想法让他即刻振作，充满精力，他的天生特长就是在已经成为事实的事情和无法改变的事情面前会适当地妥协。障碍是新的已知条件，所有的障碍显示出一个新的问题，不管人们愿不愿意，一切障碍都有可能变成东山再起的踏脚石……

"你何时离开？"泰里维埃问他。

"明天一早，孔皮埃涅……你什么时候？"

"后天，周一。沙隆……"他对着走向他们的斯蒂德莱尔问，"那么您呢？"

泰里维埃一直是个好脾气，就算是今天他也带着开心的音调，肉乎乎的粉色脸颊上长满了胡茬儿，带着快乐的神气，这种快乐的神情和眼睛里的焦虑形成对比，让他的脸部十分不协调，显得很尴尬。

"您说我？"哈里发眨眨眼问。医生的话似乎将他从梦里惊醒一般,他转身对着雅克,似乎是说给雅克听:"我也要去参军!"他声音嘶哑,"一个星期之后就将会去埃弗雷。"

雅克回避他的眼光,但是并不怪他。雅克明白,哈里发的一生就是不停地为别人效忠,奉献自己。这个正义的人虽然有着自己的信念,但是还是赞同服务于这一次"防御性"的战争,他认为这是一种义务,一个忠诚的人服从于这样的义务。雅克用眼神搜寻着贞妮,她在壁炉附近站着,和众人保持着一点距离。她看起来并不拘束,而是又有些怅然若失。他看见她轻轻地起身,用目光找寻座位,他想着:"她是多么轻盈啊。"他觉得似乎将她拥在怀里一般。他想起第一次接吻,她是怎样强烈有克制地颤抖,他感到了无法抵抗的、甜蜜的心慌涌上心头。他们目光相接,他笑起来,觉得自己红了脸。

昂图瓦纳走到贞妮身边问了一些达尼埃尔的事情,泰里维埃将他们的交谈打断:"您医院的事务怎么安排?有什么计划吗?"

"让老人家们回去,我们医院有阿德里安、多玛还有德莱里大爷,都同意了。你倒跟我讲讲。"他突然用食指指向泰里维埃,"茹斯兰借给你的文件,你迟迟没有还来,《增殖体和声带痉挛》……"

泰里维埃像是希望女孩起来佐证一般:"他这脾气总是不能改一改……我会将你的文件交给斯蒂德莱尔……你就放心离开吧,军医官大人!"

街上已经喧闹了好一阵子,声音从一扇开着的窗户传进来:混杂着歌声、马蹄声。大家走到床边看,雅克趁机走近了哥哥,他正一个人站在房间中间。但这时候,昂图瓦纳却走近了众人,雅克跟在他身后走过去。一队从残疾军人院走来的炮兵遇到了往圣神父街上前进的一支意大利游行队伍,队伍前面站着四个打鼓手、竖着一面旗帜,意大利人被挡住去路后,站下来开始唱起了《马赛曲》,对炮兵们欢呼起来。鼓声嘈杂,声音震得人耳朵发麻。

昂图瓦纳将窗子紧闭,额头抵着玻璃叹了一口气。雅克站在他身边,其他的人又走到房中间去。

"上午我得到了一封英国寄过来的信件。"昂图瓦纳保持着之前的姿势。

"英国?"

"吉丝写的。"

"啊?"雅克看了一下贞妮。

"日期标记为周三。她问我要是打起仗来她该怎么办。我要回信给她叫她留在英国念女子学校,这对她是最好的了,你认为呢?"雅克心不在焉地点了点头,他确定这个地方就他们两人了。他想说说贞妮,可是该怎么开头呢?这时候昂图瓦纳突然转身,脸上带着忧伤的表情问他:"你真的……还是坚持?"

"对。"雅克坚定而不粗鲁地回答。

昂图瓦纳弯了弯腰,躲开了弟弟的眼神。他下意识地用手指在玻璃上随着鼓点敲击。他觉得自己刚刚有些支支吾吾,这在他身上是很少见的,这是他内心混乱紧张的表现。

莱翁从前厅通报说:"菲力普医生来了。"昂图瓦纳挺起身子,异样的兴奋让他容光焕发。菲力普笨拙的身影出现在门口,他眯缝着眼睛扫视了一眼屋内的人,最后落在昂图瓦纳身上,他很悲伤地摇头,从飘动的礼服衣襟里面拿了一块手帕来擦汗。昂图瓦纳迎上去:"完了,教授……"

菲力普不说话,碰了一下他的手,然后也就像是一个被放开了线绳的木偶娃娃一样,没走几步就瘫在了套着白椅套的长椅上。"您什么时候离开?"他声音听起来短促又尖锐。

"明儿一早就走。"菲力普像是在吃什么糖果一般发出黏答答的嚅动嘴唇的声音。

"我从医院那边过来的。"昂图瓦纳没话找话,"所有的事情都安排好了,由布吕埃尔来顶我的班。"大家都没说话。

菲力普盯着地面,奇怪地摇头。

"你明白,小伙子。"他终于说,"这可能是一个很长……很长的过程……"

"但是很多专家的看法却完全相反。"昂图瓦纳底气不足地回答。

"对!"菲力普打断他,似乎他早就明白该如何对待专家以及专家的推断,"他们是根据物资供应的情况和金融信贷的正常根本原理来推论的,但是要是各国的政府没有了理智,拼死一搏,冒险去彻底毁灭而不是退让的话……一个星期以来我们所看到的听到的,说明这些事情都是可能的……不,我认为战争会持续很久,各个国家都会筋疲力尽,任何国家都不想或者是可以半途止步。"

他顿了顿,又说:"我一直在思考这些……打仗……谁以前会相信真的会发生呢?……只要新闻界坚持混淆舆论,几天之内大家就对侵略者这一概念不清楚了,每个国家的民众就会觉得自己的'光荣'面临着危险……一星期的恐怖狂潮、夸张、吹牛夸耀,欧洲各国的民众就会像疯了一样,发出仇恨的叫喊声,互相厮打,我不断地想着,这和俄狄浦斯王的悲剧①完全一样,俄狄浦斯也曾经被警告……

---

① 据希腊传说,俄狄浦斯命中注定要杀父娶母,后来果然应验,他在不知情的情况下杀父娶母,后来弄瞎了自己双目。

但是在无法避免的那一天来临的时候,他早就忘记心里已经预警过的恐怖画面……我们也是这样……我们的先人们已经早就预言了所有,人们早就看见了危险的存在……而且知道那危险出自何处,来自巴尔干、沙皇政权、泛日耳曼主义、奥地利。人们已经被警告过了,早就该警惕了。许多明智的人用尽全力去阻止灾难成为现实,但是无法避免的灾难还是爆发了,为什么?……我一直想着这个问题……到底因为什么?可能是由于,人们所恐惧的、预料到的这些事态发展形势中,掺入了一些意外的因素,一点看似不重要的东西,恰恰能够改变整个事态的发展,接着完全变得面目全非……即使人们已经保持着警惕,命运的陷阱还是能发挥作用……我们都陷进去了……"

在房间那边,茹斯兰、泰里维埃、雅克还有贞妮正围在马尼埃尔·罗瓦身边,发出一阵阵青春阳光的笑声,"怎么了?"罗瓦对泰里维埃说道,"您不让我吐苦水?这个可以让我们松一口气,从实验室的气氛中脱离出去!我们需要一段激动人心的生活!"

"生活?"茹斯兰低声问。

正看着罗瓦的贞妮突然转眼,那个青年激动的脸庞让她觉得看着不舒服。

菲力普远远就听见了,他对昂图瓦纳说:"青年人根本无法理解这些事情……这样很多事都能说通了……我呢,我经历过七十年。青年们没有经历过!"他又拿出手帕来擦拭他的脸庞、嘴巴和小胡子,长时间地擦拭着手心。

"你们这些家伙,你们都要离开。"他悲伤地轻声说。

"你们一定在想,老人们真幸运不用离开。这是错的,我们,我们比你们更惨,因为我们的好日子到头了。"

"结束了?""是的,我的孩子,彻底结束……一九一四年七月,一切都结束了,包括我们。新的出现了,我们这些老头子没有希望了。"

昂图瓦纳深情地看着他,一时无话可答。

菲力普不再说话,然后好像有个什么好笑的念头出现在了他的脑海里,哧哧的笑声从他的鼻子里喷出来。"我一辈子有三个黑暗的日期。"他说道,十分严肃的口气,这是他讲课时惯用的语气(关于这个语气,大学生们常说:"菲菲在自言自语。"),"第一个日期让我的青春期发生了巨变,第二个让我的成年时代被搅乱,第三个肯定将要毁了我的晚年……"昂图瓦纳看着他,似乎在急着等他继续说。

"第一个日子,在我童年那时候,还是个真诚的外省少年,有一天我从头到尾翻阅《四福音书》的时候,发现里面漏洞百出……第二个是,我知道了一个叫作埃斯泰拉齐的恶棍,做了一件叫作'清单'的龌龊事,人们不但没有审判他,反而去折磨一位无辜的先生,仅仅因为他是犹太血统[①]……"

"第三个呢,"昂图瓦纳无奈地笑着插嘴,"就是今天……"

"不是的……是一个星期前,报纸上刊登了最后通牒的文章那个,我看起来就是一个球局……我就知道,人民要为这两只球的碰撞付出代价……"

"两只球相撞?"

菲力普的眼睛在浓黑的眉毛下面闪着狡猾得近乎残忍的光:"对,就是两个不像的球撞到一起,蒂博!红色的那个球是塞尔维亚,被白色的奥地利球撞到了,另外的一个白色的球德国又推动了奥地利。

[①] 指德雷福斯案件,上文的埃斯泰拉齐是个步兵营长,他制造了"清单"(透露军事机密的情报)事件,致使德雷福斯于1894年受到判刑。

那么球杆在谁的手里呢？是谁呢？俄国或是英国？"他像是马嘶一般狂笑起来。"不把这件事搞明白，我死也不甘心啊。"雅克走到了昂图瓦纳和菲力普对面的一角。

"老师，"昂图瓦纳说道，"我为您介绍一下，这是我弟弟雅克。"

老大夫用锋利的眼神看着雅克。雅克略微行了个礼，就问昂图瓦纳："你是不是有火车时刻表？""对。"他们眼神对撞，昂图瓦纳准备问："你要它做什么？"他只说道："就在那里，电话本下面压着。"

"您什么时候离开呢，先生？"菲力普问雅克。

雅克坐直身体，犹豫了一下，看看昂图瓦纳，他连忙解释："我弟弟，他跟我不一样。"沉默了一会儿，他仔细瞧着雅克，他想起以前和雅克谈过话吗？雅克走开的时候，他的眼神一直追随着雅克。

再次只剩他们两人，昂图瓦纳弯腰对菲力普说："我弟弟啊，坚决反对入伍。"

菲力普半天没说话。"所有疯狂的信仰都是可以理解的。"他的声音有些疲惫。

"不，我们所处的时代所赋予我们的责任很简单，很清楚，没有权利不顺从。"菲力普像是没听见一般。

"……合情合理，也许是必要的。"他继续喃喃自语，"要是不怀有狂热的信仰，人们怎么可能进步呢？再看看历史吧蒂博，所有伟大的社会变革的基础中，总是会有一些看起来很荒唐的宗教愿望，那也是必要的。理性也许会导致一事无成。只有信仰才会给人们行动所需要的动力和坚持下去的决心。"

昂图瓦纳不作声了，对着他的老师，他又不自觉地沦落为被监护的角色了。

他在壁炉前站着，瞧见贞妮在雅克身旁一起弯腰看着车程表，惊讶了半天，不需要说，女孩应该是想知道妈妈如果从奥地利回来还有可能坐哪一班车吧？

菲力普继续表述自己的思想："谁说得准呢，蒂博，可能拥有你弟弟那样的信仰的人会成为先知呢？说不定这次无法逃避的战事在彻底毁灭我们大陆平衡的同时，孕育出一种我们现在还没办法想象的、新的、伪真理的兴盛景象呢……要是可以这样思考的话事实上是不错的……怎么不是呢？所有欧洲国家都要把他们的所有力量，连同精神力量和物质力量通通毁于战火之中。这是一个历史上不曾有过的事情。我们没办法预料后果……文明的所有因素也许全要在这场战争中改头换面！人们在拥有智慧之前，还要经历很多的痛苦……那时候，为了构建这个星球上的生活，他们将会对科学所启示他们的东西表现出恭敬和谦卑……"

莱翁又从门缝里将傻乎乎的脸伸进来："有人找先生。"

昂图瓦纳眉头一皱，还是起身说："抱歉，老师。"

莱翁在前厅等候，他面无表情地递给昂图瓦纳一个装信封的托盘，蓝色信封放在上面。昂图瓦纳一把抓过来，一眼不看就放进兜里。"那人问是否回信。"用人耷拉着眼皮问。

"那人是谁？""司机。"

"没回。"昂图瓦纳说着就转身了，因为听见身后的门打开了。

雅克跟在贞妮后面出来了。"你们这就要走了吗？""是的！"雅克干巴巴生硬地回答道。就像昂图瓦纳刚才回答用人"没回"一样。

他看着哥哥的眼睛，神秘的眼神里满是责备，其实是在说："我们今天特地来看你，你就这样一点时间都不给我们！"

昂图瓦纳支支吾吾地说："这就走？你也要走了吗，贞妮？"

"如果她是来找我征询意见，或者要我帮什么忙的话，"他迅速地想着，"为什么还什么都没说就要走了？而且和雅克一起走？"他大胆问她："在我走之前您有什么需要我帮忙吗？"

她淡淡一笑，稍微点头表示谢意，他觉得摸不着头脑。

"你呢？"他对雅克问道，雅克毫不犹豫地下楼梯，"我们还会见面吗？"

声音突然变得很亲昵，贞妮扬起眼睛，雅克转身，昂图瓦纳脸上表现出一种十分感激的神情，雅克顿时不再有怨气了。

雅克问他："您明天走？""对。""什么时候？"

"一大早，七点多左右。"雅克看着贞妮，最后，用嘶哑的声音问："你愿意我去送你吗？"

昂图瓦纳满脸散发出光彩："当然希望！来吧！你送我上火车吗？"

"那说定了。""谢谢你，我的弟弟。"他慈爱地看着弟弟，反复道谢，他们三个走到了大门前。雅克开门让女孩先出去，然后自己出了门，不和他哥哥对视，在楼梯口他说："那我们明天见。"然后他关上了门，就在这时他改了主意。"您先下去吧。"他告诉贞妮，"我一会儿就追上您。"他急急地敲门。

昂图瓦纳还没离开前厅，他过来开门，雅克一人进来，关上了门。

"我还有事要跟你说。"他低垂着眼皮。昂图瓦纳直觉觉得这件事非同小可。

"走吧。"雅克沉默着随他去了书房，他靠在关闭的门上，看着哥哥。

"我应该跟你说，昂图瓦纳，我和贞妮这次来找你就是想告诉你……贞妮，她和我……"

"贞妮？你和贞妮？"昂图瓦纳惊讶地再说一遍。

"对。"雅克说得清清楚楚。

他神情古怪地笑着。"贞妮跟你？"昂图瓦纳被震惊了，问道，"那你想告诉我什么？"

"说来话长。"雅克话语间断，不是很流畅地解释着，不禁红了脸，"反正现在就是如此，已经成了定局，就在一个星期之间。"

"定局？什么成定局了？……"他退到沙发边坐下来喃喃地问。

"你看，这么大的事，贞妮？你跟贞妮两个？"

"对！""你们了解不深……再说，在现在这样的状况，战争前夕准备订婚？怎么，你的意思是你不离开法国了？！"

"不，我明天就要去瑞士了。带着贞妮一起去。"他又补了一下。

"你们一起去！啊，雅克你是发神经了吗？完全是胡闹！"

雅克保持着笑容："不是的，我的哥哥，这多么容易理解，我们爱着彼此。"

"不要再说这样愚蠢的话了！"昂图瓦纳粗暴地打断。

雅克冷哼一声，他哥哥如此激烈的态度伤到了他。"可能是爱情的存在让你惊讶吧。你不同意，得了。我只是想跟你说一声，现在你知道了，我也该走了，再见。"

"等一下！"昂图瓦纳喊道，"真是愚蠢！我不允许你脑子里装着这样可笑的想法离开！"

"再见。"

"不行！你听我说完！"

"何必呢？我现在真的觉得我们两个无法沟通。"

他做了一个要离开的姿势，但他并没离开，沉默了一会儿，昂图瓦纳努力地平静下来："听我说，雅克，我们来讲讲道理。"雅克还是冷笑着。

"你需要考虑两个问题，你的个性是其中一个，另外，你所选择的这个时间。首先是你的脾气，你这样的人，让我说实话吧，你根本不能给谁幸福，根本不可能！哪怕是在平常的境况之下你也不可能给贞妮带来幸福，所以不管怎么说你都不应该。"

雅克耸了一下肩膀。"让我说完，不管怎么说都不可以！在目前的情况下，比其他任何时候都还要不允许！打仗，你这样想！你到底想做什么？你会成为什么样子？这一切都不确定，可怕得无法确定！你有自由去冒险，但是在现在这样的情景下去将你的命运和另外一个人相连？这简直是恐怖！你简直是疯了！居然如此孩子气，你这种孩子气连一分钟的考验都经受不起！"

雅克大笑起来，笑得很自信，很狂傲肆意，甚至有些鄙夷，狂笑之后又突然停止了。他猛地甩了一下头发，愤怒地环抱双手："就是如此！我来找你只是让你知道我们很快乐，你对我的祝福就是这样？"他又耸了一下肩膀，拉起门把手一转身偏头说道："我以为自己对你很了解，但是那是在五分钟之前我那么以为而已！我现在才明白你是一个什么人！你简直是冷血动物！你从来没有真正爱过！你一辈子也不会爱！铁石心肠！你的冷漠无情已经没救了！"他看着他哥哥，站在他不容侵犯的爱情的高台上，骄傲地看着他，他冷笑着，从嘴里吐出几句话："你又知不知道你自己是什么样的人？你只有你那些冷冰冰的证书和你可怜的自尊心！昂图瓦纳，你这个可怜虫！你仅仅就是个可怜虫，什么都不是！"

他沉闷地冷笑一声将门甩上离开了。

昂图瓦纳僵直地站了半晌,垂下头看着地毯。"冷血动物。"他低声说。

他呼吸急促起来,气血上涌的感觉让他很不舒服,就像是高原反应一样。他将臂膀平伸,展开手掌,不停地颤抖着,无法控制。他想:"我现在脉搏大概达到了一百二十次……"

他慢慢起身站直,走到窗前拉起窗帘。院子里悄然无声。对面的两面墙之间有一棵病恹恹的栗子树,叶子上已经泛着黄色的斑点。他什么都看不清,眼前只有雅克鄙夷的、傲气的笑脸,沉迷而坚决的眼神。

"你从来没有真正爱过。"他喃喃低语,放在铁窗栏上的拳头死死紧握着。

"如果是这样的话,爱情真的很愚蠢。不,我没有爱过!我因此感到骄傲!"一个小女孩出现在邻楼的一个窗边,看了他一眼,他说得很大声吗?他走到房间里面去。

"爱情!在农村,他们不畏惧,事物本来叫什么就是什么,他们可以说一头牲口发了狂。但是我们如果这么说就太肤浅,是一种辱没!必须眼睛乱转地说:'我们爱着彼此!……我深爱着她!这是爱情!'要明白,心灵,是情人之间的专属物品!我就是铁石心肠,这是理所当然的!'你根本不懂!'总是这句话挂在嘴边,总是怨别人不了解自己来填补自己的虚荣心,好像那样能让他们变得高贵!跟一群神经病一样,就是疯子们,才会自命不凡地说没有人理解他!"他看到镜子里面的自己指手画脚,双眼冒火。他把手放进衣服口袋,给他自己的发怒找一个最高尚的借口:"我生气是因为这件事太荒唐了！是我的理性被激怒了，让我感到这么多的痛苦……但是，我并不是首次察觉到这一点了，良知被伤害就像是瘭疽的伤口或者是牙痛一般挥之不去！"

记起菲力普还坐在诊疗室等自己，他打起精神来，他耸了一下肩膀："算了……"

他的手指在口袋里摸到了一张纸，是安娜的信纸，他拿出信封一下撕成两截，扔到了废纸篓里面。他的视线落在桌子上面的入伍名单上，突然他感到一阵脆弱。明天，打仗，危险，残肢断臂甚至死亡。"你根本没有真正爱过！"明天，青春年代就要被生生截断了。也许再也没有恋爱的机会了，他突然弯腰到纸篓里面捡起半截信纸，打开看，这是温柔而又激情的呼唤，像是爱抚一般。"今天晚上……在我们的家里……我等着你，我必须要见你一面。拜托你了，你快来吧。我亲爱的托尼，快来吧。"

他倒在椅子上。再最后和她度过一夜，再一次感觉到温柔，再一次在她温柔的怀抱入睡，什么都不想……一刹那的想念像是不安的浪潮一般，像是巨大的海啸一样将他淹没了。他将手放在桌子上，他抱着头孩子般大哭起来。

70

巴黎处在悲伤的安静之中。中午聚集起来的乌云遮天蔽日，遮蔽了天穹，让整个城市都处在一种黄昏一样的昏暗光线中。咖啡店和商店都提前开灯，惨白的灯柱投到漆黑的街道上，交通工具不够，人们行色匆匆地赶路，地铁站门口将潮水一样的乘客涌到人行道上，虽然他们没有耐性,但是没有办法不在进入之前站在阶梯上等待几十分钟。

雅克和贞妮不愿意等下去,就走路去了塞纳河右边的岸上。报贩在各个角落里活动。人们争相购买着号外,停下来如饥似渴地翻阅报纸。每个人都禁不住坚持着寻找比较重要的消息,比如:所有都安排妥当,欧洲的领导阶级突然打起精神。他们已经想出了解决问题的办法。荒谬的噩梦终于散去,人们不用再害怕……

动员令宣布以后,《人道报》社和其他的地方一样空无一人,似乎每个人都去解决自己的个人生活了。唯一的一个服务生在过道里面来回走,跟雅克说,斯特法尼没有待在办公室里。加洛负责处理日常的工作事务,但是他在为明日的报纸忙碌着,不让人打扰。贞妮筋疲力尽,如影随形地跟着雅克,他也就没有试着去破坏这个规定。

"我们到'进步咖啡馆'去坐一会儿吧。"他说道。

咖啡厅下面的大厅几乎没有客人。经理也不在那里,只有他的夫人看守柜台,她似乎哭泣过,一直坐在那里。他们走到阁楼上去,仅仅一个餐桌上围着人:是一些青年活动者,雅克认不得,看到有人来了,他们暂停了一下,但很快又开始讨论了。

雅克想喝水,他把贞妮安置在门边,自己下楼去买啤酒了。"你想做点别的事情吗?笨蛋?等着宪兵来了把你像傻瓜一样拖出去毙了吗?"讲话者是个二十四五岁的青年,满面红光,将鸭舌帽反戴着。他声音尖锐,严肃的黑眼睛巡视着他的伙伴们。

"另外我还要告诉你们!"他神经兮兮地继续说,"对于我们,对我们这些需要密切注意事情发展的人来讲,有件事是非常肯定的,比什么都要重要,那就是,我们是一个爱好和平的国家的国民,这样的国家无须感到惭愧！"

"别的人也有这种说法。"看起来年纪最大的一个插嘴道。这个人有四十好几岁了，穿着一件地铁站的制服。

"德国人一定不会这么讲，和平由他们来决定。这半个多月，他们至少有不下十次的机会能够阻止这场战争！"

"我们也都是！我们原本可以直接对俄国人吼道：'滚你妈的！'"

"就算这样又有什么用处？今天我们已经看得明明白白，德国人根本就是卑鄙无耻早有计划，那就让他们倒霉去吧，仅仅只是呼唤和平是没有用的，怎么说我们都不是一群软柿子！法国被侵略了，法国就应该保护自己！而我们大家，我们每一个人，就代表着法国！"

除了那个穿制服的人，其他都同意了！

雅克不安地看着贞妮，他记起斯蒂德莱尔说的话："我必须，必须相信德国是罪恶的！"

他没有将倒好的啤酒喝掉，他向女孩使眼色，站起来出去之前，他走到那群人附近："为了自卫而战！合情合理的战争！正义的战争！你们难不成看不见这完全是个陷阱吗？你们愿意被骗得团团转？宣布动员了才过去了三个小时，你们就已经这个样子了？一个星期以来，报纸极力鼓吹这些无耻的企图，你们却一点也不反抗。军士首领们太懂得利用这样的情绪了！要是你们社会党员都不对这样的疯狂做出制止，那要谁去抵抗？"他并不是对他们某一个人说话，他一个个地环视他们，嘴唇颤抖。

年纪最小的是个粉刷匠，他的头上脸上还沾满了石灰，他冲着雅克抬起傻乎乎的脸。"我赞同沙泰尼埃的说法，我头天就要入伍，就是明天了。"他的声音很清脆，"我恨死了战争，但是我作为法国人，国家和人民需要我的时候我必须去！我是抱着必死的心态去的，但是我还是要去！"

"我啊，我跟他们差不多，"他身边一个人说，"我第三天就走，周二那天。我是一个巴尔勒杜人，我们家两位长辈住在那儿。我绝不想我的故土变成德国殖民地！"

"百分之九十的法国人都变成这样了……"雅克心里琢磨，"急于为自己的国家开脱罪名，力求得出证明对方进行了无耻预谋的结论，用这个来证明他们自我保卫的下意识反应是合情合理的。再说了，这些青年，忽然成了一个被辱没的群体，整日呼吸着让人迷失的民族仇恨的空气，在什么样的程度上可以感受到躁动不息的满足感呢？雷兹红衣主教①以前曾大胆说过：'在各个国家的民众之中，没有任何能比这样的结论更加崇高，就算自己侵略别人，也要让民众表现得好像是为了自我防备而采取的行动一样。'跟那时是一样的，情况没有变化。"

"你们用脑子想想！"雅克继续低声说，"如果你们不再抵抗——明天就真的来不及了！你们想想，在国界那一边，他们对我们存在着一样的怨愤，也在对我们进行着一样错误的指控，执迷不悟的对抗！每一个国家的人们都似乎变得像一群爱打架的孩子，瞪着小狼一样的双眼互相撕咬：'是他先打我的！'……这难道不荒唐吗？"

"那我们又能怎么办呢？"粉刷匠喊起来，"我们被召集入伍，你说我们能如何？"

"要是你们觉得暴力不是正义的存在，如果你们觉得人的生命珍

---

①雷兹红衣主教（1613—1679），法国政治家、散文家，参加过投石党事件，著有《回忆录》。

贵神圣，如果你们觉得不存在两种道德标准：和平时期杀了人是犯罪，战争时期却规定必须杀人——你们可以抵制动员！拒绝入伍！反抗战争！听从你们的内心原则，听从国际组织的工人同盟！"

贞妮始终在大厅的门口站着，此时走了过来紧贴着他。粉刷匠起身，环抱双臂愤怒地说："那是让我们去站在墙根下被毙了吗？不行！你说得倒好听！至少在战场上还有运气可以碰，说不定可以应付过去！"

雅克大喊："你们会觉得，把个人的义务和意志拱手送到据说的强者手中，那就是窝囊废！你们会觉得：'我并不同意这样做，可是我无可奈何。'这需要你们付出一定的代价，但是你们仅仅愿意付出很小的代价，觉得这样的屈服即使困难也是值得的，从而安慰自己的良知。你们难道看不见你们被罪恶的手段戏弄了吗？你们忘记了国家政府掌管政权不是为了让人民成为奴隶，任人宰割——而是为人民服务，保护人民安全，让人民生活快乐吗？"

一个三十几岁还没有发言的有着黑色头发、棕色皮肤的人捶着桌子说："不！你说得是错的！今天你这样说是错的！上帝看得见，我从来就没有被政府牵着鼻子走，我和你一样是个社会党的人，我党龄已经五年了！作为一个社会党的人，我准备和大家一样为了政府去打仗！"雅克想要截断他的话，但是他又拔高了声音："这根本就与信念无关！那些民族主义者，那些资本家，那些大财主，我们以后再和他们算账！不信你们到时候看着！但是目前，不是谈理论的时候，我们现在首先要和德国佬算这一笔账，这些一直策划着战争的王八蛋！他们就是要挑起战争！我跟你们讲：要是我有权势的话，他们一定会为他们的所作所为后悔！"

雅克耸了一下肩膀,他无可奈何了。他拉起贞妮的手往楼梯走去。"不管怎么说,社会主义共和国是最伟大的!"一个声音在他们身后高喊。

他们出了门默默地走了一段路,沉闷的雷声预示着暴风雨即将来临,天空漆黑一片。"您看,"雅克说道,"我早就觉得,也说了好多次,战争不是情感上的问题,而是经济竞争不可调和时爆发的冲突。如今,看到社会的各个阶层这样主动的自发的,这样无疑会在整个社会范围内掀起一股民族主义的狂热浪潮。我在想,难道战争竟然是无法控制的,隐蔽的狂热情绪冲突的后果吗?利益上的摩擦不过是作为机会或者借口。"他又不再说话了。然后,他又顺着思想脉络,说:"最荒谬的是,他们对战争的赞成是经过了考虑推论之后自愿选择的。对,是自愿的。这些可怜虫,昨天还在争取反抗战争,今天就已经情不自禁地卷入了战争狂潮……固执地要贸然行动……真是太不幸了。"

停了一下他又讲:"那么多有见识、善于怀疑的人,一旦有人向他们宣扬爱国狂热的论调,他们居然一瞬间变得那么轻易相信了。真是不可理喻的悲剧。可能只因为这件事:一般人总是天真地将自己和祖国,同民族与政府结合起来。习惯性地说'我们法国人民''我们德国人民',因为每个人都是发自内心地盼望着和平,因此不承认自己的国家是好战的。人们简直可以说,越是爱和平,就越要保卫自己的国家,他们那一个小集体越是无辜,就越容易相信威胁和敌对都是由外国发起的,本国的政府没有一点责任,自己也只是受害者之一,应该通过保卫这个小集体来自我防卫……"

大雨将他的话打断了,这时候他们从交易所的广场走过去。"快跑。"雅克说道,"您都被淋湿了……"他们两个刚刚跑到了柱子街上的一个走廊下找到避雨处,一场铺天盖地的雷雨终于急促猛烈地爆发了。闪电像鞭子一样鞭打着路人的神经,不断的雷声在建筑物之间轰鸣滚动,让人想起山洪暴发。一小路治安队的警察骑着马从街上跑过去了。骑马的士兵弯腰驼背,伏在散发着热气的马背上,马蹄子溅起了一波波的水花,就像是战争派画家画出来的杰作,头盔在浅灰色的天穹下闪着光亮。

"走吧,进去吧。"雅克指着一家在走廊深处的灯光昏暗有人开始进去的小饭店,说道,"我们一边等着雨停,一边吃点什么。"

他们好不容易在一个大理石桌子上找到了两个连坐的位置,这个桌子上已经坐了好几个人。贞妮刚坐下,就觉得好累,她的膝盖直抖,双肩和脖子觉得很痛,脑袋觉得非常沉重,她觉得自己似乎是生病了。如果她可以闭上眼睛睡一会儿,……睡在雅克身旁……她随即想到了前一天晚上的情形,好像是有一鞭子抽在身上一下子振作起来,雅克坐在她身边没有感觉到什么异样。她看着他的侧脸,湿淋淋的鬓角,暗色的头发反射出棕色的光……她差一点拉着他的手说:"我们回家吧,别的事有什么重要的……抱住我……用力地拥抱我!"

他们周围的人谈话谈得很热烈,眼神闪烁,彼此传递着装着调味品的小瓶子,交换着友善的眼神。怀着一点也不动摇的信心传递着最荒谬、最矛盾的新消息,而且马上就有人会相信。"雨这么大,会不会影响进攻?"一个中年妇人哼哼唧唧地说,她长着酒糟鼻的脸上显现出一种柏拉图式的英雄主义神色。"一八七〇年的时候,"一个戴着玫瑰花胸章的胖男人说,他在贞妮的对面坐着,"战争要在宣战之后很久才会爆发的,起码还有半个月。""这么说,白糖快要脱销了。""食盐也是吧。"那个一脸英雄气概的夫人说,她十分真诚地对贞妮说道,"我啊,我可早有准备的,我才没耐心等呢。"

那个戴着玫瑰花勋章的男人在对大家讲着一个东线驻防部队一位上尉的事情,他兴奋地赞叹着,声音发颤,他的这份激动似乎还真的很有感染力一样。这位上尉接到了要他的部队从边界上向后撤离十公里的指示,他以为是法国要对敌人退却表示投降了,就拿出自己的枪在自己的部队面前开枪自杀了。

桌子那一头有个工人闷头吃东西,他那种对这些话不相信的目光和雅克的对视,他立刻说起话来。"你们在开玩笑吧。"他气冲冲地说,"但是我们,今天夜里在车间连这个星期的工钱都没了!"

"这是为何?"那位善良的先生问他。

"老板居然说他的钱都在银行,但是银行不营业了,造成了很大的争吵,你们能想得到吧。但是根本没有用,老板说周一才会发给我们。"

"对。周一一定会发给你们工资的。"那个一脸英雄气概的夫人说。

"周一?第一,从明天开始很多人就要入伍了,你们知道吗?我们要走了,就剩下妻儿老小,一分钱也不留?"

"不要担心,"那个戴着勋章的男人严肃地说,"政府已经将这些事情都预料到了,各个区政府会发放补贴。你就放心去应征吧!你们的家人会受到国家的保护,不会缺任何东西的!"

"您这么觉得?"工人有一丝动摇,"他们为什么没有告诉我们?"

雅克身边有个人买了一份晚报,他提到了普安卡雷对"法兰西民族"所做的宣布。一下子好几只手伸过来:"借来瞧一瞧!"但是那个人不肯给他们。"就念给大家听吧。"那个胸章先生说道。那个一脸狡诈的小老头子调整了一下脸上的眼镜。"这是全部的部长都已经签订的!"他十分夸张地用假音念道,"政府考虑到了自己的责任,觉得如果放任事态变化的话,就是对崇高的职业玩忽职守的表现,所以即刻颁布了适应局势的律令,"顿了顿,他接着说,"动员并不代表打仗。"

"您听见了吗,雅克?"贞妮用带着期待的声音颤抖着问雅克。

雅克耸了一下肩膀:"请君入瓮,瓮中捉鳖,一旦被抓住就不要想再逃走了!"

"在现在的形势下,"戴眼镜的小老头继续读,"相反,动员乃是确保荣誉地保卫和平之必经之路……"一片安静,附近的桌子也是很安静,大厅深处有人喊道:"大点声音!"读报的人起身继续念,他的声音断断续续,不需要说了,这个可怜虫一定觉得自己像是在对公众发言一样。他严肃地重复:"……荣誉地守卫和平……政府希望我高贵民族沉着冷静,不要无事生非过于激动!"

"太好了!"酒糟鼻夫人赞叹着。

"无事生非!"雅克低声说。

"……政府希望我们的国民,务必发扬爱国精神,政府确信每一个人都已经做好了承担责任的准备。眼下不再有各个党派之分,只有永远的法兰西,坚决爱好和平的法兰西,只有正义合法、众志成城、保持冷静、谨慎和尊严的法兰西!"

读完之后沉默持续了好一阵子,然后,针对着激动人心的话题而开始的谈话又活跃起来,那位一脸英雄气概的夫人并不只是个别,戴着玫瑰胸章的先生脸色涨红得如他胸章的颜色一般,在桌子上的另一边，那个没得到工资的工人热泪盈眶，每个人都陷入了这种集体的迷醉中，不费力气就沸腾起来，无法控制自己，迷醉在这高尚的民族情感中，准备时刻牺牲自己。

雅克一直不说话，他想到这时候，别国的领导者，德皇和沙皇应该也已经签下了一样的昭告书，他们都利用着具有神奇力量的、包含着一样威力的措辞，所以到处都弥漫着同样荒谬的狂热……

他看见贞妮把自己面前几乎没有动过的汤碗向前一推，于是他对她示意一下，站了起来。

外面已经没有下雨了，阳台有水往下滴落，水沟涨起水来，混着泥浆流进下水道，哗啦啦地作响。人群在闪闪发光的人行道上行色匆匆。

"现在我们去一下上议院。"雅克对贞妮说，拉起她十分兴奋地走开了，"去探听一下他们在那里跟密勒在秘密谋划些什么东西……"

虽然这样做显得比较不理性，但是他不能确定自己是不是已经绝望了。

71

波旁宫被警察们严密地看守着，在院子里的栅栏后面他看见有好几拨人聚集在那里，雅克朝他们走去，贞妮跟在他后面。在灯光下，雅克认出了拉布在里面。

"会议还在进行，"老活动员对他说，"他们刚刚出去吃晚饭了。待会还要持续会晤。不在这里开会了，去《人道报》社的办公室。"

"那初步情况如何？"

"不太好,很难得到什么消息,他们个个都口干舌燥,满脸涨得红通通的,但是都不发一言,唯一让我打听到一点消息的就是西布洛……他并没有将他的失落对我们遮掩。是吗?"

他对着走过来的儒默兰说道。

贞妮沉默不言,看着这两个人,她不太喜欢儒默兰,这一张又长又瘦的脸,脸色苍白,冷汗涔涔,他没有胡子的下巴过于向外突出,他紧紧咬着牙关,说话的方式生硬无比,方方的肩膀,又小又黑的眼珠带着严厉的眼神,让少女觉得很不自在。老拉布就不一样,他前额突出,眼睛有光彩又带着忧伤,看着雅克的时候总是用一种父亲般慈爱的眼神,这让贞妮觉得信任和喜欢。

"这个密勒似乎没有什么具体的使命。"儒默兰说,"也没有提出任何的实际建议。"

"那他来干吗呢?"

"或许仅仅只是为了来探探情况。"

"探什么情况?"雅克大喊,"这个时候几乎都来不及采取行动了!"

儒默兰耸了一下肩膀:"你说行动?……真是太好笑了!局势瞬息万变,你认为难道还有什么决定能被做出来吗?你知不知道德国也已经全国动员了?在五点宣布的,仅仅晚了我们两个小时……听说,今天晚上会正式和俄国开战。"

"但是,密勒这一次不是为了让德法两国的无产阶级团结起来抗争吗?难道不是要来组织一场总罢工的吗?"雅克十分没耐心。

"罢工?绝对不是的。"儒默兰说,"我认为他来这里只是要弄明白法国社会党是不是要为政府周一提交给议会的军事费用案投下赞同的一票而已。"

"在这件事情上,法德两国的社会党如果能采取一致的政策,那也算是有所收获了。"拉布说道。

"不能说得那么绝对。"儒默兰神神秘秘地回答。雅克在原地不停地徘徊。

"我们能知道的是,"儒默兰了然于心地说,"党内的首脑们一定会用各种各样的语气告诉密勒的,那就是法国已经用尽全部的力量去避免打仗了……直到最后一分钟!直到赞成法国的掩护军队撤退!……我们法国的社会党员,至少还有起码的个人良知。我们有理由认为是德国在入侵!"

雅克惊诧地看着他,说道:"这就是说法国的社会党议员有可能会投票表示赞同?"

"不管怎么说,他们不可以投反对票。"

"为什么不可以?"

"最可能出现的情况就是弃权。"拉布回答。

"天啊!要是若莱斯没出事就好了!"

"呸……我觉得在现在这样的情况下,就算老大来,也不敢投下反对的票。"

"但是,"雅克几乎控制不住自己,"若莱斯说过无数次,区别侵略的和被侵略的是无比愚蠢的!这仅仅是乌七八糟争辩的借口!你们是不是都忘了我们今天之所以面临危险的根源在于资本主义!各个国家的帝制统治!不管敌对行动最开始的时候表面看起来是怎么样的,国际社会主义都必须站起来反抗打仗,我们反对所有的战争!应该起来反抗!不然的话……"

拉布含糊其词地表示同意:"密勒似乎也这么说过,原则上应该是这样的……"

"那然后呢?"拉布做了一个不耐烦的手势:"就这样了,他们手拉手吃饭去了。"

"不是的,"儒默兰插嘴说,"你忘了,密勒表示愿意给柏林打电话去和他们的领导商量一下。"

雅克"啊"了一声,他真的想再听到一点点让他重新燃起希望的话。

他愤愤不平地转身,随便地走了几步,又回到他们两个面前:"你们知道我此刻是怎么想的吗?这个密勒傻乎乎地到法国来,想要来查探法国社会党国际主义和所宣扬的和平的真正水平,假若他现在发现我们这里的民众确实抵触战争,想要采取所有的措施举行罢工,让政府那些民族主义的政策失败,那么,和平还有被挽救的机会!是这样的,就算是现在,在动员令已经宣布了以后,只要法德两国的社会党阶级团结起来,和平还是有可能的!但是密勒却没有找到这些,他看到了什么?看到了夸夸其谈的人们,挑毛病的人,总是在嘴上谴责战争,谴责民族主义,其实已经准备为军费案投下赞成的一票,把所有权利交给参谋部那些家伙!直到最后一分钟,还是同样的荒唐和罪恶自相矛盾,含糊不清的争辩:理论上忠于国际主义的理想,可是实际上,哪怕是在社会党的首脑们之中,也没有任何一个愿意牺牲民族的利益!"

他说话的时候,筋疲力尽的贞妮定定地看着他,雅克的声音萦绕在她周围,像是一支听过很多次的美妙的曲子一样将她包裹起来。她看起来像是很认真地在倾听,但是因为太累了,什么都听不进去。她只看见雅克的面庞,他说话时候的嘴巴,她的眼睛随着他讲话时嘴巴周围延伸又收缩变化的线条，好像是一种令人惊讶的、活生生的东西那样，她感到一种奇妙的、肌肤相触的感觉。想起前一天晚上在他的怀里睡着，她没有耐心等了。"我们快走吧。"她在心里想着，"管他会发生什么事情呢！走吧……回家去吧……还有什么事情那么重要呢？"

卡蒂厄在人群里跑来跑去地传递消息，这时候走向了他们："他们刚刚到内务部部长那里去协调，想让密勒打电话给柏林。但是通信已经被禁止了，现在已经来不及了！两国都实施戒严了……"

"可能这是最后一次机会了。"雅克弯下腰对贞妮轻声说。

卡蒂厄听见了嘲笑道："还有什么机会？"

"一个无产阶级采取行动的机会！在国际范围内采取行动的机会！"

卡蒂厄阴阳怪气地笑着说："哦，我亲爱的，你说国际范围？还是面对现实吧，从现在起，国际范围的重心不是和平而是战争！"

这难道只是让人灰心的玩笑话？他耸了一下肩膀，从夜色中消失了。"他说得不错，这里面有一种不祥的理由，战争已经是现实了，今夜不管我们是不是愿意接受，我们这些社会党员和全部的法国人一样，已经被战争包围了……至于国际主义的行动，还是等到以后吧。是要等些时间了，今天夜里，和平时代已经结束了。"

"这话真是你说出来的，儒默兰？"雅克问。

"对！战争现在是真实地存在着，因为这个事实，什么都已经变了，我认为社会党员的责任也很明确，我们不应该成为政府的绊脚石！"

雅克一脸惊奇地看着他："难道你同意入伍去了？"

"对，就是下周二。我跟你说，公民儒默兰那时候就成了卢昂339后备团的一个普通小兵了。"雅克耷拉下眼皮，什么也不说了。

拉布扶着他的肩膀："别一脸丧气的样子了……要是今天夜里你还是坚持自己的想法，明天也许你就会和别人一样了……这再明白不过了：法兰西的事业便是民主的事业，我们社会党员应该首当其冲，维护民主，对帝国主义的侵略进行反击！"

"所以你就这样了？"雅克问拉布。

"我吗？我要是再年轻点我会去应征的，但是我想尝试一下。我这个老头子也许还能起点作用……你别这样看我，我的信念并未改变。我坚定盼望着能活到那一天，重新反对军国主义战争的那一天，这依然是我最仇恨的事情，但是现在，不要犯傻了，军国主义不是一成不变的，现在它可以拯救法国……甚至还不止这样，还会于危难中拯救我们的民主。所以我们要收起我们的攻击，我随时准备着跟他们一样，冲上战场保家卫国。以后的事情以后再说吧。"

他勇敢地迎着雅克的目光，带着疑惑又自豪的淡淡笑容，在他的嘴唇上浮现，他忧伤的眼神更使人痛心了。

"拉布也妥协了！"雅克掉转视线，喃喃自语，他几乎说不出话了。他一下子抓住贞妮的手，不告别就跟她一起走了。

一群人十分喧闹地堵在了栅栏口上。帕热斯站在人群中央，正在指手画脚地争论着什么，一群年轻的活动人士围在他周围，雅克看到了几个熟悉的脸孔，布维埃、埃拉尔、富日罗尔，还有拉都尔，以及《人道报》的编辑奥德尔，还有沙尔当。帕热斯看见了雅克，跟他点头问好。

"你知道了吗？彼得堡来了一份电报：德国今晚正式对俄国宣战。"

布维埃是个十分擅长在公众面前讲话的人,四十几岁的样子,身体羸弱,面色苍白。他转头对着雅克。

"好事可能会变为坏事,但坏事也可以转化为好事!在战场上我们也有事情做!一旦他们发武器给我们……"

雅克什么也不说,他一直不信任布维埃,以及他那捉摸不透的眼神。(有一个夜里,布维埃在一次公众大会上面演讲了十分激烈的演说,散会以后穆尔朗告诉雅克:"这家伙我注意他好久了,太偏激了……我并不喜欢。每次抓人他总是首先被抓,但是又像巧合一般,他总是能获得释放……")

"最好笑的是,"布维埃强忍着笑,"他们将我们陷入了一场护国主义的战争!他们不知道,再过几十天,就会有内战爆发!"

"不出两个月,就会爆发革命行动的!"

雅克冷冰冰地说:"这么说你们也都愿意上战场了?"

"我的上帝,这简直就是个绝佳的机会!"

"那么你呢?"雅克问帕热斯。"我当然也是!"

他带着一种往常不曾有过的神情,他有些神经质地拔尖了嗓音,简直有些不知所以然了。他又继续说道:"没能将这一次的战争阻止,并不是我们的责任!而是无可奈何的事情。事实摆在面前。至少,让这一仗将这个腐朽的社会彻底毁灭吧!这个社会不知道它已经开始自我毁灭了,资本主义再也不可以继续在它自己所制造出来的混乱之中继续生存了!这就全指望我们了!至少这一仗能够对社会变革有益处!就让它为人们谋福利吧!让这一次战争变成最后一次的,解放人民的战争!"

"用战乱来制伏战乱!"一个声音高喊。

"我们就要上战场了。"奥德尔大喊,"但是我们是革命的勇士,是为了将武器彻底消灭,为了各个国家的民众得到解放而去战争的!"

埃拉尔一直引人注意,因为他长得很像布里昂[①](连他那激情、颤抖和响亮的声音都很像)。他是一名邮递员,此刻语速很慢地说:"对……将会有无数个无辜的人成为炮灰!真的太恐怖了!但是唯一能够让我们面对这恐怖的,那就是记着我们所付出的代价是为了换取更好的未来!能够经过这一场鲜血的洗练而重返故乡的人就是重生的人……他们面前只剩下废墟,他们最后会在这废墟上面重建一个崭新的世界!"

贞妮在雅克身后看着他双肩发颤,她以为他会去和他们争辩,但是他转身对着她,什么也没说。他表情的变化让她觉得十分吃惊。雅克拉起她的手,将她紧紧搂在怀中,从人群中走开了。幸好还有她陪着自己,他觉得自己不至于孤单得太难过。"不!……"他想到,"我宁愿死也不要去接受那些我整个灵魂都反对的东西!就算是死也不要背离自己的信仰!"

"您都听见了?"休息了一会儿,他说道,"我简直不认识他们了。"

这时候,在栅栏那里一直没有说话的富日罗尔追上他们:"你说得没错。"他直截了当,两个青年只好停下来听他说些什么。"我简直想要逃避入伍,以保持我一贯的原则,你瞧……要是我这么做,我一辈子不能确定我是因为忠于信仰还是仅仅因为胆小而做出这样的选择。其实我特别恐惧……这真是荒谬,但是我还是会像他们一样:我会去应征……"

[①] 布里昂(1862—1932),法国政客,当过《人道报》编辑、社会党总书记、议员、外交部长、总理,一战时组织过远征。

没等雅克说什么,他坚决地离开了。

"也许像他们一样的人还有许多。"雅克思考着轻声说。他们走过了布尔格涅街,向着波旁宫前进,到了塞纳河畔。

"您知道是什么最让我惊讶吗?"沉默一下,他说,"他们的眼神、声音,他们动作中不自觉而流露出来的轻松感……我在想,要是他们今天晚上得知所有事情都处理完毕了,大家都反对战争,他们第一个反应是不是很失望?最让我感到没有希望的是,"他立刻又说道,"他们现在把所有的激情都给了战争!……那样不畏惧死亡的勇气!在如此被浪费的情绪中,要是能抽出百分之十一来反抗战争,就可以避免战争,只要他们能将这样的精力投入到维护和平的行动中去!"

在协和桥上面,他们和斯特法尼相遇了,他一个人垂着脑袋走在桥上,精瘦的鼻梁上挂着一副大框眼镜,他到这里来也是想探听一下会晤的结果如何,雅克跟他说会晤已经暂停,待会儿要去《人道报》社继续开会。"这样那我就直接回报社去了。"斯特法尼扭头就回去。

雅克情绪低落。他走了一会儿,什么话也不说。他记起穆尔朗预料的话,他拍了一下斯特法尼的手:"没戏了,社会民主主义者已经消灭了所有的社会党人。"

"何出此言?"

"我已经见过他们了,他们全部都赞成打仗了……他们觉得,放弃革命理想,相信他们的祖国被威胁了的寓言,是跟随他们内心的信念!在反对战争的态度上最为激烈的一群人突然变成了热情的战争狂热者!儒默兰、帕热斯,全部的人都是!甚至包括老拉布!他说要是祖国需要,他也会上战场!"

"你说拉布?"斯特法尼用疑问的语气再问了一遍。但是他又说,"我倒没什么大惊小怪的,卡迪约也打算入伍了……包括贝尔特还有儒尔丹。他们在昨天就将入伍名单放到了衣服口袋里……加洛哪怕是个近视眼,还拜托盖德去部长那里协商了一下,让他从中下层军需官的位置调了出来!……"

"党内已经没有领导了……"雅克沮丧地定论。

"党?也许并不是这样,但是反对战争的反抗行动是绝对没有领导了。"

雅克怀着善意的冲动靠近他:"您也是这么想的是吗?要是若莱斯还活着……"

"当然,他永远在我们中间!不如这么说,他与社会党同在!……迪努瓦有句话说得很好:'社会主义的凝聚力不会分散。'"

他们默默无语地从协和广场走过去,广场上一辆车也没有,显得比平常宽阔敞亮。斯特法尼忐忑不安的面孔忽然颤抖一下,一阵阵抽搐起来。突然他停下了脚步,昏黄的路灯让他沮丧的脸庞显现出一种怪异的轮廓来,让他黑黢黢的眼窝里闪闪发光。

"若莱斯?"他突然说。(叫这个名字的时候,他用的是南方那种唱歌一样优雅动听的声音,听起来那样温情又绝望,雅克突然觉得一阵哽咽。)

"你知不知道上周四从布鲁塞尔走的时候,他说了什么吗?于依斯芒斯[①]要回到阿姆斯特丹,跟他辞行,老大粗暴地看着他,跟于依斯芒斯说:'你听我说,于依斯芒斯,万一战争打起来,你一定要坚

---

① 于依斯芒斯,比利时工人党右翼领袖,1914至1919年任第二国际执行局书记,后任比利时政府首相。

持国际主义！要是你的一些伙伴要求您加入战争，你无论如何也不要答应！要是我若莱斯，恳求你站在打仗的任何一方，您都不要管我说什么。于依斯芒斯！您一定要不计任何代价将国际主义坚持下去！'"

雅克觉得非常激动，大喊道："对！哪怕我们只剩下十个人！就算只剩下我们两个！也要尽一切努力维护我们的国际工人协会！"他的声音不断地颤抖。贞妮也十分激动，浑身发抖，紧紧地靠着他，但是他没有发觉，他像是发誓一般一遍又一遍地说："一定要坚持国际主义！"

"可是我该怎么办呢？"他心里想着，似乎是一个人陷入了黑暗。

雅克和贞妮从《人道报》社离开的时候已经是午夜了，今天晚上有很多活动者都来这里打听消息，雅克已经没有再抱希望，也并不想知道与德国的会晤进行如何，女孩苍白的脸多次让他忐忑，他拜托她先回去休息，等他去接她，但是她总是拒绝。他们在斯特法尼的办公室坐着，还有二十几个社会党的人。最后加洛来通知说会晤结束。密勒和斯芒时间很紧，如果他们还想赶上最后一班去比利时的火车的话，他们刚好来得及到达北站。雅克和贞妮看见莫立才①带着他们从走廊出去了。加香②佩戴了一条议员的肩带，建议送他们上车，这样他们可以方便一点，虽然不能确定密勒是不是可以从比利时的国界线顺利通过。

大家七嘴八舌问着问题，加洛只是摇摇他头发乱七八糟的脑袋。大家终于将细节问明白了，反正德法社会党最后的会晤没有收

---

① 莫立才，法国社会党人。
② 加香（1869—1958），法国共产党创始人之一，国际工人运动的杰出活动家，从1914年起任议员，1918年任《人道报》主编。

到任何成效。经过六个多小时的讨论,仅仅只是小心翼翼地表达了这样的期望:德法两国的社会党党员们,既然不能对军费案投反对票,那起码也要弃权,以避免该案顺利通过。分开的时候,双方还得到了一个荒唐的决议:"目前局势变数太大,没办法做出更具体的承诺。"

终于彻底落败了。国际团结的理论不过是一句空话。

雅克绝望地看着贞妮,似乎想要在她那里找到最后一丝安慰,她坐在较远的小板凳上,两只手落在膝盖上,背倚在书柜上。吊灯的光线打在她的侧脸上,在睫毛下面和脸颊上投下暗淡的影子。她努力地睁大眼睛,瞳孔都有些放大了。他应该将这柔弱的人儿搂在怀中,轻轻摇动着哄她睡着……今天晚上。雅克对整个世界的悲悯突然让他对这个娇弱疲惫的,对他十分重要的人儿的爱怜十倍十倍地涨起来。

他走到她身边扶她起来,静静地拉她走出去。终于可以回去了!她一下子走上前,冲上了楼梯,她突然不累了。他们走上了人行道,她感觉到雅克滚烫的双手搂着她的腰,她突然觉得,除了那一种无法抵抗的思想和他融为一体的感情之外,幸福中涌起了一种忐忑,恐怖,全新的情绪,它来势凶猛。让她血液上涌,一直冲撞到她头顶去,她步履蹒跚,用手扶着额头。

"你实在累坏了。"他心疼地轻声说,"可如何是好,今晚没有车子可以坐了……"

他们紧紧拥抱着,筋疲力尽,全身滚烫,在夜色中前进。街上行人还是不少,警察和城管们仍然在每一个交叉路口巡视着。

胜利圣母院的两扇大门大大地开着,让他们十分吃惊,他们两个走到那里去。大殿看起来像一个黑暗又神秘的洞穴一般凹进去,灯架上放着数不清的蜡烛在闪耀,将半圆形的大殿装点得像是一片火光闪烁的密林。尽管已经是深夜了,两个柱子之间还有密密麻麻的人在默默祈祷,青年们跪在神工架的旁边,等着自己的轮次。雅克觉得很好奇,这时候怎么人民还如此虔诚地祈祷着,这说明他们是多么不知所措。雅克被这景象感动,想要进去看看,但是贞妮不愿意,将他拉住了,在她心里,三百多年以来新教教义本能地在影响她,不赞成天主教的祭拜,不赞成偶像崇拜,不赞成天主教……

他们继续走着,没有交流各自的看法。

贞妮越来越累了,几乎是整个身子挂在雅克手臂上。一时间,她突然出其不意地拉住雅克的手放到自己的脸上,他停住脚步,很激动,他看了看周围,将女孩推到了一个门洞里面拥吻她。"终于这样了!"她心里想着,她的嘴唇变得非常柔软,不再躲避他的吻,她已经等待他的吻多时了,她闭上双眼,颤抖着接受他的拥抱。

他们从中央菜市场一直走到圣米歇尔的街道上,法院的大钟显示已经是一点十五分了。行人变得稀少了,但是在通往每个城门的街上,走着各种车辆:有征用的大卡车,用缰绳拴起来排成一字的马匹,还有军人开的小汽车。这些沉默的车队在朝着一个神秘的方向前进着。今天晚上,欧洲注定无眠。他们缓缓地前进着,贞妮脚步蹒跚,她不得不承认,她的一只脚被鞋子磨破了皮。雅克想让她更紧地依偎在自己身上,他几乎是拥抱一般搀扶着她,她为此觉得尴尬,又觉得很感动。两个人离家越近,就越感到有一种隐约的忐忑掺杂在他们的急切中。他们两人都觉得不管是身体还是精神都已经到了能抵抗的极限,就算这样,一束欢快而经久不息的火焰仍然

1641

透过疲累和焦虑跳动燃烧着。

贞妮开了客厅的灯,就像她每一次回家一样,第一眼就是看一看门房的女佣是不是从门底下放进来了一封来自维也纳的电报。可是什么也没有。她心里一阵发紧。他们出发之前,应该不可能再得到她妈妈的消息了。"希望瑞士和奥地利还可以保持正常的联系。"她低声地说。今天已经是最后的一点希望了。

"我们一到达日内瓦就前往领事馆。"雅克承诺道。

他们在客厅站了一会儿,两个人都在想着昨天晚上的画面,又只剩他们两个人了,他们满脸倦容地站在明晃晃的灯光下,因为都在回忆着同样的事情,让他们躲避着对方的目光,他们突然觉得十分尴尬。

"好啦。"雅克说道。

他没有动,只是下意识地弯腰拾了一张报纸起来,慢慢地将它折起来,放在小圆桌上面。

"我好想喝水。"他努力装作从容的样子,"您呢?""我也好渴。"厨房里还摆着他们吃剩的食物。"我们的午餐。"雅克说道。

他将水龙头打开,等水稍微凉了便递给贞妮。她坐在他身边的一张椅子上,喝了几口以后将杯子递给雅克,移开了眼神,她觉得雅克一定会把嘴唇放在她刚刚触碰过的地方,他一连喝了两杯水,发出满足的咕咕声,他走到贞妮身边,用手捧起她的脸庞,弯下腰去。但是他仅仅是久久地凝望着贞妮。

然后他用极其温柔的声音说:"我可怜的宝贝……时间太晚了……您都累坏了……明天夜里我们还有长长的旅途……必须好好休息一下……在您的房间……"他补了一句。

贞妮垂下双肩,没有说什么,他坚持要她起身,将她带到了她的房间门前。屋里很黑,敞开的窗户里透进来夏夜微弱的光芒。

"现在你必须去休息,好好休息。"他在她耳边反复说道。她站直身子,仍然在门口,紧紧地靠在他身上,她深呼吸一下,说道:"我们去那边……"

"那边。"就是达尼埃尔住的房间……他深吸一口气,什么都没说。贞妮答应他和他去瑞士的时候,他就想:"到了日内瓦,我就会和她结婚。"但是经过这震撼人心的一天……世界的平衡似乎已经被打破,意外占据了主导,不正常的事件变得合理合法,什么承诺都算不得数了……

过了一阵,他变得很清醒,和自己抗争着,他和她拉开距离,看着她。

她抬起清澈的眼睛看着他,两个人都感受到了一样的慌乱不安,一样认真又单纯的幸福。

"好吧。"他最终答应道。

72

从时刻表上看,散普隆开来的快车[①]大概是在十七点的样子到达巴黎,但是要过了二十三点才能到拉罗什站台,然后开到旁边的岔路上,将主线空出来给军事的给养车。这一列车子几乎都是由三等的旧车厢组合起来的,乘客爆满,只能坐十个人的座位挤着十几个人。到了清晨一点钟,经过没完没了的周折,列车才艰难地再次驶向首都。

[①]散普隆穿越阿尔卑斯山的著名隧道,此次快车因此得名。

三点的时候它缓缓地从墨轮车站开过,几乎立刻就停靠在塞纳河的大桥上。乳白的晨光照亮了河道,雾霭中有几道灯光在闪烁,依稀可以看见城市的轮廓。黎明缓缓地从山岚之后升起,下面的沿河公路上隐隐约约看见一支正在前进的队伍,后面尾随着长长的车队。

车子一路停了无数次,一路走走停停,在隧道中等候,每次听到信号都要鸣笛停车。直到四点半的时候车子终于缓缓地从巴黎的郊区驶过,停靠在了一处没有站台的铁轨上,这里离巴黎—里昂地中海快车线还有三百米。丰塔南太太跟着人流,列车员让旅客们走下车,从铁轨上穿过走到车站的大厅去。她沉重的行李箱不时撞到她的小腿,让她举步维艰。

她从维也纳走的时候那里正是兵荒马乱,坐上了最后一班到达意大利的专送外国人的火车,她坐车坐了三天了,一共换乘了七班车,三天没合眼了。她已经得到允许撤销对丈夫的上诉,德·丰塔南的名字不会再写到传讯单上面去了。

大厅里面到处是红色军装的士兵,看起来像是一个露天军营一般。她只能在密密麻麻的枪支里面绕来绕去地走,好几次被执勤兵挡住去路。几番周折才走出了车站。她不停地想着她的儿子,在这些兵士中间让她的思念越发强烈。她得不到他的消息,等她回家一定可以看到儿子的来信,达尼埃尔!他会有怎样的遭遇?她似乎看见他身穿直挺的军装,头戴闪亮的钢盔,骑马守卫在国界上,保卫着受到威胁的祖国。上帝一定会照顾他的……要是为他感到担忧那就是怀疑自己的信仰了。

车站外没有出租车和公交车,走回去也是可以的。回到家乡的喜悦冲淡了她的疲倦。她的箱子怎么办呢?在行李寄存处已经排起了百多人的长队,她勉强拉着箱子从广场穿过,那里亮着几盏灯,有一家啤酒店已经开门了。桌子上乱七八糟的,伙计满脸倦容,还亮着几盏灯,尽管天已经完全亮了。为了表明尽管有规定,他们还是一晚上都开着门。柜台里一个青年女人看见她露出亲切的笑容,觉得十分同情,便答应帮她暂时保管行李。丰塔南夫人解决了行李这个负担,快步朝家的方向走去。她终于快熬出头了,再过三十分钟,她就可以回到家里,在贞妮身边,坐在茶盘前面,这么一想她几乎觉得一点也不累了。

八月二日,巴黎的早晨已经非常热闹,回到家,她十分吃惊地看见门还紧紧关着。她的手表已经没走动了。门卫的窗帘还没打开,她从门前走过,猜想大概还不到五点半。

"贞妮一定还在睡觉。她一定把门链子拴上了。"她边上楼梯边想,"她能不能听见客厅的门铃?"

按门铃之前,她突然想试着用钥匙开一下门,结果门开了,甚至只上了一道锁。她走进客厅的第一眼便看到一顶男人的帽子,是黑色的,难道是达尼埃尔?不会的……她感到恐惧。全部的门都开着。她走了几步到走廊口上,她看见厨房的灯还亮着,她是不是在做梦?她觉得自己好像有些恍惚,她在墙上靠着歇了一会儿,一点声音也没听见,这房里好像根本没有人。

可是,那一顶帽子,那开着的灯,她一瞬间想到是不是进了小偷,她下意识走进走廊,走向了厨房,突然,正对着达尼埃尔房间那开着的门,她停下了脚步,眼神呆滞了。在那个长沙发上,在散乱的抱枕中间,有两个拥抱在一起的人影……

刹那间,她觉得这是一件谋杀案而不是偷窃案,但是就在那一瞬间,她立刻认出了沙发上那两个人的面庞,贞妮躺在熟睡的雅克怀里睡着!

她猛地退回到走廊的背光处,用手捂着自己的胸膛好像是怕他们听见自己的心跳一般。她只有一个想法就是立刻躲开,逃走!不要被他们发现!逃走,免得遭受残忍的侮辱,他们的耻辱!她的耻辱!

她轻手轻脚地回到客厅,她几乎觉得自己快要晕厥了,她不得不停下来休息一下。她正在想自己是不是在做梦或者出现了幻觉,可这时候她又看见了雅克的帽子,正摆在桌子中间,它提醒她这是真的。她起身小心地打开了楼道处的门。又轻轻合上,扶着扶手心情沉重地下楼去。

现在该怎么办?是不是该去敲门?让门房的人开门,让他们认出自己是谁,说明自己已经回家了,但是为什么又急忙走了?……还好她进门的时候可能已经吵醒了女门卫,她现在应该已经起床、穿好了衣服,窗帘后面已经透出了灯光,林荫大道的大门已经开了。可怜的太太悄悄溜出去,没人看见她。

该去哪里?去哪里找个容身之地?她从马路走过去,到了公园里,里面一个人也没有,她走到靠近的一张长椅上,一下子跌坐下去。她周围一片寂静,空气清新。远处不断传来卡车和军用车从圣米歇尔大街上走过的微弱的车轮声音。

丰塔南夫人搞不清楚,她简直无法想象她不在的这些日子到底发生了怎样的变化,事情怎么已经发展到这个地步,她无法思考,但是那个场景仿佛还在她的眼前,告诉她事情是真真实实无可怀疑了:沙发上乱糟糟的,窗户洒进来晨曦的光线照在贞妮光裸的脚上,雅克的双手拥在女孩的胸前，他们自然的睡姿，睡梦中还紧贴的嘴唇，那样温柔又痛苦的陶醉神态……"他们看起来真美。"她顾不得心中的羞愧和震惊，这样想着。在她气愤和本能的抗拒中，已经有另外的一种情绪渗进去，深深进入她心里：尊重他人，以及他人所选择的命运和责任。

雅克在睡梦中似乎感觉到房间里有什么在走动。他眨了几下眼睛，醒了过来，一刹那他完全清醒了，一只光裸的脚，饱满的胸部和线条柔和的肩膀首先跃入他的眼帘，然后他才看见那睡梦中的脸庞。那嘴角的线条蕴含着多少的忧伤啊！在这平静的脸上，还留着痛苦的印记！痛苦，然而也是平静的……就像是一个经过无数痛苦才死去的女孩的样子……

他屏住呼吸，无法将自己的眼睛从这嘴唇上移开，同情、愧疚和忐忑将他的柔情压了下去。

沉重的命运压在他们的头顶，命运吗？不，这些已经发生的正是他所想的，是他曾经渴望的。不管何时他都像是捕获猎物一般扑向贞妮，在拉菲特别墅区的时候，是他强迫她接纳自己，要她钟情于自己，可是正当她爱上了自己——他却又逃跑，将她一个人丢弃在绝望中。这一个夏天——在她已经开始振作精神，慢慢忘却回忆的时候，他却又向她这个猎物发出了追捕，无法挽回的结局已经酿成了。一周以前，她可以独自好好生活，不一定要有雅克……但是现在不行了，她已经属于他了，他将她拉进了自己的命运轨迹，走向无法预知的可怕的未来，现在要是没有了雅克，她一定生无所恋，但是和他一起贞妮真的是幸福的吗？他非常明白。昂图瓦纳说得一点也没错，他根本不是一个能给谁幸福的人。

1647

昂图瓦纳……他下意识地去寻找钟表,他答应今天早晨送他上火车的。五点四十分,还有五分钟就要起床了。

一阵急促又沉郁的车辆行驶的声音传进来,他抬头看,军队,车队,炮车从城里面驶过去。战争就在这儿,等他们苏醒。总动员的头一天,八月二日,周末……对大家来讲,战争就从今天早上打响了!

他愣在当场,手臂支撑着身子,竖起耳朵,目光呆滞,满头大汗。一会儿喧闹声消失了。钢铁的撞击声之后就是让人心动的寂静。静寂的空气里时而传来几声鸟叫,或者是风穿过林荫路吹出的沙沙的树叶的响声,像是一阵阵的轻叹。然后,远处又响起了不祥的轰隆声,又是一批军队人马走上了大街,他们有节奏的脚步声越走越近,声音变得越来越大,震碎了寂静的空气,盖过了鸟叫声,将所有的一切都淹没在踏步声中。

已经顾不上会惊醒贞妮,他轻轻将她抱起来搂在怀里,他们的肌肤相触,让贞妮突然在睡梦中颤动起来,她呢喃着:"不要……不……"然后她睁开了双眼对着雅克微笑,带着柔情和胆怯,害怕在她水灵灵的眼睛深处慢慢消失了。他们紧紧相拥,一动不动地待了好一会儿。在这静止不动的、滚烫的接触中,他们各自的身体因为回忆起昨晚的画面而颤抖起来。虽然他们的回忆并不相同……雅克将她紧紧拥抱,贞妮满心柔情,但也还是害怕会痛苦,所以软倒在他温柔的怀里,下意识想要闪躲。她最终还是向自己的软弱、爱恋和献身的激动妥协了……她输给了自己的欲望——呈现出丰盈的热情、幸福,让雅克不会误解或是怀疑,不会想到在这样的默许之中,还掺杂着恐惧、克制和毅力。

丰塔南夫人背靠着长椅，双手并拢放在膝盖上，看着前面，无法去思考别的什么。时间流逝，花园里阳光明媚，鸟儿在成荫的树叶间歌唱，鲜花灿烂地盛开着，白色雕像在草地上投下暗色的阴影，寂寞孤单包围着她。行人们匆匆走过林荫大道，距离她比较远，也没有朝这个一身丧服、瘫软在长椅上的女人多看一眼。树木遮住了她们家里的窗子，但是她可以透过花丛看见大门。她突然低头将自己的面纱放下，雅克从门里出来，后面跟着贞妮。他们应该看不见她，也不会在这么远的距离认出她来，除非走到她面前。当她决定再看一眼时，他们已经很快地向着卢森堡公园的方向去了。

她深深呼吸，全身的血液都在沸腾，她的眼神迷茫地追随着这对情人的身影，直到他们完全走远。过了一阵子，她还坐在那里，心里沮丧。后来她终于起身，坚定地走起来——不管怎么说，等这么久的时间也让她休息好了——她朝着自己的家走去。

73

"你休息吧，我送哥哥上火车，再去和穆尔朗辞行，需要到总工会和《人道报》社，快到中午我再去见你。"雅克对贞妮嘱咐道。贞妮却不听他的安排，她已经决定了今天上午她不要一个人留在家里。

"你的东西都收拾好了吗？还有你昨天做好的计划呢？我们今晚动身，到时候时间会来不及的。"雅克想逗逗她。贞妮笑起来，那是一种全新的笑容，带着羞怯又有一点性感，眼神雾蒙蒙的。

"我有我的安排……我还要去看看拉菲特那一个小花园，您要是愿意的话，从北站出来的时候，去那里找我吧，或者再晚一点也没关系。"

他们约好了以后，贞妮陪着他走过卢森堡公园，一直到了大学路上，然后她自己去圣万桑·德·保罗教堂，耐心地等待雅克。昂图瓦纳在早上三点的时候和安娜分开的，昨天夜里他没能抵挡住念旧的情绪，去看了她。他让自己享受了这最后一次的痛苦和幸福，并没有抱什么幻想，就像是临死前所获得的恩典一般。他离开之际安娜悲痛欲绝，他又开始责备自己向诱惑妥协了，这让他全身颤抖，十分沮丧。回家以后，他一直在忙碌，将抽屉里的信笺整理出来烧毁，将一小叠一小叠的现金装到信封里面，要寄给很多的人。沙斯勒先生、他的两个女佣、韦兹小姐、韦尔内依街上那两个弃儿——可爱的小实习生罗贝尔·博纳尔以及他的弟弟。（他时常救济他们，不愿意让他们在一片混乱的头几天衣食无着。）然后他给吉丝写了很长的一封信，叮嘱她千万别离开英国，又给雅克留了一封信，寄到日内瓦去，因为他肯定，经过昨夜的争吵雅克一定不会来送他了，他写了几句很友善的话语，对于自己对他造成的伤害而道歉，恳求雅克要和他保持联系。

然后他去了卫生间，穿上了军装。收拾完毕以后他觉得心里很平静，好像是已经将最重要的一步迈出去了。在绑裹腿的时候，他将自己临走前要安排的事情再想了一遍，应该都已经安排妥当了。要将自己的军医工作做好，他还需要很多的物品，他毫不犹豫地将精心准备好的箱子腾出来，他将大部分的衣服、个人的物品甚至是书本，那是他一时意志不坚定放进去的，而用他所能找到的尽可能多的绷带、纱布、手术钳、注射器还有麻醉剂、消毒药等做了替代。

两个女佣早就起来了，在走廊里面来回走动。（莱翁已经从巴黎离开了,在入伍之前,他想回家去看看自己的父母。)阿德丽爱娜进来通报说早饭已经备好了,她眼圈红红的,她求昂图瓦纳把她带来的烤鸡装进行李箱。有人按门铃,昂图瓦纳从桌边起身,他脸色有些惨白,脸上带着温和的微笑,是雅克吗?真的是他。他就站在门口,昂图瓦纳有些笨手笨脚地迎上去,激动让他觉得喉咙发紧,他们静静地握手,似乎并没有什么事情在昨天发生。

"我还担心我迟到了,"雅克终于支支吾吾地说道,"东西都收拾好了吗?你是马上就走吗?"

"对……七点的车……时间差不多了。"

他努力让自己的声音听起来很平静,他十分洒脱地将军帽拿起戴到脑袋上。难道上次入伍以后他的脑袋变大了吗?或者说是头发变多了?军帽有些滑稽地扣在头顶,他照了照镜子,皱起眉头。他有些笨手笨脚地将腰带扣起来,环视四周,似乎是在同自己的房子、自己平常的生活和以前的自己告别,他的目光不断落在镜子里面让他不开心的样子上。

这时候,两个女佣站在一起摇着手大哭起来,他虽然有些不耐烦,但是却对她们笑着,同她们握着手:"好啦,好啦……"他坚硬的声调显得有些不自然。他察觉到了,想赶紧离开,就转身对雅克说:"帮我将这个拿到楼下可以吗?"他们两个各自拿着箱子的一个提手,将它提到楼梯间。从门口过去的时候箱子磕到了门槛,新漆皮上面划出了一道长长的印记,昂图瓦纳看了看被蹭坏的地方,自然地做了个调皮的表情,然后立刻又做了个无所谓的手势,可能正是在这时候,他才最深刻地感受到了,他的过去和将来被生生地划开了。他们从二楼下去,一句话也没说。昂图瓦纳穿着鞋底带钉子的军靴,行走起来不便,他紧扣着军装领子硬硬地戳着,让他觉得呼吸不畅。下了楼他才气喘吁吁地讲:"真是笨,我居然忘了坐电梯。"

他早就预想是打不到出租车的。他的司机维克多今天早上就要入伍,到普托去征集载重卡车了。他决定自己开车,让邻近停车场的一个老维修员跟他一道,以便帮他把车子开回来。女门卫一身白衣站在大门下面的阴影中,看着他离开,她带着哭音喊:"昂图瓦纳先生!"他十分爽朗地回答她:"我不久就回来啦!"他请维修员坐到后座,让雅克坐在副驾驶位。

街上的人变得越来越多了,因为清洁管理站都已经不再上班了,装满垃圾的垃圾箱堆在各家各户的门前。到了沿河的码头,汽车不得不停下来耽误好一阵子,让一大队卡车和军人驾驶的没有装备的汽车先过去。在王家桥上面又停下,马路中间行人们都仰着头愉快地挥着帽子,雅克探身出去看。蔚蓝的天际,有六架呈三角形飞行的战斗机,低低地朝着东北飞去,机翼下方三色国旗的标志清晰可见。

在里伏利街上,人们围起两面好奇的墙,身穿军装的一队殖民步兵在没有音乐的震动人心的安静中步调整齐地排队走过,看到骑着马的营长,群众摘下帽子行礼。

在歌剧院的林荫大道,阳台上面到处插着旗子,他们的车子沿着一长列红十字会的车开过去,然后就看见一队身穿勤务军装,将铁锹、镐头扛在肩膀上的士兵。

车子开到歌剧院的广场又被迫停了下来,十几辆装甲车尾随着一列炮车开向巴士底。歌剧院的屋顶上装着一组探照灯,是用来防备德国的"鸽式"战斗机在夜晚偷袭巴黎。

尽管有警察在维持着秩序,马路上还是有好奇的群众围在昨天晚上被洗劫的德国人和奥地利人开的商店前看热闹,"波希米亚玻璃器皿店"的门前到处是玻璃碎片,"维也纳酒吧"似乎也被袭击了,从打破的窗子可以看见碎裂的镜子和破烂的桌椅。

雅克静静地记下了这些沙文主义疯狂的初步迹象。他兴奋地看着街道还有群众的脸庞,他真想说些什么,但是他想不到有什么要跟昂图瓦纳讲。再说那个维修员还坐在后面……这其实也是个借口,他焦躁地想着各种各样的事情,贞妮,今天晚上,他们就要去日内瓦……还有呢?总是想到这里就会卡壳……梅奈斯特雷尔,议会地点……不,不管找什么借口,他也不要在过那样等待了,在幻想中密谋和交谈的日子了……去斗争,去行动,去冒险,在那里真的做得到吗?……突然他颤抖了一下,昂图瓦纳车开得很慢——只好一直不停地鸣笛,因为马路上面的行人一点也不比人行道上少。昂图瓦纳趁短暂停车的当儿,一只手从方向盘上离开,既没有说话也没有转头,轻轻把手放在了雅克的膝盖上,雅克还没对这个亲切的动作反应过来,昂图瓦纳又将手再次放到了方向盘上,汽车又开始前进了。

莫柏日路密密麻麻都是入伍的人,他们的妻子和父母陪着他们,他们排成密密麻麻的一队,向车站走过去。

"他们是有多迫不及待。"雅克十分吃惊。

昂图瓦纳微微一笑,讽刺说:"这些可怜虫很可能被围在站台上,等上个半天,或者更久,才能上车。""他们期待着准时赶到。"雅克想着,"迫不及待,恨不得用恪守条规的行动来开始战争!他们可能真的意识不到他们占多数!要是愿意的话,他们可以翻身做主呀!……"晚上临时建起的一个木头栅栏将车站围起来,士兵在那里看守，不让路人过去。人多到连车子都开不进去，昂图瓦纳只好停下来，雅克帮他拎着行李从马路上过去。狭窄的入口处守着一队佩带刺刀的士兵，只有入伍的人才可以进去。

一个军官正在检查服役名单，他瞄了一眼昂图瓦纳军装上的肩章，向他行礼，马上吩咐一个士兵帮军医拿行李。昂图瓦纳转身看着雅克，他们在彼此的眼睛里都看到了一样的问号："我们还能再见面吗？"就在这时，两个人眼里都涌满了热泪。忽然之间，他们两个一起经历过的过去，世界上只有他们两个才共同拥有过的，那不值得提起却又无比珍贵的家庭往事，一闪而过的画面掠过他们的脑海，他们同时伸出双臂，笨拙地拥抱在一起。

雅克的毡帽和他的军帽碰到一起，他们上一次拥抱已经是多年以前了，那还是在童年的时候，他们两个刚才电光火石间又想起了那一段记忆。那个后勤士兵已经把他的行李扛了起来。昂图瓦纳连忙松开雅克，他现在只想着，跟着这个士兵，把自己的行李看好，这是他在全然陌生的未来唯一熟悉的东西了。他不再去望雅克了，他颤抖着握住雅克的手，使劲握了一下，就跌跌撞撞挤进了人流之中。

雅克泪眼模糊，被走来的人流挤到一边，靠在木栅栏上。入伍的人应接不暇，不断地走向栅栏里面，他们的年龄看起来差不多，都很年轻，穿着便宜的旧衣服和大皮鞋，戴着鸭舌帽，背着胀满的背包，一样的崭新布袋子里面露出了面包还有酒瓶颈。大多数的人脸上带着沮丧和认真的神情，有一种竭力克制的害怕和失落。雅克见他们从马路那边走来，手里拿着应征表格，没有人送行。有的人走了一半又回头看看刚走过的路，对着那个一直失落地看着他的男人或是女人挥挥手，或者故作坚强地笑一下，然后一咬牙融入人流之中。

"不要在这里逗留！往前面走！"肩上挂着枪，站在木栅栏边上站岗的现役军士，是一个穿着野战军装矮个儿壮实的年轻人，他昂首挺胸，短短的手紧紧握着枪把，有几根稀稀拉拉的胡子，目光有些孩子气地躲闪着，表情因为职责的重要性而变得很严肃。

雅克顺从地走上了马路。一辆小轿车从他面前开过去，玻璃上面挂着一条白色横幅"免费运送应征人员入伍"。司机一身制服，里面载着六七个背包的青年，也像新兵一般大喊大叫："我们要阿尔萨斯！我们要洛林！——我们要阿尔萨斯！"

雅克走到人行道边，看见一对分别的夫妇，两人最后对视了一眼，三四岁的小男孩在妇人周围玩耍着，他拉着妈妈的裙子一边唱歌一边蹦蹦跳跳。男人弓下身子抱起小孩，抱起来亲了几下，亲得太重了，小家伙儿用力地挣扎起来。男人将孩子放下来，妇人站着不动，也没说话，她还穿着做家务的围裙，发丝散乱，脸上布满泪痕，站在那里失神地看着她的爱人。好像是担心女人会冲到自己怀里难以脱身，男人没有和她拥抱，而是向后退了一步，深深地凝望着她。然后突然转身冲进了火车站。她没有呼唤他，也没有目送他离开，而是猛地转身匆匆离开了。孩子被她拉在身后跟跟跄跄，差点摔在地上，她终于将他抱起来，放到肩膀上，动作一点也不犹豫，只是想快些走，回到自己的空房间去，关上门大哭一场。

雅克看得心里难受，转过身去。他漫无目的地四处晃荡，走到这里，又回到了广场。他情不自禁地总是回到这个让人悲伤的地点，多少悲伤的人曾在今天清晨来这里，好像是要去送死一般，来将他们生命的缆绳割断一样。他在他们充满绝望又满含勇气的眼睛里寻

1655

找着能和自己相回应的一个目光,只要一个,在悲伤的掩盖下闪烁着沉重的愤怒的目光,让他在衣服口袋里将拳头握紧,让他因为自己无可奈何的愤怒而气得浑身颤抖!可是他找不到!不管在哪里,在这千千万万张紧张悲伤的脸上,只能看到千篇一律的灰心绝望!有时候还会看到盲目的英雄主义闪闪发光,但是大多都是一样的向牺牲妥协,一样的无意识或者是窝囊的背弃,一样的自暴自弃!他感到这时候,世界上残留下来的自由,只有在他的身上才找得到一点立足之地,这样想着,让他觉得突然充满了能量和自豪。他始终保持着自信心,这使得他比所有人都要高尚!就算没有任何人知道他,就算没有人理解他,他还是觉得只要坚持自己的叛逆精神,就算只剩他一个人,他也要比那些甘心被谎言蒙蔽双眼而改变信仰,甘心忍受灾难的人要强得多!他所掌握的是正义和真理,理性以及未来的希望都在他的手上。和平理想虽然暂时搁浅了,但是这并不会改变它的崇高无上,也代表它不会再胜利。世界上没有什么力量可以让今天的错误不是错误,荒谬无比的错误,就算这个错误被成千上万的受害者自以为是地接受了!

"世界上没有任何力量可以否定真理的正确性。"他心里反复思量,在信念和绝望之中陶醉。"不管遭受到怎样的打击和倒退,真理总有一天会放射出光芒!"

可是,在这混乱的局面中要如何为真理服务呢?他要争取自由,他要离开,但是他的自由有什么用呢?

最近这几天时间他感到自己的革命理想有些低落,他想要将这责任推到他和贞妮的感情上去,他突然想起了贞妮,讶异于自己这一个小时多来完全轻易而彻底地将她抛在了脑后。他几乎有些埋怨她的存在，她陪伴着他，将他从让人迷醉的孤单状态中拉出去，他想："要是万一她突然离开了……"一时间，他陷入了没有理智的想象中，他一方面觉得悲伤无比，一方面又感到了自己重新的独立。他急忙向着圣万桑·德·保罗的小花园走去，他已经又在为爱情带来的焦躁而微笑起来，一点都没有将刚刚自己对于爱情的否定放在心里，其实他也没什么好后悔的。

昂图瓦纳的汽车从大学路刚刚离开还不到十分钟，一辆载着行李的灰尘扑扑的马车，看起来像是从博物馆里弄出来的老东西一样，停在了大门口。

马车上下来一位女孩，她有些迟疑地看着装修一新的房子，然后付钱给了车夫，将座位上面的箱子拿下来，迅速走进门。女门卫走到门前。"噢，我的上帝啊，吉丝小姐！"她惊恐地睁大眼睛，吉丝明白一定没好事。

"我的小姐啊，真可怜，这里已经没人了！昂图瓦纳先生才刚离开！"

"离开？"

"他上战场当军医去了！"

吉丝沉默了，她温柔的眼神像是忠实的小狗一般一下子黯淡下去了。她的箱子一下子跌落在地上。她那混血儿的脸庞一片惨白，惊讶的表情好像是长在上面一般，总可以找到自然而然的纹理。（她和修道院女校的住校生们在英国的海滩过暑假，对欧洲的事情只知道一些皮毛，就在昨天，报纸上面揭露法国快要打仗，她才感到害怕，谁都劝不听，也没有回伦敦，就直接到了杜福尔坐了首班轮渡。）

"男人全部都要入伍。"女门卫对她解释，"莱翁昨天晚上就走了，维克多也走了,楼上只剩下阿德丽爱娜和克洛蒂德了。"

吉丝脸色渐渐变好了,阿德丽爱娜和克洛蒂德!感谢上帝,不是真的一个人都没有了,她从小被这两个女佣照顾长大,这里就是她的家了,至少,是她家残留下来的一部分。她振作起来,女门卫帮她提着箱子,在前面带路,她也走向了电梯。

"全部都重新装修了吗?"她问道。

那白色的梯子,这楼梯扶手……在她一夜未眠头昏脑涨的脑袋里面不停地闪过回忆的片段。在这改头换面的房子里,她努力寻找着以前的痕迹,但都是徒劳,她觉得这比置身在一幢完全陌生的房子里面更有流落他乡的感觉。

三十分钟后,她换了一身印花睡衣,穿着拖鞋和两个女佣一块坐在昂图瓦纳宽大的餐厅里。桌子上摆着热气腾腾的热可可和涂好了黄油的面包片,她将手臂搁在桌子上,一边用勺子搅动着杯子里的液体,孩子气地享受着这个舒适的时光。她的思想几乎没有这样活跃过,在英国的修道院女校里面,所有的活动都受到严格的限制,让她的创造性没办法施展。当她弓着背,含着胸,脸庞放松,懒散地待着的时候,她身上的青春魅力突然就消失了,这不再是那个野气女孩,那个"黑丫头",而是一个身材笨重,嘴唇宽厚,目光凝滞,在有色种族的宿命下毫不反抗的佝偻着的奴隶。吉丝的回家稍稍安慰了一下两个女佣的害怕,她们一左一右地坐在女孩的两侧,又哭又笑地絮絮叨叨,她们跟她说了很多关于她姑姑韦兹小姐的情况,她们每隔半个月的周日都会带着水果和糖果去养老院看望韦兹,表达她们的心意。克洛蒂德实话实说,老小姐的表达已经有些混乱了,除了养老院的一些鸡毛蒜皮以外什么都不感兴趣,她接待她们两个的时候,就像是在接待不认识的可疑的陌生人一般,总是还没到会客时间就赶她们走,以免耽误她玩牌。

吉丝听着满眼含泪,她感叹道:"我走之前要去看望一下她。"

"你还要走吗?"两个女佣一起喊起来。她们坚定地劝阻吉丝再回英国,昂图瓦纳留给她们的钱够花很久了。阿德丽爱娜已经十分开心地描述着她们三个人一起生活的场景。她絮絮叨叨说着自己的计划,说得吉丝都不耐烦了。她从晨报上面剪了一篇文章下来,"呼吁法兰西妇女为保卫祖国贡献力量",贡献服务的机会很多,为出征人带孩子的托儿所,发送婴儿牛奶的代理处,准备医护用品,运送军装等,每个人都应该为保护国家尽一份责任!只是不知道该选什么。

吉丝不由得微笑起来。没有什么事情逼着她非要离开不可。在法国她留下来也许可以起点作用……

看来不管是两个女佣还是女门卫都没有记起要提一下雅克,吉丝以为雅克人在瑞士,也没有问什么。只是在回来的第三天,她才从克洛蒂德的闲聊中知道雅克在她回来的那天还在巴黎。但是,就算她早一点知道又怎样?能跟他见面吗?没人知道他住在哪里。而且,难道吉丝还会想办法去见他吗?

74

雅克站在《旗帜报》社的楼梯上面,还没能走到楼梯间便看到穆尔朗门前的地毯上面放着一个牛奶罐子,雅克懊丧地说:"他没在家里!"

"是谁?"

"蒂博!"

穆尔朗裸着上半身,顶着满头满胡子的肥皂泡沫来开了门,"抱歉。"他看见贞妮便说,"你这小子,应该先通知我你还带着一位姑娘。"他用脚将门带上,"进来吧。请先坐坐。"贞妮立刻坐在了门边上的一把藤椅上面。

窗户关得紧紧的,空气中弥漫着纸板、胶水以及硝石混着灰尘的气味,一摞摞的报纸捆扎好堆满了桌面、长凳以及一个破烂的小桶。在地面上一角,靠近一盘子锯末的地方,放着一个破旧的煤气表,管道已经脱落了,压得扁扁的,像是残废的肢体一样戳出来。

穆尔朗又进了厨房。"我刚刚从外面回来,狼狈得像个偷窃犯……"他大老远地喊着,一面把水龙头开得哗哗响。他随即便出来了,换了一件干净的衣服,用力地用毛巾擦头发。"我在外面像一个蠢货……像一个窝囊废一样胆怯地过了一晚上……你知道的,动员对于我就是搜查、拘捕。至于搜查我早就小心防备着,也许有人会来,但是已经没有什么可以搜查了。说到逮捕,其实说真的,我倒还愿意等待一下……哎,我倒不是怕坐牢,"他解释道,揶揄地看了看贞妮,"我坐牢那段时间感到了前所未有的平静……要是没有坐过牢,我想我大概永远都不会有时间去构思我的宣传册并将它们写成文字……但是说到底,我还不是不想成为第一波被抓的人……昨天警察四处搜查,搜查了普尔泰尔,搜查了盖尔帕……甚至还去了'野玫瑰咖啡店'那种地方……警察有一套,但是他们没有找到任何东西,除了皮埃尔·马丹写的那本《向理性呼告》,你知道吗?就在同志们从印刷厂运库存的时候,他们将那些没收了。至于克莱斯,那个在《工人生活报》工作的青年,是不用服兵役的,从来没入过伍——似乎也被人揭发了,说他曾经写下了一份反对军国主义的宣传册,他被关起来了,等待着召开有关免役人员的会议,再把他遭送到战场上去。昨天夜里我听说这个,身手不灵活的人可要多加小心……反正我心里想的是,被抓到的话太傻了,我要躲避……"

"然后呢?""我还以为我可以去哪位同志的家里面躲一下,西隆那里并不会比我这里好,所以我去了基约家里,没有人在家,去了柯蒂埃那里,依然没人在家。然后我依次造访了拉赛涅家、瓦隆家还有莫利尼家,统统都没人——兄弟们都跑了,都和我一样!于是我一个人到处乱跑了一整个晚上。今天早上我到了万塞纳买了几张报纸一看,我才知道我真是个老蠢货,于是我就回来了。就是这么一回事。"他转过浓密眉毛下面的眼睛看着雅克,"你看了报纸没有,小子?"

"我还没看。"

"没看?"

穆尔朗看了贞妮一眼,再看着雅克,现在已经是颁布动员令的第二天十点了,雅克居然什么都不知道,他觉得这似乎和贞妮有些联系。他从钉子上挂着的黑色工作服里面掏出了几张报纸,好像是拿着什么垃圾一样用两根手指夹出来一张,将剩下的丢到地板上。

"看看吧,我的孩子,你要是还笑得出来的话,那你就继续快乐吧,我啊,我已经习惯了打击,没有我受不了的事情了!但是我看到这些还是觉得直反胃!《红帽子报》,这是梅尔勒和阿尔姆雷达办的报纸,现在居然为普安卡雷政府做代言!真是太无法接受了!你看吧!"

穆尔朗将衣服取下来愤愤不平地穿上,雅克轻声念道:"我们在这里正式声明,黑名单不会为政府所用,政府相信法国人民尤其是工人阶级,人人都知道,政府之前以及现在都在千方百计用尽全力继续尝试——维护和平——最坚定的革命人非常明确地宣布。"

"最坚定的革命人……这些浑球儿!……"穆尔朗嘀咕着。

"……'就是最大限度地让政府信任……每一个法国人都会负起自己的责任,这种态度是政府决定不再使用黑名单时明确显示出的态度。'"

"你怎么看?小子?我反复读了几遍才读懂他们在说些什么,必须说得更清楚一点……这也就是说:法国的无产阶级轻而易举就赞成了战争,工人阶级中的反抗派已经没有任何威胁力了,政府已经完全不需要去为了预防而逮捕了……你知道了吗?这就好像是专门说给革命人听的,政府亲热地拉着全体革命人的耳朵:'嘿,你们这些捣蛋鬼,你们的抗议我们都不计较了,快去尽你们的责任,入伍去吧。'政府心胸宽广,轻蔑地将黑名单毁掉,将可疑的人都放了……因为现在,可疑的人也做不了什么了,你懂吗?"他大笑起来,尖锐响亮的笑声让他那张老教徒的怪脸显得狰狞可怖。

"已经完全没有嫌疑人士了!已经没有了!你能清楚是什么意思吗?你想想,革命党的领导们要给他们什么样的承诺和保证才能让政府这么放心大胆!才能让它在开战的第一天就不担任何风险地摆出这样一副宽宏大量的样子来!你不觉得这些浑球已经干脆将我们交给政府处置了吗?哼!这次是彻底完蛋了!武装部的阴谋马上就要得逞了!真正在打仗的人说话没有作用,而是那些命令别人去上战场的人说话才算数!"

他走开两步,将手背在飘来荡去的工作服下面。

"真他妈见鬼!"他突然转身说,"我觉得不可置信!我不敢相信这次真的彻底完蛋了！"

雅克浑身发冷。

"我也不敢相信这是真的。"他低声说，"我不敢相信自己已经无能为力了，哪怕是现在！"

"就算是现在！"穆尔朗重复他的话，"更过分的是，再等几天，再等几周之后，这些可怜虫就会明白打仗是个什么味道了，要是克鲁泡特金先生还活着的话，那就好了。或者是另外哪一个人，能够将该说的话说出来，并且可以让人们都听到，那就好了！同志们都已向这场战争妥协了。因为有人对他们撒谎，因为有人又一次浪费了他们的信任……也许只需要一点提示，只需要他们突然醒悟过来看到自己的良心，所有的事情便会一瞬间改变。"雅克像是被抽了一鞭子一样起身。

"什么？……一点什么提示呢？"他走到穆尔朗身边："您觉得我们还可以做什么？"

他的声音很异样，贞妮转头看着他，一下子屏住气，嘴唇微闭着，十分惊讶。

穆尔朗也十分惊讶地看着雅克，雅克断断续续地说："您的想法是什么？告诉我吧！"

穆尔朗耸了一下肩膀，有些疑惑地说："我还能想什么？小子，不要说了，都是些傻念头。我的意思是，我脑袋里想的什么，都是很荒唐的事情，我不能让自己绝望，我还要抱着希望，我还抱着反抗这一切的希望！两个国家的民众，我们国家的人们，对方国家的人们，明显都被骗了！谁明白呢？也许只需要……"

雅克死死地盯着他："只要什么？"

"只要什么,我也不知道,要是突然在两大军队之间,醒悟的闪光突然将这巨大的谎言拆穿!要是这些可怜的人突然如梦初醒,看清了是别的人用一样的方式将他们逼迫到前线去互相残杀,你难道不相信他们会一样因为气愤而挺身而出,起来造反吗?他们难道不可能都转身过去,去反抗那些逼迫他们上战场的人?"

雅克眨眨眼,像是被一道强烈的光线照花了眼睛一样。然后他耷拉着眼皮走到贞妮旁边,却没看她,坐下来。

一时间沉默和疑惑笼罩着他们,他们三个都隐约地感觉到有什么事情发生了,却又不知道是什么。

"还有,全国都是一样。"穆尔朗顿了顿说道,"市议会在外省,都投票赞成这种议案,歌颂被威胁的祖国,主张保卫祖国,斥责德国成了所有文明国家的破坏者!你看!"他从地上拾起一张报纸来,说道,"这还是总工会发布的宣言《告法兰西无产阶级书》,你知道他们会怎么说吗?'形势逼人,并不是所有的无产阶级都懂得怎样持续努力以避免人类遭到战争的毁灭。'用另一句话说:'不要再做徒劳的挣扎了,年轻人们,你们就心甘情愿去挡枪子儿吧!'还有铁路工会的宣言——铁路工作者——我的孩子,我们的铁路工作者!你能相信吗——今天巴黎的墙面上到处贴着'同志们!在共同的威胁面前,抛弃你们的旧恨吧!社会党员、革命人、工会会员,你们要将威廉二世的阴谋打破,当共和国发出号召的声音时,你们要义无反顾地响应!'等等。这还没完呢,你还没听到最精彩的部分,你再来尝尝这个滋味:《致战争部长的公开信》。你猜猜是谁写的?居斯塔夫·埃尔韦!你听听:'我认为,法国已经用尽全力去避免战争,我特此请求您批准我奔赴马上就要上战场的步兵第一团!'你看,我的孩子,他们全都已经突然变了脸,这居然是我们的伟大的《社会战争报》的总编辑居斯塔夫·埃尔韦说出来的话!他曾说过,不管是怎样的国家都不值得工人阶级为它流一滴血!现在你知道政府为什么如此安心了吧,他们可以放心大胆地将黑名单锁在抽屉里,政府将我们所有伟大的革命领袖一个个全部收服了!"此时有几声敲门的声音。

"是谁?"开门之前穆尔朗问一声。"是我,西隆。"

来的人五十几岁,扁平面颊,留着一撮灰白的胡子,秃顶的额头光滑饱满,鼻子很塌,两眼相距较宽,眼神讥讽。他的脸颊沉稳而坚毅,带着一丝高傲的神色。

雅克和他见过一面,他经常和穆尔朗单独相处。西隆是工会的一个老活动者了,多次因为革命活动被判决,这些年已经不再运动中心。他常常写书,做技术工人让他有充足的闲暇时间为《旗帜报》写稿。和穆尔朗差不多,他是那种独立派,理智清醒,十分警惕,坚持自己的信仰,高傲又不爱空想,对不明智的事情严加指责,对事业十分忠心,广受尊敬,但是又因为他们的谦逊而惹来非议,这是因为有人嫉妒他们的原因吧。

虽然唯一一把能坐的椅子被贞妮坐着,穆尔朗还是说:"请坐,你也看过了这些报纸吗?"西隆耸了一下肩膀,似乎也在表达他对报纸上内容同样的蔑视,而且他并不想讨论时局。

"今天晚上会在让巴酒馆召开会议。"他看着印刷工说道,"我说了的,我会及时通知你,你必须去。"

"我并不想去。"穆尔朗嘀咕,"这种事不去也知道。"

"这不是关键,我要去参加,我要跟他们说些事情,你需要跟我一起。"西隆打断他的话。

"这就不一样了，"穆尔朗问道，"你要说些什么？"

对方没有立刻回答，他看看雅克和贞妮，到窗子边，将窗子打开一点，走到穆尔朗那边说："有些事情亟须解决，但是似乎还没有人想得到一样，确实，我们处境狼狈，这就不需要说了，但是我们也不能袖手旁观，坐以待毙！"

"你说具体点。"

"要是社会党和工会的领导人觉得政府没错并且应该与他们合作，那么，为了达成这种合作的交换筹码，至少需要他们为他们所代表的群体对政府提出一些要求，这不是你一直所想的吗？战争实际上创造了某种革命的势头，我们应该加以利用！要是若莱斯在的话，一定不会放过这样的机会的！他一定会要求政府对无产阶级做一定的妥协……总是要有所得吧。战争限制了人们，需要人们做出种种牺牲，那至少应该让劳动人民在政府采取的措施上得到一部分的监督的权利！现在还有机会提出要求，现在政府需要拉拢我们。有舍有得啊，你不这么看吗？"

"比如什么条件？你举个例子看看。"

"举例子？比如要求他们严格查看全部的军工厂，防止那些老板在奔赴前线牺牲的人身上获得暴利，必须要让工会来对这些工厂进行管理……"

"听起来不错。"穆尔朗嘀咕着。

"还必须要控制物价飞涨，如今各个地方已经开始涨价了，我觉得只有一个办法：逼迫政府控制全部的日常用品，建立起国家库存，不让经纪人和投机分子有可乘之机，统一组织和分配……"

"这可是个规模极大的行动啊。"

"领导、人手随时都能找到,只需要利用一下已经营业的合作社就行。你难道不是这么想的吗?这都要看情况,既然全法国甚至阿尔及利亚都已经采取戒严了,那就必须要加以利用让这措施至少可以保护弱小,压制那些贪得无厌的人!"

他在房子里走来走去,庄严的声音在房间里回响。他只是在和穆尔朗对话,有时漫不经心瞟两个青年一眼。他光滑的额头上冒出汗珠。

雅克什么也没说,即使他的神情看起来很专注,眼神在蹦出火花,但是事实上他根本没听进去。他陷在自己乱成一团的思绪之中,跟什么西隆、军工厂、戒严还有国家仓库都搭不上边……"要是突然在两大军队之间,醒悟的闪光突然将这巨大的谎言拆穿!……"穆尔朗刚刚这么说……

他趁着穆尔朗说话的间歇,跟贞妮示意了一下,起身走过去。

"你们要走了?"穆尔朗问他,"您今夜去不去酒店?"雅克像是从梦中醒来一般:"您说我?我不去了,今天是离开法国最后的期限了。我们两个决定去瑞士了,我是来跟你说声再见的。"

穆尔朗看着贞妮然后看着雅克:"啊!你终于决定了?……去瑞士?对,你的决定是对的……"他看起来非常激动,虽然他自己以为不动声色。"那么,你在那里一定要好好地继续干!祝你们好运,我的孩子们!"他忽然精神地大声说道。

雅克觉得自己激动不安又茫然无措,这样的感觉让他非常想要单独待一会儿。

"贞妮,现在要理性一些,听我的话。"他们一起走到大街上,他轻声说。他挽起贞妮的手,弯腰对她有些严肃地说:"晚上你还需要处理很多事情,你已经累了,你必须马上回去,不要说不愿意,你必须回去休息……现在已经是十点十五分了,我就送你回家,我一个人去《人道报》社,然后我还要去探听一下你出国的手续问题。两个小时我就能将事情都办好,好不好?"

"好的。"她回答道。

她确实看起来很憔悴:已经累到了极点,精神兴奋,脸色苍白。她在街心小花园等了雅克很久,在长椅上面坐得腰酸背痛,就在那里,雅克曾跟她说:"我从来没有像爱你这样爱过一个人!"她又沉入了悲伤的回忆之中,想起了那似乎遥远又近在眼前的夜晚的每一个小细节,想起了那之后的每一天,直到那天晚上突然奇迹般发生的事情,她等了两个多小时,终于看到雅克出现了,站在台阶上,面带忧色,气势汹汹,眼神茫然无措,她知道他们的心境并不一样,就觉得十分的忐忑。她不敢跟他讲自己长久以来所盼望的事情,只是听着关于昂图瓦纳离开的事情,她任由他将自己带到穆尔朗那里去。但是她坚持不了了,已经没有勇气再陪他去那里了……她只想回到家里,躺到床上让自己浑身酸痛的身体休息一下。

虽然电车很耗时间,但是幸好还有它在运行,他们在巴士底上车,不需要走路,可以直达圣米歇尔大街的尽头,雅克将她扶着走到了天文台林荫大道,他们在贞妮家门口分开。

"我先去了,一两点的时候就过来。"他笑着说,"我们最后在巴黎吃一次您做的饭。"

他们走了不到二十米,便听贞妮在身后叫他,声音都已经变了调,让他几乎听不出来:"雅克!"他几步走到她身边去。

"妈妈回来了！"她惊慌失措地望着他。

"是女门卫跟我说的……妈妈她今天，今天清晨回家的……"

他们面面相觑，脑子里突然一片空白，贞妮第一个念头就是想到他们两个走的时候没有收拾的凌乱场面，达尼埃尔那没有整理的床铺，雅克留在盥洗室里面的洗漱用品……

随后一瞬间，她突然变得很坚决，她拉着雅克的手："走吧。"

她面无表情，捉摸不透，好像事情并不复杂一样，她反复说："走啊，跟我上去吧。"

"贞妮！"

"走吧。"她硬生生地说。

她显得如此平静坚定，雅克觉得脑子里一片混沌，无法坚持下去，便不再反抗地随她走了。她走在前面，快速地上楼，已经完全忘记了疲倦，似乎想要现在就将这件事情了结了一样。在楼梯口将钥匙插进去之前，她站稳了，但是有些犹豫。他们听见安静的空气里彼此急促的喘气声。她什么也没说，站直身体开了门，用力拉住雅克的手将他拉进了房间。

75

丰塔南太太心慌意乱地在家里度过了一个上午，就算是在她的婚姻生活最不堪的时候，她也没有这样心乱过。还好达尼埃尔的房门紧闭着，要不是想要烧点水喝进了厨房的话，这个可怜的母亲还说服自己她只是太累了做了一个可怕的梦，她看见两份餐具摆在厨房，她本能地闭上双眼逃进了自己的房里。

紧接着她沮丧得像是梦游症病人一样兴奋起来，她将自己旅途中的衣服脱下来，换了一件旧的日常衣服，又将房间整理一遍，干完了各种各样无用的活计之后，她逼迫自己不要再走动，坐在阳光充足的百叶窗前那一张安乐椅上。她必须用尽力气控制住自己的情绪，那一本能够帮助她的圣经在她的行李箱里面，此时不在她的手上。

她走到书柜旁边，去翻找她父亲那一本旧的圣经，那是一本又大又黑的厚重大书，丰塔南家里的牧师在上面的空白处做满了标记和注释。她随便翻开一页，努力认真看下去，但是她的思绪却飞到圣经之外，情不自禁地沉湎到一连串不流畅的画面和想法中，她想到了达尼埃尔，又混杂着对维也纳那些商人、旅途的艰难、人满为患的车站的记忆，乱七八糟的想象总是会以贞妮和雅克相拥而眠的景象做结尾。那些附近街道上驶过的车队，声音巨大震着墙壁，回响在她的脑海里面，给她的想象加上了不悦的伴奏。生平头一次，她感到一种恐慌和疑惧将她牢牢地控制住了，无法逃脱。她感觉到自己像是被强力拉进了一个旋涡，可怕的动乱将欧洲破坏了，将她的家也毁灭了，整个世界都被魔鬼控制了。

她突然听见客厅有声音，然后听见了走廊响起的脚步声。她面无表情，她没勇气起身走出去，她仅仅只是坐直了身体。门一打开，显现出贞妮黑色面纱下面过于苍白的面色，眼神凝滞，一脸憔悴地走进来。

看到母亲安安静静地坐在她惯常的座位上，穿着旧长袍，膝盖上放着一本圣经，让女孩觉得吃惊又兴奋，像是离去多年的过去在阔别之后又突然重现在她面前，她毫不犹豫，不管在她后面犹豫不前的雅克，冲过去拥抱母亲，为了更靠近，她扑到地上，额头抵在母亲的衣裙上。

"妈妈……"

慈爱和怜惜让丰塔南夫人暂时忘记了焦虑,她的心里被宽容填满了。就在这时,她完全用一种新的视角来审视她无意之中撞破的秘密,并不是一件耻辱的事情,而仅仅是一时的意志薄弱。她弯腰抱着阔别已久的孩子,听她诉说,和她一起估量这灾难的严重程度,理解她,帮助她,引导她——但是,忽然之间她的呼吸一滞,她看到走道的墙壁上有一个人的影子在晃动……贞妮居然不是一个人回来的!雅克就在外面!他就要出现了!……她搁在贞妮脖子上的手猛然缩紧了,颤抖起来。她不再看着那扇门,过了好一阵子,面纱散发着浓烈的苦味。最终,雅克的身影出现在了门口。床上两张相拥而眠迷醉的面庞又在丰塔南夫人的眼前出现了。她用压抑的、带着斥责和惊慌的声音说:"我的孩子们啊……我这可怜的孩子们……"

雅克已经进来了,他站在她眼前,有些胆怯又郑重地望着她。

于是她清楚地说:"雅克,你好。"贞妮猛然抬头,当然她没有笑,但是,一种让她的容颜变化的,异常的欣喜爬满了她的脸,是一种从来不曾出现过的、不顾廉耻的兴奋,在她湛蓝的眼眸里一闪而过,让人觉得这就是她本能的表露。她伸手拉住雅克,将他用力推到母亲面前说道:"我将他找回来了,妈妈,而且再也不会弄丢了。"

丰塔南夫人静静地看了他们一会儿,努力地保持着笑容,她的唇间发出一声微不可闻的叹息。贞妮看着她,在这样的叹息声中,在妈妈这张因为惊讶和慈爱而颤抖的脸上,贞妮本来找到了赞同的痕迹,可是因为她内心的敏感和忧愁,却只能看到不同意和忧伤。她觉得被侮辱了,这是对她们之间血缘亲情的伤害。她从母亲身边离开,一下子直起身来,站到雅克旁边,她那倔强的神情,眼睛里跳动着火苗,都显示出一种过分的、缺乏方向的、咄咄逼人的气势。

恰恰相反的是雅克,他友善而又坚持地看着丰塔南夫人,即便他开口说话,不用说,他会讲:"夫人,我能够体谅您的感受。但是,也希望您可以理解我们。"

丰塔南夫人用有些尴尬的眼神看着这对恋人,她垂下眼皮,床上那一幕又浮现出来。

沉默了一阵子,然后她习惯性地对雅克做了一个友好的动作:"不要站在那里了,孩子们,坐着吧。"

雅克给贞妮搬了一张椅子来,看见丰塔南夫人打招呼,便走到她的左面坐下。这一句寻常的话似乎缓和了气氛,他们像是平常造访一般围坐在一块交谈,气氛慢慢变得正常起来。雅克这才能够用自然的声调打破沉默,问她旅途的细节问题。

"你没有收到我来的信吗?"丰塔南夫人询问贞妮。

"没有,我一封信也没收到。我没看到你的信,除了这一张明信片以外,这是周一在维也纳火车站寄来的。"她咬着牙简单地回答。

"周一?"丰塔南夫人说,她努力回想过去的日子,眨眨眼睛,"我每天晚上都给你和达尼埃尔写信,一人一封。"

她的心因为想起儿子而再一次悬起来。

"可是我什么都没看见。"贞妮语气生硬。

"那么达尼埃尔呢?他也没有和你联系吗?""联系了一次。"

"他现在在哪里?""他从吕内维尔走了。然后就再没联系了。"

一阵沉默之后雅克觉得很不自在,又问道:"您是什么时候从维也纳出发的,夫人?"

丰塔南夫人很艰难地回想起来,"那是在,"她终于记起来,"周四早晨,一直到晚上才到乌迪内。中午才出发去米兰。"

"周四早上的时候奥地利是不是已经公开表示对贝尔格莱德动用武力占领?"

丰塔南夫人疑惑地看着他。"我不清楚。"说实话,她在维也纳滞留的时候,每天只是想着要维护丈夫的名誉,根本不关心时局。

"贞妮都没有问我有没有将事情处理好。"她想着,她看着女儿,忽然记起了这个让人悲伤的问题来,"她不会对我能够回来觉得失望吧?"

雅克为了不至于沉默不语,继续问着维也纳人的一些思想动态和游行的情况,丰塔南夫人尽量回答他,抓着一些无关紧要的问题不放,就能够尽量推迟摊牌的时间。这时候他们三个各自想着,解释明白是不能逃避的事情,而且必须现在就说清楚。

雅克不断转身对着贞妮,想要将她引入话题里面来,但都是白费力气,女孩看起来根本没有在听,她仰着头,消瘦的脸绷得很紧,目光躲闪而严肃,下巴向上翘起,紧闭着嘴巴,这所有不仅仅表明她想要逃避,而且表现出了一种隐隐的、冷冰冰的、带着敌意的紧张感。她端坐在椅子上面,椅背硌得她背痛,她用淡漠的眼神环视这间房间,眼光时不时停留在妈妈身上,像是看着一个在模糊背景上不出声的配角一般,丰塔南夫人捧着圣经,坐在她的绿色天鹅绒的椅子里面,她的椅子总是斜斜地放着,是因为那样可以沐浴到充足的阳光。贞妮觉得从自己记事以来她就在那里坐着,成了一个已经消失了的过去的标志,是过去的回忆。过去让人怀念但更让人懊恼。她渐渐远离自己,好像是消失在了迷雾之中,就像是旅行的人已经出发,送别的人们渐渐淡出了视野一样。她的心开始激动地跳跃起来,她觉得新的生活即将到来,就是这时候,要是雅克拉着她说:"离开吧,永远地远离这所有的一切。"她一定毫不犹豫起身跟着他走,绝不回头。

沉默中,那个放在床头柜上,在热罗姆和达尼埃尔的合影旁边的小闹钟响了很久。

雅克看了几眼那个小钟,突然想要走,他弯腰对贞妮说:"已经十一点了……我要走了。"他们迅速地交换眼神,贞妮点头,没等他站起来,就立刻站了起来。丰塔南夫人看着他们的一举一动,她的贞妮变得如此坦率和正直,几乎让她认不出来了!她感觉到贞妮的魂不守舍,好像是心中藏着什么愧疚一般,对,不管他们表面上多么自信,他们两个都带着一种装模作样的神态,出于虚荣心的做作,有些滑稽,像是两个占卜的人或者是两个信徒一般。丰塔南夫人心里想着:"就像是两个同伙一样……"的确是这样,他们两个的感情有着让人沉醉的不谋而合,他们希望这样的爱情是绝对而神秘的,史无前例的,唯一的,尤其是唯一,除了他们自己,别人再也不能体会它不同寻常的本质!

雅克在贞妮的示意下鼓起勇气对丰塔南夫人告别。她对于这样急匆匆的辞别有些惊讶,他难道就这么走了什么也不说吗?她难道不值得他们付出更多的信任吗?她努力让自己理性一些,接受了这样对她失礼的伤害。也许她应该逼着他们将心里话说出来?现在已经来不及了。她没那种勇气。而且,她觉得非常疲累,精神上遭到了巨大的打击只能随便别人对她撒气,变得全身瘫软。她忍不住怪罪贞妮,但是现在,倒不是怪罪她罪恶的欲望,而是她莫名其妙的,不能理解的对抗态度!她并不怪雅克。相反,这一次的拜访她对雅克十分满意：在他有些害怕的礼貌态度中，她感觉到了无声的原谅，她察觉到他内心纯洁，没有卑劣的成分。而且，他是达尼埃尔的朋友，也许就是命运安排要她像是爱自己的儿子一样爱着他。

她一点都不怪他，甚至和他握手的时候，差一点就像对达尼埃尔做的那样，将他拉到身边去，并且跟他讲："来吧，我的孩子，让我抱一下。"不巧的是这时她抬眼看了一下贞妮，女孩站在那儿转身看着他们，眼神尖锐，带着隐藏的敌意，看着她的妈妈，这眼神好像在说："对，我在看着你，我要看你在做什么，我要看看我将雅克领进来以后你该做的慈爱的举动！"于是，丰塔南夫人心里的愤怒到达极点，她突然觉得很高傲，她本来准备要做的事情，绝对不会在这种无言的威胁下做出来！

她放弃和雅克拥抱的念头，只是和他握了一下手，只有雅克能感觉到这只手在微微地颤抖，感觉到这可怜的母亲这一握中所带着的激动和温情。这一切都只是一刹那的表情，当贞妮陪着雅克出去时，丰塔南夫人有一种强烈的预感，在这时候，以后她和贞妮紧密相连的幸福已经被微妙地破坏了。母女之间出现了无法弥补的裂痕，她觉得怕极了："贞妮……你也跟着去吗？"

"不。"女孩回答，头也没回。

在走廊里，贞妮拉着雅克，不作声地将他快速拉到了客厅里，他们在那里分开，对视的目光里显示出一样的茫然无措，雅克轻声问："你还跟我走吗？"她猛地一震："你说什么话！"像是被他怀疑了一样，停了一下雅克又说："那你怎么和你妈妈说？"

她站在雅克面前，抬起手来，抓住了衣柜的一根支柱，急躁地摇头："我现在什么都不管了！"

雅克十分惊讶地看着她，他看着她那只抓着柱子颤抖的手，白皙无比，肌肉颤抖，他将手放在她的嘴上，她突然叫道："你要将她一起带走吗？"

"你说谁？你妈妈？"他有些迟疑，"嗯，要是你想要，当然可以，怎么？你觉得她愿不愿意和我们一同离开？"

"我不清楚。"她急躁地回答，"不，我觉得不会的，但是不管什么事情我们先要做好准备。"她停下来，微笑一下接着说道，"谢谢你，我待会儿去哪里和您见面？"

"你想要我来这里接你吗？"

"不用。"

"那么，到里昂火车站来找我吧。几点？"

她沉吟一下："两点……最迟两点半。"

"你的东西呢？""行李不多。""你一个人可以运去车站吗？""可以。""我的身份证呢？我放在你房间里面的小包里。"

"我会装进我的行李的。"

"那我们就在车站碰面。几点钟？"

她思考一下："两点吧，最多两点半。"

"我就在火车站的酒馆里面等着你好不好？我们可以把行李放在那里，一直到上车之前。"她靠近一些，用手捧起他的脸，她想着："我的亲爱的。"她用激情而温柔的目光凝视着雅克的双眼，直至他们相互拥吻。

这次还是她先挣扎出来。"好了，"她的声音就像她的表情一样，极度的激动带着一些疲倦，"我要去妈妈那里跟她把一切都讲清楚。"

76

雅克一从她家里出来,就又感受到了那种想要自己一个人待着的感觉,就像刚刚在《旗帜报》社那里的感觉一样。最开始他问自己,他到底急于做什么?穆尔朗那句话又开始在他耳边响起来:要是突然在两大军队之间,醒悟的闪光突然将这巨大的谎言拆穿!要是这些可怜的人突然如梦初醒,他准备为之献身,今天,它是唤醒群众觉悟,突然改变事态进程,使反对各国人民、博爱和正义的纠合势力归于失败的唯一和最有效的方法。

这个思想一下子便将他抓住了,那样强烈和清晰具体,让他突然停在了楼梯上,热情和希望让他心跳加速,下意识中,很久以前就在生长的计划终于有了一点点眉目,将他的全部身心占满。这不是虚无缥缈的梦幻,也不是一时兴起的试探,是一个成熟的、忽然之间酝酿出来的计划,是具体细节的,关于他自己的一个计划,他要为这个计划奉献自己。如今这就是仅有的,最后的方式,用以唤醒人民,迅速改变时局的发展,挫败那些阴谋联合起来对抗民众,对抗博爱,反对正义的势力,这就是行之有效的办法。

他已经将丰塔南夫人的归来和刚刚自己莫名其妙的拜访抛在脑后,甚至已经忘记了贞妮的存在。然而贞妮却和他相反,她在进母亲的房间前先到阳台上去了,想看看雅克离开的背影,但是迟迟没有看见雅克走出来,她终于见到雅克出来了,他在满街的路人和车辆中间疯一样地奔跑,像是着了魔一般冲向了圣米歇尔大街的方向。她一直目送着他完全走远。他一直没有回头。

只剩丰塔南夫人一个人坐在椅子上,她将头搁在椅背上,发了好一会儿的呆。她无法理清自己的思绪,她脑子里的想法变成了一个意义不明的句子,她丧气地念叨:"这是不会得到什么好结果的……"

她又看见了雅克和贞妮并肩在她面前站着,像是两棵并蒂莲一般,然后她不自觉地想到了她爸爸那简朴的客厅,未婚夫热罗姆年轻而骄傲,穿着一身滚边的浅色礼服,站在窗边对着她露出微笑。那时候他们也是无比向往未来!他们两个也是多么不屈不挠地对抗着反对的父母啊!只要和他在一起,她就觉得没有什么能够令她害怕!她又感觉到了往昔的热情,她曾经有过的幻想,对幸福生活所存有的信心,而且固执地认为他们是唯一尝到过这种滋味的第一对。这些荒唐的回忆一点也不让她觉得怨恨,甚至也没有感到悲伤,而是变得精神奕奕,就像是那些幸福的承诺在她的生活中变成现实了一样。

当她听到贞妮坚定的脚步走近时,她又颤抖起来,她想起她坚定的表情,关门的动作,冷漠的表情,还有她那惘然若失、疯狂的、在热情地燃烧着的似乎要灼伤别人的眼神,都让她觉得畏惧。

她觉得似乎慈爱才是能驱散这一切的咒语,于是她有些怯怯地呢喃着:"过来让我抱一抱吧,我的孩子……"

贞妮脸上有些泛红,雅克的气息还留在她的嘴唇上。她装作没有听见一样,专心地取下自己的帽子和面纱,将它们搁在床上。然后似乎累到不行地找了一张长椅躺了上去,她在那里急切又笨拙地喊着:"妈妈,我觉得真的好幸福啊!"

丰塔南夫人立刻转过视线看着女儿,从这一句带着挑战的语气中,她那母亲的心中已经察觉到了苦恼的感觉。这就足够让她意识到她还有该尽的义务,最后的义务,哪怕十分危险,她觉得这是上帝在命令着她,于是她忽然十分严肃地站起来说:"贞妮,你有没有真诚地祷告过?虔诚地祷告过吗?你敢说'上帝永远在我心中'吗?"

刚听到前面几个字,女孩就觉得懊恼,在母亲和她之间,信仰是一个十分令人头痛的问题,只有她才知道这种痛苦有多深。

丰塔南夫人继续说道:"贞妮啊……贞妮,我亲爱的孩子……将你傲慢的姿态放下来……和我一起向主祈祷吧,呼唤万能的主来拯救我们吧……和他一起审视你的灵魂深处……贞妮!你心里难道没有感觉到某一种存在……在反抗吗?"她声音发抖:"某一种存在……某一个人……在对你发出警告,你是不是做错了?你是不是在欺骗自己?"

贞妮的默不作声让妈妈认为她是在沉默地祷告,但是,好一阵子以后,女孩慨叹道:"你根本就不懂!"语气酸涩,带着失落和敌意。

"我怎么不懂,我能懂……亲爱的。"

"你不懂!"贞妮从她那麻木的眼神里看到固执和不耐烦,她从这种无人理解的境况中获得了一种不正常的快意,她差点就说出来:"你怎么可能想象得出我们这样的爱情?"但是她还是没有办法大声地讲出"爱情"两个字。她怪异地笑了一下:"我刚才就已经看明白了,你根本就不懂……你绝对不会理解我的感受。"

"你到底想表达什么,贞妮?你觉得我对你们不够热情?招待不周?""不是的。"

"不是?"

"不是!"贞妮干脆地回答,抬眼看着天花板,她昂首挺胸地,用一种低声的满是埋怨的声音说明:"要是你能懂得我们的话,你能够表达出来的,你就会告诉我们你也为我们的幸福感到快乐!"

丰塔南夫人掉转视线,她说:"贞妮,你这是蛮不讲理……你怎么可以这样怪我?我早上才刚刚到家,我还什么都不知道。你自己将我扔到一边,什么也不告诉我……"

贞妮耸了一下肩膀,将她的话打断了,这并不是她常用的动作,有些生硬,她妈妈从来不曾见过这样的贞妮,这根本就是属于雅克的姿势,她用一种执拗,神神秘秘又十分得意的神态说:"我没有对你隐瞒任何事情!你看,你还什么都不知道就开始斥责我。两个星期之前,我自己都根本没有想到……"

"我离开你还不到两个星期,直到今天才刚好一个星期……我走的时候你也还根本没想到?""我没想到……"(她撒谎了,因为她和雅克重逢在北站的时候,妈妈还没离开巴黎。她仰着头以免母亲看到她的脸色,但是她的声音已经让她完全露馅了,所以她们两人的脸都红了起来。)

"两个星期之前。"贞妮说下去,她用一个不自然的笑来缓解自己的尴尬。

"要是那个时候你跟我说到雅克的话,我会告诉你,我讨厌他!我一辈子都不想再见到他!"

丰塔南夫人两手搁在椅子上,赶紧俯身靠近贞妮:"那就是在这几天发生的变故?甚至都没有时间想到……"(她准备说:"想到跟我说一下……")她又补了一句:"想到征求一下达尼埃尔的意见?"

"达尼埃尔?"贞妮装作很惊讶的样子,问道,"我为什么要征求他的意见?"她自己也莫名其妙地生气了(也许这只是在发泄她多年以来都被温柔拘禁和压抑的气恼),她又放肆地大笑起来,然后突然想要揭一下母亲的伤疤:"说得好像达尼埃尔就可以理解我一样!达尼埃尔又能告诉我什么?还不是谁都会说的那些废话!那些被称之为'理性'的话!"

"贞妮……"丰塔南夫人有些痛苦地呻吟了一声。

贞妮却无法自控地说:"这么说你也有想说的了?那你还是说吧,是不是又是什么战争来了?……还有什么呢?……还有雅克跟我之间了解不深,他无法给我幸福之类的话?"

"贞妮!"丰塔南夫人喊道。她十分吃惊地看着女儿,面前的贞妮皱着眉头,板着面孔,声音尖锐,一点也不像在她身边成长了二十几年的那个贞妮,这是一个本性失去了控制的贞妮……"无所顾忌。"她在心里想着,有种失望的感觉,同时又感到了宽容,甚至是纵容。

母亲的责备和痛苦,并没有感染到贞妮,反而让她更加激动:"就算跟着他会吃苦我也不在乎!这是我一个人的事情,跟达尼埃尔无关!我不需要问任何人!别人爱怎么想我都无所谓!我不会再征求任何人的意见!这是我自己的事情!我自己决定!"

丰塔南夫人又被打击了一次,她脸色苍白,最让她觉得难过的是,她感觉到了她的女儿完全是故意地在触怒自己,她的心已经被魔鬼控制了!她惊骇地恳求上帝的援助,她再也无法承受这种恶毒的氛围了,也没办法控制涌上心头的怒气了。但是,过了好一会儿,她还是控制住自己,用坚定又郑重的声音说:"你一直都有自己决定的独立权,贞妮,这个你很明白,自从你长大以后,我从来没有强迫你做任何事情,甚至都没有逼迫你听从我的任何劝说,现在也是如此,你完全可以按你自己的想法行事,不必问我的想法,但是我作为母亲,我有这个义务……"

"抱歉，妈妈！"

"……我必须要告诉你，就算是徒劳的，我有义务告诫你要自重自爱，贞妮，我亲爱的孩子。我要唤醒你心里光明的思想，难道你已经失去了辨别善恶的能力吗？醒来吧孩子，振作起来，你已经陷入了无法想象的迷茫之中。你现在已经到了这样的地步，你沉迷于激情之中，放纵自己，不仅不觉得不应该，还反而将这些认为是勇气和力量。甚至觉得很高贵。"她上气不接下气，她觉得很心痛，要完成这一个艰难的职责，她非常累……她没有用对方法，说了不该说的话，也没有用适当的语气。如果这时候不是看到贞妮睡在那里，让她眼前又一次闪过了他们相拥而眠的场景，说不定她就不再说下去了。

"你应该觉得耻辱！"她嘀咕着。

"你继续说啊，妈妈。"贞妮说道，冷漠的语气中带着一种威胁。

"可耻！"可怜的母亲再也不能控制住自己了，"我的贞妮！我的亲爱的小女儿！我的孩子！你利用独自在家的机会向诱惑妥协了！"忽然她有些后悔自己说出了这些话，一下子闭嘴了，转换了话题。"才这么几天，你就做出了后果如此严重，影响你一辈子的重要决定？还不仅仅是你自己的一生，还关系到我们全家人的以后——我们的生活都是和你息息相关的！你有没有考虑过？你根本没有！不管是当时还是现在，你都没想过！"

"不要再说了！够了！"

"你失去了理智！像个小孩子一样幼稚！"丰塔南夫人气喘吁吁地说。在她心里反复盘旋的那句话终于说出来了，"这绝对不可能有好下场的！"

贞妮觉得自己心里涌上了一阵冰冷又激烈的情绪,像是一阵巨浪淹没了她,忽然之间她站了起来,啊,如今她看到的是怎么样的妈妈啊,她觉得妈妈不通情理,无情而且自私!

"我要怎么告诉你呢?"贞妮走到她身边,"要是我们中间有一个人不自知的话,那就是你!对!你永远都只担心你自己的而不是我的前途!如果要说我今天明白了一件什么事的话,那就是,你对我的爱也只是为了你自己打算!你只在乎你自己!你就是因为嫉妒我的幸福才要来反对我们在一起!你仅仅只是想要将我困在你身边!……你别做指望了,现在已经来不及了,我对自己让您失望觉得很抱歉,但是我必须要告诉你,雅克今天就要出发去瑞士了。而我——他带我一起离开!"

"今天夜里去瑞士?"丰塔南太太用微不可闻的声音重复道。

"这并不是我一时心血来潮,在你回家之前我们就计划好了,搭末班车去。"

"你今晚就走?"

"对,等一下就要走了。"

"不行,不要想离开,贞妮,这不可以!"

"不用再说什么了,已经没有商量的余地了,妈妈。"贞妮冷冷地说道,"现在没有谁可以让我们改变决定!"

"我不允许!你知不知道!"贞妮只是耸了一下肩膀以示回答。

"你听没听见我的话,贞妮!我不允许你离开!"

"妈妈,你固执也没有用……我再告诉你一次。要是你还对我有一点善意,你就不应该反对我的决定,而是应该……"

"要是我还有善意?……"丰塔南夫人喃喃地说。她什么都不记得,只听见了贞妮这几个字……

"对!要是你真的希望我幸福的话!"贞妮也无法控制地大喊,"要是你真的爱我,那今天你就……"这时候丰塔南夫人已经无法坚持了,她用双手将耳朵捂起来,不要再听这些让她伤心的话。"人不可以做任何决定,是上帝做决定。"她闭上双眼想着,"上帝啊,就让你的意志变为现实吧!"她听见一声闷响,害怕地抬头,贞妮已经出去了,砰地甩上了门。床上的帽子和面纱都拿走了。

"我得祷告,必须祷告。"丰塔南夫人想着。

她无法将贞妮的影像从眼前驱除,摆脱不了,就像她刚刚看到的那样,高傲地、气势汹汹地站在那儿……

她祷告:"上帝啊,求您赐我力量帮我一把吧,什么都能挽回的。对于您创造出来的一切我们都绝不该对其失望。"她缓缓地将这一段圣洁的祷告文背了两遍。"不应该重视能看见的东西,而应该重视看不到的。因为看得见的都只是短暂的,而看不见的会是永恒。"

最开始她觉得麻木而迟钝,过了一阵子,思想又变得活跃了。她已经筋疲力尽,垮着肩膀,双手合十地躺在安乐椅上,没有动一下。但是她的思维异常清晰,她努力耐心地第一次扪心自问,就像是她在每一次被考验的时候做的一样,她认真地解剖着自己痛苦的来源,给它划出一个范围,可以说将它们看作是很具体的东西,这是一件能够舍弃掉的,呈交给上帝的东西……

她对于贞妮要去瑞士完全无法置信。她不管是对的还是错的,最让她伤心的是被蒙在鼓里。她一直天真地觉得,她善解人意的爱护,她在贞妮还是小孩的时候就赋予她的自由,会让女儿和自己相互信任,以前,贞妮在没有告诉她或者征求她的意见之前,不会擅自做出任何一个决定。但是，贞妮却在这一个她一生之中最重要的决定上面蒙骗了她，贞妮甚至还在她离家远行的时候悄悄采取了行动，这个姑娘在最严格的顺从中成长起来，却突然开始反抗，最后终于从那她认为无法理解的、严酷的、压制人性的管束之下解脱了，即使刚才发生了一连串痛苦的事情，丰塔南夫人也没有怀疑女儿对自己的孝顺。

她也没有觉得自己的母爱变少了，虽然她们之间的相互信任被伤害了，她被这样残忍地出卖了，她曾经对于贞妮的那种信任也受到了无法挽回的破坏。但是她还是对她一样的慈爱。当然，但是还能如从前一样信任吗？不可能了。想到这个让她十分丧气，她又将圣经捧起来翻阅。

不用费力她就能将注意力转移到书上去，慢慢变得镇定了。这是一种奇妙的、无法预料的、几乎让人觉得奇怪的平静感。突然，她更用心地自我反省起来，她似乎发现了令人恐惧的秘密，她不知不觉中酝酿出了一种感情，这是在她的生活最糟糕的时候曾经体会过了的一种感觉，那时候她无可奈何，徒劳地遭受辛苦，做了和热罗姆分开住的决定，她对这种感觉相当熟悉。

这能算是一种感情吗？还不如把它叫作一种下意识的抵抗。就像是生理性的自我保护一样。她想："这是大自然用它的智慧从我们身体里面提炼出来的一种可以让我们抵抗一部分痛苦的药物。"

她将圣经放下来，努力想确定她这种感情的性质，叫它什么呢？……隐忍？洒脱？……也许根本找不到一个名字可以表示两种互相抵触的感情的混合体：又慈爱又淡漠？这个尖锐的词语让她浑身一颤，记起多年以来让她心灵充实的爱，总有一天在现实的打压之下，因为冷漠而慢慢变淡了——虽然现在这么想起来很深情——在未来却又是更严酷的考验。于是她闭上双眼，她不愿意再多想了，她又呢喃道："让你的意志变成现实吧。"

但是她已经无法忍受这样的焦虑，她双手抱着头，哭泣起来。

77

贞妮本能的感觉她一定要逃离这里，为了最后的成功，她决定不管未来有多少困难都要坚持不懈地将这个计划进行下去，就现在的情况看来，她也没有时间再考虑了，她绝对要避开她的母亲！

她火速赶往房间，高兴地把自己的衣物和几件黑色的外套装进了行李袋，戴好帽子及面纱，连照镜子的时间都没有，深吸几口气咬了咬牙，快速逃离了房间。

下楼的时候，她的心里夹杂着各种情绪，既迷醉又不安，她想："现在的我终于独立自由了，我也只剩雅克了！"到了室外，她被刺眼的阳光照得一阵眩晕，她想："我该去哪里呢？两点才是我和雅克在火车站咖啡馆约定好的时间，而现在离中午还有蛮长一段时间。不过不要紧的，带着行李就直接坐电车好了！过了圣米歇尔大街及圣日耳曼大街就可以到达里昂火车站了。"

她没有在车站等很久，就找到了车厢外平台上的座位坐下，实在是太幸运了！

"不要再乱想了，"她对自己说道，"不要再乱想了。"

自我催眠了几遍就真的做到了，因为车上的人实在太多了，不仅挤得密密麻麻，而且各式各样的谈话也十分嘈杂，让人心绪不宁。

她就当在车上听故事了:"今天会有很多人结婚呢,夫人!早上的时候,每个区政府的窗户口都是里三层,外三层地围了个风雨不透啊!好多应征打仗的人在离开之前都想着把婚给结了!"

"那手续怎么办呢?"

"自然简单办理了,现在是非常时期政策肯定是要变一变的啊!这样跟您说吧,现在的话你只要办两个结婚证,还有一本服役本,就可以跟任何人快速建立起关系,不管什么样的相好都可以。""我这个人,您也是清楚的,我觉得这样蛮好的,士兵有了士气,其他的所有的就都好解决了。""士气这个东西在我们法国并不缺少,只要一有需要,总是会有的。""我现在就在旧城墙遗址周边居住,在天还没大亮的时候,环城铁路应征办公室就被入伍应征者三五成群地围起来了!""话不能说得这么绝对啊,"一位身穿军服的医生说道,"那些人并不一定都是来应征入伍的啊,还有可能是来问问看看,做个登记什么的。"

就连巴士底站的电车里都站着好多人,还有些乘客,在长凳中间被挤来挤去。有个年龄大点的妇女望见贞妮拿着一堆行李被挤得晃来晃去,就好心将自己女儿坐的地方让给了贞妮,最后贞妮也有位子了。

她在电车的响声和人们的谈话声中摇摆不停,不想让自己再胡思乱想了,所以就集中注意力去听车上的人闲聊。

电车在开到圣雅克路的时候被迫停了下来,就是为了给去往索尔本学院方位的轻炮团让路。

"现在看来,所有卫戍部队已然慢慢从巴黎离开了。""能感觉到有人在操纵这一切,做着军事准备呢。""是啊,照这样的方式来看,时间不会拖拉。""我现在在孚日山区的里博·维埃游玩,您不知道,在那里一看到这些坚强的士兵,特别是轻步兵,心里可踏实了!""可是他们还不是撤退了十公里,竟然做出这样愚蠢的事情来。""嘘!这个不要紧的,战争就是这样的,他们现在虽然面对的是我们,可是不要忘了背后可是有两千万的俄国刺刀在等着他们啊。""我听我的旅店老板说,有一个去卢森堡游玩归来的人望见一个法国飞行员像戳穿吹出来的小泡泡似的一下子就将齐柏林飞艇①给刺穿了!""不要相信,这是谣言,"车上的售票员说道,"刚才有位乘客还说在阿尔萨斯的时候,他们胜利了!""怎么可能会有这样的事情,谁传出来的谣言啊!真是太过分了。但是也有人说,在南锡周边望见德国人在那里巡逻。""南锡啊,你们自己想想。""你们听到风声没?说是苏瓦松的桥梁被炸坏了?""是哪一边炸坏的?我们还是他们?""在苏瓦松,自然是我们炸坏的。""这里面是有间谍吧?""嗯,是呢,好像有很多,必须得盯住。他们那里必须每个人都要互相监视,警察的势力范围太小,都不管用的!""我这就有个实例,有个在奥尔良火车站做事的好兄弟,他的老婆曾在邻居家的床底下发现了德国旗。""我吧,"一个戴着夹鼻小眼镜的男人用老师教课的语气说道,"我并不介意德国人高喊'德国万岁!'当然,前提是他们绝对没有挑衅的成分在。其实也是没有办法的事,生在那边,又能怪谁呢?这也不是他们的错!"

到达莫贝尔广场的时候车子又被迫停了下来,因为前行的路被一群人结结实实地堵住了。贞妮在蒙日路口处看到一群激进分子,

---

①二十世纪初德国创造的一种飞艇。

手里拿着厚实的木板,一股脑儿地闯进了名叫"马奇奶店①"的商店里。

这会儿,车上的人们顿时激动不已:

"小伙儿子们,加油啊!""这个叫马奇的是普鲁士佬,"戴夹鼻小眼镜的先生说道,"他还是枪骑兵上校。在《法兰西行动报》中早就已经将他的罪行昭告天下了!这个马奇早就等着总动员的时候大干一场了!""听说好像就在今天早上,仅仅就在贝尔维尔那一个地方,他就在牛奶里面掺毒,毒害了一百多个小孩子!"

贞妮望见商店门顶上的木板被他们弄得左右摇摆不停地晃动,耳边听见他们来回撞击铁门帘的闷哼声。终于在轰的一声中,铁门被撞开了,屋里的玻璃四处乱飞。聚集在商店门前的人们都在加油鼓劲:"打败小德国,杀死这个叛徒!"在广场附近,一队骑着脚踏车的警察纷纷下车,不过他们并没有过来阻止他们的行为,只是在不远处看着这里发生的一切。因为法国毕竟受到了攻击,人民需要自己站出来为自己讨公道,警察们也只能看着群众自己在那伸张正义。

电车经过这两次长时间的停顿,终于到达了里昂火车站。

候车室里满满的人。贞妮拉着行李箱,从拥挤的人群中走到车站附近的咖啡馆,找好座位等待雅克的到来。

透过门缝,一束刺眼的阳光照进了大厅。贞妮在最里面的角落里蜷缩着,她握紧被汗浸湿的双手,双眼紧紧地盯着门口,生怕错过雅克的到来,虽然距离两点还有一段时间。由于天气又热又闷,再加上一路的颠簸,座位的不舒适,使得贞妮浑身哪里都不舒服。正午的阳光刺得贞妮的眼睛看东西略显模糊,逆着光她看到有人进进出出,有人在斑马线上快速走过。此刻在贞妮的眼里,所有看到

---

① 由瑞士人朱利于斯·马奇(1848—1912)开办。

的景象都像看电影一样可望而不可即,她干脆将视线从周围转移到行李箱,她先拿过来放到桌下,然后又放到长凳上,一遍一遍地摆放。这会儿贞妮积压的焦急全都显露了出来,一路上被她刻意压下去的思绪又全数回来了。现在,她无奈地责怪着自己。这么安静的地方,没有嘈杂的人群,还有一个小时,难道要一直沉浸在这种氛围里?她想她会疯掉。贞妮努力转移自己的注意力,想些有的没的,可是结果不尽如人意,那些事情依旧在她脑子里飘荡。A计划失败,她实行了B计划。贞妮叫来服务员点了些吃的,她将注意力全放在桌子篮里的面包和茶盘里的糖果上。随后又将目光望向了门口,看着来来往往的人群。这时,进来了一个满头白发的女人,她在门旁找到一个没人的座位,双头捧着脑袋,沉重地在桌上支撑着。看到这一画面,贞妮想要避开的回忆铺天盖地地袭来。她感觉眼前的是妈妈,自己走了,妈妈是不是就是这样靠在背椅上,然后双手撑起头。现在妈妈在做什么?有没有吃午饭?贞妮能想象出妈妈站在凌乱的厨房中,面对着两副肮脏的碗筷。这回轮到贞妮闭起双眸,两手撑起低垂的头。

数分钟过去了,贞妮依旧保持这个动作。她在默念自己说过的话,说出去的话又怎会忘记呢?

等到她抬起脑袋的时候,她的表情异常严肃,脸因手掌挤压过度留下的都是掌印。她暗自思索:"我还在这里思考什么呢?现在我就该坚持不懈地做下去!"贞妮的眼睛呆滞无神,好一会儿视线都无法集中,她已被自己的决心压迫得无法呼吸。贞妮现在仅对一件事犹豫不决,那就是她的妈妈,既然这次行动无论从自己内心,还是从雅克那里都不会得到改变,那么就该将妈妈的痛苦压缩。

于是，她喊来服务员问道："附近有邮局吗？"

"邮局？附近就有，您瞧，就在蓝路灯。看着开着门呢。"服务员指着路口说道。

"帮我看着我的行李箱，我去去就来，谢谢！"

她快速跑了过去。

这会儿邮局果然开着门，很多普通人以及军人都在窗口处排着队，贞妮拿了一张信纸，快速写道：

我最亲爱的母亲，对不起，我永远无法原谅自己对您造成的痛苦，我恳请您忘记我的过错，我决定不走了，我今天晚上不会陪着雅克去瑞士了，因为我真的不舍得您。今天是雅克在这儿的最后一天了，我以后再去找他，希望您陪我一起去找他可以吗？本来我是想现在就回家的，好好和您在一起，可是他没有几个小时了，我如果不把握这几小时和他在一起的时间，我真的做不到，对我们都太狠了！我发誓，今天晚上我就回到您的身边，将这一切都告诉您，希望得到您的原谅，致我最亲爱的母亲。

J.

她也没有检查一遍所写的内容就直接封上了信封。感觉浑身每个细胞都在颤抖，出的冷汗都将她的衣服浸湿透了，这封信大概一个小时后就能让母亲收到，贞妮浑浑噩噩地回到咖啡馆，经过刚才的事，她自己也不知道自己的心是否平静了。做出这般决定，她是彻底垮了，脸色异常苍白，如同失血过多一般。如今她特别怕见到雅克，做出离开他的决定，她确实更有信守诺言的力量，可是想到一天不见他，一周不见他，两周不见他，这种痛苦的滋味，恐怕只能和死亡媲美!

贞妮透过窗口,终于等到了雅克,她将身体挺得笔直,整个脸毫无血色,一动不动地望着他。雅克看到她的第一眼就感觉绝对有不好的事情发生了。

她用手势比画着出去再说,雅克拿着她的行李箱跟着她一起走出了咖啡馆。

出门走了几步,她的内心十分煎熬,迟早还是要面对的。她走着走着突然停下,用空洞低沉的声音说道:"雅克,今天晚上我不能和你一起走了。"

雅克表情十分不自然,趁着弯腰放箱子的空当隐藏了吃惊与怀疑的表情,抬身欲言又止,半天才蹦出一句:"任务。现在我一个人了。"

路上的行人很多,不停地碰撞着他们,雅克只得让贞妮退到空地处。

贞妮解释道:"雅克,我不能走,我不能这样对我妈妈,至少今天不行,我对她太愧疚了!"她不敢看着雅克的眼睛说话,但雅克却一直盯着她,嘴唇张张合合却无音,看着她的愧疚雅克的心里也很不是滋味,他能看出贞妮是有多煎熬,自己都想帮她把一切说出来。

"你懂吗?出了这件事情之后,我真的不能。"贞妮好像自言自语般说道。

"我懂。我懂。"雅克从牙缝里艰难地挤出。

"至少现在我必须得和她在一块,到时候我们一起去找你,时间不会长的,很快很快。"

"嗯,尽快!"他说得坚定有力,可是心里却一点把握都没有。

两个人半晌沉默不语,如同陌生人一样。贞妮原本想把关于和妈妈之间的事情都告诉雅克,但是由于雅克没有参与这个事件,她该怎么完整表述呢?既然事情都到无法改变的地步了,也就没有必要再解释或说什么了。

这边的雅克心里也方寸大乱,虽然表面上没有多大的表现。此刻的他深深地感觉和贞妮有了距离感,和所有人都有了距离感。这两个钟头里雅克的英雄主义思想把他封印了起来,使得他抵制了所有的感情。在贞妮对他说出"我不能和你一起离开"这句话开始,他就像怀表停止走动一般,情绪受到了很大的打击,现在最后的一点羁绊也没有了,他即将离开这里,一个人离开。好像所有的事也因此变得没有那么复杂了。

她仔细地看着雅克,好像要把他刻在心里一般,总感觉从明天开始就再也看不到他了。在这张脸上给贞妮留下最深刻的印象就是坚毅,但是对于已经下定决心的雅克,他已经做了全新的改变,而陷入自我陶醉中的贞妮根本没有察觉出他的变化。她继续用她那充满温柔的眼神,贪婪地扫射着雅克的唇、下颚、肩膀、胸膛。尤其是雅克这宽广结实的胸膛,这是她曾经睡过的地方,可是想到今夜不能零距离地接触他,不能在他的温柔中度过,贞妮就感觉心被针扎一般,痛得难以抑制,以至她把所有的事都忘记了:

"雅克,我最爱的人。"

雅克的眼睛里顿显一片火热,贞妮才发现自己竟是如此地不小心,把自己的想法都显露出来了。雅克眼眸里的火焰将贞妮的回忆勾起,吓得贞妮慌乱不已。她只是想在他怀里躺着而已,没有别的想法。

雅克用温情的目光紧紧地锁定贞妮逃离的眼神,用几乎听不到的声音说道：

"在我离开之前，我们好好地度过属于我们的最后一个下午，可以吗？"

她也不愿意拒绝雅克的要求，红着脸笑着点了下头，紧接着就转到了一边。

雅克将目光暂时离开贞妮，往阳光普照的广场里看了一圈，附近金字闪耀的建筑门面不少："旅客饭店""中央大饭店""启程饭店"。

"我们走吧。"雅克揽过贞妮的胳膊说道。

78

萨弗里奥一脸怀疑："谁跟你说的？"

"给卡卢日路看门的人，"雅克回答道，"下火车后除了他，我还没有见过其他人。"

那个意大利人也赞同道："的确如此，他自布鲁塞尔来之后就一直跟我住在一起。我知道他是有意躲着别人的，失去了阿尔弗雷达之后，那个家就只会让他非常痛苦、伤心。我告诉他说：'飞行员，你就先在我家住下吧。'他就来了，住在楼上。不过他的生活过得如同蹲监狱一般，天天躺着看报纸，告诉我说得了风湿病，可我看得出来这是他的借口。紧接着他左右望了望，低声说道：'他之所以编造这个理由是因为那个贱人把他的膝盖弄断了，所以才不出门、不见人、不说话。就连里沙德莱也不见，唉，他这辈子算是完了！'"说完还绝望地摆了摆手。

雅克没有说话。萨弗里奥说的话就好像穿过浓雾刺入他的耳膜中,这会儿的雅克还没有从梦游中走出来。从巴黎到日内瓦,在这十八个小时的漫长旅途里,雅克一直处于这种状态里,而且他的牙疼又犯了,导致最近几周觉都睡不好,再加上昨晚车厢风大,牙痛也越来越厉害了。

萨弗里奥接着问道:"你吃饭了没?喝水了没?要不要来点什么?对了,抽根烟吧,这个是奥斯塔①生产的,味道很好的,你可以试一下。"

"你先等等,我到楼上给他说声你回来了。也许他会见你,也许不会见你。"萨弗里奥用温和的眼神看着雅克说道,"雅克,我发现你也变了,你心里好像只想着打仗。也对,每个人都变了,说说你那边的事情吧,他们怎么把你放回来了?你知道吗,现在最可怕的就是每个人都发疯般地想去当战士!你听听他们唱的歌,看看他们那愤怒的样子。一火车一火车的新兵,他们每个人都眼中冒火,高喊:'打到柏林去!'还有一些人高喊:'打到巴黎去!'"

"我见到的那些去打仗的人并没有唱歌!"雅克表情沉重地说道。突然雅克像还魂了一般,无比激动地又说道,"萨弗里奥,我认为最可怕的不是这群参军的新兵,而是国际,它什么也没干,而且还叛变了。若莱斯死后,每个人都像泄了气的皮球似的,所有的人都是,包括非常优秀的人才。若莱斯的朋友勒诺代!盖德!桑巴!瓦扬!对,就是这个叫瓦扬的,只有他才敢对议会的人说不要战争!所有的人,甚至总工会的领导人,这才是最令人难以解释的。不过好在这些人还未受到议会的传染,总工会会议最后的决定是当战争开始的时候,便是罢工的时候,其实在动员的前一天,无产阶级明显还在犹豫当

---

①意大利北部城市,出产烟叶。

中，本来是可以行动的，但是他们却连尝试也不尝试一下，什么'神圣的领土'啦，'祖国'啦，'举国一致'啦，他们也就只会说这些，如果有人问他们该怎么办，回答只会是按动员表上的办！"

萨弗里奥顿时泪眼蒙眬。

过了一会儿萨弗里奥说道："哪怕在这里，一切也都变样了，现在的同志都窃窃私语，每个人都人心惶惶的，虽然联邦政府现在是中立状态，不插足我们的事情，但是以后呢？到时候再走还能走到哪里去呢？每个人都害怕，警察也在暗中监视着，现在连聚头的地方都没有人了，里查德利一般晚上在家或在布瓦索尼家开会，大家带着报纸在那讨论，看得懂的就翻译，讨论到最后总会为一点小事而发火。他们还会干什么呢？现在也就只有里沙德莱在用心工作，他对'国际'有信心，相信这个协会会活过来的，而且会变得比以前更厉害！他认为，意大利应该说点什么，这样党才能重新振作起来。紧接着他骄傲地昂起头说道，因为意大利的无产者是忠诚的，是真正的革命起源国，那里的马拉代斯达、波尔吉、墨索里尼等领袖都在奋力战斗着，这样做不仅是为了阻止政府参与战争，而且还和欧洲、德国、俄国党人共同合力实现着和平。"

"的确如此……但他们找不到更好更快的途径……"雅克暗想。

雅克想着这些话虽然对，但是好像和他并没有关系，于是用冷漠的语气说道："在法国也是如此，也可以在几个小岛上找到有共同想法坚持着的人。例如，你该和冶金联合会的人保持密切联系，那里有不少厉害的角色。像梅雷姆①、莫纳特②及《工人生活报》的那些人。他们没有顺势同流合污,还有马尔托夫③、穆尔朗及《旗帜报》的那群人。"

"在德国这个地方,有李卜克内西,里沙德莱早已和他一起工作了。"

"还有维也纳的霍斯梅尔,你可以通过米特尔格找到他。"

"米特尔格?"意大利人听到这个人的名字,站起来打断他,好像非常惊讶。

"米特尔格?难道你不知道他离开了吗?"

"离开了?"

"嗯,已经回奥地利去了!"

"米特尔格?"

在萨弗里奥低下眼皮的时候,雅克从他那罗马形好看的脸上看出深深的痛苦表情。

"米特尔格从布鲁塞尔回来的那一天告诉我们:'我要回家去了。'"

"我们每个人都说:'你是疯了吗?你都是已经被判为逃兵的人了,还敢回去?'但他说:'没错,我就是因为这个原因才要回去的。逃兵并不是软弱的表现。当战争开始的时候,曾经逃兵的人反而回去了。因此我认为我该走!'我当时就问米特尔格:'你回去是要去当兵的吗?'当时的我还不明白他回去的意思!他告诉我说:'我并

---

①梅雷姆(1881—1925),法国工会活动家,冶金联合会书记,主张国际联合的和平主义。
②莫纳特,法国无政府主义者、工团主义者,《工人生活报》的编辑。
③马尔托夫(1873—1923),俄国孟什维克领袖之一,战前支持取消派,后领导社会民主党右翼反对布尔什维克。

不是要回家去当兵,而是要回去给大家当个榜样。让他们在大家眼前将我枪毙!'事情的经过就是这样,紧接着他当晚就回去了。"

话还没有说完,萨弗里奥都泣不成声了。

雅克也痛心疾首,失神反复重复着:"米特尔格?"

过了好久,雅克想到还没有见到梅奈斯特雷尔,就对意大利人说道:"现在你去转告他,说我回来了,可以吗?"

房子里剩下雅克一个人,他小心翼翼地喊着"米特尔格"。米特尔格是伟大的,他做过一些他能做的事,他证明了自己一直忠诚的信念!他为此牺牲了自己的生命,但他死得是有价值的!

当萨弗里奥下楼的时候,看到雅克脸上的笑容还以为是眼花了。

"恭喜你了,蒂博,你运气真好!梅奈斯特雷尔同意了。你上楼去看他吧!"

雅克紧紧地跟在意大利人的后面,登上从药房通往螺旋形的楼梯。走到最高层的时候,萨弗里奥侧身走到一旁,指着阁楼最里面的一个木板隔出来的陋室说道:"他就住在这里面,你还是自己进去吧。"

雅克一进门,梅奈斯特雷尔就将头转了过来。此刻的他在床上躺着,脸上油光光地闪着光芒,他一头的黑发因天热的原因紧紧地黏在头上,显得他的脑袋更小了,额头也非常突出。一只手垂在床沿,拿着报纸。在他的头顶处有一个开着的天窗,从那里向外望去能看到一角明亮的天。整个房间十分闷热,不仅报纸乱乱地摊了一地,地上还有吸了一半的烟头。

雅克朝梅奈斯特雷尔笑着打招呼,但他没有理雅克,使得快走到床边的雅克热情顿减。梅奈斯特雷尔猛地从床上站了起来,动作极其迅速,一点都不像患风湿病的病号。("这果然是个借口。"雅克在心里嘀咕道。)梅奈斯特雷尔只穿了一件早已褪色的蓝布飞机驾驶员的连裤服,领口微开,露出汗毛颇多的瘦弱的胸脯。此刻的梅奈斯特雷尔衣冠不整,说他邋遢都是抬举他,而且头发也很长,发梢尾部翘起,在脖子上形成了毛蓬蓬的尖儿,翘得就像鸭屁股一样搞笑。

"你干吗要回来?"

"我不回来还能干吗?"

梅奈斯特雷尔靠在衣柜上,环抱双臂,捻着胡须,一边盯着雅克,一边不停地眨巴着眼。

雅克看到这个情景有些无奈,就开始找话题:"大飞行家,你绝对想不出来现在外面是个什么情形?那边几乎禁止了所有事情:不能召开群体大会,所有的新闻都要经过过滤,造就了报纸上没有一丁点儿反对派的文章。还有一次在一个露天咖啡馆那,有一个人因为没有及时地向国旗敬礼差点儿被砍死。"现在在那边一点前途都没有。去部队兵营里发传单去吗?估计第一天就得被抓去坐牢!还有什么去搞破坏?您也知道,这种事情我可不喜欢。去把炮弹仓库、军需列车给炸掉?更不行了,干这种事情怎么着也得有几百个仓库,几千辆列车才可以啊!所以我在那边一点事情也干不成!真的干不成!"

梅奈斯特雷尔轻笑着耸了耸肩,可是这笑比不笑更可怕。

"你以为在这里就有事可干了?"

"没有吗?"雅克盯着梅奈斯特雷尔反驳道。

梅奈斯特雷尔犹如没有听见一般,向衣柜转过身,把双手泡入脸盆中再将额头弄湿。这时梅奈斯特雷尔才发现竟然一直让雅克站着呢。能坐的板凳上全被他堆满了报纸，他快速地将板凳上乱七八糟的废纸拿开。梅奈斯特雷尔没有焦距的瞳孔环顾着四周，这机械的动作貌似一个着了魔的人。他又走回到床边，在床垫上坐好，将双臂垂在床沿，叹了口气。

他突然说道：

"你知道吗？雅克，我好想她。"

他用冷静的、又有些漠然的语气阐述着事实。

雅克犹豫了一会儿才说："他们一开始也是不想这么做的。"

梅奈斯特雷尔还是跟没有听见一样。不过当雅克说完之后，他站了起来，踢开脚边的报纸，走到门口。好长时间里他就像一只受了伤的昆虫一样，在房子里走来走去，表情时而激动时而低沉。

雅克心里暗惊道："梅奈斯特雷尔怎么变成这样了？"虽然看到了这个情况，不过雅克还是半信半疑。尤其是当看到梅奈斯特雷尔几乎把他忘了，使得他更加认真仔细地观察着梅奈斯特雷尔的一举一动。梅奈斯特雷尔现在瘦弱的面孔上已经失去了往日那冷静机智的光芒了。眼睛虽然还是跟从前一样，但是没有了以前的光彩，目光却离奇温柔,有时候还会反映出一种宁静平和的神态。"好像不是，"雅克马上想，"这大概并不是宁静，而是疲惫厌倦，是厌倦带来的消极态度。"

"他们不想这么做？"梅奈斯特雷尔用着终于有点正常的怀疑口吻一遍一遍地说着。他耸了耸肩,仍然不停地在房里走来走去。突然，梅奈斯特雷尔在雅克面前停住："在这些事情后，如果必须说我失去了某种想法的话，我想那应该就是关于我的责任感。"

"这些事后。"雅克认为，梅奈斯特雷尔此时想的不仅仅是自己身上所发生的事，也不仅仅是阿尔弗蕾达、帕特逊，他还想到了欧洲、欧洲的领导者、外交家、党的工作人员以及被他自己抛弃的工作岗位。

飞行员依旧在那一遍遍地从墙的一边走到墙的另一边，他回去躺下，轻轻说道："说到最后，到底该谁负责？负责他的行动，还负责他自己？你有见过这么负责的人吗？我可是从来都未碰到过。"

接着是就是漫长的寂静，令人有不舒服的感觉，让人感觉非常的压抑又沉闷，再伴着这炎热和刺眼的阳光，简直不舒服到一定的境界了！

梅奈斯特雷尔在床上躺着没有动静，他紧闭双目，躺着的他看起来身材还蛮高大的。雅克看到他的指甲被烟熏得黄黄的，手掌在床沿微微抬起，就像按在一个隐形球上一样。他的手在垫子边，从袖管露出的手腕更将雅克惊到了！雅克盯住这像爪子的手，看着那犹如女人的手腕，雅克这辈子是从来没有见过如此脆弱的男人的手腕。"那个贱人敲碎了梅奈斯特雷尔的膝盖。"回想起萨弗里奥说的话，应该没有夸张！但是只观察到这一条也并不能解释什么。雅克又一次碰到了飞机驾驶员的秘密。当所有的事情都按大家期望走的时候，当万事俱备只欠东风的时候，怎么能把他放弃呢？一个历经沧桑的人。

"历经沧桑的人吗？"雅克心想。

梅奈斯特雷尔在那一动也不动，却清清楚楚地说：

"米特尔格去迎接他的死亡了。"

雅克为之一振，他想："是啊，每个人都有每个人不一样的死法。"

好一会儿，他才慢慢地说道：

"当一个人把自己的死作为一种自觉行动的时候，大概死就不是困难的事情了。因为这是最后一次行动，也是有价值的行动。"

听到雅克这么理解,梅奈斯特雷尔的手抖了一下,他低垂着眼皮,犹如被石化了一样。

雅克挺直腰杆,不耐烦地将额头上的一绺头发撩上去,坚定地说道:"知道吗?这就是我一直希望做的事情。"

雅克的嗓音突然颤了一下,梅奈斯特雷尔听到变化不自觉地将眼睛睁开,扭头看他。只见雅克双眼直直地盯着天窗,在他那阳刚的脸上写满了强烈的决心,同光线的照耀熠熠生辉。

"如果在后方的话,是绝对不可能进行战斗的!至少现在是这种情况,现在是各种反对啊,你看像反对政府啊,反对戒严和新闻检查啊,反对新闻界啊,反对爱国主义啊,这些全都做不到,一个也做不到!但是在前方就不一样了,可以对那些被拉到炮火下的人做做工作!我认为对这种人必须好好沟通!"梅奈斯特雷尔眉毛习惯性地动了一下,雅克以为梅奈斯特雷尔是在怀疑他,连忙慌张起来:"请让我继续说下去!我了解,就算今天种种得意,把鲜花插在步枪上,唱着那《马赛曲》《莱茵河战歌》,但是明天又不知将面临什么。唉,到了明天,这群唱着歌欢快出征的人,其实只是面对现实世界、面对战争爆发的可怜人!最后会饿得要死,两脚被磨出流血,疲乏就更不用说了,轰炸、冲锋几次后就将头一批伤员和死人吓破胆了。所以我们可以和他们交流,但态度必须强硬:'你们这群蠢货再一次被利用了!他们利用了你们的爱国心、利用了你们的豪爽、利用了你们的勇敢!所有人都将你们给骗了!甚至那些你们所信任的人和你们选来将自己保卫的人都将你们给骗了!事情发展到这个地步,你们应该了解了他们是怎么对你们的!所以一起站起来反抗吧!不要再做无谓的牺牲给他们卖命了!不要再杀人了!将你们的手向对面兄弟伸出来,他们也是受害者、被骗者,扔掉你们手中的枪!一起站起来反抗吧!'"雅克说得激昂万分,喘着粗气缓解自己。过了好一会儿,才接着说道:"现在最关键的一步是怎么才能说服他们!您一定会问我:'怎么样才能做到这些呢?'"

梅奈斯特雷尔用胳膊支撑着自己的身体,他虽然对雅克的话觉得有些不屑,因为他将事情看得太简单,但是也难免会感觉这也许是个好主意,纠结中思考怎么才能做到。

梅奈斯特雷尔想好还没问出口,雅克就迫不及待大声说出了答案:"坐飞机!"然后慢慢低声讲解:"只有坐飞机才能近距离接触到他们!要飞到前线法国部队和德国部队的上空领地,然后打印出写满两国文字的宣言,再将宣言印出千百万张从空中撒下。法国部队和德国部队的指挥部能阻止传单进入内部,但他们绝对没本事将天空中的薄纸片阻挡住。前线几公里的地方就会有村庄、营地和士兵密集区,那么多张传单总会落入人民群众的手中,到时候这些传单就会在法国、德国到处被议论,总会有人理解,人群就是散播消息的高手,然后迅速传递,一直传到后备部队和老百姓那里!传单上的内容写的自然是这两个国家人民的处境,我想没有人会不对自己负责的。传单还说明敌方入伍士兵都是些什么人,让他们感觉到他们互相在这杀戮是多么荒唐多么可怕的事情,简直不可饶恕,罪恶滔天!"

梅奈斯特雷尔张了张嘴,想说点什么却又什么都没说,再次躺下的他双眼盯着天花板发呆。

"怎么样,飞行员,你能想象出这些宣言的效果吗?将人民群众组织起来反抗的效果会是惊人的!哪怕只在前线的一个据点里,我相信敌对的军队如果团结起来的话，会比导火线还要快！拒绝服从命令。瓦解军官们的意志。我想在我驾驶飞机飞行的那一天，法国军队和德国军队的指挥部就将彻底瘫痪。当我飞过的时候，所有军事武器也不会运用！您想我是多么有力的榜样，造就了多大的宣传力！飞行的飞机就是一个有魔力的和平使者。在国际工人协会总动员前没有取得的胜利，现在可以获得！虽然没有做到让无产阶级团结一心，也没能组织起来总罢工，但是现在我们能做到一点，就是让法国德国两国的战士团结友爱，亲如兄弟！"

飞行员听完后咧开嘴唇笑了一下。雅克向他那个方向走近了一步。心怀不可动摇的决心也笑了笑。他保持着镇定，连声音都没有提高，继续说道：

"对于这个计划我是经过深思熟虑的，有一丁点儿差池我也不会告诉您，所以说这一切都是可以实现的。不过现在面临的唯一问题是，我需要能助我一臂之力的贵人。我需要您，飞行员。希望您通过您以往的关系，帮我弄到一架飞机。然后在数天内教会我开飞机，只要在战场上方来回飞几个小时就行了。路线我想的是从瑞士北部那里起飞，到达在阿尔萨斯的法军和德军集合的地方就会很轻松。而且存在的问题我也想好了，莫过于困难和危险。对于困难，如果您愿意帮我，那是一定可以克服的。对于危险，反正也只有我一个人，这也是不碍事的！"顿时雅克感觉说错话了，立刻红着脸不说话了。

梅奈斯特雷尔只看了雅克一眼，确信雅克要讲的话已经讲完了。他才慢慢地坐到床沿上。他尽量不看雅克，大半天在那低头晃荡着腿，用手轻轻抚摸着膝盖，保持这种姿势说道：

"你这个法国逃兵真有意思，你认为你就这样在瑞士开飞机不会引人怀疑？你以为数天就能学会起飞、辨识地图、定地形方位，还自己连续飞几个小时？"他的声音波澜不惊，听不出是什么意思，表情也捉摸不透。他把手抬到下巴的高度，有一下没一下地观察着他那肮脏的指甲，没有任何生气地说道："现在你该走了吧？不送了。"

雅克有点茫然，搞不清事情的发展情况，他呆若木鸡地立在顶楼中间，努力捕捉着飞行员的眼神，他想在离开之前搞懂飞行员是不是明白了他说的这些话，是不是在没有得到认可或建议的情况下就可以不离开。

"拜拜。"梅奈斯特雷尔连眼睛都没抬就清晰地下了逐客令。

"拜拜。"雅克慢慢转身，向门口走去。

当雅克要迈出门槛时，他突然转身，与飞行员的目光不期而遇，看着他的目光既专注，又惊奇，眸子里重新燃起了火一般的热情，但依旧不好捉摸。

"明天来看我吧，"梅奈斯特雷尔说话极其迅速。（他的声音也恢复成了以前的调子：坚定及轻快。）"明天上午十一点，前提是你得躲起来，知道吗？不要再露面了，要避开所有的人！让这儿的人都不知道你又来了。"他给了雅克一个最温柔的笑脸，"那我们就明天见了，青年。"

雅克刚把门关上，梅奈斯特雷尔就在心里想道："既然事情已经到了这种地步，他的这个计划又有何不可呢？"

其实梅奈斯特雷尔也并不是太相信雅克的这个计划有多大的效果，能让敌对的人成为兄弟那样友爱！但是也不是不可能的，需要经过数月的时间！重点是，只要是能够瓦解军心的办法都是好办法。

"我十分了解这个青年的话，他渴望的是做英雄，为人造福，也想以英雄行动来终结自己的生命。"

梅奈斯特雷尔站起身,将门锁上,又在房里来回走了几圈。

回到床上,他想:"这也许是个机会,说不准就是好运气自己送上门来了,一切都可以解决了!"

79

雅克把头靠到火车的木头隔板上,听到火车的吵闹声反而使得他十分激动。整个三等车厢里除了他,空无一人。虽然整节车厢的窗户全都打开了,但是温度依旧像被火烤一样。此刻的他浑身都被汗浸湿了,只得靠到阴面的位置坐下。雅克之所以兴奋激动,完全是他将火车的吵闹声当成了飞机马达的轰响,他只要想到他会在天空中驾驶着飞机,还有那几百几千万张的传单在空中飞舞就高兴得合不拢嘴。

气流中散发的温度全是热的,只有当窗帘一下一下拍打的时候才会让人感到有些凉意。在他对面的旅行包跟着火车的颠簸而摇晃着,这是他的老伙伴了,对他十分忠诚。虽然这个黄帆布包有点褪色,不过装得鼓鼓的,倒很像朝圣者的褡裢。雅克麻利地往里面放了些报纸,一点衣服,他已经别无选择了,现在的他对所有的事都不关心,只想着他们的计划。这会儿的时间刚刚好能来得及赶快车。雅克听从了梅奈斯特雷尔的时间安排表:须在六十分钟里离开日内瓦,不能留下地址,也不能见任何人。起床后他就一点东西也没吃,忙得连抽烟的空儿都没有。对于未来的美好,他认为这些都不是事。无所谓了,这次是真的要离开了,可能永远都回不来了。如果没有这么热的天气、恼人的苍蝇、火车行驶的隆隆声，雅克是会感到很平静的。平静而又有力量。就连前段时间出现的焦急和失望，也都烟消云散了。

过了一会儿，雅克把双眼闭上然后又快速睁开，在这空当里他根本不用任何思考就能想出一个很好的梦境。

雅克想象着他飞越山峰，向着蓝色的山谷低飞，从草地、森林以及城市上空飞过。机舱里有他和梅奈斯特雷尔，雅克在梅奈斯特雷尔身后坐着准备发传单。梅奈斯特雷尔做出飞机要接近陆地的动作提示雅克撒下去。陆地上满是穿着蓝色军大衣、红色长裤、草绿色军装的人。雅克弯腰捧起地上的传单，一把一把地往下撒。马达轰隆隆地响着，飞机穿梭在阳光中。雅克不停地弯腰抬身，迅速地将传单像播种一般撒下。梅奈斯特雷尔看着这么勤快的雅克，不禁笑得很欣慰！

梅奈斯特雷尔，这个计划最大的中心就是你了，只要肯指导就好，不用你上场。

这会儿雅克刚刚离开梅奈斯特雷尔，他发现今早的梅奈斯特雷尔和昨天一点都不一样！他又恢复了从前的首领风范。腰板挺得笔直，动作及手势也十分到位！他穿戴好衣物，刚出门就碰到了雅克，脸上瞬间换上必胜的笑容！"你来了，告诉你一个好消息，我们真是太幸运了。我都没想到一切事情会进展得这么顺利，只要三天，三天后我们就能起飞了。"我们？雅克难以置信，吞吞吐吐地说道："有的人生命太宝贵了。他要贡献于集体，大家需要他。如果我和这种人一起冒险就太罪恶了。"飞行员用眼神打断了雅克的话，耸了耸肩，用自己能听到的声音自嘲道："现在的我对谁都不会再有用处了。"

随即梅奈斯特雷尔挺直了腰板,迅速吩咐道:"不要闲扯了青年,你现在得马上到达巴塞尔,理由如下:我们的飞机得从边境这里出发,等飞到阿尔萨斯上空的时候,我们还有各自的任务——我要准备好飞机,你要准备好传单。如果要将传单全部写出来太困难了,我想你也应该考虑到了吧。印刷的事情可以去找布拉特纳。你是不是不认识这个人?他的情况是这样的。他在格莱芬加塞区那里开了一家书店,那里包含一个印刷厂还有一些可信的人。他那里的人精通德语和法语,把传单上写的东西让他们翻译就行,也就是加几个夜班的时间,这样就能赶在计划时间内给你印出千百万张带有两种语言的传单。最晚到星期六,无论如何,所有的一切都得准备好。要把一切事情办好,三天的时间不是难事。对了,不要给我和任何人写信,因为邮局会将我们的行动检查出来。如果发生事情的话,我会派可以信任的人通知你。这个信封给你,里面有地址和其他详细介绍以及地图。先拿着,等到路上再研究。总体也就这些事儿,到时候我们就在边境附近会面,明确的日期、时间、地点等我确定好了再通知你。你看这样可以吗?"把事情安排好后,梅奈斯特雷尔脸上的表情和口气变得温和起来。"你就坐十二点半的火车去巴塞尔吧。"他走到雅克跟前,将两手搭在他的肩上说道,"谢谢你雅克,你帮了我的大忙。"瞬间梅奈斯特雷尔的双眼就模糊了。雅克本以为梅奈斯特雷尔要和自己拥抱告别,相反的是,梅奈斯特雷尔猛地将手抽了回来:"我本来认为自己没用了,便想着以一种愚蠢的方式来结束剩下的生命,但对于你提出的这个计划,让我看到了自己的价值,真的很谢谢你雅克。"梅奈斯特雷尔一瘸一拐地将雅克推到门口说道:"快走吧,可不要误了车点,回头见!"

雅克从凳子上站起身，走到窗子跟前，深吸了几口新鲜空气。他往窗外看，虽然在八月阳光照耀下的日内瓦湖阿尔卑斯山非常地漂亮，但是他却好像没有看到一样，也许这熟悉的景色是他最后一次见了。

前天，在他乘坐一辆从巴黎开来的火车上想到了贞妮，当时只要一想到她，心里就非常地难受，无法呼吸。他多想用双手捧起贞妮的小脸蛋，看着她那一对蓝色的大眼睛，并把手指缠绕在她的长头发里，认真仔细地看着她那激动的神情，以及她那微微张开的双唇！一次，只要一次就好，想着想着雅克还能感觉到贞妮那柔软、温热的身躯紧紧挨着自己！雅克忽地站立起来，走到火车走廊里，两手紧紧地抓住窗户上的铁条，闭上双眼呆呆地站在那里，他感到浑身上下每个细胞都在跳动，面孔任凭狂风、烟气和煤屑吹打着。现在的他终于可以在想起她的时候不那么痛苦了。贞妮留在雅克的记忆中，犹如一个深爱着却逝去的女友。面对无法改变的事情就只能选择坦然接受。现在距离目标这么近，使雅克感到昨日的一切生活全都成了历史！当他想起他的爱情和童年时，就像是无法重来而且消失得无影无踪的过去。或许他的未来，不过就是一个一个一闪就过的明天。

雅克下意识地把刚才包起来的窗帘放下来，他把双手放进口袋，随即又马上把手抽出来，就这一会儿的工夫手就潮湿了。面对这么热的天气已经够雅克烦躁的了，可是还有尘土、噪声、苍蝇。他把假领扯下，坐到角落里的凳子上，将一只手搭在窗外，集中精力思考问题。

现在最重要的事情就是要抓紧写出宣言制作传单，因为这可是整项计划的重点,成败在此一举。所写的内容必须要像闪电一样能劈到人的心坎儿里去,这样才能让这群互相残杀的人们顿悟,让他们统一战线!

此刻在雅克的脑子里也存在了断断续续的字句,有的句段都已经酝酿成熟,在他脑袋里像开大会时的演讲一般。

"敌对的两国军队。为什么会敌对呢?法国的人,德国的人。说不准会出生在哪个国家。但都是人!他们大部分都是工人与农民。是劳动人民!为什么会成为敌人呢?就是因为国籍不一样吗?但是利益是相同的啊!有很多因素都可以将两国人结合在一起,他们简直就是天生的盟友!"

雅克从口袋里掏出一个本子和一支笔:"我最好还是把想到的记下来,慢慢添加,以防万一。"

法国的人啊,德国的人啊。你们大家都是兄弟!也都是相同的人!你们都是受害者,受了被强加给你们谎言的欺骗!在你们所有人里,我相信没有一个人是心甘情愿地离开自己的妻子、孩子、家庭、工厂、商店、田野,来给和自己相同的人但不同国籍的人做射杀的枪靶子!你们也都恐惧死亡,也都厌恶杀人,也都信奉所有存在的生命都是神圣的,也都能感觉到打仗是多么荒唐的事情,也都希望能尽快摆脱这场噩梦,早日同妻子孩子团聚,享受工作、自由、和平!但是现在呢?你们却只能在这互相对抗,真枪实弹,愚蠢地等待着一声声命令来进行杀戮,最愚蠢的是你们大家互不认识,更没有任何的仇恨,甚至都不晓得为什么要杀人!你们有没有想过,这么做到底是为了什么?

列车在慢慢减速,过了一会儿就停了下来。

"洛桑！"

无数个回忆瞬间归位。卡梅辛的公寓里，那金黄松木做成的房间，还有索菲亚。

雅克克制住没有下车，很是担心被认出来。他把窗帘稍微拉开了一点儿。车站、月台、报亭。记得在一个冬天的晚上，雅克因为爸爸去世回巴黎守丧的时候就和昂图瓦纳在三号站台上溜达过。他感觉他和哥哥的那次旅行已经是十年前的事情了！

很多人在过道里走来走去，拎着大包小包，还有的带着孩子，两个乘警在人群里走过巡视着列车。

这时上来了一对年龄略大的老夫妇，他们蹒跚地坐到隔间。男的应该是个老工人，看着双手异常粗糙，大概是为了这趟出门旅行才特意穿上了好看又干净的衣服。他将上衣外套脱下，解下领带擦着额头上出的汗，点上一支雪茄吸着。女的拿过男人的外套小心叠好，然后就放在了自己的膝盖上。

雅克在角落里继续奋笔疾书。

就在这不到两周的时间里，整个欧洲，报刊、谣言都像着了魔一般集体发疯。每个国家的人民也同样受到了谎言的蛊惑，昨天或许一些事情还是不可能发生的、可憎可恶的，但到了今天却又变成了无法避免的、合情合理的。每一处，一样的那群人，被别人蛊惑得发狂，进而到了白热化的地步，准备打成一团，还不知道这么做是为了什么！在这里杀人和被杀都成了英雄主义和最高尚的同义词！真搞不懂这一切是为了什么？为了谁？该谁负责？负责人在哪儿？

到底该谁负责呢？雅克从皮包里拿出一张对折好的纸。这上面是范赫德从一本有关威廉二世的书里摘抄的一句话,是德皇在演讲里说的:"我认为,民族之间的大部分冲突是因为某些部长的阴谋和野心造成的,他们用这种罪恶招数的唯一目的就是要保住自己的权利、增加自己的声望。"

雅克想着必须找到德文版的原话,这样就能理直气壮地对他们说:"看吧!就连你们德皇本人都这样说了!"可是要上哪儿去找到原文呢?范赫德?不行啊,梅奈斯特雷尔不让写信的。去巴塞尔的图书馆去找?可是这本书叫什么名呢?现在的时间也不够用啊。不行,无论如何都要找到原文!

恼人的事情使他头昏脑涨,嘴里不住念叨着希望能够灵光一现:"该谁负责。该谁负责。"雅克不停地思考,改变了下姿势后继续思考。这里所有的人都使他感到厌烦。刚才的那位老太太不停地用惊讶的表情打量着雅克,弄得雅克以为她把他当成了神经病。老太太坐在雅克的对面,由于板凳太高,她的短腿在颠簸中乱晃,还露出了白袜黑鞋。"到底该谁负责呢。原文怎么才能找到呢?"雅克在思考中一抬头,发现老太太还在盯着他看,如果再继续盯着他,雅克就准备爆发了。老太太从手提包里拿出了一片吐司和几个李子,她将果核剥开放在手心里,然后慢慢嚼着,手指上的结婚戒指非常耀眼。这时一只苍蝇在老太太的额头上爬来爬去,可是她却像没有感觉似的一动不动,简直无法忍受了!

雅克被烦躁得也不坐着了,站了起来。

怎么样才能找到原文呢?到巴塞尔去找?不行,现在太晚了,只会浪费时间,他知道是找不到的!

他现在只想凉快一会儿,走到过道,雅克两手抓着窗户。看着窗外的黑云将阿尔卑斯山染色了。"这是雷雨要来临了，难怪天会这么热。"

从高往下看，湖面静得像聚集的水银，洒过硫酸铜的葡萄树一直延伸到湖边，反射着有毒的蓝色。

"该谁负责。就像发生火灾这种事情，如果要找到凶手，只要看对谁有好处就能解决。"雅克将脸上的汗擦了擦，拿出铅笔，在窗框上靠着，争取不理会这里的人或事。无论是对要到来雷雨的闷热感，对苍蝇、声响、摇晃、风景，以及对整个敌意的世界。

他奋笔疾书：

有一种神秘的看不见的力量，这就是国家，它骑在你们身上，就好像农夫指挥着他的牛马！国家！国家到底是什么？法兰西，德意志，它们难道就是人民批准的真正代表？难道它们能保证大家的利益？不可能，法国和德国只是代表了国家少数的人，是用金钱才投办成功的一个机构。他们是现在银行家、大公司老板、运输公司老板、报纸业巨头和军事企业家等一切的主宰！这是以损害绝大多数人血汗为少数人利益的等级社会制度的主宰！这几个星期我们已经看到了这个制度在起作用！我们看到了它那错综复杂的齿轮将所有有关和平的运动都一一粉碎！今天，就是因为这个制度将你们抛到了前线，你们上好了刺刀，保卫着与你们没有一丁点儿关系的事情！你们大家好好想想，还有时间来思考，这种牺牲到底有没有用处或对谁有利！当他们牺牲之前，我认为自己都有权利了解自己是为谁了而卖命的。

对战争首先要承担责任，就是那些民众的剥削者，金融巨头，工业大亨,他们从一个国家掀起战争到另外一个国家,残忍地杀害百姓来巩固他们的权利,加大他们的财富!这种财富没有使百姓的生活受到改变,也没有改善百姓的命运,改变的只有能更方便地残害那些逃脱屠杀的人!但是,这些剥削者还不是唯一要承担责任的人。他们在每个国家都有政府官员给予支持,还配有助手。排第二要负责任的是一些自大狂的政治家,这个德皇本人也曾经揭露过。

"要找到原文,"雅克想着,"一定要找到原文。"

这些骗子、部长、大使以及野心勃勃的将军,用外交活动和参谋本部作为掩护,玩阴谋和耍政治花招,然后无情地玩弄你们的生命,拿你们的生命做赌注,也不询问你们的意见,更不提醒你们一声。你们,敬爱的法国人民和德国人民啊,你们就是他们耍阴谋的产物啊!就是这样,在这个二十世纪民主化的欧洲里,没有一个国家的人民能够自己掌握外交政策的方向,在你们挑选出来的本来应该代表你们的议会的人民里,没有一个能够深入地了解到政府所承担的秘密义务,而恐怖的地方就在于这些秘密义务会随时强迫你们大家去进行杀戮!在以上这些主要承担责任的人的背后,不管是在法国还是在德国,抑或是那些故意为战争开路的人,他们都促进了对银行的投机,还鼓励着政客的野心。这就是那些保守政党、业主团体、民族主义报刊!还有教会,实际上,各地的教士几乎组成了一种精神警察,为有产阶级服务,教会也因此亵渎了他们的神圣职责,沦落到金钱势力的盟友和代理!

雅克停下笔,想着过滤一遍所写的内容,可是他看不下去。他的手将铅笔捏得紧紧的，能看出他十分激动，由于姿势不舒服，再加上一路颠簸，他的字迹自己都没认出来。

雅克心想："必须要好好筛选一下。写得不怎么样。重复的地方又太多、太长。如果想说服别人，一定要简洁紧凑。但是为了让他们能好好考虑，改变看法，还一定要有最基本的理论依据。真是麻烦啊！"

他有些站不住了，就坐了下去。一个人慢慢地走完整个过道，就想找到一个没有人的隔间。可是现在每一个隔间都坐了满满的人，再加上吵闹得很，他只得又重新回到座位。

要落山的太阳在车厢里别有一番风味，它将整个车厢里都洒满了耀眼的炫目的金红色光辉。那个老头睡着了在打呼噜，估计是热昏了，头枕在手肘上，嘴上叼着的雪茄也已经熄灭。他的老婆将他的外衣放在膝盖上，热得不停地用报纸扇风，风扇得她雪白的头发乱飘。她刻意地避开雅克的眼睛，但雅克却发现她不时地偷偷看自己。

于是雅克盘起手臂，闭上双眼，从一数到一百，强迫自己安静下来，由于舟车劳顿，数着数着就睡着了。

等他再醒过来的时候，发现自己刚才竟然睡着了，十分惊讶！现在是什么时候了？列车的速度也慢下来了，这到哪里了？那对老夫妇也开始匆匆站了起来：男的吸着烟将外衣穿好，女的锁好手提包。雅克的脑子一片混乱，这是到哪个车站了？伯尔尼吗？已经到伯尔尼了？"Gruetzi[①]！"老头经过雅克的时候这么说道。

站台上很多人蜂拥着往上挤，和雅克邻间的是一家特别爱说话的人，她们一家说的都是德语，有一位母亲、一位祖母、两个小女儿，

[①]Gott grusse Sie，"上帝保佑你！"的缩语。

还有一个女仆。行李架上被压得满满的，全是一大堆的食品和孩子们的玩具。女士们个个面容憔悴又恐惧，小女孩们由于热得难受，互相争着要坐角落里的座位。她们大概是在度假的时候突遇战争，所以赶着回国，作为男士的父亲应该一早就回队了。

列车再次前行了。

雅克逃到走廊，这里站了很多人，大部分都是男士。

在雅克左边，三个年轻点的都是瑞士人，他们在用法语高声交流："维维亚尼虽然还可以继续当总理，但是却不能兼职当部长了。"

"那现任管外交的部长杜梅格①是什么人？"

雅克右边的两个旅客里，一个是年轻的大学生，他用胳膊夹着书包，另一个是上了年龄的男人，他戴着夹鼻眼镜，也许是个教授，两个人都在认真地看报纸。

"您看到了吗？"那个大学生把《日内瓦报》递给了旁边的人，嘲笑道，"教皇也真是会开玩笑！他竟然发表了一份《告全世界天主教徒书》！"

"真的吗？"旁边那人说道，"不管你是不是愿意，地球上都存在上千百万的天主教徒。教皇如果真想把这些教徒开除出教，就只能在战争爆发前宣布，这样才能做到正式有效而又有影响力。"

"您看一遍吧！"大学生又说道，"您觉得他是在严厉地批斗战争吗？您以为他要大声嚷嚷着指责各国政权，不加区别地就把一切正在战争的国家开除出教？这点是可以放心的！您想想，如果他真这么做了，教廷的慎重威严何在？他不会这么做的，绝对不会。这千百万天主教徒恨不得明天就装备好去进行屠杀，他们现在无非是

---

①杜梅格（1863—1937），法国反动政客，1914年任总理，后任外交部部长。

在焦急地等待他下命令,让自己得到心安的天主教徒绝不会说:'你们不要去杀人!一定要拒绝!'这本来还能使战争打不起来,但他说的却是:'去战斗吧,孩子们。去吧,千万要记得把你们的灵魂交付给基督!'"

雅克漫不经心地听他们讲着,脑海里突然蹦出了一位应征入伍的教士。是在哪里见过呢?对了,是在北站送昂图瓦纳的时候,好像是一位体格健壮的年轻教士,记得他的眼睛很亮("庇护教士""年轻导师"那种人),穿着崭新的登山靴,在撩起的衣服下背着两个布口袋,头上戴着一顶橄榄帽,很有意思地扣到耳朵上。北站,昂图瓦纳。昂图瓦纳,教士,贞妮。凡是在雅克记忆中无心想到的人,还有现在在他身边的男男女女,都变得不再属于他的世界了,在未来有前途、有活人的世界里,没有雅克,群众依旧推进往前。

在左边,三个年轻的瑞士人正怒气冲冲地议论着法国给比利时下的最后通牒[①]。

雅克向他们的方向迈了一步,竖起耳朵仔细听。

"好像都知道了吧,昨天晚上德军的一个军队越过了比利时的边境,正向着列日推进呢!"

一位较年轻的小伙子从隔间走了出来,他也跟着加入了议论。他是比利时人,要迅速赶往慕尔去当兵。他说明道:"我是一个社会党员,但也就是因为这个原因,我绝对不可能同意让强权摧毁公理!"

他说的从容万分,不禁提高声调,继续痛斥着条顿人的野蛮行为,赞美着西方的文明。

---

①1914年8月2日,比利时政府收到法国要求不妨碍德军推进的最后通牒,比利时政府表示拒绝,并要求英国干涉。

其他的旅客也参与进来，每个人都对德国政府的无耻行径深感愤怒。

一位虽然说着法语，但带着浓重德国口音的五十多岁的男人说道："今早比利时议院就会召开会议，你们感觉社会党人会投票赞成国防拨款吗？"

"先生，他们一定会赞成的！"那个比利时小伙儿叫喊道，还用那火辣辣的目光恶狠狠地盯着对手。

雅克一句话也没有说，他心里明白，比利时小伙儿说得是正确的。但他对于六天前比利时社会党人在布鲁塞尔的态度十分不满，他们宣称全面维护和平。王德韦尔德。也就是上星期四的事儿！

"巴黎也是，"一位瑞士人说道，"今天会举行会议讨论军费案。"

"就算在巴黎还不是一样！"比利时小伙儿怒气冲冲地说道，"毫无疑问，只要是协约国，社会党人都会投票赞成军费案！公道会站在我们这一边，这场战争我们是被迫接受的，凡是反对普鲁士军国主义的，站在第一线的绝对是真正的社会党人！"他一边说着，一边不停地看着那个带有日耳曼口音的人，而后者却一声不响。

现在所有人的口头禅就是援救受威胁的祖国，打倒德国帝国主义！雅克昨天看到法国左派的报纸上也写着同样的口号，所有的社会主义者都应放弃反对立场。就在昨天，各地也都传言着各种消息，在郊区召开的会议，无非就是为了"商讨怎么帮助军属"！战争已然变成了一件事实，一件不可改变的事实，新出的《社会战线报》就说明了问题所在。头版上，居斯塔夫·埃尔韦竟然不知廉耻地写道："若莱斯，有幸您没亲眼见到我们那美梦的破灭，不过我也为你感到十分可惜，如果您没去世那么早的话，就能看到我们现在强有力的、热情高涨的而又有理想有抱负的民族是怎样心甘情愿地去完成痛苦的事情的！您一定会对我们拥有这样的社会党工人而自豪！"更能说明问题的是铁路工会发表的《告铁路员工书》，这个工会没多久前还在激烈抨击反对民族主义，现在又说："在这有共同危险的时候，旧恨算什么！社会党人、工会干部和革命者，你们要挫败威廉的恶劣打算，当共和国发出号召的时候，你们一定要首先站出来！"

雅克心想："这是多么大的讽刺啊！如今，以前不可能实现的各个政党协调一致实现了！而且正是因为战争才得以实现！如果当初各个政党协调一致来反对战争呢？还用这么多事吗？真是天大的讽刺！还有参加'国际'的各国战士在今天也都统一了步调，一致认同应该从民族的立场出发，接受武装冲突！如果这个事在半个月前一致认同，就足以阻止战争的发生！"唯一一个与众不同的地方在于雅克买的一份英国报纸，《每日新闻》上刊登的一篇文章。这篇是在德国致比利时的最后通牒以前写的，文章的整体感觉很像宣言，里面揭发了英国舆论开始掀起好战的经过，坚决主张英国必须制止这种思想的蔓延，保持英国作为中心的自由和中立地位，无论在哪种情况下都不做任何介入冲突，就算有敌军侵犯比利时的边境。可是就在今天，英国官方宣布它也加入了这场死神的舞蹈！

那个比利时社会党员用着颤抖的声音在走廊里说道：

"如果若莱斯还在的话，他一定会起到一个带头作用！他绝对会跑去参军的，您说对不对，先生？"

雅克心里暗想："若莱斯，他有能力阻止背叛吗？可以坚持到最后吗？"他仿佛回到了同贞妮一起在蒙马特尔街的咖啡馆门前看到的那个场景，夜晚聚集着一群沉默的人，还有救护车。雅克又想，"即使今天大家给他下了葬，铺满鲜花、进行演讲、举着三色国旗、奏着军乐，但是又能怎么样呢？他们大家霸占了这伟人的遗体，以祖国的名义到处宣扬。假使若莱斯的棺材真的通过了正在动员应征的巴黎却没有引发骚乱，那么这一切是真的都完了，'工人国际'也跟着若莱斯一同被埋葬了！"

是的，就目前来看，一切都完了。在那边吸引人的城市里，在后方，所有的发条都断了。但是值得肯定的是，在火线上，那些和战争接触而不幸的人们，只要等来一声号令，就会打破这种状态。一丁点的火星便能引起解放的暴动！

雅克脑子里又形成了一些不连贯的话："你们是活生生的年轻人，可是他们却把你们送往死神的怀抱，他们硬要将你们的生命夺走是为了什么？为的就是要将其变成新的资本，放进大银行家的保险柜里！"他往口袋里摸索着笔记本。可是人太多了，又怎么在这么吵闹的地方记笔记呢？况且还有二十分钟就到巴塞尔了，得准备好下车去找布拉特纳，然后找个住的地方以及能工作的地方。

忽然，他理好了接下来的思路。因为路上睡过觉了，所以现在他感到很清醒而且精力充沛，而且觉得布拉特纳有可能已经在等着他了，他告诉自己：我得继续保持着这满身的激情。到了也不能乱跑，要在候车室选个安静的角落将这些文字记在纸上，以免时间久了会忘，或者先去候车室或车站里的小吃店，我实在是饿得受不了了。

80

下了车，雅克找到了一个十分合适的地方，名叫"大众饭店"，这里十分宽敞,最好的是虽然顾客很多,但只占了大厅中间的位置,最里面的桌子旁完全没有人。

雅克在最里面没人的大桌子里挑了一张靠墙的座位。

他将外衣脱下,解开衣领,像饿狼一般吃掉了一份味道十分美味的夹着猪膘的烩牛肉,里面还有胡萝卜,然后喝下了一瓶冰水。

天花板上的电扇发出呼呼的响声,他招呼女服务员给他准备一杯热咖啡和纸笔。

这时走过来了一位卖烟的伙计,他端着盘子在柜台前走过来走过去,嘴里不住地吆喝:"雪茄!香烟!""伙计,来根烟!"回忆起来好像半天没吸烟了,吸了第一口的感觉真是妙极了!那种舒适和活力在他的血管里奔流,使得雅克的双手都不住发抖。他俯在桌子上,额头微皱,双眼在烟雾中眨动着,不能再耽误时间了,也不再整理思绪了,先写出来吧,等头脑清净了再做修改。

他的笔迫不及待地往纸上勾画:

法国人或者德国人,你们全都被骗了!如今这场战争,两个不同的阵营中,都说这不光是一场防御、抵抗外来侵略的战争,而且还是一场为百姓争取权利、是一场公平公正为自由而战的战争。你们知道他们为何都这样说吗?那是由于所有人都知道,不管是德国,还是法国的工人或者农民,都不会为了一场侵略其他国家的战争、都不会为了扩张领地与市场,去奋斗、去流血、去牺牲的!

他们之所以这么做就是为了让你们相信,这一场战争是为了毁坏周边国家的军事独裁。就好像自己的国家不是军事独裁一样,就好像一向喜欢战斗的沙文主义这几年来在法国与德国并没有人推崇一样，就好像这几年来，两国的军事家、政治家并没有想要发动战争，以获取自身最大的利益一样。我告诉你们，你们全都被骗了！他们就是想让你们觉得自己是要去保卫自己的家园，反抗敌国的侵略。不管是法国，还是德国的战争参谋部，其实都是一样的无耻，他们在研究的不是怎么保卫国家，而是怎么样快速发动攻击，掠夺他国的资源、金银财宝！而两军的首脑们为了让大家帮他们获取想要的利益，都在怂恿大家，一直跟你们说是对方要侵犯自己的国家，让你们都奋不顾身地去保卫祖国，让你们知道自己这一边才是正义的，正义必胜！你们全都上当了！你们这些人都是全心全意爱着自己的国家，为了奉献自己的一切。一想到有些人就是利用这一点来为自己谋取利益，而且除开官方的讲话外，争前恐后去保卫祖国的人民却都没有进行过公民投票决议！你们全被那些当权者利用，他们这是让你们去送死啊！你们对其中的阴谋毫不知情，却要为了那些人的利益牺牲自己的生命，现在你们知道了，我想是不会有人同意签署联盟条例的！

你们全都被骗了！法国人，你们觉得自己是为了抵挡日耳曼人的侵略，保卫自己的家园，才参加这次战争的。德国人，你们觉得是由于他国包围，为了拯救自己的国家不受外国侵略而战。德国人、法国人，你们都没有想到彼此其实都被骗了，你们觉得这场战争是正义的，是为了自己的国家、民族而战，所以你们愿意牺牲快乐、自由与性命！可是你们知不知道你们都被骗了？你们其实是最无辜的受害者，你们被那些当权者的花言巧语给骗了，是的！我知道，你们都很爱国，你们都是善良的人，你们为了自己的国家的安危，离开亲人、朋友、爱人，响应祖国的号召，来到战场与敌人战斗，其实你们不战斗是认为没有什么在威胁你的祖国,你们不知道的是,你们是掌权者手下的炮灰,你们不知道的是,这场战争从一开始就不是正义的,它只是掌权者为了自己的利益、私心而谋划出来的产物。由于法国与德国两边的掌权者用同一个谎言欺骗了你们!在欧洲还从来没有其他哪个国家用过这么无耻、恶毒的手段,来散布谣言、搬弄是非、颠倒黑白,引出你们内心的仇恨、不安来达到自己的目的。他们想让你们成为他们的傀儡,他们的杀人武器!

这些天,你们什么都不知道,只是怀着对敌人的仇恨,你们连你们会付出什么代价、会牺牲什么都不知道,怀着对自己国家的热爱来到战场,去杀人,也被别人杀。失去自由,失去生命!明明是两个完全不同、相对立的阵营,却在同一天宣布戒严令、实行一样的军事独裁!谁要是有疑问,清醒过来,明白了他们的阴谋,谁就要倒霉了!不过,你们获取外面信息唯一的方法就是看官方的报纸,围绕整个国家的谎言!所以人们根本就没有办法得知事情的真相。要知道在边境信息不通的时候,官方的报纸拥有无限的权利,全部变成同一个声音:不停地欺骗你们、愚弄你们,利用你们的爱国之心,让你们顺从,让你们为了他们的利益拼命!而你们最大的错误,就是在最开始,有能力阻止战争的时候,没有阻止它。我想你们的国家绝大多数是爱好和平的,可是你们都没有聚集、组织在一起,没有及时地一致地反对、提出你们的看法,没有坚决地抵抗战争。此时此刻,战争就要爆发了,你们被他们利用与其他国家的人战斗,失去了自己的理智、自己的判断力,成了当权者的傀儡!

一直写到烟头烫痛了他的嘴,雅克在碟子上将烟掐灭,他气恼地将头发撩开,擦干流在脸上的汗。"这样野蛮地控制人民群众表达愿望的方法!"刚才写出来的东西在他耳边不断回荡,就像他在导演这个场景,面对双方军队大声呼喊似的。他激动得难以抑制,就像前不久,因为信念、愤怒和爱情的冲动,他得说服和引导别人一样,所以他冲上了群众大会的讲台。就在他陶醉的时候,雅克感觉自己像飞向天空一般,升到了人群之上,也超脱了自我。

他又从口袋里拿出了一根香烟,不过没有点着,继续书写:

如今,在战场上,你们是否明白了战争的残酷?到处都是子弹穿透人体的声音,炸弹炸毁人、物体的声音,受伤的士兵与就快要死亡的人的呻吟声!如今,你们是否明白战争有多么的恐怖?它其实没有你们想象得那么简单,单凭一腔热血根本就做不了什么。你们是否已经回过神来了,是否已经觉得自己受骗了,是不是正羞愧不已!你们是不是在想念你们的亲人、朋友、爱人?你们终于觉醒了,你们终于睁开眼睛看清楚了这个世界!你们明白了这一次的战争只是为了掌权者的利益,并不是之前说的那样保卫自己的家园,这场战争对你们没有任何好处,反而让你远离家乡、亲人,失去自由,甚至牺牲生命,那个时候,等你们明白一切的时候,又会变成什么样呢?他们是如何利用你们对自己国家的热爱的,他们给你们带来了生命?有的妻离子散、有的家破人亡。法国、德国的掌权者们害得你们失去家庭、工作、自由,让你们变成他们的傀儡、杀人机器?是谁给了他们这个权利这样做的?你们好好想一想,是不是因为你们的不理智、消极、不坚定、容易被人怂恿、无知!现在你们知道了他们的阴谋,只要你们团结起来反抗,就可以解脱了!你们却不去做,难不成要在炮火的袭击下,不断消逝的生命中,失去家园,亲人,在家破人亡中,慢慢地去等待那不知何年何月才会到来的和平?

你们难不成不知道战争即使是胜利了,也会是两败俱伤吗?你们都是这场错误的战争下的牺牲品。你们想让后面的弟兄跟你们一样来到这个战场,被他们利用失去自由、生命吗?和平不是等来的,而是要靠你们自己的努力,总要为自己的错误做些什么!不要说一切都晚了,想着忍忍算了!这个想法是错的,懦弱的。现在一切还来得及,总要你们努力,聚集在一起团结起来,反抗当权者,这自由、家园、幸福,你们被夺走的所有,就都会回来的。现在还有办法可以解决的,一个很好的办法,让你们的国家掌握在自己手中,不要再被那些当权者利用。我们一起站起来反抗他们的独裁专制吧。你们可以的!自明天开始,你们就可以做到!你们可以的,不要担心其他的!可是,你们要答应我三个条件:第一,起义一定要突然快速地进行;第二,一定是全国范围内都起义;第三,一定要统一行动的时间,每一个地方都在同一时间起义。

一定要快速且突然发动起义,不让你的长官们做好准备,一定要全国进行,不然的话他会各个击破的,发动全国的群众积极响应这次的起义。如果只有五十个人的话,那他们一定会被镇压下来,可是如果是五百、五千、五万呢?那么多人同时发动起义的话,掌权者就没有那个能力去镇压你们了。你们就可以将政府、政权掌握在自己的手中,让那些罪恶的势力消失。

为了你们的自由,你们的家园,你们的亲人、朋友、爱人请大胆地站起来参加这次起义吧。只要答应这三个条件,你们就一定会获得成功的。为了以后的幸福,请努力吧!

雅克越写越激动，呼吸也越发急促起来。片刻之后，他有些恍惚地朝窗外看了一眼，就出现了幻觉，望不到听不到周围发生的一切，他的眼中，就只有那些真正受苦受难的士兵，他们都非常痛苦、伤心地望着雅克。

法国人与德国人！你们都是活生生的人，都是兄弟！请用你们的亲人、朋友、爱人的名义，用你们的爱国之心，用公平公正的名义，团结起来，抓住这次的机会！你们可以的！站起来！所有的人都起来！趁现在还有时间！

我的呼吁今天这个时候在法国与德国战争的最前沿会散发千千万万份。在此刻，不管是法国人还是德国人的心中都满怀希望，千千万万个人站了起来，反抗专制独裁、反抗谎言、反抗暴政！

不要迟疑！现在，一分一秒都耽误不得，不然的话你们的起义就必然会被他们镇压！

等明天太阳升起，不分法国、德国，在这个时候，我们怀着同样目的，大家一起站起来，丢掉武器，反抗战争，恢复平静的生活。

明天，我们将迎着朝阳，开始全新的一天！

雅克小心翼翼地将钢笔放在墨水瓶上。

雅克将上半身挺起慢慢离开了桌子。他垂着眼睛，动作轻柔无声，像是怕惊动了小鸟一样。脸上紧张的表情也没有了，仿佛在等待着什么，待到内心的痛苦劲儿过去后，心灵也得到了安抚，太阳穴也不再乱跳，所以回到现实状态的雅克在这个过程中没有太大的痛苦。

他将一页页写满字的纸聚拢在一起，简单做了下整理，只见字迹潦草也没有修改涂抹的痕迹。他把这些纸折了起来，轻轻地抚摸了几下,突然用力紧紧地按在了胸前。紧接着他做了一个虔诚的动作,嘴里反复念叨着:"和平!"

81

布拉特纳把雅克安置在了一位老太太的家里,她是一位名叫斯坦夫的社会党活动分子的妈妈,斯坦夫刚被党派去执行任务。大家都认为雅克住在巴塞尔是为了在书店上班,因为布拉特纳给过雅克一份符合手续的合同。如果宣战以来那种十分活跃的警察局对雅克的出现感到不踏实,他完全可以证明有正当的职业和住所。

斯坦夫妈妈的家在埃尔朗斯路的贫困区的小巴塞尔,这里离布拉特纳书店的格莱芬路距离很近。这间房子年代久远,也是一间该拆的老房子了,租给雅克住的像是一间狭窄的走廊,一头一个矮窗户,其中有一扇窗户还没有玻璃,因为对着院子,所以还会有兔窝的臭味和果皮菜屑的酸味。另外一扇窗户面向街道,过了马路就是巴登火车站那黑黝黝的码头,也就是说这里面向的几乎就是德国的领土。屋顶离头很近,抬起手臂就能碰到,上面一字形排着瓦片,瓦片被太阳晒得滚烫,所以无论白天晚上这里热得都会像开了暖气一样。

雅克每天就把自己关在这个闷热的小破屋里写他的宣言,斯坦夫老太太早上会准时在他房门口放些咖啡和面包,没有其他的食物。有时候到了中午,温度会更加让人受不了,雅克会跑出去,可是刚一出来,他又想念起他的房间,然后急忙回去。他躺到床上,汗流浃背,紧闭双眼,急切地想睡着做个美梦。他梦想自己飞上了天空,坐在梅奈斯特雷尔的后面,不停地弯腰去抓那一大把一大把的传单,然后撒向空中,马达的轰鸣声和他血液的跳动声混合在一起,他犹如一只长着巨大翅膀的鸟儿将传单撒向世界,这些传单上的每一字每一句都是他从自己的心中掏出来的。"当明天太阳出来的时候,大家一起站起来!"宣言的每个部分差不多都已经安排妥当,句子慢慢地也像回事了。所有写的他都背得滚瓜烂熟。雅克躺在床上,盯着天花板看,嘴里不停地背诵着自己写的宣言。有时候,他会突然坐起来跑到桌边,修改段落或词句,然后再跑回到床上,他也用不着管周围的家具布置,现在的他每天只生活在自己的幻觉里。他仿佛看到起义在逐渐开展起来,指挥部的军官都在商议,文秘都乱成一团,这里和总司令部的联系也出现了中断,要镇压已然不可能。如果政府想要保全面子,只有赶快签署停战协议这条出路。

各种想法在雅克脑袋里盘旋,困扰着他又激励着他,就像中了毒似的,鱼和熊掌他都想要。如果有什么急事,哪怕是短暂地离开房间去书店拜访下,或者是在楼梯口遇到斯坦夫太太,他只要离开了自己构造的梦境,就会感到像缺少了点什么一样,马上就得一头扎回他的房间静静,好似吸毒者一样。只有这样,他的心才能立刻平静下来,不单单是平静,还有安全感、幸福感、舒适感的存在。有时候他也会感到自己病了,一个是手不听使唤不停抖动被迫停笔的时候,一个是当他看到镜中自己满脸大汗、两颊深陷、目光着魔的时候。雅克转念一想,不禁笑了起来,自己有没有病又有什么关系呢?这里的晚上十分闷热,雅克几乎每十分钟就会睁眼一次,他会用水浸湿毛巾来擦拭他那发烫的肌肤,以此获得片刻的凉爽。有时候他也会在天窗那里待着,看着天窗外那地狱般的景象:附近的货栈上十分嘈杂,一群铁路工人在灯光下忙来忙去,远一点能看到黑暗的仓库里卡车在不平坦的道路上颠簸，翻斗车在互相碰撞，灯光扫射着四周，更远一点，一辆接一辆的列车在发光的铁路上鸣笛、运作，然后排着队相继消失在战乱德国的黑暗里。看着此情此景，雅克笑了。只有他一个人清楚，现在所有人的忙碌都是无用的。解脱就要来临了。传单已经搞定了，卡贝尔也准备着将其译成德文，布拉特纳会印出上千万份传单，还有在苏黎世的梅奈斯特雷尔，飞机也该准备好了。只要再等几天！"当明天太阳出来的时候，大家一起站起来！"

经过了四十八小时紧张的工作，雅克终于顺利地完成了这艰巨的任务，他决定将手稿拿去排版。梅奈斯特雷尔说过，要在周六准备好！

布拉特纳就住在书店的后厢房里，这会儿他正站在一捆又一捆纸的中间发呆。时间还比较早，所以书店还没有营业，百叶窗和铁门关得严严实实的。他是一位四十多岁的中年人，长得矮小又难看，身体也十分不好，有胃病和口臭。他的胸长得和鸡胸一样鼓鼓的，秃顶细脖，最有个性的地方就是他的鹰钩鼻，他的鼻子总感觉和总体格格不入，仿佛一探身这身子就会往前倒一样，活像一个没有平衡力的不倒翁，所以和他交谈的人就算对他感到不自在也必须习惯他，因为只有这样才能感受到他的内在，他有着无邪的目光，热情的笑容，柔和的声音，他的这种声音很容易让人不由自主地想和他交朋友，但是雅克不需要交到新的朋友，他不需要任何人！

布拉特纳此刻非常难过，因为他刚接到确切消息，证实了德国社会民主党议会小组在国会赞成战争经费拨款。

他用愤怒的声音说道："法国社会党人赞成投票就已经是个打击

了，但不论如何，由于若莱斯被暗杀一事，这也在情理之中。可是德国人，作为我们社会民主党欧洲一支强大的势力力量！简直太让人寒心了。我都不敢相信官方报纸是真的，我宁愿牺牲掉自己的手，让社会民主党坚持一致批斗帝国政府。可是当我看到这个消息后，我笑了！这里面散发着谎言和诡计的恶臭！我再次安慰自己说：'明天，到了明天就会出真的了，这不过是个谣言！'但是不是。到今天，我必须得承认这是事实了。都是真实的，可悲的真实！关于幕后的进行我还没有搞清楚，或许永远也不知道真相是什么了。听拉耶说，贝特曼·霍尔维格在二十九日传见了苏德库，要他认同让社会民主党不再持反对立场的事情。"

"二十九日？"雅克惊讶道，"二十九日，哈斯还在布鲁塞尔发表演说了呢，我当时在场听到了！"

"这也不是不可能。拉耶觉得，德国代表团在回到柏林时，那些掌权者们开了个会，做出了一个决定：德皇心里清楚，他能够下动员令，是不会有人反抗的。而且在国会投票以前，他们也许已经开过一个秘密会议了，事情当然不会一下子就发生！我还不准备怀疑像李卜克内西、莱德布尔、梅林①、克拉拉·蔡特金②、罗莎·卢森堡③那些人！但是，他们毕竟是少数：在叛徒面前，没有办法，只能答应了。事实就是这个样子：那些人竟然投赞成票了！花了三十年的

---

①梅林（1846—1933），德国工人运动活动家，马克思主义者，历史学家，战争期间积极反对军国主义。
②蔡特金（1857—1933），德国工人运动领袖，德共中央委员，国会议员，反对社会沙文主义和修正主义。
③卢森堡（1871—1919），原籍波兰，反对机会主义的斗士，德国1918年革命的领袖之一。

努力与抗争。终于取得了一点成就，结果就因为这一次投票毁于一旦！就在这一天，社会民主党将不会再得到无产阶级的信任，俄国社会党人在杜马也和沙皇主义抗衡①，俄国的社会党人还曾团结一致投票反对战争！在塞尔维亚也是如此②。我还看到过抄写杜商·波波维奇③写的信件：塞尔维亚的社会党一直都毫不动摇地反对战争。就算是在英国，也有人一直反对战争：基尔·哈迪没有放弃抵抗。我看过最新一期的《独立工党》④。这让人略有些安慰，不是吗？现在还不可以绝望。要相信反对战争的声音会慢慢加大的。他们不可以堵住悠悠之口啊。我们一定要坚持下去！国际工人协议定会重生！那时，他就可以反抗帝国主义、军事独裁了！"

雅克对他的说法表示赞同。自从在巴黎看到过那样的场面以后，现在不管是什么背叛都不会再让他觉得吃惊了。

他拿起放在桌子上面的报纸，漫不经心地浏览着：《十万德军开往列日》《英国动员舰队和陆军》《尼古拉大公爵被任命为俄国各军种大元帅》《意大利正式中立》《法军在阿尔萨斯胜利进击》。

阿尔萨斯。他丢开了报纸。是在阿尔萨斯进攻。"如今，在战场上，你们是否明白了战争的残酷？到处都是子弹穿透人体的声音，炸弹炸毁人、物体的声音、受伤的士兵与就快要死亡的人的呻吟声！如今，你们是否明白战争有多么的恐怖？"只要是不可以让他集中

---

①在杜马，布尔什维克派议员投票反对战争，揭露沙皇政府的帝国主义政策，因而被捕，流放到西伯利亚。
②1914年8月1日，塞尔维亚社会民主党人拒绝投票赞成战争经费。
③波波维奇于1912年支持巴尔干的斯拉夫民族反对奥地利。
④《独立工党》是同名党的机关报，创建于1893年，1914年8月13日发表宣言反对战争，1915年2月，在伦敦的同盟国社会党人大会上，又采取社会沙文主义态度。

注意力的事情，他都没有办法忍受。就急急忙忙地离开了书店。

布拉特纳才拿起宣言，准备量版面尺寸时，他就离开了。

他在巴塞尔街头，莱茵河、街心花园、公园、巴塞尔，不光有浓荫也有阳光，还有清澈的泉水，他将满是汗水的手伸进泉水中。八月，骄阳似火。他自一条小路走向大教堂，门斯特广场一个人也没有。教堂似乎关着。红砂岩远看好像古瓷。

在教堂的高台上俯视莱茵河，栗树下，唯有雅克独自一人。被树荫笼罩的游泳学校，一直能够听到欢笑声。唯有野鸽与他一起，他的眼神追随鸽子的动作而动。在到达巴塞尔之前，他从来没有像现在一样寂寞。但如今，他享受这种孤独感觉，他也不想脱离这个状态，直到一切都结束。突然，他想："自己之所以这么做是由于绝望……是在逃避。我反对不了战争……也拯救不了除开自己之外的其他人……但是我可以得到自我救赎！"他站起身，紧握拳头希望可以忘记这种可怕的想法："反对其他人，这是对的！我可以通过死亡找到突破口……"

越过淡红的墙，在蜿蜒曲折架着桥的河流那边，在钟楼、小巴塞尔的工厂烟囱那边，肥沃的林木葱茏，沐浴在热气团之中的地平线，那便是德国，今日的德国，已经总动员的德国，战斗准备已震动到心脏的德国。他真想朝西走去，直到边境线同莱茵河混合的地方，那儿，从瑞士河岸，在他面前，几乎是一箭之遥，展开这片德国的河岸和田野。他捏紧自己的手，说道："一定要理智。"

穿过圣阿尔邦区，他走到了郊区。太阳逐渐升起。这里有一栋栋豪华的别墅，篱笆、秋千，还有花坛，各种漂亮的花布白桌子，说明战争并没有打扰这里的平静。在伯斯费尔登的时候，他看到了一群瑞士士兵，穿着军装，一边唱着歌一边从森林出来。

哈德森林右边的山坡上，一条小路与河流平行，走过大片树林。就可以看见一块木板上写着：Waldhaus（守林者家）。莱茵河流淌在左边阳光照射下的碧绿的平原之上，右边是浓密的树林，还有陡峭的山壁，雅克什么都没想，安静地往前走着。在这里待的这些天，看着阳光照射在房屋和树木之上，让人感到十分宁静。在山峦之间，树林间有一座白色建筑物。"这也许就是守林人住的地方吧。"他想着。沿着一条小道往下走，就来到了河岸边。

河岸的另一边就是德国。

德国那边看不到人影，就连河滩边也没有渔民。田地里没有一个农夫，远远看去，房屋围绕在钟楼的四周。雅克望见岸边那个有三种颜色的小木屋，笼罩在灌木丛中。这个难不成就是哨所或者是边防站？

他在这里看了很久，一直没有离开，双手插进衣服口袋里。目不转睛地望着德国与欧洲那个方向。他从来没有像此刻这样淡定、理智。一个人站在莱茵河的岸边，睁大眼睛望着这个世界，想着自己未来的命运。这一天迟早会到来的，总归是要来的。所有人的心将一齐跳动，在一个和平安宁的世界里，拥有自己的尊严，实现自己的梦想，人人平等，公平公正。可能人类一定要经过这个战争，用暴力的手段破坏，然后又慢慢走向和平，这个世界本来就是这样，分久必合、合久必分，在未来的某一天，和平一定会到来的。可是他不想等待和平。他已经将自己的所有献给了某种思想，不过还没有为革命献身。为贞妮献身！不管时候什么献身,他都会保留一部分。如今，他才真正将自己的所有全部献身，毫无保留。要牺牲自己的一切，这样的一种情感就像是大火一般燃烧他。绝望与放弃的日子已经过去了！这一次至死都不会放弃，绝对不会放弃！

突然一阵脚步声传来，转过身一看，原来是一对穿着黑衣的上山砍柴的夫妇，男的带着一把柴刀，女的两只手臂各挎着一个篮子。他们就像大多数的瑞士农民一样，拥有一张非常严肃的脸，眼神中满是哀愁，似乎生活得并不好。两个人奇怪地看着面前这个不认识的人，看到这个人一直望着对岸。

他不应该就这样直接来到边界线那边的。不用说，肯定会有守卫人员与巡逻队巡逻。他急急忙忙离开这里。

那天黄昏的时候，雅克去赴卡贝尔的约会。

"请稍等一下，"有个人跟他说，"目前正在复诊中，教授有事离开了，十分钟之后我去找你。"

"儿童医院"在小巴塞尔的河边，里面有一个很小的花园。四周围绕着常青藤，中间是一栋四层的楼房，树下面摆着几张漂亮的桌椅。雅克在这里停了下来，觉得特别的宁静。只听得见远处鸟儿的叽叽喳喳的叫声，还有小孩子的吵闹声，可以看到，由于护士的到来，不少小孩子都从被子里面伸出头来。

突然传来一阵像小孩子一样蹦蹦跳跳的声音。这是卡贝尔来了，他没有穿外套，也没有戴眼镜，身体偏瘦，穿着肥大衬衫与裤子，看起来就像是个老顽童。头发是金黄色的，皮肤光滑，但是额头上面有很多皱纹，蓝色的眼珠，还有金黄色的睫毛。

卡贝尔是德国人，现在在巴塞尔学医，如今是非常时期，他也没有想过要回德国。白天，他就与韦伯教授一起在"儿童医院"工作，晚上就去参加革命活动。他也是书店的一名常客，布拉特纳叫他帮忙将宣言翻译成德语,他并不清楚雅克的计划,但是也没有提出疑问。

他从口袋拿出几张纸,雅克立马抢了过来,颤抖地看了看。他想告诉德国人这个让他无奈的希望……但这不是时候,他注定要在剩下的几天里享受孤独。看完之后他就收了起来,对卡贝尔说道:

"非常感谢你。"

卡贝尔提起其他的话题,又从口袋里拿出了一张报纸。

"喂,你听说了吗?现在当道德科学院院长的亨利·柏格森[1]先生,对比利时的通讯院士说,反对德国帝国主义的战争,就是文明对无知而战。柏格森。"

他突然停顿下来,就好像在听远处的声音一样。

"真是个笨蛋,你不会也那样吧?天天晚上,就感觉自己好像听到了阿尔萨斯炮弹的声音。"

雅克掉转头,阿尔萨斯……也许,正在互相残杀……他脑中寻思着,这个大家被无辜屠杀却也无能为力的时候,他可以主宰自己的命运是多么骄傲,那么多人认不清现实,被人利用的时候,他却可以保持清醒。理智地看待整件事情,并用自己的生命来唤醒他们,即使真的死了,也死得光荣,死得伟大。

卡贝尔接着说道:

"我小的时候住在莱比锡监狱旁边,一个下雪的冬天,有消息传来说,刽子手来到了这儿,天亮的时候就要杀人。当晚我就离开了,那时已然很晚,雪下得非常大,外面都没有人。我在监狱旁边绕了好几圈。看到有个人站在墙的那边,明天就要判处死刑,他对此非常清楚,所以静静地等待着那一刻的来临。"

---

[1] 柏格森(1859—1941),法国哲学家。

离开医院之后，雅克在咖啡馆，在充斥着烟味的房间里坐了很久，面包泡在牛奶中。吊灯像是蜘蛛一样挂在天花板上，这让他晕眩、昏睡。

布拉特纳本来打算叫他一起吃晚饭的，可是他以自己很累为由拒绝了。雅克蛮喜欢布拉特纳的，可是不喜欢他像个前辈一样在那里絮絮叨叨，说一大堆没有实际作用的话。即使咖啡馆里有许多人，雅克却觉得非常寂寞，即使是在热闹的人群当中也非常寂寞。

咖啡馆总是会有各式各样、千奇百怪的客人，不光有许多单身人士、流浪者，还有叽叽喳喳吵个不停的大学生，他们会叫女招待的名字，聊一下最新资讯，德法战争、动物、机械制造、妓女。也有商店的伙计、工人，他们并不说话，与人群距离较远。也有无业游民、病人，身上似乎还有消毒水的味道。柜台前的圆桌上面，有三个救世军的妇女正在吃饭，她们只吃素的，戴着帽子靠在一起聊天，说悄悄话。也有一些穷苦人家，带着一股贫穷、劳累、罪恶，来到咖啡馆，不过他们一般很少抬起头来，就好像被生活的重担给压垮了一样，面包泡在汤里吃，有一个人走到了雅克的对面。他们彼此对视。雅克看到那个人不敢直视自己，有些躲闪的眼神，就好像是一个亡命天涯的人偷偷跟你传达着什么信息。

门口那儿突然走进来一个年轻的女人，身材高挑，皮肤光滑细腻，穿着黑色套装，像是找人一般，环顾四周。

雅克忽然低下头，心里一阵阵地刺痛，就站了起来，准备离开。

贞妮，此时她会在哪里呢？除开在法国边境寄过来的超短明信片，其他一点消息也没有，她会如何呢？所以，他经常会在思考问题的时候，一下子就想到了她，想念得夜不能寐，想到也许现在她正需要自己，可是自己却不在她身边，留下她一个人，心里就觉得非常难受。为了她,雅克会保护好自己这条性命的。为了革命,牺牲爱情他觉得这并不是背叛,他忠于自己的内心,忠于贞妮,就是总是忠实彼此的爱情。

天都黑了,街道上什么人都没有。他不停地奔跑,却不知前进的方向。离开了贞妮,跑到这么远的地方,此刻,心目中就只有为革命事业献身的精神。

82

雅克每天首先要完成的事情就是按照梅奈斯特雷尔给的命令行事:"天天在早上八点至九点这一小时内到容克街三号门前,当看到窗户上有红布的时候,就去找休茨夫人。对她说:'您好,我要租房子。'"

八月九日八点半,双休的最后一天,当雅克在阿尔萨斯街和容克街的交叉口巡视时,心猛地被扯了一下,他清楚地看到在三号阳台晾着的衣服中,那里挂着一个罩沙发用的红布!

这里街道两旁全是小屋子,房屋和马路是被一个小花园分开的。雅克刚走上三号的台阶,门就敞开了。在昏暗的门洞中,雅克看见了一位染着黄色头发、身着浅色内衣、露着胳膊的女人。

"请问,您是不是休茨夫人?"

这个女人没有作声,直接把雅克身后的门关上了。走廊是一个狭小的前厅,这里十分黑,门窗也全都关得严严实实的。

"我是来租房子的。"

她快速地从内衣口袋里掏出一张字条给雅克,这是一种像古代飞鸽传书一样的东西。雅克将这个还带有休茨夫人体温的字条塞进了兜里。

"真是太不好意思了,我想您是搞错了。"休茨夫人高声说道。

她边说边把门打开。雅克想从她的眼睛里找到点什么,可是她却一直低着头。雅克看着也没事了就鞠了一躬以示告辞,门很快便关上了。

过了几分钟,雅克和布拉特纳弯腰研究显影盆,开始破解字条上的内容:

"不再等待,尽快行动!定于十日内周一起飞,早晨四点出动。周日到周一晚上,必须把传单送到狄丁根东北高地处。仔细阅读法国参谋部绘制的边境图集,在布尔格的最后一个字母点及狄丁根的第一个字母点画一条直线,然后在两点等距处接头会面,也就是凌驾铁路突出高地上。天亮前等待飞机的降临,如果可以的话,在地上多铺一些白布以便飞机准确着陆,顺便带上五十公升的汽油。"

"今天晚上。"雅克转向布拉特纳轻轻地说道,他的脸上满是激动的神情。

布拉特纳是天生的密谋家,他在书籍的交易中显得过于早衰,因为这不是他的兴趣所在,虽然残疾,但是却有丰富的想象力和超凡的决断力。他对革命党十分忠诚,兴趣爱好便是危险和冒险,正好他的爱好和他参党的作用是统一的。

布拉特纳立刻说道:"这两天我们已经认真考虑过这件事了,我认为还是必须要按我们的决定来办,现在剩下的就是执行了,让我来安排吧,而你最好不要露面。"

"今天晚上你可以弄到小卡车吗,有司机了吗?找谁去通知卡贝尔呢?还有传单,人必须多些才能快速运上飞机。"

布拉特纳重复道:"一切都交给我来办吧,一定会按说好的那样顺利。"

如果只是雅克一人独当一面的话,他会像布拉特纳一样发挥自身主动性。可是这几天整天没有事干,再加上身体状况过于虚弱,只有向布拉特纳让步才是最好的处理方法。

布拉特纳已经把该考虑的都提前想好了。在他那一带的人里有一位值得相信的波兰人,他是车库的经营者。布拉特纳二话没说就骑着自行车去找那个人,把雅克一人留在书店的后房中,他看着面前的水盆发呆,盆里梅奈斯特雷尔写的信渐渐模糊。

雅克就这样在盆前一动不动地等了一个多小时。他问书商要了一份军参谋部的地图,放在膝盖上仔细研究起来,从中找到了布尔格和狄丁根,紧接着,雅克眼前都变得模糊了。最近雅克压力十分大,大得几乎能将他吞噬。这一周以来,他每天都处在幻想之中,罪魁祸首就是这次的目的。他也基本想不到自己和自己的未来,虽然这次行动是突然展开的,但是再过几个小时就将完成,完成后呢?雅克想,这应该是他最后一次行动了。此刻他就像一个木头人一样,嘴里念叨着:"今天晚上。明天。明早。一早。飞机。"而雅克内心的真实想法是:"到了明天,一切都会结束。"他明白,梅奈斯特雷尔不会再回来了,他会一直飞,飞到很远很远,飞到汽油用完。然后将会有什么事情发生呢?被击落?被截获?上法庭?不论如何,只要被抓住,是可以不经审判就能枪毙的。

雅克不禁开始害怕起来,这会儿他的头脑十分清醒,他用两手按住额头,自言自语道:"生命是最重要的财富,不该浪费!牺牲是发疯的表现、罪过的表现、违反自然的表现!一切的英雄主义行动都该得到抨击,多么荒谬,多么罪恶。"

突然,雅克平静了下来,内心的恐惧慢慢平息,就好似绕过了一个海岬,到了另一边海岸,欣赏着另一个地平线的美景。战争也许能够制止,敌对的人也许能成为兄弟,到最后的停战!"就算成功不了,那也树立起了榜样!无论怎么样,我的死都是一种标榜行动,发扬了荣誉感,做到了忠实可靠。忠实而有益,我这无用的一生终于得以赎回,而且将会得到永恒的安宁。"此刻,雅克的四肢瞬间放松,他感觉到一种平静舒适,仿佛是痛苦悲哀中的满足。他想着他终于要卸下重担,终于要和这个难相处的、使人绝望的、难搞的世界决裂,终于要和他经历的种种不愉快的人生决裂。便毫不可惜,还想到了生和死。毫不可惜,无非是有些强烈的无人性的和茫然的麻木感,他做不到集中精力去想任何事情,包括生和死的含义。

当布拉特纳回来的时候,他看到雅克还在原地保持着思考状。

雅克慢腾腾地站起来轻声说道:"社会党如果没有叛变就好了!"

布拉特纳带回了车库的经营人,他虽然头发雪白,不过面容却刚毅坚决。

"这位就是车库的经营人,安德烈耶夫,小卡车是拜托他给我们准备的,他还会负责给我们开车,一会儿就有人来把传单和汽油放到车里。卡贝尔也通知到了,差不多快来了,天一黑我们就出动。"

雅克因安德烈耶夫和卡贝尔的到来而从麻木的状态中恢复了过来。为了使事情更加顺利,雅克准备去好好认认路,安德烈耶夫认同了雅克的做法。

"走吧,我们开着我的小敞篷车去逛逛吧,就像兜风一样。"他向雅克提议道。

"传单打理好了吗?"雅克向书商问道。

"再给我一个小时的时间就好了,你们回来前就能搞定。"

然后雅克就拿着地图和安德烈耶夫出门了。

布拉特纳就在地下室里一边等着他们,一边和卡贝尔打包传单。

传单是用一种特殊的纸质做成的,不仅轻便而且结实。每个传单分为四页,两页的法文,两页的德文。雅克让他们把这千百万张传单分成了每捆两千份,然后每一捆再用一条能一碰就断的薄纸绑住,全部加起来一共两百多公斤。按雅克的构思,布拉特纳同卡贝尔一起把每十捆打成一包,总共六十余包,每包都用细绳绑着,这样只用一只手就能轻松打开。为了方便运送六十余包的传单,雅克找了好多邮递员用的那种大袋子。整理完毕,所有东西分成六袋装,每袋重达四十公斤。

在五点的时候他们开着小汽车回来了。

雅克一下车就急奔而来,表情既不安又紧张:

"这下麻烦了!去梅茨兰的路上有人监视,从那里是出不去的,设了关卡,还有哨所。另一个是从洛芬到罗斯森的道路,这条路总体还好,就是到了那里必须要走土路,如果继续开小汽车是过不去的,你看能不能找到一辆大车,就像农民用的最普通的马拉大车,我是认为坐马车过去的话,还可以做做伪装!"

布拉特纳听到感觉极好。"找马车还是很容易的。"他于是快速翻阅口袋里的名单,喊上安德烈耶夫,交代我们继续装袋子就走了。

布拉特纳的自信让雅克感觉没有再打扰他的必要了,于是和卡贝尔一起装袋子。

"就剩这几袋了,你去休息休息吧,我自己可以完成的。"卡贝尔一边对雅克说着一边捏住他的手腕,"你现在状态很不好,那么热是不是发烧了?"雅克停了一会儿说道:"拿点奎宁给我吧,休息就不用了!""那你别在这个地下室里待着了,空气不新鲜不说,还弥漫着刺鼻的糨糊味,出去走走吧!"

雅克听从了卡贝尔的建议,自己去格莱芬街上闲逛了。这个街上都是穿着节日礼服的一个个的大家庭,看得出来他们也是闲逛。雅克顺势混进人群,走到桥边。他在这里考虑了一下,转身走向左边,一直走到码头的位置。"这个夜晚太美丽了,看来我的运气不错。"雅克直起胸膛,终于笑了出来,"什么都不要考虑了,我要坚强!希望他们可以找到马车。希望一切都能顺顺利利的。"

雅克走的这个人行道基本上就没有人,他在这里俯视着潺潺而流的河水,在夕阳的打造下如同金银珠宝一样熠熠生辉。河堤处倒是还有人在洗澡,利用着今天最后的一点阳光。雅克在这里站了一会儿,空气暖和得让他受不了,眼泪不住地往上涌,雅克只得继续前行。

命运是通过怎样的曲折和道路,才能引导以前的孩子直到最后这一个傍晚的呢?是因为一连串的巧合?不。我感觉不是这样的!我一直感觉所有的行动都是关联在一起的。他想到他的存在无非就是顺着一个方向,然后无条件地服从命令。而如今,到了神圣的终点站,他对死亡已没有了害怕,反而会因死亡而光芒万丈。雅克服从了召唤,里面带着执着、坚持以及振奋。这种自觉的牺牲是他这一辈子最好的归宿,也是他最后一次忠于自己行动的本能。在他小的时候他就懂得说不!他从来都没有其他的表达方式。这不是不要生活,而是不要世界!这次就是雅克最后一次说不的机会,他要对大家所安排的那种生活说"不"!

雅克没有看路,不知不觉就来到了惠茨坦桥底。上面是不停歇的汽车、电车还有人,下面有一个街心花园,在这里避暑休息是最佳的选择。雅克找到一条长长的凳子坐了下来,地面上的小径围绕在草地和杨树从中,旁边雪松的低枝上有几只白鸽咕咕地叫个不停。小径的另一边是一位年轻的妈妈,她还系着围裙,是淡紫色的,身材就像一个小女孩,可是面孔却十分憔悴。前方婴儿车里的小孩就是她的孩子,这会儿正在熟睡。看小孩的样子像是还没满月,头发薄,肤色黄。这位年轻妈妈一边狂咬着面包,一边望着远方河水的方向。闲着的手小心翼翼地摇着破旧的婴儿车,再小心依旧还是发出咯吱咯吱的声响,她那细弱的手都和她孩子的差不多。她的淡紫色围裙虽然褪色了,但是非常干净,吃的面包上只涂了一点黄油,不过看她的表情,能感觉到她的心满意足。整幅画面没有一丝透露着她的贫穷,可是贫穷就显现在那里,雅克不忍再看,慌忙起身逃离了这里。

布拉特纳也回到了书店。

雅克挺直胸脯,两眼散发着光彩:

"东西全数备好了,要用的东西也都齐全了!一辆带篷的马车,装载很多东西不会显眼。用一匹强壮的牝马拉车,让会赶车的安德烈耶夫赶车,他在波兰农庄打过工。时间来得及,多花一点时间也没有关系,我相信一路都会畅通无阻!"

83

爱丽盖斯蒂大教堂上的钟楼传来了午夜十二点的钟声。一辆专门运送蔬菜的车穿过南郊空旷的街道，往埃希的方向驶去。

车厢被遮盖得严严实实的，里面看不到一点亮光。布拉特纳与卡贝尔坐在后方，拿手挡着嘴巴，说着悄悄话。卡贝尔抽着烟，时不时地可以看见红光上下移动。

雅克则在最里面待着，挤在两包传单的中间，双手抱着紧紧并在一起的双腿，在黑暗里一动不动，双目紧闭，以此来抵制他内心的兴奋。

布拉特纳刻意压低的声音飘进他的耳中：

"卡贝尔，我的兄弟，此刻想想我们今后吧！在这样的情况下，只有一架飞机。还不知道咱们三个能不能安心地坐着车回去，也不知道路上会不会遇上盘问的。"布拉特纳往后倾了倾身体，问道："你怎么看？"

雅克沉默着。此时他想的是飞机着陆后的情况：那些幸存者会遇到怎样的状况。

布拉特纳依旧不停地说着："就算是，我们能够将车藏在树丛里，但是在东西卸完后，飞机到之前，安德烈耶夫必须跟着大车回去，在天蒙蒙亮的时候，一定要在大路上。"

雅克觉得他此刻就在飞机上，他将身子探出机舱，看见漫天的白纸在空中飞舞。碧绿的草地，广阔的丛林，密集的军队。机舱里的传单不断地向田野撒去。耳边是子弹飞过的声音。梅奈斯特雷尔转过身来，雅克看见的是满眼的鲜红。他脸上的笑容似乎在说："看啊，带来和平的我们，竟让他们打倒了。"飞机终于被打中，开始急速下降，是那么快。媒体会怎么说这件事呢？错了，媒体根本就不会报道。昂图瓦纳不会知道的，永不。

"我们怎么做？"卡贝尔问道。

"我们啊？等东西一装上飞机，我们就各奔前程吧！"

"好。"卡贝尔回道。

或许大车在平坦的道路上行驶，马儿跑了起来。车厢有点高，由于装的东西也不多，使得它不停地摇晃着。在夜色中，这规律的摇晃让人变得安静，慢慢入睡。卡贝尔熄了烟，舒展着蜷缩许久的腿。

"休息吧。"

但是没多久，布拉特纳嘀咕道：

"安德烈耶夫真是笨，照这样的速度前进，会很早就到的。你说是不是？"

卡贝尔没说话，布拉特纳又跟雅克说道："到得越早，就越危险，你说呢？睡了吗？"

雅克也没说话。现在他正站在一个大厅的中心，身上穿着的是教养院里的粗布劳服。在他的眼前，坐着半圈的军事法庭军官。雅克抬起头，清晰大声地说着："我明白等待我的将是什么。但是，你们阻挡不了我用我最后的权利。在你们听完我的话之前，我是不能死的。"这个地方是有着中古风格的法院大厅，墙壁上绘画着错综复杂、色彩绚丽的藻井。克卢伊教养院院长，费斯姆先生是这场审判的主持将军，此时他正高坐在法庭中央的一张椅子上。他好像是自愿入伍参军的，怎么就当上了将军呢？费斯姆先生还是那副模样：年轻的面貌，金色的头发，圆嘟嘟的脸庞，光溜的下巴，还扑着粉，鼻梁上驾着一副闪亮的眼镜。那身带有肋状佩饰的黑色军装显得他是那么的神气，这军装还用卷毛羔皮镶着边。在他的下首，两个年老的残疾军人并排坐在一张桌子旁，胸前挂满了勋章。他们在那里

1745

不停地写着,他们的假肢向前伸着。"我并不是在解释。一个按着自己的信念生活的人,不需要解释。但是,今天在场的人,应该从我这样一个将死之人的口中,听到真理。"雅克的手紧紧抓着面前的栏杆。在场的人。雅克觉得身后的阶梯是那么长,这是专业赛车场的观众席,早已坐满了人。贞妮也来了。一个人孤零零地坐在长凳上,脸上毫无血色,淡紫色的围裙还未解下,身旁放着一辆婴儿车。但是,雅克没有回头。他说话的对象不是贞妮,也不是在场保持安静的人们。但是他们的注意力就像有形的石头,压在他的肩上。那些注视着雅克的军官也不是他说话的对象,对象只有一个。费斯姆先生,那个总是羞辱他的人。雅克死死地盯着那张淡漠的脸,但是不曾得到一点回应。费斯姆的眼睛是睁着的吗?闪亮的镜光,军帽下的黑暗,使得雅克不能确定。但是雅克清楚地记得费斯姆灰色眼珠中透露的狠毒。不,从他脸上的面无表情来看,眼皮似乎坚持半闭着。面对院长,雅克觉得自己是那么孤独!在这个世界上,与他做伴的只有他的狗,在汉堡码头上捡到的一只残疾卷毛犬。如果昂图瓦纳来了,他会逼迫费斯姆先生睁大他的双眼。雅克觉得他是那么孤独,独自一人抵抗着大家!院长、审判的军官、残疾的军人,以及那些不知道姓名的观众,甚至是贞妮,都将他看作是一个必须交代的犯人。真是愚蠢至极!他比在场的任何人都要伟大,都要纯洁!他正在与整个社会做斗争啊。"世上存在那么一种法律。良心的法律,它比你们的法律高尚不知多少倍。我的良心发出一点点的声响,都会盖过这个社会一切法规的声音。我必须做出一个选择:要么为你们的战争傻傻地死去,要么站出来,为解放受你们欺骗的人们的伟大事业做出牺牲!如今我已有了结果,那便是死,可是不是为了你们,我选择死,是因为我能做的只有这一个,为了对我来讲十分重要,但是你们极力主张复仇的反面:博爱!"雅克每说一句,稳固的栏杆都会在他使劲的双手下颤动一下。"我做出了抉择,我也明白我的将来!"忽然,似乎看到一队士兵的枪口对着他,雅克不由得开始颤抖。他认出了其中两个:茹默兰与帕热斯。雅克猛地一抬头,从幻觉中醒过来。刚才的幻觉是那么真实,雅克的脸还在抽搐着,不过他很快摆出一副高傲的表情。雅克逐一看着审判军官,看到费斯姆先生时,雅克盯着他,就跟以前一样,心中充满烦恼与挑衅,猜疑着费斯姆到底隐藏些什么。雅克挑衅道:"我啊,知道我的将来是什么,但是,你们呢?你们自认是最强的人,就像今天,发个信号,射几发子弹,就能自吹自擂地说让我闭嘴。但是,就算你们灭了我,还是阻止不了任何事。只要使命在,那我就永存着!明日,它就会结出你们意料之外的果实。就算现在我的呼吁得不到大家的响应,在不久的将来,被淹没在鲜血中的人民就会觉醒!我倒下后,会有千万个我站出来反对你们的统治。他们是有觉悟的人,会紧紧地团结一起!在你们这些邪恶的人与卑鄙的法律制度面前,会出现真正的人与强大的精神支柱,而你们,只能无可奈何!正确的历史趋势,必将驱逐你们!国际社会主义蓬勃发展!这一回,失败是可能的。你们趁机卑鄙地利用了它。是的,你们顺利地进行了动员,但是,你们不要就此狂妄自大!你们也别妄想扭转事物的必然趋势!国际社会主义必将战胜你们!在全世界赢得胜利!你们用我的尸体阻挡不了它的胜利!"雅克的眼睛死死地盯着费斯姆的脸,那是一张麻木的脸,没有眼睛的脸,挂着菩萨般的笑容,却透着冷冷的寒意。雅克愤怒不已。不管怎样,都要与这个敌人接触,至少让他抬起眼皮!雅克猛地大叫起来:"费斯姆先生,抬眼看看我啊!"

"啊?你喊我吗?怎么了?"布拉特纳说道。

将军抬起了他的眼皮,眼中透着麻木与无情,这是垂死的病人在历经众多生死的护士眼中看到的目光,对她们来说,濒临死亡的人就是一具流失生命的肉体罢了。突然,一个恐怖的想法出现在雅克的脑海中:"费斯姆肯定会杀死我的狗的。派去的人一定是他的勤务兵阿瑟。"

"你到底在说什么啊?"布拉特纳又问道。

因为雅克还是没有说话,于是布拉特纳就在黑暗中伸出手,碰了碰雅克的腿。雅克睁开了双眼,但是他看到的不是车顶,而是富丽堂皇的法院大厅。最终,雅克恢复了意识:布拉特纳、两袋传单袋、车顶。

"你在喊我吗?"布拉特纳再次问道。

"不是。"

"离洛芬不远了。"安静了一会儿,书商说道。然后,他就不忍打扰雅克,不再说话。

卡贝尔在车板上睡着了,如婴孩一般安睡。

布拉特纳时不时地起身,探头观望外面的情况。不一会儿,他小声说道:"到洛芬了。"

马车慢悠悠地穿过寂寥的城市,此时正是凌晨两点。

过了大约二十分钟,马儿停了下来。

卡贝尔也醒了。

"怎么了?出什么事了?"

"嘘,安静。"

大车刚途经罗森兹,此时该驶离峡谷了。村子出口,是一条不平坦的小路,满是坑洼。安德烈耶夫跳下驾驶位,将提灯熄灭,牵着缰绳,车再次走起。

因道路的颠簸,车厢与木拱架嘎吱嘎吱地响着。卡贝尔、雅克和布拉特纳竭力地扶着车中的货物,阻止它们在车厢里滑来滑去。这规律的晃荡声,唤醒了雅克记忆里的一段声乐,满是温柔与忧伤的乐曲。起初,雅克还没有记起到底是什么,突然,记起了。贞妮、肖邦的练习曲、天文台林荫大道的客厅和拉菲特别墅区的花园。那一晚的记忆是那么清晰,也是那么模糊,在雅克的请求下,贞妮弹起琴来。

过了将近半个小时,车又停了下来,安德烈耶夫走下来解开车篷的系带。

"到地方了。"

雅克他们默默地下车了。

现在才三点钟,虽然有满天的星星,夜还是那么地黑。但是,东方已经有些泛白了。

安德烈耶夫把马系在树干上。布拉特纳此时沉默不语,好像没有书店里的那份信心了。他在黑夜中四处张望着,低声说道:

"你说的地点在哪儿啊?"

"随我来。"安德烈耶夫说道。

四人向长满树丛的小坡爬去,小坡的顶部就是那个高地的边沿,走在最前面的安德烈耶夫便停在了那。他喘了一会儿气后,一只手拍了拍布拉特纳的肩,另一只手指着一个方向说道:

"等天再亮些,你就能看清前面是没树的,那便是高地。选择这地的人,真是个行家。"

"现在,"卡贝尔建议道,"必须赶紧卸东西,让安德烈耶夫回去。"

"开始吧!"雅克说道。声音里的坚定让他自己都觉得惊讶。他们四人走下坡顶。虽说小坡有点陡,他们搬运东西也没花几分钟。

"天再亮点,"雅克将白帆布袋搁在地上,"我们就把白布铺在高地上,拉开几个角,好让飞机降落。"

"你赶紧走吧,越早越好。"布拉特纳对波兰人说道。

安德烈耶夫看着他们三个,就那样一动不动地站着。然后,他向雅克走去。他们不知道他在想什么。雅克向安德烈耶夫展开了双臂,他是那样激动,都不知道该说什么了。对于就此离去的安德烈耶夫,雅克觉得不舍,而这个波兰人永远也不会知道他的想法。安德烈耶夫抱住了雅克,亲吻着雅克的肩头,什么话也没说。

他转身咚咚地走下山坡,不久车轴就发出咯吱咯吱的声音。马车在原地掉了一个头后,就安静下来。安德烈耶夫应该是在盖篷布,或是检查马具,随后坐上了驾驶位。终于,大车走动起来,车轮的转动声,车篷的摇晃声,马蹄的踏地声,起先还是那么的清晰,不久,就消失在夜色中。布拉特纳、雅克与卡贝尔都沉默着,肩并肩地站在斜坡旁等待着,向那些声音远去的方向望着。当四周归为一片寂静后,卡贝尔第一个动了,转身到高地躺了下来,布拉特纳跟着坐到他的身边。

雅克还在那里站着。现在无事可做,只能静静地等待天亮与飞机。这份安静使得雅克烦恼起来。在这时,雅克是多么地希望独自一人待着。这样想着,雅克往前走了走。"目前为止,一切都是顺利的,现在,只要等着梅奈斯特雷尔就行,远远地便能听到他来的声音。

天一亮，就要铺上白布。"夜色中，虫儿的叫声是那么响亮。雅克有点发热，脚步已经不稳，精神更是萎靡，抬起脸，迎着夜色中的冷气。雅克在高地上来来回回地走动着，时不时还被土块绊着。来来回回走动是为了离伙伴近点，也听听他们在说些什么。这样来来回回走了几趟，腿也酸了，于是他也躺了下来。贴着墙壁，雅克听到了轻轻的脚步声。雅克明白，是贞妮想法进来了，再一次来到他的身边。雅克在等着贞妮，等着她来，但是雅克又不想她来，雅克在挣扎。让牢门关上吧！留下他一个人待着吧！但是，已经晚了，贞妮来了。透过铁窗，雅克看到了贞妮。贞妮从医院洁白的走廊那头走来。头上戴着不准拿下来的轻纱，轻轻地走来。雅克就这样看着贞妮，没有表示欢迎。雅克不想她靠近，谁都不想靠近。因为他是铁笼里的人。如今，雅克不知道怎么了，伸出手捧着贞妮的小脑袋，那圆圆的笑脸似乎在颤抖。雅克看到面纱下的眉头是紧蹙的，贞妮问道："你怕不怕？""怕，"雅克的牙齿在打战，发音不是很清楚，"我是怕的，但是没有人知道我是怕的，当然除了你。"贞妮又说道："已经结束了。忘了吧，安息吧。"

贞妮的声音依旧那么轻柔、温和与平静。"对啊，但是，你不懂。"雅克身后，走进一人来。雅克不敢回头去看，他夹紧了双臂。眼前一片漆黑，感觉到有人蒙上了他的眼，粗鲁地推着他。雅克向前走去，一阵清风吹凉了他额上的汗。此时，他的脚踩在柔软的草地上，眼睛虽看不见，可是雅克似乎能清楚地看到他穿过了严兵把守的普兰宫前的广场。士兵又如何，雅克现在已经不管这些了，什么人也不去想了。雅克只注意到周身的清风，黑夜将过、黎明来临之际的温暖。泪水滑下，虽然雅克的眼是蒙着的，他却抬起头，往前走。雅克的步伐是坚定的,但是有点不稳,就像脱线的木偶,因为他的腿有点发软,觉得地面似乎有洞吸着他。但是没关系。雅克继续前进。他仔细听着周围的声音,连绵的呼号声,就如风在歌唱。每踏出一步,就越靠近目的地。雅克向前伸着双手,似乎举着祭品,这样神圣的物品,必须捧好,不能踏空。身后是谁在笑?是梅奈斯特雷尔?

雅克缓缓地睁开双眼。头顶上的天空,早已不见繁星的踪影。夜将尽,天色开始明亮,东边,淡淡金光的天幕上,朝霞形成了一列山峦,在它后面,太阳已露一角,显得天空更是绚烂。

雅克并不认为他是刚醒的。噩梦早已遗忘。血液是跳动的,头脑是清晰的,就如雨过天晴。是时候行动了,梅奈斯特雷尔就快来了,早已准备好。在雅克轰轰作响的脑袋里,种种清晰的思绪接连而来,肖邦的练习曲再次响起,似乎在给雅克伴奏,轻柔得让人心醉。雅克自衣袋里掏出笔记本,扯下一张,开始写些什么:"贞妮,我今生的最爱。此时此刻我是这么想念你。原本想要给你多年的温存,但是我给你的只是伤痛。我是多么希望你能记得我的样子。"

隐约传来一道轰炸声,不久,第二道又传来,地面都有点震动。雅克停了下来,有些疑惑,他仔细地听着,又是一串轰炸声,他深切地感受到地面的震动。雅克便明白了,那是炮声!雅克将笔记本塞进衣袋,一跃而起。高地那边的布拉特纳和卡贝尔已经站了起来,来到斜坡边上。雅克向他们跑去:

"是炮声!肯定是阿尔萨斯那边传来的。"

他们安静地站着,前倾着身子,睁大着双眼,专心听着远处的动静。是的,就是那边,它在等待第一缕阳光的降临,重新开始。在巴塞尔,这是他们从未听过的。

就在他们屏气凝神的时候,忽然,从相反的方向传来一种声音,他们三人一同转过身去。他们的眼中都充满了疑问,但是,没谁能确定这声音到底是什么。随后,这声音越来越大。远处的炮声依旧,每隔一段时间就响一下。可是,他们不再管它。他们转向南方,看着天际,此刻,那里似乎满是瞧不见的虫儿发出的嗡鸣声。

突然,他们一同举起手臂,霍格瓦尔德山顶的上空似乎有什么。是梅奈斯特雷尔!

雅克喊道:

"快做标志!"

三人各抓一张白布,向高台跑去。

雅克要跑的路最长。他紧紧地抱着白布,边跑边注意脚下的突出土块。他的心里想着的是赶快跑到高地。轰隆声距离他是那么近,但是雅克没有时间去看。飞机就如飞禽一样盘旋着,好像要扑倒雅克,将他叼起来带走一般。

84

冷风扑面而来,争相挤入雅克的鼻孔与嘴巴里,使得雅克如同沉溺在水中那般呼吸困难。而且,雅克不觉得他在前进。他摇摇晃晃,停停走走,就像在两节车厢中艰难地行走一样。雅克戴着护耳,但是似乎毫无效果,飞机的轰鸣声依旧如在耳畔。飞机在高地上盘旋一阵后,就离开了,雅克都没注意到。在他的四周,弥漫着飞机释放的团状尾气。雅克睁大双眼,然而,他的目光,甚至是思绪都湮没在这片烟气中。雅克很快便呼吸顺畅了,但是,噪声如同锤子一般，敲打着他的脑袋，脑袋都麻了，又像放电一样，刺疼着他的四肢，雅克好久才适应了。渐渐地，他的脑子清醒过来，再次收集起图像与信息来。不，这一回，是真的。雅克上身系在椅子上，双腿被四周的纸挤着，动也不能动。雅克挺起身来，前方，在一片浓雾里，看见一个人影，双肩、飞行帽和宽阔的机翼，如同皮影戏里的人物。那是飞行员。雅克激动了。飞机开始滑行了，它飞起来了！雅克吼叫起来，这是喜悦的呼喊。但是，它很快消失在轰鸣声中，梅奈斯特雷尔纹丝未动。

雅克伸出头去，劲风拍打着他，风声在他的耳边发出呼啸声。向远望去，是一幅灰暗、变动着的壁画，它平铺在天中。从远处、高处看去，它就是一幅渐变的、分裂的、涂着石膏的壁画，还有几点淡斑。不，这不是壁画，而是一张地形图，绘画着一片陌生国土的地图，大片的土地等待开发。雅克此时有个惊人的想法：布拉特纳与卡贝尔依旧在地上过着爬虫类的生活。雅克感觉一阵头晕，于是坐回座位，闭上了双眼。忽然，他想起了他的童年，还有他的父亲，昂图瓦纳，以及吉丝、达尼埃尔。紧接着，是温柔的贞妮，穿着网球服，站在拉菲特别墅区的公园里。但是这些最后都消失了。雅克睁开双眼。原来梅奈斯特雷尔还在他的前面，弯着背，戴着厚重的飞行帽。是的，这些都是真实的。梦想终于变成了现实。是如何实现的，雅克都有点记不清了。自他跑上高地铺着白布起，他遵从着本能，匍匐在地，感觉魔鬼在头顶盘旋着。从那时到现在，雅克像失忆一般，只是模糊地记得几个片段：在微亮的晨光、晃动的人影。雅克尽力地回想着，突然便记起来了：从天而降的飞机，如同天籁般的嗓音，如天使般的人物。梅奈斯特雷尔伸出了他那戴着皮套子的脑袋，喊道："快装货！"雅克似乎看到卡贝尔他们奔跑在高地上，搬运着帆布袋。雅克又记起一点，他提着油桶，跑到梅奈斯特雷尔那里。此时，飞行员正照着机舱，用扳手拧着一颗螺栓，飞行员扭过头来，对雅克说道："有些接触不良，快找机械师来！"

"他已经走了。"

因此，梅奈斯特雷尔什么也没说，钻回机座。但是，雅克又是怎么上去的呢？飞行帽谁给的？谁帮他戴的？

飞机在起飞吗？它的轰隆声似乎越来越远，整个机身就像固定物，悬挂在金光中。

雅克转过身来，太阳就在他的背后，还是刚升的朝阳呢。如此的话，飞机是在向西北方向飞行？雅克再次挺起身去看窗外。真是神奇啊！雾已经变得稀薄。此时，飞机的下方，正是雅克近几日拼命研究的军事地图。这幅地图，是那么宽广，阔达，绚烂，生机勃勃！

雅克又是激动又是诧异，还将下巴抵在边框上，观赏着这陌生的土地。土地上那条白色河流就像弯弯曲曲的小道，将景色划分为两半。是峡谷吗？难道是伊尔峡谷？在这条时不时被白雾遮盖的弯弯曲曲的银河之中，还有一条小河。河的右岸好像有条白线，是公路吗？难道是阿尔萨斯的公路？那纠结在一块的条条状状，或许是其他交错的公路吧，在平坦开阔的绿色平原上，显得那么清楚。地上还有一道黑线，就如直线般笔直，起先还没看见。是铁路吗？雅克将他全部的注意力都放在了观赏中。此时，他将峡谷两侧的山峰看得清清楚楚。它们的四周环绕着浓厚的云雾，随风而动，风起云涌，有时还露出一大片空地。那点点暗绿，就是葱茏的树木吧，在那边，刚有什么东西露出云缝，是城市吗？一个城市，顺山势而建，层次分明，从飞机上看，是那么小，被朝阳晒得金闪闪的，那里，生机勃勃。

飞机稍微向后倾去。雅克便觉得飞机升高了，稳稳地、轻巧地上升着。现在，他对轰轰的马达声已经适应了，甚至变成他的必需品了，缺不得。雅克沉浸在其中，深深陶醉。这马达声似乎成了表达雅克激动之情的交响乐，强有力的音阶用响亮的语言述说着此时的神奇，欢快地歌唱着将他送到目的地。雅克已经不需要做斗争、做选择了，就是愿望也不重要了。他解脱了！疾飞而过的风，高空清冽的气流，对成功的执念，这些都使得雅克的血液流动得更快，心脏跳动得更有力，也更有节奏。而这跳动，似乎是雅克的身体同此时的胜利进行的亲密合作。

梅奈斯特雷尔心情十分激动。

刚刚，他的身体向前靠着，或者是想要看下地图？又或者是想要更加完美地依照要求来行动？雅克心情愉快地看着同伴的动作。他喊着："哎！"但是噪声与距离让两人无法进行交谈。

梅奈斯特雷尔又活动一下身体，然后向前靠过去，弯下腰他背部面对下方，安静了一会儿。雅克奇怪地看着他。他没有注意飞行员做了什么，但是从他肩膀短暂的抖动来看，他估计是在用力，在工作，或者是在用长扳手，他依稀记得在高台时，在梅奈斯特雷尔手里见到过。

看起来一切都还好：飞行员有娴熟的飞机驾驶技能。

突然之间，空气中产生了一阵震动。发生什么事情了？雅克很奇怪，用眼睛逡巡着周围的环境。他花了一点时间搞清楚了：这种震动，还有突然发生的气流，不过就是突然出现的沉寂，完完全全带有宗教气息的沉寂，属于星河的沉寂，忽然之间替代了马达轰鸣声的沉寂。为什么油气供应被切断了？

梅奈斯特雷尔将身体直立，甚至他可能是站起来了，他的身体将飞机的前半部分遮挡住。

正注视着四处的雅克眼睛没有离开这坚定不动的后背。真让人气愤，没有办法交谈！

飞机也好像被目前的沉寂惊呆了一样，慢慢地发生几下颠簸，然后继续按直线飞行，在天空中发出弓箭一般的声音呼啸着前进。水平飞？俯冲飞？怎么会这样操纵飞机？梅奈斯特雷尔是因为害怕飞机的声音会使他们暴露吗？他想要降到地面？他们已经靠近了战场？是不是等下就要撒下第一包传单了？一定是这样的：因为梅奈斯特雷尔还是那样的姿势，他只是用左手发出一道命令。雅克颤抖着，想要伸手拿到一包传单，但是他不受控制地从座位冲了出去，没办法保持平衡了。他的肋骨被皮带勒住了。发生什么了？飞机头部朝下不能平稳飞行。怎么了？是有意的？雅克的大脑中产生了一点疑惑。直觉告诉他有危险，这与他以往对梅奈斯特雷尔拥有的信奉感相违背。他的一只手抓住了机舱的边沿，努力站起来想看看外面的场景。多么让人害怕啊！一切的东西都在晃动。田地、农场、树木，不久之前还平展稳定的东西，现在都在剧烈摇晃着难以平静，像被火点燃的水彩画那样蜷曲着，靠近，接近着他，在怒吼的狂风中，带着灾难一样的速度！

他身体猛然用力，最终摆脱了皮带的束缚，甩到了身后。

被打落了！完蛋了。

不！这个时候飞机似乎像发生了奇迹一样飞起来了，甚至恢复了正常状态。梅奈斯特雷尔依旧掌控着飞机。还来得及!

飞机不受控制地滑翔片刻,然后被强烈的气流抓住,掀了起来,摇晃着,冲击着机体。飞机发出惨烈的声音,向左边倾倒。是"在翼尖上"盘旋还是准备着陆呢?雅克弓起身体,两只手抓在金属板上,但是指甲却妨碍了他的行动举动。他的眼睛里有一些影像清晰地出现:在日光下,一片树林,一块农场,他条件反射地闭上双眼。只是片刻的时间,但是被无限放大了。大脑中一片空白,心脏像是被夹在了捕兽夹中。一阵号角声冲击着他的双耳,烟火一样的火花包围住他,将他往盘旋的光亮中拉扯。钟声,钟声,用力。他想大声叫喊:"梅奈斯特雷尔。"强烈的震荡使他的下巴受伤。他整个人被撞向天空,他觉得自己就像是一团泥灰一样被拍到墙上。

灼热,烈火,猎猎作响,火灾的恶臭。痛苦,蚀骨之痛侵蚀着他的双腿。他觉得整个人都要窒息了,拼命地挣扎着。他爆发出常人难有的力量想要后退,想从这里爬出去。不行!他的双脚被困在火中。他的肩膀像是被两只钢爪钉了进去,拖着他,他觉得全身都要裂开了一样,大声地吼叫起来。有人拖着他的身体从钉子上面过去,他的血肉一片模糊。

猛地,这难熬的恐怖一下子变得柔和起来,一切陷入黑暗和虚无。

85

有说话声音传来,但是被厚厚的帘子挡住了,模糊的声音,但是依旧坚强地钻进了他的耳朵里。有人在说话,是梅奈斯特雷尔?他在叫他?他努力挣扎着,用所剩不多的力气,想要从这种麻木中摆脱过来。

"您是哪里人？来自法国？来自瑞士？"

他的腰身、双腿还有膝盖被难以承受的苦痛煎熬着，像是被铁钉钉在地上一样。他的嘴巴也变成了一道伤口，他红肿的舌头使他难以呼吸。他紧闭着双眼，脑袋后靠着，左右摇动着，双肩在抽动，他想挺起身体但是失败了，带着被卡住了脖子一样的呻吟声，再次倒在了那从他身体中穿过的钉子上面。一阵汽油与床单的焦臭味儿在他的鼻喉中穿梭。他流出了口水，从他那严重受伤的嘴巴里，流出了一口血块，像是果肉一般浓厚。

"哪国人？执行的是什么任务？"

说话的声音在他的耳边嗡嗡响起，将他从麻木中唤醒。他浮动的目光从中晦暗的地方转出来，在上下眼皮之间显露了出来。他看到了树梢，天空，布满泥灰的绑腿，红色的裤子，军人。法国步兵俯下身体看着他，他们对他开枪，他就要死了。

传单在哪里？还有飞机呢？

他将头轻轻地抬起来，眼光在步兵们的双腿之间审视着飞机。在三十米开外的地方，阳光下面乱糟糟的飞机残骸像燃过的篝火那样冒着烟尘：一堆破铜破铁，上面挂着几条黑黢黢的破布。旁边，飞机的一翼破烂不堪，一端深埋地下，在草丛中耸立着，孤零零的，就像稻草人一样。传单！他就要死了啊，但是他却没有撒出一张传单，一包包的全都在那里被烧毁，永远留在了灰烬中，永远，没有人了。他抬起了脑袋，眼睛看向明亮的空中，心里对这些已经成为废墟的传单抱有极大的可惜。他实在太痛苦了，什么都顾不了了。这样的痛苦侵蚀着他的双腿，直达骨髓深处。是的，死神快一点来吧，快

1759

一点啊。

"哎，说话啊？您是不是法国人？你乘坐这架飞机是为了做什么？"声音靠近耳朵，伴随着喘气声，洪亮但不粗俗。

他再次张开了眼睛。那是一张还算年轻的面庞，因为疲倦而显得虚肿。眼睛是蓝色的，鼻梁上架着副眼镜，戴着军帽和蓝色的帽套。身边传来其他人说话的声音，乱糟糟的："我跟你说，他醒了。""你告诉连长了没有？""中尉，他或许带了证件，应该搜查一番。""他真是太幸运了，可以死里逃生！""军医就要来了，帕斯甘已经去找他了。"

鼻梁上架着眼镜的人单膝跪地，他的胡子并没有刮干净，脖子和下巴从他解开了风纪扣的大衣中伸出来，胸前皮袋子交叉着。

"你不会说法语吗？Bistdu Deutscher？Verstehstdu？（你是德国人吗？你能听懂吗？）"

他将一只粗糙的手搭在雅克受了伤的肩膀上，雅克忍不住发出了微弱的声音，中尉立马将手缩了回来。

"您难受吗？想不想喝水？"

雅克轻轻眨了下眼睛，表示想要。

"不管怎么说，他能听懂法语。"军官起身，轻轻地说。

"中尉，这人一定是奸细。"

雅克想要转过头去看这个发出尖锐声音的人。这个时候，一排士兵走开，他看到在三米远的地方，有一些黑黢黢的东西堆在一起：难以言说的、黑黑的东西，堆在草里面，只有露出的一只胳膊表明这是一个人，这只胳膊的另一端是一个乌黑的爪子，雅克的眼睛没有办法从那上面挪开：这只灵巧的手，在空气中蜷缩着。雅克的身边，说话的声音开始模糊起来。

"看啊,中尉,帕斯甘带来了军医。帕斯甘看见了一切:他还将咖啡送往哨岗。"他说。

声音渐渐远去,然后被帘子隔开。天空中的树梢也变得模糊不清。疼痛渐渐远离,在让人沮丧的疲倦中远离。传单还有梅奈斯特雷尔,都没有了。

因为什么奇怪、强硬的理由,他还苟活在这摇晃脆弱的小船中?梅奈斯特雷尔早就跳水了。因为湖面的风暴非常猛烈地摇晃着他们的小船。太阳像是融化了的铅一样烘烤着。雅克拼了命地想要避开这种灼热。他努力想要挪动自己的肩膀,微微张开的双眼马上又闭上了。这亮光让他的眼睛很痛苦。他无比难受,船上有尖刻的石头划开了他的皮肤,他想喊梅奈斯特雷尔,可是他的嘴巴里面有块燃烧的煤块灼烧着他的舌头。猛然一下冲撞,他感到疼痛直达神经末梢。小小的船体被猛然到达的波浪卷起来估计是撞到了码头上。他睁开双眼。"喂,受伤的小子,你想不想喝水?"是一个士兵在说话。这张脸很陌生,像是乡村教堂神父的脸。身边混杂着各种粗鲁低沉的声音,他十分痛苦,他受伤了,可能是因为飞机失事了。想喝水,感觉到铁做的杯子碰到了他的嘴角立马引起一阵火燎火烧的痛苦。"兄弟,他们的步枪不算什么,可是,他们有机关枪,这些德国人去哪里都有配给!""我们也会有机关枪的,就只等着被制造出来了!"

喝水。虽然他现在就在太阳下面,全身都汗湿了,但是他依旧在发抖。他的牙齿磕磕碰碰撞到金属,他的嘴巴只能张开一条小缝。他贪心地喝了一口,咽了下去,有些水顺着下巴流了出来。他想伸出一只手,但他的手被手铐牢牢地铐住固定在了担架上。他还没有喝够，可是端着水杯的手离开了。猛地，他想起了全部的事情，传单、梅奈斯特雷尔焦黑的手、飞机、燃烧。他紧闭双眼，阳光灰尘与汗水和眼泪混到一起刺激着他的眼睛，想喝水。他十分痛苦，对于人物事情都不在乎了，除了他正承受着的痛苦。但是，身边的嘈杂声让他又睁开双眼。

周围的士兵衣衫褴褛，露出了脖子，汗水黏在头发上，晃来晃去，叫喊说话，相互打着招呼。他就躺在草丛中的担架上，紧靠着挤满人的路边，吱吱呀呀响着的车辆被骡子拉着，陆续从他身边路过，掀起阵阵灰尘。在两米开外的路边，士兵们在那里边喝水边说话，他们在阳光中把军用的水壶举起来，一把把枪，一堆堆背囊，并排放着，在路边一眼看不到尽头。士兵们一堆堆地仰倒在小山坡上面，争执不休，手舞足蹈，抽着烟。用手挡着阳光疲惫地在太阳下面倒下就睡。在壕沟里面有个看起来年纪很小的士兵包着胳膊躺着，睁大双眼看着空中，叼着一个草根。水。想喝水。他很难受，身体的各个位置，嘴巴、双腿、后背，因为发烧而引起的颤抖掠过后背，次次都让他忍不住呻吟，这个时候已经不像飞机刚失事那时候了，烧伤让他全身都承受着巨大的疼痛。人们被逼无奈照顾着他，为他处理了伤口。猛然间，一个想法困住了他，他的双腿被人们切掉了。

现在还能怎么样呢？但是，截肢的念头让他很困扰，他的两条腿。他已经感觉不到它们的存在了。皮带把他绑在了担架上，他用力抬起脑袋刚够看到他满是血的两只手还有从剪断的裤子中伸出的双腿，他的腿？还是完整的。好好的？两腿被绷带缠满，从踝骨到膝盖，绑腿的木板肯定是从旧箱子上拆下来的，因为有一块上面还能清楚地看到黑色的字体。易碎物品。他失去了力气躺下来。

周围全都是说话的声音。男人，士兵，打仗，他们在说："一个龙骑兵说，队伍在那边集中。""只要跟着队伍走，到了驻扎地你就知道了。""你们来自哪里？""谁晓得是哪里？在那边。你们来自哪里？""我们也一样的，你知道啊，从周五开始，到处都是我们的士兵！""好啊，可是我们呢？""我们？老兄，这是显而易见的，从战争开始，从七日周五开始，已经过去三天了。但是，总之我们睡觉的时间连六个小时都没有，是吧，马雅尔？并且没有东西吃，周六，就只有一点点东西，还有晚上的时候，自从到了这个乱糟糟的地方，供应就断开了！在村里找到一点吃的，总算解决了一下问题。"稍微过去一点一个声音很气恼："我说，还不算完！""可是我呢？我跟你说一切都完了。是不是，沙博？一切都完了，如果要反击的话，会全部完蛋的！"

最难受的可能就是嘴巴了，让他难以喝水、说话、咽下口水，甚至难以呼吸。他小心地想活动一下舌头，在口腔深处，那里有一股存了很长时间的汽油味和焦煳味。

"还有啊，你知道的，到达卡尔斯帕希前面的时候，每天晚上外面都是戒备森严。"

他的嘴巴受伤了，红肿，伤口很大，他的脸被飞机的残片击中了，也可能是掉落下来的时候打坏了下巴，可是，他的嘴巴里面很疼，他的大脑在运转着："我自己用牙齿咬坏了舌头。"他最后这样想到，这样集中的思考让他十分疲惫。他再次闭上双眼，昏昏欲睡。在闭上的双眼之前，好像有火苗在跳动一样。他的双腿不断发出剧痛，他低低地呻吟着，再次昏迷过去。一切都暂时被遗忘了。

"全身都烧伤了，腿也断了，奸细。"

他张开双眼,看到的还是靴子和绑腿。

士兵靠近担架,他们身边围了一堆人。"好像是飞机。""飞机?布里卡尔看到了。""布里卡尔?""不是!布里卡尔,第五兵团的那个大个子的士官。""他们的机体全都毁掉了!""有一架不见了。""他受伤了,他挺幸运的。虽然腿坏了,不过还有救。"这个声音他很熟悉,转过头看去,说话和看着他的人是个老兵了,长相很像乡村教堂的神父。他眼珠发白,秃着头,正是喂他水喝的人。"好了。"另外一个人,个子小小的,黑头发褐色皮肤,很壮实,科西嘉人一样的脑袋,眼睛很像覆盆子,他大叫一声说:"队长,你听说了吗?马茹拉说,摔伤的话还有得救,但是活不了太久了!"士兵队长嘲笑地说:"活不了太久?不。帕奥里说对了,活不了太久!"这个人很魁梧,袖子上的肩章是新的。他的胡子很浓密,只有两团肉色的脸颊露出来。"那样的话,为什么不直接毁掉呢?"一个人问。队长不开心地回过头,他用严肃的声音说着:"我们听从命令。"士兵班长放声大笑:"就像我们这样的!我们已经用了两天的时间等命令了!""还等着吃饭呢!""乱糟糟的!""我看,连通讯士兵都不见了。上校。"一阵笛声让他们中断了讲话。"拿上枪,整队出发!""背上背包!队站好,背上背包!"

雅克的四周现在吵吵闹闹乱哄哄的。队伍再次前进,雅克掉进了黑色的洞窟里面,水浪拍打着船体,更大的波浪托起了船体,摇晃着船体,让它脱离了掌控。"靠右!""发生了什么事?""靠右。"晃动让他睁开双眼。他的眼前是抬着担架的士兵的后背。

队伍在环绕前进,队伍断开,避过一头死了的骡子,这头骡子尸体鼓胀着,大肚朝天,被丢弃在路面上。人们嗅到臭气都直吐口水,不断驱赶着苍蝇。之后人马又重新集合,跌跌撞撞地前进,被铁钉钉过的鞋底在坑坑洼洼的路面上踩着。

什么时间了?太阳正在头顶,晒在他的脸上,他很痛苦,有可能十点或者十一点了?将自己送去哪里呢?灰尘让人难以看见几米开外的东西。左边,团队的车马一直在刺鼻的灰尘和烟尘中慢慢地前进。道路两遍冒着烟,发出了粪土的臭味和皮革、羊毛以及汗臭的味道,他无比地痛苦。特别是他一点力气都没有,无力思考,无力摆脱现在的状态,烟尘呛着咽喉,干咳,发烧,舌头流着血让口腔干燥,他在这无休止的前进和嘈杂声中沦陷,孤孤单单的,与生死一切都没有联系。在不再做噩梦以及不再失去意识的珍贵的清醒时刻,他一直在心中反复说着:"打起精神来,打起精神来。"队伍时不时地挤到担架边,他看不到外面的东西,只能看见一些身体和枪口摇晃着,以及他与天空之间流动的气息,他就像在充满风声的森林中前进一样,他目光呆滞但是执着地看着前面一个鼓囊囊的正在晃动的背包,看着一个被蓝色的布包着依旧还是发着光的军用水壶。很多士兵都将背包的带子解开,让背上的东西滑到腰部,肩膀垮下去,脸上混着汗和泥土。雅克有时候发现,有些人看自己的眼光是斜着的,有时候注意力很集中,有时候又是散漫的、模糊的,都是些让人头晕目眩的表情。他们前进,笔直地前进,身体相互挨近,不看也不说话,摇摇摆摆的,但是很执着地跟在队伍后面,这样的话才可以逃命,在这条路上他们的力气就像石磨一样磨掉了。旁边,一个瘦弱高大的士兵,侧脸的线条看起来很清楚,戴着护士的臂章,步伐沉重,抬起头,凝神屏息如祈祷一般。在担架的一边,一个士兵很矮小,小心地迈着步子跌跌撞撞的。雅克呆滞的目光跟不上步伐,膝盖不住扭动的瘸腿。有时候队伍乱开来,拉下一点的距离,这个时候,雅克就能看到花草树木和农场篱笆,还有洒满阳光的田野。是真的吗?之前在马路边上,看到了一个农家小院,泥巴糊成的粮仓,窗子紧闭着的灰房子,有母鸡在粪堆里啄食,粪土的臭气直冲鼻孔。他全身都是麻木的,任人摆布,眼睛好像一直都闭合着。前进突然停止了,之后,士兵们都气喘吁吁地开始奔跑,填补空当,不让车辆趁机插入。"真是看不进去了!为什么全部人都挤在一起?""我的兄弟,哪里都是这样的!每条路上都是车马!你想啊,全部人都在撤退呢!""全部?看起来是第七军了!""哎,你是要到哪里去?""你发疯啦?""嘿嘿,是本地的护卫军啊!"有个士兵反方向奔跑,然后穿过马路跑向东方,那是敌人的方向。他对其他人的呼喊没有任何表示,依旧在车马中穿梭。他已经不再年轻,胡子都灰白了还被灰尘布满。他不拿枪,也没有行囊,只穿了一件褐色的灯芯绒布料的长裤,军大衣也是褐色的,身体两边挂了一些东西,晃悠着,有水壶、子弹夹。"我说。老爹,你到哪里去啊?"他躲开了伸过来的手臂,表情十分紧张,眼神很执着地露着粗野的光芒,他的嘴巴在蠕动,像是在和幽灵说话一样。"你是回家乡吗?兄弟?""祝你平安!""给我寄信啊!"这个人头也不回,直直地向前跑去,爬上石堆,翻过壕沟,避开农场边上的灌木,然后不见了身影。

"看啊,有船!""在大马路上?""说什么?""一队的架桥的人逃跑了!""他们把纵队切断了。""在哪里?""是真的!看啊!轮船!真是太奇怪了!""哎,你说啊,约瑟夫,不得不相信,这次不再闯莱茵河!""前行!""向前进!"纵队行动起来,又继续前进。

前进了一百多米之后又停留下来。"又发生什么事了?"这一次,总是停下来不动。马路从一条条铁路中穿过,一长趟的火车在铁路上奔跑,前面的火车头的锅炉烧得很旺,"咣当咣当"地慢慢跑着。两个士兵把担架放到地面。"队长,不得不相信情况不太好了:他们在把东西往后撤!"马茹拉笑着说。队长看着火车,擦擦脸上的汗水,默默地不说话。"呵!"小科西嘉人喃喃地说:"队长,自从有人向后逃,马茹拉就很开心!""马茹拉。"第三个士兵,独自在一堆石头上面坐着,吃着小面包,有像公牛一样粗壮的脖子,像运动员一样壮实的身体的人说:"前几天看到带枪骑兵之后,他心里总是不太舒服。"马茹拉脸一下子变红。他鼻子很大,眼睛又大又灰又很犹豫总是回避人,但是目光却很刚毅,他的额角流露着执着,他长了一张很会计较的农民的脸孔,他默默地看着他的队长,然后说:"我可以毫不愧疚地说,队长,我一点都不喜欢战争,我不像科西嘉人,我一直都不喜欢舞刀耍枪!"

队长没有听这些话,他向右边转身。车轮的声音中掺杂着一阵轻微的鼓声。一队士兵顺着马路向前飞奔。"巡逻的?""不是的,他们来自参谋部。""难道是有命令下达?""躲开,神啊!"骑马的人群中有个人是连长,身后跟着两位士官以及几个士兵。车辆和人群中间有马穿梭,绕过担架,走过了马路,到另外一边会合,然后往四面八方的田野散去。"这些人太幸运了!""看你说的,估计是他们接到了命令要为我们断后,拼死阻止他们向我们袭来!"

担架周围的军人们都在议论。在缺少扣子的军服中,在汗湿了的胸膛前,用作记下死者名字的名牌上都系着黑色缎带。这些人多少岁了?一个个脸上全是泥土,年迈不堪。"你。有没有水?""都喝完了,一点都没有了!""我跟你讲,七日晚上我们看到了一架柏林的飞机。它飞过森林。""我们没有撤退?没有撤退?这可如何是好?""别撤退,有位联系员听说参谋部的长官跟士兵说明情况了,我们没有撤退!""你们听到了吗?他告诉我们别撤退!""别撤退!这就是想要反抗而想到的对策吧。真是好办法。我们会困住那些人的。""怎么困住?""用钳子啊!你问下长官。你明白什么是用钳子困住吗?是指让敌人深入内部,你懂吗?然后,将钳子突然夹住,敌人就会惨败。""是德国的战斗机!""在哪里?""那里。""哪里?""就在麦堆上面。""是德国的战斗机。""出发。""长官,是德国的战斗机。""出发,那只是卡车。是火车的末端。""你怎么会觉得那是德国的战斗机呢?""事实如此啊,有人朝它开炮啊,看!"很多散碎的球星碎片出现在两点四周,接着被风吹散。"站好队!出发!"末尾的几节车厢在铁路上缓缓前进,岔路上什么东西都没有。

真是太拥挤了。还一直摇晃,拿出精神来。没多久便振奋精神,他听见自己头上有喘息声,是那个抬担架的士兵。接着昏天暗地,脑袋发晕,特别想吐。色彩艳丽的军队就像是红蓝相间的旋木飞过。他长叹一声。梅奈斯特雷尔的双手经脉凸凹,颜色发黑,都变形了,好像烧着了的鸡爪子。传单!所有的东西都烧了,全毁了。

忽然卡车的鸣笛声传来。他睁开眼睛,军队停在了村外。又是一阵军队后面的卡车鸣笛声。将士们停在路旁,队列分开形成道路,队长立正敬礼。来的是一辆插着旗帜的卡车,车上都是长官。房子里面有一顶将军的金色军帽,雅克又闭上眼睛。他的脑海闪过军事法庭的景象。他站在法庭中间,正面是这位戴金色军帽的长官将军,费斯姆先生。喇叭一直在响。所有的事物都变得朦朦胧胧。等到他睁眼的时候,他看见一道修理齐整的篱笆、草坪、天竺葵,还有一栋房子,窗帘的条纹是横的。拉菲特别墅区。篱笆上面挂了一面白底红十字的旗帜。石头前有一辆无人的救护车,全部都是弹痕,连窗户都破了。军队朝那边行进。队伍朝前面走了一会儿,接着停了下来。担架重重地摔在地上。现在队伍停后很多将士都没有站着等候,全部睡在地面上,也没放下枪和行李,好像在这里不见了似的。

村子距离这里大约两百米。队长说:"也许要在这里休息了。"又是一阵声响:"出发!"队伍朝前行进了五十米,接着又停了下来。

一声巨响。什么情况?太阳还是处在头顶,特别炎热。这次队伍前进了多久?他非常难受。嘴边有一丝发臭的血渍,他的下巴、手上全被蚊子叮满了脓包。

一个村里的孩子眼睛闪闪发亮,笑嘻嘻地告诉这些将士:"在乡政府的地下室里……他们正朝着一个通气孔。三个!三个被抓的士兵。他们胆战心惊!就像雕像一样。也许这些人一旦抓了小孩,就会砍断孩子们的手。有一个俘虏在两个官兵的看管下出来上厕所,我们真想掏出他的内脏!"队长喊那孩子:"这里有酒吗?""有!""看!这是二十个苏,给我装一公升酒来。""队长,他不会回来的。"马茹拉很不同意地预测说道。"前进!出发!"又前进了五十米,直到那些士兵在交叉路口下了马。右面是围着一道白栅栏的凹进去的空地,也许是集市。一群伤病官员集合站立,连长在队伍里训话,接着便解散了。旁边是草堆,管饭的在发食物。到处是碰撞声、叫喊声、说话声、蜜蜂的鸣叫声。那孩子又回来了,喘着粗气,手里拿着一个酒瓶。他笑着说道:"这是您要的酒。他们说这十四个苏像是小偷给的。"

雅克睁开双眼,瓶子里面都是冰过的水蒸气。雅克看着这个酒瓶,眨了下眼睛。喝吧,喝吧。士兵们站在队长旁边,他拿着酒瓶,好像是自己喝这冰凉的酒水。他慢慢微张双腿,扎稳马步,借着阳光举起酒瓶。在喝酒之前,因为想喝得更畅快一些,于是将喉部的痰吐了出来。喝完以后,笑呵呵地把酒瓶给了最老的官兵马茹拉。马茹拉还会为雅克着想吗?不会。他喝完之后,将酒瓶给了一边的帕奥利,帕奥利的鼻子像畜生一样。雅克闭上了眼睛不愿意再看这一幕。

周围都是议论声,他又闭上了眼睛,龙骑队的官兵。就是在路途中等候的士兵们,都竖着排开休息,过来和这些士兵聊天。"我们是轻骑兵连的,让我们和第七连七日会合。我们要去坦纳,朝着莱茵河走,这样就换了行军的路程,目的是炸毁大桥。但是因为行动太急,准备不当,你懂吗?我们开始是准备加快速度去的,但是马匹体力不支,士兵们也身心疲惫,只好一边打仗,一边撤退。""真是太混乱了!""而且,从这里走没什么问题,我们是从北方来的,在途中,遇到了许多军队还有百姓,他们都很害怕,逃走了!""我们,"说这话的是一个步兵班长,语气庄严响亮,"我们是前锋队伍。天黑时要去阿尔基希。""八天?""八天,是星期六,也就是前天。""我们也要去那里。步兵做得好,无懈可击。阿尔基希那里都是德国人。步兵用刀枪很麻利地就可以将他们赶出去。然后乘胜追击,去瓦尔海姆。""我们都快到特戈斯海姆了。""次日,我们没看到任何人!直到缪霍兹。我们觉得会持续到达柏林!这些德国人,他们知道让我们打前锋,自己就可以知道怎么做了。从昨天开始,他们便发起了攻势,貌似还不错。""多亏了我们知道要撤退!不然后果不堪设想。"这时来了一个副官还有几位下士。副官满脸通红,双眼布满血丝，声音急促地说道："我们打了十三个小时，一直打了十三小时，是不是罗歇？十三个小时，枪骑兵位于我们面前，在那树林里面。我永远都会记住这种场景。他们是无法驱逐的。我们的军队派往左边，从树林穿过去。在蒲托的季梅家里我是会计，你们瞧瞧！我们花了两三个小时走了一公里的路程，还觉得无法抵达村庄呢。可还是按时到了，百姓们都在地下室，女人、孩子都在哭，太悲哀了。我们将他们关了起来。阿尔萨斯人，没错，没办法了解清楚。我们在墙上挖了个洞，去到三楼，把窗户用布堵上。我们只有一架机关枪，但是子弹很多。所以才坚持了一天的时间！上校讲过我们可以报销。最终还是活下来了！那些事情无法让人相信。但是，当我们撤退的时候，我敢发誓不会再说这些。我们走的时候林子里仍有一两百人，从村庄走的时候却只剩六十人。这里面还有二十个负伤的，说真的，你觉得我的话可信吗？这一点都不可怕，跟你所做的事情比起来，想得真的太多了。所有的将士都没有看到，无法了解。我们躲着都没看见有战友死去。我旁边战友的鲜血溅到了我这里。他告诉我：'我不行了。'现在他的声音还在我的耳边，尽管我不知道他究竟是谁。我都没有空闲看他一下。仍然前进，呐喊，都不知道身处何地，是吧，罗歇？"罗歇看了下四周的士兵，用一副严肃的口吻说道："开始，可以这样讲，对于我们来说这些普鲁士人根本不存在。""队长，队伍继续前进了。"一个士兵前来禀报。"哦，那就出发吧。"士兵们都回归原位。"立正，一个一个排好队，出发。""愿你们一路顺风，再见了。"队长从骑兵身边经过时开口说道。

队伍又出发了，没有再停留，直接去了村庄，道路中都是军队，夹杂着混乱的步伐声，队伍渐渐放慢了步子。担架也没有因为过度晃动再产生剧痛。雅克睁开眼睛,看到了住房,难道不用再受煎熬了吗?

每户住所外面都站着一些人,有上了年纪的男人,带着小孩的女人,孩子们拉着妈妈的衣角。从早上开始,他们站在那边,靠着墙,担忧地张望着。此刻阳光格外刺眼,望着这些密密麻麻的部队,都是身心疲惫的士兵们,这些人前些日子用信任的眼光看着这支了不起的部队奔赴战场,现在却变得如此狼狈。村子被炮灰淹没,就像是阳光下拆掉的工地住房一样。蜂群因为受到惊吓发出响彻村庄的嗡鸣声。士兵将商店里的面包、肉、酒全部带走了。礼堂外的广场上挤满了人和车辆。骑兵们牵着马匹的绳子,都往右边凉快的地方靠。一个长官低着身子,非常愤怒地在骂一个衣着褴褛的看守老人。礼堂的门是开的。里面有点昏暗,躺着很多受伤的官兵,医护人员在为他们治疗。屋外,车里面有位长官顶着烈日大声喊道:"五班,分发物品。"队伍前行的速度渐渐变慢。教堂后的街道也越来越窄,成了一条巷子。队伍组织起来,在原地踏步,一边咒骂着。一位老人坐在门前的扶手椅上,里面全是枕头,双手放在膝盖上,好像在看戏似的。队长从旁边路过时,他喊道:"你们要去远方吗?""不清楚,还要看通知。"老人用明亮的眸子望了下担架还有几个士兵,不同意地摇着头说道:"我都已经看这些看了七十年了,但是还在持续啊。"

雅克看到老人那怜惜的眼神,也变得可亲了些。

队伍还在前进,现在已经走到了村子正中的位置。"也许要去末尾的几间屋子休息了吧。"队长才问了士兵中尉,解释说道。马茹拉说:"这还好些,我们是第一个走的。"石子路到了头,小道变成宽广的马路,却没专属行人的道路,路边都是矮房和园子。"停止前进,让车先走！"军车仍然往前。队长说："你们去瞧瞧军队的炊事车是不是在后面。肚子饿了。我和帕奥利留下，因为这里有个病人。"

担架放在路边，周围是个喝水的地方，军队的士兵都来这里打水。水因为摇晃的原因，从石栏流了出来，流到水沟里了。雅克不能转移视线，没看这水，嘴里涌出一股难闻的铁锈味。他的口水像是流到湿棉花里。"想不想喝水啊，小士兵？"太神奇了！一个老妇人拿着一个碗，闪闪发亮。周围围满了官兵、群众、黝黑的老人、孩子、女人。雅克的嘴离这碗很近，他不禁打了个寒战，眼睛像狗似的表达谢意，是牛奶，他忍着疼痛大口喝着，老妇人用衣角帮他擦嘴巴。

一位医生走了过来："这是伤员？""没错，军医先生，可惜啊，是个间谍，是个德国人。"老妇人身子立刻紧绷了起来，突然将剩下的牛奶全部倒在地上。"是个间谍。是个德国人。"每个人都在说这句话。雅克周围的人瞬间变得警惕起来，充满敌意。他只有单身一人，还被绑着，没有办法自保。他转过头，脸上火辣辣的烫，难免感到害怕。大家都在笑他，他看到自己头顶有个穿蓝色衣服的童工，这孩子带着仇视在取笑他，手中还拿着火红的烟头。"不要动他！"队长吼道。"他是个间谍！"孩子反驳道，"是个间谍！你快看！是个间谍！"屋子里面的居民都出来了，一个个带着仇视的目光，士兵们费了很大的力才让这些人远离。"他干了哪些坏事？""在哪里抓住他的？""为什么不杀了他？"有孩子捡了一块石子，扔了过来。其他的人也跟着效仿。"行了！别捣乱，真是见鬼！"队长不耐烦地叫道，他冲帕奥利说："我们带他去那边的院子里。你把栅栏关紧。"

雅克被送到了别处，他闭上眼睛。那些辱骂和嘲讽渐渐远离。

自己身在何处呢？他大胆看了一下。士兵把他藏在一个隐秘的

1773

农家院子中,里面有一股潮湿的稻草味道。他的周围,有一辆马车,车轮已经坏掉,母鸡在那里休息,很安静的隐晦地方,就算死在这里都没人知道。

士兵们进来的时候吵醒了他,母鸡吓得咯咯叫,扑打着翅膀逃跑了。

什么情况?周围传来叫喊声、奔跑声,乱七八糟。队长飞快地穿上自己可笑的军衣。"喂!把这个病人给我抬起来。动作迅速点。"在院子的另一边,有一条小巷,救护车的队伍快速开过。"队长,他们连救护站都搬走了。""我看见了。马茹拉去了哪里?"迅速点,帕奥利。还有呢?士兵呢?两辆汽车开到了院子里,后面还有一队士兵。人们慌张地拆掉树桩、铁丝网。"铁蒺藜放在那里。剩下的搬到这里。"队长很不安地询问正在监管劳力的士兵。"情形不太好?""也许吧!我们是来助阵的。似乎早就占据了孚日地区。朝贝尔福开进。大家似乎在议论投降,免得被占据。""真的?这样,我们就毁啦?""这会儿你们逃跑了也不要紧。让百姓们都跑了。一个小时之后,所有人都离开。"队长转身对士兵说:"这个病人谁来抬?马茹拉,现在不能犹豫!迅速点!院子里都是车声。汽车上也空无一物,掉转了头。一个连长的声音超过了议论声,你们将所有的犁、钉耙还有镰刀都收好,去报告中尉,让他别让居民们把两轮装载车带走了。我们要用这些把路给堵上。""哦,马茹拉!"班长叫道。"在这里,队长。"

担架被四只手抬着。雅克呻吟着。士兵很快就到了大道上,重新整队,准备出发了。队伍密密麻麻,抬着这个担架要去吵闹的人堆里真不容易。"快走!我们一定要进去!""行了!"帕奥利嘀咕说,

"我们可不能带着这个病人赶这么长时间的路程！"

咣当，咣当。又是一阵疼痛难忍。

村庄非常混乱，每户居民的院子里都在呐喊、哭泣、宣泄。村民们立刻拉来车辆。女人们往车上胡乱放着行李、包袱、篮子、食物。很多家庭都是步行离开的，和士兵在一块走，赶着独轮车，婴儿车，车上放满了东西。在大路左侧，是军用车，高大的佩尔什马拖拉的载重车，行进在煎熬的混乱声里。每条巷子里都会有马车出没。老妇人和孩子们坐在那些行李、家具还有棉被上面。在大道前行的军车里有很多百姓们的马车。步兵只好靠右行驶在小沟旁可以歇脚的地方。夏日炎炎。士兵们弯腰驼背，把军帽放在脑后，手帕挨着脖子，就像是背着猛兽那么重（有的肩上还背着柴堆），步履很急、沉重，没有声音。他们脱离了队伍，不知道何去何从，他们不关心任何事情，他们也不想弄清楚一周的战争是怎么回事！他们只清楚，"人们都是逃跑"，他们跟在后面。他们脸上都是粗犷的神色，夹杂着疲惫、害怕、羞辱还有因为逃跑感到满足的情绪。他们都不认识，也不说话，撞到的时候就骂几句，有时讲些恼火的话。

雅克因为颠簸又紧闭上眼睛。由于在棚子里休息了一会儿，腿也不太疼了，但是他的嘴火辣辣地疼。他的周围都是摇晃的身子、枪杆，因为灰尘使人呼吸不畅，没有节奏的摇晃让他的胃很难受，感觉很想吐，就像是晕船一样。他不想思考，他被别人还有自己所嫌弃。

队伍还在前进，马路在两边的斜坡上变窄了。队伍停停走走，每次担架放在地上的时候都特别重，每次雅克都睁着眼睛喊起来。"行了，"小科西嘉人嘀咕说，"队长，这样前进的话，普鲁士人没费力气就……""出发吧,"队长生气了,喊道,"你没发现军队又前进了吗?"军队再次出发,困难地走了五十来米,又停下了。士兵停在拐角的路边,有一些士兵,拿着枪,坐在那里。军官们都在连长周围,站在道路上讨论事情,查看路线。队长诧异地问一个担架周围的士兵:"你们去哪里?""不清楚。上尉还在等通知。""这可不行?""事实本来如此啊。骑兵们就在北面。"一个军官走到斜坡上面。他喊道:"拿上枪!分成四队,跟我走!"他越过左边满是行人的马路,带着士兵走过路旁的草坪。"这人太笨了,队长!他肯定比我们先到营地!"队长没有说话,咬着嘴唇。

队伍仍然没有前进,队伍受阻的情况很惨烈。就算是左边的战车都没办法移动。自行车队伍捏紧把手,想穿过车马的队伍,同样没有穿越嘈杂的人群。

大半个钟头过去了,队伍还没走十米远。右边是农田,士兵们没有选其他路,朝西边撤退。队长特别生气,告诉手下的士兵,担架上挨着几个人,小声商量着。"真是见鬼,可不能一直做这没脑筋的事情。假如他们要抓紧时间就要继续前进。我有任务在身,对吗?今晚就要将这人交给宪兵队,责任我来负。跟着我!"士兵们听从吩咐,没有半点犹豫,一旁的士兵推推搡搡,抓着担架,路过沟壑,穿过农田,没有走宽路,也没管停滞不前的士兵们。

因为爬了山坡,雅克低声嘶喊着。他转动身子,努力将嘴巴张开,接着又摇晃起来,又一次,天空、大树,所有的景物都在摇晃。飞机剧烈地燃烧,他的双腿就像是火把,死神就像是拼命地抓紧他的腿部似的,一直蔓延到胸口。他终于昏了过去。

忽然因为猛烈的撞击又重新清醒过来。他在哪里?担架放在草坪上，多长时间了？这次撤退好像过了很久了。天色渐渐已晚，落日西下。死亡，就像是服过药物一样麻木不仁。他觉得自己被埋到了地下，就算是碰撞的声音都很低沉，非常遥远。他睡着了吗？在做梦？似乎还在梦境，看见一只白山羊在树旁吃草，看见士兵的鞋子踩过沼泽地溅了自己满身的泥巴。他努力睁开双眼，查看周围。马茹拉、帕奥利和队长的一条腿跪在地上。不远处，有些东西在蠕动，士兵们在那里休息，很多行李就像是龟壳一样在草坪上移动。

连长站在士兵身后，用望远镜察看远处。左边是个山丘：有片草地，红蓝相间的军队排成扇状，躺在上面，就像是绿毯上的扑克牌一样。

"要等什么，队长？""等通知。""应该可以跑步前进的，"马茹拉说，"我们抬着这个病人不可能赶得上的。"

连长走近队长，给他望远镜。忽然，右边出现马，是一队骑兵，带队的是一个龙骑兵士官，笔挺地踩着马镫，头发飘然。士官在连长身旁停下，他的脸很像孩子，一脸激动，非常高兴。他手上戴着手套，指着右面："就在山丘后面，距离三公里的援军就要到了。"

他说话的声音很大，雅克看了他一眼。他的眼前浮现出达尼埃尔戴盔帽的形象。

一直迷迷糊糊里，听到了金属碰撞的声音，最后面的士兵等得没有耐心了，也不管有没有通知，便带上了武器。这些人的行动立刻传了出去，从近到远，地上闪出刀具的银光，人们都目不转睛地盯着远处的山丘，那里的天空是金黄色的，宁静，纯洁。士官伸出手招呼骑兵们过来，马匹在草地上休息，这队骑兵飞驰而去，连长喊道："吩咐下去，传我的命令！"他转身看着队长，"您都瞧见了吧，左右都没有消息。他们想让我们身处险境?"于是召集下面的士兵。"别在这里歇着啊,队长。"马茹拉嘀咕着。"嘿,"帕奥利说,"看,那里有动静!"没错,在农场的士兵们都一列一列跑到了山丘上面,一到山丘的另一边,士兵们都不见了。"出发!"连长喊道。"我们也出发!"队长说。

担架又晃晃悠悠地抬着,雅克接着呻吟,没有人听见他的呻吟。啊,希望可以将自己留在这里。在这里死去吧,他闭紧双眼。噢,又是碰撞。每过五十米,担架都会用力地扔在草地上,宪兵们坐着休息了一段时间,接着又出发了。左右两边的士兵继续爬上山丘。宪兵们终于离山丘不远了。连长就在那儿,他解释道:"山丘那边的山谷,也许是一片树林,还有一条路。也许只要穿过树林,朝西南出发。一定要赶紧出发。刚翻过山地,就看到了目的地。"末尾的士兵也行动了。"出发!""跟着!"队长喊道。又抬着担架去了山上。树木下都是野草,一直延伸到葱郁的山谷,那里就是树林,一直到地平线。"走近路,跑步前进!出发!"突然猛烈的呼喊声打破了寂静的夜空,呐喊声在回荡,担架又被摔在了草坪上。宪兵们卧倒在地上,混在士兵里面。每个人都想趴低一些,躲到地里面,好像是退潮的鱼跑到了沙石里面。前面的林子里,发出阵阵响彻天际的爆裂声。每个人都很惊恐。"我们被发现了!""出发!""我们肯定会在林子里被他们杀死的!""去山下!去山下!"士兵们都跑到了山下,借着有利的地形,躲在地面,接着都站起身来。宪兵们跟在后面,担架摇摇晃晃,都快散架了。他们好不容易才到了树林,雅克只剩下一口气了。下山的时候,所有的重量都落在断腿上,布条裹着手和腿。他一点知觉都没有了,当炸弹一样的担架进入了树林的时候,他微睁双眼,树枝碰到了自己,满身是伤,脸庞和手臂都破皮了。突然安静了下来,他感觉自己就快死了,全身的血都快流尽了,非常难受,晕,好像在半空中。飞机,传单。

大炮的声音越来越近。雅克又紧闭双眼。人声鼎沸,周围都是漆黑一片。

担架放在树林里的针叶土地上。周围是嘈杂的议论声。步兵们都相互挨着,好像连在了一起,他们都站着,还背着武器,没有任何动作,站在原地,又无法前进,也不能转过去:"不要挤!""为什么还要等?""巡逻的人已经出发了。""瞧瞧这林子是否安全!"军官、士官到处奔波,没办法让士兵们听命令:"静下来!""第六班来我这!""第二班!"担架周围的士兵靠在树旁,突然睡意袭来,他非常年轻,面容陷了进去,脸色发灰,手臂僵硬地握紧屁股旁的枪,他就像是拿着枪敬礼似的。"也许第三营要前进了,保护他们。""从那边出发,年轻人们!"这是一位下士,有个身材矮小的农夫来找树林,后面跟着那些人,好像是母鸡带着小鸡似的。一个中尉越过担架,他脸色慌张,好像毫无办法。

首领想不管用什么办法都要重树威严。"长官要你们保持安静!你们敢不服从命令吗?他奶奶的!第一排,集合!"士兵们尽管不开心但还是站起身来,这些人只想找到自己的军官、战友,再次入伍,接受命令。有的人笑着,因为这片林子望的到头,所以感觉很安心:战争应该是在林子的另一端,在广阔的地区。有时会出现一个联络员大汗淋漓的,喘着粗气,气急了,一直没见着要找的人。边骂边在路上生气地喊着队伍的口号或者是上校的名字,接着到了队伍里又喊了一下,这声更响,划过林子上方。又是一阵沉寂,拿着背包。

这次，右边发生了爆破声。"是七五型的炮弹。""错了！这是七七型炮弹！"官兵站在担架四周，似乎这就是一个求生的小岛，所有人都向他涌去。

在树林周围，有个声音说道："瞄准一千八百米山顶、树林里。听我的口令！开炮。"炮弹响彻夜空。树林里宁静极了。又是一阵炮弹声，然后一阵接着一阵，急促加剧。树林里的人都去了草坪，没接到通知非常高兴，随意举起武器，往树林外面发射。刚刚还靠在树上休息的士兵，现在已经跪在担架周围，一直仔细地发射，将枪放在树枝两边。每次枪击就像是鞭刑一样打在雅克身上，可是他却连睁眼的力都没有了。

忽然，从远处传来马匹的声音。这里面有两个少校，一个上校，进了树林，又是一阵树木被折断的声音。一声尖叫压过了大炮声："是谁让你们这样做的？神经病啊？你们干吗乱放炮？你们想毁了这个军队吗？"军士在胡乱喊着："别射了！集合！"躁动停止了。一切事情都混乱在一块，似乎困住了人们无法乱来，最终恍然大悟，望着相同的地方，一群人像是朝南转移的鸟儿一样，相互推搡着，走在军衔较高的长官身后。树林里夹杂着金属的碰撞声，还有鞋子踏在草坪上的吱吱声响。周围升起了灰尘，化成乌黑的云朵，在树林里飘散。

"队长,我们呢？"队长早就决定了："我们一定要跟紧步伐！""还要带上这个病人吗？""肯定是这样！行了！跟我出发吧！"他没有丝毫犹豫，就像是奔赴战场似的，进入人潮，后面跟着两个没有抬担架的士兵，其他的两个赶紧抬着雅克。"你没问题吗，马茹拉？"帕奥利小声问道。他想混入人群里，但是因为人太多，担架都会被挡在外面。"一定要等到队伍有空隙才可以。"马茹拉建议说。"行了！"科西嘉突然放开担架手把，说道："那我就快去追队长，让他等一下。""喂，帕奥利，你不要让我留在这里！"年纪大的宪兵喊道。但是帕奥利早就像鳗鱼似的听不见任何声音，在人群里穿行，他的蓝色军帽、黝黑的脖子，立刻不见了。"他妈的。"马茹拉说，他看向雅克，好像是想给雅克水喝。他的眼里有一股仇视的目光："你要给我们颜色瞧瞧，真是愚蠢！"可是雅克没有听见。他早就毫无意识了。

士兵移开树干，想抓紧一位步兵的肩部："帮我个忙，抬一下！""我又不是干这活的。"那人用力挣开了，开口说道。宪兵又找了个脾气好的黄头发壮汉："帮我下吧，兄弟！""你想得真美！""这人怎么处理啊？"马茹拉嘀咕着，他拿出麻布擦着脸。

一段时间过后，没有这么多人了。如果帕奥利回来，就能够继续前行了，不用说这些了！"连长。"马茹拉嘀咕着。一个军官过来，牵起马的绳子，朝前望去，都没有转过身。现在行走的都是跟不上队伍的。他们时间紧迫，都不能形成军队，低着头，没有力气，抓紧步伐，不让自己掉队。不用想就知道没有人想抬这个担架。

突然，在另一边的树林，在草地旁边传来说话声还有急促的步伐声。马茹拉满脸惨白地回过头：他的手指很自然地拿起手枪套，握紧手枪柄。不！是法国人的声音："去那里！去那里。"树林里来了一位伤兵。他就像是在做梦一样，使劲跑着，额头上缠着绷带，满脸没有血丝。他后面又有是个士兵进入树林。他们没带行李，没带武器：他们只是轻微受伤，手上、腿部裹着纱布，手臂上还有绷带。"嗨，兄弟，你告诉我，你准备从那里走吗？他们距离很近，你清楚的。""很近吗?"马茹拉问道。

树枝又被拨到一边,一个军医在后面走出来。他为两个男看护开路,护士用手组成座椅,抬着一个壮汉,那人没有戴帽子,面无血色,双眼紧闭,衣服是开着的,四条饰带,布满血渍的军衣下是圆滚滚的大肚子。"温柔点,小心点。"军医看到宪兵和雅克的脚。他突然转过头问道:"这担架上抬的是谁?是百姓还是伤员?"马茹拉站着犹豫地说道:"是间谍,军医先生。""这是间谍?我们刚好缺担架!指挥官需要担架。"

宪兵乖顺地解下布带。雅克很害怕,抬起手,睁着双眼。是军医的军帽?难道是昂图瓦纳?他想仔细回忆清楚。有人是要给他松绑,给他水喝吗?怎么会这样?担架放下了,不要啊,太用力了,我的腿。尽管戴了夹板,但是痛彻心扉,痛得都快深入骨髓,撕心裂肺。没人发现他的嘴巴在颤抖,眼神慌张。他被抬到了担架外,就像是被推翻了的车,只躺在地上哀号着。腿部传来冰冷的气息,像死神一样渐渐包裹着自己的心。

宪兵没有反抗。他惊恐地看着周围。医生在看地图,护士紧闭双眼,衣服都被染红了的长官快速躺到担架上。马茹拉小声说:"他们离这里很近,军医先生?"突然尖锐的声音响彻天空,接着就是爆破声,脑袋都是一震。接着草堆那里响起炮火声。

"前进。"军医喊道,"我们都快被军火包围了。假如我们一直在这里,肯定会死的!"

马茹拉和其他人相同,在爆炸的时候卧倒在地,费了很大的劲才爬起来。他看见有人抬走了担架,接着在树林里就不见了。他发出焦躁的声音呵斥道:"什么情况?我该如何是好?伤员呢?"接着那个绑着布带的官兵转了过来。"我该如何是好?"马茹拉一遍又一遍地恳求道。"你不要离开,我没办法带走这人啊?"这人是第二次当兵的士兵,很黑,把手当成喇叭说道:"你对这俘虏还真不错啊,别管他,真是愚蠢,快跑吧,否则下场很惨的。"

"他娘的,他娘的。"宪兵大声咒骂着。

现在就只有他一个人,和这个闭着眼睛,躺在地上,就快死掉的人待在一块。四周非常安静,不太寻常地安静。他眼神慌张,手里握着手枪,慌张得就像是在和死神战斗一样。他没有杀死谁,就算是动物都没有打死过。不用说,现在,如果现在伤员睁开眼睛,假如马茹拉一定要直接面对这眼神。但是,这人似乎快断气了,苍白的脸浮现在脑海。马茹拉没有直接面对。他的眼睛还有下巴都在抽搐,他伸出双手。枪口好像碰到了什么物体。是头发?耳朵?想找回勇气,也想为自己开脱。他紧抿双唇,喊道:

"浑蛋。"

喊着话的时候也响起了枪声。

自由了!宪兵站起来,都没有转身看一眼,跑到了树林里面。树枝拍打着他的脸,鞋子踩在树枝上吱呀作响。穿过树林,就是部队留下的踪迹。离队友很近了。得救了!他飞奔着。他想远离恐惧、寂寞、杀人。他停止喘气,想加快速度,为了缓解心里的害怕和咒怨,他就反复说道:

"浑蛋!浑蛋!"

第八卷 尾声

1

"皮埃雷,难道你没有注意到电话一直在响吗?"

早晨,医院一楼一般没有人,医生和病人都会上去做治疗,在秘书处值班的传令兵会趁着这个时间,躲在走廊休息,靠着栏杆轻嗅着花园飘来的茉莉香。听到叫声,他赶忙灭掉手里的香烟去接听电话。

"你好!"

"你好!我是格拉斯邮电局的,有一封电报要交给穆斯吉埃医院。"

传令兵匆忙地拿过旁边的笔记本和铅笔:"稍微等等。您讲,我这边记录。"

于是女员工开始口述电报:

"巴黎,一九一八年五月三日,一十七点一刻,阿尔卑斯滨海省,格拉斯旁的穆斯吉埃镇,加泽医院,蒂博大夫。您听清楚了吗?"

"是的,给蒂博大夫。"传达兵重复了一遍。

"那我继续说内容了:'韦兹姑妈去世,周日我们会在养老院举办葬礼,十点准时举行。祝好运。签名:吉丝。'我再说一遍。"

传达兵记完电报,走出大厅向楼上走去。在楼梯口,他遇到了一名手上拿着托盘的老护士,穿着白色罩衫,从食具间走出来。

"吕多维克,你要上楼吗?能不能帮我将这份电报交给五十三号?"

当吕多维克走到房间时,发现五十三号房已经被收拾得干干净净,窗户打开,床铺已经叠整齐了,显然蒂博先生不在这里。吕多维克走向窗户,查看蒂博先生是否在那里。但只有几名刚恢复的病人在阳光下闲逛、聊天,他们穿着蓝色睡衣和软底鞋,顶着军官或者士兵的帽子。还有一些病人并排在柏树下的帆布椅上看报。

护士重新拿起已经放凉了的药,走向五十七号房。房间里的病人一脸疲惫,胡子长时间没有被修剪,他躺在床上,靠着枕头无法动弹,就算在走廊也能听见他因为呼吸困难引起的剧烈喘息声。吕多维克轻轻托起他的脖子,将两勺汤药倒进碗里,以便给他服用。他说了几句鼓励的话,接着将痰盂里的东西倒进了厕所。他完成手里的工作后准备上楼继续找蒂博先生,为了保险起见,他又看了看四十九号房有没有蒂博先生。只看到上校躺在长藤椅上面,跟三名军官打桥牌,身边放着痰盂。这些人里没有蒂博先生。

吕多维克在楼梯下碰到了巴多尔大夫,他提醒说:"蒂博先生也许去治疗室做呼吸治疗了,要不然我帮你带给他。"

在治疗室,几名病人在充斥着薄荷和桉树气味的房间里,头上蒙着毛巾,弯身吸入治疗气体,整个房间十分安静,大家看不清彼此,也没有分心说话。

"蒂博,有你的电报。"

昂图瓦纳抬起因治疗而涨红的脸,大颗的汗水从额头滑下,他听到巴多尔的话十分诧异,擦了擦眼角的汗水就准备查看电报内容。

"是很严重的事情吗?"

昂图瓦纳摇头否认,他用虽然低沉,但却平静的声音回答说:

"只是一位老人刚刚去世。"

他将电报塞回口袋,接着继续将头埋在毛巾中做治疗。

巴多尔拍着他的肩膀说:"你做完治疗就来找我吧,我刚刚拿到了化验结果。"

巴多尔大夫和昂图瓦纳是同辈人,在巴黎习医时他们就相互认识。但中途的时候,巴多尔因为生病,被迫辍学,最后在山区调养了两年之久。等他痊愈之后,因为无法承受巴黎冬季的严寒,于是转学去蒙佩利埃大学的医学系,最后毕业,成了一名肺部疾病专家。战争爆发的时候,他在朗德地区[①]的一所医院当院长。一九一六年,巴多尔在蒙佩利埃学习时的老师,赛格尔教授邀请他一起为战争时期中毒的人员做治疗。教授主要负责在南方建立一所医院,巴多尔作为助手。最后他们一同合作,在格拉斯旁边的穆斯吉埃创办了这所医院。现在已经有六十多名士兵和十五名左右的军官在这所医院做治疗。

昂图瓦纳是一九一七年十一月底,在香槟省的战场前线进行调查时中的毒气,他在后方的几家医院医疗过,但是没有任何成效,在入冬之后,转移到了这家医院。

在穆斯吉埃医院治疗的这些军官中,只有昂图瓦纳一人中了毒

---

① 在法国西南部。

气。虽然巴多尔与昂图瓦纳的性格不同,他更不爱说话,经常一个人学习、思考,不太有魄力,意志力不强,但是他们年轻时代学医的经历将他们联系在了一起,他们都对医学有强烈的热情,对工作认真尽责。当他们发现彼此有很多共同点之后,两个人建立起了更加牢固的友情。虽然赛格尔教授将所有的工作都转交巴多尔负责管理,但是巴多尔与他的助手马才大夫关系不是很融洽。马才原本效力殖民地,但由于重伤,被送来穆斯吉埃疗养,最后留在了这里工作。相对于马才,巴多尔更愿意将自己的想法和担心的问题讲给昂图瓦纳听,告诉他如今自己正在进行的新型治疗研究,还有很多模糊点,让他提出意见。当然,昂图瓦纳还无法担任助手的角色,他的病情太严重,连自己都照顾不来。他的病使得他必须接受精心的照料,虽然如此,他还是找机会去关心其他病人的病情。每当他病情稍有好转,有一定精力去完成工作的时候,他都会去参与巴多尔的实验工作,有的时候还会与巴多尔和马才一起参加赛格尔教授夜晚的诊疗会议。正因如此,他总是带着医生和病人的双重身份生活,这让他在医院的生活变得不那么难度过。在这十五年里,他一直没有脱离生活中的唯一依据,不管是在战前,还是战后。

昨晚进行吸入治疗以后,昂图瓦纳赶忙将围巾裹住自己,以防强烈的温差让自己受不了。接着,他去找在旁边的房子里照看做呼吸操病人的巴多尔,每天早上他都会在那待上半个钟头,这是他特地嘱咐的。

巴多尔站在他的这群病人中间,面带笑容,认真地组织这场带着嘶哑的粗重喘息的体操。他比病人当中最壮的一位还要高出半个脑袋,由于过度操劳,他前额已经秃顶,这让他看起来更加巨大。

他的体积和身高形成正比，宽大的身躯藏在白色大褂下，身材像是正方形，就像是一名得过肺病的巨人。

巴多尔将昂图瓦纳领到空无一人的衣帽间说："我原本还很担心的。现在放心了！情况不错，蛋白反应是阴性。"

昂图瓦纳接过巴多尔从袖口中拿出的单子，仔细看了一遍说：

"等我把这抄完以后就给你，今晚应该就可以。"（自从中毒以后，他就在一个笔记本里详细记录了他的病情进展。）

"这样频繁地做吸入治疗不觉得累吗？"巴多尔指责说。

"不会，我觉得吸入治疗很重要。"他虽然声音轻而急促，但是却语句清晰，"每天我起来的时候，声门上的分泌物很厚，甚至发不出声音。你瞧，我的喉咙经过吸入治疗以后，变得干净，失音也大大减轻了。"

巴多尔依旧坚持自己的观点说：

"你要相信我，这种方法不能经常使用。不管你说不出话让人多么恼火，这也只是一个小问题。吸入时间过长，可能会导致猛然遏制住咳嗽。"他尾音的拖长说明了他是勃艮第人，这也使得他的表情更加温柔且认真。

他让昂图瓦纳与他一起坐下来。他一向积极地使病人觉得他有足够的时间去听他们讲话，对他来说，最让他关心的莫过于他们的苦衷。

他首先询问了昂图瓦纳昨天的状况，睡得怎样之后，接着建议说："我觉得你可以吃一些祛痰的药剂，像是菇品或毛毡苔之类的都可以，要跟琉璃苣药一起服用。这的确是一种民间土方。只要你在不着凉的情况下，睡前多出一些汗。再好不过！"他把元音和二合之音发得更重，又像是在唱歌一样把尾音拉长（"食用祛痰汤药""琉璃苣药""多出一些汗"），就像是用力地压着大提琴的低音弦。

他特别愿意千叮万嘱地告诉病人那些他觉得有效的方法，就算有过失败也不会放弃。他希望别人接受他的意见，尤其是昂图瓦纳，因为他觉得昂图瓦纳那比自己更加优秀，但是他打心里没有丝毫卑下的嫉妒心。

他一直看着病人继续说道："你为什么不选择持续的硫化砷治疗？这可以帮你有效控制晚上的分泌物呢。"接着转头对刚来的马才大夫说："你觉得怎么样？"

马才没有回答，他打开衣帽间最里面的衣柜，脱下已经洗得泛白、还有线头露出、依旧挂着勋章的军装，换上医生的白色外套。整个房间充斥着他身上的汗臭味。

巴多尔继续说道："如果你失音现象加重的话，你可以再次使用士的宁，在去年冬季，我在沙普侬身上产生了极好的效果。"

马才转身嘲笑说："你好像没有其他更加鼓励人的例子。"

马才是个方脸，额头很低，上面还有一条深深的伤疤。他一头灰白浓密的头发，低低地压在额头上，就像是一个刷子，他的眼白很容易充血。在这个前殖民军黝黑的脸上，一抹黑色的小胡子尤其惹眼。

昂图瓦纳探寻地看了一眼巴多尔。

"蒂博的情况比沙普侬好得多。"巴多尔赶紧说。显然，他不想掩饰自己的不开心。接着，他转身对昂图瓦纳说："可怜的沙普侬如今情况极糟，昨天夜里，他叫了我两次，他的心脏急剧收缩，心律不齐，心脏中毒发展的速度极快。今早我在等待院长，好和他一起到五十七号病房去。"

马才扣好白色外套的扣子,走向他们。他们一起讨论了有关芥子气中毒的患者心律不齐的问题,接着巴多尔断言说:"病人的年龄不同,症状也完全不一样。"(沙普依是一名已经年近半百的炮兵上校,他已经治疗了八个多月。)

"我们也需要看看过去的病史。"昂图瓦纳进一步补充说道。

昂图瓦纳和沙普依在同一层楼住,他经常会帮着沙普依检查。他觉得上校中毒前潜伏的二尖瓣狭窄对现在的病情有一定的影响,但是赛格尔、巴多尔和马才似乎都没有这种想法。他差一点就说出自己的想法了。(如今只要能抓住别人的一个错误,并且指出,就算是对朋友,也让他的自尊心产生了比以往更加恶意的满足,也许是因为生病让他变得低人一等,但他还是得到了一点小补偿。)但是病痛让他说一点话都会消耗不少力气,所以算了。

"您看过报纸吗?"马才询问。

昂图瓦纳摇头否认。

"似乎德国鬼子在佛兰德尔地区[1]的推进被阻挡下来了。"巴多尔说。

马才回应:"看起来的确是这样,伊普尔守住了。英国正式宣布伊塞河[2]一线都守住了。"

"代价肯定不小。"昂图瓦纳感叹。

马才耸着肩,像是在说明"代价高昂"而且"一切都好说"。他走向衣柜,摸着军装口袋里的报纸,转身回到昂图瓦纳身边说:

---

[1] 此处指比利时的几个省。
[2] 流经法国阿尔卑斯山脉,罗纳河支流,1918年这一带发生激战。

"您可以看看,这是戈瓦朗给的一份瑞士最新战报,在四月初,中央帝国①的战报上就公布了英国在伊塞河战役上,已经惨死了二十多万人!"

巴多尔说:"如果这个内容被协约国的舆论知道,那么……"

昂图瓦纳点头赞同,马才则是冷漠地大笑,接着走向大门转头说:"现在正在打仗,舆论无法得到最准确的情报!"

他似乎总是把别人当傻子一样。

等马才出去之后,巴多尔对昂图瓦纳说:"你知道我今早想的是什么吗?如果任何一国的政府都不再代表那个国家的人民情绪,那不管是这一方,还是那一方,他们都不会了解人民真正在想什么,因为领导人的声音完全盖住了他领导的人民群众。你看现在的法国!你觉得在二十个人里面,有没有一个人对阿尔萨斯、洛林重视,可以让他增加一个月的战争时间?"

"就算是五十个人当中,也没有一个人愿意这样做!"

"但我不明白,大家还是都相信克列孟梭和普安卡雷所说的话,代表了整个法国人民。战争开创了一个史无前例的官方说谎氛围!大家都这样!我不知道大家还能不能说出真正的想法,欧洲报纸上还不会刊登出真正的民意。"

教授突然进来,将巴多尔的话打断。

赛格尔向昂图瓦纳和巴多尔致敬,然后握手,但是他没有握昂图瓦纳的手。他就像是梯也尔先生的漫画肖像,突向前方的下巴,鹰钩鼻,金丝框架的眼镜,还有矮小的个子上顶着的一撮又轻又薄的白发。他十分注重外形,胡子总是剃得干干净净,衣服高级。他

---

① 包括奥匈帝国、德国、土耳其、保加利亚。

就算对着同事也会礼貌性地保持距离，说话言简意赅。他总是一个人待在办公室里，在那儿吃饭、工作，在那儿根据巴多尔和马才在医院对中毒气患者的治疗方法，整天为医学杂志写有关文章。只有在病人刚到医院，或者病情突然急剧恶化的时候才能看到他的人。

巴多尔原本想告诉他有关五十七号病人的具体情况，但才说一句就被打断，教授直接向着门口走去说：

"上楼吧。"

昂图瓦纳看着他们离开，心中暗想："巴多尔真的很尽责，还好我的病由他治疗。"

他习惯在这个时候回到房间，继续做他的治疗，然后回房间休息到中午。通常上午治疗以后，他都感到疲惫不堪，坐在安乐椅上打盹儿，一直睡到午饭的锣声打响，他才会醒来。

他跟在两个医生的后面，中间保持着一段距离。突然，他心想："就算他那么优秀，如果我真的注定死在这里，就算是巴多尔与我的友情，也起不到任何作用。"

他慢慢地走，尽量不让自己呼吸困难。上这两层楼的时候，一旦不小心，就会感到胸痛。虽然并不太痛，但还是需要花上几个小时的时间才能恢复。

约瑟夫临走的时候忘记拉上窗帘，几只苍蝇在药品旁边飞动着。虽然苍蝇拍就在旁边的钉子上，但他实在太累了，完全不想动。他对窗外的风景也没有丝毫兴致，赶忙拉上窗帘，就靠在安乐椅上，闭眼待了一会儿。接着，他拿出巴多尔带给他的电报，下意识地又看了一遍。

这个可怜的老小姐，终于过完了一生。除了死，她还能做些什么呢？当然，她现在还没有那么老。"昂图瓦纳，我已经六十多岁了，你应该了解，我不想成为别人的麻烦。"在她已经做好了在养老院过完剩下日子之后，她总是这样摇头说道。这是蒂博先生死后不久她说的，大概在一九一三年十二月，或是在一九一四年一月。现在是一九一八年五月，一下子就过了四年，她有没有活到七十岁？他仿佛又看到了老小姐在灯下，她黄色的小额头旁系着的灰色发带，像是象牙的小手在桌布上哆哆嗦嗦地放着。还有她的小眼睛，就像是受到惊吓的羊驼一般。就算是一只躲在壁橱里的耗子，远处传来的雷声，马赛流行的鼠疫，西西里的地震，门的开合声，或是突然的电话铃，都会把她吓一跳，然后能听到她的惊呼："上帝！"她紧张地在黑绸缎短披肩下，交叉她两只小小的胳膊，她总是叫这件披肩"风帽"，还有她小姑娘般的笑声，清脆、天真。她很喜欢笑，一点小事都能把她逗乐。相信她年轻的时候，一定很吸引人。可以清楚地想到她在一个寄宿学校的院子里玩小铁环，脖子上还系着一条黑色天鹅绒的袋子，长长的头发盘起来，套在发网中！可是她从来没有说过她年轻的时候是什么样的，也没有人问过她。还有谁知道她叫什么呢？都没有人叫过她的名字，就连她姓什么都不知道。大家只根据她的职位称为"小姐"，这就像是叫"守门的""按电梯的"。她在二十年的时间里，在蒂博先生的专横之下，带着虔诚和畏惧生活着。她在二十年的时间里，一直都默默无闻，谦虚，而且从不喊累。她成了整个家庭的支柱，但从没有一个人因为她的努力工作而产生感激之情。她的一生都没有个人地位，只是不断地对别人忠心、体贴、谦虚、做事谨慎，不断牺牲自我来服务他人，但她的行为没有得到任何回报。

"吉丝应该很伤心。"昂图瓦纳心里想着。

其实他也不是很清楚,但愿意这样想,他希望用吉丝的忏悔来弥补长时间的不公平。

"我得给她写封信了。"他突然很着急。(在应征之后,他就已经很少写信,除非有不得不说的事,自从中毒以后,他完全就放弃写信了。只是偶尔写个明信片寄给吉丝、菲力普、斯蒂德莱尔,还有茹斯兰。)"我要先发一段很长的电报,表示吊唁,这样我就有足够长的时间去准备写信了。可是她为什么告诉我葬礼的时间呢?难道她以为我还会再回去?"

自从开始战争,他就没有回到巴黎,他不知道回去干什么,他的朋友都被送到了战场。房间空着,就连实验室都用来做其他的事,他回去干什么呢?每当到了他放假的时候,他都会把这个机会留给其他人。在前线,他至少可以用忙碌且有规律的活动来填补生活,这样就可以不动脑想其他的事情了。只有一次在索姆河战役前的冬天,他在阿布维尔①,放假了,他一个人躲在狄厄普。但两天以后,他又乘坐火车回到前线。在那个城市闲得无聊,浓郁的海水咸味充斥着鼻孔,每日每夜都刮着潮湿的风,还有乱哄哄的英国伤员,这让人不舒服。在应征以后他再也没有见过吉丝、贞妮、菲力普,或是其他的人。在他第一次受伤的时候,他在圣狄吉埃,甚至不愿意让吉丝探望。在他看来,他们两三个月写一次短信,讲讲最近的情况,已经足以跟过去和以后保持最低限额的联系。

在信中,他知道了贞妮怀孕的消息,也是通过信,他知道了雅

---

① 位于索姆河的港口,1916年协约国为了阻止德军进攻凡尔赛,在此激战,从7月打到11月中旬。

克的死亡。他和贞妮通过几次信，用词亲密。那是在一九一五年的一个冬季，贞妮告知他要去日内瓦的事。这一次的旅行，她不仅是为了摆脱亲人，在那儿生下孩子，同时，她也希望在瑞士养胎的日子里，追查雅克的死因。雅克的死在那个时候还是一个谜，跟贞妮还有联系的那些革命者中间，一直流传着雅克是执行"危险任务"时失踪的，那是在八月上旬。突然昂图瓦纳想起了吕梅尔，他这个外交官现在在巴黎，岗位就在奥尔赛码头。如果贞妮找他，他可以不费吹灰之力就帮她弄到必要的通行证。贞妮在日内瓦找到了范赫德，这个白化病人带着她一起来到巴塞尔，将她介绍给书商布拉特纳。通过他，贞妮了解到了雅克在最后几天的日子是怎么度过的，原来他写了宣言，等来了梅奈斯特雷尔的飞机，在八月十日的早晨，他向着阿尔萨斯前线飞去。接下来的事布拉特纳也不清楚。但有了这条线索，昂图瓦纳便让吕梅尔帮忙继续查下去。他们找过德国战俘的名单，里面没有雅克，最后，他们在巴黎陆军部找到一份步兵师部下发的报告，这份报告说的是有关阿尔萨斯撤退的问题，当中说到了一架飞机起火，坠落在法国境内，机上的人员全部死亡，无法辨认身份。这个时间，正好是八月十日。在报告中还指出，从飞机中的残骸中找到了一些传单残片，上面依稀可以看出是激烈的反军国主义。显然，在这个飞机上的人止是雅克和驾驶员。这种死亡太荒唐了！就算是四年后的今天，昂图瓦纳想起这事，更多的是愤怒，而不是伤感。

他气愤地起身，拿下苍蝇拍，用力地打死了十几只苍蝇，原本他还想用毛巾将剩下的苍蝇赶走，但剧烈运动导致的咳嗽，让他不得不弯下腰，用手撑着椅背一动不动。待他稍微好转以后，他便将毛巾浸在松节油中，然后在胸口按了一会儿。暂时舒服些，他从床上拿下两个枕头放在背后，让自己可以坐直，从而避免肺部充血。他开始缓慢地做呼吸操，用手指捏住喉咙，用力地呼吸。呼吸一次比一次长，一个个发出：

"A（啊）、E（额）、I（咿）、O（噢）、U（于）。"

他环视着这个狭小、庸俗、让人厌恶的粉色房间。早上的海风吹动窗帘，光线透过窗户，在墙壁上不断跳动，墙壁是红砖似的粉，一直延伸到深褐色的旋花的檐壁，没有任何的装饰物。在梳洗台的镜子上面，贴着一张像是之前的病患从杂志上剪下的海报，上面印有六名穿着水手装、弯起长腿的美国舞女。这几个舞女是之前患者死后，对五十三号房间最后的装饰贡献，其他的都被昂图瓦纳去掉了。这张海报挂得太高，不冒失地使用力气根本够不着。原本他是想要让楼层管理员约瑟夫帮忙拿掉，苦于约瑟夫身材太过矮小，椅子又在一楼，于是昂图瓦纳放弃了这个想法。在房间里，一个很窄的松木桌子上，突兀地摆着一个痰盂，在药瓶和药盒中间，堆积着一些原来的报纸、杂志，还有战场上寄来的信件、照片。每天晚上他都扒开这些，腾出一小块地方用来记录病情。在洗脸台上的玻璃搁架上摆放着剩下的一些药品。他的衣服和杂物摆放在一个白木衣柜上，一个空的行李箱放在衣柜和洗脸池的中间，行李箱上刻着的字迹已经渐渐脱落，只能隐约看到"第二营军医，蒂博大夫"，行李箱变成了台座，上面摆着一架已经坏掉的留声机。

昂图瓦纳近五个月来，一直都被关在这个粉色墙壁的房间里，看着自己的病情不断好转然后恶化，他盼望着病情得到治愈，但现在他一点好转迹象都没有。在这里，他过得异常煎熬，每天都数着时间度过,他吃、喝、咳嗽,然后看书,但他从来没有看完一本书,他对过去和未来充满幻想,他与来访者谈天,说笑,聊有关战争与和平的问题,直到因为争论导致不断咳嗽。他看到这里的床、椅子、痰盂就恶心,这些东西见证了他的每一次发烧、失眠,还有窒息。还好他的身体足够强壮,让他偶尔可以下楼,离开这个房间。他会带着书走到花园中,去柏树间的小道,或是橄榄树的阴凉下,有的时候他还会走到菜园顶头,在水车附近,那里有一条小溪,让人感到清凉。虽然他不看书,但这会让他不那么孤单。每当他觉得自己的体力足够让他多站一会儿时,他都会去实验室跟巴多尔和马才一起。在实验室里,他穿着巴多尔给他的白大褂,与他一起做实验,这时候,他能感受到熟悉的气息,虽然出来时无比疲惫,但这也是他最开心的时候。

他多么希望以后能好好地利用这一周又一周,一月又一月的被迫治疗,等着遥遥无期的痊愈日子!他多次被突然的犯病打断了原本想要做的事,最后一事无成。其实他心里一直有一个撰写有关儿童呼吸混乱与智力发展和注意力的文章,他在战前,经过长时间的研究,已经积累了丰富的观察材料,这足够让他完成一本相关书籍,至少也是一篇能在杂志上刊登的材料丰富的文章。

昂图瓦纳想要赶快写论文,从而确定日期。如今这个主题还空着,他害怕其他的儿科专家抢先出版。姑且不谈他现在的身体状况如何,就算他现在有足够的精力去撰稿,他也不能动手,因为所有的材料和实验结果都在巴黎,他也找不到人帮忙寄来。他年轻的秘书马尼埃尔·罗瓦和全排人一同死光了,那还是在战后第二个月的阿拉斯推进中发生的,茹斯兰在西里西亚当战俘已经有两年之久,哈里发则是由于凡尔登战役①受伤使得耳聋，那是在一九一六年的事，因为他是放射学的专家，如今被派送至东方军团②卫生部门工作。

他听到午餐的锣声，于是起身打开洗脸池上的小灯检查喉咙，向喉咙滴药是他用餐前的必做事项，由于吞咽困难，他需要用药物减轻，有的时候还需要找巴多尔帮忙用直流电烙器减轻吞咽困难的问题。

他将安乐椅推到窗边，拉开窗帘，看着窗外，等着午饭锣声的再一次敲响。窗外是布满梯田的山坡和巨石山顶，右边是向着湛蓝海水不断蔓延的层峦叠嶂。不断有浓郁的花香和人们的聊天声从下面传上来。他低头看到了在树荫下散步的熟悉身影：戈瓦朗和他的伙伴伏瓦兹奈，他们是仅有的两个声带没有受损的人，一整天都在说话，达罗夹着书漫步，还有"袋鼠"埃克曼，人们都这样称呼他，最后是每天早晨如一日的雷蒙少校，他的身边总有一群青年军官，他总是在早上对照地图评论战报。现在只要看到他们激动地品头论足，就仿佛身在其中，听到他们的对话，这真让人感到厌烦。

花园中散步的人被第二次锣声惊扰，像是热锅上的蚂蚁。

昂图瓦纳叹了一口气，挺直身板。心里想道："这个锣声凄惨，真让人厌恶，干吗不跟别的地方一样，敲钟通知吃饭呢？"

他没有胃口吃饭。对他来说也缺乏勇气再做这些事：下两层楼梯，闻着饭菜的气味，听着大家喧闹的声音，各式各样没完没了的菜汤，还得挂着殷勤的笑容听他们照例评价德国的作战计划，估算战争还

---

① 凡尔登战役系一次大战时战况最激烈的战役之一，近一百万人参加了战斗。德军从1916年2月21日至7月11日连续进攻，法国于10日进行反攻，击退德军。
② 该军团于1915年在希腊作战。

1799

要持续多久，解说战报里暗含的意思。除此之外，还要加上一些调戏和逗弄，讲述在前线的轶事，说一些荤段子，更有甚者，仔细描绘咳出的痰是什么模样，或是形容晚上的痰是多么多。

他脱下睡衣，换上一件有三条饰带的白色旧军衣，他从口袋里拿出一份吉丝发来的电报，想到什么似的忽然呆住：

"要不然我去一次她那儿？"

他忍不住笑起来。他清楚地知道自己不会过去，但正因为打定主意，他现在就有足够的空间去自由计划、想象。其实只要他带着吸入器和大量的药品，每天坚持治疗，注意一点就不会加重病情，这样来说，过去就有可能实现。星期天早上十点的葬礼。他可以搭乘明天下午的快车，就能在第二天，也就是周日的早上到达巴黎。赛格尔也一定会批假，当初多斯病情那么严重，也一样批准过一次假。从某个方面来讲，这一次请假的机会对他来说吸引力很大。因为它的突然起来，更具有诱惑力。

忽然之间，他仿佛回到了战前，身体健康、生活优越的时代。他可以安静地坐在餐车里，对着满桌的丰富菜肴。

他还可以询问在巴黎居住的老师，问他怎么看待如今自己的病情。最重要的是，他可以回巴黎将自己所有的资料和实验结果，装满满一箱的笔记书籍，还有工作用品带回来，这是他在漫漫治疗期间的重要寄托。

他可以在巴黎街道花三四天的时间悠闲散步，还不用喝那该死的汤。干吗不去呢？

2

修女将窗户轻轻推开一个缝隙,原本寂静的环境被这突然的声音打破。昂突瓦纳看到一个苍老的手戴着结婚戒指,上身估计穿着蓝布上衣,缝隙里露出了一截袖口。

从里传出声音:"在走廊尽头的院子里,一直向前走就好。"

前厅和养老院,被一条铺满光亮的方砖,安静、空荡的走道相连通。在左边楼梯的头几阶阶梯上,几个老太婆缩在钩针编织的黑色头巾中,像是演哑剧一般,蹲在那里窃窃私语。

空荡荡的院子没有一个人,四分之三的位置被太阳照耀着。最里面是一间开着一扇门的小教堂,长长的矩形阴影中,传出阵阵风琴声。看来仪式已经开始。昂图瓦纳走近,看到黑暗的教堂中像耙子一样排列的烛光。教堂里面的地面比院子里的略低,要下两阶台阶才行。昂图瓦纳穿过守在门口的殡仪馆职员,看到小小的教堂挤满了人。教堂充满地穴的阴凉。昂图瓦纳按着水缸,撑住身体以后踮起脚尖,才看到最前面的祭台前,摆放着一个马虎盖着黑布的棺椁,四周插着巨大的蜡烛。一名个子矮小、戴着眼镜、头发花白的人站在灵柩后面怀抱双臂,旁边跪着一名用蓝色面纱遮住面庞的女性,当她转过头来时,昂图瓦纳认出她就是吉丝。昂图瓦纳暗暗庆幸:"她谁都没有。没有亲人和朋友。除了这个笨沙斯勒。还好我来了。贞妮、丰塔南太太和达尼埃尔都不在。这也正好方便了我,我得跟吉丝说不让她们知道我的到来,这样我就能不到拉菲特别墅区去。"他环顾四周的椅子,没有看到熟悉的面孔,只有几个戴着披巾的妇女和宽大角形巾的修女,这让他无比安心。"我从不会一直站着直到结束。

而且这里有些阴冷。"他正准备转身出去,突然响起相互碰撞的椅子声,大家都站起身,跪了下去。主持仪式的神父转过身,面对大家举起了双手。昂图瓦纳认出了这个高个子的秃头就是韦卡尔神父。

他上台阶走回院子里,坐在了一条阳光照耀下的长椅上,只觉得肩胛骨之间隐隐作痛。原本在火车上睡了一晚上不是很累,可是由里昂火车站过来的路上,一路是凹凸不平的石子路,坐着破出租不断颠簸让他吃不消。

"小小的,就像是一个孩子的棺椁!"他仿佛再一次看到她快步走在大学路的那套房子里,也许是逆光坐在卧室里的椅子上,像是被钉子钉住了一样,面前摆放着一张细工镶嵌的写字台,这是她做管家时唯一带到蒂博先生家的东西,她称之为"传家宝"。她将桌子抽屉里塞满了东西,包括她的积蓄、平时用的枣糊止咳糖浆、票据、信件、香草匣子、广告传单、医疗单、针线包、衣服掉下的扣子、老鼠药、胶布、鸢尾香粉袋、山金车、家中所有的旧钥匙、圣经、相册,还有带有香草味和鸢尾香味的黄瓜香膏,她把它当作护手霜用,每次打开抽屉时,浓浓的香味会一直传到客厅。在很小的时候,这张书桌对雅克和昂图瓦纳来讲,就像是一个神秘宝库,因为什么都有,但慢慢长大了,这个像集市一样的书桌又被雅克和吉丝称作"农村的文具店兼服装店"。

一阵脚步声促使他抬起了头,他看到教堂的第二扇门被几名黑衣人推开,几个花圈被放在院子的地面,昂图瓦纳也站了起来。

追悼会结束了。两名穿着斜条纹的麻布衫修女,推着一个带着小轮子的篮子斜眼走过,里面装着满满的蔬菜,最后消失在院子旁边一个房子里。教堂二楼的窗帘被拉开,几名穿着短衣的残疾老妇人坐在床边。能走动的住院老人从教堂中蹒跚走出,都站在了大门两侧。黑暗的教堂中慢慢显出银质十字架,还有一件白色的宽大法衣。棺椁慢慢地被两个男人抬出。一群唱诗班的孩子走在后面,接着是老神父韦卡尔。

最后是吉丝慢慢地走上台阶,出现在阳光下。沙斯勒先生就站在她的身后,抬棺椁的男人们停住脚,等着员工将提前送到的花圈放到棺椁上面。吉丝看着棺椁眼睛里满含泪水。昂图瓦纳看着她虽然带着沉思,但依旧成熟的脸,这让他无比惊讶,在他的记忆里,她一直都是十五岁的吉丝那样调皮。"她没有发现我。她肯定没有想到我会来这儿。"他突然有些不安,因为自己这样随意察觉,她却没有一丝察觉。他都已经忘记吉丝的肤色其实是茶褐色。"这条白色孝带让她的肤色更黑了。"

沙斯勒先生戴着黑色手套的手上拿着一顶旧帽子,他像是鸟样的脑袋在老长的脖子上四处扭动。突然,他一脸吃惊地发现了在人群中的昂图瓦纳,遮住嘴巴的手像是要掩盖他的尖叫。吉丝也转过头来,当她看到昂图瓦纳时,好像一下子没有认出来,她打量了半天,突然大声啜泣地向他飞奔而来。他迟钝地抱住她,他看到抬着棺椁的男人在继续往前走,于是想要轻轻移开。

"你就在我旁边走就好,别离开我。"吉丝在他身边小声说道。

他跟着她走向原来的位置。沙斯勒先生看到他们走来更是一脸惊慌。

"真的,真是您?"他像做梦似的喃喃自语,接着昂图瓦纳向他伸出手。

"墓地还要走很久吗?"昂图瓦纳询问吉丝。

"我们有车。要到勒瓦洛阿。"她小声回应。

送葬的行列缓缓地穿过院子。

一辆由两匹马拉着的带篷车等在街口，它是由一辆旧货车改造而成。街区的居民在道路两边站着。三个座位高高地立在车子上，就像是立在大象上一样，登上去得跨好几个台阶。原本是吉丝、沙斯勒先生和葬礼司仪坐在上面，不过司仪将自己的位置让给了突然到访的昂图瓦纳，自己坐在了马车夫旁边。车子慢慢向前行进，被郊区的石子弄得上下颠簸。两名神父坐在后面跟着行驶的送葬专用四轮马车上。

为了登上马上，昂图瓦纳消耗了很大的力气，以至于刺激了支气管，刚刚登上车就一阵咳嗽，这让他整个身体都不住地抖动，只好低下头，用手帕捂住嘴巴。

吉丝坐在中间，等昂图瓦纳好了以后碰了碰昂图瓦纳的手臂说：

"我真没想到您会过来，真好！"

"唉，现在这个年代什么事都得提前想好。"沙斯勒先生说教式的口气感叹道。他弯下身子看着昂图瓦纳不断咳嗽，透过眼镜，斜着向上方观察昂图瓦纳。他摆着脑袋说："真是不好意思，我居然花了这么长时间才想起您。您现在真容易让人记错，对不对吉丝小姐！"

昂图瓦纳虽然心里很不快，但表面还是从容镇定地说：

"的确是这样。我中了毒气，现在瘦得厉害！"

吉丝被昂图瓦纳这嘶哑的嗓音吓坏了，惊奇地转过身来。在院子里的时候她虽然被昂图瓦纳现在的状态吃了一惊，但是没有仔细观察。而且五年没有见过面，现在他又穿着军装，变化如此之大应该没太大的问题。但是现在想想，也许他中毒的情况比自己想象的要严重得多。她对于他的中毒情况一无所知,只是知道他在南方治疗,信里他说:"病情正在痊愈。"

沙斯勒先生用内行人的无谓语气重复说:"中毒气?那必然是伊普尔的毒气了。这是一种新型毒气,又称芥子气。"他一脸兴致盎然地打量着昂图瓦纳评价:"虽然毒气剥掉了你一层皮。但您却因此得到了战争的十字勋章,当然了,还有这两个像是棕榈叶的勋章,您到底还获得了多少好处呢?真是光彩。"

吉丝看了看昂图瓦纳军装上的勋章,他从未在信中提过这个事。

"医生怎么评价您的?有说您将要多长时间才能痊愈呢?"她试探性地询问。

"恢复的进程很缓慢。"昂图瓦纳尽力保持微笑,坦言说。原本他还想再说些什么,但是马车的颠簸让他呼吸困难,他停了下来,深吸一口气。

"本店出售的商品一应俱全,同时也包括防毒用品。"沙斯勒先生一脸讨好的笑容,强烈推荐说。

吉丝想说些客套话:

"沙斯勒先生,最近您的生意怎么样?应该还不错吧?"

"是的,还不错。是的,吉丝小姐,如今这个时代什么事情都要适应。我们商行所有的发明家都被动员去了前线,可他们一点忙都帮不了。但偶尔能有人出个主意,就像是我们刚出的袖珍型'盟军跳鹅棋'。棋盘上印有马尔纳、埃帕尔日山、杜奥蒙[①]这些著名的军

[①]1914年和1918年在马尔纳进行过两次战役,第二次战役中,法军击退德军,一直推进到埃斯纳。埃帕尔日山在1914年9月至1915年4月曾发生激烈战斗。杜奥蒙城在凡尔登战役中因英勇抗战而闻名于世。

事战役。在前线的士兵都喜欢玩。我们得适应当前局势来生存,吉丝小姐。"

"不管在什么情况下,您的个性都没有改变。"昂图瓦纳暗暗想着。

马车走的是破晓街到勒瓦洛阿街的外环路线。这个周日天气很好,阳光灿烂。在太阳下,士兵们在堡垒上闲逛。在巴黎,女人们穿着亮丽的连衣裙,带着孩子和狗去布洛涅森林。卖鲜花和蔬果的摊贩如战前一样,在人行道两侧摆着摊位。

他被车子颠簸得颤抖,断断续续地询问:"老小姐她是怎么死的?"

吉丝听到询问马上转身回答:

"你问姑妈怎么死的?她就像是俗语说的,最后老死了。她年纪大了,身体内部器官都坏了。吃点东西,几个星期都消化不了。最后一个晚上,她的心脏终于负荷不了,停止了跳动。"她停了停,又接着说:"你肯定无法想到她自从进了养老院,性格变得多么不同。她只在乎自己。她注意自己吃得怎么样,住得怎么样!她带着傲慢随意指使仆人和修女。她的确会抱怨任何的人和事,她总觉得别人会害自己,有一次她还煞有介事地说隔壁的一个妇人偷了她的东西。她天天不喝水。"

她又停住了讲述,她不知道为什么昂图瓦纳听到这些没有一点反应,想想看,也许他在责怪自己。这几日她不断地回想自己是不是为姑妈做了所有应做的,她忧心忡忡。她想了想说:"是她把我带大的,但是我一长大就把她送到了养老院,每一次去看她的时候我都不情愿。"

"拉菲特别墅区,"她提高音量说道,像是为自己辩解一样,"您也知道,最近几个月医院特别忙,我在医院根本忙不过来,几个月都没看到她了。上个月我刚收到养老院的来信就来了。我不会忘记那时我看到姑妈可怜的样子。当我在她房间看到她时,她正坐在行李箱上,穿着衬衣和衬裙,头上绑着布带,还有白色睡帽,两只脚,一只穿着袜子,另一只光着脚,精神恍惚。她是那么瘦,前额高高鼓起,两颊凹陷,脖子都瘦得没有一点肉。可她的腿看起来还是那么年轻,就算骨瘦如柴,但依旧皮肤细嫩。她没有询问我们最近怎么样,只是不住地抱怨领军和修女们。您肯定不会猜到,接着她就打开抽屉让我看她为自己身后事准备的资金。她开始跟我谈论她的葬礼:'你再不会看到我了,不久以后我就要死了。你不用担心,到时候我会跟院长说,将你的新年礼物寄给你。'我原本想跟她开玩笑:'姑妈,您说要死已经好多年了!'她却突然对我生气说:'我活够了!想要死了,行不行!'她望着自己的腿说:'你看我的腿,像个小姑娘似的,那么嫩,你看看你的,就跟男孩子一样的大脚!'要离开的时候,我想要拥抱她,但是她拒绝了:'你可别抱我,我身上有一股将死之人的衰老气,难闻得很。'在我走到门口的时候,她提到了你。'我掉了六颗牙齿,一下子被拔了出来,就跟拔萝卜一样!'她开心地笑了起来,你应该记得她的笑容,'一下子就是六颗,你得赶快去找昂图瓦纳,告诉他如果想见到我,就得赶紧了!'"

昂图瓦纳安静地听着吉丝唠唠叨叨的叙述,心中十分激动。现在他对于生老病死有一种莫名的好奇感,他知道,这个时候他不用多插嘴。

"这是你最后一次看她吗?"

"不是,十几天前我曾经来过。养老院给我来信说她已经领了林中圣礼。玛尔特修女带我去看她时,她在不见阳光的黑暗房间里。

我坐在她床前，小小的她整个人都蜷缩在鸭绒被下。修女想要她摆脱这种麻木的状态：'您看是谁来了，您的小吉丝！'没多久，她在鸭绒被下动了动，我不知道她是不是真的明白这句话的意思，她是不是真的认出我来了。只听她清晰地回应：'太长了！'过了一会儿，我对她说：'您知道这次战争又发生了什么吗？'可是她半天没有回应我，可能是不太理解。但她多次打断我说：'有什么新闻？'我想要亲吻她的额头，但她一把把我推开：'我不想让别人碰我的头发！'这是我听到可怜的姑妈说的最后一句话了，'我不想让别人碰我的头发'。"

沙斯勒先生用手绢擦干眼泪之后，又仔细地叠好手绢，将它恢复到原来的样子，责备地嘟囔着："你的确是不该将她的头发弄乱！"

吉丝赶忙低下了头，脸上一闪而过调皮的笑容。昂图瓦纳看着这熟悉的笑，突然觉得自己又跟她拉近了距离，真想再叫她一声"黑妞"，好好地逗逗她。

车子穿过商佩雷门的栅栏，停下来办理手续。广场上停着汽车炮架高射炮，还有装甲车，士兵们站在那里看守着被苫布遮住的探照灯。

送葬的队伍一直向前行进，到达勒瓦洛阿人群拥挤的街口时，沙斯勒先生感叹说：

"唉！不管怎么说，这位小姐最后生活在养老院还是很幸福的！我也希望自己以后可以这样。昂图瓦纳先生，我就希望能找到一个可以收男性的养老院。得要有好的生活条件，这样我才能过得舒服。不用再担心身边其他的琐事。"他摘下眼镜仔细擦拭，没有戴眼镜的眼睛闪出亮光，温柔又忧伤。"我将您父亲给的养老金都给他们，这样我就能拥有一个栖身所,直到死去。我可以每天睡到自然醒,接着做自己想做的事情。我曾看过一个养老院,在拉尼城。但现如今看来,这个养老院太靠近东边,如果和那些德国鬼子交往,谁知道会发生什么呢?而且他们的地下室根本不叫地下室,现在这个时候必须有个真正的地下室。"他的语气颤抖,带着些担忧,他将带着瑞典黑手套的手放在胸前,似乎想要推开一些不祥的东西,那个手套因长时间的佩戴,指尖已经被磨破了。太长、发硬的皮子在手指尖部卷曲,就像滨螺一样,真让人恶心。

昂图瓦纳和吉丝什么都没有说,他们表情也无比沉重。

"什么都不能确定,哪里都不安生,"老人不断叹息,"哪里都不安生,除了在响警报的晚上,可以跑到一个安全的地下室。它就在十九区,我家对面就有一个真正的、安全的地下室。"他因为昂图瓦纳的不断咳嗽停住了唠叨。接着说:"昂图瓦纳先生,您应该了解,在这样的局势下,有一个安全的地下室躲避的夜晚,是最幸福的!"

马匹沿着一个墙壁缓慢行进。

"估计快到了。"吉丝说。

"葬礼结束之后你去哪儿?"马车颠簸得肋骨疼痛,为了减轻疼痛,他用肩膀抵住椅背。

"去你在大学路的家。前天开始,我就一直睡在那儿。马车会拉我过去的,我们价钱已经谈好了。"

"这样来说,还不如搭乘一辆舒适的出租车。"昂图瓦纳笑着提议说。爬上这个像是在象背上的座位已经让他十分难受了,想到还要再下来,他就更加痛苦。于是他决定待会儿再选择另外一种方法回去。

吉丝诧异地望着他,但也没有想过让他解释。

马车已经驶进墓地大门。

3

"都拔上了,您可以待十分钟吗?"

"你想要的话,二十分钟都没有问题。"

昂图瓦纳坐在大学路路迪办公室的一把椅子上,背部拔了八个火罐。

吉丝说:"等等,小心别感冒了。"

吉丝从椅背上拿起一件护士的罩衫,裹在了他的肩膀上。

"她真是温柔可爱。"他暗想。感受着她身上的温柔,内心一阵激动:"为什么我这几年都不愿跟她多联系?为何不写信给她呢?"他的脑中突然浮现出在穆斯吉埃疗养院里,刷着粉色油漆的房间,在镜子上面贴着六个长腿舞女的海报,他还想起吵闹的餐桌,约瑟夫衷心却又生硬的照顾。"如果能住在这里,被吉丝照顾着,该是多么幸福。"

"我不关门,如果你有需求,只需叫声我就能听到了。现在我去准备食物。"

"不用,我不用菜汤,你看,这四年,我喝得够多了!"他赶忙说。

吉丝笑着转身出去,留下昂图瓦纳一人在房间里。

他感觉自己又回到了家中,实现了枕边又有女人的温柔。

他一个人,不断地嗅着自己家的气味。当他从大门进来时,他脱下的帽子随手挂在了原来挂衣服的衣钩上。他张开鼻孔,带着不住的好奇,仔细地嗅着这股几乎要忘却的家的味道,接着,这种感觉在慢慢地回来,从房间里的每个地方。画幅、毛毯、窗帘、椅子、书本。慢慢散发出来,在空中飘散,最后带着羊毛、地板蜡、烟草、皮革、药品等各种怪味充满整个房间。

从墓地返回之后,到达里昂火车站领回皮箱,这一路他感到无比漫长。胸口疼痛,愈发严重的窒息感,当他从出租车下来以后,整个人一阵昏沉,这时他十分后悔决定开始这次旅行。还好他将所有的医疗物品都带在了身边。刚到家,他立马用吸取氧气来缓解呼吸的困难,接着吉丝帮他拔火罐。当火罐慢慢起作用,呼吸畅通之后,他才感到舒畅平稳。

他低垂着脑袋,背挺得直直的,一动也不动,瘦弱的手臂交叉搭在椅背上,他仔细地环视周围。他从未想到,当他回到原来工作的房间时,心情会是这样彷徨无措。整个房间都没有变化。刚到房间,吉丝就摘下家具上的套子,将椅子放到它原来的位置,将百叶窗拉开一点。他没有料到原来经常待着的房间,如今看来这么熟悉又陌生,像是遗忘多年的儿时记忆,多少年之后突然又被唤醒,清晰地摆在眼前。他看着依旧好看的浅栗色毛毯、皮椅、沙发、靠枕、壁炉、时钟、壁灯,还有书架上摆放的每一本书,虽然四年来他从没碰过这些书籍,但他现在依旧可以清楚地说出每一本的书名,就好像昨天才翻弄过一般。他可以说只有一只脚的圆桌、镶着贝壳的小刀、刻着青龙的烟灰缸、香烟盒,这里每一个东西背后的故事,他在哪个时候,从哪里购买的,或是哪个患者痊愈之后送给他的,就连每个患者的病情他都记得清清楚楚,安娜站在这里的样子,哈里发在这里思考,还有他对于他父亲的记忆。毕竟这个房间曾经是蒂博先生的洗漱间。一旦他闭上双眼,他仿佛就能看到在房间摆放的桃花心木的洗脸架，带有全身镜的衣柜，红铜洗脚盆，还有永远放在角落的脱靴板。也许当这个房间还像他小时候一样，而不是他重新装修过的样子，他就不会这么惊讶了。

"真奇怪，刚进大门时，我一点都不像回到自己的家，而是回到父亲的家中。"

转眼间，他又看到了茶几上的电话。曾经站在那里打着电话的年轻人，为他的力量感到自豪，神采奕奕，充满活力，每天不断地忙碌着，对不知疲倦的生活和行动感到幸福。这个年轻人和他只隔着四年，四年的争战，四年的抗争，四年的思考。有时一连几个月，他疲惫不堪，体力衰退，接着是不能忘记的未老先衰。突然的难受，让他将头靠在了手臂之间。他看到了过去，现实慢慢地消失。父亲、雅克、老小姐都已经去世，他只能通过青春和健康的三角镜看到过去。他为了回到过去的日子，还有什么不能做的呢？如今的忧伤之中，又加入了一些不再存在的想念。他差一点就要开口呼唤吉丝，让他摆脱这种孤寂，但最后他还是忍住了，振奋地直视现实。所有的事都起源于健康，如今他的首要任务就是让自己病情恢复。他决心与老师菲力普进行一次认真的谈话，让自己找到一个更加积极、有效的治疗方法。他觉得在穆斯吉埃的那些治疗方法和环境，会让人慢慢陷入麻木和虚弱。他觉得自己现在的情况并不符合常理，也许菲力普可以帮助他。菲力普、吉丝，他突然脑子一片混乱，要带着吉丝去穆斯吉埃，要治好病。坟墓。渐渐地，他陷入了沉睡。

他睡了几分钟之后才慢慢醒来，吉丝正端坐在靠椅的手把上，认真地看着他，带着一点忧伤，皱着眉头，一动不动地看着他。她的脸上瞒不了任何的心思，他清楚地看到了她在想什么。

"你是不是觉得我愈发变丑了?"

"不是,是越来越瘦了。"

"从秋天开始,我现在已经瘦了十八斤。"

"你现在感觉好点了吗?"

"舒服多了。"

"你的声音还是有一点嘶哑。"(在他所有的变化中,让她最紧张的就是他嗓音的嘶哑和虚弱。)

"现在没问题。有的早晨,我完全说不出一句话。"

沉默了一会儿之后,她站了起来说:"需要我将火罐拔起来吗?"

"都可以。"

她从旁边拉来一把椅子到他身边,坐在那里,为了给他一点温暖,双手插进外套袖子中,接着仔细地将火罐一个个拔下来,放在腿上的围裙上,接着用围裙包裹着那些玻璃火罐去清洗。

他起身深呼吸,这时他感觉好多了,望着镜子中皮包骨头,还留有一些紫色拔火罐的印记,将大衣重新穿了上去。

当他找到吉丝时,她已经将餐具摆放在桌子上了。

他看了看宽敞的餐厅,二十把椅子整齐地排列着,原来莱翁总是在这个大理石餐台上忙碌地工作。他突然开口:"等战争结束以后,我决定将这栋房子卖掉。"

她手里还拿着盘子,惊讶地转身望着他。

"你说这栋房子?"

"是的,我不想再留着这些。我只需要一个简单实用的小房子。"

他笑了笑,其实他也不知道自己到底要做什么,但他很确定的是,现在的他跟今早的他信仰完全不一样,他想要改变自己原本的生活。

"你觉得肉片、黄油面条和草莓怎么样?"她不知道昂图瓦纳是怎么想的,她也不知道为什么他会突然放弃自己原本设计的生活环境。她的想象力不好,同时也没有兴趣去计划以后。

"你真是天使,这太棒了。"他一边观察着饭菜,一便赞叹。

"我得找找餐巾,估计还要十分钟。"

"我去就好。"

他看到一张折叠床上放满了台布和内衣、被子凹了下去,明显有人睡过,里面还放着十几颗佛珠,衣服挂在旁边的椅子上。

"她为何不睡在尽头的房间?"他心里暗暗道。

他一个个打开壁柜。每个柜子里都塞满了从未用过的床单、枕套、毛巾、抹布,还有围裙之类的,一打一打的,有些东西还绑着刚买时供应商系着的红绳。他耸了耸肩:"居然有这么多的东西,真是荒谬,应该只留几套必需的,其他的全送去拍卖!"接着他从一叠崭新的餐巾中抽出了两条。"我终于知道她为什么睡在这里了!她是不想睡在雅克的房间里。"

他像参观别人家里一样,在走廊闲逛,摸摸这儿摸摸那儿,每经过一间房他都会推开门,带着新奇的眼光看看。

他走到前厅,站在诊疗室门前徘徊。接着,他打开了房门。诊室里的所有家具也被套子罩住,放在了书柜前面,这让房间显得更加的大。窗户是关着的,从百叶窗的缝隙中露出一丝阳光,像外省人家的大客厅,只有来客人的时候才会有人进。

他突然想到在一九一四年七月的最后几天,就在这个房间里,他看着斯蒂德莱尔带来的报纸,与之争执,还有惶恐,雅克的多次来访,还有在总动员那一天,雅克和贞妮一起到来。

他靠着门,俯下身子仔细嗅着,这里的气味比别的房间都要完整、清晰,但不一样的是,它更加香浓。在诊室中间蒙着布的办公桌上,就像是一个小孩的灵柩台。

"这里面会放着什么东西呢?"

他决定进去看看桌子上放些什么东西。接着,他的眼前出现了一些包裹和书册。战争开始以后,印刷品、广告单、报纸、杂志、实验室送来的各种样品都被女门房放在这里。"这个气味是什么?"他发现这些杂物里混有一种特别的香气,很浓郁,就像是胭脂粉。

当他随手撕开几封医学周刊寄来的信件,准备翻看时,他的脑中突然浮现了拉雪尔。但为什么是这个从来没有来过这栋房子,几个月都没有想起的女人?为什么不是想起安娜?"现在的她过得怎么样?她在哪里?是不是和伊尔施一起,在热带某处,远离欧洲和战场?"他将几个书册放在壁炉的台子上,准备回去的时候将这些都带走。"这个时候,杂志上的这些医生都是老家伙了,不用参军。运气真好,这个时候他们可以利用机会,将箱子里的东西都一次倒腾出来!"他随意翻阅目录的时候,看到时不时会有一个年轻的医生,从前线医院发来一份特殊的病情报告,主要是外科医生。"至少战争可以促进外科的发展。"他站在那里不断翻阅堆砌的书籍,每找到一本有用的都会放在壁炉上。"如果我能完成儿童呼吸道疾病的论文,塞比荣一定会将它刊登在他的杂志上。"

在成堆的包裹中,有一个上面贴着各种不同颜色的邮票,跟别的完全不同的包裹吸引了他的注意力。当他拿起来以后,他惊奇地发现,这个包裹散发的气味正是他刚才注意到的芳香。他鼻子吸着这股香味,看了看寄送包裹的信息:是法属几内亚科纳克里医院的博内小姐。邮票上盖着的印戳显示是三年前,一九一五年三月寄来的。他翻弄着这个小包裹,时不时地掂量它的重量。他很诧异,这里面到底放着什么东西?是药品还是香水?他拆开包裹,里面是一个长方形的,钉得十分牢固的粉色木盒子。"唉。真是不容易打开。"他在房间寻找可以打开的工具,就在他快要放弃的时候,他突然想起口袋里一直放着一把军刀。刀刃在木箱边缘响了一阵,接着用力一顶,箱子打开了。东方香匣、安息香、线香,还有一种熟悉但不记得的香味扑鼻而来。他小心地用指甲扫掉无意掉落的木屑,一个带着一层灰、闪闪发光的淡黄色蛋形显露出来。当他看到眼前这个黄色物品时,顿时想起了这个琥珀和麝香项链是拉雪尔的!

他眼中蒙上水雾,小心地用指腹擦拭项链。他想到了拉雪尔白嫩的脖子,还有她的脖颈。勒阿佛尔,罗马尼亚号在清晨起航。

但这个项链为什么会寄过来呢?这名科纳克里医院的博内小姐又是哪位?为什么会在一九一五年三月寄过来,这代表什么?

当他听到走廊传来的脚步声后赶忙将项链放回口袋中。吉丝来找他吃饭。当她走到门口时,闻到了这股香味。

"这味道真有意思。"

他重新将布盖在书桌上。

"他们将药都放在了这里。"

"那你现在来吃饭吗?可以开饭了。"

他跟着她走在回餐厅的路上。手插在口袋里,死死地抓着项链,他感觉到那个吊坠从冷变热。他脑中不断浮现出拉雪尔雪白的皮肤,还有棕红色的长发。

4

他们并排坐在桌子的一端,吉丝严肃地望着他说:

"现在你跟我说说如今你的身体状况。"

他噘起嘴。他一直不愿意跟别人谈论自己,说自己病情和治疗,但如果别人询问,他也愿意耐心地回答,当他慢慢回答出吉丝的前几个问题之后,他发现这些问题并不是毫无意义。虽然他总是拿吉丝当小女孩一样对待,但是在医院的这三年里,她已经掌握到了足够的治疗技能。他可以和她聊医学问题。这让他们之间又多了一个联系。被吉丝不断鼓励,他详细讲述了这几个月的病情,以及治疗的情况。若是她表现出一丝无所谓,或是她觉得需要说一些鼓励的话,那他会感到一阵紧张。但事实上,吉丝表情严肃地听着他的讲述,所有问题都询问缘由,这反而让他安慰性地总说:"不管怎么样,我最后一定会痊愈的。"(其实他心里一直都这样想着。)他带着自信的微笑说:"虽然时间会有些漫长,但我要治好,就一定会。但是我真的会彻底痊愈吗?如果我喉咙依旧沙哑、虚弱,那我还能回到原来,去当医生吗?你应该清楚,对我来说确信可以活下去是不够的,我不是担心以后会过着残疾人的生活。我需要的是回到原来那健康身体的日子!但这一切,是无法确定的。"

她没有吃东西,就像个孩子一样,瞪圆了眼睛,带着诧异,眨也不眨地注视着他,生怕漏掉一个细节。看到她像是原始动物一样注视着自己,他忍不住笑出声,他已经很久没有这样过了,这让他感到无比亲切。

"虽然这不肯定,但也不是没有可能。只要我坚持,就一定有办法。现在,我想做的事情都做到了。那这件事为什么就不能达成了?只要我想彻底痊愈,就一定可以。"

他在最后几个字上加重语气,这让他又忍不住地用力咳嗽。这一次,他持续的时间很长。吉丝一直俯下身体偷偷地关注他。她努力让自己不要想太多:"他只要想的事,就一定可以做到。他知道怎么照顾自己,他一定会好起来的。"

等到咳嗽停止,他转向吉丝表示自己想休息一下喉咙。

"要不要喝水?"他一边倒满水杯,一边询问。她还是控制不住,提出了一直想知道的问题:"你能和我待多久?"

他没有说话。原本他就不愿意考虑这个问题。虽然他请了四天的假,但是他不愿意在巴黎接受别人的照顾,在这他可能会因各种让人疲惫的事导致病发,他不想慢熬这四天,希望可以减少假期。

"待几天?"她望着他询问道,"是待八天?六天?还是五天?"

他都是摇头,然后深呼一口气,笑着说:

"我明天就离开。"

她感到无比失望,连声音都带着颤抖:"难道你不去拉菲特别墅区看望我们吗?"

"我可爱的吉丝,这或许做不到。以后找个时间再去吧。也许夏天就回去。"

"但我们才见面啊!你说我们多久没有见面了?真要明天走吗?我都不能和你一起在巴黎多待会儿,我今晚要在别墅度过!明天早上还得上班!你想想,我已经请了三天假,但在我离开的前一天,医院来了六名新病患!"

"但是我们已经一起度过了一整天呀。"他耐心地安慰着。

"这不算！等等我还要去养老院，将姑妈的家具和所有的事务都了结，他们还等着我腾出空房间呢。"

她的眼中满是泪水。这时他突然想起吉丝还在小的时候失望的样子。他的脑中突然闪过："让她照顾自己，感受这种关怀其实很好。"

他也不知道怎么回应，这次见面的时间很短，短得他自己都觉得有些失望，于是撒谎说：

"也许我可以延长假期。要不然，我去试试看。"

听到这个回答，吉丝的眼中突然闪露出光芒，微笑的眼睛中的喜悦从泪花中透露出来，看起来很好看。（这让昂图瓦纳又想起原来的日子。）

"你一定得成功！你来别墅跟我们一起待几日吧！"她高兴地拍着巴掌，坚定地说。

"她还像个孩子一样，这种稚气和她身上散发出的成熟少妇气息形成鲜明的对比，真让人着迷。"

为了转移话题，他弯下身子询问：

"那现在你告诉我，为什么只有你一个人来巴黎参加葬礼？她们的人呢？别墅离这里也不是很远吧？"

她立马反驳说：

"你完全不知道我们的工作有多么繁重！你觉得还能怎么样？我走了以后，大家就更加忙碌了！"

他忍不住微笑地回应吉丝的气愤。为了让他知道大家工作的忙碌，她絮絮叨叨地解释大家在医院、在别墅里的生活。

在一九一四年九月，马尔纳战役结束后不久，丰塔南太太就希望能做些有益的事情，于是做出了在拉菲特别墅区建一所医院的想法。那个时候她仍然保留着她的父亲在圣日耳曼森林边缘上的产业，主要是英国人住她的房子，但战争后不久，他们都逃离法国了。这个时候，老别墅闲置了下来，她原本想将这栋别墅做成医院，但是房间太小，而且离火车站远，极其不便。于是她想起蒂博先生闲置下来的别墅，不仅宽敞，而且就在居民区旁边不远处。于是她询问昂图瓦纳的想法，他当然同意将别墅借给她。于是他写信给吉丝，让她带着两名女仆帮丰塔南太太的忙，将别墅改造成医院。丰塔南太太则是得到了她的外甥女尼科尔·埃凯的帮忙。尼科尔的丈夫是一名外科医生，而且她本人考有护士专业文凭。在伤兵救护协会的监督下，很快建立起了一个领导委员会。于是六个星期之后，她们开始着手改造别墅，别墅前挂上了"医疗附属第七医院"的牌子。他们准备接收医院建立起来的第一批伤员。从那以后，丰塔南太太和尼科尔也没有空余时间了，每日每夜都在为医院忙碌着。

昂图瓦纳很开心父亲的这个别墅有了实际的作用，最让他开心的是，原本在巴黎闲来无事让人担忧的吉丝，现在也在丰塔南家得到了热情款待。实话说，对于第七医院的情况，就像是对丰塔南家乡间小屋的打理情况一样，他一点都不关心。丰塔南太太家现在变成了一个奇怪的集合体，原本的蒂博的厨娘，强壮的克洛蒂德如今操控整个家务。尼科尔和吉丝都住在那栋别墅里，截肢过后的达尼埃尔住在那里，就连带着孩子从瑞士回来的贞妮也是住在那里。这让他更加好奇，在吉丝的描述中，他反复可以看到这一群平时不会太过注意的人，如今实实在在的生活状态。

"在我们所有女人里面，贞妮永远是最忙碌的一个，"吉丝只注意自己的话题，"她不只要带着让·保尔，还得领导医院的洗衣部门。

你想想，医院里不管是三十八、四十，还是四十五张床位，所有需要的东西都得洗、烫、缝补，她需要算账、安排、天天分配大家合理工作！每天晚上她回来的时候都是一身疲惫。早上的时候她会留在别墅照顾让·保尔，下午的时候一定是待在医院帮忙。你肯定不知道，丰塔南太太为了待在病人身边，她将自己的办公室设在了马房上。"

遵守礼法的老小姐的侄女吉丝，在那里说起贞妮，还有贞妮当妈妈的事情，一切都变得那么顺其自然，这让昂图瓦纳很纳闷儿。他想着："这也没错。三年的时间里。原本让人觉得很丑陋的事情，在这个动乱的年代，也变得让人容易接纳。"

"你来次巴黎，居然不去看看我们可爱的小家伙儿！"吉丝带着责怪的语气感叹，"贞妮会不开心的。"

"你只要不说就好了呀，笨蛋。"

"不行，"她带着奇怪的语气，严肃反驳说，接着低下头，"我对贞妮，一直都有什么说什么的。"

他虽然因为这句话感到无比诧异，但还是没有刨根问底。

吉丝询问："你一定能够保证延长放假时间的，对不对？"

"我会尽量。"

"怎么做呢？"

他接着说谎回答说：

"我请吕梅尔帮忙，给管理这方面事务的军事部门电话通知。"

"吕梅尔。"她思索地重复说。

"不管怎么样，我们很长时间没有见面了，今天我得跟他见一面。他真帮了我们不少忙。"他这是见了吉丝以后第一次无意间提到雅克死亡的事情。他看到吉丝的脸色突然变化，抽搐之后，是更加深沉的肤色。

在一九一四年的那个秋天，雅克没有一丝音信，他日内瓦朋友通知说雅克失踪了，在贞妮和昂图瓦纳都相信雅克已经遇害的时候，吉丝还是固执地不愿相信，她始终认为："雅克利用这次战争再一次逃跑了，总有一天他会回来的。"她做着九日祈祷，每天在不安中等待。就在这个时候，她和贞妮产生了亲密的感情。这种感情原本是处于一个特别狡猾的算盘："雅克回来之后，会发现我们已经成了朋友，但私底下我依旧是他的情人。这样他一定会很感谢我可以在他不在时照顾贞妮。"当大家从吕梅尔那知道飞机坠毁的事情，还看到了正式通知的影印本，虽然这个事实已经明了，但她心中还是有一股无形的力量让她不去相信这一切。直到现在，她还时不时地会自言自语说："有谁能说得准呢？"

她突然低下头，不敢直视昂图瓦纳的眼神。她站在那里，像被掏空一般一动不动，强忍着奔涌而出的泪水。为了不哭出来被昂图瓦纳看到，她匆匆忙忙地起身走向厨房。

不小心触碰到了吉丝的地雷，昂图瓦纳也很不好意思。看着她离开的背影，他心里想："看她现在的身材，真的胖了，看她的臀部还有上身，就像是一个三十岁的妇人，比实际年纪要大个十岁！"

他拿出口袋中的项链。跟樱桃核一样大的铅灰色麝香珠，跟古老的龙涎香交错在一起，龙涎香的形状和颜色像极了黄香李，就如同刚刚熟透的黄香李带着半透明的暗黄。他将项链在手指尖盘弄，慢慢地，它像是刚刚从拉雪尔雪白脖颈下摘下一般的温热。

吉丝再一次出现的时候，手中端着一盘草莓，还能隐约看到她脸上的悲伤之情，这让昂图瓦纳不禁动容。她摆好草莓之后，昂图瓦纳默默地抚摸着那个戴着银手镯的褐色手腕。吉丝打了一阵寒战，眼睛上的睫毛不住地抖动。她故意避免昂图瓦纳的眼神，坐到自己的座位上，接着两颗泪珠从眼眶中流出。这时她决定直视伤心，她抬起头对着昂图瓦纳窘迫地笑了笑，接着又说不出一句话。

吉丝叹出一口气，静静地将糖加到草莓里，可她又几乎立即放下糖罐，猛然挺起身来说："我真笨。你知道最让我伤心的是什么吗？我的周围不再有人提及他。我知道，也能感觉到贞妮对他无比的思念之情。她对让·保尔那么好，只是因为他是雅克的孩子。是雅克将我们联系在一起的，我那么爱她，也是因为对雅克的思念之情。但她为什么对我这么友好呢？为什么把我当亲姐妹一般？可是她从来没有在我面前说起过雅克！这就像一个秘密，始终缠绕在我们心头，但是我们从来不会暗示到雅克！这对我来说并不好受，昂图瓦纳！"她喘着粗气，接着说："我现在就跟你说，贞妮是一个傲慢、难以相处的人！我现在太清楚她的为人了！我对她的爱可以让我为了她和那个孩子牺牲性命！但我一点都不开心，而且十分痛苦，因为她现在那么忧伤，不开朗。我不知道该怎么形容。你瞧，我一直知道，她觉得除了她，就没有人真正了解雅克，她为自己是唯一一个了解雅克的人而十分痛苦，但她又坚持地认为只有自己是唯一一个了解他的人！她从不跟其他人谈起雅克，尤其是对我。"

大颗的泪珠从她脸颊流下，虽然这时她突然变老的脸上没有任何忧伤的表情，只有激动、气愤，还有昂图瓦纳也说不清道不明的情感。他思考着。现在吉丝和贞妮的亲密关系是他从未想到的，这让他十分诧异。

"我一直不敢肯定,她是不是清楚地知道我对雅克抱有的情感,"吉丝压低嗓音,带着变调的声音继续说道,"有的时候我希望能跟她敞开心扉地聊聊!我现在没有什么要对她隐瞒的。我想要告诉她所有的事情!我甚至想要跟她说我当初是多么憎恨她。但是雅克死后,我对她的感情完全不一样了,我将对于雅克的全部情感都投射在了她跟孩子身上!"她的眼神中闪着耀眼的光芒。

很长一段时间里,他一下子忘掉了倾听她的内心独白,他所有的精力都集中在了她颤动的深棕色眼皮,上下摆动的睫毛上,她被遮住的眼睛里时不时投射出的光芒,就像是海中的灯塔,间隙地闪耀着光。他把手臂杵在桌子上,手掌托着脸部,满怀柔情地嗅着指尖上浓郁的麝香。

"这就是我的家!贞妮答应会将我一直留在身边。"吉丝努力想要语气中表现平和。

"如果我提议,她会答应和我一起生活吗?"他心中暗暗想。

"她的确这样答应过我。也就因为这个我才能一直生活下去,坦然面对将来,你知道吗?在我的生命中,除了她和让·保尔,再没有什么重要的了!"

"她不会同意的。"他心中已经得到了这个答案,但是从吉丝的语气和表情中他又得到了某些不和谐的声音,这让他十分惊讶。"显然,在这两颗女人心,又是寡妇心中,除了相互依靠,肯定也存在一些嫉妒,一些欺骗成分。这些情感混合在一起,就和爱情十分相似了。"

吉丝一直独自说着,如今她可以放肆地抱怨,让她心里可以好受一些,她已经控制不了了:

"贞妮真的很厉害,让人佩服。不仅高尚,而且坚强。但是她对别人特别严格!对达尼埃尔更是苛刻到不行,以至于不公平。我也觉得她是这样。是的,她的确有这个资格去选择怎么做。跟她一比,我真的不值一提!但她不一定总是正确的。有时候她也盲目自信,只相信自己,不接受别人的想法。当然了,我不会坚持去做自己做不到的事情,既然她不愿意让孩子接受父亲的宗教,那我也不强求,毕竟我也改变不了她。但她好歹得让一名牧师为孩子洗礼才对!"她的眼神变了颜色,就像当初老小姐生气时一样,她晃动着额头突出的脑袋,紧紧地抿着嘴唇,好像不愿有一点让步。突然,她转向昂图瓦纳说:"你不这样觉得吗?就按照她的正确想法,将让·保尔培养成一名清教徒好了!但她同样是在抚养雅克的儿子,她不该像对待狗一样对待他!"

昂图瓦纳胡乱地点了点头。

"你没有见过让·保尔,他的个性刚烈,将来需要受到疼爱!"她换了口气,接着用痛苦的语气说,"就像雅克!如果当初雅克不丢失信仰,那他就不会发生这种事!"她的脸上阴晴不定,严肃又转向柔和,一抹微笑慢慢融入眼中,"这个小东西就跟雅克一个模子刻出来的!他也有深棕色的头发,有雅克那样的眼睛和手掌!那孩子现在已经三岁了,特别顽固,而且性格刚强,但有的时候又像只猫。"当她说这话的时候,语气中满是温柔,已经没有了刚才的气愤,"他还称我'言巧碍'!"

"你说他顽固?"

"跟雅克一个模子刻出来的。你肯定不知道他是多么喜欢生闷气。总是一个人跑到花园里面躲着,也不知道在想什么,因为什么。"

1825

"聪明吗?"

"聪明得很!他什么都懂,什么都看得明白,而且特别敏感!只要你好声好气地跟他说话,他就会听你的。但如果你非要与他的想法相违背,让他做他不愿意做的事情,那他一定会紧紧地皱着眉头,死死地捏着拳头,完全看不出原本的样子。他跟雅克一个样。"思量片刻之后,她又询问道:"达尼埃尔不久前才为他拍了照,我想贞妮应该将照片寄给你了吧?"

"不,贞妮从没寄给我让·保尔的照片。"

吉丝诧异地望着他,似乎想问他些什么,但刚要说出口又憋了回去,接着说:

"我的包包里有张他的照片。你要不要看?"

"好啊。"

她赶忙跑去找手袋,拿出两张明显不是专业人士拍摄的照片。

有一张可能是让·保尔去年和贞妮一起拍的,贞妮穿着黑色的连衣裙,抱着让·保尔坐在一层石阶上。照片上的贞妮看起来有点胖,脸上的肉看起来比原来要丰满,面容平静地带着些严肃。"如今她跟丰塔南太太一个样子。"昂图瓦纳暗暗地想道。

另外一张让·保尔的独照应该是近期的,他穿着包裹着他厚实身体的贴身羊毛条纹衫,站在那里低着头,像是在生着闷气。

昂图瓦纳一直看着照片,特别是第二张的让·保尔,特别像小时候的雅克,他的头发、深陷的眼窝、眼神、嘴唇,还有蒂博家都有的有力下巴。

吉丝站在昂图瓦纳身边,低头靠着他的肩膀介绍说:"看,这是让·保尔玩沙子的时候,这下面是他发脾气丢的铲子,别人在他玩耍的时候打扰了他，于是他跑到墙角边去了。"

昂图瓦纳笑着抬头询问：

"你也喜欢他这样吗？"

她没有回答，只是站在那里笑着，微笑地看着他，没有什么语言比这样温柔、真诚的微笑更能表达情感的。

但是昂图瓦纳没有发现她隐藏的内心的慌乱之情。好像每当她想起当初做过的那个荒诞的事情。（两年，或是更早之前：那时让·保尔还是个哺乳期的婴儿。吉丝喜欢抱着他在胸前睡觉，时不时地摇晃着，每当她看见贞妮抱着他喂奶的时候，她总是萌生出一种羡慕又绝望的情感。有一天，贞妮将让·保尔交给她带，那一天是夏日里极其炎热的一天，她顺从于内心疯狂的想法，将让·保尔和自己关到房间里，她将乳房塞到让·保尔的嘴里，感受着他小嘴的不断吮吸，轻咬，还有不断的碰撞。正因如此，吉丝因瘀青、疼痛，还有内心的责备感到无限难受。这是罪过吗？当她跟神父忏悔和长时间的祷告之后，才终于找回了一点原本的平静。以后她再也没有这种疯狂的行为了。）

"他总是这样傲慢吗？不愿意让步？"昂图瓦纳询问。

"是的，的确是这样！因为达尼埃尔影响了他的游戏。他从不听达尼埃尔劝告。我相信这是因为他是个小男子汉。我想，他很爱贞妮，同样也很爱我。可是我们都是女人，他现在已经有了男人的自豪。你真别笑，我跟你担保这个事情，从很多小事中都能看出来。"

"我更愿意相信是你们的权力遭到削减，你们一直在他身边没有离开。他很少见到他的舅舅。"

"谁说很少。因为在医院做事，达尼埃尔差不多一天二十四小时跟他在一起,他和达尼埃尔舅舅待的时间比我们都多!"

"你说达尼埃尔?"

她轻快地收回放在昂图瓦纳身上的手,转身坐了下来。

"是啊,有什么让您这么吃惊的?"

"我想象不出来达尼埃尔做让·保尔的看护是什么模样。"

吉丝不知道他为什么会这样说,因为她认识他时,达尼埃尔已经被截肢了。

"跟您想的不一样,他有让·保尔的陪伴,白天在别墅区很无聊的。"

"他离开战场以后应该会选择重新开展工作吧?"

"你说做医疗吗?"

"不是,我说的是继续绘画。"

"你说他会画画?我从没见到过。"

"他很少去巴黎吗?"

"他甚至没有离开过庄园,或是别墅区的公园,更何况是去巴黎。"

"他的腿截肢后,有那么严重吗?"

"不,并不像您想的那样。在他装上新的假肢之后,您仔细观察都完全不会察觉到他的腿有一点问题。可他就是不愿意出去。他会看战报,陪着让·保尔,带着他在别墅区散步。有的时候他还会帮着克洛蒂德剥豌豆,削水果,做果酱。他还极少会帮着将平台上的小石子整理平整。我一直都认为他的个性就是这么的沉默,对人冷淡,甚至有点懒惰。"

"达尼埃尔吗?"

"是啊。"

"他应该日子不好过。跟你说的不同。"

"您怎么会这样想！他从来没有表现出不愉快的样子。他从不抱怨任何事，就算他有表现不开心，也绝不会对我表现出来。其他人是不知道怎么对他。就算尼科尔跟他开玩笑，跟他斗嘴也不能让他好转。贞妮，她的沉默更是让他受伤。其实贞妮的本性是很好的，可是她不知道怎么表现出来，她的动作和行为总是让别人不开心。"

昂图瓦纳没有反驳她，吉丝反而被他呆的样子逗笑了。

"我想您应该不了解达尼埃尔到底是什么样的人。估计大家一直都对他很迁就。现在他什么都不想做！"

吃过早餐之后，她看了看时间，突然起身说：

"我没多少时间了，我把桌子清理一下。"

她立在昂图瓦纳前面，一脸温柔。她想为将昂图瓦纳独自留在老房子里的行为做些表示，说点什么，这真让人不好意思。突然一抹畏惧的笑容浮现在她的脸上，一直延伸到嘴角。

"晚上的时候我来接你一起回拉菲特别墅区吧，您不该一个人在这里过夜。"

他摇头拒绝：

"不管怎么样，今天可不行，我得去拜访吕梅尔。明天我要去找菲力普。我还得准备一些事情，比如找些材料。"

什么都无法阻止让他在别墅区待两日。

"到了别墅区我能住在哪里呢？"

还没有回答他的顾虑，吉丝就开心地抱住了他。

"您说在哪儿？肯定是住在丰塔南家里啊，空着两个房间呢。"

他时不时地瞥眼手中拿着的让·保尔的照片。

"如果这样，我还得补办延长时间的手续。那就明天晚上好了。"

他摇了摇手中的照片说,"那你把照片留给我吧!"

5

吉丝走后,昂图瓦纳一个人待在房间,给周日还在奥尔赛码头工作室的吕梅尔打了电话。这个外交部长说他整个下午一点时间都抽不出来,表示歉意,说请昂图瓦纳一同吃晚餐。

晚上八点,昂图瓦纳来到外交部,看到已经等在楼下的吕梅尔,离开办公的职员和来访者,在守夜灯的照耀下来回走动,看起来特别地奇妙。

"我们去马克西姆餐厅吃晚餐,希望能改善一下您在医院的伙食。"吕梅尔带领昂图瓦纳走向院子里一辆插着小旗子的汽车,面带友善的笑容建议说。

"我这位拜访者的日子可没有那么好过,我晚上只能喝牛奶。"昂图瓦纳坦白说。

"他们那里的冰冻牛奶很有名。"吕梅尔早就决定好了带昂图瓦纳去马克西姆餐厅吃晚餐。

昂图瓦纳整个白天都在家里忙着整理实验材料,十分疲惫。于是点头同意,他赶紧告诉吕梅尔自己得注意声带问题,少说些话,如果真要聊一个晚上,他恐怕自己吃不消。

吕梅尔不想表现出内心因朋友的憔悴面容和受伤的嗓子导致的气愤,装出愉悦的语气说:"这正好符合我爱说话的脾气。"

餐厅光线明亮,这让昂图瓦纳的面容越发憔悴,他十分恐慌,不愿意过多提及他的身体问题,随便说几句之后,他赶快转移话题:

"不点汤,要不然我们吃点牡蛎,虽然很晚了,但牡蛎应该很新鲜。我常常来这吃晚餐。"

"我原来也经常来这。"昂图瓦纳环顾餐厅喃喃自语,他目光转向一名站着等顾客点餐的领班身上,"让,认不出我了吗?"

"不,先生,我记得您。"那个领班鞠了一躬,生硬地笑着回应。

"他没有说实话,原来他总称我为大夫。"昂图瓦纳闷闷地说。

"这里离工作楼很近,"吕梅尔接着说,"如果晚上有警报,我也可以很方便地找到一个好地方躲避,穿过一条街就可以到达海军部。"

昂图瓦纳看着他,他在看着菜单。如今的吕梅尔也变了不少,他的脸也丰满了,头发花白,眼角满是皱纹,这让牵动着他其他的皮肤都起了褶皱。他的眼睛是深深的蓝色,眼皮下的眼袋让他的脸颊鼓出一道道槽。

"饭后甜点,晚些再点。"他疲惫地将菜单交回领班。接着仰头,用手指按着沉重的眼皮,叹着气说:"亲爱的朋友,就像是您看到的这样,自从总动员以来,我没有一天好好休息过,真的太累了。"

可以从这个神经质的人身上看出,他的积极工作已经逐渐转变成了极端的劳累。在一九一四年,昂图瓦纳最后离开吕梅尔的时候,他还那么自信,有主见,对任何事情都有自己的见解,但总留着一丝刻意的谦虚。这四年里的超负荷工作,让他逐渐变成了一名会突然神经质地大笑的人。他眼睛发着光,在不同的话题上来回跳动,对任何事都能表达出自己的看法。他想尽办法,希望能像原来那样神采奕奕,衣着考究。在每一次被劳累压垮表现出阴沉之后,他又马上短暂地振作起来。他扬起头,将前额的长发用手撩开、拢起,接着,露出一个积极的笑容。

昂图瓦纳对他在瑞士时帮贞妮对雅克的死不断调查表示感激。吕梅尔马上摆手说:"唉,亲爱的朋友,你不用这么客气,我应该这样做的!"接着他又鲁莽地说:"我认为那名少妇特别有魅力。真吸引人。"

"他社交场上的习气太浓了,所以免不了表现出愚蠢的样子。"昂图瓦纳暗暗想道。

吕梅尔一直说个不停,他对于自己的工作说得仔仔细细,好像昂图瓦纳什么都不知道一样。在他脑子里,事情中途他让谁帮过忙,是什么时候,他都记得清清楚楚,这让人十分诧异。

"最后真是可怜!"他叹息说,"您怎么不喝牛奶?再放就冷了。"他犹豫地望了一眼昂图瓦纳,将嘴唇放到杯子里,擦了擦散乱的猫胡子,接着感叹说,"是多么可怜的结局啊。想起您,您的想法和您的名誉。按照现在这样的局势。对于一个家族来说,也许这是一个好的结局。是吗?"

昂图瓦纳皱起眉毛,沉默不语。吕梅尔这个话让他十分受伤。但他也不得不承认,他也曾在了解雅克临死前几天的情况之后有过这种想法,这让他十分惶恐。在医院的这些失眠的夜晚里,他思考的那些事情将原来的大多数想法都打乱了。

他原本就不愿意和吕梅尔说这些,况且在这个餐厅。原来他常常和安娜来这个餐厅吃晚饭,如今刚走进门却觉得极其别扭。他很诧异,在战争开始以后的十四个月,这样豪华的餐厅里居然还跟战前时期一样,满满当当坐着这么多的人。虽然女性比原来要少,而且没有穿得那么正式,大部门的女性还带着护士的行为习惯。男人中,绝大多数是紧紧束着打过蜡的光亮肩带,衣服上扣有不同颜色丝带的军人，一个个十分傲气。还有一些批准休息的军官，他们大多是驻守巴黎部队或是总部的军官。有很多的飞行员大声地吵闹，大吃大喝，似乎还没喝就被大家的热情款待捧得晕晕乎乎，阴郁的眼神中还带着些傻气。在这里可以看到意大利、比利时、罗马尼亚、日本的各色军装。有几名海军军官，但大多还是英国人，他们穿着卡其布的敞领军装，里面穿着考究的内衣，他们来这里只是为了喝香槟。

吕梅尔友善地提醒说："等您痊愈了一定要跟我说一声，您不能再去前线了，让他们给您换个岗位吧，您尽全力了。"

昂图瓦纳刚准备告诉他，医生刚确诊他大致痊愈，在一九一七年冬天以后就把他送到了后方医疗所修养。吕梅尔接着说：

"我现在已经确定战争期间会一直留在外交部。虽然克列孟梭先生刚派来部里时，差点把我调到伦敦，但因为我和普安卡雷总统关系良好，了解悉贝尔特洛先生的所有喜好，而且他少不了我，这事便作罢。如果不是因为主席与贝尔特洛先生的阻止，我会立刻登船离开这个国家。当然，现在那边的状态对我而言并不是完全没有吸引力，只是在那边我不能像在这里一样处于所有事物的中心。这点对我来说，具有非常大诱惑力。"

"我相信一定是这样，目前来看，您是为数不多的熟悉内幕的重要人物，谁又能算准将来会发生什么事情呢？"

"啊，"吕梅尔出言阻止道，"了解，不，预测，更不靠谱……即使清楚地知道底牌也没有用，却常常对正在发生的事情一无所知，往往在事情发生后才能了解到一点刚才发生的事情……不要认为现在国家需要人，就是像克列孟梭先生那样独裁死板，虽然有控制事件的能力，但现在仍然是被局势左右。想做战争时期的领袖，那就等于让漏水的船在水中行驶。有时还需要有些机智来应付漏洞最大的洞口，这样的生活就是在危险中飘摇。有时有点空余的时间还装模作样地看看航向，指指地图，判断出不太准确的方向。克列孟梭先生同别人那样行事。他默默观察着事态的发展，只要有机会就会及时利用。我在现在这个职位上可以清清楚楚地观察到他这些不寻常的举动。"他似乎在思考，谨慎地说，"您看，克列孟梭是一个疑心非常重的人，拥有烧炭党人的信念①，同时他也是一个深度悲观主义与坚定乐观主义的搭配，不得不承认，他这个比例搭配得可是相当出色。"他眼里闪过狐狸般的目光，脸上的笑意蔓延到眼角，好像对这番十分巧妙的评论感到志得意满。当然，这都是些陈芝麻烂谷子的事了。这段时间，他所见过的每一个人都听过这样一番说辞，大家已经不记得他说过了多少次。他接着说道："像这样的人疑心病太重，但是他有一个坚定的信念就是克列孟梭领导的国家是不会被打倒的。啊，多么强大的意念。面对现在的局势，我们暗地里都在说，即使是最乐观的人的意念也会开始怀疑，因为这已经成了盲目信念。只是我们那位开始老去的爱国者仍然坚持着必胜的信心，其实我也很疑惑为什么他那么坚定，也许是觉得这是天命吧，在他眼里法兰西的战争一定以光荣的胜利来结尾！"

昂图瓦纳发出了细微的咳嗽声，旁边的一位英国少将点燃了手中的烟，看样子他是想说点什么，但是微弱的声音被他的手帕一挡就更听不出来完整的句子了，只能依稀听到：

"……美国的救助，威尔逊。"

吕梅尔虽然没有听过这个消息，但是他也装模作样像自己非常

---
① 即盲目的信念。

了解一样。

"哈,"他发出不屑的声音,用手指来回摸着自己的下巴,"您应该了解,对于我们法兰西人民来说,威尔逊总统嘛……现在我们是困在法国和英国之中才不得不对这位美国教师奇怪的想法表示赞同。可是我们怎么会忘记他的打算,威尔逊反应慢,丝毫没有相对的概念,他居然还是一个政治家。他所生活的世界是不真实的,他只会用他想象力来描绘出一个虚拟的世界。我的主啊,我们怎么能被这个异教徒简单的伦理观来扰乱我们具有历史意义的欧洲事务的灵活转盘。"

昂图瓦纳刚准备说话,却因为嗓子不好而停了下来。现今的主要领袖中,在他眼里,只有威尔逊能够越过战争去观察,只有威尔逊能放眼未来,做全局的规划。昂图瓦纳做了一个表示不同意的手势反对吕梅尔的说法。

吕梅尔笑着说:

"你是在说笑吧,难道你认同威尔逊的言论,这可真是可笑!在大西洋的那边,在那个没有历史的国家,难道比我们这个具有悠久文明历史睿智的欧洲还要有见地吗?这怎么可能,如果同意他在我们的领土上想建立一个虚妄的世界,这就是给我们制造混乱。您看,众人并没有清醒得理解那些字句所包含的真正的意思,像权利、正义、自由等等,我们无法预料它们会导致什么样的后果。拿破仑的第三法国,大家都看到了所谓的'宽大'政策所引发的灾难是什么样的。"

他将自己的手臂伸出来,把那个满是斑点、粗短的手搭在桌上,弯着腰看似规劝地说道:

"了解内幕的人士觉得,威尔逊总统并不是像现在大家看到的那么幼稚,他对自己的主张也不是非常有把握,那些拥护'不分胜负与和平'的人都是些利用局势的野心家。妄图把古老的大陆安放在美国的羽翼下，与此同时，否定协约国在世界事务处理中通过战争而获得的重要地位，这样的提议是多么地幼稚。难道法国和英国会同意吗？这些年这两国在战争中耗费了大量的人力物力，如果最后不能获得利益，为什么会有战争，如果你们这样想就太天真了。"

"但是，"昂图瓦纳心里反问道，"我们需要的难道就是财富吗？对于欧洲各国的人民来说结束战争，永远的和平难道不是最大的胜利？"他并没有把心中的想法说出来，周围混合着热风、吵嚷声、食物与烟混合的气息让他觉得难受，他觉得越来越压抑。"我怎么会来这里，这可真是一个糟糕的晚上。"他有些懊恼地想着。而吕梅尔什么都没有察觉到，他正沉浸在因对他人的嘲讽而获得的自我快乐中。在奥尔赛码头的走廊里，很长一段时间以来，人们以他为嘲笑的中心，而他却没有一点自知之明。他说出的话很快就被别人的讪笑声打断，他不安地动来动去就像是在炭火上被灼烧一样难受。

"还好普安卡雷总统与克列孟梭先生都是非常了不起的现实主义家，不仅了解空想是丝毫不成立的而且清楚地明白威尔逊的野心，威尔逊的言论①是为他的国家谋利益的。现在，我们首要的任务就是想办法从美国那里得到更多的武器、石油、物质和军事援助。因此，我们只能小心翼翼地对待我们的供应者。在必要时，我们还要想办法讨好他们，就像对待还未发作的野兽那样。事实上，这样的方法还是十分有益的……"他低下头靠近昂图瓦纳，悄悄地在他旁边说道，"如果不是因为他在两个礼拜内弄到了两千吨石油，每月都有三十万的兵力

---

① 指美国总统威尔逊提交参议院的有关和平问题的咨文。

运到我国，我们在英国军队惨败于皮卡迪①之后，还有这个能力来抵抗吗？我们只有恭维那个洛汉格林②大鼻子家伙。只有当美国军派来具有实力的队伍替换我们的时候，我们的军队才能够得到喘息的机会，那个时候我们只需要坐等美国为我们取得胜利的果实就好了。"

昂图瓦思像是在思考他刚才所说的话，这时吕梅尔咬着菲力牛排。他吩咐侍者将牛排烤熟，结果呢，半生不熟的。昂图瓦纳举起了自己的胳膊，像是提问的学生等待老师的关注一样。

"如果是这样，您觉得，战争什么时候会结束？"

吕梅尔将面前的盘子推到一边，靠着椅子换了一个舒服的坐姿。

"估计还有几年，也不尽然，其实，我不完全这样认为，我完全有理由相信会出现我们意料之外的结果。"他的视线落在手上，然后慢悠悠地说，"我突然记起来了，在一九一五年二月，有一天晚上德沙内尔③先生对我说：'我们所面临战争的时间与困难都是变化莫测的。'照我看来，这场较量是循环发展的。也许会有别的转机，但是我相信不会让我们等太久的。'当时，我就当作是笑话听听，现在看来，这就像预言实现一般的真实。这两个月，德国军队两次冲破了防御线，因为这战争洛汉格林已经成为骑士里的英雄了。"他把玩着手中的盐瓶，继续说道，"明天在协约国胜利之后，中央帝国的建议肯定是大家议和，那个时候，我是站在德沙内尔先生那边的。"接着他像个历史老师一样，开始讲着入侵比利时之后各个时期发生的故事。

所有的事情都是这样像是被整理过一般，脉络清晰明了，逻
①1918年3月至5月，德军两次在此冲破防线。
②洛汉格林是骑士传奇的英雄，瓦格纳曾据此写过歌剧（1850），这个英雄被看作脱离生活，忠于神秘理想的人物。
③德沙内尔（1845—1922），1912至1920年任法国参议院议长。

辑层次分明就像是在下一局棋一样。对于战争的种种事情，对昂图瓦纳来说就如同放电影一般，一一在眼前闪过，他有种时空倒转的感觉，仿佛自己就在战场上。然而在那些雄辩家嘴里说出来的名字骤然失去了真实性，从而变成了一个个的历史提纲，供人们来翻阅讲述，所有的人和事件都会成为历史，然后在书本里面成为内容摘要。

"如今是一九一八年，"吕梅尔最后总结道，"美国加入战争使得这个包围圈越来越严密，日耳曼民族的失败是不可逆转的事实。对于这样的现实，他们只有两个选择，要么趁着还有点筹码的时候与我们谈和，要么拼死一战，试图在更大的武装补给到来之前获得胜利。他们决定反击，所以，之前皮卡迪之战，他们差点就取得了胜利，他们已经冲过了防线。以我们的处境来看，他们会再次发动突袭吗？谁也不能保证这个结果，我们不得不在近期内做出一个决定。假设他们战败，没有了任何可以反抗的机会，就更加没有实力来抗击美国的军队，我们也会被动地等待美国人的来临，因此，我们不得不像是福熙将军的计划，在各个防线上都加入最强大的配备，在美国人到来之前，做出我们的承诺。为此，我愿意说，真正的和平，最后的和平，也许离我们很遥远，但是事实上已经非常接近了。"

昂图瓦纳突然开始剧烈地咳嗽，这次很难让大家忽视他的存在。

"噢，对不起，我说了许久让您都困倦了，我们还是离开吧。"吕梅尔掏出了一堆皱巴巴的钞票，对着侍者付了钱。

大街上的灯光十分幽暗，汽车的灯也没有打开，只是静静地停在路边。吕梅尔抬头望望天："今天天空很清朗，看来今晚我要到部队去看看，也许会有新的消息传过来。哦，对了，我还得先把您送回去。"

昂图瓦纳坐在车上,吕梅尔顺手向路过的卖报人买了几份报纸。

"都是些糊弄人的消息。"昂图瓦纳低声说。吕梅尔没有接他的话,他仔细地把隔在他们与司机之间的玻璃拉上来。

"当然,您怎么会连这都不懂?这些稳定人心的消息,就像是生活必需品一样是不可缺少的。"他几乎是咆哮着向昂图瓦纳大声说道。

"是啊,你们可是控制人们思维的骨干啊。"昂图瓦纳嘲讽地回了一句。

吕梅尔轻轻地拍了一下他的膝盖,

"好了,好了,我们认真地来说一下,现在我们的政府应该有些什么举措,控制事态发展?这肯定是不可能的,难道我们要控制人们的言谈?或许,这是我们能够做到的最现实的事情。那好,我们就利用舆论,让民众相信我们一定会取得最后的胜利,不论这个消息可不可靠,我们都要让人民相信政府是有作为的……"

"只要是对你们有利的消息,手段对于你们已经不重要了。"

"那是!"

"那好吧,现在就开始琢磨一场新的骗局吧。"

"认真地说说看,你觉得这样的方式合适吗?我不明白,难道斯图加特与卡尔斯卢赫①远程大炮射向巴黎的大炮,和贝尔塔②远程相比,他们无辜的受害者难道比我们的少吗?也许,我们都觉得,德国的潜艇战争是违反了人道主义的,对于中央帝国来说,采取行动是最正常不过的了。但是在一九一六年他们失败之后,他们只剩下

---

①斯图加特系德国的工业中心之一,卡尔斯卢赫系巴登首府,一战时,这两个城市遭到法军的轰炸。
②1918年德军用这种大炮距巴黎一百公里处轰炮,这种大炮以克虏伯之女的名字命名。

唯一一次打败我们的机会了吗?其实大家心里最清楚不过了,那次邮船击沉事件①最根本的原因是合理的报复,这是对冷酷封锁后十分缓和的回复。这次封锁所造成无辜民众的伤害是邮船上乘客的一两万倍。目前,谁对谁错已经很难下定论了,敌人总是错误的,协约国总是正确的,这都是没有办法来说清楚的……"

"隐瞒真相吗?"

"当然,即使是要向作战的人隐瞒作战指挥的阴谋一样,对后方的人隐瞒前线可能发生的事情也是件十分可怕的事情。大使馆在幕后不是常常做这样的事情吗?对一个或者多个国家秘密发动战争,在敌人毫无预兆的情况下开始。斯图加特作为德国的工业重镇,卡尔斯卢赫在当时可是首都,同时遭到了法国远程炮的轰炸,一九一五年五月七日,德国炸毁了英国的邮船造成一两千人受伤死亡。我们的很多活动都被幕后首脑隐瞒了真相,而且让人不得不相信,你看这手段是多么高明。做到这种程度是需要长时间的经验和技巧的,这样的创新能力只怕对于他们来说是源源不断的。政府需要这类的人才,我敢肯定,将来事实会站出来说一句真话,我们在法国的四年就是一个奇迹。"

汽车路过了几乎没有什么光亮的日耳曼大街和大学里,停在了昂图瓦纳的家门口,他们都从车里下来。

"啊,"吕梅尔接着说,"在尼维尔②战役的那一段时间……"他的声音突然高亢起来,他试图紧紧拉着昂图瓦纳的胳膊,把他带到

---

①1915年5月7日,德军潜艇发射鱼雷,击中这艘英国邮船,一千两百名乘客遇难。
②比利时城市。

司机看不到他们的地方。"你肯定不会知道,像我们这样了解内幕的人是有多么危险,我们不知道马上会有什么事情发生在我们身上,我们总是不断地看到这样的错误产生,这些错误导致的损失总是在我们的脑海里浮现,几天的时间里八万多人受伤,那些伤亡惨重的团队甚至还有人反叛。因为不了解真实的情况,所以军人不会理会对错,只能够硬着心肠开始镇压部队里的起义,防止这样的现象向全军扩散。发生这样的事件对于国人来说是极其危险的,但是仍旧不惜一切代价来支持着指挥部,用错误的方法来遮掩另一个错误,目的只是为了维护指挥部的威信,更加糟糕的是,还必须坚持错误的方向,不停地反攻,把其他的军队也拖入了苦战,在拉福村①前的贵妇路就有两万到两万五的新兵死在那里。只是为了一次小小的胜利,我们投入了大量的兵力,甚至还将两个城市卷了进来,在贵妇路胜利掩盖下的谎言只是为了重振军队逐渐丧失的信心。后来,我们最后一次成功的反击②终于取得了胜利,我们获救了。十天之后,很多政府官员被免职,然后选举了贝当③将军。"

昂图瓦纳被这个消息震惊了,他无法行走,只好靠在墙上,吕梅尔把他扶到大门边上:

"这就是事实,"吕梅尔接着说,"我们被解救了,我可以发誓,我情愿少活几年,也不愿意再过这样惨痛的几天。"他看起来十分诚

---

① 拉福村为法国村庄,这次激烈战斗在1918年进行,这里是"贵妇之路"的起点。
② 克拉奥纳由三个高冈组成,位于"贵妇之路"东边,1918年5月27日失守,10月12日夺回。
③ 贝当(1856—1951),1916年任凡尔登军事首脑,1917年任北部和东北部方面军首脑,1940至1945年卖国投敌。

恳地说着,"我得走了,见到您,我感到非常荣幸。"昂图瓦纳进门的时候说了一句:"照顾好自己,连医生都是这样的,说到自己的健康问题时,最认真的人也会显得马虎。"

吉丝收拾好了卧室,窗户都关上了,窗帘也拉得严严实实的,所有家具的被套都取了下来,一只玻璃杯和喝水的杯子也放在了床头柜上。这样的周到体贴让昂图瓦纳非常感动。他想:"也许我比自己想象的要劳累得多。"

他的护理需要做的第一件事情,就是吸氧。他坐在椅子上,十几分钟保持着一样的姿势,腰杆挺得直直的,头靠在椅背上。

他对吕梅尔突然升腾起一种莫名的敌意,不受控制地去怀疑他所说的一切。这个转变连他自己也觉得很诧异。"也许,上过战场和没有上过战场的人,我们和他们,是永远没有可能去议和的。"

压抑的窒息感慢慢消失,他看了看体温计,有 38℃。一九一六年,北部和东北部有两个团队投敌卖国了,度过这样的一天,也能够接受了。

在睡觉之前,他还得抓紧时间,再次做吸气的理疗。

"不行,不行,"他把枕头紧紧压在头上想道,"我们和他们怎么可能达成一致,在离开军队的那一天,那些上过战场的人会逃之夭夭,寻不到踪迹。法国的未来将是那些投入战争的人的军人,不论在哪里,上过战场的人都不会愿意与那些只会纸上谈兵的人共事。"

无边的黑暗包裹着他,让他有点喘不过气来,他努力让自己不去开灯。这间房间的前一任主人是蒂博先生,他在临死前受过很多的折磨,在痛苦中寻求解脱。昂图瓦纳仔细回忆着那些小细节,包括最后的换衣服、哀号以及那让他永远解脱痛苦的一针,整个就是垂死挣扎的抗争史。现在睡的就是他父亲的房间,房里有桃木的大床,地毯上有用来祷告的跪凳,柜子里装满了药物。他在黑暗中努力睁大了眼睛,试图穿过黑暗看清楚这些东西。

6

睡前吸了两次氧使他这晚过得比较舒服,但是这并没有使他有好的睡眠质量。早上,困倦感一阵一阵地袭来,他在无边的噩梦中苦苦挣扎,最后吓得浑身是汗,他猛地惊醒,起来换了一身衣服,再次躺在了床上,他觉得自己应该是不会再睡着了。他努力地回想自己做梦的场景。

"噢,应该是三个毫不相干的场景,但是都是发生我的客厅里……

"起初我和莱翁在一起,我非常害怕,因为我的父亲就要回来了,情况十分危急,我趁着父亲不在家,控制了他所拥有的一切,把这些都搅和得一团糟。之后父亲回来看到这一切,我被他抓了个现行,真是太可怕了。我在客厅里走来走去,我得想办法来逃脱父亲的惩罚。但是我不能逃走,因为吉丝就要回来了,莱翁也很紧张,他紧紧注视着门口的动静。我看他惊恐得已经慌了神,这个时候,他转过身来说道:'我得去通知夫人回来。'

"刚刚过完第一个场景,然后我的父亲就穿着整洁的礼服,头上戴着丧礼才会戴的帽子,手上还有一只旅行用的手提箱。这时候不知道莱翁到哪里去了。父亲的严肃中有些慌乱的神情,他在口袋里摸索,像是在寻找什么,他看了我一眼对我说:'嗯?是你,老小姐不在吗?'接着他又说:'我的孩子啊,我对你说,我去过很多地方……'这个时候,我的嘴巴就像已经黏住了一样,发不出任何声音,自己就像一个害怕受到惩罚而胆战心惊的孩子。同时,我惊诧地想:'为什么他没有看到楼梯已经不一样了,没有了彩绘的大玻璃,而且已经换上了新的地毯。'我紧张地想:'我该怎样拦着不让他走进房间,看到他自己的床呢?'我不知道该怎么办,但是我有确实做过些什么。

"不管怎么说这就是第三个情节,我再次看到了我的父亲,他一身居家打扮,脚上是家里的鞋穿着古老的上衣,可是他显得有些生气。他的胡子一翘一翘的,伸长了藏在衣领里的脖子,冷冷地对我说:'你坦白说,我的夹鼻眼镜被你弄到哪里去了?'他说的那副眼镜,我记得我是在书桌上看到的,那时我把他所有的衣物连同那副眼镜一起捐给了穷人修女①……终于他爆发了,他气冲冲地向我扑过来,'我的证券呢?你把它们怎么了?'我结结巴巴地问:'哪里有证券?我不知道。'我已经浑身冷汗,我一边擦着汗,一边仔细听着动静。这时传来一声咔嚓的声音,吉丝穿着护士服走进来,看来她刚刚下班……就在这个时候,我被吓醒了,一身汗淋淋。"

想到自己的恐惧,他有些笑意,有些胆战心惊。"也许我还有些发热。"他这么想着,其实现在只有37℃,温度还是相对适宜的。

两个小时后,由于洗漱和理疗,他又开始回忆那些梦里的情景。

"真是不可思议,"他有些困惑,"这个梦其实不长,就像三幅画在我眼前闪过:与莱翁一同慌张的等待,之后父亲提着旅行箱进来了,再之后,父亲训斥我并问了夹鼻眼镜与证券的事情……就是这样,一切都过去了,真是一个奇特而完整的梦。"

他有点低落,不愿意再待在洗脸盆边上,于是坐到浴缸边继续

---

① 于1842年创立的慈善宗教团体。

想这个梦。

"梦里出现的事物都是曾经发生过的事情,也许有人研究过梦的意义,但是我却从来没有思考过,我能够清晰地记得那些细节,也许我应该把它记下来,免得过两天我就会忘记。"

他看着时间还早,而且自己也没有安排什么要紧的事情就拿起笔开始记录自己的病情。穿上了吉丝为他挂在浴室里的浴袍,他再次躺在床上用那些空白的纸开始写写画画。

他又非常乐意地涂涂写写弄了三分钟,这个时候铃声将他从自己的世界里拉了出来。

是一位老师的信来了,菲力普大夫非常诚恳地对他表示歉意,因为他不能在医院接待昂图瓦纳了,他需要带着委员会去北方的一些医院视察。

昂图瓦纳有些失望,为了安慰自己,他想到了一个好办法,可以在菲力普离开之前,也就是星期三与他一起吃饭然后星期四回到格拉斯。

五页零零散散的纸散乱在床上,纸上都是些奇奇怪怪的潦草字体,这些都是他在做译文练习时留下来的习惯,昂图瓦纳把这几页纸都折叠好,又看了一遍,有两张是来记录他的梦境,有三张是些随笔感想。他善于使用这类看似杂乱的记录方法,他思维谨慎,有时候能有简短的几行字完整地记录下他长时间思考的内容。"我还是需要继续练习。"他这样想,"也许我可以尝试着继续为杂志社投稿。"

这些就是他记录下来的内容:

在一个梦境里,有两种完全不同的东西:

一，梦境就是一个记忆的插曲，情节都很短暂，会出现晃动的片段，就像是自己在看演员表演着一场戏。

二，这个短暂的戏剧会有一个中心，使得这个情景能掌控这个时间段，而且显得合情合理，有时情景在情节之外，但是做梦的人会有一个清晰的意识。做梦的人长期处于虚幻的情景，就如同我们醒着的时候所经历的东西一样。以我的梦境为例，所有的情节都是围绕着客厅开展，经历了三个不同的片段，有些情景不是属于梦的一部分而是潜移默化在意识里面出现的。仔细分析的话，就会发现有两种不同的情景相互交替。还有在地点、时间上更加难以到达的空间。一些之前经历的情景会将它们都想象成过去，如果没有这些组合就不能够形成梦境，这些出现在梦里的人，我不断地在加强记忆，其实这样的做法在梦里不起任何作用，它只是比这个梦先存在了而已，就像是所有的人物都是过去那些人偶然聚集在一起从而使得那些情节存在。

再描述得清晰一些就是，我梦见的第一个场景，例如短暂地见到了自己的父亲，虽然我不确定时间但是应该是十二点差几分钟，我在等待着吉丝吃午餐。我记得那天早上，她不在家里，我没有办法通知她，我早上接到了父亲要参加丧礼所以要回家的电报，不过我不记得的是，究竟是谁的丧礼，还需要我们全部戴孝。父亲在口袋里掏来掏去，是因为他要拿零钱出来付车费，那辆车上都是他的行李，他看到他走到客厅，甚至还看见了那辆车。

第二场梦境，我是说更早之前发生的事情，在梦里我知道这些事情的真实性，我不能够确定的是，我在做梦时就想着这些事情，但是我本身就带着这样的记忆，就是我对自己经历过事情的回忆。

所以，父亲出国考察，去打理他关心的慈善事业，在地球的另一半进行调查。

这样类似远途旅行，就像他永远也不会回来一样，同样的事情，我们在分别的时候有着不同的反应，是因为我们有着不同的打算，我庆幸的是我终于摆脱了他的控制，我可以娶吉丝然后霸占这套房子。我会搬走这里属于他的所有东西，卖掉那些家具，把父亲的东西都送给穷人修女，我要拆掉这些墙壁，将房子改造成我喜欢的格局。可是奇怪的是，在梦里这些事情都没有显现出来，不仅是这样，我要努力把我的这些想法都写下来。

打个比方说，吉丝和我住在父亲以前的房间，但是它变得与安娜在瓦格拉姆林荫路下的房间是一样的，更加不能理解的是，早上时莱翁没有时间赶着做家务活，我们的床就显得十分凌乱，也许父亲回来就会到这个房间来看看，我显得更加惊慌。最后，我们生活的场景和我们在一起的朋友都显得十分真实。让我觉得有些诡异的是，我的弟弟在梦里却没有出现过，但是事实上他对于我结婚可是十分妒忌，现在都生活在瑞士不曾回来过。

昂图瓦纳写到这里就停了下来，他不想再写下去了，只是最后在末尾写上：

"关于对梦境研究的感想。"

他将那些研究的感言都折叠放好，开始准备再一次做呼吸理疗。

没过多久，在毛巾下的脸汗涔涔的，他紧紧闭着眼睛，尽情呼吸着有疗效的水汽，继续思考梦里的那些场景。突然他想到，也许这个梦就是显示了我的一种坏情绪，责任感甚至是潜藏的犯罪情绪，在清醒的时候，他能够理智地把这些阴暗面都牢牢地禁锢在心底最深处。事实上，对于父亲死后所发生的一切，没有必要感到十分的骄傲。他继续说道："这样还不能算上父亲留下的许多财产。"用在装修上的钱就消耗掉了一半的遗产，他没有考虑父亲的股票有多值钱，而是直接卖掉了，不过说这些也没用了，毕竟没有后悔药。没有办法，他努力平息着自己心里的躁动。这样的梦境确实是有一定预兆的，他的心里依旧存有资产阶级的理财观，都想着尽可能地留更多的钱财做遗产的价值观。虽然他不必向其他人来报告他的财产状况，但是在一年时间里消耗了祖辈们一半的遗产让他感到羞愧。

他拿掉了热腾腾的毛巾，深吸了一口凉爽的空气，按了按眼睛周围，之后又把头埋到了毛巾里。

清晨，那些思考与那些让他恼怒的记忆混合起来，但是就在吉丝离开之后他走遍了他的新实验室，里面放满了实验卡片盒，还有已经编排好号码的新盒子，而且夸张地将它作为"案卷"室。他以前进去"包扎室"的时候，里面规划得非常整齐，但是一直没有派上用场。他回忆起了之前那些简单的设备，在楼底下，是一位忙碌而有意义的青年医生，他清醒地认识到，父亲不在了，没有人管束他之后，他走上了一条错误的道路。

呼吸机慢慢冷了下来，只剩下少许的蒸汽。他将湿毛巾扔到了一边，擦了把脸走到房里去了。

"噢……啊……哈……啊……"他试着发音，但是嗓子依旧没有恢复，不久又出现了颤音，但是他的喉咙得到了短暂的放松。

"做二十分钟的呼吸理疗，休息一会儿就得出发了，得拿好自己的手提箱，看来今日我没有办法遇见菲力普了，那就坐火车去别墅好了。"

汽车将他送到了火车站,他路过杜伊勒里的花园时,看到了阳光照射下的草坪里立着白色的塑像,周围都是淡紫色的水雾,这个时候他开始怀念那年春天与安娜约会的情景,这时突然一个想法出来。

"我现在要去布洛涅森林,"他对司机喊道,"然后再往斯蓬蒂尼处去。"

到了巴坦库家附近,司机缓缓地开着车,他向别墅里面望,所有的百叶窗都封得紧紧的,栅栏也关着了。守门人的屋前有一块公告牌:

出售或者出租漂亮的别墅,带有停车库与花园,总面积六百二十五平方米。

出售上面还手写着"出租"二字。

车在花园边的小路上开始加速,昂图瓦纳没有任何感觉,没有对回忆中场景的激动,也没有来到这里的懊恼,他自己有点郁闷自己为什么要到这里来。

"换个方向,往圣拉撒路火车站去。"他对着司机吩咐道。

"对了,"他突然有了灵感,似乎什么都不能阻挠他的思考,"我相信能够安排好自己的职业生活,之前我几乎是走错了方向,这些突如其来的物质蒙蔽了我的双眼,不利于提高我的工作效率,这样只能让自己的生活更加混乱。就是一个看似华丽的机器在运转却没有丝毫的效益。为了得到更大的效果,所有的事情都准备好了,但是事实上,我却什么目标都没有实现。"突然,他记起了他弟弟对父亲遗产的不屑和对待金钱的讨厌态度,昂图瓦纳当时觉得他非常愚昧。"他是正确的,只有今天才真正想明白了,他是正确的,这物质对人类的毒害,特别是遗产对人类的毒害是非常大的。这并不是我自己赚来的,现在也没有战争,我没有办法挽救自己了。也许我这辈子都不能消除这毒害的影响。我竟然会认为只要有钱就什么都可以得到。我给自己安排的工作少之又少,而且还拥有了指使别人工作的权利,就像是妇人天生所拥有的权柄。我还十分无耻地将他人在我的实验室里做出重要发现的功劳都加诸自己身上,我是一个剥夺他人劳动成果的人,这就成了我现在的样子。我靠着物质让我发现了统治别人的乐趣,我发现我的金钱使我得到了前所未有的尊重。人们对我尊敬的态度越来越自然,金钱给予了我优越的地位。虽然,这些东西得来的并不是非常光荣,这样虚伪的联系恰巧是物质与人建立起来的必然关系。钱是最容易将人腐蚀的,我已经开始怀疑我身边的人,甚至是我最好的朋友:'为什么他们会这么说,难道他是为了我的钱?'这真不是一件好事。"

他不停地想着这些阴暗的忏悔,他有了一种极大的压抑感。到达车站后他的思绪得到了暂缓,他觉得这是一种解脱,他希望摆脱自己可怕的想法,快速冲到了人群中。

"给我一张票,不不,我需要到拉菲特别墅区的三等军用车厢,几点的火车?"

以前他几乎不会坐三等座,但是今天他想通过这种方式得到一种心灵的安慰。

7

克洛蒂德敲了敲门,另一只手端着食物的托盘。里面没有任何回应,也许他没有吃午饭就出去了,想到这里克洛蒂德有些不高兴地打开了房门。

屋里一片漆黑,发现昂图瓦纳还躺在床上。他听到了敲门声,只是他的嗓子没有办法回答。早上理疗之前他的嗓子就不能发出声音了,本想什么都不顾只要能发出声音就好了,但是他做不到。他打着手势希望克洛蒂德能够明白。

他一再用手势,又加上了非常和善的微笑,而那个仁慈的女人站在门口,十分惊讶地看着昂图瓦纳一句话也说不出来。但是就在昨晚回来的时候,他还在厨房里与自己聊了一会儿天。一发病就变得如同一个废人一般,这样的想法在她的脑海里翻腾。昂图瓦纳隐隐约约能够猜到她在想什么,对她笑得更加亲切,让她把盘子放到床上。他用笔写道:

"晚上过得非常好,只是早上仍旧不能够正常说话。"

她仔细地看了字条上的话,有些惊讶地望着他,接着非常直接地说:

"这也没什么,只是没想到会这么严重,只是您这样就像一个残疾人一样了。"

她走到窗前,拉开了窗户,清晨的阳光映射到房间里,清新的空气吹了进来。天空非常蓝,翠绿的爬墙虎在微风中轻轻摇曳。

"您需要吃早餐吗?"她问道。她走到他身边将一杯牛奶递给他,昂图瓦纳把面包撕开泡到了杯子里。她站在旁边,看着昂图瓦纳吃

东西已经不是那么顺畅了,她忍不住自言自语道:

"真是人算不如天算,谁会想到先生会得这样的病,如果没有吸入毒气该有多好,唉,毒气也比受伤好一点。现在不得不承受这事实,我不了解这种病,当先生写信来的时候,我与吉丝小姐一起来到了这里,阿德丽爱娜主动提出照顾伤员,我选择了做饭,做家务。至于伤员,我对这些从来都不感兴趣。就这样,太太们都去了医院,单独留我在家里,我没有任何觉得委屈的地方,虽然没有休息的时间。也许您会了解,我就是愿意一天到晚忙活着家里的事情,但是我一点也不愿意去接触伤员。"

昂图瓦纳笑着听着她讲述,虽然吉丝不在自己身边,但是这个勤劳的姑娘也不算太差,只是在照顾人这点上确实没有吉丝做得好。

为了表现出自己很赞同那女人的话,他很认真地抿住嘴然后摇了摇头。

"啊,"她立刻非常小心地说,"其实真正所面对的问题比想象中要少,夫人们几乎都在医院。我只需要准备她们的晚饭就可以了。中午也只有达尼埃尔先生、贞妮太太和一个小孩子。"

她现在比以前更加温和,好像这几年的战争已经磨平了大家之间的不和,只是她总是这样絮絮叨叨让昂图瓦纳没有那么多耐心了。她开始发表自己对这些人的看法:"吉丝小姐是个好人,待我们总是很热心。""丰塔南太太也没有那么傲慢,只是有时候严肃得叫人不敢亲近。""尼科尔太太总是没有整理东西的习惯,她倒是很懂得享受,让别人来伺候她。""贞妮太太比较内向,不过却是个能干的女人,懂得的知识也很多。说到那个可爱的小孩子,她总是能够用合适的方式和蔼地与小家伙儿沟通,那个小家伙儿就和他的父亲一样会使唤人。""如果大家都听他的话，那还不得忙得团团转。先生难以想象那会是怎么样一种场景，活泼调皮，又什么都喜欢问一句管一下，而且不愿意听别人的劝解，还好有达尼埃尔先生常常照看着他。我也没有办法，我得做事啊，不可能总是看管着他。这也使得达尼埃尔先生每天什么事情都做不了，就只会嚼着口香糖晃悠，这样混时间可是有点难熬啊。"她一副什么都了解的神情晃着脑袋，"我怎么会摆脱这个奇怪的想法呢？时间长了，断了条腿的日子可不好过。"

昂图瓦纳用笔写道："莱翁？"

"是啊，可怜的莱翁。"她并没有什么关于男仆的事情向他说，"先生，他之前向我们要一管笛子，吉丝小姐在巴黎帮他带了一支回来了。"

昂图瓦纳早就喝完了牛奶。

"现在我要去帮助贞妮太太了，"克洛蒂德说道，拿走了放在床上的托盘，"星期二可是太太大清洗的日子，那小家伙儿弄得可脏了，不好洗啊。"

她已经快出去了，又转过身来看了昂图瓦纳一眼，有着一种思考的神情：

"昂图瓦纳先生，好几年了，有什么是没有见过的呢？不论是好是坏，都见得多了。我常常对阿德丽爱娜说：'如果我们没有死去的老爷还活着就好了，他能够看到这些事情就好了。'"

她说完就出去了。房间里只剩下了昂图瓦纳一个人，他开始慢悠悠地洗漱。没有什么事情打扰他，他专心地做着理疗。

"如果老爷没有死就好了。"她的话让他又想起了晚上的梦。"看来父亲对她们的影响已经非常深了。"他感叹道。

十一点已经过去了，他将百叶窗重新拉好，他要开始练习呼吸发声了。

花园里有一个男人的声音传来："保尔，快下来，到我旁边来。"这时一个女人的声音显得沉稳而清晰，就像是从远方传来的回声一样："保尔，你快下来，要听舅舅的话。"

他走到阳台边上，并没有拨开爬墙虎就可以看到在下面有一个窄长的平台，位于花园与树林的边界。在树下，达尼埃尔躺在藤椅上，膝盖上放了一本书。在不远处，有一个穿毛衣的小男孩想踩着翻过来的木桶上爬到墙上去。向台子的另外一边看，在园丁以前居住的房子里，贞妮露着双臂努力洗着一大桶衣服。

"保尔，快过来。"达尼埃尔大声喊道。

一束阳光照在他的头发上，像火一样鲜艳，小孩子决定不再爬墙了，而是转身坐到了地上，用铲子装着沙玩。

没过多久，昂图瓦纳走过来，保尔却仍旧坐在那里玩沙。

"快向伯伯问好。"达尼埃尔这样说着。

调皮的小家伙儿依旧玩着自己的沙和铲子，就像没有听到大人在喊他一样。他看着昂图瓦纳渐渐走近，他停止了手上的活把头埋得低低的。他被抱了起来，举得高高的，小孩子手舞足蹈。没过一会儿，他显得很乐意这样玩耍，发出了阵阵笑声，昂图瓦纳在他的额头吻了一下，然后问他：

"你觉得伯伯好吗？"

"当然！"孩子喊道。

这样的玩闹让昂图瓦纳耗费了许多力气。他把小调皮放在地上，他走到达尼埃尔身边坐下，就在这时保尔一溜烟跑回来，爬到他的腿上，假装睡觉。

达尼埃尔在椅子上并没有什么举动，他穿着陈旧的居家服装，假腿上穿着皮鞋，另一只脚随意地套着一双拖鞋。他变得有点胖了，还是保持着端庄优雅的面容，但是头发长了，胡子也没有刮干净。让他想起了早上外地的那些悲剧演员，在城里看起来十分邋遢，但是晚上在灯光的照耀下却像皇帝一样有着非凡的风采。昂图瓦纳起来之后，只是关心他的支气管和喉咙，他发现与达尼埃尔握手交谈之后，他并没有问自己的健康状况。昂图瓦纳也没有继续问，只是感到疑惑地低下头看着达尼埃尔合上的书，还有旁边散落的几本。

"你看，"达尼埃尔说，"这是《周游世界》①，旧的旅行刊物，一八七七年的，这里面都是一些图片，我可是收集了整整一套。"他一边说一边懒洋洋地翻着。

昂图瓦纳轻轻地拨弄着小孩子的头发，这孩子像是在想什么事情一样，靠在伯父的胸膛上眼睛睁得圆溜溜的。

"今天有什么有趣的事发生吗？您拿到报纸了吗？"

"没有。"达尼埃尔回答道。

"协约国好像有了新的决定，他们会让福熙的权利越来越大直至扩展到意大利。"

"啊？"

"这就是目前最正式的消息了。"

小东西好像发现了什么一样，从昂图瓦纳的膝盖上滑下来。

"你要干什么去？"大人问道。

"我要去找妈妈。"

小东西蹦蹦跳跳地向园丁住的那间房子跑去，两个大人相互交

---
①1860年创办的旅行杂志，一直出版到1914年。

换了好笑的眼神。达尼埃尔从口袋里拿出来一包口香糖,递给他。

"我不要了,谢谢。"

"这能让你打发一下时间,我已经戒烟了。"达尼埃尔说道。

他挑出一块口香糖放到了嘴里,慢慢地咀嚼。

昂图瓦纳面带微笑地看着这一切。

"您倒是让我想起一件事,当时我们需要在一个农场建立临时医院,农场被美国的军队给占用了。我们的护士可是花了整整一天的时间才把那些恼人的口香糖给弄掉,那些口香糖渣到处都是,只要是我们目光所及的地方总是能找到几个。还特别硬,不好清除。我们相信要是被他们再多占领几年,那我们那里所有的东西都会变成一块硬邦邦的口香糖。"一阵轻微的咳嗽打断了他的话。

达尼埃尔轻声笑着,以前的昂图瓦纳对这样的笑容很着迷,但是现在他已经没有任何感觉了。他仔细看着达尼埃尔,臃肿的脸,斜翻的上嘴唇,有着一种幽默的感觉,当他眯起眼睛时就像有狡黠的目光在闪烁。

他开始不住地咳嗽,他打了一个有气无力的手势说道:

"你看看,现在我总是在咳嗽……"他尽量让自己的声音平缓一些,过了一会儿呼吸终于顺畅了。"他们已经让我变成了一个废人,还说着我们是幸运儿的话语。"

"也许您会幸运的。"

两人都没了话说,达尼埃尔突然说:

"您不是问我报纸的事吗?我根本就没有留下报纸,我只想看着眼前的事情,我不再想其他,那些公报也就是字面上的一些意思,要么就是胜利要么就是成功,有什么意义呢?"

他把头靠在椅背上，闭着眼睛低声说道：

"只有上过战场冲锋陷阵过才能体会得到，在我还是步兵的时候，虽然我已经忘记是什么战争但是我连续冲锋了三次，那时的情景真是无法用语言来叙述，但是与步兵相比，在规定的时刻出刀，这也算不上什么了。"他有些激动，眼睛盯着地面，开始快速地嚼口香糖，接着说："其实我们都不知道我们的补给有多少人，能活着回来有几个人，为什么那些人要说当时的情况呢？他们不能说出什么，也不愿意去说，因为没有人会理解。"

他停了下来，两个人又坐了一会儿，不说一句话甚至都没有看对方。这时昂图瓦纳开始断断续续地咳嗽。

"偶尔我会想到，这就结束了，以后，不，没有以后了。我有时会特别有信心，但是我也会怀疑，我也不知道我在说什么了……"

达尼埃尔沉默着只是一下一下地嚼着嘴里的口香糖，好像是在思考什么。

昂图瓦纳也没有话说了，他一个人讲了几分钟的话太难受了。他开始思考同样一件事，不记得想了多少次了。"在人们理智地思考那些违反人类和谐发展的东西时，也许会感到惊慌吧。还要多久，人类的精神才能得到进化，究竟有没有进化过呢？如果最后能让人们将那些暴力、不宽容、具有兽性的狂热兴趣以及恃强凌弱都能够清除掉，该有多好。对于发动战争的人来说，在看到对方垮台的那一刻是最具有诱惑力的。人们能不能不采用这样的方式获得内心的满足呢？这样就必须杜绝打仗，让和平友好的思想深深扎根于人们的意识里，并且要获得大多数人的支持，成为不可阻拦的趋势来反对各国的好战策略。虽然这样的想法显得很不可思议，而且和平的胜利也不一定会是停战的主要保证。即使我们国家开始由和平党掌权，也没有人能够保证它会抵抗得住一切诱惑，用暴力的方式把和平带给人们，这样的方式也不能阻止其他国家想发动战争的想法。"

"保尔！"克洛蒂德向着他们走来，将麦片粥放在托盘上，还有李子和牛奶，都一并放在花园的桌子上面。

"保尔！"达尼埃尔大叫一声。

小家伙儿立刻跑过了台子，在太阳的照耀下尽情地奔跑，他的毛线衫已经开始褪色，就像他眼睛里淡淡的色彩。他与小时候的雅克很像，这让昂图瓦纳的印象更加强烈。小男孩被抱起来放在椅子上。"看，有一样的额头，一撮乱糟糟的头发，小鼻子周围都是小雀斑。"他对着小男孩笑嘻嘻地招手。然而那孩子认为他是一种嘲笑，小孩子把头扭了过去，皱起眉头，看他的时候带了一丝的厌烦。这孩子的眼神与雅克小时候也十分相像，变化莫测，时而温和时而捣蛋。在这些不断变化的情绪中，只有目光不会改变，总是锐利地探索着周围的事物。

贞妮走了过来，她把袖管卷得高高的，手被水泡得有些肿胀，围裙都被浸湿了。她看着昂图瓦纳微微一笑问他：

"昨天你过得怎么样？啊，你看我的手上还有水，睡得还舒服吗？"

"很好，我还习惯。谢谢！"

面对这位勤劳朴实的年轻母亲，他的思绪一下子回到了当初见到她时的场景。那个时候她还是一个害羞、冷漠、一身暗色服装、腰板直直的、戴着手套的女孩，在动员会那天，被雅克带到了大学路。她对达尼埃尔说：

"麻烦你喂他吃点麦片吧，我还要去晾衣服呢。"她拉住小男孩，在他的脖子上戴了一个小兜,摸了摸他的脖子,对小家伙儿说,"在这里乖乖地吃粥,不要给舅舅添麻烦,我等会儿就过来。"她说着就走开了。

"知道了,妈妈。"

达尼埃尔起身来,到了孩子身边,他并没有因为这个小插曲而阻断他的思绪,在贞妮离开之后,他继续说道:

"还有些事情是大家都不能随意讨论的,在后面的人都不会感受一旦进入了火线就会有一种非常神奇的感觉,开始你会觉得自己得到了解脱,然后你会无条件地服从没有任何选择与反抗的机会。然后就是在危险面前,人们会变得真诚,我们都坚信只要向后退四公里,我们就会有一个不一样的世界。"

昂图瓦纳没有说话,他已经默认了达尼埃尔的说法。战争对他来说具有十分鲜活的记忆。他能够懂得达尼埃尔想表达的意思。这种奇特的感觉他也有过,在炮火的攻击下,会有一种神秘的团结的力量包围着所有人,这时候的人们灵魂是得到了净化的,就像在共同的压力下,大家变成了一个灵魂。

昂图瓦纳的样子吓到了孩子,他让达尼埃尔一口口地喂燕麦,达尼埃尔很熟练地将满满一勺喂给孩子吃,一边聊天,看来他已经相当熟悉这个过程了。

"我亲眼看到的事情,"昂图瓦纳突然说,"以前我怎么也不会想到,有一天达尼埃尔会断一条腿,衣衫不整的,成为一个小孩子的奶爸。不过这个小子是贞妮和雅克的儿子,这是一个事实。我没有表现出太多的惊讶,现实已经摆在眼前了,让人无法抗拒。只要是发生的事情就不能够否认它的存在,也许还会幻想它会是另一种不同的样子。"他有短暂的疑惑,"假如当时戈阿朗听了我的话,也许我不会那样把完整的讲话分割得支离破碎。"他这样总结。

"当心。"达尼埃尔舅舅喊道。喂完了麦片就要开始喂水果,可这孩子总是东张西望,眼睛跟着妈妈转来转去,一会儿在平台上,一会儿在鸡棚,达尼埃尔总是举着汤匙等待着孩子转过脸来吃一口,他也没有丝毫的厌烦。

贞妮做完了所有的事情后,连忙走过来接过了碗,她走过了满是阳光的草地。这个时候她已经脱下了围裙,收拾好了自己的衣服,现在看起来十分整洁,她想让达尼埃尔歇息一会儿。可达尼埃尔没有理会她,继续喂着。

"快完了,你不用来做。"

"牛奶放在哪里了?"她轻快的嗓音说着,"如果我们的保尔不喝完牛奶,伯伯会怎么样呢?"

孩子一听就用手把杯子推来,用挑衅而坚定的目光望着他的伯伯。他在等待着大人发怒,看会受到什么样的惩罚。但是昂图瓦纳没有说什么,只是朝着他俏皮地一笑,这让他有些疑惑,他想了一下,然后小脸上有一种红润的光彩。他盯着伯伯,似乎要伯伯见证他的听话一样,大口大口地喝完一满杯。

"好啦,保尔真乖,现在保尔去睡觉吧,妈妈和舅舅、伯伯去吃饭了。"贞妮说着把小男孩抱下椅子。

留下了他们两个。

达尼埃尔走来走去,在旁边的梧桐树上扯下了几片树叶,看了几眼就在手指间揉碎了,接着他又嚼了一块口香糖。最后,直接躺在了藤椅上。

昂图瓦纳没有说话，他不停地在想前线的那个秘密团队，他常常想起他以前的伙伴，当时都是一群年轻的小伙。那时一个踢着足球的小伙子，一夜间被带到了军营。他不知道什么是平民的生活就被拉上了战场，他没有留下任何东西，只是非常享受战争这项非常危险的活动。"黑暗的世界与战争的迷人之处相比，能够相提并论吗？"

突然，他的脑海里闪过一个场景，有一天晚上，正在进行着一场漫长的战争，对于昂图瓦纳来说是一场普罗万的战斗，但是对于大多数人来说，这场战役没有什么特殊的含义。那次战争中他的任务就在敌人凶猛的进攻中带着救护站安全转移。他们将伤员带走后，只剩下他带着三个男护士在战壕里爬行摸索，他们跑到了一个破败的屋子旁，那些断壁残垣还可以为他们提供一些掩护，但是敌人的远程炮又开始向这个方向射击了，他让所有的人躲到了酒窖里。唯独他一人在入口的位置守着，希望炮火能够快点停歇，那些炮弹连续射击了二十多分钟。就在一切声音停止，都以为战争结束的情况下发生了意外。在离他不远处，一个炮弹猛地爆炸了，迫使他不得不退到大厅里面，在大片的灰色烟雾下他看到了自己的同伴，全部都站在黑暗中，为什么他们也在？当他们发现军医都不想躲起来的时候，一个个从地窖里爬了出来，默默地站在了自己长官的后面，就像是一种无声的力量支持着人们忘却了死亡。

"这种感觉真是相当难受。但是这时候的信任与团结让我感受到了前所未有的快乐，我这辈子都不会忘记。如果这个时候有人对我说：'战争也有它独特的美。'也许我会毫不犹豫地说：'是！'"

他立刻冷静下来。

"哦，不能这样。"

达尼埃尔惊讶地回过头来望着昂图瓦纳,但是他并没有发觉,只是自言自语。

他笑着说:

"我想告诉你……"

他的笑容好像有了一丝的道歉意味。他没有继续解释,最后选择了沉默。

这时二楼传来了保尔的哭闹声,他不愿意去睡觉。

8

贞妮如同往常一样,等孩子在小床上睡着以后才开始换外出的衣服,这样让她可以吃了午饭以后直接去医院上班。她经过窗边,透着纱窗看到了两个男人正在树下聊天。昂图瓦纳声音嘶哑又低沉,贞妮根本听不清楚。达尼埃尔偶尔的高亢嗓音时不时地传入了贞妮的耳中,可依旧无法分辨内容。

贞妮为他们的现状感到难过,曾经他们都很年轻而且健康,生活中从未有过不愉快,他们对未来都怀着远大的抱负理想。可是他们如今被战争折磨成了这个样子,还好他们还能活着站在这里!他们可以继续自己的生活!也许有一天他们可以回到原来的那个样子:昂图瓦纳的嗓子不再嘶哑。达尼埃尔不再因为他的腿疾而忧伤!但是雅克不能如此!在这个晴朗的五月早晨,他原本可以在某个地方生活着。她会放弃一切去找寻他,他们一起将儿子抚养成人,可是都结束了。

达尼埃尔渐渐停止了聊天。贞妮好奇地向窗外望去,发现昂图瓦纳向着自己家走来。其实昨天贞妮就一直想要跟他有一次独处的机会。她看了看让·保尔,以确保他没有到处乱动,于是穿好衣服,赶快将房间整理干净,然后将楼梯口的门拉开。

昂图瓦纳慢悠悠地上楼梯,没想到一抬头就看到她笑着看着自己,她把手指放在唇边,向他走去:

"过来看看他睡着了的模样。"

他上气不接下气,完全不能讲话,只好小心地跟在她的身后。

整个房间的墙壁都贴满了蓝色的茹伊布①壁纸,看起来特别大。整体是个长方形。房间的最里面摆着两张相同大小的床铺,正中间是一张幼儿的床。"如果没猜错,这房间原来应该是丰塔南居住的。"昂图瓦纳看着那两张床心中暗想,可是意想不到的是,旁边床头柜上摆放的物品显示出,尽头那两张床似乎还在使用当中。昂图瓦纳刚一抬头便看到了在床上面的壁板上,竟然挂着一幅现代画风的肖像:那正是真人大小的雅克肖像,画像好像是真的一样,非常引人注目,这是一幅用现代笔法画的油画,昂图瓦纳还是第一次看到。

让·保尔安静地睡在那里,还把手臂当枕头,头发乱糟糟的,嘴角还被口水沾湿。在毯子上放着的小手紧紧地握成拳头,好像要打架一样。

昂图瓦纳奇怪地指了指顶上的肖像。

"这是我由瑞士家里拿来的画,"贞妮小声解释。这时她看着肖像,然后转头望着孩子,"他们两个长得多像呀!"

"您若是认识这个时期的雅克就再好不过了!"

"但是,"他想了想,"他们的性格似乎有很大的不一样。这个孩

---

①法国地名,以纺织印染业闻名。

子有很多雅克不具备的性格特征！"他低声说着他的想法：

"是不是很奇怪？那么多的祖先，不管是什么时代的，不管有没有直接的血缘关系，都和这个小孩子有联系！那到底是什么样的人才会占有主要的影响力呢？这个谁都不清楚。每一名新生孩子的未来都是一个不可预测的秘密。似乎每个人都拥有相同的联系，可是又各自组成了一个崭新的个体。"

孩子并没有被谈话吵醒，他不仅没有放开小拳头，反而将手臂挡在脸的前面，似乎是不愿意让人看见自己。昂图瓦纳和贞妮看到这一幕都笑了起来。

"真是奇怪，"他暗想，"雅克身体中拥有的基因体组合中，仅仅只有让·保尔这一个组合形成，并且孕育成了一个生命体。"

"刚刚伤心的达尼埃尔在跟您说什么呢，居然那么激动？"她压低声音询问道。

"在讲战乱。无论如何，我们都是经历过这个的人。"

贞妮脸色突然一黑，说：

"我从未和他谈论过有关战乱的任何问题。"

"从来都没有讲过吗？"

"他总是会说一些想法，让我感到羞耻。这是他阅读那些沙文主义的文章以后得出的。雅克绝对不可能讲出这些来。"

"那她会看什么类型的报纸？"昂图瓦纳心里想着，"难道是看《人道报》，为了缅怀雅克不成？"

她突然靠近：

"其实在总动员那一天的夜晚（我一直到现在都对这个地方有印象：就在议院门口，一个岗亭旁边），雅克双手抓着我的手臂跟我讲过：

'贞妮,你要明白：从现在开始,我们看一个人的好坏就是看这个人是选择战争还是和平！'"

她因为这句话思考了很久。雅克的话还在她的心中回荡,接着她叹了一口气,走向了背后的桃花心木书桌前,然后将桌子的抽屉拉开。她对着昂图瓦纳指了指隔壁的椅子,示意他坐下。

他一直站立在那儿,望着墙板上的肖像。这是一幅雅克的四分之三的侧面像,他正坐在椅子上抬头仰望,一只紧握的手搭在了大腿上。虽然他这样的姿势看起来有种不自然的挑衅意味,不过他喜欢这样的坐姿。耷拉在一边的深褐的头发挡住了一部分额头。（等小孩子长大以后发色也会如此,昂图瓦纳暗想。）眼睛深邃,下颚紧绷着。严峻的神情让人感受到了他内心的痛苦。这幅画还没有完成。

"这张肖像的日期是一九一四年六月,"贞妮跟他解说,"是来自英国的帕泰尔松创作而成,他如今在布尔什维克的队伍中服役。这幅画由范赫德收藏在家里,当初我在日内瓦时他交给了我。您应该还记得,我曾经写信提过他,他是雅克的朋友,一名白化病人。"

她开始继续一个又一个的回忆,并讲起了当初在瑞士时她的经历（虽然她从未跟别人讲起,不过能和昂图瓦纳说这些还是让她很开心的。）范赫德领她来到雅克在寰球旅店的住房,将她领到朗多尔咖啡馆,跟她介绍在那里聚会的一群幸存者。在那些幸存者里,她看到了若莱斯在《人道报》社合作的斯特法尼（很久以前,雅克就在巴黎将斯特法尼介绍给了她）。如今斯特法尼终于可以在瑞士创立刊物《那些人的战争》。斯特法尼属于纯粹的国际社会党人团体里的成员,并且平时相当积极。"我和范赫德还一起到了巴尔。"她讲这些的时候目光深沉。

她弯腰将书桌的抽屉打开,如同珍宝一般小心谨慎地拿出一份手稿。她犹豫了很久才将它拿给昂图瓦纳。

昂图瓦纳特别惊讶,拿过纸稿以后就仔细观看。写这个的人似乎是……

"你们如今面对面,将手枪上膛,准备好自相残杀,简直愚昧无知。"

这时他真正了解到,他如今拿在手上的是雅克在临死前写的文字。手稿并不平整,到处都是涂改和印刷的痕迹。可以看出这是雅克所写,虽然这个看起来像是小孩的随手涂鸦,可能是因为他写的时候过于仓促或者身体的原因:

"法国以及德国政府,都有权逼迫你们远离家乡,让你们失去工作,通过控制,让你们无法获得一丝好处,不让你们拥有自己的想法,拥有自己的信仰,拥有自己的人性以及最合法的基本需求吗?到底是什么原因让他们可以这样对你们?是你们自己的蠢笨!是你们自己退缩和任人宰割造成的!"

昂图瓦纳的目光从草稿上移开。

"这是他所写宣言的草稿,"贞妮压低声音讲,"在巴塞尔的时候专门印刷的书商布拉特纳给了我这个。那些人自己私留宣言的手稿,给了我。"

"那些人?"

"布拉特纳和一名德国年轻医生卡贝尔,他们都与雅克熟识。当初我怀孕的时候他帮了我不少忙。他们曾带我去过雅克曾经写下宣言的破屋子。还有他曾坐过飞机的高台。"通过她的讲述,他的眼前似乎展现出一幅她在复杂又危险的边界城市中日子的画面。她又看到了莱茵河,她尽可能地将她的所见所闻都跟昂图瓦纳描述出来,那有警卫森严的大桥,斯坦夫太太的老屋,雅克曾居住的楼房天台,还有一片漆黑的仓库天窗。她与范赫德、布拉特纳和卡贝尔一同坐上曾将雅克和梅奈斯特雷送到一起的车子,它由安德烈耶夫开往高台。似乎现在她还能听见布拉特纳哑着嗓子为她讲解:"我们已经上坡了。天已渐暗。我们在这休息,等着第二天的到来。一架飞机出现在这个山间里……它就在那里……蒂博登上飞机。"

"还在高台等着飞机的时候他做了什么,在想什么?"她很感慨,"他们都觉得他不合群。是他要一个人去旁边躺着。也许这一切都是因为他知道他快要死去。他在那个时候到底在想什么,我现在也无从得知。"

昂图瓦纳死死地盯着肖像看,他听着贞妮的解释,脑中一直想着雅克就是在这个高台上守夜,被那个飞机的下降害死,这个牺牲多么不值得!他认为这样的自我牺牲或是其他相似举动完全没有意义。他认为所有的自我牺牲行为毫无意义。他脑中不断浮现出那些在战争中让人尊敬或毫无意义的举动!他思索:"正因为近乎疯狂的英雄行为,一般情况下都会出现问题:从未安静下来思考这是否值得,毫无依据和缘由地去相信某些意义。"虽然他对于耐力和信念的崇拜已达到某种痴迷的地步。但是他的个性又不允许他追求这种自我牺牲。加上这四年战争的洗刷就更加讨厌了。他不愿意否定弟弟的这种举动。雅克是为了坚定自己的信仰而牺牲的。他一直都坚持这样的想法,就算是牺牲也毫不犹豫。他最后的牺牲让大家敬畏。但这次昂图瓦纳考虑雅克的"想法"时,他经常会碰到这个重要问题:他的弟弟其实是个极其讨厌暴力的人(当他不顾自己的安危,反抗暴力,宣扬和平解决,拒绝战争的时候说明了这一点),那他又怎么可能一直为社会革命而努力,也就是说,他为何维护空谈者一直推崇的最坏的暴力行为,那些空谈者鼓吹的理论上的,冷血且算计的暴力呢?"不管怎么说雅克是很懂事的,"他思索着,"也正因为雅克不相信人类可以自己变好,所以他所希望的革命不会出现流血牺牲,而且最终能够实现!"

他转向贞妮,不再继续观察那幅肖像。她还在继续讲述,她激动的内心在脸上展露无遗。

他想道:"总的来说,我正因为没有丝毫作为,所以没有资格去评定那些追求信仰而努力的群体。他们愿意去尝试或许无法达成的事。"

"最让我痛苦的,"贞妮短暂停顿之后继续说道,"就是他当时还不知道我将要生产。"她拿起那叠草稿边说边将它放入抽屉。她先是短暂不语,接着又继续讲述(昂图瓦纳受到她真心相待的感动):"您也清楚,我为小家伙儿能在巴塞尔出生感到满足。这里曾是他父亲临终前生活的地方。可想而知,在那里他度过了多少紧张日子。"

每当她想起雅克的时候,眼眸的蓝色会显得更加深邃,脸颊的红晕一直延伸到鬓角,那种浓烈的感情在脸上一闪而过。昂图瓦纳仿佛可以看到她身上印刻着爱情的标志。他感到躁动,但又无比诧异这样的情绪。"真是莫名其妙的感情,"他不禁想着,"爱情居然能在这样不协调的两个人之间产生,这明显是个错误。正常情况下这种错误不会一直持续下去,但现在这种错误爱情居然影响着她的言行举止,一直深入到了她与雅克的记忆当中!"(他始终认为:所有的长久激烈的感情必然会有一种错误,正因为有这种容忍和判断错误的存在才使得人们一直没有任何缘由地爱下去。)

"我现在的任务重大，"她解释说，"雅克对儿子的未来抱有很大的期望，帮他将让·保尔培养成他想要的样子让我压力很大。"她拨开眼前的一缕发，眼神中透露出坚毅，似乎表达了她的坚定信心，"我可以的。"她讲，"我对这小东西有信心！"

他很庆幸见到她这样坚强勇敢地面对未来的生活。原来阅读她的来信，依据里面的语气，他以为见到她时会看到她越发彷徨、脆弱。不过很欣慰的是，她现在知道怎么走出绝望，她和其他经过苦难的妇女都不一样，她很乐意跟别人讲述自己的不幸，这让她的爱情变得更加高尚。不仅如此：她现在已经走出阴影，她可以独自让自己的生活朝着正确的轨迹行进。他想让她知道，她现在的样子让他特别崇敬：

"您在这方面表现得特别坚强！"

她安静地听着，然后诚实地讲：

"我并不值得夸赞。我相信我如今的样子是因为雅克，我还未和他一起生活过。所以，他的死没有影响我的生活……不管怎么样，刚开始的时候这一点帮到了我。而且我还有这个小家伙儿，在他还未出生的时候，他的存在就已经支撑着我了。将我和雅克的孩子抚养成人是我现在的生活目标。"

她停顿了一下，接着说：

"这个很艰难。这个小家伙儿性格固执，经常不听我的！有时我都怕这个小家伙儿。"她探测性地看着他说："我想达尼埃尔已经跟您提过小家伙儿吧？"

"您是指让·保尔吗？很少提他。"

他这时候才反应过来，哥哥跟妹妹对于孩子的个性判断不同，这种不同让他们失衡。

"达尼埃尔觉得让·保尔常常不听话,并且经常是这个样子,这是不对的。不管怎么说,这一切没那么简单。我仔细想过。他只是为了找到自己的存在感,才会对自己不喜欢的东西很自然地说出:'不。'显然,他没有错,这是一种内心的力量,让人无法抗拒。这是他为了保护自己的一种自然的行为。所以我一般都不会责怪他。"

昂图瓦纳饶有兴趣地听着。他点了点头,对贞妮表示鼓励,让她继续说她的想法。

"您能了解我的意思吗?"她信赖地安心笑着,"您总是与小孩交往,也许觉得这不足为奇。可我就跟看一个谜团一样地看着那执拗的脾气。也对:我总会因为他惊慌,这一切都是出于感叹,我看着他不断长大,慢慢地懂事起来。若他一个人在花园摔倒,必定会哭出声,但是只要有大人在,我就极少看到他因此哭泣。我每次给他糖,他没有任何缘由地拒绝,可他却总趁我不注意偷偷把整盒糖果拿走。他不贪吃:连糖果盒他都懒得打开,他每次都把糖果盒塞到座椅下或是沙子里。这是什么原因?我感觉,他只是想要独立完成一件事。要是我责怪他,他总是绷紧的小肌肉表现出无声的反抗,虽然一声不吭,但看到他眼睛波光闪动,死死地盯着我,让我也不敢继续说下去。那眼神不屈不挠,却也表现出纯净和孤独。这样的目光让我折服!可以想到,雅克小时候也是这样。"

昂图瓦纳笑着说:

"也许这只是您的想法,贞妮!"

她不想继续讨论这个,打住他的话,接着自己的思路说:

"准确来说,要是他拒绝所有强硬手段,那就是说他接受所有的柔和手段。所以，我有次在吵架时将他抱入怀中，事情便迎刃而解：他用鼻子蹭着我脖子上的肌肤，抱着我，亲吻我，好像他身上的坚硬和固执都软化了一般。这时他由恶魔变回了天使！"

"他更不听吉丝的话吧？"

"不是的，"她突然变得不自然，"他对吉丝姑妈有一种热情：只要跟她有关的都能接受！"

"他能从她那得到自己想要的东西吗？"

"连我和达尼埃尔都不如，但他离不开她只是为了达到他所有的任性！他让她做的，经常是他高傲得不愿让别人做的：比如替他解裤子，或是替他拿够不到的东西。只有他们两人的时候，他不会跟她道谢！你听他是怎么使唤她时你就会发觉。"她停顿了一下，才结束她的想法："虽然我这样说对吉丝不好，但我觉得这也是事实：吉丝能够让让·保尔闻到她那种奴隶气味。"

昂图瓦纳听到最后这一句话，诧异地望着贞妮表示询问。但她装作没有看见一般。正好到了午餐时间，她起身准备。

他们向门口走去，这时候贞妮将手搭在门闩上，好像有话要说，犹豫了一会儿又移开。

"我很开心能说出这些心里话，"她低声说，"自从离开瑞士，回来以后我就没和别人提起雅克。"

"怎么不跟吉丝聊聊？"昂图瓦纳探究性地问了一句，想起那个女孩对自己说的掏心话跟愧疚之情。

贞妮望着地面像是没有听见一般，站着一动不动，整个人倚靠在门前。

"和吉丝聊聊？"她好像才反应过来一般自言自语。

"吉丝是唯一了解您的人,她也很难过,她也深爱雅克。"

贞妮没有说话,只是点头,眼睛始终望着地面。她似乎一直都想逃避这个问题。接着,她意外地用生硬的语气对着昂图瓦纳说:

"吉丝吗?她为了不多想,手一直闲不下来,不停地数珠念经!"她低着头,短暂停顿以后接着说:"我总会嫉妒她!"喉咙里想笑又没笑出声,这和她讲出的话大相径庭。紧接着她又对刚才的话表示后悔,诚恳且轻柔地说,"昂图瓦纳,如今您应该知道吉丝是我的好友。她在我未来的生活规划中占有重要地位。虽然这是一种自我安慰,可我还是希望她可以一直在我的生活中。"

昂图瓦纳想着她一定会说"但",果然她犹豫一会儿之后继续说道:

"但你也知道我不能代表吉丝的想法。是不是?每个人的想法都不同。吉丝的优点和缺点都不少。"接着,她又补充说:"缺点上看,吉丝并不坦诚。"

"你指吉丝?她眼神看起来很坦诚呀?"

昂图瓦纳刚一听到吉丝不坦诚就立马反对。没多久他才反应过来贞妮指的是什么。吉丝的确像她说的那样,总是故意隐瞒一些秘密的想法。她不会表现出喜爱和反感,不爱跟别人解释,会友善地面对自己不喜欢的人。她是胆小?害羞?还是对自己内心的掩饰?还是说黑人长期受到种族歧视,导致他们性格产生了两面性的基因,一直在她血液中流淌?"生来便是奴隶。"

他马上指正:

"的确是这样,这个我很清楚。"

"这时您应该明白,就算我们整天在一起生活,看起来关系很好,但不论怎样。很多话都不能跟她说。"她坐直身体强调说："根本不行！"

她做了一个明显的动作，想要结束对话，连忙打开门：

"您该去吃饭了！"

9

饭桌放在外边，摆在厨房外的走道上。

贞妮没有食欲，午餐很快就吃完了。在饭前昂图瓦纳没有足够的时间做治疗，吃东西特别艰难。只有达尼埃尔将克洛蒂德烹饪的小牛胸脆骨和青豌豆吃得津津有味。他没有任何情绪，安静地吃着，心神不宁。快吃完的时候，听见昂图瓦纳和"在后方参军的人"谈论吕梅尔，他突然打破沉寂，积极为"战争为利益人"辩护。（"唯独他们知道使事情向着人们的需求发展是多么重要。"）他带着像是嘲讽又像是夸赞的口吻说他以前的老板，"以这个天才海盗吕德韦格松"的进步作为例子，战后吕德韦格松住在伦敦，听说他创立的一个叫作SAC的碳氢燃料股份有限公司，得到了当地银行家还有几名英国的领导人的赞助，最后资产翻了几十倍。

"是这样，我想她以后会和她母亲很像。"昂图瓦纳暗想，他见到贞妮以后特别诧异她这四年来身材的变化。因为有了小孩，喂母乳让她的屁股和胸部更加丰满，脖子下面也粗了。但这也产生了一定的作用：臃肿的身材让她的举止言行不那么僵硬，让她面庞上的冷漠、苦恼的神情变得柔和。只有她的眼神依旧孤独而苦闷，但是，在那当中依旧流露出无限的勇气。昂图瓦纳第一次见到她就是在她小时候，那是雅克与她的哥哥一同逃亡那次，当时她的眼神让他惊讶。

他暗想:"不论如何,如今她更加从容自在。他很诧异,她对于雅克居然存在着吸引力。原来的她那么讨人厌!不仅傲慢,缺少勇气,让人感到不舒服,而且无视他人,冷冰冰的!现在她完全不一样了,一切似乎为了向别人吐露心声。今早她的确对我敞开心扉。很好地照顾我。唉!可惜她终究没有她母亲的美貌与宽容。不是这样,在她高贵的举止中好像常有一种难以表达的因素在说:'我想要的不是展现自我,讨好别人。我就喜欢自己这个样子。'每个人都有自己的喜好。但我绝不中意这种类别。就算是这样,她现在还是变好了很多。"

刚吃完午餐,他们聊完,昂图瓦纳便准备和贞妮一起去医院看望丰塔南太太。

达尼埃尔又躺回椅子上喝咖啡。贞妮到楼上去叫醒让·保尔。昂图瓦纳也趁着这个空隙赶忙回房间做吸入治疗:他害怕他扛不住这一天的忙碌。

贞妮依旧骑车去上班。她推着车与昂图瓦纳一同走过公园,好让自己回来的时候可以骑车。

"我感觉达尼埃尔有很大的改变,"他们走过花园,到了林荫路,昂图瓦纳试探性地说,"他真的不准备做事了吗?"

"不做了!"

声音里满是责怪。昂图瓦纳中午吃饭的时候就察觉到了兄妹之间的不和。他很诧异当初达尼埃尔对贞妮的那种细微的关心,如今却成了这个样子。他想,难道是达尼埃尔已经不注意这一方面的事了吗?

他们向前走着,一句话都不说。地上洒满了斑驳的树影,虽然天空清澈,但是空气充满雨前的闷热。

"您闻出了吗？"他抬头说着。一簇盛开的丁香花在一个花园的树上，香气扑鼻而来。

"只要他愿意的话，他完全可以在医院做下去，"她完全没有注意到丁香花，继续说道，"妈妈也问过他无数次。但他总是用自己假肢的事当借口大做文章。"她调整姿势，让自己离昂图瓦纳更近些。"他那个人其实根本不会为别人做什么，现在比原来都要糟糕。"

"她不该这样说，"他暗想，"她至少该感激他帮忙照料孩子。"

贞妮短暂停顿之后，又更加肯定地说：

"他根本没有社会意识。"

这话让人意想不到……"她所有的想法都是拿雅克来做对比得出来的。"

他心中不悦，暗暗想道："如今她都用雅克的想法来教训她的哥哥。"

"您应该明白，"他忧郁地讲，"当一个人发现他变得不如别人时，就会开始埋怨。"

她脑子里想的都是达尼埃尔，蛮横地回嘴说：

"他本该死的！现在他能继续活着，还有什么可以埋怨的！"

她并没有注意到自己说的话多么残忍，还继续说：

"他的腿也只是瘸了而已。这跟他帮妈妈管理医院的财政有什么关系？他根本就不愿意为我们做些有用的事情。"

"这话也是雅克说的。"昂图瓦纳暗想。

"是什么原因让他不继续作画呢？您看，这里面有其他的因素。不是因为身体缺陷，而是他性格上的改变！"她越讲越兴奋，不自觉地加快了脚步。她察觉到昂图瓦纳有些跟不上，于是放慢脚步。"达

1875

尼埃尔不愿意操一点心。什么事情都要给他准备好！显然，现在最让他痛苦的是他的虚荣心，他不愿意踏出花园，也不去巴黎，到底是什么原因？只因他怕别人的嘲笑。他不甘心结束原来那种'成功'！结束原来那样的日子！潇洒小伙子的日子！不羁的日子！战前放荡的日子！"

"您太苛刻了，贞妮！"

她一直看着昂图瓦纳微笑的脸，直到他表情变得严肃，便笃定说："我这是担忧小家伙儿！"

"是说让·保尔吗？"

"是这样，我从雅克那学到了很多。现在的生活让我不快乐，这个环境不是我想要的！可是我必须停止这种想法：让·保尔成长中需要这种氛围！"

昂图瓦纳挺了挺胸，好像他也没懂。

"我是信任你才跟您讲这些的，"她讲，"我想以后我还需要您帮忙出点子。我很爱我的妈妈。我敬佩她在生活中的勇敢和公正刚直。她为我做的事情我会永远牢记。可这又如何？我们现在不管对于什么事的想法都不一样！明显，如今的我和妈妈都已不是一九一四年那样了！这四年她一直在打理这个医院，不断组织工作，做出决策，她唯一要做的就只是下达任务。她沉迷于这种掌握大权的感觉。她……不管怎么样，她已经变了，我确定。"

昂图瓦纳含糊地点头又摇头。

"妈妈原来很慈祥，"贞妮接着讲，"可她从未将自己的宗教信仰强加到别人身上，可现在！您该看看她是如何向病人宣扬的！越听话的病人住院的时间往往是最长的。"

"您很苛刻，"昂图瓦纳又一次说道，"您这话显然有偏见。"

"或许，是这样。或许我跟您说这些不合适。我不知道怎么跟您解释。就像是妈妈讲'我们的英雄'……妈妈讲'德国的浑蛋'……"

"大家都这样形容！"

"不一样。说法不同。妈妈会原谅四年以来，打着爱国主义的口号做的所有恶行！妈妈甚至支持这样！妈妈相信，直到铲除德国，战争才可以结束，如今只有协约国的事业才是真正纯净而且正义的！只要跟她想法不同的都被列入叛徒的行列。只要探究罪恶的根本原因，认为资本主义是一切的罪魁祸首，那个人肯定是……"

他越听越诧异。贞妮的内心感受表现出了她如今的价值观。精神世界还有雅克死后对她产生的影响，这样的变化与丰塔南太太的变化相比更让他感觉好奇。就连他都想感叹："我担忧小家伙儿！"贞妮这种不自然的性格变化（在他看来十分肤浅，让人奇怪），让他担心这会使让·保尔生活在危险的环境之中。不管怎么说，这都比达尼埃尔舅舅的无所事事和外祖母短浅的沙文主义更为危险。

他们一起走到阳光明媚的岔口，这里能够看见蒂博先生的别墅门口。昂图瓦纳看到这自己曾经来过，而且生活过的地方，也忍不住分了心。

其实一切未曾改变：宽阔大路两侧的人行道上，种满了高大树木，最远处的城堡巍峨耸立，还有那一个圆形的水池，伫立于广场的中央，每周日都会有喷泉，花坛芳草如茵，黄杨竖立在花坛边上，还有白色围栏围在一圈。在另一边，吉丝经常在父亲花园中低矮交错的树丫下面，这排小栅栏里等着他回来。好像战争没有改变这里的一切。

贞妮停在广场前：

"妈妈每一天都被战争折磨着。她好像已经被这个工作折磨得麻木了，现在已不会被人们的痛苦打动，她变得铁石心肠。"

"做护士吗？"

"不止，"她语气冷漠，"她现在是专门看护、治疗那群年轻人，使之重回战场上拼杀！这就像是缝好斗牛士的肚子，让他再次返回斗牛场！"她低下头，突然，带着一丝后悔又胆怯的语气望着昂图瓦纳问，"我让您讨厌了吧？"

"并没有！"

他惊讶于自己脱口而出的"并没有"。惊奇地发现自己现在与丰塔南太太的爱国思想之间的距离，比距离贞妮的责备和气愤要远得多。当他想到弟弟的时候，又一次暗想道："我如今是多么了解他啊！"

他们走到栅栏前面。

她为即将结束的散步之旅感到失落，低声感叹。她笑着对昂图瓦纳说：

"真的很感谢你能听我说这么多。时不时这样聊天，真的很好。"

10

别墅的栅栏很精致（在上面用花体精细的雕刻着O.T二字，可是年久失修，颜色有些减褪）是打开的。小径上还留有救护车行驶过的车轮印迹，再也没能看见蒂博先生派人每日扫沙子。眼神穿过枝丫，能够看见阳光下沐浴的房子，开着的窗户挂满红色条纹的窗帘。

"我在这里洗衣服，"他们走到旧仓库的门前，贞妮讲道，"我先走一步。妈妈在右边的办公室，您沿着这条走廊就可以看到。"

他喘着气站在那里休息。就连周围的每一个小道的拐角,都让他觉得异常亲切。钢琴声传了过来,这让他想到原来的一个画面:吉丝坐在高高的凳子上,辫子耷拉在身后,在老小姐跟吧嗒吧嗒的节拍器的监督下艰难地练着发声。

他穿过树丫,看到别墅前像是赶集一般热闹。年轻人整齐地站在阶梯上晒太阳聊天,一个个都统一戴着军便帽,穿着黑灰色的法兰绒大衣。剩余的人都集中在花园的桌子旁边打牌或者看书。有两名士兵并未穿大衣,只穿着蓝色短裤,挽着裤脚除草,昂图瓦纳听着卡啦啦的除草声感到恼火。稍远一点的山毛榉下有六名养病的人,他们抖动着身体在木桶旁玩投片游戏,只听到贴片撞击铜蛙的声音。

原本躺靠在石头台阶上的人看到这名不认识的军医走来,全站起来向他行军礼。昂图瓦纳登上台阶。走廊像是一个玻璃花房,四周都是玻璃,这让它如同温室一般封闭且暖和。身体状况还没有康复,不能外出的病人便在这里静养。走道左边靠着的是吉丝儿时学琴时使用的浅色核桃木的古琴。一名士兵端坐在钢琴前,手指僵硬地弹奏《玛德龙》的复调。

看到昂图瓦纳的到来,他停止了钢琴练习,向这名走来的军医行军礼。昂图瓦纳走到完全变了模样的客厅,这里没有一个人,四张赌桌周围摆放着椅子像是旅店的前厅。

一张写着"秘书处"的硬纸板钉在蒂博先生紧闭的书房门上。他走进房间,原本他以为房间里没有人。他曾用过的橡木的书桌、靠椅和柜子都还在那。屏风将房间分成两个空间。一名年轻的秘书发现有人进来,停止了打字机的工作,从屏风后探出头来,才看清楚来人,便开心地呼喊:

"医生先生！"

昂图瓦纳尴尬地笑着回应。老实说，其实他不认识这个向他走来的壮小伙子。他可能是在韦尔纳伊路年纪小的那个孤儿鲁鲁，原来他还为那个顽皮小东西的手臂切过脓疮。（因为战争，他在离开巴黎前便将这两个孩子交给克洛蒂德和阿德丽爱娜照看。他突然想起原来听丰塔南太太说过，为他们寻觅了一个医院的工作。）

"你现在真是长大了不少！"他说，"今年多少岁了？"

"我要在一九二〇年当兵的，医生先生。"

"你现在主要做什么事情？"

"我刚来的时候管理军方邮件，现在当文员。"

"那你的哥哥负责什么呢？"

"他在香巴尼省。您听说他在菲斯姆附近手部负伤吗？那是在一九一七年四月，他被炸断了两根手指，不过还好不是右手。"

"他现在又重回战场了吗？"

"嘿，他可有能耐了！如今他进了气象局工作。不会有危险了。"

鲁鲁带着既怜悯又好奇的眼光看着昂图瓦纳。最后嘟囔着："你难道中毒了吗？"

"没错。"昂图瓦纳说。他看见一把红色天鹅绒的椅子，上面还钉着金色的钉子，这把椅子让他回想到自己小时候。他疲惫地坐下。

"毒气的杀伤力特别强，"鲁鲁愁眉苦脸地讲，"而且我觉得这种行为太不君子。很卑鄙。"

"丰塔南太太不在这里吗？"昂图瓦纳打断他说。

"她到楼上去了。我现在去叫她。我们都在等新的病人过来，如今到处都在增加床位。"

昂图瓦纳一个人在那儿，陪着他的父亲。蒂博先生坚强的性格全都展现在这间房子的装潢上。每件物品依照用途摆放位置，由此可以看出蒂博先生的个性，从墨水壶、毛笔、台灯，还有钉在墙上的气压计都可以看出来。个性这么突出且固执，就算小小地移动家具的摆放，或是改变屏风的朝向都不能使他的性格消失：半个世纪以来，他的性格在这房间里落地生根。昂图瓦纳只要看一眼这个橡木的房门，仿佛就可以听到原来门被推开关合时沉重而蛮横的声响。他只要看一眼地毯的累累伤痕，便仿佛可以看到蒂博先生微睁双眼，衣角飘飘，双手背在身后，拖着沉重的身子在书柜和壁炉之间来回大步走过。他只要看一眼张博纳的《基督像》①赝品，还有画像下一把空荡荡的安乐椅，椅背上印烫的英文字母，便仿佛看到蒂博先生躺在那里，整个身体完全放松，双手自然垂下，抬头沉默地看着每一位重要的宾客，说话前都会沉稳地将框架眼镜取下，放进手袋当中，像是虔诚地比画着十字。

听到门开锁的声音，他立马站起来，便看到丰塔南太太走进来。

她面容憔悴，一身护士的白色大褂，只是没有戴纱巾在头发上。"她的心脏有问题，"昂图瓦纳看着她脸色想，"她也许快不行了。"

她拉着他坐下，自己则走向桌子另边印了字的安乐椅上。显然，这位"女胡格诺教徒"现在将这把椅子当成她的专座。（"要是蒂博先生还健在的话。"）

她坐稳后立刻询问他现在的健康情况。刚才那几分钟他已经休整好了。他笑着回答：

"若是我还待在前线，那我真的就不行了。还好我身体素质好。"

---
①博纳（1833—1912），《基督像》描绘的是基督钉在十字架上经受折磨的时候。

当他打听她如今的生活状况以及医院情况的时候,她变得特别兴奋:

"我没什么大不了的。这一群人的工作都特别优秀。他们都听尼科尔的话。您也应该清楚,那孩子文凭不错。她帮了我不少忙。的确是这样:医院的这些人的工作能力都很好!她们都是住在别墅里的太太和小姐们,所以我这栋楼里的房间都给了病人疗养。这里的护士们都是不用支付高额酬金的义工,就算津贴很少,但也能让我保证收支平衡。从我在这开始的第一天她们就帮了我很多忙!这里的居民们给了我很多物资支持!我这里的床、脸盆、餐具和床上用品都是邻居们赠予的!我们马上要迎接一些新的病人。尼科尔和吉赛尔现在去各户人家回收床铺了。我相信她们一定会找到我们缺少的物品!"她眼睛闪闪发光地看着上面,似乎在感激有这么多这么好的人,特别是在拉菲特别墅区里的人,她们那么善良、慷慨。

她仔细讲着别墅的变化和她将后的打算,她似乎从未想过战争与医院总有一天会停止。

"来瞧瞧!"她开心地介绍说。

如今的别墅的确是变了模样。弹子房改成了护士房,厨房换成了治疗室,就连浴室都变成了包扎室。原本温暖的柑橘培养房如今摆满了十二张床,成了寝室。

"我们上去吧!"

现在别墅像是一个宿舍楼,每个房间里都没有人。在二楼住了十五名病人。三楼住了有十名病人。还有两张备用床铺放在顶楼应急。

昂图瓦纳很想去瞧瞧他原来住的房间,可惜那个房间因为刚不久住了一名伤寒病人,现在在清理,被锁上了,那病人如今转去圣日耳曼医院接受治疗。

丰塔南太太用领导的权力打开每扇门,在各个房间穿梭,用专业人士的眼光打量房间,检查卫生间的卫生、散热器的温度,甚至还会看桌子上摆放的杂志。她好像养成了有事没事便会抬手看时间的特定习惯。

昂图瓦纳一路跟着她,体力有点吃不消。他脑子中一直想着克洛蒂德那句话:"如果老爷还健在的话。"

丰塔南太太领他走到三楼一间贴着花壁纸,而且对着栗树梢打开窗户的房间,他停在房间门口突然想起来:

"雅克曾经住在这里。"

她诧异地看着他,为了掩饰突然喷涌的泪水,他转头将窗户轻轻地关上,这时他似乎被这个记忆勾起了无限亲密交流的热情。

"现在,我带您到马厩那栋楼去,我在马房那栋楼设立了'指挥所',要不然我现在带您过去好好地聊聊?"

他们为了绕过走廊,从仆役进出的门走到花园,一路没有任何言语。直到看到有四名士兵在树下用白漆刷铁床,丰塔南太太才走过去说:

"小伙子们得加把劲了。明天铁床得晒干用。嘿,罗布莱,你别站在那儿!"(有名士兵为了绑铁线莲的藤蔓,居然翻到厨房屋檐上。)"前几日您还卧床不起,今天居然就到处爬高了?"爬梯子的那人满脸大胡子,貌似是本国保卫军。他听完丰塔南太太说完之后就呵呵地爬下屋檐,丰塔南太太走向他,解开他的衣扣,摸着他的肋骨说:"您看看,您伤口的绷带都松了。还不赶快去找护士检查!"她转头跟昂图瓦纳说:"这孩子做了手术还不到三个星期。"

他们沿着草坪走向马房。来往的每一个人都跟丰塔南太太问好,如同老百姓一般举起军便帽。

"我住在楼上。"她一边开门一边说。

一楼的马房中间,摆放着几张工作桌。满地都是垃圾。

"大家把这里作为'零件厂房'。"她一边解释一边踏上旋转楼梯,顶头是原来马夫的房间。"这些孩子什么都会,水管、木工和电器什么都能修,我现在都不用出去让别人帮着做零件了。"

她率先走进阁楼第一间的私人办公室,里面摆着两把椅子,还有一张满是书本和账本的工作台;地上的凉席已经有些磨损。昂图瓦纳刚进房,就认出桌上拿绿色纸板当灯罩的油灯是自己曾用过的。当初在炎热,而且尺蛾飞舞的六月夜晚,家里只有他一人在这盏油灯下为了考试不断奋斗。被重新粉刷的墙上挂着几张照片:上面是年轻时候的热罗姆,昂首挺胸地站着,一只手搭在柔软的椅背上;有一张是达尼埃尔,身着凉爽的英国水手服和短裤;一张是还是孩子时候的贞妮,长长的头发,手上还站着一只鸽子;最后一张照片上是少妇时的贞妮,身着丧服,让·保尔坐在她的膝上。

昂图瓦纳被剧烈咳嗽逼得倒在靠椅上。等他咳完以后便看到丰塔南太太盯着自己,但没有说一句话。

"我可能还要在您拜访的时候缝补衣服,"她优雅地笑笑说,"我平时根本没有时间补衣服。"她将桌子上的圣经移开,放上针线包,看了看时间便坐下来。

"达尼埃尔应该和您聊过吧?他让您检查他的腿了吗?"她一边叹气一边询问道。(达尼埃尔一直都拒绝让她检查他锯断的腿。)

"还没有,只跟我说了他悲惨的遭遇。我让他多做复健。只要能够一直坚持复健,时间长了肯定会得到一定的效果。他也坦白说,装了假肢行动就方便了。"

她似乎没有听进去,双手搭在裙子上,她仰望着窗外花园中的树木,眼神摇摆不定。

她突然转头说:

"他有跟您讲他当初受伤的时候这里发生的事情吗?"

"这里的事情?并没有。"

"是上帝充满仁慈,提前通知了我,"她严肃认真地解释说,"我被上帝提前告知了达尼埃尔的受伤。"她慢慢地举起手,颜色苍白,说不出一句话。接着,她又如背诵圣经,或是当大家的面见证奇迹一般,明明严肃相待,却又表现无所谓的态度说:"那是周四,我像是感受到上帝般很早就醒了。原本想要向上帝祈祷的我突然感到焦虑不安。自我在这设立医院以来,我第一次有过这样的感受。我原本打算开窗叫护士,但是我无法站稳。很幸运,当他们发现我没有像往常一样下楼,就上来了一名护士。她看到我在床上一起来就晕眩倒下,无法动弹。那时我身上一点力气都没有,像是全部血液都被榨干。我脑子里都是达尼埃尔。我不断地祈祷,可是一个上午我的身体越来越差。贞妮带着医生来看了我几次。医生还让我吃乙醚糖浆。我说不出话。开始吃午餐之后,大约十一点半;我忍不住叫出声,接着便晕了过去。再一次醒来时我感觉舒服了很多。直到在天黑之前我起床去秘书处签署文件和要发的信件才结束。"她压抑着自己的情绪,停顿了一会儿又接着说:"达尼埃尔的队伍,在这周四的清晨,我的好友便收到任命要求进攻。一整个白天,那孩子都如英雄一般厮杀,一点伤都没有。但就在十一点半刚过去不久那个时间,他的腿突然被炸弹炸伤。大家将他送往急救站,又转送到战地医院,他花了几个钟头才完成截肢手术活了下来。"她对着他说的时候止不住地摇头:"十天以后我才知道这个事。"

昂图瓦纳什么都没有说,他也不知道如何是好。这个事让他又想起了贞妮儿时患脑膜炎的时候,还有格雷戈里牧师就如变魔术一般的"神奇"疗法。他同样想起菲力普医生偶尔面带微笑讲的一句话:"每个人都有一个与之相称的故事。"

丰塔南太太半天没有说话,她拿起针线,开始缝补以前,她戴上眼镜看着贞妮跟让·保尔在一起的照片说:

"您还没跟我说让·保尔那个小家伙儿怎么样了。"

"他很好!"

"真的吗?"她开心地说,"星期天达尼埃尔终于领他来我这里。每一次见到他我都觉得他越来越强壮,不断在长大!可是达尼埃尔说那小家伙儿性格奇怪,闹腾得很。我觉得若那小家伙儿有自己的想法,怎样都可以。而且,身为男生,必须知道坚持。您会同意这个想法!"她半开玩笑地说,"我很难过不能经常陪他。但那些病人更加需要我。"就像是流水不管怎样改变流向,最终都会回到原来的坡地,她的话题又一次回到了她的医院上。

他没有说话,虽然赞同她的想法,但他也害怕说话会引发咳嗽。当她戴上眼镜以后,老人的姿态便显示出来。"心脏病人的脸色。"他再一次感叹。她直直地坐在安乐椅上,整个人看起来亲切又庄重,一边井然有序地缝补,一边跟他说她的责任和她工作中的问题。

"有的时候,福与祸相互依存,可以互相转化,"昂图瓦纳暗想,"战争会给这类年纪,这种类型的妇女带来想象不到的幸福,让她们拥有献身精神和参加公共活动的可能,让她们可以在感恩中获得快乐。"

好像丰塔南太太已经料想到了他的看法,她讲:

"唉!其实我也不想埋怨!对我来说,生活不论多么艰难,都是重要的。我觉得我再也回不到过去的日子了,现在我只想为别人做些有益的事。"她笑了笑,继续说:"你清楚吗?等以后您为您的病人开个医院,我就帮您打理!"她继续说:"我们还可以让尼科尔来,还有吉赛尔,你也可以叫贞妮。我们干吗不这样做呢?"

他附和说:

"的确是这样,我干吗不这样做呢?"

微微暂停,她又继续讲:

"贞妮也需要做一些事。"她忽然感慨,但是不希望说清楚每个想法之间存在的内在联系,"悲惨的雅克,我绝不会忘记最后一次见他。"

她停住了嘴,突然回想起总动员次日,她从维也纳返回家中看到的事情。不过,她知道怎样驱逐不好的记忆。这时候,她下定决心,将额前的一缕白发挑起,准备和昂图瓦纳好好地说些心中的秘密。

"我们都应当坚信那些至高无上的智慧,"她开始讲述(这种严肃又亲切的语气似乎在讲:"你别插嘴。"),"我们应当相信上帝的决定,并且接受他的安排。您弟弟的死就是上帝的一种安排。"她犹豫了一下,便说出自己的想法:"这个爱情肯定会让人经受极大的折磨。不管谁都一样。不好意思,我跟您讲这些。"

"其实我们想法相同,"他赶忙回应,"若是雅克还在世的话,他们的生活不会快乐。"

她赞同地望着他,点点头,又继续开始做女红了。

过了一下,她又继续说:

"老实说,我对这些都感到无比痛苦。我很清楚我一直在等着贞妮生产。"

他也经常想到她的这些方面。当她抬头看到他的时候,他微微眨眼,希望她能够明白他懂她。

"对了,"她担心他误会了自己的意思,赶忙解释,"这不是因为出生的不合法。不是这样的。不完全是因为这个原因。我是害怕这个事情会在我们以后的生活中留下阴影,形成无法改变的后果。我是不是太口无遮拦?其实我心里一直都在想:'贞妮一生都会带着一个累赘。这是让她赎罪!希望上帝的想法能够达成!'好吧!我的好友,我想错了。我对上帝不够虔诚,上帝神圣的想法是难以参透的,它指出的出路我们不懂,它的慈悲无极无限。我原本以为这是对我们的测试,是对我们的惩戒,但我错了,这是对我们一种崇高的祝愿。是上帝宽容的表现,是我们快乐的源泉。是啊,上帝为何会惩戒我们呢?上帝知道恶魔在这次冲动中的作用很小,比我们更加明白这一点。那两个孩子就算在犯错误的时候,内心也都是纯净且贞洁的。"

"真是奇怪。"昂图瓦纳想着,"她的话并没有让我感到烦躁。她的体内有一种让人尊敬的气质。不仅是尊敬,还有怜悯。也许是因为她的宽容?不管怎么说,她的这种真诚的宽容是非常少见的。"

"贞妮获得了很大的收获,"丰塔南太太用坚定、融合的嗓音接着说,手上的针线活没有停歇,"她内心深处深藏的宝藏让她变得崇高。那就是对于自我牺牲和幸福时刻的回忆。与别人不同的是,那些回忆都没有让她的生活变得糟糕。"

昂图瓦纳暗想:"有的人一下子便形成了自己想要的世界观。于是他接下来的生活百心不操。他们的生活便如同天和丽日的时候湖边泛舟：他们无须用力，只需顺流而下到达目的地。"

"她如今只剩下一个重要的使命：照顾孩子直至成人。"

"我觉得她现在已经变成了另外一个人，"昂图瓦纳插嘴讲，"说是成熟也不是成熟。就是特别的人。"

丰塔南太太将手上的活放在腿上，摘下了眼镜说：

"我得告诉您一件事，我的好友，我觉得贞妮现在是开心的。的确是这样。她现在的开心和原来完全不同，这是她在限度内获得的最大的幸福。这是因为贞妮从来都不是快乐的。在她小的时候，她的内心就感到了深深的苦痛，我们却无能为力。更惨的是：她并不喜欢自己。不爱上帝创造的这个自己。她的心里从来不相信有上帝：她的灵魂如同一座改变了用处的庙堂。但是您看，上帝一直在我们身上，他在我们身边创造了多少奇迹！任何不幸都有补偿，任何混乱都会变得和平。今天，上帝的恩宠便降临于我们之中。我的直觉一向很准，今天，我亲爱的孩子作为寡妇和妈妈，在人间找到了她的快乐，她的天性可以达到的平衡以及愉快。我现在可以从她的身上感觉到。"

"姨母！"有人在外喊道。

丰塔南太太起身说：

"尼科尔回来了。"

"镇长来了，姨母，"那个声音喊道，"他有话跟您说。"

丰塔南太太走向门口。昂图瓦纳在楼上听到她的欢呼声：

"亲爱的，快点上来。这有一位你认识的朋友，快来陪陪！"

尼科尔刚刚推开门就愣住了，看着昂图瓦纳半天，好像不敢相认。

1889

昂图瓦纳心里一阵紧张,吞吞吐吐地说:

"您是不是发现我现在不像个样了?"

她满脸通红,压抑住自己的疑惑笑着说:

"不是这样的。只是我没想到您会来这儿。"

他们一直没有见面,因为尼科尔昨晚一直照顾伤寒病人没有回去,她不放心将病人托付给别人照看。

她反而更加年轻了。肤色依旧白皙亮丽,完全没有因为熬夜而黯淡。蓝色眼睛如一汪清水。

昂图瓦纳询问她老公现在的情况,打仗的时候他们见过两次面。

"现在他在香槟第一线做外科医生。"她说着,眼神四处张望,闪烁不定的目光带着少女的纯净和少妇的优雅,谁也不能把这两个特质分开来。"他很忙。可他还是挤出空余时间为杂志撰稿。这周我收到了他的一篇文章在找人打字。是一篇有关止血带的应用,或是其他类似的内容。"

太阳的光芒透过窗户射在她被白色大褂罩住的肩膀上,阳光随着她的每一个动作闪烁,让她毛茸茸的赤裸手臂上闪耀着一层金色,她每一次的微笑,都带着牙齿的闪光。"如今的她还会让那些死里逃生的年轻人产生欲望。"这种想法在他的脑中一闪而过。

"很可惜昨晚我没有回去,"她讲,"昨天的晚会怎么样?达尼埃尔好吗?你有没有让他听话一些?"

"很不错,但为什么要问他有没有听话一些?"

"他特别阴沉。"

昂图瓦纳摇摇手表示同情。

"你清楚的,他挺可怜。"

"我们必须让他摆脱阴影,"她接着讲,"得让他重新拾起画笔。"她的语气严肃认真,似乎现在才开始说到一个只有昂图瓦纳才能解决的重要问题。"他不能继续这样。他一旦颓废下去,他就会……"

昂图瓦纳笑着回应说:

"我没发现这个情况。"

"哎!要不然。你就去询问贞妮吧。是有些困难。我们才回去,他就回楼上,将自己反锁在屋内。也不知道是孤独还是生气,有的时候,他可能会待在我们的身边,但不会说一句话,这整个房间都变得冰冷冷的!他影响了在场全部的人。我打包票,若是您可以说服他,让他回到巴黎继续工作,让他重新跟别人交流,开展新的生活,那么您对他就是功德无量了!"

昂图瓦纳只是摇着头,小声嘟囔着:

"他很可怜。"

一种自然而然的猜疑让他保持警戒。他说不来理由,但是他感觉得出来,她说这些还有其他的,没有告知的因素。

这并不是完全错误的。在去年冬天的一个晚上,尼科尔对达尼埃尔就有自己的看法。那天夜已深,贞妮跟吉丝一起在二楼睡觉,尼科尔因为还有工作要做,于是跟她的家人一起在大厅的壁炉前工作没有回去。突然,他跟她讲:"等等,尼科尔,不要动!"一张随手放的传单背后是他用铅笔绘制的她的侧面。她很乐意接受这突如其来的兴致。可没过多久,她感到一阵不对劲,猛然回头,她看到达尼埃尔并没有画画,而是看着她出神,眼睛里面被欲望充斥,阴沉的恼怒、惭愧,或许还有憎恨。他立刻低下头,将传单揉碎丢进火中。接着,闷不作声地离开。"原来如此!"尼科尔诧异地想着,

"他依旧爱我。"她始终记得很久以前,她在姨母巴黎的家中,年轻的达尼埃尔如同着魔一般,在每一个房间里挑拨她。这样炙热的爱情,她原以为不复存在,没想到这种感情,在原来一同居住的老房中又一次苏醒。从此以后,尼科尔什么都明白了。他阴沉不爱说话、神情恍惚、发脾气,一直不愿意离开别墅一步,一直保持这样闲散却又贞洁的幽居生活,这与他的性格和习惯完全不相符的日子,一切的一切都是因为爱情。

"您想要听听我的想法吗?"尼科尔继续说,她没有注意到自己的坚持让昂图瓦纳产生了疑心,"您说得没错,达尼埃尔很可怜。他得经受住残疾以后的悲惨折磨。但您应该明白,女人的直觉一向很准。或许他还被其他的困苦折磨着,内心感情不断吞噬着他。也许这是悲惨的爱情,或是没有结局的热情。"

那一瞬间她忽然担心这话暴露了自己的内心,脸涨红,但还好昂图瓦纳没有注意她。昂图瓦纳眼中闪过达尼埃尔躺在梧桐树的树荫下乘凉的时候,嘴里嚼着橡皮糖,双手压在颈下,木讷望着远方的情景。

"也许没有错。"他天真地讲。

她放心了,笑着说:

"这样看来,您跟我一样,都在回忆达尼埃尔战争前在巴黎的日子。"

她还没有讲完就听到楼梯口响起姨母的脚步声。

丰塔南太太抱着一堆信封走来说:

"不好意思,打扰了你们,我马上就离开。"她举起一叠别人刚给她的文件和信封。"我们每一天都得打印好多表格送往当局,忙得我们喘不过气来。每天下午还要花费两三个小时来处理下午的信件！"

"我得离开了。"昂图瓦纳站起身说。

"别忘了下次再来。您应该有时间和我们待一些日子吧？"

"不好意思。我明天就要离开了。"

"明天？"尼科尔询问道。

"我星期五就必须返回穆斯吉埃。"

三个人一同走下摇摇晃晃的小楼梯。

丰塔南太太看看手腕上的表说：

"我一定要送您到栅栏。"

"我不能送您了，"尼科尔大声讲，"今晚再见。"

尼科尔刚离开，丰塔南太太就用紧张的口吻说：

"尼科尔和您提到达尼埃尔了是不是？那个可怜的孩子。我每日都会想起他很多次。我为他祷告。他承受着多么沉重的痛苦啊！"

"不管怎么样，您都要相信他会一直活下去，相信迟早有一天，这种坚信会获得回报。"

她看起来不是想要了解其中的细节，她是从另外一个角度琢磨的。

他们安静地向前走了一段路。

"一整天都是一个人。"她继续讲，"戴着假肢一个人过着，带着痛苦与折磨，但是不愿意跟我或者其他的人述说。"

昂图瓦纳站在路中央，询问地望着她。

"能够理解他的心情，那可怜的孩子。"丰塔南太太用坚定而又折磨的语气接着说，"他原本性情豪爽、热情，而且充满勇气，活力充足！但现在，就算他看着自己的国土受到侵犯，也无能为力！"

"您确定是这样吗？"昂图瓦纳冒昧询问道。他没有想过会是这样的理由,他掩饰不住自己的怀疑了。

她站直,狡猾又自信的微笑闪过嘴角:

"达尼埃尔?很明显,他已经无药可救了。达尼埃尔不能履行他的职责,他不能感到心安。"因为昂图瓦纳还没有被完全说服,于是她表情严肃又认真地解释说:

"您看,我对您说的话没有半点假话。达尼埃尔之所以不愿来,并不是因为他的断腿让他不好走路。并不是这样的:这是因为他不敢看到那些跟他一样大的小伙子,同样是受过伤,但马上就能重返战场,可他却不能。"

他没有说话,安静地走向栅栏旁。丰塔南太太停住脚步说:

"上帝才清楚我们再一次见面是什么时候。"她一边激动地看着他一边讲。她死死抓着昂图瓦纳伸出的手不愿放开,激动地望着他说:"一路顺风,我的好友。"

11

"他们提起达尼埃尔,就如同讨论一个解不开的谜那样,"昂图瓦纳穿过广场的时候暗想,"每一个人都告诉我不一样的想法。或许,一切没有那么复杂!"

他有一些累,但不是很疲惫,他对这种状态感到诧异又满足。他感到特别的轻松,悠闲地走向丰塔南的住房。椴树林荫路从他眼前一直延伸到树林。四点钟,太阳快要下山了,余晖照在树木之间,地上投影出一条条火红的影子。他时不时地想起在南方的灰尘遍地,努力地呼吸,想要将法兰西干净、清爽、柔和的春天的气息一同吸入肺中。

  他的脑中确实忧伤。刚刚在别墅待的时间让他回忆起了太多的事情。访问蒂博的别墅让他想到了很多已经死去的人们。这些灵魂一直跟在他的身边，但是他无法驱逐。他的青春，他原来的健康，他的爸爸，还有雅克。在这一天的时间里，他又一次感觉拉近了与雅克的距离。他从来没有发觉，雅克的离开让他失去了一个独一而且无法代替的角色。不对，应该这样说，从雅克离开到现在，他第一次这样明确地感受到这个损失的无法补救。他甚至责备自己怎么直到现在才感到赤裸裸的，真正的悲伤。如今的环境，争战。他一直到现在都记得收到吕梅尔的信件时的场景，看到信以后，还抱有一丝希望就太荒谬了。那个晚上，在他的队伍即将去埃帕日防区之前的几个小时里，他在凡尔登战地医院的院子收到了信件。他一直希望有进一步的消息。那一天的夜晚，因为出发忙乱，他没有多余的时间悲伤。在接下来的两周里，他更加没有时间悲伤：他们冒雨在泥泞的泥土里持续转移，他们在伏埃弗尔①村庄的残骸中进行医疗工作，他的忙碌工作容不得他有任何时间去思考个人。以后，他在休息的时候再一次阅读了那一封信，并且给吕梅尔回信，时间过了那么久，这个时候他发觉他对于雅克的死亡已经麻木、习惯了。今天，当他重新回到熟悉的家庭环境中时，他才突然感受到迟来的怀念之情，无法弥补的感觉强烈地折磨着他。就连在这个林荫道上，每一片树荫都会让他想到当初与雅克一同玩乐的场景。或许他们年纪不同，他与雅克一同跨越这些白色栏杆；他们一同在还没有收割的五月草地上翻滚；他们一同用木棍搅动那些居住在满是苔藓的椴树树

---

① 洛林省的平原。

根之间的昆虫巢穴,他们称那些虫子为"士兵",这是因为它们拥有红色的甲壳以及黑色的条纹。在这样的午后,他们顺着那边的树栅和篱笆散步,沿路摘下大把的金雀花或者丁香花,一同骑车行驶过这条路的时候,车把上永远挂着泳衣或者球拍。那头,槐树下的大门让他回忆起了儿时,在一个假期,他们来到这个别墅度假,到一位中学老师家中补习。九月的傍晚,为了不让他一个人穿过花园,老小姐跟雅克经常会在门前等候着他的回来。他似乎又看到了三岁的雅克挣脱老小姐的牵制,向自己冲来,让他抱着,呀呀地跟他讲述白天发生的事情。

他走到别墅的时候,感觉还像在做梦一般。一推开门,便看见让·保尔在花园门口挣开达尼埃尔舅舅的手向自己冲了过来,那一瞬间他以为自己看到了雅克。褐色的头发蓬松杂乱,动作轻快。他心里的激动没有表现出来,他将让·保尔搂入怀中并且抱起来亲吻,如同当年怀抱雅克一般。可是让·保尔不喜欢任何约束,就算是拥抱和亲吻,也会不断挣脱、反抗,昂图瓦纳被折腾得有点喘不过气,只好笑着把他放回地面。

达尼埃尔双手插兜,偷偷地关注着这一切。

"这个小家伙儿力气真大!"昂图瓦纳如同一个父亲一般温柔且骄傲地说,"他腿部力量真大,腰扭得像是出水的鱼!"

达尼埃尔露出与昂图瓦纳一般的自豪微笑。接着他指着天空说:

"今天天气很好是不是?马上又要到夏天了。"

昂图瓦纳被让·保尔的折腾惹得有点喘,于是坐在路边休息。

"您在这儿休息一下?"达尼埃尔询问道,"我刚在这待的时间有些长,我得回去伸伸我的腿。您需要让这个小家伙儿陪着您吗?"

"行。"

达尼埃尔转头对让·保尔说：

"等等您就和昂图瓦纳伯伯一同回家。你会乖乖的吗？"

让·保尔望着地上不作声。他偷偷地看了看昂图瓦纳，接着犹豫地瞥了一眼准备离开的达尼埃尔，似乎想要追过去，突然被一只掉在自己脚下的金龟子吸引了注意力，于是忘了想要追达尼埃尔舅舅，他蹲在地上认真地看着那只小虫。它为了翻身不断地努力挣扎。

"若想和他好好相处，那就不能让他觉得自己被束缚住了。"昂图瓦纳暗想。他想起原来哄这个年纪的弟弟玩的一件玩意儿：他拾起一块厚实的松树皮，拿出小刀，什么都不说在那儿削树皮，慢慢地，树皮变成了一条小船的样子。

让·保尔一直在悄悄看着他，没多久就凑了过来：

"这把小刀是哪儿来的？"

"这是我的。昂图瓦纳伯伯是当兵的，平时切面包和肉都需要它。"

很明显，让·保尔对这个解释一点都没有兴趣。

"那您在做什么呢？"

"看。你有没有注意到我正在雕刻一只小船。我给你做只船，你就可以在你妈妈帮你洗澡的时候把它放在浴缸里了，它会浮在水面，不会沉下去。"

让·保尔听着，因为在考虑，他的前额微微皱起。也或许是因为他不舒服：昂图瓦纳沙哑的声音让他感觉难受。

他好像没有听懂昂图瓦纳的话，也可能是他从未见过船只？他大声地出了一口气，抓住唯一让他感到兴致的细节，也许这是句子里的一个错误，于是更正说：

"得说明,妈妈不帮我洗澡,一直都是达尼埃尔舅舅帮我洗澡!"

接着,他冷漠地面对昂图瓦纳制作的船,转过身,再一次研究他的金龟子。

昂图瓦纳也不坚持,他丢掉小船,将小刀放在身旁。

没多久,让·保尔又回来了。昂图瓦纳试图再建立两人的亲密关系:

"你今天有没有发生什么有意思的事情呀?你和达尼埃尔舅舅一起逛花园了没?"

孩子好像在努力地回忆,终于点头肯定。

"你听话吗?"

孩子点点头,马上又贴近昂图瓦纳,犹豫之后,认真地说:

"我也不确定。"

昂图瓦纳笑着说:

"什么意思?你是不确定自己有没有听话吗?"

"听话!我很听话!"让·保尔生气地说。接着,他又一次犹豫,可爱地皱着鼻子,一字一顿认真地说,"但是,我不敢确定。"

他走到昂图瓦纳身后,看起来要走远似的,忽然弯下身子,想要悄悄地将地上的小刀拿走。

"不可以!不能拿!"昂图瓦纳大声地吼道,用手将刀捂住。

小家伙儿不仅不让步,而且生气地望着他。

"不可以玩这个!你会受伤的。"昂图瓦纳一边收好小刀,一边解释说。可孩子气哼哼地,一副要挑战的姿势站在一边。昂图瓦纳想要和解,和蔼地张开手向他伸了过去。他蓝色的眼眸中闪过一道光芒,孩子拉住伸来的手,像是要亲吻,但却一口咬了下去。

"哎哟。"昂图瓦纳叫了一声。他茫然无措,诧异地让他没有想起要生气。"让·保尔的脾气真坏,"他一边摸着自己的手指一边说,"让·保尔把昂图瓦纳伯伯咬疼了。"

小家伙儿奇怪地望着他说:

"很疼吗?"

"很疼。"

"很疼。"让·保尔满足地重复着。他原地转了个圈圈,然后开心地跑开了。

这个事情让昂图瓦纳不知所措:"只是为了报仇吗?好像也不是这样。那又是为什么呢?这样的一个行为中,有很多的因素。也许是因为我的命令不能违背,他没有办法的感受达到了一个不能接受的极点。可能他不是为了报仇才抓着我的手将我咬疼的,可能他是为了让他紧绷的神经得到放松,这是他的一种生理需要。而且,为了评价这个行为,那么首先得知道他对那个东西的欲望程度。他想要那把小刀的欲望可能强烈得连大人都无法想象。"

他用余光观察让·保尔,以保证他就在旁边。那个小家伙儿离自己不足十米,正在努力向着一块突起的地方爬去,一点都不管别人是怎么想的。

"很显然,雅克也会做出这样的报仇行为,"昂图瓦纳想着,"可是他会用到他的牙齿吗?"

他努力回想着与雅克的记忆,想把这个事情弄清楚。他就是想要弄清楚原来的雅克和现在的让·保尔有哪些相似点。他从让·保尔的眼睛里看到了他的叛逆、憎恨、挑战,还有傲慢,都还处在萌芽阶段,那种眼神他原来经常在雅克的眼睛里看到过,一样地吓人。

这样让他更加确定小家伙儿这样的叛逆,是为了掩盖了他压抑的优秀品质:他害羞、单纯以及没有被人发现的温柔,雅克的一生都在遮掩和压抑下度过,他的一生都在叛逆。

他害怕天冷感冒了,准备起身的时候,注意力被小孩的奇怪行为所吸引。让·保尔正在努力向着一个两米高的陡土坡攀爬,那个斜坡两边的坡度不同,小家伙儿选择了最陡峭的一边土坡。昂图瓦纳一直观察着他,看到他尝试了一次又一次,每一次都在半坡失败然后滚到坡底。不过还好,厚重的松针减轻了他掉落的疼痛程度。他一心为到达坡顶而努力着,丝毫不会被外界的环境影响。他每一次都能爬得更高,虽然每一次都摔得更疼。但他都是轻揉关节,继续攀爬。

"这就是蒂博家的坚持,"昂图瓦纳满足地想,"我爸爸是对权力和统领的嗜好,雅克是激烈和叛逆,我是坚持和耐力。而如今,在这个孩子的身体当中又是存在着什么样的力量呢?"

让·保尔开始了又一次冲刺:他顽强地猛冲,几乎爬到了坡顶。原本脚下的松土,险些让他再一次失衡摔落,但他条件反射地抓住了身旁一把野草,稳住了身体,又一次冲刺,他终于到达了坡顶之上。

"我相信他肯定会转头看我有没有看到这一幕。"昂图瓦纳暗想。可是他这一次猜错了。那个小家伙儿稳稳地站在坡顶仰望,没过多久便满足地、毫不留恋地由平缓的一面下来,甚至没有回头看一眼。他靠在一棵树下,将鞋子里面的石子抖出来,又仔细地将鞋子穿上。他清楚自己不会系鞋带,他走到昂图瓦纳身边,默不作声地将一只脚伸向他。昂图瓦纳也没有生气,微笑顺从地帮他把鞋带系好。

"我们现在回去,好不好?"

"不要。"

他说"不要"的样子很特别,昂图瓦纳发现了这一点。"贞妮说得没错:他并不一定要拒绝别人的要求,而是事发前都想好了,别人所有的要求都不会答应。他不允许损害他的独立性,不管是什么原因,他都不会同意。"

昂图瓦纳起身说:

"好了,让·保尔得乖乖的。达尼埃尔舅舅还在家里等我们回去。走吧!"

"不要。"

"那你带我回去,"昂图瓦纳为了避开困难,他岔开话题说。(他觉得自己无法担任老师的角色。)"你说我们走哪条小道回去,是走这一条?还是那一条?"他想要牵着孩子的手,可是那个孩子执拗地将双手环抱胸前:

"我说了,我不要!"

"行!"昂图瓦纳讲,"你既然想待在这里,那你就一个人待在这里吧!"他毫不犹豫地向着房子那边走去。穿过树枝,能够看到粉色的墙壁在阳光的照射下闪闪发光。

他还没有走出三十步,就听到了让·保尔在后面追赶他的脚步声。他原本准备当作什么都没有发生一样,高兴地拉住他的手。但是小家伙儿直接超过了他,没有任何停留,只不过在经过他时丢下一句傲慢的话:

"我现在回家!因为我愿意!"

12

一般情况下,吃饭的时候有吉丝和尼科尔两个话多的人在一起,宅子里的晚餐都特别热闹。她们都很开心,因为终于结束了一整天的工作,也可能是她们很开心终于从丰塔南太太的母性监督和束缚中解脱出来。晚餐上,她自由自在地谈论着白天发生的事情,交流对新进病人的想法,她们像是住宿的女学生那样,相互述说着在白天工作当中遇到的各种琐碎事情。

昂图瓦纳这一个晚上虽然很累,但看到她们用技术用语热烈讨论一些治疗手法,评价一些医生的能力,还是觉得很有意思。每次面对她们的询问,他都乐意回答。

贞妮心无旁骛地照料在餐桌吃晚饭的让·保尔。达尼埃尔如往常一样沉默(尤其是他的妹妹和尼科尔在旁边的时候),但他也会和昂图瓦纳有一搭没一搭地说话。

尼科尔带回来一份报纸,上面说到了对巴黎的远距离攻击。六区和七区有几栋房子好像被炮轰了。死亡人数升至五人,那当中有三名妇人和一名还在哺乳期的小孩。婴儿的死亡导致了协约国媒体的动荡不安,大家都一致攻击德国暴力行为。

尼科尔对于这种行为十分气愤。

"这一群德国的混账!"她嚷嚷说,"他们打起仗来就跟野人一般!现在居然开始用到火焰喷射、毒气和潜水艇!对无辜的老百姓进行杀孽,他们真是太过分了!他们肯定没有了人道主义精神!"

"比起那些将年轻的士兵送到前线做肉垫被屠杀的人,那些屠杀无辜百姓的人更加失德,更加让人憎恨吗?"昂图瓦纳阴沉地反问。

尼科尔和吉丝诧异地盯着他看。

达尼埃尔停止吃东西。他垂着眼皮,什么都不说。

"记住,"昂图瓦纳接着说,"那些人使战争变得统一,想要限制它、组织它(就像人们说的,让战争变得人性!),说明:'这都是蛮横、失德,而且毫无道义可言的!'——这相当于还有另外一个方法进行战争行为。用另外一种相对文明的方式,完全合乎道义的方式。"

他停下来,想要听贞妮的想法。可她默不作声地俯身给儿子喝汤。

"真正的过分行为,"他接着讲,"难不成是比这种或那种杀人方式哪个更加残酷吗?这样来说到底是对这一批人的伤害更大还是另外一批人?"

贞妮突然停下对儿子的照顾,猛地将杯子放在桌子上,力气之大,差一点将杯中的水打翻:

"让人愤怒、憎恨的,"她咬紧牙齿愤恨地说,"这都是因为人民的消极被动!那么多的人民群众,他们代表的就是力量!战争能否开展,会持续多少时间,在于他们的选择!他们到底还在等什么呢?他们只用说一句'不要!',那他们所期望的和平一定会马上实现!"

达尼埃尔沉默地抬眼看了妹妹一眼,他的眼神看不明白。

大家都没有说话。

昂图瓦纳从容地总结说:

"让人愤怒、憎恨的其实不是这些,也不是那些,而是战争本身!"

过去了几分钟,依旧安静得可怕。

"人们追求和平生活,"昂图瓦纳想着贞妮的话思考着,"这难道是真的吗?当他们面临战争,他们就开始追求和平生活。可他们一旦拥有了和平,人类的无法包容的本性,以及他们对于斗争的热衷,

1903

又一次使得和平生活受到威胁。这个时候大家把战争出现的责任推到政府和政策身上。但是,不要忘记,人类的本性也有一定的因素。作为和平主义的基本,有这样一个理论:相信人精神和道德上的进步。我也相信这一点,或者说我从感情上一直相信这一点:我一直无法让自己相信,人类的觉悟不会一直往完美的方向发展!但是我必须相信,人们迟早有一天会在地球上建立条理有序和友爱的环境。为了达成这个目标,需要经历若干世纪甚至几千年的发展,而不是光靠个人的信念就可以支撑的。(怎么可能奢望二十世纪的人可以做出什么大事呢?)我也是浪费力气,以后还有那么长时间的生活,我必须在这种永远不知满足的世界里生活下去,我还能找到什么东西让我感到欣慰的呢?"

他发现自己四周的气氛依旧凝重,雷电闪烁,大家还是一句话都不说。他对自己引发的这场突发的暴风雨感到悔恨,一心想要让气氛活跃起来。

他转头跟达尼埃尔说:

"说到这,我突然想起来你那个奇怪的朋友。就是那名神父,您清楚他现在的情况吗?"

"您指的是格雷戈里神父吗?"

听到这个名字,大家的眼中都闪现出一丝嘲笑戏弄。

尼科尔惆怅的嗓音与脸上的愉悦神情形成了鲜明的对比:

"苔蕾丝姨妈对他现在的情况很担忧:自从复活节结束,他就待在阿尔卡松疗养院没有出去过。"

"最新的消息说,他已经无法起床了。"达尼埃尔加了一句说。

贞妮说,战争开始刚刚的时候,神父就加入了战争第一线。说完,

气氛又冷却了下来。昂图瓦纳想要缓和气氛,询问道:

"他当兵了吗?"

"他一心就想当兵,"达尼埃尔解释说,"为了当兵他用尽了一切办法。可因为他的年纪和身体素质,他一直不能达成心愿。于是他最后进了英国前线的医疗队。他在英国前线度过了一九一七年一整个冬天。他在那里专门抬送伤病。支气管炎突发了无数次,最后开始咳血。于是上级强迫他离开前线去疗养。只可惜还是晚了。"

"我们在一九一六年最后一次看到他时,他还在这休假。"贞妮说。

尼科尔结束得更加清晰:

"他现在的状况跟原来完全不一样,像是一个鬼。一脸如同托尔斯泰的大胡子,就像是童话里的巫师模样!"

"他还是不肯吃药吗?是不是除了用咒语不肯用其他的方法照料?"昂图瓦纳开玩笑说。

尼科尔笑着说:

"的确是这样。在这一方面,他在我们面前说了很多胡话。两年以前,他曾经运送一卡车将死之人来到我们这里,他当时还像什么都没有发生一样对我们反复说:'没有死亡!'"

"尼科尔!"吉丝愤怒地打断她。她不愿意看到有人在昂图瓦纳面前讽刺神父。

"还有一点,他从来不会直说死亡,"尼科尔补充说,"他指死亡为'死的想象'。"

"他最后寄给他的妈妈信中有写过这样一句话,"达尼埃尔笑着说,"我的生命即将隐退到无法探查的处境中去。"

吉丝对昂图瓦纳谴责地望了一眼:

"不要笑,昂图瓦纳。虽然他是很可笑,可他依旧是名圣人。"

"你怎么看?或许他是一名圣人,"昂图瓦纳最后还是退步说,"但是,我总是想到那些落入神圣爪子当中的可怜英国士兵,那些人运气真的很差,我一直都觉得他是一名危险的护士。"

吃完饭后餐点,贞妮将让·保尔抱离餐桌。大家都随着她一起起身,跟着她一起来到大厅。贞妮从大厅穿过,今天玩得太晚,她要赶紧带着让·保尔回房睡觉。

吉丝坐在光线昏暗的角落,手上还在织袜子。她准备将这些袜子作为旅费送给那些即将离开的伤兵。达尼埃尔拿起放在钢琴上的《周游世界》,走到圆桌后面的长沙发上,圆桌上是唯一点燃的一盏煤油灯。"他是故意这样限制自己吗?"昂图瓦纳看着达尼埃尔暗想,他像个孩子一样对着煤油灯专心阅读,"或者说他真的很喜欢那些古老插图?"

他走近正在壁炉前生火的尼科尔说:

"上一次看到柴火都是很久以前的事了!"

"现在的晚上还是很潮湿。"她补充说:"而且今天大家聊得这么热烈!"她微微起身说:"我一直记得,我们是在这栋别墅里第一次见面的。"

"我也一直记得您。"

他的确记得那么久以前的夏日夜晚,由于雅克的要求,他终于答应在蒂博先生不知道的情况下带雅克到"胡格诺教徒"的家里面。没想到在这碰到了比他高几个班的外科医生费利克斯·埃凯,还在长满玫瑰花的小道上遇到了贞妮和尼科尔。那时候的雅克还是个刚刚考上高师的大学生。虽然他也是一名年轻医师,可是只有丰塔南太太一个人礼貌性地称他为"大夫"。大家都很年轻，个个都对自己的才华、生活满怀欣喜，丝毫不会想到将来那些欧洲的政治家给他们带来怎么样的苦难。那一场灾难，让他们每个人的计划都泡汤了，消灭了一些人的生命，改变了一些人的生活，在各自不同的命运中，汇聚起废墟和丧服。这样的灾难还要持续多久呢？

"那时我才订婚不久，"她想起当时的记忆，表情都变得忧郁，"费利克斯将我领到他的汽车里。深夜回家时他的车还在萨特鲁维尔抛锚了。"

达尼埃尔没有说话，抬头快速看了他们一眼，但还是被昂图瓦纳注意到了他的动作。难道他在偷听？过去的事情难道引起了他的感慨和遗憾？也可能是他们的谈话突然让他觉得厌烦？他继续阅读，没过多久，一声哈欠过后便关上书，起身准备离开，他不急不慢地走过去跟她们道晚安。

吉丝也放下她手头上的针线活询问道：

"您现在上去睡吗，达尼埃尔？"

在昏暗的环境中她的头发更加杂乱，她的肤色更加暗沉，她的眼睛更加黑白分明。壁炉中的火焰照耀着她的身影，让人不禁想到她原本是非洲人：那是一名蹲在篝火前的土著妇人。

她站起身说：

"我记得我将您的灯放在了厨房。来吧，我给您点灯。"

他们一同离开大厅。昂图瓦纳漫不经心地看着他们的行动，接着，目光与尼科尔相接，她一直都在看着他。只剩下他们两个人的时候，她饶有意味地笑着小声说：

"达尼埃尔应该和她结婚的。"

"什么意思?"

"的确是这样,您也会赞同如果他们在一起结局将会不错,对吧?"

昂图瓦纳从未想过,他被这个想法怔住了,扬起眉毛呆坐着。她大笑出声,笑声从喉咙中涌出,十分地响亮:

"我从未想过您会这样地诧异。"

她将椅子靠近壁炉,两腿交叉地随意坐着,带着些挑逗的意味,沉默地看着他。

他来到她的身边坐下问:

"你觉得他们之间有可能吗?"

"我可没有说过这样的话,"她赶忙澄清说,"不管怎么样,达尼埃尔肯定没有想到这一方面。"

"吉丝也不可能想到这一方面。"他随口说出。

"这是肯定的啊。不过她很照顾他。经常给他做跑腿的工作,帮他去城里买杂志或者食物。她对他的照顾每个人都能感受得到,很显然,他也很乐意接受。我想您应该清楚,她是他唯一不会发脾气的人!"

他没有说话。他对于吉丝婚姻假设的第一印象就很不好:原来的事情他一直记忆犹新,他没有忘记曾经一段短暂时间里吉丝曾在他的心中占据一个重要的位置。可是通过思考以后,他又发现自己没有任何理由提出反对意见。

她依旧微笑,两个酒窝深深地陷了下去。这样的愉快表现有点做作,很奇怪。"难道她突然爱上了自己的表哥?"他暗想。

"哎,大夫,您也赞同我的想法没有那么荒谬,对吧,"尼科尔一直坚持询问,"吉丝一定会专心地对他。她这样的女孩必定会对感情忠贞，这是一个特别好的机会让自己拥有那种合适的生活。至于达尼埃尔……"她慢慢地将头向后靠去，直到金色的长发靠在椅背，湿润的嘴唇微微张开，昂图瓦纳在她的牙齿之间看到了一瞬间的亮光。接着，她又一次垂下眼睑，调皮的神色在她的睫毛下面闪动："您也清楚，达尼埃尔一直是这种随时被人爱的人。"

隔着墙壁，当她听到楼梯的吱呀声以后表现出了轻微的不耐烦。

"如同我昨晚照顾的伤寒病人一般，"她迅速转移话题，声音突然提高说道，这种突然和狡猾让人感到不安，"他是一名萨瓦老兵。一八九二年就入伍了。"看到贞妮和吉丝一起走来，她加快了语速："我总是听不懂他的方言，他经常说胡话，时不时地呼喊'妈妈'。声音如同孩子一般。真让人伤心。"

昂图瓦纳马上接住她的话茬儿，还为自己的蠢笨行为感到高兴："哦，我原来也时常听到这样的呼喊。但是您不要误会了，他那是一种无意识的呻吟，那是一种本能地回忆过往的行为。我坚信，在我听到的那些呼喊'妈妈'的人当中，没有多少人是真的在想念他们的母亲。"

贞妮抱着一堆棕色的毛线走来，说：

"我得把这些毛线绕成团，谁能帮下我？"

"我累了，"尼科尔慵懒地笑着说。她看了看墙上的时钟："还有二十分钟就要到十一点了。"

"那我来帮你好了。"吉丝回应。

贞妮摇摇头。

"还是算了吧，亲爱的，今天你也够疲惫了。上去睡吧！"

尼科尔抱了抱贞妮，对昂图瓦纳解释说：

"不好意思,我昨天通宵未睡,明早又得早早起床七点出门。"

吉丝也走了过来,她想起昂图瓦纳第二天就要离开这里,他们无法像在巴黎那样单独见面、推心置腹地聊天了,这让她感到失落。她担心这种失落让她哭出来,只是默默地伸过额头给昂图瓦纳亲吻。

"晚安,黑丫头。"昂图瓦纳温柔地轻声说道。

她马上相信他已经猜出了她的想法,而且他们想的一样,他们都为即将的分离感到伤心。正因为两人的相似,她突然感觉到分离没有那么痛苦了。

她避开昂图瓦纳的目光,追上尼科尔。

"欸,她怎么没有和贞妮说晚安?"昂图瓦纳发现了这一奇怪现象。他还没有来得及去想她们之间是否存在某些矛盾,贞妮就快速地穿过大厅赶上了吉丝,她将手搭在了吉丝的肩上说:

"我怕没有给小家伙儿盖好被子,你可以帮忙给他脚上盖点吗?"

"是玫红色的那条毛毯吗?"

"还是白色的那一条吧,更加保暖。"

她们说完以后依旧没有互道晚安。

昂图瓦纳没有离开,站在那里说:

"您呢?贞妮还不上去休息吗?您可以不用在这里陪我。"

"我还不累。"她坐在尼科尔刚才的位子上解释说。

"既然如此,我就代替吉丝帮你缠毛线吧。给我毛线。"

"这可不行!"

"为何?就那么难吗?"

他拿起一把毛线就坐在了对面的椅子上。贞妮只好笑着答应了。

虽然弄错过几次,但昂图瓦纳还是说:"你看,现在好了!"

她很诧异他竟是这样容易亲近、真诚。她很惭愧认识了这么久却还不了解他。如今他是她最值得信赖的依靠。原本侃侃而谈的他被突如其来的咳嗽声打住。"希望他能尽快好起来！"她暗想，"希望他能回到原来那么健康！"她就算是为了自己的孩子，也想要昂图瓦纳身体能够好。

咳嗽稍微好些以后他又继续帮忙缠线，边做边讲：

"贞妮你肯定不知道我看到你现在的样子放心很多。我想说的是：你现在这样安静，真是再好不过了。"

她一直死死地盯着毛线，好像在思考着什么说：

"安静。"

的确，不论如何，就连她自己都会因为发觉她的悲伤渗到了平和的氛围当中而感到奇怪。听从昂图瓦纳的建议，她将自己现在的情况和三年半前的难熬时期相比。刚开始战争的时候，她因为无法得知雅克的消息而感到彷徨，她预感到了不幸，她始终在懦弱和激动当中徘徊。虽然受着孤独的折磨，但让她也不能同其他人相处，她离开母亲和家庭，似乎总在追寻一个不能缺少却又一直在逃跑的东西，她一直在努力将它抓到。有的时候她会花费一整个下午，在动员令下达后变了样的巴黎走来走去，不知疲惫地走过雅克带她去过的每一个地方、站口、圣万桑·德·保罗花园、克罗瓦桑街道，或者是她总是等雅克的地方，交易所旁边的酒馆，蒙卢日的小巷，还有开会的大厅，雅克又一次带着人群在那里反战。最后，虽然疲惫，但他还是在深夜带着筋疲力尽的她回到家中。雅克抱着呻吟的她，他们就在那张床上睡了好几个小时，睡醒以后又开始了绝望的一天。和这几个星期相比，她现在的日子的确要美好、安稳得多！

在这三年当中,她的生活环境和她个人都有很大的改变。一切,同时也包括她对于雅克形象的记忆。多么奇怪,再热烈的感情也会被时间磨灭!现在她无法想象出雅克如今的模样,甚至无法想象出在一九一四年七月的模样。不对,现在她记忆当中的雅克不是当年认识的热烈且多变,而是一个静止不动的雅克,稍稍侧坐,一只手搭着大腿,画室的玻璃把他的额头照得通亮:这是她每天都会看到的雅克的肖像。

这个时候她才惊恐地发现,她刚想象雅克突然回来:她感受到的不仅是开心,还有尴尬。无须自欺欺人,要是在一九一四年雅克能够回到她的身边,要是出现奇迹,他出现在现在的贞妮面前,那她不能将为他直到现在保留着的神圣位置,没有任何变化地交还给他。

她不安地望了一眼昂图瓦纳,但是他专心地抖动手中的毛线没有注意到,他的手规律地左右抖动,让毛线更好地缠成一个球,他整个人都被毛线吸引。他甚至感到好笑,他觉得现在肩膀抽搐得难受,顿时后悔自己的提议,每一次手臂的抖动都让他更加难受,一直在壁炉旁又不敢脱衣服恐怕着凉。

她还想和上午一样跟他讲自己的生活,雅克跟她的孩子,她喜欢这种不用防备的信赖日子。可是今天晚上,她又感到了躁动不安。不善于与他人沟通交流,注定无法与人交流的个性,正是她内心生活的悲哀!就算雅克还在,她也无法放松自己,无所不谈。雅克经常责备她难以理解!这样的记忆让人痛苦,而且一直在她的脑中挥散不去。以后她该如何与儿子共处呢?她本能的含蓄、冷漠,会不会让他不开心?

当钟声敲响,他们提起头看到时间以后才发现沉默的时间太久。

贞妮笑着说:

"我们把这一捆线缠好就结束吧,我需要休息了。"她快速缠绕好刚开始的那一捆线,边缠边说:"要是我继续缠下去吉丝可能就要睡着了,如果那时候我上去可能就会把她吵醒。她得多休息。"

这个时候他才了解到为什么在那个房间,肖像的下面有两张一样的床,为什么吉丝睡前不跟贞妮说晚安。其实她们就睡在同一个房间。与蒂博先生家里那种忧郁的日子一比,他突然很开心:"吉丝终于找到了一个好住处。"突然想起尼科尔的话。"她以后会和达尼埃尔结婚吗?"虽然不知道为什么,但他总觉得这不太可能。就算不嫁给达尼埃尔,她还是可以幸福地生活。她与贞妮跟让·保尔一起生活会很快乐的。对她来讲,雅克的生命存在于这两个人的身上,她会把对雅克的爱全都灌输在这两个人身上,她会成为一名满头白发的黑妇人,虽然老却慈祥的"吉姑妈"。

毛线缠好了,贞妮起身将毛线团整理好,扑灭壁炉中的火焰,提起桌上的油灯。

"还是您用吧。"昂图瓦纳虽然知道不太可能,但还是建议说。

他哑着嗓子,显得特别吃力,她也不想让他多说话:

"谢谢您。我总是最后一个上去,早已习惯了。"

她来到门前,转身将油灯提高,观察了一下大厅四周是否收拾好,接着目光停在了昂图瓦纳身上:

"我需要离开,为了让·保尔更好的生活!"她坚定地说,"等到战争一停,我就要改变自己的生活,带着让·保尔去其他的地方住!"

"其他的地方?"

"我不想待在这里,"她经过思考以后坚定地说,"我想离开。"

"去哪里呢?"他的脑中闪过一个想法,"去瑞士吗?"

她看着他很久,才终于回答说:

"应该不会,虽然我曾经想过去瑞士。可是十月革命以后雅克的好友们都去了俄国。我原本也想过去俄国。可是让·保尔还是接受法国教育比较好。我会继续待在法国,只不过我得离开达尼埃尔。可能我会在外省和吉丝一起开始新的生活。我们工作,一起教育这个孩子,就如同雅克期望的那样教育这个孩子。"

昂图瓦纳急忙表示说:"贞妮,若是这样,我希望到时候我可以重新当回医生来帮你们。"

她摇了摇头说:

"谢谢您,如果在我需要的情况下,我一定会接受您的好意。可我希望通过自己的努力做些什么,而不是不劳而获。我希望让·保尔的妈妈是一名独立女性,有权利依照自己的想法去生活。您不同意吗?"

"我同意。"

她对昂图瓦纳投以感激的目光。她已经将自己想说的话跟他说了,于是打开房门率先上楼。

她将油灯带着送他回到房间,看完房间有没有缺少什么之后,向他伸出手:

"我得跟您说清楚一个事,昂图瓦纳。"

"你说吧。"他勉励说。

"我原来对您的感情,都没有这样过。"

"我原来也没。"他也笑着回应。

看着昂图瓦纳微笑着,她开始犹豫要不要继续说。她和昂图瓦

纳依旧握着手,她认真地望着他,终于下定决心说:

"现在,每当我想到小家伙儿的前途,我,您应该清楚,毕竟小家伙也是您的亲人,一想到还有您跟我一起照顾小家伙儿,我更加有勇气了。您得帮我想想,昂图瓦纳。我们得让让·保尔拥有他父系的优点,不能有……"她没敢继续说下去,但又立刻挺胸(昂图瓦纳感受到了她手指的颤动),正如同骑手遇到障碍物的时候鞭策坐骑,她咽咽口水,继续说:"我知道雅克也有自己的缺点,您也清楚。"她又一次停住了。她望着远处,忍不住附加:"可是他一在我身边,我就完全看不到他的缺点。"

她努力地眨着眼想要找回思路。她询问道:

"您是不是吃过午饭才走?这样的话……"她努力微笑着说:"那我们早上还可以见面。"她抽出手说:"早点睡吧。"接着头也不回地离开了。

13

"蒂博医生。"老仆人快乐地通报说。

菲力普在书房边写信边等昂图瓦纳。听到通报以后他赶忙站起来,迈着一歪一扭不灵活的脚步走向门外的昂图瓦纳。在眯着的眼睛里,闪烁着热烈的光芒,热切地望着昂图瓦纳,接着抓住他的手,摇着头,嘲弄似的笑着,以掩盖自己的激动之情:

"您这一身蓝色军服真好看,亲爱的,最近怎么样?"

"他现在看起来好老。"昂图瓦纳暗想。

菲力普的肩膀拱得更加厉害,两条腿撑着的身体显得更加消瘦。

他的眉毛和山羊胡全都白了,不过也难掩他的动作和言语之间透露出来的活力与激情,在这个老人身上还有些不合时宜的孩子气。

他身着一件有点皱的礼服,红色黑条纹的军裤,这样的打扮体现出了他如今半个退伍军人的形象。他在一九一四年被任命主管一个负责改进军医工作环境的委员会,那时开始,他就要求自己去反对各种机构贪腐恶习。他的声望让他在医疗界也拥有独立性。他攻击官方的规定,揭发那些滥用职权、徇私舞弊的行为。虽然有些晚,但这几年得到的有效改革还是多亏了他的努力和英勇。

菲力普抓着他的手微微晃动着,激动地说:

"啊!您好!真的好久不见了!最近怎么样?"接着带着昂图瓦纳走到他的书桌旁:"很多想说的,一时不知从哪儿说起。"他让昂图瓦纳坐在病人常坐的靠背椅之后,没有坐回桌后,而是随手拿过一把折叠椅放在昂图瓦纳的旁边坐下。他一直看着昂图瓦纳。

"哎,亲爱的,现在来说一下您现在的情况吧。您的毒气解决得怎么样了?"

昂图瓦纳一时紧张起来。他原来也经常看到菲力普这样职业性的认真、严谨,可今天是头一次成了他的研究对象。

"您觉得我现在不太像样了吧,教授?"

"的确是瘦了一些。不过在可接受范围内!"

菲力普摘下眼镜,擦了下镜片后重新戴上,微笑说:

"那您讲吧!"

"教授,我的确是被大家称作毒气病人,这没有什么特殊的。"

"唉。那我们从头开始说。您第一次受伤的情况怎么样了?恢复后还有别的毛病吗?"

"若是在我遇到毒气以前就能停止战争,那我就不会留下什么毛病。我本来也没吸入多少毒气,照常理来说应该不会成这样。显然,毒气让我原本还没有恢复的右肺再一次病变了。"

菲力普咧了咧嘴。

"的确,"昂图瓦纳思索着说,"对于现在的严重病情,我不能抱有任何幻想。就算是恢复,也需要极长的时间。"突然的咳嗽让他暂缓了讲话,"我以后可能终身残废!"

"我们一起吃饭吧?"菲力普询问道。

"我很乐于跟您吃饭,教授。但您应该从信中知道了我现在的饮食情况。"

"德尼清楚您的情况,他弄了牛奶来。您留下吃饭,我们就有足够时间长谈。您从头讲起吧,到底发生了什么事?我还以为您注意防护了!"

昂图瓦纳愤恨地耸肩说:

"我真是笨!去年十一月的时候我还在埃佩尔内过着安稳日子,当时我受命安排一个毒气伤病的救助站,这也许是命运的安排。当时,我们才攻克马尔梅宗和帕尔尼①我正在贵妇之路防区工作。那个时候我惊奇地发现中毒的伤员中,大部分是医护人员。当时我觉得这个现象很奇怪,难道那些医护人员在工作中,没有采取安全的防御措施吗?于是我对于毒气的活动更加热衷起来,正好我也略微认识军团的主任,于是去军团做相关调查,也正是这一趟回来的路上,我跟笨蛋一样中了毒气。那时我才从第一线返回,正巧遇到德军发

---

① 1916年10月,在马尔梅宗防区的战斗迫使德军放弃贵妇之路,帕尔尼位于贵妇之路顶端,经历过多次争夺。

动毒气攻击,这是我第一个悲剧。祸不单行,虽然是冬季,气候却潮湿温暖,您也清楚,酸性和潮湿的环境会导致芥子毒性扩大,这就是第二个悲剧。"

"继续说。"菲力普用双手支撑着下巴,双手压在膝盖上,眼睛眨也不眨地看着昂图瓦纳。

"我当时忙着寻找我遗落在师部的车辆。我想要绕过塞满部队的壕沟。我当时以为自己走了一条近道,天色已暗,我在一条满是水的战壕中行走了二十多分钟。详细的我就不说了。"

"当时您没戴防毒面具吗?"

"肯定戴了呀!不过面具是我借来的。可能没有戴好,或者是我戴晚了。当时我一心想着要找到车,我真应该待在华师的医疗队用碳酸氢钠漱口,而不是开着汽车离开,那样我就……"

"的确如此!"

"当时我没有想过自己会中毒。但不到一个小时,我的脖子和腋下都奇痒难耐。晚上我们回到埃佩尔内,我就立刻用胶态银进行了包扎,躺着休息。我当时以为没有什么事,没想到支气管系统受到的伤害比我想象的要严重得多。您看这是不是很可笑:我当时去找医生调查,就是为了看医疗队有没有遵守防毒规定,没想到最后我自己都没有注意防毒!"

"后来呢?"菲力普询问,他想说明自己对于这个病情不是不懂,"第二天应该会出现消化系统和眼睛症状之类的。"

"不,第二天几乎什么病症都没有发生。只不过皮肤好像有点问题,我的腋下长了一些红疹。虽然没有水疱,但几天后我发现支气管产生了病变。您应该猜得到当时的情况:喉炎和气管炎不断发作,急性支气管炎和假膜,这都是典型的后遗症!这样的情况持续了半年之久。"

"你的声带呢?"

"已经很严重了!您看,我现在跟您说话虽然嘶哑,但如果白天我不努力治疗,连嘶哑的声音都发不出来。"

"是声带发炎了吗?"

"没有。"

"那就是您神经性的病变吗?"

"也没有。我是因为室隔膜的肿大重叠造成的失声。"

"很明显,因为重叠才影响了声带的震动。您吃了士的宁吗?"

"我每天都服用六到七毫升。但不仅没有效果,而且还让我失眠了!"

"您什么时候到南方去了?"

"开年的时候我就去南方了。我起初由埃佩尔内转到了蒙莫里荣医院,接着到去格拉斯附近的穆斯吉埃医疗所。在十二月末的时候,我肺部的病变好像得到了好转。可是在穆斯吉埃,医生诊断我是肺硬化。没过多久我的呼吸都变得困难:没有任何因素,我的体温突然飙升到了39.5℃,甚至到了40℃,接着又飞快降到了37.5℃。在二月,我患了干性胸膜炎,而且咳出了血。"

"现在体温还有没有大幅度波动?"

"还不是这样。"

"您觉得这是什么原因造成的?"

"感染。"

"隐性感染吗?"

"也可能是慢性的,我也不清楚。"

他们对视了一下,昂图瓦纳眼中闪过一丝疑惑。菲力普伸出手说:"不对,不对,蒂博!若是您觉得是这个原因,那就不对了。我所了解的是,这样的情况下,从来没有过你这样的情况发生。这个问题您应该比我了解。如果中了芥子气,只有他们吸入毒气之前就得了结核症,他们不可能在后期患肺病。可是,"他挺起身继续说:"还好您原来没得过呼吸系统的疾病!"

他满怀信心地笑着。昂图瓦纳原本在一旁安静地看着他,忽然,他深情地看着他的老师,同样笑着说:

"的确,我也很庆幸是这样!"

"另外,"菲力普像是在自言自语地说,"我觉得,吸入致命毒气的人经常会得肺水肿,可是吸入芥子气的人却没有发生过。这算是一件好事。而且,因为吸入芥子气导致的肺部后遗症极少。我觉得,不管怎么样,这肯定比其他的毒气引起的后遗症要少一些,也轻一些。你说对不对?这两天我看了一篇有关此类的论文。"

"阿沙尔[①]写的那一篇吗?"昂图瓦纳询问。他摇头否认。"人们普遍认为,芥子气与窒息性毒气不一样,觉得它主要影响的是支气管而不是肺部,不会损害气体交换。可是我的情况与对别人的诊断,让我产生了疑惑。我的情况是,吸入芥子气以后,我的肺部出现了各种并发症,大部分的症状都不容易治愈,而且逐渐会转变成慢性。我还在一些吸入芥子气的病人身上发现了很多病状,都是因为肺泡间硬化,同时壁层硬化,最后导致肺部堵塞。"

沉静了一段时间以后。菲力普询问:"您的心脏怎么样?"

---

① 阿沙尔,巴黎医学院教授,医学院院士。

"一直到现在都还不错,可是谁也不知道这种良性情况会持续多久。这几个月来心脏过度操劳,在吸入毒气以后,只有心脏是完好的,想要它能够一直持续运作那真的是痴人说梦。我有时会怀疑,是不是毒气已经开始蔓延到了我的肌纤维和神经核中。在这几个星期里,我发现自己心血管出现了一些问题。"

"发现?你怎么发现的?"

"我现在还没有做透视。我的主治医生说我现在心脏没有异常。可是,我不能肯定他的诊断。其实我也可以用摸脉或量血压来检查。虽然我当时的体温不高,没有超过38.5℃或是39℃,可是不久以后我发现,我的脉搏跳得异常速度,在一百二到一百三十五之间徘徊。若是这样的心跳加速和肺气肿之间存在某些关联,我一点都不诧异。您说呢?"

菲力普避开问题说:

"您怎么不时常使用火罐来减轻心脏负荷呢?有的时候还可以抽点血。"

昂图瓦纳一直看着老师,好像什么都没听到。菲力普笑着从口袋中拿出一块他很眼熟的金表。菲力普弯着腰(与其说是好奇,还不如说是多年的习惯),手搭在昂图瓦纳的手腕上。

时间慢慢过去,菲力普一动不动,眼睛死死地盯着金表。昂图瓦纳突然一惊,这样专注、谜一样的脸让他想起了很久以前的事情:一个早晨,那个时候他和菲力普的关系还没有这么好,他们一起走进听诊室。那个时候菲力普才完成了一起复杂的病况检查,他因此心情特别愉快,他抓着昂图瓦纳的手臂满怀信心地说:"您看,作为一名医生,就应该在遇到危机病例的时候,表现冷静并且能够独立思考。有一个万无一失的方法：拿出计时表！每一个医生都应该随身携带一个像是茶碟一般大，而且漂亮的计时表。只要拥有这样一块表，他什么都不用担心了。就算他被一家子焦急不安的人围攻，就算在街上面对一名受伤的人，不管别人怎样没完没了地询问，一旦他想要安静下来，就只需要变魔术一般拿出表开始把脉！这个时候周围一定会安静下来！只要他在那里低着头看表，他就可以跟在诊室一样用手撑住脑袋，安静地决定取舍，最后做出诊断。相信我的经验吧，亲爱的，快去买一块好看的计时表吧！"

菲力普没有注意到昂图瓦纳有什么奇怪之处。他松开手，慢慢地起身说：

"虽然脉搏跳动很快，有一些抖动，但还算有规律。"

"的确是这样。可有时候又不一样，尤其是在夜里，脉搏抖动的程度微乎其微。我想让您帮忙分析一下！而且，每当我的肺部难受的时候，我的脉搏就断断续续地猛烈跳动。"

"您有没有尝试过按压眼部？"

"尝试过，可是它对于脉搏的减弱一点作用都没有。"

又沉默了一会儿。

"我现在的肺部已经很不好了，"昂图瓦纳苦笑说，"有一日我的心脏也会变得不好！"

菲力普打断了他的话：

"呒呒呒！高血压和心动过速其实是普遍现象，蒂博。我不需要跟你多说什么。我相信您跟我一样清楚，罗歇证明过轻度脑血栓患者，心脏的快速跳动和血压的升高，这都是在与肺泡阻塞做斗争。接下来陆陆续续也有人证实。"

昂图瓦纳什么都没说，猛烈的咳嗽让他弯下了腰。

"怎样治疗？"菲力普似乎一点都不重视这个问题，询问道。

昂图瓦纳一旦可以说话，就疲惫地挺起背说：

"除了鸦片，我们都尝试过。使用过硫黄，接着是砒霜，再是硫黄，再用砒霜。"

他的声音嘶哑，感觉半天说不出一句话来。说完以后又是长时间的沉默，这一段话让他耗费了所有的精力。他向后仰着头，背直挺挺地立着，脖子靠在椅背上，闭着双眼。等他再次睁开眼睛的时候，才发现菲力普满眼温柔地望着他。这善意的眼光比不安的态度让他更加慌乱。他小声说：

"您肯定没想到我会这个样子。"

"不是的！"菲力普愉快地说，"通过您最后一封信的内容，我惊奇地发现您的状况很好！"短暂停顿以后，他又补充说："现在，我想听听您心脏的跳动频率。"

昂图瓦纳站起身，吃力地脱下外套。

"我们照常检查就好。"菲力普开心地说，"您躺着吧。"

昂图瓦纳听话地躺在他指的靠椅上，上面铺有白色的衬垫。菲力普跪在他前面安静地听诊，突然站起身说：

"啧。"他躲开昂图瓦纳的注视，但又装出不经意的样子："显然，这里面有散乱的笛声，可能有水，右边肺部似乎也有些充血。"最后他下定决心对着昂图瓦纳说："其实您都知道对不对？"

"的确没有怎么样。"昂图瓦纳说完慢慢地站起身。

"这的确，"菲力普吃力地走向桌子，坐在椅子上说道。他例行公事般从口袋中拿出钢笔像是准备开药方："无须怀疑，老实讲，我

1923

觉得您现在得的是肺气肿,并且您经常处于肺黏膜面干情况。"他挑着眉毛,一边耍弄着钢笔,一边随意地看着桌面。"只是这样!"他麻利地合上电话本说。

昂图瓦纳走向菲力普,用手撑住桌面。菲力普盖上钢笔装进口袋,对着昂图瓦纳一字一顿地说:

"这真让人讨厌。但是,孩子,这没有什么大不了的!"

昂图瓦纳安静地起身向壁炉走去,对着镜子整理衣襟。

突然响起了两下小心的敲门声。

"可以来吃晚餐了。"菲力普幽默地说。

他坐着不动,昂图瓦纳走向他,双手再次撑在桌面。

"能做的我都做了,教授。"他带着疲惫的语气低声说,"我试过所有我知道的治疗手法。我观察自己的病情,把自己当作手头上的病人来看待。从第一天生病开始,我就每天坚持做医疗笔记!我不断地分析病情,做透视。我在生活中仔细照顾自己,害怕出一点纰漏,让我失去可能的治疗机会。"他叹了一口气说,"就算是这样,还是感到灰心丧气!"

"不是这样的,您都发觉自己病情有好转!"

"可是我也不确定!"昂图瓦纳毫不犹豫,本能地回应。接着他感到一阵不安涌上心头,似乎刚才的话暴露了他心底埋藏的思想,那些他从未让别人看到的想法。他的嘴唇上慢慢布满汗珠。

菲力普看出他的慌乱了吗?菲力普理解他心中的悲凉吗?正因为他自己向来都可以控制自己的情绪,所以表面看起来很淡定,这么自信?不,看到他那样开心地耸着肩,听着他欣喜,又略带讽刺的尖锐声音,让人很难相信他在伪装。

"您想要看穿我心中真实的想法吗,亲爱的?其实我在想,如果真能这样慢慢好转就好了。"他细细品味着昂图瓦纳的诧异表情,"您听我说,在六名我当作儿子一样对待的实习医生里面,有三名死亡了,两名永远残疾。我必须自私地承认,当我知道第六个孩子,如今在远离前线一千五百公里,需要在阳光灿烂的南方土地上调养几个月,我发自内心地开心。不管您怎么想,我一点都不希望您能在这个可怕的战争结束前病好!若不是您在去年十一月中毒,不知道我们还会不会像现在这样吃饭、闲聊。"他愉快地起身说,"话就到这儿,我们去吃饭吧!"

"他说得有道理,"昂图瓦纳暗想,他也被老朋友的情绪影响,"不管怎么样,我身体底子不错。"

桌上一碗汤滚滚地冒着热气。(这些年,菲力普晚餐只喝汤或者吃糖煮水果。)

他领昂图瓦纳坐在放有牛奶和空杯子的座位面前。

"您的牛奶虽然德尼没有热,但很快的。"

"不用麻烦了,我经常喝冷牛奶,很不错。"

"不需要加糖吗?"

他突然间一阵咳嗽,他摇手表示不用。菲力普尽量让自己不去过多注意他的咳嗽,为了不问他身体情况赶快转移话题。菲力普搅动着汤汁心不在焉,直到咳嗽声减弱。为了让两人之间的气氛不那么尴尬,他语气自然地开口说:

"我这一天都在与卫生委员会争论。官方对于伤寒疫苗注射的规定矛盾百出,真让人诧异!"

昂图瓦纳笑了笑,喝口牛奶润了润嗓子说:

"教授,您这三年的工作很不错!"

"一切没有表面的那么好,我跟您说,"他想要转移话题,但一时不知道说什么,又重复说,"其实也有很多困难!您完全想不到在一九一五年我在卫生医疗组织时遇到的事!"

"我当时所在的岗位正好了解了这些事情!"昂图瓦纳心里想。可是他不想说话,于是笑着倾听。

"那个时候,"菲力普接着说:"现在的伤兵依旧是用运载部队或给养的列车撤离。只要不是拉畜生的都可以带伤兵。我看到了很多可怜的病患在寒冷的车间里,一等就是一整天,由于人不够,无法组成一列符合规定的列车。经常只有老百姓给他们送食物。一些心地善良的妇人或者无照的老药剂师给他们好歹包扎一下!等到火车开动,他们又要拖个两三天才能离开草堆……所以当时的每一辆列车中,总有一部分的人会得破伤风!然后,将他们送到人满为患、医疗物资完全不够的医院!那里没有防腐剂,没有敷料,也没有橡胶手套!"

昂图瓦纳吃力地说:"我在远离战线四五公里的位置看见一个流动的外科医院。他们用破旧的铁锅,用木柴烧火,在锅里煮医用钳子。"

"这算不了什么。在关键时刻还可以理解成焦头烂额。"菲力普低声嘲讽,"供过于求。战争夸大了它的严重程度!战争不该按照章程上的条例做事。"他恢复严厉的样子接着说:"亲爱的,他最不能让人宽恕的,是他发动医务人员的想法和达成手段!打战争开始,军队里就有很多预备役人员。我最开始在这审查时,就发现很多像是德施·阿鲁安那样有名的医师,在战地医疗所当二等护士。可是很多二十八到三十岁,什么都不懂的医官做领导。他们在外科似乎除了知道怎么治疗瘰疬，其他手术都没有做过，但这些人却决定而且只做最大的手术，有事没事就锯胳膊锯腿的，只因为他们有四条杠的袖章就完全不听取平民医师的劝告。就算这些人曾经也是大医院的外科医生，如今也要被他们管理。我和我的同事们费了几个月的时间才终于完成了一点起码的改革。只有加大力度才有可能改正原本的制度，使每名伤病都能分配专业医官。废除了一些荒唐的规定，例如，不管伤员病情多么严重、紧急，都先将他们送往离前线最远的医疗所。通常颅骨受伤的人被送去波尔多或佩尔皮尼昂，但往往还没到医院就在路上死于坏疽或破伤风！能够活下来的人，大部分也是在半天后才做的穿颅术！"

忽然间他停止愤怒，笑着说：

"您如果知道是谁在奔走初期帮我的忙，您一定会诧异！她是您的一位病人，亲爱的，你肯定记得，我们还一起帮她打上石膏，然后送去贝尔克的女孩母亲。"

"您说的是巴坦库太太？"昂图瓦纳尴尬地低声喃喃。

"的确是她。您还记得一九一四年的时候我给您写信提过吗？"

才开始战争的前几个月里，昂图瓦纳收到了西蒙的一张明信片，他从而了解到玛丽女士把小病人独自丢在贝尔克，自己回到英国，她让菲力普帮忙照看于盖特。那时候菲力普特地跑去一次，确定了那个女孩几乎可以安全恢复正常的生活状态。

"我那时多次碰到巴坦库太太。她对于巴黎特别熟识！我当初给她六个星期帮我跟部长见次面，她一天之内就达成，正是走了她的门路我才有机会见到部长本尊，谈得很随性，他看了我所有的材料，我也将心中的话都说了。亲爱的，那次起决定性作用的谈话持续了快两个钟头。"

昂图瓦纳没有任何缘由,安静地望着喝空的水杯。当他意识到这个问题后,又往杯子里加了些牛奶假装镇定。

"您当初帮忙照顾的女孩,现在已经长成一个漂亮的姑娘。"菲力普对于昂图瓦纳没有打听于盖特如今的状况感到诧异,"我经常可以看到她。隔个三四个月她就会来拜访。"

"他到底知不知道我与安娜的暧昧关系?"昂图瓦纳心中想,只好询问道:

"她在都兰住吗?"

"不,她与继父一起住在凡尔赛。巴坦库为了方便让住在巴黎的沙特诺治疗,于是搬到了凡尔赛。那悲惨的巴坦库运气真差!"

"不清楚!"昂图瓦纳想:"若他了解实情,就不会用'运气真差'形容了!"

"你清楚他怎样受伤的吗?"

"听说过大概。是不是在回家时?"

"他原来征战两年都不曾有一点伤痕!有天夜里,他回家的火车停在圣茹斯特昂肖塞的调度站,德国鬼子的飞机突然轰炸车站!当大家找到他时,他满脸血迹,已经不省人事,而且还瞎了一只眼睛,另外一只也受到重创。沙特诺一直在给他治疗。您也知道,他差一点就成了瞎子。"

昂图瓦纳突然想到西蒙动员前来大学路看望他时,他的眼神透露着光芒并且诚恳,正是那次看望让昂图瓦纳下定决心与巴坦库太太断绝关系。

"巴坦库太太是不是……是不是和他们一起过?"他声音含糊不

清,菲力普只好弓着背向前倾。

"她住在美国!"

"噢?"

不知为何,他听到这个回答以后放下心来。

菲力普安静地笑着,德尼在桌子上放了一碗过水的樱桃。

"哼。那位母亲。"他一边吃着樱桃,一边等德尼走后开口,"她真是一个奇怪的女性。"他没有继续说下去,却将勺子举高问:

"您不这样认为吗?"

"难道他知道我们的关系?"昂图瓦纳表现出难以琢磨的表情,心中暗想。(他在菲力普的面前常常失掉自信,不知不觉中又成了原来那个实习医师,有段时间老师使他害怕。)

"是啊,她跑美国住了。我上次与那孩子见面时,她跟我说:'妈妈一定会住在纽约,因为她有很多朋友住那儿。'我听说的是,似乎有个法国的宣传机构让她去美国公干。而她这次出差正好与一名曾驻巴黎大使担任要职的回国美军上尉撞见。"

"我错了,"昂图瓦纳暗想,"他什么都不知道。"

菲力普吐出樱桃核,擦了胡子接着说道:

"不管怎样,勒贝尔原来一直都在帮巴坦库太太打理都尔周边开办的医院,一直到现在她都还在为医院捐款,就是他跟我说的。有人说过,虽然勒贝尔现在头发花白,但他依旧是巴坦库太太亲密的合作伙伴,他的话我们不能全信。这就是为什么开战的第一个冬季,他不顾一切地跑回都兰。这瓶牛奶您不喝了吗?"

"喝过两杯,已经喝不下了,"昂图瓦纳轻声笑着说,"我不敢喝牛奶!"

菲力普不再坚持,将餐巾笨拙地折好后起身说:

"过去吧!"他亲昵地挽着昂图瓦纳的胳膊,带着他向诊疗室走去,"您看见了中欧帝国向罗马尼亚提出的和平条约①吗?很有教育意义对不对?中欧帝国获得了石油供应。哎,他们还能坚持,有什么理由要求和平呢?"

"美国军队进入了战斗!"

"呸!要是中欧帝国今年不能获得决定性的胜利,这可能性不大,虽然他们今年还希望再次进攻巴黎,等到第二年,他们就会利用俄国提供的物资和兵力与美国抗争。实际上这是另外一个用之不竭的资源。若是这样,两个巨大势力进行斗争,能力相当,没有一方愿意提前认输,但是他们谁也不能压制谁,您猜最后会怎样?最后必定都会受到重创。"

"您不对威尔逊的观点抱有希望吗?"

"威尔逊住在天狼星上。而且在我看来,不管是法国还是英国的首领都不希望结束战争。在巴黎或伦敦上层领导人一旦有结束战争的想法,就会被看作是叛国行为。就如同布里昂,虽然威尔逊现在还没有受到怀疑,但不久以后他也会作为嫌疑分子!"

"或许大家不希望获得和平!"昂图瓦纳思考着吕梅尔的话。

"我不觉得德国会强迫我们接受和平。不,我重申一遍,我觉得对峙双方能力相同,除了两方拖垮,如今没有其他办法。"

他重新回到座位上,昂图瓦纳看到他比画了坐下手势之后,也没等说话,就立马疲惫地靠在长椅上。

---

①根据1918年5月7日的布加勒斯特条约,罗马尼亚取得部分多布罗雅,而11月11日的停战协定取消此条约。

"就算死前我们能看到战争结束，但死前绝不可能等来和平。我的意思是，欧洲可以在和平中获得平等的势力。"他有些惶恐不安，赶忙解释，"虽然我刚讲的是'我们'，但您还年轻。我觉得，需要几代人的努力才能达到这样的局势！"他安静地偷望一眼昂图瓦纳，耸肩又乱摸胡子，一脸忧伤地说，"依照现在的局势情况，难不成我已经可以猜想到和平达到的各自平等势力吗？民主理想的双翅太过沉重。桑巴说得没错：民主政体的出现不是因为战争，一旦战争开始，民主政体便如同火中的蜡烛，慢慢融化。欧洲可以获得民主政体的可能性随着战争持续的时间不断缩小。仿佛现在就可以想出克里孟梭或者劳埃德·乔治的暴政。人民只会顺从，当他们逐渐适应了警戒措施，就慢慢失去了对主权和共和的追求。转眼看看法国：控制食品分配，消费限额，政府的各项干预政策，比如工业、贸易和个人的契约——强制性的延期制度——思想上——检查各类新闻刊物内容！我们都当作一种特殊举措去接受。但其实这是完全受奴役的前兆。一旦铐上枷锁，便无法摆脱！"

"您知道外号叫作哈里发的斯蒂德莱尔吗？他是我的助手。"

"是那名有双占星术士眼睛的亚述人大胡子犹太人吗？"

"就是他。他曾经受过伤，如今在萨洛尼克前线的某个地方。他时不时地会写他杜撰的独特预言式理论给我。斯蒂德莱尔觉得战争会必然导致革命。这种革命从战败国向战胜国发展。不论是怎样的展开模式，最后四处都会在革命。"

"的确是这样。"菲力普闪烁其词。

"他断言现代世界将会灭亡。资本主义会瓦解！他觉得等到欧洲疲惫不堪战争才会结束。新世界是在全部都被消灭、铲除以后产生的。

他预见，以后会在我们的文明废墟上建立一个世界性的邦联，一个全球性的大规模集体生活组织。"

他扯着嗓子说完这段话，猛烈的咳嗽让他弯下了腰，不得不停下来。

菲力普看着他，却当作什么都没发生一样。

"什么都有可能。"他的眼中透露出无限愉悦。他一直都善于想象，"为何不可呢？虽然一七八九年出现的绝对信仰，违背了所有的生物学原理，我们会始终相信人类的本性，还有法律上都会得到平等。我们在这种信仰的影响下经历了一个世纪的时间，可能它的作用性在慢慢减弱，我们将迎来一个崭新的、与众不同的漂亮生活。迎来一个崭新的意识形态，酝酿出不一样的思想行为，在一个时间段内，人们赖以为生，陶醉其中，直到下一个意识形态的出现。"

他停止讲话，等着昂图瓦纳咳嗽缓解。

"或许如此，"他带着讽刺的语气接着说，"我就让您这位耶稣似的人物去想象吧。我所见到的前进，以一个崭新的形象离我们越来越近。我承认每个国家都不愿放弃战争是他们拥有的绝对权力。所以我害怕真正的民主时代比想象要来得更晚一些。不否认，这使我们这代人气馁。我们原以为获得自由权利，就可以解决所有的问题！但不论什么事，都会再一次成为问题！谁能确定这不是梦呢？在十九世纪末期时的人们就是将梦当成了恒久不变的现实，这是由于那时的人们有幸生活在一个不同平常的、安定和幸福的时期。"

他带着浓重鼻音的消沉嗓音讲述着，好像房间里只有他一个人，胳膊肘放在扶手上以支撑身体，长长的酒糟鼻倾向闭合的双手，低头看着他那一会儿紧握又一会儿松开的手指。

"我们原以为，人们一旦成年，就会进入聪明、自我控制和宽容统治的新时代。那时智慧和理智引导人们的发展。也许以后的史学家看我们就如同我们看原来的人一样，太天真，太无知，对于人类的发展和创造力抱有太不现实的悲哀幻想。也许是我们忽略了人类本性的某些品质，比如说对于破坏毁灭的本能，每过一段时间，就会将原来辛苦建造的东西踏为平川，这是为了控制我们创造能力的某种神秘又让人痛恨的法则，明智之士只有去认识它，接纳它。我们距离那位哈里发的预言还很遥远。"他笑着做出结论。由于昂图瓦纳不断地咳嗽，他关心道："您要不要喝点东西？是想要开水还是一勺可待因？或者都不要？"

昂图瓦纳摆手表示不用。两三分钟以后（菲力普在房间默默地踱来踱去），他感觉咳嗽有所缓解。于是擦掉咳嗽时流出的眼睛，挺起背，勉强地笑了笑。他消瘦的脸涨得通红，额头不住地流出冷汗。

"我想，我要离开了，教授。"他强装镇定地说，但嗓子眼儿里像着火一样难受。

"不好意思。"他笑了笑，挣扎地站起身说，"坦白说，我的身体真的要垮了！"

菲力普像是没有听见他的话一样。

"人们在那谈论，做出预言，"他说，"虽然我看不起那位哈里发先生，但荒谬的是，我现在做的跟他没什么差别！其实这四年，我们遇到了很多荒唐的事。荒唐的环境，产生的是荒唐的预言。大家可以批评现状，对，而且还可以谴责它，但这并不荒唐。去预想将来会发生的事情！您瞧，小东西，我们总会回到这个问题上来的，我指的是仅有的科学立场。我们还是谦虚点吧，只有这个合理立场不扫兴，这只是为了寻找错误，而不是寻找真理，让一个人承认自己犯下的错误很难，但也许可以达成，只是这样，也只可以做到这一点！其他的都是胡诌！"

他看到昂图瓦纳站着，没有认真地听。于是也起身说：

"我们下次见面是何时？您何时走？"

"明早八点出发。"

菲力普惊地一抖，但不易察觉。过了几秒，他的声音恢复了冷静：

"啊，啊。"

接着同昂图瓦纳一起走到大厅。

他看着这拱起的脊背，从大衣领子露出干瘦、青筋隆起的脖子，他担心这种安静透露出自己的想法，赶忙打破沉闷：

"那您觉得这家医院如何？医生和护士们做事认真吗？这达到您的要求了吗？"

"那里的冬天特别好，"昂图瓦纳边走边说，"可那里的夏天让人害怕得想离开。我要的是流通的空气和干燥的环境，就像在乡下的时候。最好再来点松树。那阿尔卡雄呢？那里太热了。或者去比利牛斯山的一个温泉疗养所？还是柯特雷或吕雄？"

他走到大厅，刚准备戴上帽子的时候猛然回头补充问："教授，您是怎么想的？"他在这十年里，可以明确看到那张面孔最细小的变化。他忽然看到教授藏在眼镜后面的灰色双眼，不由得闪露出悲悯。好像确定说："什么都没有必要了。"他的表情和神色都在告诉他："不管是哪里的夏天都是一样的。你无法逃离，注定完了！"

昂图瓦纳被这突然的打击刺激得不知如何是好。"我知道，我最后还是会死掉。"

"对,柯特雷,"菲力普又冷静下来,赶忙结结巴巴地回答,"为何不去都兰,亲爱的?去都兰,也可以去安茹。"

昂图瓦纳一直看着地面,他害怕再从教授的眼中看出什么。教授虚假而且走调的声音让他感到痛苦!

他戴帽子的手都在哆嗦,直至走到门口他都没有抬头。他脑中只想着可以赶快分开,让他一个人去面对这种不安。

"你可以考虑去都兰,或是安茹。"菲力普没精打采地重复说,"我去询问一下情况,再给您写信。"

昂图瓦纳依旧低着头,帽檐遮住了地不断变化的表情,他礼貌性地抬起手。教授握住手,嘴中喃喃自语。昂图瓦纳收回手之后开门而去,一转眼就看不到人影。

"为什么不到安茹去呢?"菲力普依旧靠在栏杆上颤声说。

14

外面,全城被一片黑暗笼罩着,路灯都被罩上了遮光布,灯光在人行道上洒下一片蓝色的圆形光晕。路人很少。偶尔有不断按响喇叭的小轿车慢慢驶过。

他踉跄地走在街上,穿过马勒塞布街,走到布瓦西当格拉街,不知何去何从。他感到背部沉重,呼吸苦难,脑中不断传出嗡嗡声,一路茫然地走着,手臂不时撞到路边的墙壁。他什么都没有想,也不觉得痛。

他停在香榭丽舍大道的树下。面前的树杈后面,是春天清新的夜光照耀下的协和广场,可以很清晰地看到来往安静穿梭、像是有磷光大眼睛怪兽的车辆,在黑夜中不断闪现。他无意发现一把长椅,慢慢地走过去,还没坐下就想道:"要小心感冒。"(心里又立马反驳说:"还有什么好担心的!")他脑中不断回想菲力普无意流出的眼神,以及对自己的残忍判决。不只是在脑中,它就像一个庞大、毁灭性的肿瘤,寄生在自己体内,向四面不断扩散,不断膨胀,最后侵占整个身体。

他蜷缩着身体,脊背紧紧地顶着硬椅背,环抱双臂,试图抑制住这个不断侵蚀,让他感到窒息的异样情感。他再次回想晚上发生的事情,仿佛再次看到教授坐在旁边说:"那我们从头开始说。您第一次受伤的情况怎么样了?恢复后还有别的毛病吗?"他接着认真回答。慢慢地,他发现想的回答已不全是原本说的了:他用另外一个清晰的客观方向去思考,从最真实的角度阐释自己的病情。他阐述不断发作的病情,发病暂缓的时间越来越短,发病的情况越来越严重。他直面残忍的病况:如今病情有规律地加剧,未曾间断,而且朝着越来越严重的方向发展。他似乎看到老朋友干瘪的脸上持续出现洞察一切的不安情绪,不可逃避的诊断正在形成。额头出汗,呼吸困难,他拿出手绢将脸上的汗珠擦干。

夜里的宁静被远处某种拉长的呼啸声打破,他却没有注意。

仿佛又看见问诊后的他从椅子上站起身来,装作听天由命的样子摆头说:"您也看见了,教授。不能再有丝毫希望了!"菲力普安静地低着头。

他被烦躁折磨得无法安坐,赶忙起身站稳。像是山谷中吹来的一丝清风,他感到脑中无比宁静:"我们当大夫的,总归会有一种方法。可以不再等待。不再承受苦痛。"

1936

他没站多久，便跌回长椅上。

突然两个女人身影由树底跑出，就在同一时间，所有的警报齐齐作响。广场周边为数不多的灯光也全都熄灭。

"这下有意思了。"他听着远处轰轰作响的动静暗想。

在他背后的小道中传来杂乱不堪奔跑的脚步声，人们飞奔地藏进了黑暗之中。在加布里埃尔街道上，一辆辆汽车黑灯瞎火地狂按喇叭行驶而过。一批警察训练有素地齐步经过他。他还是挎着双肩呆坐着，什么都看不见，希望能够逃离世俗。

过了几分钟，他依旧没有注意发生的事。远处传来沉闷的爆炸声，连续轰炸让他从阴郁里惊醒。

"是瓦莱连峰①阵地的大炮声？"他思考着。

他突然想起吕梅尔告诉他的海军部队防空洞。

不远处炮声依旧。他起身朝广场走去，走到人行道上。看到整个巴黎夜空显现出绚丽的颜色。无数的光点从各地向射线般喷射至天空，乳白色的光束有的伸长，有的相互交叉，就像是审视繁星的目光，唐突、迅速，有时又无法琢磨，猛地挺住，接着划向另一个目标去探究。

他不想走到马路中央，原地不动，抬头仰望，直到后颈酸痛。他想："躺在这里吧。闭着双眼。吃点安眠药。好好地睡一觉。"身体无法形容的疲倦让他不愿动弹，"回家是再好不过的了，"他暗想，"若是有一辆出租车载我离开！"黑暗广阔笼罩的场地，一个人都没有。在探照灯的照射下，才能模模糊糊地看清广场、围栏、白色雕塑、方尖碑、喷泉和路灯不祥地忽明忽暗闪动。这如同一场梦境，似乎

---
①瓦莱连峰位于巴黎以西，1870年和1914年战争时用作炮台。

魔法让它变成一个石头城,消失不见的文明遗迹,长久地埋藏在沙土之中。

他像是梦游一般机械地走动,直直地穿过墓地,准备从方尖碑的小道穿过杜伊勒里宫公园的拐角,走到沿河大道。他在倾覆的天空底下,走过荒凉的广场,感觉路长得没有尽头。他遇见一批四处逃窜的比利时雇佣军。接着是一对年迈的夫妻,他们吃力地手拉手跑着,就像是沉船的残片在黑夜里飘荡。那男的对他呼喊:"您快来,在地铁中躲躲吧!"但直到他们消失在视野中,他才恍然醒悟准备应答。

无数看不见的发动机在空中嗡嗡作响,汇集成一大片的金属震动声。东北部的炮轰特别强烈:城防部队不断反击,接着,一个距离更近的排炮也开始轰击。探照光在空中各种闪射,使人无法区分哪里才是炮弹爆炸的火光。他惊奇地在射击间隙中听到了一阵机关枪声。

"是向王家大桥去的。"他下意识地分辨。

他走在沿河大道,向着河边断墙走去。一路上没有车辆、光、人。这发狂般的天空底下,大地好像也成了不毛之地。只有微波荡漾的塞纳河与他为伴,如同月下广袤而恬静的田野中流淌的小河。

他停住前进的步伐,心中暗思:"我早就料到会这样,我知道我完了。"接着,他又跟木偶似的走远。

喧嚣声愈发地仓促,他不能分辨这是哪里传来的声响。突然之间,沉重的轰炮声盖住了所有的喧嚣,一个接一个的轰炸声响起。"炸弹,"他心想,"他们穿越了封锁线。"罗浮宫方向,几个烟柱在被烟火映红的天空上袅袅升起。他转身,在勒瓦洛阿,或者是普托的上空也是鲜艳的火光。"四处都烧起来了。"他忘记了自身的悲惨境地思考着。这看不见摸不清的危险,如同上帝鲁莽的发怒,在他的头顶上不断盘旋,一种不自然的兴奋感让他的血液沸腾,莫名的憎恨狂热让他恢复了一些力量。他加快脚步,走到桥头,穿越塞纳河一直走到对面的巴克街。路上没有灯光,他不小心撞到了一个垃圾桶,腰部的用力让他保持了平衡,但引起了支气管的刺痛。他走下人行道,顺着探照光的光芒走去。突然听见身后的轰响。他赶忙跳上人行道,两辆奇怪、亮闪闪的铁皮车飞驰而过,没有开灯,后面还跟着一辆插着小旗的汽车。

"是消防队。"他身旁突然传出声音。一个人躲在门洞中,隔五秒就会伸出脖子,探出头来,就像是躲着等雨停。

昂图瓦纳什么都没说,一直往前走着。他觉得筋疲力尽。他的步伐沉重,脑中坚持着一个想法,就像是拉着驳船的纤夫一般。"我清楚这点,很久以前就知道了。"他虽然感到无尽哀伤,但没有丝毫的诧异。他像是被重担压弯了腰,而非遭受难以接受的刺激。他很久以前就想过了有这个结果。菲力普的眼神只是一个开启他埋藏在内心想法的钥匙。

大学路的转弯处,就在他家不远处,一股对于孤独一人房间的惊恐涌上心头。他突然停下脚步想要逃跑。他笨拙地抬头望着光芒四射的天空,不断想着谁可以收留自己一夜。

"一个人也没有。"他自言自语。

他靠着墙壁好久。防空部队的射击,飞机的轰响,炸弹的爆炸不断敲打他的大脑。他考虑着这件不可思议的事情:他居然一个朋友都没有!他一直认为自己善于交际,乐善好施,他受到所有病人

1939

的喜爱,他得到所有朋友的喜欢,老师的信任,他还得到几个女性的强烈爱慕,但他居然没有一个朋友!而且从未有过!雅克都不是。"我还没有让雅克成为我的朋友,他就死了。"

他突然无比想念拉雪尔。噢,若是今晚能够蜷伏在她的怀中,听着同以往一样浓烈的爱抚声音低喃"我的宝贝",那会多么幸福!拉雪尔!如今她在哪里?过得如何?她的项链还在楼上的家中。他希望能抓住这块过去的残片,轻抚如同温润肌肤一般的珠子,那让人无限遐想的香气还萦绕鼻尖。

他挣扎着离开断墙,蹒跚地走出几米,到了家门口。

15

弹片将我的大腿炸碎了,还让我成了一个没有性别的阉人。我不愿告诉别人这个秘密。但您作为医师,应该能猜到我的心理吧?当我们说到雅克的时候,您听到我也想要雅克那样的结局时,表情非常异样。

看完以后请烧毁这封信,我不希望别人知道这个秘密后可怜我。很多人羡慕我不仅可以活下来,还能得到国家的扶助金。当然,他们有他们的道理。我的母亲一天没死,我就一天不会自杀,但往后,总归有一天我会选择死去,原因只有您一个人知道。

紧紧地握您的手。

达·丰,拉菲特庄园,一九一八年五月十六日亲爱的昂图瓦纳：

我没有责怪您，但您明明答应写信给我们，现在已经过了一周，还是没有任何音信，这让我们感到紧张。也许长途旅行之后的您比我们预想的更加疲惫？

我想说的是，您的造访让我感到无比安慰，我不能将这种感受表达出来，甚至不愿让别人看出来。但自您走后，我发现自己比以往更加寂寞。

真诚的问候。

贞妮，拉菲特庄园，一九一八年五月二十三日

亲爱的昂图瓦纳：

您已经离开庄园三个星期了，您音信全无让我感到无比忐忑，我觉得唯一可以解释这一切的就是您的健康状况，真诚地希望您将实情告诉我。

小家伙儿扁桃体发炎，发了好几天高烧，现在好了很多，可我依旧限制他离开屋子，这导致家里的生活变得烦琐。您想象得出来。我们都觉得他发烧的这七天好像长大了，但这是不可能的，对吗？我还觉得，小家伙儿这次的生病，让他的智力都有所提高，他编了好多的故事，用自己的方法跟我们说书中的插图和达尼埃尔为他画的图。不要笑话我，我只敢跟你说这个事，我觉得小家伙儿虽然只有三岁，但他可以洞察很多事物，我坚信他智商很高。

除了这些，我这儿没有发生什么特别的事。医院收到指令，尽量将疗养的病人全都送回战场，留出床位，那些送走的可怜人，还有十到十五天的休息时间呢。每一天都有新的病人来医院，母亲想

办法从那个英国邻居手中借到那栋无人居住的,而且种满紫藤花的房子,这样能够为医院增添二十张床,甚至更多。尼科尔收到了她丈夫寄来的一封很长的信,原来他们流动外科战地医院已经远离香槟地区,现在朝着贝尔福区行驶。信中说,他在香槟地区亏损严重。要一直打到什么时候呢?这个噩梦要做到什么时候?庄园里每天都去巴黎的人说,如今轰炸越来越残酷。

亲爱的昂图瓦纳,就算你的病情现在反复发作,也希望您能告诉我实情,不要再让我们这样担心了。

您的好友

贞妮,拉菲特庄园,一九一八年六月八日,周六

健康情况很一般,现在没有恶化现象。几日后我将写信给您。
亲密的问候。

蒂博,格拉斯,一九一八年六月十一日

我还是准备跟您写信问候,亲爱的贞妮。您对我的担忧是正确的。自我从庄园回来,恶化的病情使我一直卧床不起,体温忽高忽低。最新使用的疗法和大家的悉心照顾,似乎再一次控制了病情。一周以前,我终于可以下床,现在在慢慢回到原有的生活规律。

但病情的发作不是我不写信的理由。您询问我事实。其实我发生了一件恐怖的事情:我很清楚,我的病情已无法医治,绝对没有办法了,大概还能拖几个月的时间。不管怎么样,我是无法痊愈了。

只有经历这样事的人才能了解,认识到这个事,任何支撑都会土崩瓦解。

请谅解我将实情这样的直接说明。在将死之人眼中看来,什么

事情都变得无所谓、毫不相干。今天就到这里，以后我还会写信给您的。
　　真诚的问候！
　　　　　　　　　　昂图瓦纳，穆斯吉埃，一九一八年六月十八日
　　附注：请您不要将这个事告诉别人。

　　不，亲爱的贞妮，实情跟您想的不一样（也许是假装想象的那种），如今我在与想象中的胆怯斗争。我早该有勇气将实情告诉您，或者告诉您更详细的状况。这封信我会写得长一些。
　　我直面一个现实，无法改变的。在我与您告别的那日，是我最后一天待在巴黎，我拜访了原来的老教授菲力普并与他聊天，就在那时候这个问题出现了。也许因为在他的面前让我内心突然产生了双重性，第一次对我的病情以专业医生的角度做出了专业、准确的诊断。真实的情况刹那间展现在了我的面前。
　　回来的时候我有大量时间进行思考。我随身带着的记录病情的日记本，让我可以根据每天病情的发展情况，了解病情恶化的规律性和持续性。我当时还随身带着去年冬天整理的一份材料，里面有自应用毒气开始，在专门刊物上刊登，法文和英文的临床检测和医疗结果。那些报告我烂记于心，现在以一个新的角度对我的观点进行说明并且证明。回家以后我便与治疗医师讨论了病情。这次我不再是作为一名病人的角度与他们交谈，接受所有可以加强这种信心的一切，完全坚信自己的恢复，而是以一名经验丰富、能力出众的医师角度与他们交谈，他们再也不能欺骗我了。没多久我就得到了他们不清晰，而且有含义的沉默，或者是隐约的承认真相。
　　我的结论有无可置疑的基础。根据这七个月的病情发展，还有

不断的恶化来看，我如今已没有痊愈的可能，我的确是一点希望都没有了。就连保持稳定，转成慢性，或者成为残废的可能都没有了。不对：我注定是在斜坡上不断下滑的珠子，而且越来越快。我居然被骗了这么长时间。这真是医生的笑话！我还不清楚结束的日期，这是根据后期必然产生的发作时间、程度，以及两次发作的间隔时间来断定的。依旧复发的偶然性以及治疗产生的效果，我估计还能拖两个月，最多一年就会死去。不管怎样，死亡必然会来临。有些时候可能会出现您所谓的"奇迹"，但在我这里，它不会出现。现在的医疗技术让我没有任何的奇迹发生。请您相信，我这样说并不是以病人的角度抱怨最坏的情况求得安慰，而是以掌握丰富材料的医师角度，直面一名无法痊愈的病人。我可以这样坦然面对事实。

——以上写于一九一八年六月二十二日穆斯吉埃。

六月二十三日。——我接着写昨天只起头还没写完的信。我无法让自己持续保持注意力集中。我也忘了原本想对您说的话。我曾经写过，在不可避免的结局面前要保持镇静。唉，特别动荡的稳定。能够保持这样的稳定还是要经历一段内心斗争的。

有时连续几天，不论是白天还是漫漫长夜，我都深陷谷底，经受炼狱般的磨难。每当想起这种磨难，便会全身颤抖而且直冒冷汗。这是任何人都无法想象出来的。理智是怎样坚持过来的？是听过怎样的秘密的通道才越过这极度的悲痛和厌倦，变成现在心甘情愿的地步？我不愿多做解释。也许对于一个讲理的人来说，不争的事实具有极大的威慑力，也可能是因为人类的适应性无比强大，才遇事如此坦然：就算还没尽情享受就要被掠夺生存的权利，还没实现自己的抱负就要离开人世。但我现在已经记不清每个过程到底是怎样的了，这个过程太过漫长。极度的悲观和内心的失落感交替发作，若非如此，我可能早就坚持不住了。这种情况延续了好几周，在这个时间里，只有病痛在身体上的折磨和治疗才能让我不去思考精神上的痛处。虎钳慢慢地松开。每一种对肉体欲望的克制，每一种英雄主义，都与这样的曲意顺从毫不相关。这更像是对任何感知已经迟钝，对事物没有产生丝毫兴趣，毫不动容，准确来说，是进入麻木的状态。我的理智和意志力对此没有起到丝毫作用。这几天我使用意志力，是为了让麻木状态得以持续。我努力让自己逐渐回到原来的生活中，重新建立与外界的联系。我起床是为了远离这张床，逃离房间。我逼自己与他人用餐。我今天还旁观了朋友们打桥牌。今晚的写信，我感觉很轻松，而且还感到一丝奇妙的新喜悦。我坐在户外一排柏树下给您写信，在身后是每逢周日便举行球赛的男护士们。我原以为自己无法接近这样的吵闹嬉笑，我会受不了的，但一旦靠近人群坐下来，我发现自己还是可以接受的。您瞧，一种新的平衡就这样慢慢形成。

不过，这样竭尽全力让人非常劳累。我还会继续给您写信的。只要我的思想还允许我关心他人，我想到的定是您和让·保尔。

昂图瓦纳

今天，您的来信我看了一个早上。亲爱的贞妮，您的文字不仅质朴诚实，而且与我希望的一样。这信就如我对您的希望一样，和我料想的一样。天黑以后，我便会跟您回信，刚才结束了所有的治疗，值班护士查完房，而我面对的只有失眠了，对了，还有"幽灵"[①]。

[①]指干扰他心灵安宁的各种情绪和幻觉。

因为您的缘故，我觉得我应该说出来：我觉得自己没那么有勇气了。这并非真与勇气有关，我需要的也并非勇气，我所需要的或许是您可以在我身边，就像几个月之前一样，您与我的亲切交谈，让我感觉自己没那么孤独。请您相信，我不想这几个月的时间减少！我希望病情能得到缓和！我因此无比诧异。您想啊，如今我已有办法完结这一切，但我准备留着以后再用，现在还不用。我接纳病情的缓和期，并且抓着不放。这很奇怪，对不对？要相信，当一个极其热爱生命的人感到生命在逐渐流逝，绝不会随便就死亡的，因为在他们还健康活着的时候就不会轻易选择放弃。当树被雷电劈倒，接下来的几个春季，它还在不断生长枝丫，因为树根还活着。

贞妮，可你知道吗，这封温馨的信中唯一缺少的是小家伙儿的状况。在上一封信中，您也只跟我提过一次。当我收到那封信的时候，精神还处于孤独状态，什么都不想做，我把信放了一天，也许更长的时间都没有拆封。最后当我打开信封的时候，我一眼就看到了有关让·保尔的句子，因为他我才短暂抛开固定想法，挣脱木讷状态，能转移注意力，对外部世界又有了感知。所以我很想念小家伙儿。在庄园的时候，我和他有过接触，与他交流、玩耍，听过他欢快的笑声，我仿佛还能感受到他的肌肉在我的指尖颤动，似乎想到就能见到。以他为中心展开了很多设想。就算是一个无法治愈的病人，一个被判缓刑的囚犯，居然还有兴致去计划，对未来充满希望！我觉得小家伙儿出生，走上人生的道路，开始崭新的生活，这是让我得到了病后无法拥有的解脱。这也许是一个病人的胡思乱想吧。无所谓了，我如今已经不怕自己变得温情了。（这一定是病人的弱点！）我虽然睡眠时间极短，但我不愿服用药物，因为一旦使用，以后须使用的剂量将一发不可收拾。

我一直都在循序渐进地再次投入生活。只有这种意志锻炼对我有帮助。我再次养成每日看报的习惯。战争，冯·库赫尔曼[①]在国会上发表了正确演说：只要双方都觉得对方的意见是为了瓦解自己士气的计谋，那和平永远不会到来。协约国的报刊上又开始言语蒙骗大众了。威尔逊的这段话不仅不带有"侵略性"，而且是一种想要打破坚冰，有意思的话。

（我是想俏皮才这样写的。我相信战争会一直在我脑中萦绕直到我死去。但不管怎么样，现在我需要克制自己。）

不多写了，这样闲扯让我觉得很开怀，过几日我还会跟您这样大篇幅地写。我们相互了解不多，贞妮，但您的来信让我感到无比温暖。我觉得世上我只有您一个朋友。

昂图瓦纳，穆斯吉埃，六月二十八日

贞妮，当您知道我昨天下午怎么过的，您一定会诧异的。我一整个下午都在算账，翻阅文件契约，写业务往来的信函。很久以前我就想做这些事了，我迫不及待地想要把自己的财务问题整理一下。别人还笑我将自己的身后事安排得妥当，也许不久以后，我就没有精力做这些了，所以我得好好运用这突如其来的兴趣。

很抱歉，我以这种的口气写这封信。我需要叫让·保尔的监护人了解我的财产状况，因为我所有的东西将会留给这个小家伙儿。

其实我也没有多少财产，父亲留给我的证券也寥寥无几。当初改建巴黎那套房子时，我花掉了一大笔钱，还将所有的证券兑换成

[①] 库赫尔曼（1873—1948），1917年为德国外交国务秘书，1918年为外交部部长。

为俄国股票，我想这一切都要亏损了。还好大学路的房产和拉菲特园的别墅还在。

将那些房子卖出去以后您可以获得一笔不小的资金，用来维持你们的生活，让小家伙儿接受良好的教育，没有一点问题。他将来不会有豪华的生活，也不会过着拮据的日子，正好。

至于庄园里的别墅，我劝您在战后转手卖掉。它会吸引某些暴发户，这是它唯一的作用了。听达尼埃尔说，您母亲的房产都抵押了出去。我相信您和丰塔南太太都很怀念那栋老房子，将别墅卖掉的钱换回老房，不是很好吗？而且这时候您父母的财产自然就归让·保尔了。我得咨询一下公证人，怎样合理达成这个目标。

等我算出自己最后可以留下多少以后，将会留一小笔资金给吉丝。而您，可怜的朋友，以后得麻烦您经营这笔财产，直到小家伙儿成年。可能您会觉得我的公证人贝诺先生做事过于慎重，而且做事古板，但您要相信，他将会给您提出有益且可靠的建议，要相信他是一个老好人。

这就是我想告知您的，写完以后，我感到特别放松。等我整理好自己的具体情况以后，我将跟您再细谈这个事情。我这几天还在想一个跟您有关的计划，其他人看来，这个问题可能十分微妙，但我觉得还是应该跟您谈谈，只是我现在还没有足够勇气，等过几日吧。

我花了两个小时在油橄榄树下读报。德国军队暂不行动，这后面是隐藏着什么样的目的？我们在蒙第第埃和乌阿兹之间的抵抗似乎起到了一定的作用，阻碍了他们的攻势。奥地利的失败，也许会让整个国家都陷入失望的情绪之中。如果中欧强国不能在美国踏入战场前赢得战争，那么夏季以后，战场上的局势可能会发生质的变化。我还能活到那个时候吗？从个人的角度来看，构成历史的事态发展总是慢得让人害怕，这四年来，我多次为了这件事害怕得发抖。因为我再没有多少时间了！

但我必须承认，这个时候我的病情还没有那么糟，甚至有点好转。难道这是打了新血清的原因吗？从肉体上来看，我窒息的痛苦减轻了不少，体温大部分时候也能保持正常。从精神（这一般是最高统帅部判断一个即将送死的士兵迟钝程度的词语）上看，我的情况也不错。也许您可以通过我写给您的信中感觉到。不管怎么样，这样一封长信，说明了我真的很喜欢跟您说话。虽然我喜欢这种感觉，但也不得不停住笔。我又该做治疗了。

您的朋友
A. 穆斯吉埃，六月三十日

附注：我能和以往一样自觉地接受治疗是不是很难得？医生对我的态度也发生了微妙的变化。所以，就算他现在发觉我有所好转，也不会再主动跟我说明，他不会再跟我说"您也注意到了吧"诸如此类，但跟原来相比，现在更加频繁地带报纸、碟片之类的休闲品看望我表达友好。我这是为了回答您，除了这里，没有一个地方更适合让我过完人生的最后一段时间。

医师先生：

我在一九一六年秋季离开几内亚，到这里的外科医院担任护士，我收到了您上个月的来信。我记得您提及的那个我送的包裹，可是很多东西我已经不记得了，不能按您信上希望的那样告诉您详细情况。我并不认识委托我给您寄包裹的那位太太，她送到医院的时候

1949

已经是严重的黄热病,就算朗塞洛斯特医师尽量救助,但没多久还是去世了。我依稀记得她是在一九一六年夏季被人们从一艘开往科纳克里的客船上抬下的。有一晚我守夜,她就将这个包裹和您的住址都给了我,那时她思路难得清晰,因为自船上下来以后,她一直都处于昏迷,不断说胡话。我很确定,她给我东西那天没有让我带话给您。我想她是独自轮渡旅行的,因为在医院的这最后几天里,没有一个人探望她。我估计她最后被安葬在了欧洲的公墓里。如果当时医院的行政主任法布里先生还在的话,他可以帮您查一下登记表,也许能告诉您那位太太的详细姓名和逝世时间。我很遗憾记不起其他的事告诉您。

大夫先生,您接收我的心意。

吕丝·博内,罗瓦杨(下沙朗德)第二十三医院

一九一八年六月二十九日

我再次打开信封,告诉您一件小事。那位太太有一只叫伊尔特或者是伊尔什的黑色喇叭犬,每当她清醒的时候都会叫这条狗。可是医院规定不许带宠物在楼道。原本医院有名护士愿意收养它,但那只狗太过凶猛,不仅不听话,还给她惹了很多麻烦。最后没有办法,给它吃了一颗掺有毒药的肉丸。

16

一九一八年七月二日,穆斯吉埃。

一直到夜晚将尽,我才好不容易感到困意,迷糊中梦到了雅克。梦中的情节已经连贯不起来了。好像是在大学路住宅楼底楼的小居

室里。这让我又想起了当初一同亲密生活的日子。我想起了当初因为不想他再受到父亲的监察,于是将跑出教养院的雅克藏在了我自己的房间。但当时我还有一些不光彩、自私的心理:"虽然我留下了他,但不允许他在这里影响我原本的生活、工作,影响我达到目的。"达到目的!这是我一生都反复强调的话:达到目的!为了它,我奋斗了十五年。但现在,今天早晨,我到达了这张床上,这是多大的讽刺啊!

昨天我拜托医院的总务在文具店买回了这个日记本。也许这是一个病人的孩子气。将来我就能知道了。当我发觉跟贞妮写信会让我感到无比释怀之后,我便决定开始写日记。我与弗雷德、热尔布龙或是其他的一些人都不同,我一直到十六岁都没写过日记。现在可能太迟了!虽然我没有日记本,但当自己突然有兴致的时候,将脑中不断出现的想法写下来。这有利于缓解我的失眠情况,让我的精神得到解脱。写日记不仅可以让人放松,而且可以作为一种消磨时间的方法!原来我总抱怨时间不够!就算是在战场上,或者冬季在诊疗所的日子,我都觉得生活遭受着难言的压力。好像我从没有浪费过一分一秒,也从没察觉到时间的流逝。但当我知道自己是将死之人以后,我发现时间走得特别慢,就算是一晚都觉得时间长得没有尽头。

夜晚还好,今早体温37.7℃。

晚上。

呼吸又开始感到困难,体温升到了38.8℃。肋骨中间的神经感到无比刺痛,我感觉这是由胸膜影响的。

为了赶走"幽灵",写日记是现在最好的方式。

每天都花大量时间去考虑有关继承的事项,将死后的各种琐事都安排妥当。(安排后事总是让人这么操心,但这是第一次,我不是为了我自己,而是为了活下来的人而活。)核对了无数次。将拉菲特庄园的房子卖掉,将大学路的住房出租,将实验室的所有设备都卖掉,或者找个化工企业承租。这可以让斯蒂德莱尔帮忙处理。要是没有人租用,就让他把所有设备都拆了,然后再找买家。

突然又想到斯蒂德莱尔,战争结束后,他会不会没有工作,真是让人担忧。

给他和茹斯兰留下一句话,委托他们处理文件和实验记录。(送到学校的图书馆。)

七月三日。

从吕卡斯给我的验血单中可以看出,我现在的情况很糟。巴多尔也不得不拉长声调说:"情况不好。"以前,我的血多么好啊!自从第一次受伤之后,我在圣第吉埃疗养时,就对自己的身体满是自信!通过伤口闭合的速度,可以看出我的血液多么出色,这让我感到自豪!雅克同样如此。我们都是蒂博家的后代。

询问了巴多尔有关胸膜炎并发症的疑惑:"只差给您做个化脓性感染实验。"这个善良的大高个耸了耸肩,仔细端详我说:"不用担心。"

蒂博家的血。我往日的出色血液,我们的血,如今都在让·保尔这个小家伙儿的血管中流淌!

在战争时期,我一天都没想过去死,就算只有十秒钟的时间,我也从没想过用我的生命作为牺牲。如今,我同样拒绝牺牲自己的生命。我不抱有任何幻想,我不确定自己是不是在坚持一个无可救药的结局，但我也不允许自己像合谋一样心甘情愿地死去。

中午。

我知道理性、智慧和自尊是可以如实看到世界和它本质的不停变化，而不是由自我的角度。我觉得自己只是宇宙中一粒微尘，被消耗，然后抛弃。无所谓了。与我死后继续生活的人相比，我这又有什么大不了的呢？

不值一提，的确是这样，我却一直把它看得那么重要！

不过，还得试一下。

不能因为个人而蒙蔽双眼。

七月四日。

今早收到贞妮一封很有意思的信，里面描绘了有关让·保尔的生活琐事。戈瓦朗很爱他的孩子，我忍不住跟他读了其中几个部分。应该让贞妮拍几张让·保尔的照片寄来给他看看。

虽然困难，我也下决心准备等身体好些后，就给贞妮写那封信。

这是一个奇迹！我已经不知道用什么词来形容：正当丰塔南和蒂博两大家族面临绝后的危险时，这个小家伙儿出生了。他从他母亲身上继承了怎样的品性呢？我希望都是好的基因。有一点已经确定了，他拥有蒂博家的优秀血液。坚硬、刚强，而且聪明。不论如何，他是雅克的孩子，他是蒂博家的后代。

一整天都在想这个事。突如其来的活力爆发，就像是老树根上抽出新芽。如果说这具备某些特殊的意义，或者说是造物的意图，应该不是毫无根据的吧？也许这是出于世族的傲气。但为什么不能说这小家伙儿是因命运而生的呢？这个家族靠着在黑暗中的不断奋斗,终于产生了这样一名完美的蒂博家族类型的人。大自然终有一天会创造出这样的完美,那我的父亲、雅克与我,难道只是这种完美类型的毛坯吗?我们身上也曾出现过这种心烦气躁和能量,但为何不能在他的身上充分展现出来,成为真正的创造力呢?

半夜。

无法入眠。又需要排除一些威胁。

在我知道自己的病无法治愈到现在已经过了一个半月,"我明白自己已经无药可救",这几个我写的字,和其他的字都一样,大家都以为自己懂,但除了将死之人,没有谁能真正明白其中的含义。如雷电般的变化,刹那间,生命化为虚无。

作为医生,经常跟生死打交道,但可以接受的总是别人的死亡!我曾多次探究生理上无法接受死亡的因素。(这也许是因为我生命的特殊气质。今晚我才想到这一点。)

往日的生命力,在工作中的不断进取和永无止境的精力,我觉得这种创造多半是为了让生命得以延续,得以生存。本能地畏惧死亡。(这种心理特别普遍,只是大家的恐惧程度有所不同。)而我的恐惧是遗传的。我认真想过我的父亲,他始终希望自己的名字世世代代得以流传,在慈善事业留下名字,在道德模范留下名字,在克卢伊大广场也留下名字。当他的名字刻在教养院的三角楣上(奥斯卡·蒂博建造)时,他的愿望实现了。这时候他希望能将自己的名字(在户籍上这是他的专属标志)留给他的子孙。他狂热于将自己的名字的花体缩写粘贴在所有可以粘贴的地方:花圃围栏、餐具、书籍的精装封面,甚至是安乐椅上都烫有他的名字!比人类与生俱来的占有欲还要强烈(我原以为这是一种贪慕虚荣的表现)。无论如何,都要留下自己的印记。(就算死了以后都要在阴间尚存,实际上这依旧无法满足他。)我遗传到了他的这种特质。我也偷偷希望自己的名字,连同我的工作和研究一起遗传下去。

人们无法脱离父亲对自己的影响!

七周,五十个白天,五十个黑夜,面对这个坚定不移的事实,我没有丝毫迟疑。猜疑和幻想。但就算如此,我也要指出,这困扰不休的思想也有暂歇的时候,那只是短时间的暂停,不是长期的遗忘,固定的念头退后了。我偶尔也能生活一会儿,也许是两三分钟,更长者达到十五到二十分钟。这种情况出现得越来越频繁。这个时候我可以自由地活动,专注于读书、写字、听人讲话、与人争论,还能关心和我现在病情毫无关系的事情,我好像已经摆脱了病情控制,可我错了,那纠缠不休的病情依旧存在,我还是能感觉到它在我的身体里面,只是现在退居第二,暂存在了那里。(我连睡着的时候也能感受到。)

七月六日,早上。

自周四开始身体状况有所改观。身体的舒适让身边所有事物都变得美好。今天的晨报上刊登了有关意军在皮亚夫三角洲[①]赢得的胜利,这是个好迹象,也让我尝到了久违的欣喜感。

昨天没有写日记,走到户外才发现日记本放在了房间。不想上楼,于是,一个下午都兴味索然。如今我对写日记这种消遣方式产生了浓厚兴趣。

[①]皮亚夫河发源于阿尔卑斯山,流入威尼斯海湾,1918年6月15日至23日,奥军在此败北。

今天想要记录在黑皮本上的事情太多，于是没有太多时间用来写日记。我发觉，自从买了日记本以后，我已经很久没有用黑皮本记录了。如今我更喜欢简短的记事文字。但黑皮本的病情记录还是需要关注的，需要摆在第一位。可以分成两个部分：在日记本上记录"幽灵"，在黑皮本上记录体温、疗程、疗效、副作用、中毒进程等健康状况，以及与巴多尔或马才的议论结果。我并非对记录病情的效果言过其实，作为一名既是中毒患者又是医生的人，应当从患病的第一天开始，就坚持每天的病情记录，从科学的角度来看，这是一份极其完备的临床报告，它的作用不可估量。如果我可以一直坚持记录下去，它的价值会更大。巴多尔允诺，将来会将这个记录刊登在《医学简报》上。

昨天，胖子德拉埃因通过出院休养，已经离开了。他觉得自己已经痊愈了，谁说得准呢？他上楼向我道别，装作忙得抽不出空，但又装得很笨拙。他没跟我说"以后再见"之类的话。估计约瑟夫当时整理房间也没发现，门刚一关上，他就赶忙跟我说："医官先生您看，还是有人治好了！"

我刚刚正要写："若我可以活下来，是这个笔记本的功劳。"但需要把自杀这个问题认清。我承认笔记本只是我为自己找的理由。多么奇怪！人们总是给自己演喜剧。我很不愿意承认，自己从未想要自杀。就算是最无法忍受的时候也没想过自杀。如果非要说一个我有过的情况，那就是在巴黎的一个早晨，我买了一个注射器。上火车以前，我想了很久。我也正是在那个早晨开始写笔记的。好像在我临死之前有个重要的事需要完成，这是我需要履行的责任，好像这个临床笔记足够让我放弃自杀。是我没有勇气吗？不，真不是这样的。就算真有诱惑，阻止我的也不是害怕。我不是没有勇气，只是没欲望。事实上，每一次我脑中都是一闪而过诱惑，我不费吹灰之力就将它驱散。（心中似乎产生了一股力量，自然而然地就将坚持写笔记作为了一种借口。）

除了暴毙，哎，这概率不大，我也知道我最后的结局不是寿终正寝。正因为我清楚这一点，所以我的话是认真考虑之后发自内心说的。我敢肯定，那个时候迟早会来。我只需要等着它。如今药已摆在触手可及的位置。（就算如此，思绪也在逐渐趋向平和。）

晚上。

戈瓦朗在中午吃饭之前，于走廊下给我们带来了一份瑞士报纸，报纸有一整个版面登载了威尔逊的最新演说。他大声地念给我们听。我们所有人包括他都很兴奋。威尔逊的每次演说都让欧洲吹过一阵清爽的空气，就像是矿坑坍塌后灌入的氧气，使得被埋困的人们能够呼吸，一直坚持到搜救人员前来营救。

七月七日，凌晨五点。

固定的想法，就像有一面墙。我狠狠地撞了上去，爬了起来，又再一次撞上去，一次又一次。这面墙，有时候就连我自己都不愿相信，就连一秒都不愿相信它是真的，我还不断地告诉自己，也许我不是一定会死。这只是为了找个借口，但在各种缜密合乎事实的推理以后，我总是又一次地撞了上去。

下午，户外。

重温了威尔逊的演说。他如今的演说比以往更加确定了有关和平的设想，还列举了"最后"解决必不可少的条件。方案的内容广泛，让人吃惊：一、取缔一切可能会引起战争的政治制度；二、在划分领土的时候，须提前征求各国人民意见；三、签订的法约，各国政府须认真遵守；四、创立一个国际性组织，用来监督各国，执行仲裁法庭职责，世界各国不分高低，一律派代表参加。

（我像个开心的孩子一样将这些条件一一记录。我觉得应该进一步支持、协助他。）

威尔逊的演讲是这里所有人讨论的话题。每个人的脸上都洋溢着希望。只要想到以后每个国家都能一样，就让人兴奋！他的演讲响遍每个宿营地和战壕！人们对于四年来每天的相互残杀感到厌烦！（对这几个世纪以来都听命于领导，互相残杀感到厌烦。）大家一直都在等着一个恢复理性的号召！可是政府领导会同意这一点吗？希望这一次，理性的种子会在每个角落萌发！目标如此地明确。虽然实现这个目标过程中会出现无数问题，需要长时间的努力，但怎么能再怀疑经过不懈努力下，明天的世界会是走上这条路，而非走向另外一条道路呢？这四年的争战除了毁坏和废墟以外，没有任何成果。对于狂热梦想征服其他国家的冒险家，他们也必须承认，战争对于各国人民只会带来灾难。那该怎么办？在每个领域都证实了战争的荒唐性，在这个问题上，不管是政客、经济学家还是人民都从各个角度达成了一致结论，既然如此，要建立持久的和平还有怎么样的阻碍呢？

吃过午餐，窒息又发作了。打了针以后，我坐在橄榄树下的椅子上累得无法给贞妮写信，但我已经迫不及待了。

戈瓦朗、巴多尔和马才为了威尔逊的想法在我面前吵了起来。威尔逊主要提倡的就是建立国际的仲裁机构。这样做每个国家都能得到自己想要的,每个人都不会吃亏。甚至还有一点,人们考虑的不够充分:这样一个仲裁机构,还可以照顾各国的自尊和民族敏感,很多次的战争都是因它产生的。一个国家的人民、政府,甚至是领导者,不论多么敏感易怒,要是由国际法庭以各国利益为出发点进行裁决使之顺从,这比让它在邻国的威胁或者在联盟的压力下让步,对它的自尊和威信的伤害要小得多。戈瓦朗说,这个国际法庭必须在战争结束后清算以前就建立,这样可以使得和平条款在一个属于全世界的国际联盟内部,心平气和地讨论,而非是在怒气冲冲的敌对各国之间。和平条约由国际组织自上而下进行仲裁,分清每方的责任,做出最合理的判决!

国际联盟①是一个让今后没有战乱的唯一途径,也是最好的方法。一旦有个国家受到了某国的威胁,那其他所有的国家都会群起而攻之,阻碍他的行动,强迫那个国家受到公正的审判!

还应该看得更远。这个国际联盟应当提倡一种国际统一的政治和经济,使它成为普遍,有分工的合作,最后推广到全球。这将是人类文明的新时期,起着决定性作用的时期。

戈瓦朗举出了很多正确的观点,这时候我发现当初对他会不会太苛刻了点。我不喜欢他摆出一副身为高师学生,什么都懂的样子。说话的时候也让人讨厌,让人觉得像是在亨利四世中学②教授史学。毫无疑问,他懂的东西的确很多。他关注现在的形势动态,每天会阅读八到十份的报刊,每个星期都会收到一包报纸和瑞士刊物。而且,

---

① 威尔逊在1918年2月8日的咨文中提出十四点,以建立国联,1920年1月20日成立此组织。
② 巴黎先贤祠附近的一所有名的中学。

他思路稳健，毫不毛躁。（我总是很喜欢这种思路稳健的人。）希望能像他那样，以一个史学家的角度，拉开一段距离，评论当代事实。伏瓦兹内也来了。（巴多尔说过："他们充分利用了声带没有受到影响的人，在医院里面只有戈瓦朗和伏瓦兹内。"）

我觉得今天精神状态好是靠着治疗，也是因为威尔逊。

我得补充一点：当建立起一个国际联盟以后，就可以从战争的残骸中找到某个全新的世界意识，这样，人们就向公正和自由又进行了一个质的飞跃。

夜里十一点。

报纸上刊登的都是一些没用的废话，平庸至极，让人厌恶。好像威尔逊是先进唯一一名真知灼见的政客。他是民主最伟大意义上的典范。与他相比，法国或是英国那些煽动家，看起来像是一个渺小，而且自私自利的商人。所有的人，或多或少都还是帝国主义传统的爪牙，但他们现在居然假惺惺地对帝国主义传统加以指责。

我跟伏瓦兹内和戈瓦朗说到美国民主问题。伏瓦兹内曾定居在美国纽约。在他看来，美国生活安定。戈瓦朗像是预言家一般，兴奋地说着他的推测：二十一世纪的欧洲将被黄种人占领，白种人的前途只能局限于美洲大陆上。

凌晨两点。

又是失眠。稍微打了个盹儿，便梦见了斯蒂德莱尔。在巴黎最里面的那间实验室里，哈里穿着工作服，头上戴着军帽，胡子剪得很短。我刚不久跟他激烈地解释着什么事情。也许是跟威尔逊或者国际联盟有关。他转过头，用湿润的眼睛望着我说："你都快死了，还担心这些干什么？"

1960

我依旧在想威尔逊。(希望哈里不要不开心。)我感觉威尔逊担任这个角色是命中注定的事。他注定是为了结束这场战争,迎来和平而出现的人。他必须是一个局外人,可以不带任何情绪地去看待这四年的战争。正好,威尔逊是大洋彼岸的人,他代表着拥有自由与和平,相互团结的那些国家。他拥有地球上四分之一的人作为有力后盾!只要是个明智的美国人,就会想:"我们既然可以在各洲之间建立一个稳定的和平状态,而且可以保持一个世纪毫不动摇,那为什么欧洲合众国无法做到?"威尔逊继承了华盛顿[①]等人的思想。(他演讲中隐约透露出他发现的这个问题。)虽然这位华盛顿讨厌战争,但最后还是通过战争赢得了永久的和平。据戈瓦朗说,这位华盛顿心中还有一个想法,他还希望全世界都能赢得和平。如果他真的能把全球各个敌对的小国家团结成一个和平联邦,这个榜样对于旧大陆来说将是无法抗拒的。(旧大陆要用一百多年的时间才能了解!)

我还在写,时针在表盘上不断转动。威尔逊帮我驱逐了"幽灵"!

就算对一个等待死亡的囚犯来说,这同样是一个让人兴奋的问题。自从由巴黎回来之后,我首次感到了对前途的兴趣。一旦战争结束,新的未来世界就将开始。如果即将达到的和平没有改革、重建、统一这个没有生机的欧洲,那么一切都是白费,而且那样的和平,又能维持多久呢?的确是这样,如果每个国界家的政治工具依旧是军事权力;如果每个国家依旧在国界线后各自为政,想要肆意扩张;如果欧洲联盟没有达到威尔逊希望可以缔造的那个和平的经济制度,即自由贸易,取消关税壁垒;如果国际无政府时代依旧持续;如果每个国家的人民不能强迫政府顺从建立在权力为基础的世界秩序:

―――――
①华盛顿(1732—1799),1789至1797年为美国第一任总统。

那一切都将会重演，流过的血都将白费。

不过，这个希望还是很大的！

（我这样说，好像自己也有很大希望一样。）

七月八日。

三十七岁的生日，这也将是我人生的最后一个生日！

我在等着正午的钟声敲响。洗衣妇扛着衣服包，领着女儿经过走廊，那一天，我注意到那名少妇，只见她行为笨拙，腰部外凸，屁股僵硬，看到她怀孕的迹象我稍显激动。孩子应该有三个半月，最多四个月。莫名的兴奋、害怕、同情、羡慕和伤心！我是一个没有前途的人，这个奥妙的将来摆在那里，触手可及！这孩子到出生还要等一段时间，整个未知的人生摆在他的眼前！他的诞生和我的死亡是无法阻止的。

户外。

威尔逊的思想影响着每个人，也没人打桥牌，就连军士俱乐部的人们也为此不玩牌了，足足争执了两个小时。

报纸上也是大篇幅地评价威尔逊。巴多尔今早说，新闻检查机构任读者们在和平的想象面前不断驰骋，这个做法耐人寻味。在《洛桑报》上刊载了一篇有意思的文章，里面展出了在一九一七年一月，威尔逊发表的《不分胜利的和平》以及《逐步限制各国军备，最后达到普遍裁军》两篇咨文。（说到一九一七年一月，我想起了三〇四号高地后面整片成为废墟的村庄，地下室里的军官食堂，我跟佩伊昂以及伤心的赛费尔一起议论裁军问题。）

马才来了，他得帮我验血。氯化物减少了，特别是磷酸酯。

暴雨天气总是特别闷人。慢慢走向犀斗水车凝听水声。我持续阅读愈发困难，无法专心了解别人的思想，但还是可以思考自己的想法。每天记日记对我来说是一种消磨时间的方式，但不会太久，我得抓紧利用时间。

　　大家在午餐时间谈到了一九一七年一月威尔逊发表的"裁军"咨文。除雷蒙以外的人都赞同这个观点。今天大家谈论的都是当年害怕说害怕想的：军队是吞噬一个民族的肿瘤。（"为人民服务"是多么触目惊心的臆想。每个被雇用的造炮弹专职人员，以后都不会进行有益的生产活动，最后变成一个依靠集体存活的寄生虫。）当一个民族投入了三分之一的财政用于军事，那么等待它的要么破产要么战争。如今的战争就是四十年来不断扩张军备的必然后果。如果不执行普遍的裁军，那和平永远不会长久。这个道理说过无数次，可依旧没有改变，大家都知道原因。在武装的和平时期，想要武力至上、竞相扩充军备的各国政府停止扩军，相互了解，放弃他们的疯狂计划，简直是痴心妄想。等到明天的和平时期，一切又会发生变化，因为欧洲所有的国家都变得一无所有，都要从头开始。战争使得各国一无所有，筋疲力尽，只好重新开始。这时便是一个千载难逢的绝好时机，因为这时普遍的裁军变成了可能。正因为威尔逊明白这一点，所以当他提出裁军想法以后得到了大家的普遍赞叹和热烈讨论。这四年的争战让各国人民本能地抗拒战争，大家同时希望建立一个国际间的道德规范从而取代军事政令，解决各国间的矛盾冲突。

　　如今大部分渴望和平的人应当强迫少数渴望制造争端的人，接受这个强大的、维护和平的国际联盟，在必要时可以派出国际警察，或用判决权力从而维护和平,这样便永远地禁止了暴力武装。让各国政府将这个问题交付给全国人民投票决议,最后的解决绝不会有半点疑问!

今早吃饭的时候,依旧只有雷蒙反对威尔逊的观点,他评价威尔逊是"鬼迷心窍的基督教徒",对"欧洲现状"一概不知。完全是吕梅尔在马克西姆餐厅时的口吻。戈瓦朗反驳他:"若接下来实现的和平不是建立在谋求公理的基础之上,不是为了建立一个和谐欧洲,那大家为之牺牲后所获得的和平只是一张假和平条约,等战败者东山再起的时候,和平条约就不复存在!"雷蒙说:"我们都清楚神圣同盟①作用在哪儿,能够维持多久。"我忍不住插嘴说:"雷蒙,我想你应该知道你有多么现实,但我们偶尔也要接受乌托邦的引诱。"(仔细想想,这话不傻,但真假还须经过考验。)

外面渐渐下起雨,希望暴雨能让这个夜晚凉快些。

七月九日,黎明。

难受了一个晚上。呼吸困难,晚上醒来无数次,一整晚都没睡足两小时。

突然想起拉雪尔。这几天的炎热,使得项链散发出更加浓烈的香气。她最后居然倒在病床上,一个人郁郁而终。但其实每个人到死的时候都是孤独的。

忽然想起,今天这个时候,又有无数的人在战壕中等着进攻的消息,和以往的每天早晨一样。我不知羞耻地为自己可以待在这里找慰藉,但一点用都没有。我也想要他们那样的健康体魄,可以去

---

①1815年法国战败后,由奥地利首相梅特温提倡,俄、奥、普三国缔结反动同盟。

赌一把，也就不再担心他们还得跨过挡水墙了。

我尝试翻阅吉卜林①的作品，上面写了这样一个词：青春的。这使我想起雅克是青春的。这个词形容他最贴切了！他始终是个少年。（请看字典中对"少年"一词的解释。他拥有这个词所表达的全部特征：极度热情、做事极端、羞腆、喜欢冒险、对抽象的事物感兴趣、憎恶含糊不清，而且对于猜疑主义没有任何办法但有一种吸引人的力量。）

等他老了以后，也会变成一个老顽童吗？

我多次翻阅昨天的日记。雷蒙提到了"乌托邦"。不，我向来不相信这种虚幻的吸引力，极其不相信。不记得是谁曾说过这样一句箴言："最错误的思想，是把自己期望的事物附着在看到的事物上。"这的确是一个错误观。威尔逊曾说过："我们需要的，只是可以生活在一个纯洁的世界上。"我对他的话表示怀疑，我从不相信人类以后会变得特别完美，所以不相信靠人类的计划会使世界"纯洁"。但威尔逊又说："对于爱好和平的国家来说，让世界安全十分可靠！"我认同他这段话，因为现实。如今的社会已经逼迫人们不再私下寻仇，将他们的所有争执都移交法庭处理！那为什么大家不去阻止各国政府之间驱使人们相互残杀呢？难道战争是理所当然的吗？这其实也是一种病态。整个人类的厉害所在就是向破坏力进行胜利斗争。在欧洲的很多国家都已经慢慢学会了缔造本民族的团结意识，那为何不把这种团结意识扩大到整个欧洲大陆呢？这将是一个新时期，社会本能的新飞跃。"那爱国情感呢？"少校必会询问。促成战争的并不是爱国情感，这是非自然本能的民族主义情感，是人们后天人为

---
①吉卜林（1865—1936），英国诗人，小说家。

产生的情感。对于故土、地方语言和传统的眷恋不会促使人们产生对友邻的强烈敌意。就像是皮卡第和普罗旺斯，或是布列塔尼和萨伏瓦之间。在结成联邦的欧洲，爱国本能只能成为各地的特征。

"幻想！"这明显是他们从另一个角度对威尔逊观念的抨击。报纸上刊登的文章真让人气愤：就算是最倾向于美国方案的人都把威尔逊称为"大幻想家""未来世界的预言家"。威尔逊的理论不是幻想！他的良知反而深深地打动了我。他提出的是既创新又古老的淳朴思想，这是历史上所有尝试和经验教训的必然成果。明天的欧洲各国将会面临一个选择，重新建立欧洲各国联盟，或是继续投入战争，直到耗尽全部财力。如果欧洲各国不愿意接受威尔逊提出的理性和平，欧洲很快就会发现（要花多大的代价？）自己又一次走向死路，他们必将继续投入战争之中。还好这种概率不大。

晚上。

煎熬的一天，再一次落入绝望之中。像是掉进了张开大嘴的陷阱。我原有美好未来，可以达到老师和同学们认为的"似锦前程"。（难道是我太过自傲？）忽然，我在交通壕的转弯处吸入一口毒气。于是命运的陷阱向我打开了罗网。

三点，窒息使我难以入眠。依靠三个枕头坐着才能呼吸。打开灯，点滴剂以后，我写出了下面的话：

我原来没有闲暇，也没有兴致（纵情的辞藻）坚持记日记。现在我觉得很遗憾。若当初我坚持记日记，现在手里拿着的白纸黑字是十五岁以后的所有故事，那我会更加深刻地感觉我活过。我这一生所具有的体积、重量、轮廓，具有历史性的重量，都不会稍纵即逝，没有外形，就像一个被人忘却的梦境，什么也抓不住。（就像是病情的发展记录在体温记录表上。)

当我开始写日记,为的是驱赶"幽灵"。我坚定这一点。当然,还有消磨时间,自我安慰等模糊原因,同时也是为了从这随时就会消失的生命里拯救一些什么。拯救?有什么必要?真荒谬,我已知道自己没有多少时间再翻看这些,那这是为了谁呢?为了那个小家伙儿!的确是这样,就在刚才失眠的时候我明白了这一点。

那孩子美丽、健壮、茁壮成长。他的前途,我的前途,世界的前途都掌握在他的手上!自从我见过他以后,我就一直想着他,但我很难过他不想我。他将来不会认识我,对我什么都不知道,而我留给他的,除了照片、金钱和"昂图瓦纳伯伯",其他的什么都没有。有时一想到这个就难受。若我在死前的几个月里坚持在这个本子上记录,也许会让让·保尔产生兴趣,在每一篇日记中搜寻有关我的人生足迹,在世上的最后一点痕迹。那个时候,"昂图瓦纳伯伯"对于让·保尔来说,不仅是一个称呼或是照片而已。我也明白,过去的我和现在被疾病吞噬的我之间完全不同。但这毕竟有点作用,总比没有的好!我想抓住这个可能。

很累。发着高烧。值班的护士们看见了我房间的光亮,我让他们帮忙增加了一个靠枕。原来使用的滴剂没有了效果,得请巴多尔再试试其他的药物。

夜晚,窗内渗入浅蓝的光辉。这是月光,还是天已渐亮?(无数次打了盹之后,也不知过了多久,我打开灯总是看到让人灰心的时间:十一点十分。一点二十分!)

到四点三十五分,终于不是月光,我迎来了拂晓的微光,天亮了!

七月十一日。

在床上的这几天,熬着说不清的折磨,又心酸又安静,让人生气。

吃完午饭。(在病人专用的小桌上,一顿顿无休止的饭,不断的焦虑等待,连唯一的食欲都没有了!约瑟夫每过四分钟就会带来托盘,米饭装在了茶杯中。)每天中午到下午三点,这是白天最空闲的时间,似乎白天向夜晚借来了这种寂静。旁边偶尔传来熟悉的咳嗽声。

三点钟的时候都会量体温,约瑟夫,人在走廊行走,人在花园中叫喊,生活又在继续。

七月十二日。

这两天的情况不好。我明显感觉到支气管淋巴结更加肿大,昨天的透视也证明了这一点。

库赫尔曼在德国国会发表了平和有利的演说,他必须辞职。这对于德国思想状况来说是一个不好的兆头。另一边,意大利人向皮亚夫三角洲的进展已经得到了证实。

夜晚。

我躺在床上。今天的情况比想象的要好。接待了达罗斯和戈瓦朗几个人。早晨,巴多尔把赛格尔请来,当着他的面对我进行了长时间的检查。他们没有发现恶劣的现象。病情没有恶化。我身边的人都对我抱着期望。可我心中再三叮咛,不应该对现实抱有希望,但没有用,我似乎也受到了他们情绪的感染。显然,我们收复了失地:维莱尔-柯特雷、长桥、第四军(若老实的泰里维埃依旧待在那儿,那儿他有的忙了!)。奥地利明显打了败仗,输得很惨,日本却在东部开辟了新战场①。戈瓦朗经常能及时收到最新战况，他认为巴黎人民会因轰炸影响情绪，就算是身在前线的人也会因为家中的妻儿受到炮轰而紧张。他每天都能收到很多来信，每个人都疲惫不堪，对未来感到绝望。只希望付出一切获得和平！只要美国控制，那战争就会结束。我察觉到了其中产生的益处，只要让美国控制就好了，当我国领导人与美国联合要求和平，那其他国家也只能支持美国的和平，那属于威尔逊提出的和平理念，而非将领的。

若明天身体情况好些，我就给贞妮写信。

七月十六日。

这几日身体很不舒服。身上一点力气都没有，做什么也都没有兴致。虽然黑皮本就在旁边，可我完全不想写，只在夜里勉强起身，在本子上记录当天身体的整体状况。

今早开始身体状况看起来好很多，每一次窒息发作相隔的时间加长，发病时间缩短，而且咳嗽减轻，完全能够接受。难不成是周日使用砒霜以后的效果？难道这次终于把病情控制了？

伤心的什默里如今情况比我还坏！已经出现了败血症的先兆，坏疽性支气管肺炎病灶出现扩散。他算是完了。

杜普莱，右腿化脓性静脉炎。贝尔和柯万也是这样！

埋藏在人们心底不为人知的胚芽，比如战争让我们在自身看到的东西。可能会是仇视愤恨和血腥，有一天可能会变得暴虐。看不起弱者、害怕，等等。也的确是这样，战争让我发现了自己本质中的鄙俗特性，还有人类中的最底层。现在我才了解到自己所有的弱

---

① 日本于1918年侵犯苏联。

点和罪行，因为我这时候才看到这些萌芽和念头。

七月十七日，晚上。

显然好多了，但这会维持多久呢？

最后趁着这个时候我准备写信。下午的时候打了几次草稿，但总是定不准合适的角度。原本我是希望先准备慢慢靠近再想办法，但最后还是决定书写一封信，写得长一些，将情况说出来。美妙的期望。我肯定她一定和我想的相同，还是要跟她直截了当地入题。认准目的专心致志地照章办事，小家伙儿的未来一定要提出来。

今天晚上邮差员拿信的班次已经过了，我有足够的时间再看一次信件，决定还要不要寄出。

德国军队向香槟地区展开攻势。德国人还在战场上为了马尔纳征战，往圣米歇尔进攻，包抄凡尔登，然后转战西面，向着马尔纳和塞纳省发展。如今他们逼到了马尔纳河，准备往南北两面继续推进。多尔芒斯如今岌岌可危。（我似乎可以看到房屋、大桥、教堂广场，还有大门前的战地医疗队。）离战争结束还早得很呢！就连一点好转迹象都没有。往好的方向估算：一九一九年，美国进入战场，见习的第一年。一九二〇年，有决定性作用的激烈战争的一年。一九二一年，中欧国家投降，威尔逊提出和平，军队休整的一年。

最后再看一遍我写的信。语气很不错，也把事情说得清清楚楚：所有的理由都有很大的说服力。她一定会清楚我的意思，并且会同意。

七月十八日，早上。

刚刚遇见格尔套着衬裤，和梯也尔完全不一样！

午后，在花园里。

补写一些早上在花园中遇到的事情。

为了叫总务科的车子捎走我写的信便早早地起床。在床边放下窗帘的时候，我透过二号楼微开的窗户缝中看到了赛格尔老师，他全身仅着紧身短衬裤（屁股又瘦又小，活像只单峰驼）在那梳洗，湿淋淋的发丝紧紧贴着脑门。他聚精会神地刷着牙齿。我习惯将他看作梯也尔先生，总是严肃认真、有礼貌，穿着一身的军装，被风吹动一缕发丝，还挺起矮小的身板，翘着下巴站在我们面前，猛然看到的时候我没有认出他来。那时候他正吐出一口的泡沫星子，接着靠近梳妆镜用手将嘴中的假牙去除，然后忧郁地看着手中的假牙，还闻了闻假牙。这时，我赶忙尴尬地退回房屋中间，但又不知道为什么这么激动。忽然之间，我对于这样一个自命清高的人产生了一种，怎么讲？产生了一种亲人间的怜悯。

我不是第一次遇到这样的事。就算不是指赛格尔，也是说其他的人。我与这里的医师、护士、病患在一起生活了几个月。我对他们的身材、行为和喜好都了如指掌，我可以从很远的地方说出背靠在椅子上露出的脖子是谁的，由窗子伸出去清理烟灰的手是谁的，菜圃墙的后面讲话的两个声音是谁的，而且不会有误。但我这种朋友友谊从没越过世俗的界限。虽然我们都没有内心限制，也喜欢与人交往，但我总觉得和别人中间总是有一种莫名的隔阂，我是一群陌生人中的一个。现在这种孤独感会突然消失，然后变为兄弟友谊，甚至看到铁汉柔情，尽管我只是无意中碰到了在寂寞里他们的一个，这到底是什么情况？我见过很多次同楼邻居一些随性的行为（有的时候因为镜子反射看到，有的时候因为门没有关严），那是他们确信不会有人注意到才做的行为。有的人偷偷地从口袋中拿出一张照片看,有的人会在睡前对着耶稣祷告,还有更少看到的人是想到什么事,然后在那偷笑。每当我看到那些行为,就会感触他们与我住在一个地方,而且我们都一样,那个时候我特别希望能和他做朋友!

可我没有与人交友的性格,正因为我没有,所以从来没有一个朋友。(所以特别羡慕雅克有很多朋友。)

突然又产生了记录的兴致。这几日我没有感到不适。

晚上。

在吃早餐的时候,我想起原来在战场的事。(等战争结束以后,大家讲的战争故事会取代打猎的故事。)达罗斯跟我们讲述战争开始时一次在阿尔萨斯巡查的事。那天晚上,他们走过一个撤空的村子,月光照耀下的村子特别安静。有三名德国步兵拿着步枪瘫在人行通道酣睡。他跟我说:"相隔那么近的时候,他们不是作为德国鬼子,更像是筋疲力尽的同伴。迟疑片刻,最后我还是选择装作没有看到他们,继续前进。在我后面的八个人也是如此,我们离那三名德国兵相隔仅十米,但依旧前进,没有回头。这天晚上,我们都没有再提起好像串通合谋做的事。"

七月二十日。

昨天有名"委员会"来医院审查。陪他前来的都是区里的大人物。赛格、巴多尔和马才自昨夜开始就忙成一团,这让人想起沉闷的兵营生活。战争完全没有影响到后方的生活。

"法纪""军事能力"不足挂齿。当然!我想起在这里的布伦和另外几名医官,他们与后备役医师相比医术并不高超。也许是因为他们被兵营里的等级制度影响,对制度的完全顺从使得他们对病患的判断自由和责任感也限制在了军阶上。

说到军纪，让我想到了可怕的帕奥利，他是在孔皮埃涅兵站救助所的兵官。他像是开妓院的，眼睛始终充满血丝。也许他人并不坏：每天夜里他都会去水旁采收作为椋鸟的食物。他是战前两次服役当兵可憎可恶的人。（为何要服役两次？或许因为只有当兵才能让他拥有合理的可怕手段控制和他一样的人。）每当医官让他来这为生病的年轻士兵做记录，在办公室我都可以听见病患敲他房门，他就大声质问："嗯？妈的，你到底是真生病了还是他妈的装的？"我仿佛可以看见那些年轻士兵惊恐的样子。"行了，如果你妈的是在装，那你就收东西走人！"新病默不作声，掉头就走！医官还夸奖帕奥利是一名优秀的士兵："只要有他在，就不会有装病的情况发生。"

父亲常常告诉我们："军队是一个民族的学府。"他原来鼓励克卢伊教养院的孩子们报名入伍。

七月二十一日，周日。

这周的验血显示，就算努力做治疗，但过多排出脱磷和无机盐的状态还是在进一步发展。

战报上表示战况良好，准备朝乌尔克的南部和沙朵蒂埃里进攻。现在正在埃斯纳河向马尔纳河地带徘徊。听说福什早就在等可以由守转攻的机会，难不成现在已经有了吗？

少校每天都忙着在地图上插小旗。大家都在进行对马尔维的"叛国行为"以及特别最高法庭充满敌对心情的讨论。

七月二十二日，晚上。

1973

凯拉泽尔舅父的儿子今天过来看望他，他是尼埃佛尔省的议会人员。我们一起吃的午饭。我猜他应该是一名激进党人。不过不要紧：现在，所有的政党都对战争达成一致，而且重复说着那些陈词滥调。他说的那些俗话听着让人难受。不过，说到这个事情：去年春天，奥地利政府通过波旁家族的西克斯特①向法国提出和平建议。戈瓦朗对法国最后的拒绝感到无比气愤。由此看来，最不愿意让步的是老里博②，他知道怎么样让普安卡雷和劳埃德·乔治听他的话。法国政界传言的一个原因是："共和国不可能审议由波旁家族成员带来的和平建议，若如此，维护君主制度的宣传会就会从中得到好处，这样对于共和制度的前途会产生极大的威胁，特别是在将军们手握大权的时候！"

这很难让人相信！

七月二十三日。

昨天来访的那一名议员，是一名现代狂热病的典型！他半夜乘坐大巴从巴黎赶来，为了多节省十二个小时，不停地看表，眼睛通红，有点醉意的样子，手握着瓶子的时候一直都在抖动。他的思路不连贯。

他把四处奔波当作一种娱乐，将支离破碎的活动作为工作。他以为声音的分贝决定着理由的合理性。将武断的口吻作为权利和能力的表现。说话的过程中，偶尔举出一些琐碎的细节，就以为拿出了一个总结。政治上，他以为宽宏大量就是非明智的行为表现。他将体魄的强壮当作胆识，将物质和精神上的满足当作生活学问。如

---

① 奥地利的亲王，奥王查理一世的亲戚，当时在比利时军队中当军官。
② 里博（1842—1923），曾任法国财政部长、外交部部长等职。

此之类的。

可能他也把我的冷漠当作了认同。

七月二十三日。夜晚。

收到了贞妮的回信。

现在我很后悔,应当按照最初想的那样,先跟她的母亲说明。贞妮拒绝了我的请求。虽然信写得把握了尺度,但她的态度依旧坚定。她为了保持自尊,很坚持要为自己的行为负责。她是自由抉择所以以身示人的。就算从法律层面来看,雅克的孩子都应该有另外一名父亲,雅克的女人也不应该再嫁。就算别人一直偷偷议论她的孩子,她也完全不在乎。

显然,就算我从现实考虑,也没有打动她,她觉得这完全没有必要,而且觉得这一点思考价值都没有。虽然她从未明说,但是从她多次重复的"社会习俗""过去的偏见"之类的,语气明显很鄙视。

我还是不愿意放弃。我采用不一样的方式询问。虽然那些"社会习俗"一点作用都没有,那为什么还要反对它?这本来就是社会习俗本没有的意义。特别是这一点:这个事情不光是跟她有关,而且还跟让·保尔有关。现在已经没有人会相信私生子是不正当的行为,我也同意这一观点。不过,这也是事实。要是她能够懂得这一点,那她一定会接受我的姓氏,让我接手这个孩子。我们的情况很特别:所有的事情在我即将死的时候都变得单纯起来!

我尽快赶在今天就回信给她。

我不应该不把事情详细的进行方式告诉她。她或许觉得特别麻烦。我得把事情跟她说清楚,我应该这样跟她说:"您只需要随便搭上一辆晚间的快车，我会在格拉斯等着您的到来。政府的事情我会先准备好。您到达格拉斯以后没两个小时，您就可以领到一张合格的身份证打车回巴黎。"

七月二十四日。

很开心我能在昨天写一封回信给贞妮。今天一整天都因为新的治疗而感到疲惫。

我原以为只要能办好民政手续，就可以让小东西减少等待他的各种麻烦，我还是太笨了。但让贞妮同意还是希望极高的。

七月二十五日。

看报纸的时候，我看到上面报道沙朵-蒂埃里被我军收复。德军战败了，或者是因为战略撤退？瑞士新闻界认为福什还没有开始正式的进攻。现在的目标就是排除德国人的撤退。英国在第一线等待战机的可能性越来越有可能。

窒息又发作了，而且越来越频繁，这让我感到忧心。体温不断上下波动，我感到四肢越来越无力。

七月二十六日，周六。

一晚上都难受得睡不着觉。贞妮回信中还一直坚持她原本的想法。

下午。

打了几针，那两个小时难受缓解了很多。

贞妮的回信当中表现出了她固执的一面，她不愿意知道细节。在女人的眼中，只是签个名字这样的小事情都变成了背信弃义的大事。（"若是我可以询问雅克的想法，他一定会支持我，让我不要向恶劣的偏见低头。我觉得这是背叛他。要是我……"之类的。）

很气人，我们花费了大量的时间议论这个事情。可是她一直都不答应，这更让我无法开展安排的事情。（收集证件，安排在这举行婚礼，公布婚讯之类的。）

没有勇气，今天我不知道跟她写信说什么。我有决心从感情的角度和她谈论这个事情。我要指出，只要我可以让那个小东西过上幸福的生活，那我的精神上会得到极大安慰。我希望贞妮不要拒绝这个能让我感到最后一次开心的事。诸如此类。

七月二十八日。

消耗了大量精力才写完信，然后寄了出去。

七月二十九日。

从报纸上看到现在从埃斯纳到韦斯勒开展全线进攻。马尔纳已经没有了敌军踪影。除此之外，还有弗雷斯纳、拉费尔森林、新城和隆歇尔、罗米尼、维尔、昂塔德诺阿。

这些小地方我都记得。

在院子里。

我可以看到周围全貌：有很多和我们一样的花园，修成球形的柑树和柠檬树，灰色的橄榄树，还有树皮剥落的桉树，像是羽毛一般的柳叶，那种大片黄色的阔叶植物，顺着花盆垂下的玫瑰花和天竺葵。那些植物五颜六色，如同天边的彩虹般夺目。透过树杈，可以看到阳光下的颜色各不相同的房子闪耀着光芒，有白色、粉色、紫色、橘黄、朱红色的瓦片与蔚蓝的天空形成对比。走廊被刷成棕色、红色和墨绿！在右边是一栋黄色的住房，百叶窗刷成青色。还有一栋住房刷成耀眼的白色,绿色的百叶窗在墙面上投射出紫色的浓荫。

在这个房子中生活一辈子,过着舒适的生活该多么美好。

一排柏树黑黝黝的一片,阳光照射下来,电线杆上的瓷瓶闪耀着让人难以直视的光芒。

七月三十日,晚上。

最近我可以自己下楼了,最近两天我都没有下楼。

我不知怎么办才好,睁大了眼睛。我看着来往的人群和他们的生活,好像自从我被未来排斥之后,世界就变得让人诧异,又难以理解。

好像已经停止了前进。

但是俄国(列宁)向协约国挑起了战乱①。

晚上。

想起爸爸去世以后,我就将他的信纸带在身边。三个月以后,我写了一封信给教授,我翻阅信件,发现了父亲在上面书写的字迹:"亲爱的先生,在星期一的早晨我才收到。"忽然看到这几个字仿佛接触到了死亡!他细小工整的字迹,这依旧活着的字,现在永远停止了努力!

一九一八年八月一日。

继续由达德诺阿开展攻势,到底会不会成功呢?要花费多大的代价?在索瓦松和兰斯之间,取得了重大进展。巴多尔收到了一封来自索姆的信,上面说英法联军在亚眠的东部组织了一场进攻。(亚眠,一九一八年八月整个都是一片杂乱!我利用这个时候,通过小吕奥为了救助站在医药的药房中顺走了很多的吗啡和可卡因!这为

---

①这里指的是英法日美对苏维埃俄国的武装干涉,苏俄奋起抵抗。

我半个月之后的马尔纳战役中,取得了极大的帮助!)

众议院通过征集满二十岁的青年入伍。这时候该轮到鲁鲁当兵了。那个伤心的孩子肯定会舍不得离开丰塔南医院。

八月二日。

对于贞妮的顽固我已经没有办法了。这一次她拒绝得特别干脆。短信里充满了感情,但依旧坚定。算了吧。(我现在已经不是无法接受任何细小失败的人了,我已经死心了。)如今,她将对我的拒绝当作原则性问题,这让人完全想不到!这居然是革命性原则问题。她没有任何顾忌地写:"让·保尔原来和以后都将是私生子,要是他的这种不合法身份能早一点让他去反社会的话,那就真的太好了。雅克就是希望他的儿子可以这样生活!"(事实上,这很有可能。是这样!就算雅克去世了,他拥有的叛逆精神也会成功!)

八月三日,晚上。

我喜欢晚上写些东西,因为这个时候的精神要比白天好得多,也不受别人的打扰。

贞妮其实一直很谨慎。但是我必须认可,她这几封信形成了一个整体,完全具有一致性。不仅拥有力量而且崇高,使人尊敬。

给让·保尔:

我的孩子,若是有一天你有兴趣看到昂图瓦纳伯伯的信,你一定会佩服你的母亲。的确是这样,她拥有勇敢和宽容,这些品质不在我身上。我只希望你可以懂我,希望你可以从我坚持的态度中看到,除了对资本主义的偏见使用的机会主义和落后的服从之外,还有其他的品质。你这一代人,在未来的生活中肯定会遭遇到各种不一样的困难，或许那些困难无法短时间克服。跟这些比起来，当初我与你父亲经历的苦难简直就不算什么。我的孩子，一想到这个就让我很难过。那个时候我不能与你一起斗争。于是，我现在想着不管怎么样一定要帮你做一些事，这对我来说是一种安慰。如果我能给你一个合法的身份，将我的姓氏，也就是你父亲的姓氏给你，那么不管怎么样也算是给你的未来排除了一个障碍。这是我唯一可以做的事情，对于这个事情，我也赞同你母亲的观点，我夸大了重要性。

八月四日。

报上刊登了收复索瓦松的事。这个城市是他们三月底霸占的。我国军队现在往埃斯纳和韦斯勒行进，准备逼近菲斯姆。（说到菲斯姆，我又想到了当初正在这里我初次见到恩德斯的哥哥，那个时候他准备去第一线，从此再也没有回来过。）

兰斯道恩①老头说的话很对。可人们能听进去吗？依据事情发展来看，戈瓦朗也这样认为，冬天以前可能会试试谈判。但是，只要克列孟梭还没有使用最后一个手段：美国人。那他还会继续在那装聋作哑。

可能俄国也发生一些事情。协约国军队在阿尔汉格尔斯克登陆，日本军队在符拉迪沃斯托克登陆。可是仅有这一点信息，俄国的混乱情况无法知晓。

晚上。

赛格尔由马赛回来了。参议部的人传说，协约国军队结束了在十八日开始的第一次反攻。听说他们的目标已经达成：从瓦兹列默

---

①兰斯道恩（1845—1927），英国政界人士。

兹开始的整条战线上，已经很少有突然袭击的突出部分。整个冬季都稳定在这条新的战线上吗？

八月五日。

我是不是应该为马才最新研制的镇静剂的效果向他祝贺呢？虽然对于治疗失眠没有效果，可让我的脉搏恢复了规律，神经系统病症也得到了减轻，没有那么敏感了。我的思绪变得清晰，精神也特别的活跃。（好像真的是这样。）不管怎么样，跟原来的某些夜晚相比，就算是失眠的夜晚也会让人快乐。

现在的情况很适合写日记！

约瑟夫去旅行了，吕多维克老头顶替他的职位。但是我不喜欢他的啰唆，这让我头疼。每当他来房间收拾东西的时候，我都偷偷溜走。今天早上因为要接受针灸治疗，我只好躺在床上被他的唠叨声折磨着。他说话的时候总会带着打嗝和叫喊声之类的，这使得他更让人讨厌。他因为突然想起要给地板打蜡，一边唠唠叨叨，一边拿着刷子像是在跳舞一般移动。

他每次跟我说他在萨伏瓦的童年时，都会重复："那是个美好时光，医官先生。"（的确是这样，老吕多维克，就算是我，在回忆的时候，就算是苦痛的概率，也会不禁感慨："那个时光很美好！"）

他和克洛蒂德一样，说话的时候总是会带着萨伏瓦的成语，只不过他的话里很少带土话。他特别提到他的父亲是一名"缝纫工"。就是那种专门在成衣车间将剪裁好的衣料拼接成衣的工人。"拼凑"这个词多有意思。那该有多少缝纫工。（雅克）同样需要将他们的所学由一名"缝纫工"拼接起来！

贞妮最近在心中提到了雅克和他的"学说"。再没有比这个更不精确的词语了。我不想和她争论这个问题。她把雅克跟她提过的，断断续续的想法作为一种"学说"，我觉得这对于让·保尔的教育一点都不好。

就算有一天你看到我说的这些，不要对我仓促地下结论，说昂图瓦纳伯伯将你父亲的思想说得一文不值。我只想告诉你，你的父亲跟所有容易冲动的人一样，他有各种不同的想法，有时候还会相互矛盾，而且他自己都不知道怎么解释。所以，从那些有明确指导方向的方针中，他很难得出一个准确，并且牢固、持久的结论。他的个性中由各种不一样的，甚至是相互矛盾，又各自独立强硬的因素构成，这让他的思维更加丰富，不过这也导致他很难做出一个合理的抉择，他很难成为一个统一和谐的个体。正因为他的这种特性，他的生活中总是动荡不安。

可能我们跟他总是有这样或那样的地方相同。我说的我们这些人，是指那些永不接受一个现成思想体系的人，这样的人在发展过程中没有接受一种宗教熏陶，一种稳固，永不受攻击。无可争论的纲领教育。我们注定要周期性地修改自己的想法，不断地让自己找到平衡。

八月六日，晚上七点。

老吕多维克用他给四十九号房间测过温度的粗大手指，拿出来后又给五十五号和五十七号房洗刷痰盂，他又将那只手指夹取糖罐里的糖给我。我说一声："麻烦你了，吕多维克。"

每天的日子里，就算马马虎虎，我也没有资格嫌弃了。

今天晚上打了针以后舒服多了。

晚上。

虽然身体状况还不错，但我依旧睡不着。

昨天我给让·保尔写的那段中，有关我的话说得不是很准确。你也许会以为我一生都在花费时间追求平衡。不是这样的。或许是因为我的工作，我总表现得坦然自若。我从不会表现出慌张不安。

说说我自己吧：

很久以前（从我开始医学的头一年说起），我从不相信任何的宗教信仰和哲学教条，我可以将我的一切倾向融合，我可以给自己设立一个生活和思想的坚实环境，给自己设立一种道德模范。虽然这个框架束缚着我，可是我乐在其中，甚至在这当中找到了一种深刻的情感。在给自己规定的范围中舒适生活，这对我的工作都是不可缺少的。所以，我年轻的时候一直处在我自己规定的这种原则当中，我称这个为"原则"，是因为我不知道还可以用什么词来形容，其实这个词带着一些自命不凡和勉强的感觉，这个原则适合我的个性需求，同时也适应我的工作要求。（总体来说，崇尚行动的人的基本原则，都是设立在坚持和意识的基础上，等等。）

不论怎样，战争开始前我的生活的确是这样的。就算开始战争了，在第一次受伤以后，我依旧是这样做的。在圣第吉埃医院疗养时，我开始对我原本的思想和行为方式重新考量，一直到现在，这种方式让我感到舒适、平衡，更加能够激发我的才能。

感觉很累。我一直都在犹豫要不要继续这样的分析。激情越来越少，我真是自作自受。我越分析，就发现自己原本的想法问题越来越多。

就像是我这一生中最重要的几次事件。我发现我本能做出的行动都与我的"原则"产生冲突。在每个需要我做出决定的时刻，我最终最初的抉择都是我原本的"原则"认为不对的，那是比习惯、比推理更加强烈的内心力量促使我做出的决定。这让我开始怀疑原本的"原则"和我本身的能力。我开始不断地询问自己："我真是我想象的那样的人吗？"（不过那种不安想法很快就消失了，并不会影响我平日的平衡冷静。）

晚上在这里，在孤独的夜晚我更能看清自己，因为我习惯了这种行为准则，正因为我的顺从，于是我在不知不觉中被自己改变了。我戴上了自己亲手制作的面具，慢慢改变了自己的本性。在生活的过程中（以后我也没有多余的时间去想那些东西），我很快地适应了现在这种人造性格，有时候我本能做出的抉择很明显是我真实人格的表现。有时候，我会选择摘下了面具，将原本的个性暴露出来。

（我很开心自己可以弄清楚这一点。）

不过，我猜这种情况是很少发生的。这不禁让人思考，想要看到自己真正的性格，就应该在自己突然做出的惊人行为中去寻找，但自己又没有反应过来的行为中挖掘，而不是在习惯性的行为中去摸索。就是这种骇人听闻的行为暴露出了"真面目"。

所以我逐渐觉得，雅克与我不同。我的身上经常表现出来的不是我真正的面目，但是在雅克的身上，大部分时间是深刻的本性（真面目）掌控着他的行为。所以，他身旁的人总是觉得他脾气时阴时晴，处事方式让人捉摸不透，而且做出来的事经常前后矛盾。

透过窗外，看到天色已经微亮。又过了一天，我又少了一天。我想要睡一会儿。（今天因为没整夜失眠而感到一点遗憾。）

八月八日，户外。

在树荫下气温是28℃，天气不闷热，而且让人感到有一丝爽快。真是个好天气。

刚刚吃饭的时候，我听他们都在谈论各自的前途。他们全都认为，或者是假装以为，一个"吸入了毒气的人"不会永远伤残。他们还以为可以从动员令打断的那一点生活上继续他们的生活。好像世界一旦能够和平，日子就会回到战前。我担忧他们等来的是一个巨大的失望。

最让我诧异的是：当他们说起老百姓工作的时候，他们的语气像是那个工作不是自己自愿选择的、自己喜欢的、热衷的。他们就像是个中学生说起自己的功课，就算还没到达监狱囚犯谈论自己服役的口吻，但还真可悲啊！没有什么比还没定好目标就开始步入社会更可怕的了。（除开那些怀着虚伪目标步入社会的人。）

写给让·保尔：

我的孩子，你得提防这种"虚伪目标"。大多数人生虚度，到老了后悔、怨恨的人，一般都是因为这个原因。

我仿佛可以看到你长成一个十六七岁的青年，这是一个特别极端而且容易混沌的年纪。在这个时候你的理性逐渐萌芽，你开始幻想自己的理性力量。在这个时候，你的内心可能会大声高呼，你很难克制它导致的行为冲动。在这个时候，你头脑开始混乱，你被崭新的天地所迷惑，在各种可能性面前犹豫不决，不知如何选择。在这个时候，你还很羸弱，但自以为自己已经是个男子汉，感觉需要有人给予支撑和方向，一旦找到一个信念，或者遇到一个严格的规定，就会不顾一切冲上去。但是要注意！这时你不会料到，想象力经常会扭曲事实，甚至把幻想变成真实。你有时候可能会反驳我，说"都

1985

明白""都清楚""都肯定"。人在十七岁的时候经常会坚信乱转的罗盘导航。它完全相信年轻时代的爱好是天生的，它会毫无疑问地正确引导自己未来的前进方向。他一点都不会担心，他很可能被虚伪的、随性的、任意妄为的爱好操控。他从未想过，他以为属于他自己的爱好，完全是外来的，跟他想的完全不一样。那都是他从书本中或者街上无意遇到的，就像是把捡来的现成东西重新包装了一样。

那你该如何抵御这些威胁呢？我很担心你，可是你会听我的叮咛吗？

我首先不希望你太早否定你的老师和关心你的那些人给予你的建议。可能你会觉得他们不知道你要的是什么，但其实他们比你自己还要了解你。你不喜欢他们唠唠叨叨对你的劝告吗？但你仔细想想以后，也会发现他们的话有些道理。

我还是希望你可以担心自己！你要时刻注意自己对自己的决策是错误的，要小心被事情的表象所欺骗。你需要利用自己的真诚，让它可以洞察一切，从而做出明智之选。你要明白，明白这样一件事对于你这样环境里的孩子来讲，我要表达的是：受过教育、看过很多的书、与有头脑的人交往、有自己思想的人，有些道理和感受需要你亲身经历才会明白。他们很多思想和感受可能是通过想象得出来的，他们还没有实践。他们经常不知道这容易让他们分不清知道和感觉。别人的感受和经历他们只是知道了，但他们以为自己已经感受到了。

听我讲。到底什么叫作志向？我举个例子来说。当你十二岁了，你或许会觉得自己以后可以当名航海家或者是冒险家，因为这时的你对刺激的事情充满向往。当你十六七岁的时候，可能你已经读了

1986

不少的书，生活中遇到了不少的事，但还是容易犯相同的错。你一定要注意，不要太轻易地相信你的喜好。不要因为在书本中看到一些诗人，事业上成功的人，就因为仰慕便很快地认为自己可以成为这样的人。让你不断认识到自己的兴趣所在，一步一步地认识到自己到底喜欢什么！很多的人可能找了很久才能找到，甚至一辈子都找不到。你不能太急，得慢慢来。长期的寻找才能找到你最真实的本性。但是，当你认识到自己，一定要脱掉原来的虚伪面孔。承认自己所有的缺点和局限性。要努力地沿着正确、真实、健康的方向发展。因为当你真正看到并且接受自己的本性之后，你拥有的是更好时机去达到你的最高限度，因为这个时候你能找到你前进的正确目标，你现在的努力都能获得一定的成果。你要努力扩大自己的疆界，但这必须是自然的，但你得清楚这是怎样的疆界才可以。人们的失败，往往是因为当初看错了自己的天性，走错，或是没有走完正确的道路。

八月九日。

报纸上刊登了劳埃德·乔治的乐观演说。他显然是为了自己的事业才夸张了自己的乐观精神。不管怎么样，近二十天来法国第一线的战况情况转好。（就像是吕梅尔在巴黎说的那样。）似乎昨天皮卡第才开始正式进攻。美国军队也相隔不远。听说传珀欣的目的是为了改变福什扭转现在的战况，帮巴黎解围，美国军队趁着英军和法军留守阵线的时候，向着阿尔萨斯大举进攻，穿过国界打到德国境内。听说那天，将会使用大量毒气以赢取战争胜利。由于这种毒气威力巨大，会摧毁一切生命体以及土壤，于是一般都会远离本国使用。（在餐桌上，大家都很兴奋。很多吸入毒气的病人一生都无法治愈，可这些可悲的人居然会因为这种新型毒气欢喜若狂。）

达罗斯将他弟弟寄来的信件念给我们听，他弟弟是驻美翻译官，他说他厌恶美军的无聊自负。美国军队中，不管是长官还是士兵都觉得自己一旦发起进攻，短时间内一定会取得成功。他们还公开表示说不接受任何形式的投降，绝对不会让他们成为累赘，一旦俘虏不足五百人就要用机关枪进行扫射。（这不会影响那些笑容狰狞、脑袋天真的空想理论家，他们似乎随时随地都会说明，自己一切的战争行为都是为了公理和权益。）

八月十日。

又有了一些阅读的兴致。我在晚上特别容易集中精神。我刚不久读完了一篇道逊写的好文（《伦敦医学杂志》），里面讲的是中芥子气所产生的种种后遗症，并且与其他类型毒气进行了一定的比较。他的很多观察同样证实了我的观点。（并发的感染很可能最后演变成慢性疾病之类的。）想要抄一些自己的医疗日记寄给他看。但我又因为不确定能够一直坚持这样的书信来往，所以一直迟疑着。从这个月的一号开始，我感觉自己的病情有些起色，虽然依旧没有根本性的改变，但疼痛感短时间得到缓解。这一个星期的疼痛与原来比起来好得多。每天早上治疗花费大量精力，有时候突然感到的呼吸困难（特别是在晚上）或者是难以入睡。在我还可以看书的时候，睡不着觉并不会影响我，就比如说我这几个晚上，日记可以让我消磨大多数时间。

午饭前。

遥看窗外层叠起伏的山脉多么壮观。百条窄小的梯田顺着山峦直冲山顶。碧绿的坡地被白色石子垒成的短墙间隔开来，形成一条条的白垩色平行线。山顶上是灰色的浮石，像是闪耀着紫色和橙色光芒的皇冠，给人柔和的感觉。在下面，很远的地方，是农耕和石墙的分界线，像是地面裂痕中沙砾的楼房一间间地并排在一起形成村庄。这个时候，天上的云朵在绿油油的田地上倒映出整片移动的阴影。

我还有多少个星期可以观看这样的美景呢？

八月十一日。

马才是一名圣第吉埃地区像德查维尔那样的医师，一旦"嗅出"将死的气味，他就会放弃治疗。他曾发话说："一名优秀的医生，需要的是一个可以闻出病人何时将会让人有治疗性质的嗅觉。"

那在马才看来，我是不是一名他有兴趣继续治疗的病人呢？又能维持多久呢？

当朗格洛瓦长了脓疮以后，他就没有去看望过那名病人。

索姆河的攻势好像还不错，连英军都蠢蠢欲动。桑泰尔高原已经被收复。就连巴黎到亚眠的战线的敌人终于也全部消灭。蒙第第埃如今正在战乱中。（蒙第第埃、拉西尼、雷松·舒尔、马兹，这些名字都让我想起了过去。）

戈瓦朗性格积极，他觉得期望的所有事情都有可能成真。我也赞同他的想法。（我猜有很多人都会诧异，尤其是我们的领导人，他们在春天的时候还觉得自己身陷困境，如今他们估计已经生龙活虎了。希望他们不要高兴得太早。）

八月十二日，晚上。

我一下午都在为了给道逊写信，不断地抄写医疗日记。

报纸上刊登了英军已经兵临佩罗纳城下。现在的佩罗纳什么都没有了，多惨！（我一直都记得在一九一四年的报纸上刊登战争撤离时候的情景。整个城市没有灯光，只有人们提着风灯在黑暗的街上逃命，骑兵在撤离，人们都特别疲惫，马匹走路也不稳当。市政府地下的担架一直排到了人行通道！）

八月十三日，晚上。

今天感到窒息。但还是给道逊寄出了我抄写的治疗笔记。

重新阅读笔记，我印象很好，而且相当不错。病情的进展，像是表格一样清晰。这份资料特别重要，可能仅此一套，而且以后还具有权威性的，能长时间被作为探研基础。我需要克服想要放弃的念头，记录的时间越长，我分析也会一直坚持下去。不论如何，虽然我对于自己的病情很清楚，但是我希望在我走了以后可以保存一段完备的病史。

有的时候，我因为这种想法一直坚持着。但有的时候，我为了从里面得出一丝慰藉，不得不可悲地徒劳地浪费力气。

晚上一点钟。

模糊的记忆。（我希望可以中断这种思考，顺着幻想的线索，向相反的方向一直追溯到起点。）

昨天晚上，吕多维克进房间的时候，没有将托盘里的盖子拧紧，咚的一声掉在了托盘上。

我觉得这无所谓。整个晚上，不管我在治疗时、梳洗时或者抄写时，脑海中一直想着父亲，记忆不断涌出：我想起了在家中吃饭的情景，大学路房子里面安静吃饭的情景，韦兹小姐将手搭在桌子上的情景，还有拉菲特别墅区周日的午饭时间，窗户打开着，花园里阳光灿烂。

是什么原因？如今我知道为什么会突然想到这些事情了。因为金属盖子掉落到托盘的声音让我忍不住想起了当初那种特殊的声音：每次吃饭以前，父亲沉重地坐到座位上，挂在眼镜上的细链子会撞到盘子边沿上。

或许我应该给让·保尔写信谈一谈我的父亲，似乎不会有人跟他提起他的祖父了。

我的父亲不仅没有受到别人的尊敬，就连他的孩子们对他也不够爱戴。他很难让人爱他。我以前对他的评论特别苛刻，但我的评论真是对的吗？现在我觉得，也许是因为他的一些精神力量，或者是他对于别人的言行举止太过苛刻，起的反效果才让他得不到别人的爱戴。我不敢写他的一生到底是否值得人尊敬，但从某一角度来看，他一生的确在努力地帮助他人。他的奇怪个性让他人疏远他，就连他的善行也无法让人注意。他做善事的方式比起恶劣的行为更让别人避之不及。我觉得他自己也发现了这一点，为自己的孤独感到痛苦不堪。

终有一天我会努力跟你说明你的祖父蒂博到底是怎样一个人。

八月十四日，早上。

那个啰唆的老吕多维克，又摸着鬓角在那儿大言不惭地判断说："军官先生，我跟您说，达罗斯中尉在装病，这是真的。"

我当然不会相信这个说法。吕多维克带着古怪的表情说："我肯定知道我在说什么。"他详细解释说：吕多维克曾经注意过达罗斯，当初他暂住在侧楼，吕多维克发现他对体温计做了手脚。他不仅量体温前做剧烈的运动，而且登记体温度数时还故意把温度写得高一些。

虽然我不相信这一点，但是我也看见过一些让人费解的事情。比如说他对于吸气治疗的敷衍了事，巴多尔或者马才只要转身去忙别的事情，他就会立刻将治疗时间调短，而且他不会答应独自做治疗之类的。因为他明明治疗上很敷衍，可是表面上又很担心自己的病况，才让我感到费解，他还总是跟我说"他的身体完全垮了"之类的。(达罗斯的病情没有恶化，但是他的支气管问题一直没有好转。)

傍晚，在菜地。

我喜欢来这里，一直走到长凳那里。路边的柏树投射大片的阴凉。这里还有芦苇编成的篱笆，一排排的花坛，水车不断转动。皮埃尔和万桑拿着喷水壶到处走。

吕多维克说的那些话一直在脑中回响，我觉得是他说达罗斯在装病是实话，其实这也没有什么不好。

没那么简单，那是因人而异的。达罗斯的孩子们都是被人活活打死的，在吕多维克看来，这是一种恶劣的罪行，是一种临阵脱逃的表现。他肯定觉得达罗斯应该上军事法院。达罗斯的父亲，我相信他也觉得那种行为恶劣。(我原来就与他接触过，经常会看到他去看望两个儿子。他是一名爱国的老清教徒，当时在阿维翁当神父，这也是为什么他最小的儿子去当兵的原因。)达罗斯的父亲眼中这种行为恶劣是必然的，可是别人怎么样呢？就像是已经治疗了达罗斯四个多月的巴多尔，很喜欢他。若他发现了奇怪的地方，他会处分还是睁一只眼闭一只眼呢？对达罗斯来说，如果他真的做小动作，他会觉得自己的行为恶劣吗？

在我们看来又是怎么样的呢？我自问，这恶劣吗？当然我不能认同达罗斯的行为，并且发自内心地讨厌他这种躲在医院，为了逃避战场想尽办法拖慢治疗的士兵，可是我无法斩钉截铁地说他这种行为恶劣。

这个事情真的很奇怪，值得让我们分析清楚，到底是说好还是恶劣？

首先，我发现，不论他到底是不是做了小动作，我都是很喜欢他的。他很聪明，脑子灵活，素质很高，而且我坚信他本质不错。不管他是不是在装病，我都很敬佩他。我和他经常坦诚相见地说心里话，说他的父亲，他年轻的时候，从性的角度去看待那些下人的基督教教育。我们也说他的家庭生活。特别是有一天，我们说到他们夫妻俩动员会的夜里经过里昂。（当时他们从阿维翁到那去休假。第二天一早达罗斯就要去预备团报到。他们终于在一个糟糕的旅店找到一个空房间。全程闹哄哄的，都在忙着打仗。犹记得当时他激动地告诉我："我永远不会忘记苔蕾丝虽然因害怕颤抖，但她还是咬着牙不流一滴眼泪，反而是我窝在她的怀中哭泣的夜晚。她当时抚摸我的头发是那样温柔，说不出话。那一夜，窗外的街道上一直传来炮兵行进的可怕轰隆声。"）

也许他现在装病，可他并不是胆小鬼。在他仅四十个月的步兵生活中，受过两次伤，得到过三次表彰，最后，在进攻奥德默兹的时候不小心吸入毒气。他与他的妻子是在战前六个月结婚的，他们育有一子，而且妻子身体不好。他们没有任何存款，妻子在马赛教书，收入微薄。在去年二月他中了轻微毒气。最开始在特洛亚接受治疗，我觉得这个细节很重要：当时他的妻子在特洛亚陪了他一个月，接着他被转移到了这里，不仅远离战场，而且生活安逸，空气清新。我可以想象得出他心里想法的改变！要是他决心采用一切手段去延长他肺病的治疗时间，谁能说得清楚呢？也许没有多久就能迎来和平，这名本质好的基督教徒，良心上一定会有斗争。他最后选择的是使用一切手段只为了活着，就算自己的行为会让病情恶化也毫不在乎，这到底是好还是坏呢？

我都不知道怎么回答。

不，就算他下定决心这样做，我对他的尊敬之情毫不动摇。

晚上。

又是失眠之夜。一分一秒不断地思考着。似乎是种自言自语的本能，一旦有机会，它就会让我转移注意力，不去想心中的"幽灵"。

达罗斯的事特别严重，或者说，他对我引起的一些问题特别地严重。

还有一个不是很重要的发现：我不再相信责任了。

我以前相信吗？至少从一个医生所相信的范围内我是相信的。（在我看来，责任感并不在人们常说的那种范围内，我想起曾经与韦纳依的一名法医，在狙击营的助理军营谈论的。我们这种人很清楚，我们的言行就是依照我们了解的和环境决定的。要我们对继承性负责？对教育负责？对先烈负责？对环境负责？显然，这些都不是。）

可我原来总是对自己的一切行为负责。我对于善恶是非有敏锐的感知能力，也许这是基督教的教育？

（但有这样一个软肋：会有因为自己的行为错误就说是不负责任，

而做好事就想领功的趋势。)

这之间存在着矛盾。

给让·保尔：

不要过于害怕矛盾。矛盾虽然让人感觉不舒服，可是它对于你肉体和精神都有好处。每当我感到自己脑中满是纠结矛盾让人无法解脱的时候，我也感觉到自己正在慢慢接近避而不见的真理。若是我可以重新再生一次，我还是愿意生活在怀疑之中。

生物学的看法。

在战争初期，虽然气愤，但我还是屈服于用生物学的简单化去看待风俗习惯和社会问题。(人经常这样想："人类其实是真正的嗜血动物之类的。除了用牢固的社会组织将人们的破坏力限制在一个范围内，就没有别的法子了。")我甚至将法布尔老人的著作从孔皮埃涅一直带着，还拿到了饭堂。我愿意将自己和其他的人们看作一只武装起来的巨大昆虫，专门为了斗争、争夺、征服和相互吞食。我内心的愤怒一遍又一遍地说道："希望这场战役让你睁开双眼，笨蛋。让你将这个世界看得清楚。宇宙是无意识的力量综合，用摧毁抵抗力获得平衡。自然是个战场，各种不同的生物体依靠着本能进行厮杀吞食。这些没有善，也没有恶，不管是对于人类，还是对于石貂、老鹰，都是这样。"

在满是伤兵的战地医疗队的地下室中，怎能否认无力能够压倒权利呢？（我清楚地记得原来那些事：在卡托的一个夜晚，遭受佩罗纳的进攻以后，南特伊勒奥杜安战地救助站，处于凡尔登与卡洛纳后面，两名小步兵躺在一个仓库中等待死亡。）有的时候记忆让我看到这个动物世界，让人无望，真的是看够了！

1995

缺乏远见。也许一直处于致命的消极观中会提醒我，这样容易让人陷入深渊之中，难以呼吸。

我现在得关上灯，睡上一觉了。

凌晨一点。

今天晚上不用睡觉了。

那个好达罗斯（他自己不会想到），让我十五个小时一直在"道德问题上"纠结，这一晚比我一辈子想得都多！

这种问题我原来从未产生过。好与坏：这是常用的词语，我原来跟普通人一样使用它，但是从来没有赋予它真正的含义。在我看来，这个概念完全没有必要。我赞同传统道德范围内的准则是为别人。我只是在这种意义上认同：比如说某个革命政权赢得了胜利，他们要求改变这种规则，然后征求我的意见，这个时候我或许会劝他不要这么快就将原本根深蒂固的规则改变。虽然我认为这种规则是随意设定的，但我也不得不承认，这种规定对某些人来讲方便实用。可我在处理与自己相关的事情中完全不会考虑这些。

（扪心自问，若是我建立某种规则，那该建立怎样的生活规范呢？我不仅没有足够的充裕时间，也没有那个精神考虑。我确信我会采用某种弹性手法："只要对我的生命有利，对我的发展有用的都是属于善的，只要是阻碍我的生命和发展的都是属于恶的。"那么，我现在要做的只是对于我的"生命"和"生活发展"做定义就好了。但我不愿意这样做。）

老实说，那些目睹过我生活的人，例如说雅克或说菲力普，他们一般不会注意到我对自己的原则，是完全自由宽容的。这是由于在我的言行举止中，我总是能很容易就融合进大家认为的"道德""正直的人的道德"之中。但是有很多回，毫不夸张，在我一生当中至少有三四次，我会觉得生活或者工作中一些重要时刻，我的解脱并不在理论之中。我的一生中，至少有三四次突然被领到这个平时不会流行的状况下，在这里没有理性，第六感和冲动起决定作用。这是一个畅通安详，却也极其混乱的领域，我在这里感到特别孤独。有力量和自信，是的，我突然觉得自己正逐渐靠近自信。（这句话很难接下去。）或者说是在靠近上帝，靠近最纯真的道理。（大写的道理）。的确是这样，我最少有三次，有意并且毅然地违背了大多数人坚持的道德规范。我没有丝毫悔恨，我今天想起来也无所谓，没有一丝的后悔。（我可以说自己从未后悔。不论我的思想或者行为是怎样的，我都觉得他们是表现我本质的自然表现。我觉得他们合情合理。）

今天晚上，我觉得自己的心情特别适合写东西，思绪清晰。就算我明天会以难受作为代价也没关系。

重新看了一遍自己写的东西，然后长时间地思考着周围的所有事物。

我向自己提出这个问题：对于一般的人（就是在他们的生活中，一般不会让自己触犯公认的道德标准），是什么在束缚他们呢？因为那一群人中，没有一个人会想过去做公众认为的"不道德准则"。当然了，我不是指那些教徒，他们用深刻的宗教理想和哲学理念，战胜恶魔带来的圈套诱惑。那除此以外的其余人，剩下的那些人是什么在束缚他们呢？是害怕？是尊重人情世俗？是担心别人说闲话？是害怕预审法官？还是害怕他们在生活或者交友的过程中遭受的后果？显然，这些因素都占一部分。这些阻碍对很多人看来都很强大，无法跨越。不过，这些阻碍都是物质方面的。若除此之外没有其他

1997

方面或精神层面的阻碍，那么大家都会觉得，人们就算摆脱了宗教的枷锁，也会因为害怕警察或者脸面问题就规行矩步。所以，人们觉得任何一个没有宗教信仰的人，一旦受到了诱惑，环境隐秘，那他绝对有可能不受到责罚，那他会立刻受到引诱扬扬得意地做坏事。所以说，没有可以束缚没有宗教信仰的人的"道德"准则，对于不相信有上天法则，不相信有宗教或者哲学理想的人，没有任何道德准则可以束缚他们。

顺便说一句：这样好像就赞同了某些人的观点，认为道德的意识（我们自发地辨别能与否，好与坏的标准）是继承古代宗教道义，被先人接受并且残存在现代人身上，如今成了我们的性格。的确如此，我赞同这一点。但我觉得这样的道理忘记了上帝也是一个人类的假说。因对于善恶的区分，是人们创造以后给予上帝，使之成为一个崇高的准则，而非上帝可以强加在人们身上的。如果对于善恶的区分来自宗教，那就是人们将善恶的划分准则强加在了上帝身上。所以，这种对善恶的划分是人们自身持有的。这种划分在人们精神上的根深蒂固，以至于大家觉得这种划分准则是至高无上的。

这该如何处理呢？

四点。

备注还没有写完就感到无比疲倦。接连睡了两个多小时才好些。这是日记本的效果，同样归功于自己对哲理的热衷。

我已经忘记了当时要写什么。"如何处理？"是啊，如何处理呢？我虽然想起了一点，但还是不能将思绪连接，道德意识和根源情况为何不属于社会习性的残留呢？（或许这是我依照自己的需求胡诌的一个家喻户晓的解释。不要紧，这对我来说是一个全新的。）

1998

我丢弃道德意识的起源是上帝安排的看法,这也就证实了我的推断是正确的:起源来自人们的过去,这是我的骨髓之中社会习性的残留根深蒂固。这是古代人类群体为了建设集体生活,改善社会关系从而得到经验残留,维持治安制定的规定残留。我很开心可以认清这种道德意识让我觉得很吸引人。(这种区别在我们出生之前就存在了,从它给我们下达的命令来看,虽然它常常是荒诞的,但我还是不断顺从它的指引。甚至在理性都无法解决的时候依靠它的指引做出选择,它让最聪明的人做出用理智考察也不能辨别的正确行为。)我还是会认为,它就是人类这种社会动物的基础的本性残留,这种本性经过多年的传承依旧在人们身上残留,人类因这种本性残留而完善。

八月十五日,在花园里。

美好的日子。晚祷钟声。环境中充斥着节日气氛。不论是天空、鲜花,还是耀眼阳光下颤动的地平线都气势汹汹。我想要召唤灾祸,破坏这种美好的世界!不行,我只希望逃避这一切,躲避痛苦,为了经受痛苦而自省。

德皇和军队领导参与了在斯巴①举行的重大军事会议。瑞士报纸上仅用三排文字报道,但是法国报纸上完全没有提及。也许这一天是个决定性的时期,它会改变战争情况,小学生以后可以在书本中了解到这个事。

戈瓦朗说现在奥尔赛港湾的那群人中,有很多人都断言说今年冬季会结束战争。

---
①比利时城市,有温泉。

战报上没有重大新闻。大家都在等待,就如同暴雨前的闷热让人感到压抑。

晚上,十点钟。

刚刚重温了一遍昨天晚上辛苦写下的日记。不知不觉中写了那么多张纸,让我感到既诧异又不快。我的缺陷在这表现得太多了。(不论如何,人类那些可悲的词语是感性,而非理性的!)

给让·保尔:

亲爱的孩子,你不要拿病人的言语混乱来评判昂图瓦纳伯伯。在思想意识的迷宫中,昂图瓦纳伯伯总觉得很拘束:刚走一步就会迷失方向。我曾在路易大帝中学预备哲结业考核的时候(这是唯一一次我考了两次才成功的考试),有的时候,我一连几个小时,就如一名四肢发达的壮汉吹泡泡一般,不断经受着煎熬。我发现,面对死亡的时候我也无法改变这种气质。就算在我即将死去也无法改善抽象思维无能的情况!

快到半夜时分。

我并不讨厌维尼写的这本《日记》,可是我的注意力总是不能集中,书本从手中滑落。长期失眠让我神经紧绷。我想到了死亡,生命的短暂和人的渺小,头脑十分混乱。每次想这些问题,就会遇到瓶颈无法解脱:"为的是什么?"

我这种挣脱所有道德枷锁的人,到底是为什么过完这一生的呢?我想起了原来作为医师的生活,为了病人我牺牲自己的全部,我极端战战兢兢地完成自己的职责。

(我当初决心要躲开这种须有特殊的先天素质和才华才能解决的问题,也许这并不是最好的解脱办法。)

不顾利益的情感,忠心,职业道德。这些是为什么?

母狮子为什么宁愿被杀死也不愿意离开它的小狮?含羞草为什么要折起叶子?白细胞为什么会有阿米巴样运动?金属为什么会被氧化?诸如此类。

不为了什么,就是这样。说出这个问题,即是希望得到一个答案,这就已经陷入了形而上学的圈套当中。不对!我们需要承认认识事物的局限性。(勒当泰克①等人就是这样。)最聪明的办法就是不要问"为什么",接受"怎么样"的答案。(但是回答事物"怎么样"已经够费事了!)首要是不要天真地希望所有的问题都能得到合理的解释。那我也不要自己跟自己解释了。好像我是始终如一的。(我一直都这样觉得。是蒂博家族特有的傲气吗?还是说这是昂图瓦纳特有的自负。)

但是,在一切可能的态度中,只能采取这一个:采用道德准则,但不被它欺骗。允许热衷秩序,渴望秩序,不能让秩序成为道德实物,但也不能忘记,这个秩序只是集体生活中的一个实际需求,是得到重要社会福利的一种条件。(我写"秩序"二字,是为了防止写出"善"字。)

感觉自己正在遵守秩序,但完全不了解自己服从的准则,这永远是一个让人烦恼的问题!我坚信终将有一天可以寻到答案。如今,我已经注定在没有了解自己和世界以后就离开人世了。

拥有宗教信仰的人会回应说:"这很容易。"但对我来说并非如此!

十分疲惫,但又难以入眠。使用一切可能的办法休息,但脑子

---

① 勒当泰克(1869—1917),法国生物学家。

里满是胡乱的思绪，无法入眠。两种情感的相互冲突，这就是失眠给人的最大折磨。

一个小时，我躺在床上翻来覆去。脑子反复思考："我身为医生向来积极乐观，现在不应死于怀疑和否定。"

我的积极。我曾经的积极生活。也许当时没有注意，但现在这点特别清晰。这个愉快直觉和积极自信一直鼓励我，支撑我。我觉得这个乐观精神的源头是科学，并且在当中获得养料。

科学不仅是单纯的认识，它希望和宇宙相调和，与它要探究规律的宇宙相协调的愿望。（遵循这条道路的人一定会达到奇妙境界，要比宗教给人带来的奇迹更加广袤，更加动人心弦！）依靠科学，人们会深刻感觉到和大自然、自然规律保持接触，和谐统一。

这是一种宗教情感吗？这个词语让人心生畏惧，但这是为什么呢？

仁爱慈善，期望与信仰。我反对曾经韦卡尔神父跟我说他在实行的三超德①。我勉强承认爱与希望，但是我不接受信仰。可是，如果今天要我解释为什么可以坚持十五年的持续热情，解释这种坚强自信的根源，可能我得到的答案会更加接近信仰。到底信仰什么呢？便是坚信生命有增长的可能性，并且无穷无尽地增长，相信宇宙万物不断地向更好的方向发展。

这难道就是无意识的"目的论者"？这也不要紧，但重要的是，我不允许自己有其他的"目的性"。

八月十六日。

发烧，呼吸困难，嘘声更大。好几次不得不动用氧气。起床以

---

① 天主教的三超德，是信、望、爱，即文中的信仰、希望、仁爱。

后依旧留在楼上。

戈瓦朗拿着最新的报纸来看我。他始终坚信冬天会结束战争，并且巧妙而有力地帮他维护自己的想法。他真是一个好奇的家伙。我很喜欢听他说一些让人欣慰的话。他两只眼睛间距很短，长长的鼻子，脸庞向前突起如同猎兔犬一般，总带着一副惶恐不安的表情。他剧烈地咳嗽，不断咳出痰。他跟我说自己的工作就跟苦役一样。其实待在亨利四世学校教授史学应当是一个有意思、有价值的职业。他向我说到在高等师范学校的学习情况。他喜欢用贬低别人，批评他人来体现自己的正确。有的时候我觉得他华而不实，或许是太多聪明的原因，这样的聪明让人觉得他自作聪明，冷淡高傲，心胸狭窄。所以经常很机智。

机智？机智有两种类型：一种是言语中表现得机智（菲力普），一种是说话方法表现得机智。戈瓦朗言语中无法表现机智，于是他的机智都是外表的，这种人说话的时候总会加强最后音节，声音抑扬顿挫，会做些有趣的动作，言语有时会简略，或者说得晦涩难懂，眼睛闪耀着狡猾的光芒，句句含有它意。如果将菲力普的话重复一遍，便会觉得话语依旧巧妙，一针见血。反之戈瓦朗的话显得索然无味。

八月十七日。

呼吸越发艰难。通过X光，从屏幕可以看到，就算做深呼吸，横膈膜也没有轻微的运动。巴多尔放三天的假。我觉得身体不适，但也没有办法。

八月十八日。

白天难受，晚上更加煎熬。巴多尔不在医院，马才为我的病情采取新的治疗措施。

八月十九日。
接受新治疗，让我疲惫不堪。

八月二十日。
今天早晨感觉异常好。昨晚打针以后足足睡够五个多小时才醒来。看报纸。
晚上。
一个下午都感到困顿。马才很开心病情能被控制了。
苦苦思念拉雪尔。如此沉溺于记忆当中，难不成是衰竭的兆头？在我精力充沛的时候一般不会回忆过去，那对我来说没有一点影响。
给让·保尔：
道德，在道德的日子里。所有的人都需要认识到自己的责任，承认责任具有的本质与局限性。人生中一直持续增多的个人经历和不断的探究下，依照自己的估算去选择个人的行为和意识倾向，持之以恒地遵守纲纪法规。在相对和绝对，在可以实现和希望两者间动摇，在我们关注真实的前提下，我们也不能忘记听听内心最真实的声音。
我们不要畏惧犯错，不要畏惧对自己的反复否认。我们要认识到自身缺陷，更进一步了解自己，认识到自己的责任。
（归根结底，人只对自己负责。）

八月二十一日，早上。
报纸上刊登了英国军队停滞不前，虽然每个地方都有一点进展，但我们也没能向前推进。(如战报上记载的那样，写"一点进展"。但我清楚对于那群人来说，战场上的"进展"代表什么：炮轰下，在战壕里匍匐，战地救护所满是伤兵。)

我起床接受诊治，过了一会儿想要到楼下去吃午餐。

夜里，在微弱灯光的映照下。

我希望小睡一下。(昨天夜里，我的体温差不多稳定在37.8℃上。)可是一整晚都无法入眠，甚至一点困意都没有过。现在，天快亮了。

然而，一晚上都温暖舒适。

八月二十二日，早上。

昨天夜里突然的断电让我没有办法写笔记。我希望能记录流星划过天际的夜。

凌晨一点的时候特别热，我起身拉起百叶窗。躺在床上，我透过窗户看着夏季深邃的黑色夜空，它是那样地美丽。大量的流星划过就像是漫天炸开的榴霰弹，弹火向四周扩散开去。我想到在一九一六年八月的每个晚上，我在马雷奥库的交通壕中看到英军的炮火与划过的流星在空中交相辉映，如同天堂里绚丽的烟花。

我忽然想（这绝对没有错）：一名善于依靠想象生活在宇宙之中的天文学者，临死的时候应该比普通人少受折磨。

我想了这些很长时间。看着一望无垠的天际，每次当我们改进天文望远镜让它可以看得更远以后，总会发现天空还有更多的还没被发现的境界。这是一个宁静的梦。在没有尽头的空间里，虽然太阳的体积极大，我估计它都比地球大上一百万倍，但它在宇宙当中还是微不足道的一个。

2005

银河是由太阳和无数的星球组成，但在它的周边，是几十亿颗行星，虽然相隔数亿公里，但依旧以它为中心运转！在这些天体当中，无数个未来的太阳一定会在这里产生！天文学者通过计算得到，这几十亿的星体不算什么。虽然人类在无垠的宇宙中，能够探测到的满布和颤动的辐射，星际引力（可是这些我们都不知道）的太空，这只是冰山一角。

才写到这里，想象力就开始动摇。这种晕眩让人舒适。今天晚上是我第一次，也可能是最后一次，以一种平和且漠然的态度思考死亡。摆脱苦恼，与我濒临垂危的身体不相干了。我是一个渺小，而且没有任何价值的物质微尘。

我决定以后每天晚上都这样观看夜空，以达到这样的平和情绪。

而现在，天已泛白，又开始了崭新的一天。

午后，在花园里。

我心怀感恩地打开日记本。这个日记本从未像今天这样适应我想要脱离"幽灵"的目标。

我还未从昨晚美丽的夜空中走出来。

人这个生物体，相互之间是一个封闭的个体。大家都是以一个点为中心绕着圈，从未碰撞，也从未融合。每个人过着自己的生活。自我封闭的孤寂之中。他们拥有自己的皮囊，来来回回，在世上生活一段时间以后又从世上消散。在世界上，人们的诞生同时意味着相同的死亡。一秒六十名，一个钟头有三千多名，一年就有三百万名！深入了解并且实现这个规则的人，他真的可以和原来一样，自私自我，而且为个人的情况喜怒哀乐吗？

六点。

今天我感觉自己在天空飞翔,整个身体都轻飘飘的。感觉一个有生命的物质微尘,完全认识到了自己的不值一提。

在巴黎,泽兰热带着他的好友让·罗斯当①过来度过的那一夜,我们进行了一次振奋人心的谈天。

人在这一望无际的宇宙中所处的地位是奇特的。现在我能像当出罗斯当谈话时一样看得清楚。那个时候罗斯当用尖锐清晰的声音跟我们讨论人,他的言语间既有学者的精确、仔细,又有诗人的鲜明形象和热情。现在的我靠近死亡,使得他的思想产生了一种独特的吸引力。我诚恳地思考,我真的可以从中找到治疗苦痛的良药吗?

我打内心反对形而上学的思想。在我看来,虚无从未像现在这样清楚。我害怕它,于是自然地拒绝靠近,但我完全不想否定它,不想在荒谬的期待中找到庇护之地。

我从未觉得自己像现在这样微小。但这也是个神奇的事情!我似乎在身外以第三者的角度看着自己这个分子的巧妙的组合,在某一个时期,这还是我。我似乎可以看见在身体里奇妙的生物反应,这三十多年里,它在我身体中的几十亿细胞间不断穿梭。不知不觉中,在我大脑皮层的细胞中开始生物反应和能量的转换,正因如此,我可以开始写作、思考我的思想和意识。我为自己的这种精神活动自豪,这是在我思想控制外的组合,但这是不稳定的自然形式,只要让细胞窒息,那这种现象就会永远停止了。

晚上。

再躺回床上。平和、思路清晰,甚至有些激动。

接着思考个人,思考生命。想着自己在这个世界中成长,真的

---

①让·罗斯当,生于1894年,法国生物学家。

是又惊又喜。我仿佛可以看见在千百万世纪里，人们的每一次发展进程。这种无法解释的偶然生物组合，是从人类发源时便有了。可能在某一天，某个地方，它们由大海底部或是石灰岩层中发源，转化成生物体的最初形态，慢慢产生意识，最后成为这种可以构思次序，理智准则和公正的奇特生物，直到笛卡尔，然后是威尔逊。

这个观点让人激动，不管怎么说都是符合情理的：原本除人以外的某些生命体，将慢慢发展成为比人类更加高级的形态，但由于宇宙灾难爆发，那些生命体被扼杀在了摇篮之中。作为食物链最高层的当代人，能经历风雨直到现在，这多么奇妙啊！虽然经过无数次的板块漂移，但还未灭亡，可以逃过自然的无目的浪费，这难道还不神奇吗？

但是这个奇迹会持续多长时间呢？人类会朝着怎样无法躲避的结局发展呢？人类也会同三叶虫、巨蝎，以及我们熟知但已不在的浮游生物和爬行动物那样，然后被人记得曾经存在过吗？人们是否可以再次逃脱灾难，在这片土地上持续生存，持续发展吗？会持续到什么时候呢？一直到太阳变凉，不再转动，不再为人类提供热量和生命力？人们在灭亡之前会进展到什么时候呢？想起这些真让人头疼。

会到什么地步？

我无法赞同有这样一个人类占有特殊地位的宇宙计划。我在大自然中看到了太多与之矛盾的事，不能认同原有和谐的看法。没有哪一个上帝会回应人们的询问和呼喊。人们获得的答案都是他自己的内心想法。人类世界是自我封闭，有范围限制的。人们唯一的雄心壮志就是在自己这个狭小世界满足自己的一切要求。这个空间对于人们的渺小而言显得广大，但与广阔的宇宙相比又显得渺小。科学会满足于这种渺小世界吗？能让人们在发现自己的渺小以后还能保持平稳与开心吗？科学作用那么大，很有可能发生。它可以让人类接受先天的局限。接受人类诞生的偶然性跟人类微小的思维模式。它可以让人们持续性地感受到今晚这种平和，能够以近乎安宁的态度去审视等着我的虚无，会吞没一切的虚无。

八月二十三日。

这一觉睡得比以往的时间都要长，而且睡得很沉。醒来以后感觉精神状态不错，喉咙里不仅没有让我呼吸困难的分泌物，也没有破风箱般的声音了。

我在陶醉的境界中沉睡。虽然没有希望，但让人感到温和。今早要折磨我的东西对我来说不值一提，毫不重要。虚无，即将到来的死亡，以一种独特的性质排除了一切反抗，控制我。这不只是听天由命的理论，不，我只觉得病痛和死亡让我成了宇宙命运中的一个部分。

我多么希望可以恢复到昨晚的精神啊！

在走廊吃午餐之前，聊天，听广播，看报纸。

战争在诺瓦荣前面和乌阿兹和埃斯纳之间进行。一天之内推进了四公里。我国军队夺取了拉西尼，英国军队则收复了阿尔贝、布雷—舒尔—索姆。（伤心的德拉库居然被一颗流弹打中，死在了神父房屋后头。）

晚上。

又恢复到了昨天夜里的平和。今天晚饭时,窒息突然发作,时间很长,接踵而来的是体力的极大减弱。

八月二十六日。

昨天一早开始,我就感受到胸骨持续的疼痛。晚上疼得要命,而且不断地呕吐。

八月二十七日。

晚上七点,喝完牛奶。明天上午我就能看到约瑟夫了。我听着他来的脚步声,有很多的事情没有做:要整理床、枕头、蚊帐,要准备药水,尿壶,拉好百叶窗,要清理痰盂,要将杯子、药剂、台灯开关和电铃按钮放在我的手边。"晚上好,医官先生。""晚上好,约瑟夫。"八点的时候,过来的是埃克托老爹,他在夜里值班。他沉默地将门推开一个小缝,探进头。似乎在跟我说:"我来给你守夜,不用担心。"

接着,就是无尽的孤独,漫漫长夜开始了。

半夜。

失掉了勇气,我连精神都变得混乱。

将所有事情与我联系起来,也就是将所有事情与我的死亡联系起来。一旦我想到了原来认识的某个人,马上就会想:"又来一个还不知道我快死的人。"又或者想:"如果他知道我要死了,会讲些什么呢?"

八月二十八日。

痛苦似乎有所缓解,难道疼痛感的消失与发作一样来得突然吗?

透视的结果不理想。自上次检查以来，我右肺纤维组织的增生速度明显加快。

八月二十九日。
痛苦稍微得到了缓解。这四年的难受折磨得我疲惫不堪。
战报：新攻势（在斯卡尔普河和韦斯勒河之间）取得了进展。英国军队向着诺瓦荣推进。我军已经占领巴波姆。
给让·保尔：
你将来会因我们都有这个特点而骄傲。骄傲吧，不要犹豫、谦虚，只是一种寄生，自愧不如的品质。（经常是内心感到了自己的无能。）不要极端自负，或是谦虚。知道自己强的一面，才会拥有真正强大的一面。
破罐子破摔，顺从屈服，向往着命令，服从为荣，这些都属于寄生。是懦弱和为所欲为的品质。畏惧自由。需要选择那些崇高的品质。最高尚的品质就是意志力，只有意志力才会造就伟大。
但会付出孤独的代价。

八月三十日。
我军又以怎样的代价度过诺瓦荣呢？
我很诧异新闻里不断重复即将结束的战争。美国因为没有参加战争，于是无法感受到军事上取得胜利，和军事力量上获得和平的快感。威尔逊希望通过政治打垮德奥帝国，击破俄国给予他们的保护。整个事情的发展速度，还是不希望德奥两国在半年内瓦解，在柏林、维也纳和彼得堡建立巩固而且有效交往的共和政体。
窗外看去，六七根电线拉得紧紧的，划过矩形的天空，就如同相片底板上的条形纹路。雷雨季节，成串的水珠每隔几厘米，就会顺着电线向同一个方向滑过，从未重合。这个时候，我不能做别的事情，也看不见其他的东西。

一九一八年九月一日。

又开始了崭新的一个月，我能活过这一个月吗？

我走下楼梯去吃午饭。

从七月以来我没剃过一次胡子，于是我再也没有对着脸盆上面的镜子看我的脸。刚不久在秘书处，我忽然照了一下镜子。过了好久才反应过来里面那个胡须满面、奄奄一息的人就是我。"有点虚弱。"巴多尔坦言。其实是"衰竭"更加贴切！

这个样子看来拖不了几个星期了。

在英国军队收复凯梅尔峰以后。我国军队便攻上运河，使得敌军向利斯河①撤退。

一日，夜间。

拉雪尔，怎么突然想到她？

拉雪尔红棕色的眉毛，眼睛周围闪着耀人的金色黄辉，目光是那样成熟！她轻轻按住我的双眼，使我无法看见她的愉悦。她的手在抽筋，无比沉重，当她松开手的时候，她的嘴巴和全身的肌肉也都放松了下来。

九月二日。

外面起了风，我整天都窝在房间里面。在头顶和走廊，我听得见戈瓦朗、伏瓦兹内和士兵们在谈论他们大学时的日子。（拉丁区、

① 利斯河在法国和比利时边界上。

苏弗洛咖啡屋、瓦舍特咖啡屋、右风笛伴奏的派对、女生之类的。)仔细听了一下便气愤且不安地回到客厅。

让·保尔,不要害怕花费时间。

不对,我不应该跟你这样说。正相反,你的一生短得无法达成人生理想。

但你还是可以放纵一下你的年轻时光,我的小东西。昂图瓦纳伯伯临死之前,就因为年轻时没有放纵自己,所以无法感到慰藉。

九月三日。

早晨。

让·保尔,昨天我梦到在这个花园中,我抱着你,我看到你坚硬地挺起胸膛,像是一棵健康成长的小树,什么都无法阻挡这股成长的力量。你还很小,就如同几周前我抱你在膝上时那样,你像我当年那样年轻,像我一样成了一名医师。将来以后,我的第一反应是:"或许他以后会成为一名医师?"

我围绕着这个不断幻想着。我想将我这十年观察、探究、草拟的方案和所有的笔记、书籍都给你。若你二十岁时还不知道怎么处理这些东西,就把它们随便送给一名年轻医师吧。

我不愿早早地放弃自己的目标。那一名年轻的医师将会继续完成我的梦想,那人就是我今早看到的,我印象中你的样子。

午间。

或许我不该放弃喉咙发声练习,并且减少呼吸练习的时间。这半个月我病情更加严重,今早上只好进行一次直流电烙器治疗。

整个早上都在床上度过。

重复阅读《劳动日报》上的最新内容。威尔逊的讲话朴实且高尚，言语中透露着他的睿智。威尔逊强调真正的和平绝不是改变欧洲形势。他明确指出："这是一次战役。"（就如同美国革命①一样。）我们需要一次性地推翻欧洲以往的荒谬形态，不能重蹈覆辙："每个国家追崇和平的人们因军备而破产，被迫在国家边界过着枪支随时上膛的日子。"要建立一个和平友好的欧洲联盟，让美国那种强盛的安全环境带给欧洲旧大陆。那是一个没有战胜国和战败国的和平，不存在任何复仇因素的和平，不留下任何有可能重新萌发战争意识的和平。

威尔逊指明了推翻独裁是达到和平的第一条件。这是最根本的目标。一旦日耳曼帝国主义留有余患，欧洲就无法安全。一旦奥德国集团没有向民主方面转化，或是错误思想的源头（错误是由于违反了人们总的利益）还存在：追崇帝国主义独裁，不知羞耻地鼓吹武力，坚持认为德国的能力凌驾他国，可以统治他们，诸如此类，欧洲就无法安全。（德皇随从对于救世主降临说的传播，是为了让民众都加入十字军，最后建立日耳曼霸权在世界格局中的地位。）

晚上。

戈瓦朗和伏瓦兹内特地在晚餐过后来访。我们谈及德国现状。戈瓦朗觉得这种不祥的暴力追崇与其说是帝国主义制度产生，或是因为种族原因，还不如说是一种本能。我们谈及德国毕竟不是普鲁士。戈瓦朗也赞同，德国拥有成为一个和平自由民族的所有必备条件。何时日耳曼救世主降临说会成为一种民族本能呢？独裁统治制度明显鼓动、发展并且使用了这种本能！若我们想要推翻这个罪恶德国，赢得战争，那我们依靠的是自己，依靠的是和平协议的性质，依靠

---
①指美国独立战争。

的是我们对于战败国的心态。威尔逊希望德国民众可以进行民主教育，让救世主降临说被搁置。只要德国无法拿和平条例作为战争理由，就可以消除救世主降说，或者让它转移目标。可能我们要花十五年。我怀抱希望。我相信在一九三〇年以后，德国将成为一个民主、朴实、勤奋、和平的国家，并且成为欧洲联盟的中流砥柱，这不会错。

伏瓦兹内想起一九一一年十一月。很对。为何卡约的法德条约没有结束战争？威尔逊知道这是由于德国政治体制没有，而且无法改变。如果没有出动普鲁士条顿的帝国独裁精神，不触动它的称霸野心，不触动泛日耳曼主义的内在因素，光战胜德国是没有作用的，帝国主义精神没有根除，无法到达真正的长久和平。

不要忘了，只是德皇政治反对欧洲，破坏了海牙会议①。（戈瓦朗指出细节：都同意限制军事编制和装备，并且签署条约，原本可以达到好的效果。但是签订条约的前一日，德皇政府命令拒绝签订条约。）德国在这一天摘下了面具。如果当时决策通过，德国和其他国家一样同意了限制军事编制和装备，那么一九一四年的欧洲大陆不会如此，战争或许不会爆发。想想看。如果泛日耳曼思想始终在欧洲中部采取扩张制度，对七千万人民持续统治，不断鼓励人民的民族傲慢情绪，那么欧洲始终不会取得和平。

九月四日。

今天早上开始，胸口断断续续地长时间疼痛，特别难受。（还有其他不适。）

战报又一次宣布了收复佩罗纳。我记得八月以来，从未宣布佩

---

① 指1899年初夏在俄国提倡下召开的海牙会议，目的在于联合大陆各国反对英国。

罗纳失陷。

收到菲力普的消息。巴黎传出福什准备同时发起三处进攻的传言。一处进攻圣冈丹,一处进攻埃斯纳,另外一处是与美军一同进攻默兹。就像菲力普讲的:"以后还会有更多的损失。"果然要靠牺牲更多的人来赞同威尔逊的观点吗?

晚上。

戈瓦朗来看我的时候特别愤怒,他跟我说,威尔逊最新咨文在晚饭期间起了争议。一八九九年五月和六月,在俄国开展的海牙会议是为了让各国联合抵制英国。大家一致觉得,联合国的本质是为通过稳定的制度团结文明世界,共同抵挡德奥两国的工具。戈瓦朗觉得这种思想在所有法国高官(从普安卡雷和克列孟梭起)脑中生根,换句话说:"将德国排出集体是使欧洲获得和平统一的唯一方法。德国是个可恶的种族,是未来战争的催化剂。只要欧洲还有德国在活跃,那和平永远不能实现。因此,需要监督德国,以防它害人。"

要是戈瓦朗说的是真的,这将是完全否定威尔逊的想法,真是吓人。欧洲的三分之一将对战争负责,把不可信任作为借口,将这三分之一赶出联盟,这便是将欧洲司法组织扼杀在摇篮里,让国际联盟成为笑话,认同梦想的实现需要将欧洲在英法的霸权主义下,任意栽培可能产生矛盾的萌芽。

威尔逊对这方面特别敏感,他清楚地知道怎样便陷入帝国主义的大网里!

九月五日,周四。

今天无法站稳,我的确是一名正在逐渐死亡的人,下楼都需要五分钟。

我被缓慢但有规律地推向死亡。突然想到父亲临死前的夜晚,他一直重复哼唱着小时候喜欢的歌词:

"赶快,赶快去约会!"

我不应该再继续拖欠为让·保尔写的,有关父亲的札记。

在后方营地中,有几次找到一张可以让人安静躺下来的床,那时候觉得特别的幸福。我曾在床上几个小时,一直在幻想战争结束以后的场景,单纯地想象马上到来的时光,我希望过上更加幸福、更加忙碌、更加有用的日子。好像这些美好都是理所应当的!

但是死亡,死亡,这个固执的认识,就如同身体的入侵者,陌生人,依附者,是一个烂疮。

如果有一天我可以接受死亡,那一切都会不一样,可那个时候我需要求助于形而上学,但这……

复归虚无居然能产生这样的抵抗,真叫人奇怪。我想:若我相信有地狱,那我被打入地狱时会有什么感觉呢?我不相信那时候比现在更坏。

晚上。

约瑟夫帮少校给我带了一本标有记号的杂志。我翻开阅读:"战争总有各种不一样的理由,但原因只有军队。如果没有了军队,就没有了战争。军队的取消是靠消除独裁体制完成的。"这句话是维克多·雨果在一次演讲中说到的[1],雷蒙在旁边写着"一八六九年的和平代表大会",还画了一个大大的感叹号。

谁要嘲笑就笑吧。难道是五十年前有人指出要取消专政,限制

---

[1] 1869年曾在洛桑召开和平大会,维克多·雨果是大会主席。

军备,所以现在有理由失望,于是人们始终不能摆脱谬误吗?

这几天咳痰比前几天更加严重,而且碎屑物质增多了。(一片片脱离的黏膜和假膜。)

九月六日。

今早收到了罗瓦太太的来信。她每年都会在儿子的忌日给我写信。(吕班经常让我想到小马尼埃尔·罗瓦。)

若他现在还在世,他现在会怎么想呢?我可以想象出他像吕班一样伤势严重,可总表现得无所谓,希望早点养好伤重回战场。

让·保尔,我在想,等到你二十五岁,一九四〇年的时候,你会怎么看待战争?那个时候,你一定生活在正重新建设的和平欧洲。你想得出"沙文主义"是什么样的吗?在一九一四年八月,很多跟你一般大、拥有美好前途的人们,却跟我可爱的马尼埃尔·罗瓦一样严肃地走向战场,你能理解他们的英雄主义吗?你要公平地理解他们的崇高行为,他们没有一个想死,但都心甘情愿、勇敢地去为拯救危机中的祖国奉献力量。他们都不是一时冲动。很多跟马尼埃尔·罗瓦一样甘愿牺牲的人,都坚信他们的牺牲换来的是你们这批人的美好未来。我的确和很多这样的人成为朋友,昂图瓦纳伯伯可以证明他们。

报纸上报道我军已渡过索姆河,攻入吉斯卡尔。现在朝着索瓦松北部推进,准备收复库西。我国军队能够阻挠德军在埃斯考河和圣冈丹运河后方立足吗?

九月七日,晚上。

给让·保尔:

我想到了你的前途。是马尼埃尔·罗瓦那些的人期望实现的"更加幸福"的前途。我希望你可以更加幸福。可我们留给你的是一个更加杂乱的世界，我害怕你在混乱动荡的时刻步入生活。矛盾、不安，新旧势力的相互斗争。只有强健的肺部才能吸入这样肮脏的空气。你要小心，并不是每一个人都能感受到生活的乐趣。

我一般不会做预言，想要窥见明天的欧洲大陆，只需要动脑筋。从经济层面看，每个国家都不富足，社会生活失去了平衡。从精神层面看，忽然与过去割裂，旧价值观全部崩塌。所以，很可能发生巨大混乱。这是一个蜕化的时刻。危机日益增长，随着盲目、痉挛、莽撞与低迷。最终将达到平衡，但这需要时间。没有阵痛就不会有新生。

很难料想你那时会变成什么样呢，让·保尔？每年的人们都以为自己找到了答案，可以拿出最好的解决方法，戈瓦朗认为可能会出现一段时间的无政府管理时期。但我不这样觉得。就算是无政府主义，也只是表面上的。因为人们不能靠自己前进，也不可能出现无政府状态。难以想象。历史经验摆在这里。人们在经历了动乱之后，只会慢慢趋向组织化。（这一次战争很可能意味决定性的一步，就算没能走向兼爱，至少也能走向互相谅解。达到威尔逊提出的和平之后，欧洲大陆的地平线会不断扩大，人们相互友爱、团结合作的观念会逐渐取代民族观，诸如此类。）

不管怎么样，你将会看见巨大的变化和变动。我要表达的是，我觉得在接下来的时代，公众言论和它引起的思潮力量会更加强大，并且起到一定的决定作用。以后的时代或许会拥有与现在相比更多的可塑性。个人会具有更加重要的地位。有能力的人会拥有更多的可能让别人接受他的想法，让人接受，而且有更多的机会为新建设做贡献。

想要成为一名有才能的人，就要发展自己需要具备的个性，不盲目地相信流行的道理。挣脱束缚自己个性的苛刻要求很吸引人！参与到集体狂热的活动当中很吸引人！信仰也很吸引人，因为它很热情而且让人快乐！你要学会抵制这样的吸引力。这不容易。道路越是混乱曲折，人们越会为了找到出口而不惜一切代价，就越乐于选择一个让他感到安心、指引他的现成理论。面对一个自己无法独立解决的问题，所有言之有理的答案在他看来都是一个避风港，特别是大家都会赞同的答案。这极其危险！需要抑制自己不接受这样的口号！不让自己随便加入一个党派！就算在精神上经受找不到答案的折磨，也不要通过某些信徒成为他们的同党。一个人在黑暗中搜寻并不奇怪，只会让人感到烦恼。最可怕的是你乖乖地附和周围人鼓吹的那些谬论。你要小心！这个问题上，你父亲做得很好！他孤寂的生活，始终变动。不安的想法成为你胸怀坦荡、谨慎、有内在能量和尊严的榜样。

清早。无法入睡，无法入睡。

（每次我有话对让·保尔说的时候，总会不自觉地使用"布道者"的语气，爱用"小心"之类的词语。）

若想成为一名"有才能的人"。只用记住一个词：方法。

方法？关于有才能的人，我只接触过医师。所以我会觉得，一名有才能的人在事态发展面前，在客观事实和社会生活中突发情况的态度，应当与医生对待病人的态度如出一辙。最要紧是保持眼光的某种纯净性。医学方面，人们了解到的都是教科书上的知识，不足以处理每个特殊病情产生的新问题。所有的病情，就像是社会危机，都是首次见到的病状，原来没有出现过这种情况，也就没有相应的解决方法，所以需要创造出一个新的疗法。要做一名有才能的人，就需要具备这种创造力。

九月八日，周日。

今早醒来时咳出了一块大概十厘米的脱落物，我命人将它带给巴多尔检查。

翻看昨天写的日记，很诧异自己还能时不时地关心未来和后世。这只是让·保尔的原因吗？

思考半天，我发觉自己的这种关心不受外力产生，虽然不常说但经常想到。我反而诧异自己努力思考，自省以后的成果。事实上，考虑未来对我来说是一个长时间的本能心理活动。真是奇怪！

午饭前。

想到一条曾让菲力普特别震撼的死囚新闻。（那是我们最早专业外的谈话，那时我刚到他那个科室。）当他被执行官抓着双手，跪在断头台上的铡刀旁边时，他奋力地跟检察官喊："不要忘记我的信。"（当他在牢狱中听到自己的情人背叛他之后，就在死刑那天早晨向法官坦白了一件还未受到制裁的事，而且那个女人是这个事情的积极参与者。）

我们不懂人都死了，还对尘世的这些事情牵萦于心！菲力普由此发现，大部分的人都不能真正达到非存在的境界。

现在这个事情，不会再让我那么诧异了。

九月九日。

嘴中漫出一股腥臭。干什么还继续这样呢？我一直都不相信杂酚油药剂可以有多大的作用，它让我想到牙医，顿时一点食欲都没有了。

午后，户外。

早上刚写下九月九日，突然想起今天是勒维尔战役满两年。

晚上。

一整夜我都在想勒维尔战役。

天色近暗的时候我们到达村庄。救助站设在一个废墟村庄的小教堂的地下室。昨天，村子遭受了两百发重炮炸弹。夜里村中升起了几处照明弹。上校代行旅长职责，把指挥所设在一个仅有三面墙壁的建筑中。七五大炮被设在树林中不断轰炸。池塘四周的矮墙都被轰塌。由于那条红色压脚被弹片划破，于是我在第二天早上在这床被子旁受伤。破碎的瓦砾和干裂土地被辎重队轧成一条条沟壑。从教堂地下室破碎的玻璃窗看去，能看到村后的山顶。大量的病人满身泥土，跛着腿从山顶下来，每个人都带着温顺恍惚的神情。我看到山顶在熊熊烈火的天空映照出来，天空中可以看见山顶上四处支起的铁丝网和木柱，都向一个方向歪斜，好像是被狂风吹歪的。左面失去两翼的旧风车，就像是一件压碎的玩具。（我居然喜欢描绘这个景象的奇怪嗜好。这是什么原因？是怕忘记这一切吗？为谁写的？是为了让让·保尔了解，有一个早上他的昂图瓦纳伯伯去过勒维尔。）一到晚上小教堂的地下室便挤满了病人。四处都是低哼声，喊叫声。死人和还没运走的人都堆放在地下室的草堆上。祭祀台上放着一盏风灯，还有插着蜡烛的瓶子。屋顶来回摆动着奇怪的阴影。我似乎又看到了地下室用两个木桶支起的木板做成的桌子，上面放着衣服和被单，所有的东西尽在眼前，好像那时我努力观察，只是为了以后还能清楚地记得。当时我一旦开始工作，就会沉浸在里面，这是一种对工作的热忱和乐趣。我动作麻利，同时极大限度地控制自己。所有的感知能力似乎都惊醒了，意志力贯穿四肢，一直顺流达到指尖。但是四肢像是灌了铅一样愚钝让人无比苦恼。被追求的目的以及要做的工作一直支撑着。什么都不听，什么都不看，全心全意投身工作。工作的时候条理分明，善于应变，不浪费丝毫时间地努力工作，每个行为都是必要的，为伤口消毒，适时缝合血管，将骨折的地方固定住。接着说："下一位！"

我似乎蒙昽间又一次看见了那个挡雨屋檐和车库，他们由巷子的另一头走来，将伤兵从担架上抬下放在那儿。我清楚地记得那条需要紧贴墙壁避开流弹的窄巷。子弹唰唰地从耳边飞过，打得泥土崩裂出声！矮个子指挥官一只胳膊吊着三角巾，眼神热烈地举起好的那一只手，直至太阳穴的位置，像赶苍蝇般用力挥动："这里太多的苍蝇，太多。"（我突然想起那名满头白发的大胡子指挥官，他和我们一起在龙普雷莱科尔圣战地医院疗养，他神情阴霾，用巴黎郊区的方言让士兵从担架上下来："下来，他们在喊您！"）

我们一整晚都在工作，完全没有想到迂回运动。一早来了名通信员，通知我们村子的一边夜晚受到攻击，原本作为逃生的战壕变得艰险，到达唯一能行走的战壕需要冒着枪林弹雨，直直地走过广场。当时我完全没有想到自己可能遇到的危险。当我突然倒下，然后看到红色压脚被后才意识到："打穿了肺部。还好没有打到心脏。"

（问题就在这里。要是那天我只是四肢受伤，也不会演变成如今这个地步。要是我的肺部没有受伤，就算我吸入了毒气也不会病变成这样。）

2023

九月十日。

昨天开始我就在回想战争。

我想跟让·保尔说说伤寒病人的情况。所以我比一般的同事在第一线留的时间要长一些。一九一五年的冬季，我始终驻扎在北部第一线的孔皮埃涅队伍中。医疗队值班每半个月都会进行一次交流，每个人都要走六公里的路到一个收容所值班，那是一个仅有二十来张床铺的医疗站。有天夜里我过去值班的时候看到有十八名病人挤在地下室。病人们都发着高烧，有几人竟烧到了40℃！我借着亮光观察他们。这些人显然患了伤寒。但前线规定，不允许有伤寒病人。就算有病人，也不允许医治。当夜，我电话询问四条杠的医官，我报告说这里有十八名患者，好像得了严重的肠胃炎，和伤寒很相像（我还是小心地避开了使用伤寒二字）。我诚恳地拒绝继续在这个医疗站继续值班，我相信如果这些人不立即撤离，还留在地下室，一定会死在这里。次日一早，我便被派去见领导，乘车去师部。我和领导起了争执，最后终于获批可以将病人撤离。也正从这天开始，我服役的档案中有了一个"记录"，也就是这个原因，一直到我受伤离开，都从未晋升。

晚上。

我思考着与这里人的关系。这里鱼龙混杂，让我想到了在战场的时候，不对，没法比较。这里只有伙伴关系，没有别人。但在战场上，就算跟炊事员也都是兄弟。

我想起那些我熟悉的人。忧郁地环顾四周。几乎全部的人都缺胳膊断腿，或是已经死去。卡利埃，布罗，朗贝尔，公正刚直的达兰，于亚尔，莱斯内，穆拉通，这些人现在在哪儿？索内呢？小诺普斯呢？

剩下的那些人呢？他们当中有多少人可以在战争结束的时候平安回来？

我感觉现在的战争和以往不同。达尼埃尔曾经在庄园跟我提过："战争会让人与人之间建立起一种特殊的友谊。"（稍纵即逝的友谊，这是一个残忍的机遇！）但他说得没错：这是一种可怜、宽容，相互之间寻找温暖。在共同经受的厄运中，大家最终都是剩下最简单的反应。不论是不是军官，都在经受相同的屈辱，相同的厄运，相同的厌恶，相同的希望，踏着相同的泥土，经常看着相同的报纸，吃着相同的食物。因为战场上大家需要别人的关爱，于是相互帮助。所以耍花招，心肠狠毒的人要比别的地方少。在前线大家很少与人为敌，也没有嫉恨，不仇视愤怒。（甚至不憎恨敌方的德国兵，他们同样是荒诞行为的牺牲品。）

还有一点：因为环境所迫，战争是一个让人沉思的时刻。不管是受过教育还是没有受过教育的人都会这样，大家都会在战争期间进行纯粹的思考。大体如此。是不是因为天天都濒临死亡，所以就连最不会冷静思考的人也要沉思？（比如说这个本子。）我每一次看到所在军营的战友，他们都在沉思，在内心寂寞地省察自己，这似乎成了战争期间的需要，然而，人人都在隐藏这一点。这是大家留给自己的一个角落。在这个被迫的非人格当中，思考是大家最终藏身的地方。

对于那些大难不死的人，这样思考以后可能留不下重大结果。但总有种强烈的求生渴望，害怕没有任何价值的死亡，还是对豪迈雄壮的语言和英雄主义感到厌恶？也许相反，是对于战场上"道德"的留恋？

九月十一日。

几天前的早晨我咳出了一个脱落物，经过细胞组织的检验以后，发现不是假膜，而是一部分黏膜。

晚上。

事实上，我不仅想过生，也想过死。我一直回想过去的事，就像是拾垃圾的翻垃圾桶一样。我用挂钩找到了一些渣滓，不断地观察，琢磨，持续思考着。

一生中只有那么一点东西。（我并不是因为自己的生命短暂才这样说。任何的生命都是如此，这的确是真的！）平庸至极！只是漫漫黑夜中一瞬而过的光芒。能有几个人清楚他们反复强调的都是些陈词滥调呢？能有几个人感受得到这个话中的悲凉？

总是无法摆脱这种毫无意义的问题："人生为的是什么？"我在回想过往的时候，总是会询问自己："这为的是什么呢？"

没有任何价值。人们很难接受这一点，自十八世纪以来，基督教义就深入每个人的心中。越深入思考，越观察身边的人和自己，就越会相信这个显而易见的道理："这一点价值都没有。"无数的生命体出现在这片土地上，一阵混乱之后，便腐烂、消失，把自己的位置又交给另外的无数的生命体。也许第二天，他们就消失在这片土地上。他们短暂的生命一点价值都没有。生命除了在这短暂的生命中尽可能地减少不幸，其余一点价值都没有。

领悟了这个道理之后，并不像大家原本想象的那样让人失望，让人消极。摆脱了所有的幻想，某些人愿意付出一切只为让自己的生活变得有价值，就是通过这些幻想欺骗自己。扫除幻想以后，人们会奇妙地感到平和、力量和自由。如果大家擅长把握，就有可能使之成为让人奋发努力的意识。

我突然想起二号楼下的游戏室,我每一个早晨从医院出来的时候都会经过这个游戏室。现在我看到里面爬来爬去、玩着积木的生病小孩。那些小孩大多身患不治之症,或是身体残缺。有的是在生病,也有的正在疗养。那里有发育迟钝的孩子,有半个白痴,还有一些聪明伶俐的孩子。那像一个社会缩影。是用望远镜大的一头看的人类。很多孩子只是随意翻动面前的积木,不断摆弄积木的各个面。还有一些伶俐的孩子,他们根据颜色的不同组合积木成为各种形状。有的孩子更有创造力,他们搭起了左右摇摆的建筑。有的时候,孩子专心致志,坚持不懈,具有创造力,雄心勃勃。当他给自己设定了一个困难目标以后,通过不懈努力,终于完成了一个大桥,一个方尖纪念碑,一个金字塔的搭建。等到游戏结束,所有的东西都会被摧毁。只留下一堆凌乱的积木放在麻油毡上,等着明天游戏时间的到来。

总而言之,这就像一个人生缩影。我们所有人,除游戏以外没有其他的目标(不论为自己找多少理由),像是搭建在身边找到颜色各异的积木一样,依照自己的兴趣和各自的能力,将生活给予的条件组合。最有能力的就将他们的人生搭建成一个繁杂的建筑,一个完美的艺术作品。要努力成为这类人,让游戏变得更加有意思。

每个人用自己的方式,利用偶然得到的条件,建立一座自己的方尖碑或金字塔真的那么重要吗?

晚上。

我的小东西,我很愧疚昨天晚上写了那些让你看完会反感的东西——"老人的看法",你肯定会觉得那是将死之人的看法。你说得

2027

不错。我也不知道正确答案在哪儿。应该有一些不那么消极的答案回应你的必问的题目："让人生和工作发挥最大能力，是为了什么？"

为什么？为了你的曾经和往后，为了你的父亲和孩子，为了你自己是链条上的一个环节。为了保证世系延续，传达自己获得的，经过改进、完善，然后传达下去。

也许我的出现就是为了这些吧？

九月十二日，早上。

我向来是一名普通而且能力一般的人，与生活对我的要求平衡。我没有过多才能：学习和记忆力普通，气质一般。其他的都是伪装。

下午。

强健和愉悦全是遮眼罩，只有病痛才让人明白。（生病后的痊愈，能让人更清楚地了解自身，了解其他人。）我愿意这样描述："从未生过病的人一定是个笨蛋。"

我向来是一个没有真正的文化的庸人。我是为了工作才学到了知识，这只适用工作。但受人敬重的人所学的知识不仅限于专业领域。成功的医生、哲学家、数学家、政治家，不只是一名医生或者学者之类的。他们的知识跨越其他领域，可以在各领域自由活动。

晚上。

关于我自己：

我只是名挑选了一个最容易出成果职业的幸运儿。（这也说明我还有些能力。）可是这种能力相当普通，足够稳定地让我合理运用优势。

我盲目高傲地过了一生。

我以为我的成功都归功于我的大脑和意志力。是我创造了命运，所以是理所应当的。因为那些不如我的人评价我是上流人物,所以这就是事实。伪装。我都骗过了菲力普。

那些幻想和想象都无法长久,看来是生活没有让我经受过太大的失望。

原本我也只是名和大多数人一样的好医生。

九月十三日。

今早咳出了粉红色的痰。十一点的时候躺在床上,等着约瑟夫上楼拔火罐。

我的卧房就是一个狭小而且丑陋的地方,它的每一个细节我都了如指掌,甚至到了让人厌恶的地步。房间里每一个钉子,每一个钉眼,就连粉色墙壁上的每一处瑕疵我都看了无数遍!还有镜子上一直贴着的舞女照片!(要是有一天我叫人将它撕去,可能我还会觉得缺少些东西!)

我躺在这张床上,度过一个又一个小时,一天又一天。我是多么活跃啊!

我不只行动活跃,我还热衷,并且天真的崇敬行动。

(要公正地对待原来的行为。我明白这是行动告诉我的。我经过亲身体验,通过行动塑造。就连这个地狱般的战争,我可以这样坚持下来,就是因为战争让我不停地行动。)

午后。

原本我应该好好地做一名外科医生,用外科医生的善于沉思的气质去工作,才能真正做好一个医生的本分。

晚上。

我又想到了原来的那些出色活动,特别严格。我现在可以分辨出当时有些做作的地方。(对自己的行为比对别人更加严苛,至少跟对别人是一样的。)

对于别人夸赞的需求是我的一个缺点。(让·保尔,我向你承认这个弱点对我来说并不简单。)

经过几百次的事实我发觉,我需要有其他人在场,他们要观察我,注意我,并且评论、赞赏我,我需要靠别人的认可来激发我的才华,让我更有勇气,更有力量,让我的意志力获得无法阻挡的冲动。(比如说攻击佩罗纳的时候,在蒙米拉伊战地医院,"燃烧树林"里的攻击,等等。或者说是当兵之前,我在医院独自面对病人的时候比与同事一起的时候,对病情判断更加准确,而且治疗更加果断。)

今天我才发现,真正的意志力不仅表现在这里,意志力不需要观众。但我需要别人的关注来提升最大限度。如果我一个人待在鲁滨孙漂流的岛上,我会疯掉的。只有星期五①的出现,才能激发我的英勇行为。

晚上。

让·保尔,你需要锻炼你的意志力。只要你拥有意志力,你就无所不能。

九月十四日。

病又发作了。不仅是难受,内胸骨也疼。难以言喻的肌肉收缩。不停地反胃呕吐。完全不能下床。

---

① 《鲁滨孙漂流记》里的人物,被鲁滨孙拯救的一个土人,成了鲁滨孙孤独生活中的伴侣。

戈瓦朗带给我的报纸上刊登瑞士方面，它对奥匈提出的和平条例和德国暗中进行的革命运动做出了评论。这都是因威尔逊发表的咨文引起，难道民主思想在这里取得了进展？

美军向圣米耶尔方向进攻的信息被逐渐证实。圣米耶尔是通向圣米耶尔和梅兹的道路！我国军队挺进了自称无法跨越的兴登堡防线①。

九月十六日。

今天没有吐，情况好多了。但两天没有吃东西，身体还是很衰弱。

克列孟梭回应奥地利对于和平建议的语气让人厌恶，甚至比骑兵军官的泛日耳曼主义者语气更坏。最近连续取得军事胜利的成效马上表现出来了：一旦有一方认为占据了优势，他们会立刻将自己暗中打好的算盘表现出来，这都是帝国主义野心。只要协约国取得的胜利不仅是美军的，就需要威尔逊努力地与政客们交涉。原本协约国可以堂堂正正地暴露自己的目的，但怕最后得不到原本划分好的战利品，于是想通过假造声势获得更多的利益。戈瓦朗说："这几次胜仗让协约国忘乎所以了。"

九月十七日。

他们准备怎么做可以直接跟我说。支气管肺炎持续病发，一直都被他们看为肺部感染复发的症状。

九月十八日。

---

①兴登堡（1847—1934），德国元帅，1916年后为德军司令官，兴登堡防线是德军参谋部建造的防御体系——从北海到瑞士边境，德军声称坚不可摧，1918年9至10月被联军攻破。

巴多尔做了长时间身体检查以后，由赛格尔判断病情。心脏右部机能显然衰竭，呈现出青紫色，血压太低。

几个星期之前，我就料想到现在的局面。还是那句老话："肺部有问题，要保住心脏。"

男看护有个特征：只要找他时，就永远看不到他的人；但烦他的时候，又在房间里赶也赶不走。

十九日至二十日晚上。

生生死死，来回不断发展，诸如此类。

下午和伏瓦兹内一同研究香槟战线的战况地图。我忽然想起那片白茫茫的原野（沙隆东北处的一片平原），一九一七年六月我换了岗位在那休整，吃东西。整个的土地因为战火炸开，寸草不生。那是在春季，离前线不远，到处都恢复了种植。在我们休整地不远处，茫茫荒原中是一片绿洲样的土地。我过去以后发现那是一名德国人的坟墓。一座座坟墓像是与地表平行一般掩埋在杂草深处。坟墓上有很多茂密的燕麦、野花和蝴蝶。

明明很平凡的事，现在想起来居然让我感到特别激动，一整夜想的都是那片盲目的自然，等等，但不知如何表达。

九月二十日。

圣米耶尔、兴登堡、意大利、马其顿纷纷取得胜利。四处都是胜利。但是……

但是我们以什么作为交换条件呢？

不只是这样。从我军获得战况优势以后，我们便担忧地发现，协约国在新闻上的口气顿时变了。巴尔夫[1]、克列孟梭和兰辛[2]拒绝了奥地利的建议。这逼得比利时也拒绝了奥地利的建议!

戈瓦朗来访。不,我不觉得战争会这么快就结束。要成立德意志共和国,让俄国这个泥人能占有一席之地,这可能需要很长的时间,几个月或者几年的时间。我们愈靠近成功,就愈难达到和平,长时间的和平。

我和戈瓦朗激烈地争论关于进步的问题。他反问我:"难道您不相信会进步?"

有,的确是有。但这么巨大的进步,应该是在几年以后的事情了,我不抱期望。

九月二十一日。

下楼吃午餐。

不论吕班、法贝尔、雷蒙的想法有多么不合拍,但他们都属于宗教主义分子。(伏瓦兹内评价少校时曾经说过:"我不敢相信上帝赐予了他脑子。如果说他只有一根脊椎,我一定深信不疑。")

给让·保尔:

真理都是短暂的。

(我还依稀记得,曾经大家都觉得防腐剂能解决所有问题"消灭细菌"。但大家发觉,防腐剂不仅能够杀死细菌,还会杀死活细胞。)

探究,然后迟疑。对任何事都不能完全肯定。任何道路走到底都会变成死路。(这种情况在科学技术中很常见。我遇到过很多有相

---

[1] 巴尔夫(1848—1936),英国政治家。
[2] 兰辛(1864—1924),英国政治家,1914年任国务院司法顾问,后任外交部部长。

同能力，相同敏感程度的人，对真理也有相同的热情。研究相同的情况，诊断相同的临床症状，最后获得完全不一样或者是相反的总结。）

趁着年轻，就要改掉对任何事都绝对肯定的毛病。

九月二十二日。

胸侧异常疼痛，我一旦坐下来就没有力气再换位置。巴多尔跟我承诺乙胺苯甲酸药膏效果很好，但对我一点作用都没有。

九月二十三日。

他们如今都不知道该向哪里扎针灸，我胸口满是针眼。

九月二十五日。

昨天开始，我的体温又开始了大起伏升降。

虽然想要到楼下去，但刚一准备下去就感到头晕眼花，只好回到床上。

我闭上双眼，根本不想看到这个房间，看到那个粉红的墙壁。

我想起了战前的年轻时代。我内心对未来生活的相信，是超越信心的，是我力量的真正源泉。我每一天，都被往日光芒变成的黑暗不断折磨。

又感到恶心。巴多尔因楼下新来的三名病人而忙得无暇分身。下午的时候马才上来看望了我两次。我真不喜欢他那种粗鲁的态度，我相信是他殖民老军人的态度和一身的臭汗让我恶心的。

九月二十六日，星期四。

整个晚上都不舒服。听诊的时候发现了胸口捻发音的新病灶。

晚上。

打完针以后感觉好很多,但这又能持续多久呢?

戈瓦朗来看望了我,但是他的来访让我感到厌烦。法美两国联手,英比两国联手展开攻势。巴尔干战线上,协约国同样赢得了胜利。保加利亚希望停战求和。戈瓦朗跟我说明:"若是保加利亚可以获得和平,那就说明战争即将结束:女人们一流羊水,那就要生孩子了。"

德国人又开始内部矛盾争论。社会党人说明了参政的具体条件,首相也在演讲中隐隐透露出了全国普遍存在一种不满情绪。

太有意思了。事态发展的速度快得让人担忧:土耳其被破坏,保加利亚和奥地利也想要求和。全国都被胜利笼罩着,像是深海漩涡一样的和平力量向前不断推进,让人眼花缭乱。那欧洲现在能不能建立真正和平了呢?

格拉斯大酒店内,有个美国人用一千美元打赌战争一定会在圣诞前夕结束。

那些能活到圣诞节的人该是多么美好啊!

九月二十七日。

持续的窒息,导致我的身体越发虚弱,我自周一就无法发出声音。巴多尔带赛格尔上来,为我做了很长时间的检查。他今天没有那么冷漠,难道是担心我的病情?

晚上。

对我咳出的痰进行了检验。虽然打了有效血清,但由于出现肺炎双球菌,链球菌越发地多。

明天早上要进行 X 光透视。

九月二十八日。

显然,我全身都被感染了。巴多尔和马才一天探望了我无数次。在巴多尔决定X光透视后,开始对肺部的穿刺抽样。

他在担忧什么?怕软组织脓肿吗?

十月六日,星期一。

身体还是虚弱,没有精神,无法动笔写字。再拿起笔记本的时候感到特别的快乐,就连看到自己的房间和舞女照片的时候都觉得开心。

我又逃脱了一次吗?

十月七日。

我连续一个星期没有记录了。体力恢复了一些,也没有持续高温,白天体温正常,晚上的温度也在37.9℃到38℃之间。

大家在以为我不行之后,惊奇地发现我又活了过来。

我在三十日的时候被送到格拉斯医疗所。赛格尔和巴多尔一直陪着我,由米卡尔下午为我开刀。虽然我的右肺脓肿严重,还好感染范围不广。在第五天我终于回到了穆斯吉埃。

我也的确没有想到在上月二十九日肺部穿孔以后选择自杀。(这的确是真的。)

十月八日,星期二。

感觉好多了。我原本该可惜他们把我抢救回来。但事实相反,我淡然愉悦地接受了这又一次的间隔。

我好久没读报纸了,现在已经无法理解如今的战况。我还没听说德国的内阁已经辞职的事情。那边肯定发生了重要的事情。瑞士报纸刊登说最新任命的首相是马克斯·德·巴登①,专门负责和平谈判。

十月九日。

这不值得自豪,我回房之后才想起来,自己根本没有产生过自杀的念头。在我确诊有脓肿和做手术的日子里,我脑子里只想着要赶快顺利完成手术。

但我一直悔恨将琥珀项链留在了格拉斯,这真没面子。我甚至想过,回来以后将项链交给巴多尔保管,让他答应我,将项链跟我一起埋葬!

我不确定我会不会这样做。将死之人的想法总是很孩子气。小东西,当你发现我向诱惑屈服,不要过快指责我,不要鄙视昂图瓦纳伯伯。这条项链牵连着一段伤心的过往,但不管怎么样,这个伤心往事是我悲惨人生中最美妙的时刻。

十月十日。

米卡尔又来问诊。

十月十一日,星期五。

昨天消耗了太多精力去接受外科医生的问诊。他如实地告诉了我现在的情况:严重的脓肿,粘连,被强有力的纤维隔断。浓稠的脓液,有黏性,而且肺部积水眼中,检查细菌以后发现了链球菌。

我这种病况一般情况下,产生概率很小,米卡尔特别有兴趣。一年里,在这里医疗的七十九名毒气病人中,只有七人有脓肿,这

---

①马克斯·德·巴登,奥地利亲王,被看作自由派,1918年任德国政府首脑。

里面就有我。有四名做了手术成功切除，另外三名……

复合性脓肿的病例是极少的，这种人无法做手术。七十九名中毒的病人中只有三名是复合性，而且他们最后都是治疗无效死亡。

我算是幸运的。（不知不觉地写出了这句话。如果再想想，就不会写这个了。我既然写了，就不准备抹去。大概我还没有对生活完全淡然，无法将长时间的苦痛折磨称为"不走运"。）

十月十二日。

昨天下午起来以后称体重，发现自己更加瘦弱了。自九月二十日以来已经瘦了四斤八两。

心脏不断衰弱。每天服用两次洋地黄甙和茅膏菜。不停地出汗。感到难受，孱弱，不停地咳嗽，呼吸困难。这些病症同时发作。我会告诉问我情况的人："还好。"

十月十三日。

瑞士的报纸上刊登了德国新内阁向威尔逊进行的间接活动，希望能对一些合理细节进行会晤。他们公开要求停止战争。正因为德国首相前几日发表了诚恳的和平建议，于是这种新闻是可信的。德国昨天还是一副了不起的样子。

希望协约国不要做得太过分！希望他们可以抵住愈来愈多的诱惑。现在四处洋溢着赛马获胜的骑师的骄傲！我很稳，但是吕梅尔自己却忘了这一点，他在春季考虑的都是特别糟糕的情况：如今他们以一个没有丝毫让步的胜利者角度来看，他应该不会这样想了。

"愉悦"两字不断地出现在法国的报纸刊物上，让人看着难受。"终于结束了"，而非"愉悦"！我们怎么能这么快就忘记压抑欧洲的痛苦呢？显然，我们不能这样做，就连战争结束也不能阻止现在的痛苦环境，然后持续生活下去。

十月十四日，晚上。

我又睡不着觉了，诧异地发现自己开始怀念当初因为犯病引起的半睡半醒。脑子空荡荡的，精神萎靡。又被"幽灵"纠缠。思绪的清醒让我感受到痛苦。

我原本是希望这个记事本能为让·保尔提供材料，详细描绘出我的形象，但恐怕这个梦想无法完成了，我才开始记录，就已经无法集中精神，不能坚持下去，不能工作。

可是这又怎么样呢？我对于一切已经变得默然，并且这种默然在不断蔓延。

十月十五日。

全国都是大反攻的喜讯。各条战线同时获得胜利。听说只要与和平有关，联合指挥部就会铆足力气，在最后时刻好好享受。谁落后谁倒霉。

今天感觉好很多，也愿意多写些东西。

伏瓦兹内来看望了我。他的脸像比萨似的，很平，两眼间距很开，眼眶很浅，眼皮厚实，而且有一定的弧度，就像是木兰花或者山茶花的花瓣，大嘴巴，厚嘴唇，动作迟缓。脸上满是智慧，有一种远东式的宿命安详，看起来很舒服。

他了解到了一些各国参谋部的最新情况，让人紧张。他们认为只要倚仗美国用不完的"资源"，就可以忽视全部损失。他们暗中抵制和平，拒绝停战，想要进攻德国，在柏林签署合约。伏瓦兹内解释说："他们希望得到的是胜利,而不是和平。"愈来愈多的人公然反对威尔逊,甚至说"十四点"只是威尔逊的个人想法,协约国从未得到正式认同云云。伏瓦兹内对我说,从七月获得胜利以后,杂志(经过新闻检查的)上还时不时地提到"国联",可再也没有提到"欧洲合众国"。

晚上。

伏瓦兹内留给了我几份《人道报》,如今大家都崇拜美国总统的历史咨文,反而我国社会党人表现出一副谦卑的模样①看待美国的国会咨文,这真让人诧异。这完全是偏私的宗教主义分子口气。这群欧洲社会主义政客,应当归类于旧世界的垃圾里,与旧世界的垃圾一同除去,怎么可能产生英雄人物。

社会主义。民主。我在想菲力普的话有没有道理,战胜国会改掉四年的专政习惯吗?以列孟梭为代表的帝国主义(共和派)应该不会轻易地退位!也许真正的社会主义源头将会在战败德国设立起来,因为德国战败。

十月十六日。

这一个星期感觉病情好转。

戈瓦朗帮我找到了二十七日的全套咨文。虽然和以前的咨文相比没有增加新的内容,但他更加坚定了对于和平目标的确立。"这个战争形成了一个新的规则之类。"只有全世界的人民相互团结,才能保证大家的安全。我这种已判死亡之人,看到这话,就仿佛能看到它对于那千万名战士和妻子、母亲的影响!对于这种期盼的召唤不

---

① 若莱斯被暗杀后,《人道报》由社会沙文主义者掌握,直到1920年图尔代表大会之后,《人道报》才成为了法国共产党的机关报。

白费。不论协约国的领导人们是不是真心同意威尔逊的观点。现在的局势已经由不得他们了，大家一致赞同这种观点，等时间一到，不管是哪一名欧洲的政客都无法躲避大家一致期待的和平。

突然想起让·保尔。我想到了你，小东西。在你眼前将诞生一个崭新世界，让我感到无比欣慰。你会为了它不断贡献力量，让它不断改变，你要用你的能力来帮助它。

十月十七日，星期四。

威尔逊对于德国的试探做出了严厉批评。他明确提出：在任何谈判开始之前，必须消除德意志的帝国主义，以及军人集团，进行政治制度的民主化。显然，这可能拖慢实现和平的脚步。但这种不姑息态度是不可缺少的。明确基本宗旨。我们需要的不是早日停战或是得到德皇的屈服，而是进行大面积的裁军，建立欧洲联盟。若是德奥两个帝国势力，那这个基本宗旨始终无法实现。

戈瓦朗有些失望，但我很维护威尔逊，反驳他和另外那些跟他一样想法的人。威尔逊是一名实干家，他清楚地了解问题根源所在，在包扎以前需要的是将脓肿清除干净。

说到脓肿，心地善良的大个子巴多尔分析得很不错，他说毒气只是引发脓肿的偶然因素。其实脓肿是一种继发性的感染，因为毒气导致的充血性病变进入肺部，导致了这种感染。

十月十八日。

今天花了很大的工夫去克制劳累。我除了报纸什么都不能看。

协约国报纸上说到我们"成功"的口吻，就如同雨果写的有关拿破仑的诗句。这次战争（所有战争都一样）不带一点英雄色彩。

它是蛮横的，让人痛苦的，就像是一个噩梦，最后在惶恐和流汗发抖中结尾。它让所有的英雄行为被惶恐掩埋。那些英雄行为产生于战壕深处，在泥泞和血泊中，带着垂死挣扎的勇气和把让人厌恶的事情一直做到最后的憎恶。这次战争只留下了丑陋。听着军号吹响，向军旗敬礼也无法改变它的性质。

十月二十一日。

这两天不是很舒服。昨天晚上在气管中我注射了消炎油。但是由于喉部的浸润以及感觉过敏，使得操作变得艰难。三个人共同合作才终于完成注射。巴多尔都累得汗流浃背。我睡了三个小时以后，今天感到轻松多了。

十月二十三日，星期三。

似乎洋地黄忒新药剂对我作用大一些。

在我还能说话的时候，我就发现我时常口吃。原来很少发生这种情况，这经常是精神错乱的象征，今天只不过是体力枯竭的表现。

报纸上刊登比利时军队攻到了奥斯当德和布鲁日。英国军队直直地攻到了里尔、杜埃、鲁贝和图库安。德国和美国之间的换文进度慢得令人感到无望。但是，威尔逊似乎提出了帝制宪法改革和建立普选制作为前提条件。这一点很重要。接下来就是要让德皇离位。这将在明天达到还是在半年以后呢？我们不能相信报纸上说的国内骚动：德国发生的革命会促使局势发展，同时也会让局势复杂。好像威尔逊提出只与稳固的德国政府商谈。

十月二十四日。

不是这样的，我一点都不羡慕那些病人的无知，以及他们对于未来的天真幻想。医生清楚地看到了死亡的接近，人们还说着一些傻话。我反而觉得这种对于死亡接近的清晰认识可以支持我坚持下来，直到最后一刻，直到这些不是灾难，而是一种正能量。我清楚地看得到身体的病变，我也饶有兴致地看着巴多尔为我的所作所为。一定程度上，这种好奇心也一直支持着我。

我希望能更加深入地分析病情，然后寄给菲力普。

十月二十四日至二十五日，夜间。

整个白天还不错。（我已经没有资格要求更多。）

再一次拿起笔记本，与"幽灵"抗争。

夜里三点。又是长时间的无法入睡，脑子里面想的都是人死亡之后，会将生前所有的东西都带入遗忘。我花了很长的时间沉浸在这种看似正确的无望想法之中。不对，这绝对错误。死亡只能将很少的，非常少的东西带入遗忘。

我耐心地回忆过往。原来做过的错事，不为人知的艳遇，让人害羞的琐碎小事。我思考着每一件小事："这件事会与我的死亡一同被人遗忘吗？难道我离开以后，真的不会留下一丝痕迹？"我花了将近一个小时的时间去回忆过去，我在努力找出一个特别的行为，并且我确定那个行为除了在我身上，不会再留下什么痕迹，不会有任何物质或者精神上的后果，在我死后，也不会在任何人的脑中萌发。但是，我的每一个记忆中，总会有那么几个人，他清楚事情的全部发展，某些人还活在世上，在我死去之后，他有一天可能会突然记起。我被不能解释的悔恨和屈辱折磨着，在床上无法入睡。我想着，

2043

若我不能找到一种只属于我的事情,那我的死亡就是一个笑话。我甚至无法将只属于我的东西带走,从而得到慰藉。

突然之间,我想到了在拉埃内克①医院里遇到的那名娇弱的阿尔及利亚姑娘。

我终于找到了这样一段记忆,我坚信,这个事情只有我清楚。我一旦死去,它便在世上没有留下任何痕迹!

凌晨,虽然特别疲惫,但又无法入睡。才小睡一下,就被咳嗽惊醒。

因为整个晚上都在纠结这个幽灵般的记忆。一边又在记事本上写下我的忏悔,为了从虚无中找出这一段难以说清的故事,另一边,我又希望能够保存这个秘密,这个秘密会与我一同走向死亡,我在这两个想法中徘徊。

不行,我什么都不会写出来的。

十月二十五日,午间。

是筋疲力尽?纠缠不休的思绪?乱说的胡话?我从昨夜开始,就从神秘的角度思考死亡。我不再考虑自己,自己的灭亡,而是逝去的那段拉埃内克回忆。(约瑟夫过来跟我说到和平:"无须多久我们就可以复员回家了,医官先生。"我回应他:"但不久以后我迎来的将是死亡,约瑟夫。"我内心却在想:"关于这个娇弱的阿尔利亚姑娘的事也将消失。")

我突然之间,似乎成了自己命运的主宰。我如今胜过了死亡,因为这个秘密的最后结局如何由我来掌握,在于我是否写下一段笔

---

① 拉埃内克(1781—1826),著名的法国医生,在巴黎有一所以他的名字命名的医院。

记，在于我会不会将它随随便便地给别人看。

午后。

我还是禁不住将这个事情跟戈瓦朗说。我显然说得并不详细，我甚至没有说到那名娇弱的阿尔利亚姑娘，也没有提到拉埃内克医院。像是每一个心中藏着秘密的孩童一般，对每一个人都大声喊道："我清楚一件事，但我不会告诉任何人。"他看着我的眼神带着诧异和惶恐。显然，他现在正在思考我是否疯了。我心里却想着，也许会是最后一次，让我的傲气得到最大的满足。

晚上。

想休息大脑，于是准备看报纸。德国同样如此，军人集团想要扰乱和平。听说卢登多尔夫带头发起了反对首相的举动，公开指控首相同美国谈判就是叛国行为。可是如今和平是潮流趋势，卢登多尔夫也只好暂且辞去领导人的职位。这是一个好兆头。

戈瓦朗来访。巴尔夫发表了让人紧张的谈话。英国胃口越来越大，现在准备将德国吞并！戈瓦朗跟我解释，罗贝特·赛西尔勋爵去年还十分肯定地说："我们开展这次进攻，不带有任何帝国主义吞并色彩。"（他们最后撤离战争的时候可与刚开始的时候说的不同。）

还好有威尔逊在。人民必须要有自主选择的权利。我不希望胜利国如同瓜分牲口一般对待黑人！

有关戈瓦朗与殖民地的问题，他很明智地争论，若是协约国无法克制地瓜分德国殖民地，那他们就会犯下无法原谅的错误。现在是唯一一次让殖民化的问题得到重新修订的机会。通过联合国的监督与组织，让世界上的资源共享。合理的开采，这是和平的保障！

十月二十六日。

病情突然恶化,一整天都觉得呼吸困难。

十月二十七日。

现在除了呼吸困难,还感觉到了神经性的痉挛。我喉咙收缩,像是被人紧紧地卡住一般,难以忍受。不仅是呼吸困难,而且伴有勒喉的感觉。

花了快一个小时来记录病情。(如今已经不能保证能否继续保持这种当天记录的情况。)

十月二十八日。

我看到带了最新报纸的小马里尤斯眼里的惶恐(他细嫩的皮肤,明亮的双眸,青春的气息,还有完全不用担心自己身体状况的风度!),我现在只想看见老人或者病患。我现在知道死刑犯是不想看到一个自由且强壮的人,所以才想将看守掐死。

如今智力都有可能跟身体机能一样慢慢衰弱。显然,智力应该也受到了一定的影响,只是我没有察觉到。

十月二十九日。

若是在这样的孤独时候,我可以回想起所有跟书本中的"伟大爱情"一样的感情,我就不会像现在这样遗憾了。

我现在总是会想起拉雪尔,只不过我是作为一名自私患者的角度想起她,若我可以在这,并偎依在她的怀中死去,该是多么美妙。

当初我在巴黎找到这条项链时,那种激动之情无言能表!如今对她的激情也没有了。

我曾经"爱"过她吗？不管怎么说，我从未爱过其他的女人。从没有像对她那样热情而激烈地对待别人。这难道就是大家所说的"爱情"吗？

夜里。

这两天洋地黄甙一点作用都没有，等会儿巴多尔会来给我实验注入醚樟脑油。

十月三十日。

今天几名医生来复诊。

我看他们在那忙碌。生活留给了他们什么呢？也许是我一直在享有特权。

很厌烦，厌烦自己，厌烦，希望现在就能了结一切！

我觉得自己让别人害怕。

我这几天肯定完全变了一个人。病情恶化得很快。我现在肯定有一副将死之人的脸庞：一副苦相。我明白，再没有比这难看的了。

十月三十一日。

附近的指导神父想要来看我。周六他来过一次，可是我身体不舒服，今天我就叫他上楼来。他今天的拜访让我很累。他想问我一些问题，"您作为基督教徒童年是怎么度过的"之类的问题。我回答他说："要是我一出生就需要了解真相，那我就不会有信仰，这不是我的问题。"他准备给我带来一些"有益的书"。我告诉他："教会要等什么时候才会开始反战呢？你们法国和德国的主教都会给军旗祝福，而且还会高唱感恩歌，为这一场屠杀感恩上帝，等等。"他做出的官方回答让我诧异："正义的战争让基督教徒们解除了禁止杀人的准则。"他一心想要缓和谈话的气氛,但是不知道怎么说。要走的时候他说:"您看,您这样有才华的人,一定不会甘心自己像狗一样死去的。"我回应他说:"若我不是基督教,就算跟狗一样,那怎么办?"他在前面好奇地看着我,询问的语气中带着严肃、诧异、难过和关心,"我的孩子,您为何要这样自我诽谤呢?"

我确信他不会来。

晚上。

如果这会让人开心,我一定会答应的。可是我装扮成一名基督教徒死去,这是为了讨好谁呢?

奥地利向意大利寻求停战。戈瓦朗才上楼来过。匈牙利已经成立了共和国,完成了独立。

难道终于迎来和平了吗?

一九一八年十一月一日,早晨。

这个月我将会死去。

没有看到一丝希望,这比口渴的煎熬还要让人感到折磨。

不论如何,我的心脏还在强健有力地跳动。我在短暂的时间内忘却了一切,好像又回到了原来,跟别人没有不同。我甚至心中有了一个规划,一阵风吹来,我清醒过来。

不好的消息:马才很少过来。他来的时候,跟我无话不谈,可是话题中极少涉及我的病情。

我会在临死前想念马才,以及他囚犯一样的发型吗?

夜晚。

不管怎么说,在这个房间外,有生命的宇宙依旧在继续。如今我沉浸在孤独的深渊中。这是所有活着的人都无法懂得的。

十一月二日。

卧床不起。这三天我都是在床铺与椅子之间徘徊。

卧床不起。再也无法坐在窗边？不能坐在一扇窗户的旁边？不能看到夜幕降临后的孤独柏树。再也不能看见这些，或是其他任意一个花园吗？

我写道："永远不会。"我看到痛苦在这几个字里面，我是在那闪光中看到的。

晚上。

死亡是怎样来到的呢？这个问题我想了好多个夜晚，最后得出了很多不一样的结论。……喉咙突然痉挛，难道要像小奈达尔那样因无法呼吸而死去？还是像西贝尔那样慢慢死去？也有可能像蒙维埃尔与普瓦雷那样死去？

十一月三日，早晨。

怎样死亡？最惨的是跟悲惨的特罗亚那样憋死。

这让人担心。

我不想要这样的死法。

晚上。

今天夜里特别痛苦，我叫巴多尔来了两三次。经常半夜三更叫他来将切开气管的手术盒放在我的床头。

人们常讲："我只是痛苦，而不是怕死。"既然我可以不那么难受，那为何还继续经受折磨，继续等待呢？可是，我依旧在等待！

十一月四日。

意大利和奥地利已经与匈牙利签署了停战协议。

我拒绝了指导神父来访的请求,说自己太累了。这其实是在警告我,做出决定的那一天在慢慢靠近。

十一月五日。

我们曾经抱有的所有希望,我们本来拥有的全部希望,我们没能达成的所有希望,只能让你去完成,我的小东西。

十一月六日。

戈瓦朗过来看望我的病情。等着战争结束,但是战争还在一直继续着。这是什么原因?

完全失音,一个字都说不出口。

十一月七日。

声音完全发不出来了。难道是下部环状软骨麻痹?巴多尔的表情让人看不出个所以然。

注射吗啡。

十一月八日。

德国派出的全权大使穿过了我们的战线。战争终于结束了。

终于还是活到了今天。

十一月九日。

病情变得严重。温度起伏很大(徘徊在 37.2℃ 到 39.9℃ 之间),又出现了水肿性的充血。虽然没有新的病症突发,可是原本的病全都一次爆发出来。

我要求做透视。(有什么用呢?)为了可以检查看有没有新的问题。我还怕有新的脓肿出现。如今体温开始了大幅度变化,必然是病情更加严重了。

十一月十日。

感觉右边的肺部越发疼痛。每天都在吸食吗啡。难道又长了新的脓肿了吗?巴多尔觉得不可能。没有任何症状表现。

咳痰比原来还要少一些。

柏林如今正在革命①,德皇也在逃跑。在战场上,每个人都感受到了希望,得到了解救!而我呢……

十一月十一日。

这一天痛苦得难以忍受,依旧在右肋的那几个部位。

为什么我不趁着精神尚在的时候下决心呢?我还留恋什么?每当我想"时间到了"时,我……

(不。我还从未想过:"时间到了。"我想的是:"时间不多了。"于是,我还在继续等待着。)

十一月十二日。

巴多尔发现每一次呼吸中都有一连串的局部下捻发音。

中午。

透视检查显示:右肺上部有一片阴影,边界模糊。横膈膜不动。

---

① 1918年11月9日,在柏林,君主制被推翻,成立共和国,德皇威廉二世于10日夜里出逃,躲在荷兰。

透明度普遍降低，没有任何积脓。若是另外一个脓肿，便会出现另外一个可疑的位置是完全不透明的，而且成为一个圆形的阴影，边界清晰。那这又是什么呢？还没有出现明显的病症，不能随随便便就决定做穿刺。要是没出现新的脓肿，那这是什么呢？是什么呢？

十一月十三日。

已经检查出来了，炎症总是在那几个位置突然发作。感染一定在蔓延。汗水不停地涌出，气味真恶心。

是小肿块？小块的复合性脓肿？

巴多尔一定也料想到了现在的情况。

这样便完全没有办法了。脓肿可能要一直陪着我到死，它已经渗透至身体组织中，完全不能手术切除。

十一月十四日。

两肋都火烧似的疼痛。左肺已经脓肿了。如今脓肿已经扩散到了两肺当中。

我或许该尝试最后的固定脓肿？

晚上。

特别地消极、默然。我在抽屉里发现了一封贞妮和吉丝的信。今晚有封贞妮的信没有开封。我一个人待在这里，没有什么要给别人的。

在很长的时间里，我第一次懂得 De progundis clamaui（我从万丈深渊里向你呼喊[1]）。

---

[1] 为死去人们祷告的时候唱的那几句开头曲。

十一月十五日。

或许一切没有我想的那么吓人,我不用那么紧张。或许最糟糕的日子已经过去。我曾有过无数次想象自己的死亡,现在却没有办法。不过,所有东西都已经安排妥当,都在那里。

十一月十六日。

你们经历过固定脓肿实施无效吗?或者你们假装有过这样的经验?

这两天太难受,什么都没有记录。

思考着该如何完结。很难再想象"明日",也很难再想象"今夜"。

十一月十七日。

注射毒品。孤独、寂静。我在时间的流逝中不断与外界隔离。我还可以听到钟摆的嘀嗒声,可是我已经选择不再去听。

去掉那些渣滓几乎不能实现。

人要死的时候到底是什么样的呢?我希望可以这样清醒直到打针。

不需要说太多的语言。没有反应,没有精神,原谅那些没有办法避免的事情,在身体的痛苦中久久不能自拔。

平静了。

完结了。

十一月十八日。

双腿浮肿。但东西都在那里,关键时刻,只要我想就可以将手伸过去,下决心去做。

一整夜都在斗争折磨。
严肃的时刻。

一九一八年十一月十八日,周一。
享年三十七岁又四个月零九天。
比原本想象的更加容易。

让·保尔。

完。

附录一　马丁·杜·加尔年表

1881 年　3 月出生于巴黎郊区的一个中产阶级家庭。父亲是巴黎塞纳区的第一审诉代理人。

1903—1905 年　就读于夏尔特学院，凭借《吉米艾吉修道院的毁灭》这篇论文，获得古典学校的毕业证书。

1908 年　创作完成《圣人传》，但自己对作品不满意，毁掉了原稿。同年自费出版了小说《完成》。

1910 年　小说《我们中的一个女人》问世，出版短篇小说《成功》。

1913 年　出版小说《让·巴鲁瓦》。

1914 年　发表反映农村生活的喜剧《勒鲁老爹的遗嘱》。

1920—1940 年　开始构思，并于 1922 年开始陆续出版"大河小说"系列作品《蒂博一家》，包括《灰色笔记本》《教养院》《美好的季节》《诊断》《索莱丽娜》《父亲的死》《一九一四年夏天》《尾声》。

1922 年　完成剧本《路易爷爷的遗产》的创作。

1924 年　发表喜剧《大肚子》。

1931年	出版触及当时讳莫如深的乱伦问题的小说《非洲秘闻》。
1932年	创作完成三幕剧《沉默寡言的人》。
1932年	反映法国农村生活的讽刺小品《古老的法兰西》问世。
1937年	荣获诺贝尔文学奖。
1939年	着手创作日记体小说《摩摩尔上校的回忆》,但并未完成。
1940年	出版《蒂博一家》。
1958年	8月,因心脏病发死在家中。遗著有《书简》和《日记》,第72期的《新法兰西评论》(1958年12月出版)出版专辑纪念马丁·杜·加尔。

附录二 "诺贝尔文学奖大系"书目

1901 年　苏利·普吕多姆（法国）《孤独与沉思》
1902 年　特奥多尔·蒙森（德国）《罗马史》
1903 年　比昂斯滕·比昂松（挪威）《挑战的手套》
1904 年　何塞·埃切加赖（西班牙）《伟大的牵线人》
1904 年　弗雷德里克·米斯特拉尔（法国）《米赫尔》
1905 年　亨利克·显克微支（波兰）《你往何处去》
1906 年　乔苏埃·卡尔杜齐（意大利）《青春的诗》
1907 年　拉迪亚德·吉卜林（英国）《丛林故事》
1908 年　鲁道夫·奥伊肯（德国）《人生的意义与价值》
1909 年　拉格洛夫（瑞典）《尼尔斯骑鹅旅行记》
1910 年　保尔·海泽（德国）《骄傲的姑娘》
1911 年　梅特林克（比利时）《青鸟》
1912 年　霍普特曼（德国）《织工》
1913 年　泰戈尔（印度）《新月集·飞鸟集》
1915 年　罗曼·罗兰（法国）《约翰·克利斯朵夫》

1916年	海顿斯坦姆(瑞典)	《查理国王的人马》
1917年	彭托皮丹(丹麦)	《天国》
1917年	耶勒鲁普(丹麦)	《明娜》
1919年	卡尔·施皮特勒(瑞士)	《伊玛果》
1920年	汉姆生(挪威)	《大地的成长》
1921年	法朗士(法国)	《泰绮思》
1922年	贝纳文特(西班牙)	《不该爱的女人》
1923年	叶芝(爱尔兰)	《当你老了》
1924年	莱蒙特(波兰)	《农夫》
1925年	萧伯纳(爱尔兰)	《圣女贞德》
1926年	黛莱达(意大利)	《邪恶之路》
1927年	亨利·柏格森(法国)	《创造进化论》
1928年	温塞特(挪威)	《新娘·女主人·十字架》
1929年	托马斯·曼(德国)	《布登勃洛克一家》
1930年	辛克莱·刘易斯(美国)	《巴比特》
1931年	埃里克·卡尔费尔德(瑞典)	《荒原与爱情》
1932年	约翰·高尔斯华绥(英国)	《福尔赛世家》
1933年	伊凡·亚历克塞维奇·蒲宁(俄罗斯)	《阿尔谢尼耶夫的一生》
1934年	路易吉·皮兰德娄(意大利)	《六个寻找剧作家的角色》
1936年	尤金·奥尼尔(美国)	《进入黑夜的漫长旅程》
1937年	马丁·杜·加尔(法国)	《蒂博一家》
1944年	约翰内斯·延森(丹麦)	《希默兰的故事》
1945年	加夫列拉·米斯特拉尔(智利)	《葡萄压榨机》

1946年　　赫尔曼·黑塞（瑞士）《荒原狼》
1947年　　安德烈·纪德（法国）《窄门》
1949年　　威廉·福克纳（美国）《喧哗与骚动》
1954年　　海明威（美国）《永别了，武器》
1956年　　希梅内斯（西班牙）《小毛驴与我》
1957年　　加缪（法国）《局外人》
1958年　　帕斯捷尔纳克（苏联）《日瓦戈医生》

图书在版编目(CIP)数据

蒂博一家/(法)马丁·杜·加尔著；胡菊丽，邢洁译. —福州：海峡文艺出版社，2017.8(2023.9重印)
(诺贝尔文学奖大系)
ISBN 978-7-5550-1192-7

Ⅰ.①蒂… Ⅱ.①马…②胡…③邢… Ⅲ.①长篇小说－法国－现代 Ⅳ.①I565.45

中国版本图书馆 CIP 数据核字(2017)第 144623 号

诺贝尔文学奖大系

蒂博一家

[法国]马丁·杜·加尔 著 胡菊丽 邢洁 译

责任编辑	陈婧
出版发行	海峡文艺出版社
经　　销	福建新华发行(集团)有限责任公司
社　　址	福州市东水路 76 号 14 层
发行部	0591－87536797
印　　刷	福州俊丰彩印有限公司
地　　址	福州市晋安区鼓山镇鼓一村福光路 189 号
开　　本	889 毫米×1194 毫米 1/32
字　　数	1371 千字
印　　张	59.375
版　　次	2017 年 8 月第 1 版
印　　次	2023 年 9 月第 3 次印刷
书　　号	ISBN 978-7-5550-1192-7
定　　价	364.00 元

如发现印装质量问题，请寄承印厂调换